光文社古典新訳文庫

八月の光

フォークナー

黒原敏行訳

kobunsha classics

光文社

Title : LIGHT IN AUGUST
1932
Author : WILLIAM FAULKNER

目次

八月の光

1

道ばたに坐り込み、馬車が坂道を登って近づいてくるのを見ながら、リーナは思う。[1]『あたしはアラバマからやってきた。遠くまで来たものね。はるばるアラバマから歩いてきた。ほんとに遠くまで来たものね』[2]そして思う　**旅に出てまだひと月たたないのにあたしはもうミシシッピにいる。故郷からこんなに離れたことはない。一二歳の時にドーンズ・ミルに引っ越したけれどそれより遠いところへ来たのはこれが初めてだ**[3]ドーンズ・ミルに引っ越したのですら、父親と母親が死んだあとのことだった。

1　現在形で書かれている部分は現在進行中の出来事、過去形の部分は過去の出来事を表わす。物語の現在は一九三二年八月中旬の金曜日。

2　「　」（原文は" "）は声に出して言う台詞で、その中の『　』（' '）は台詞の中の他人の発話だが、「　」とは別個にある『　』は人物の内的独白を表わす。

3　書体を変えた部分は、原文がイタリック体で、原則として言葉にならない無意識の思考を表わす。ただし声に出された台詞を表わすこともあり、その使い分けの基準は不明。

もっともそれ以前にも、年に六、七回、土曜日に馬車で町に出た。通信販売[4]で買ったワンピースを着て、裸足の足を馬車の床にぺたりとつけ、紙に包んだ靴を座席の自分の隣に置いていた。靴は馬車が町に着く直前に履いた。大きくなると、父親に町はずれで馬車をとめてもらい、馬車を降りて、あとは歩いた。なぜ馬車に乗ってではなく歩いて町に入りたいのかは、父親には言わなかった。父親は、町の歩道が滑らかだからだろうと考えた。だが本当は、すれ違う人が自分を見て、町の子だと思ってくれるだろうと考えたからだった。

一二歳の時、父親と母親が同じ夏に死んだ。家は丸太小屋で、部屋が三つ、玄関がひとつ、網戸は一枚もなかった。両親が死んだ部屋は、虫がまわりを飛ぶ石油ランプひとつで照らされ、何も敷かない床は裸足の足でこすられつづけて、古い銀貨のようにつるつるしていた。リーナは生きている子供の中で一番年下だった。まず母親が死んだ。母親は言った。「父ちゃんの世話を頼んだよ」リーナはそのとおりにした。それからある日、父親が言った。「おまえはドーンズ・ミルにいるマッキンリーのところへ行くんだ。迎えにきてくれるから、支度をしておきな」それから父親は死んだ。兄のマッキンリーが馬車でやってきた。ふたりはある日の午後、田舎の教会のうしろの木立の中に父親を埋め、松の木の墓標《はかじるし》を立てた。翌日の朝、リーナは永遠に故郷を去った。それが故郷との永遠の別れだとは、その時は知らなかったかもしれないが。リーナはマッキンリーと一緒に馬車でドーンズ・ミルに向かった。馬車は借り物で、兄は陽が暮れるまでに返すと約束しているのだった。

兄は製材所で働いていた。村の住民はみな製材所で働くか、製材所に関係のある仕事をするかしていた。伐採しているのは松だった。七年前から操業していて、さらに七年もたてば一帯の森林は破壊されてしまうはずだった。そうなった時は、機械の一部と、製材所で働いたり製材所関係の仕事をしたり製材所のおかげで生活していたりする人たちの大部分は、貨物列車に積みこまれて、よそへ移っていくはずだった。もっとも機械の中には置き去りにされるものもあるだろう。いつでも新しいものが分割払いで買えるからだ。崩れた煉瓦の小山とぼうぼうの雑草の間から、動かない歯車が人をぎょっとさせる風情で物寂しい顔を突き出してあたりを見回し、はらわたを抜かれたボイラーが煙を出さない錆びゆく煙突を持ちあげて頑固なところを見せつつも当惑して物思いにふけるだろう。切り株のあばたに覆われた土地は深く静かに荒廃し

4 一八八六年創業の小売チェーン店〈シアーズ・ローバック〉のものが有名。買い物に不便な僻地にも分厚いカタログを配布し、衣類や家庭用品を売った。

て、耕されることもなく、秋の長い穏やかな雨や春の怒り狂いながら疾駆する嵐のもとでゆっくりと草一本生えていない赤土の窪地となっていく。村は最盛期にも郵政省の配達地名年鑑に名前が載っていなかったが、いずれはこの土地の後継利用者となる、鉤虫《こうちゅう》に身体をむしばまれた者たち、すなわち村の建物を引き倒し木材を炊事用ストーブや冬の暖炉で燃やしてしまう貧民たちにすら、思い出されることはなくなるはずだった。

リーナがやってきた時、村には確か五世帯が住んでいた。鉄道の線路があり、駅があって、一日に一回、貨客混合列車が金切り声をあげながら通過した。赤い旗を掲げれば列車をとめることができたが、たいていは荒涼たる丘陵地帯から幽霊のような唐突さで現われ、人の死を予告する女妖怪《バンシー》のように泣きわめきながら、この壊れた首飾りからはずれて忘れ去られた珠のような村とも言えないような小さな村を横切っていった。兄はリーナより二〇歳年上だった。一緒に暮らすようになった時には兄のことはほとんど何も覚えていなかった。兄は部屋が四つあるペンキを塗っていない家で、お産と子供たちの世話で疲れている妻と暮らしていた。義理の姉は、毎年一年の半分近くは妊娠しているか出産後の養生期にあって床についていた。義理の姉が寝ている間はリーナが家事をやり、乳飲み子以外の子供たちの面倒をみた。あとになってリーナは、『だからあたし、こんなに早く赤ちゃんができちゃったのね』と思ったものだ。リーナは、家の裏に建て増しした差しかけ屋根のある部屋で寝た。その部屋には窓がひとつあり、リーナは音を立てずにそれを開けて外の暗がりに出てまた音を立てずに閉めることができるようになった。もっとも部屋には最初一番年上の甥が一緒に寝て、それから年嵩のふたりの甥、それから三人の甥が一緒に寝たので、初めて窓を開けたのはそこで寝るようになってから八年後のことだった。窓を開けた回数が一〇回を超える頃には、そもそも最初に開けるべきではなかったのだと悟った。リーナは、『これがあたしのめぐり合わせなのね』と思ったものだ。

義理の姉が兄に話した。それで兄は妹の身体の形が変わりつつあるのに気づいた。もっと早く気づいていてもおかしくない変わり方をしていた。兄は心が硬くなってしまった男だった。やわらかさ、優しさ、若さ（年はちょうど四〇だった）、そのほかほとんどあらゆるものが、汗とともに流れ出てしまい、残っているのは、意固地でやけくそな土性骨と、グローヴ家は貧乏ではあってもふしだらな人間のいないちゃんと

5　地の文は三人称の叙述だが、すべてを見通す神の視点での語りではなく、何者かが観察し、時に推測などを加えながら語るような形になっている。

した家筋だという寒々しい誇りだけだった。兄はリーナをこのあばずれめと罵った。そして孕《はら》ませた張本人を正しく言いあてた（若い独り身の男、あるいはその中でもおが屑まみれのカサノヴァともいうべき男の数は村の世帯数より少なかった）。その男は六カ月前に村を去っていたが、リーナは騙されたことを認めなかった。頑固にこう繰り返すだけだった。「今に呼び寄せてくれるの。呼び寄せてくれるってあの人は言ったの」羊のようにおとなしそうでいながら本気で好きになった男には一途に断固として操を貫いて揺らぐことがなく、ルーカス・バーチのような男はそこにつけ込むのだが、男のほうは、いざ自分が操を立てるべき状況になった時には、もういなくなっているのだった。二週間後、リーナはまたその窓から外に出た。この時は少し難しかった。『以前もこのくらい難しかったら、今こんなことをしなくてもいいんだけど』と思った。昼間、玄関から出ていくこともできた。誰もとめなかっただろうから。たぶんリーナもそのことを知っていた。それでも夜、窓から出ていくことを選んだ。持ち物は、棕櫚の葉の団扇が一枚と、バンダナを几帳面に結んだ小さな包みがひとつだけだった。包みの中には五セント玉と一〇セント玉で三五セントのお金も入れていた。靴は兄からもらったお古だった。夏の間は誰も靴を履かなかったから、靴底はほんの少ししかすり減っていなかった。靴の下がやわらかい土埃の道になるのを感じ取ると、靴を脱いで手に持った。

そうやって四週間近く歩きつづけてきた。背後には　遠くまで来た　という感慨を呼び起こすこの四週間が一本の静かな廊下のように延びている。その廊下は、衰えも揺らぎもしない信念が床に敷き詰められ、名も知らぬ親切な人たちの顔と声で満ちている　ルーカス・バーチ？　知らんなあ。この辺でそういう名前の男は知らないよ。この道かい？　これを行くとポカホンタスだ。そこにいるかもしれんな。そりゃ判らんさ。この馬車はそっちのほうへ行くんだ。途中まで乗せてやろう　今、リーナの背後に長く単調に延びているのは、昼から夜、夜から昼という平穏で着実な変化の連なりであり、そこをリーナは進んできたのだが、乗せてもらったのはどれも同じような匿名のゆったりと進む馬車であり、人の善意の化身《アヴァター》である車輪の軋《きし》む馬車と垂れ耳のラバたちが数珠繋ぎに並んでいて、壺に描かれた絵のように永遠に動きつづけながらもまったく前に進まないといったふうだった。[6]

6　これはフォークナーが愛したジョン・キーツの詩『ギリシャの壺のオード』（岩波文庫『対訳キーツ詩集』所収）を念頭に置いた比喩とされる。ジョー・クリスマスを支配する宿命論的なユダヤ・キリスト教的時間に対して、リーナの時間は現在が永遠に回帰する古代ギリシャ的時間だと解釈できる。

馬車は坂道を登ってリーナのほうへ近づいてくる。それは二キロ近く前のところでリーナが脇を通り過ぎた馬車だ。その時、馬車は道ばたにとまっていて、ラバたちは引き革をつけられたまま、頭をリーナが歩いていくほうへ向けて眠っていた。リーナはその時、馬車を見、柵の向こうの家畜小屋のそばにしゃがんだふたりの男を見た。馬車と男たちを一度ずつ見た。それはすべてを見てとる、すばやい、無垢な、深い一瞥だった。リーナは足をとめなかった。どうやら柵の向こうの男たちは、リーナが馬車と自分たちを見たことに気づかなかったようだった。リーナは振り返らなかった。まもなく男たちから見えないところまで来た。紐のほどけた靴で、ゆっくり歩き、やがて二キロ近く先の坂道の頂上にたどり着いた。リーナは道ばたに坐り込み、浅い側溝の底に両足を置いて、靴を脱いだ。そのうちに馬車の音が聞こえてきた。リーナはその音をしばらく聞いていた。やがて坂を登ってくる馬車が姿を現わした。

長年風雨にさらされてきた、油の差されていない木部と金属の立てる鋭く硬い音は、緩慢だが、すさまじい。のろのろと響く乾いた断続音は、八月の午後の暑い、動かない、松の香りに満ちた静寂を横切って、七、八〇〇メートル離れたところから届いてくる。ラバたちは催眠術にかかったように一定のたゆみない足取りで歩いているが、馬車はまったく前進していないように見える。中くらいの距離のところで永遠に宙吊りになったまま、無限小の進み方しかせず、まるで道が首飾りの赤みがかった糸で、馬車はその途中に引っかかっているみすぼらしい珠のようだ。そんなふうなので、馬車をずっと見つめていると眼が馬車を見失ってしまい、視覚もそのほかの感覚も、道そのものと同じように、夜と昼を繰り返すあの平穏で単調な変化のすべてと物憂く混じり合い、溶け合って、ちょうどすでに長さを測り終えた糸が糸巻きに巻き取られていくのと似てくる。そのせいで、しまいには馬車の音が、どこか距離などを超越した些細で取るに足りない領域から、緩慢ですさまじくて意味のない音として届いてくるように思える。それはまるで馬車の本体よりもその霊魂のほうが七、八〇〇メートル先にやってくるといったふうだ。『あの馬車はまだ遠くて見えないうちから音が聞こえてきた』とリーナは思う。そして自分がまた馬車に乗ってすでに動きだしているように思いながら、こう考える　それならあたしは、まだ馬車に乗らないうちから、というか馬車があたしの待っている場所まで来ないうちから、もう七、八〇〇メートルほど乗ってきたみたいなものだし、馬車はあたしをおろしたあとも、七、八〇〇メートルほどあたしを乗せて進んでいくのだろう　リーナは、今は馬車のほうを見もせずに待つ。その間に、取りとめもなく、すばやく、滑らかに走る思考は、名前のない親切な顔や声に満ちている　ルーカス・バーチ？　ポカホンタスへは行ってみたって？

この道かい？　これはスプリングヴェイルへ行くんだ。ここで待ってな。もうじき馬車が来るから。そしたら行けるところまで連れてってくれるよ　リーナはこう考える。『あの馬車がジェファソンまで行ってくれれば、ルーカス・バーチにはあたしが見える前にあたしの乗っている馬車の音が聞こえるだろう。馬車の音は聞こえるけど、あたしが乗っているのは判らないだろう。だから見える前に聞こえている時、あの人の頭には御者ひとりしか浮かばない。それからあの人はあたしを見て大喜びするだろう。そしてあたしがふたりの身なのを見て、そうだ生まれるんだと思い出すだろう』

アームスティッドとウィンターボトムは、ウィンターボトムの家畜小屋の日陰になった壁にもたれてしゃがんでいる時、女が道を通るのを見た。[7]ふたりはすぐに女が若いこと、妊娠していること、土地の者でないことを見てとった。「どこであんな腹になったのかな」とウィンターボトムが言った。

「あの腹を抱えてどれくらい歩いてきたんだろう」とアームスティッドが言った。

「この先の誰かを訪ねていくんじゃないか」

「いや、違うと思うな。もしそうなら俺は噂を聞いてるはずだ。俺のところのほうの誰かを訪ねていくんでもないだろうな。それも噂が耳に入るはずだから」

「行き先は判ってるみたいだよ」とウィンターボトム。「そんな歩き方だ」

「あれならじきに道連れができそうだな」とアームスティッドは言った。女はもう見間違えようのないほど膨れあがった重荷を抱えてゆっくりと歩き、通り過ぎていった。色褪せた青いだぶだぶの服を着て、棕櫚の葉の団扇と小さな布の包みを持った女は、ちらりと男たちのほうへ眼を向けたが、男たちは気づかなかった。「あの歩き方からするとだいぶ遠いところから来たんだろうし、この先もまだだいぶあるんじゃないかね」

「いや、どこかこの辺に訪ねていく先があるはずだよ」

「それなら噂が俺の耳に入ってるって」とアームスティッドは言った。女はさらに歩きつづけた。うしろを振り返らなかった。坂道を登って、やがて姿が見えなくなった。燃え盛りゆく午後の陽のように、膨らんだ身体で、ゆっくりと、慎重に、急がず、たゆみなく、進んでいった。ふたりの男の話題からも、おそらく意識からも、歩み去った。というのは、しばらくしてアームスティッドがここへ来た目的である用件を切り出したからだ。この用件のことでは今までにも二回来ていた。八キロの道のりを馬車

7　ここからしばらく過去形なのは、リーナの現在より少し前に遡っているから。

でやってきて、三時間ほど家畜小屋の日陰になった壁ぎわでしゃがみ、時々唾を吐きながら、アームスティッドのような男にありがちな、時間など無限にあると言わんばかりの、急がない、話があちこちに飛ぶ雑談をして、本題を切り出す頃合を窺っていたのだった。本題というのは、ウィンターボトムが売りたがっている耕運機[8]を買いたいと申し出ることだった。アームスティッドはようやく太陽を見あげて、三日前の夜にベッドで決めた買い値を口にした。「ジェファソンに、この値段で売ってるのがひとつあるんだ」

「それを買ったほうがいいよ」とウィンターボトムは言った。「掘り出し物みたいじゃないか」

「そうだな」アームスティッドは唾を吐き、もう一度太陽を見あげてから、腰をあげた。「さてと、そろそろ帰るとするか」

アームスティッドは馬車に乗り込み、ラバたちを起こした。というよりともかく歩かせた。ラバが起きているかどうかは黒人でなければ判らないからだ。ウィンターボトムは柵までついてきて、一番上の横木に両腕をかけた。「ああ、俺だってその値段ならその耕運機を買うよ。おまえさんが買わないなら絶対俺が買う。その値段ならな。その持ち主ならラバ二頭をたったの五ドルで売っちまうんじゃないか」

「そうだな」アームスティッドは馬車を進めた。馬車はがたがた音を立てながらゆっくりとした何キロも進めるペースに入りはじめた。アームスティッドもうしろを振り返らない。[9]だがどうやら前を見ているわけでもなさそうだ。なぜならもうすぐ坂の頂上へたどり着くという時まで、道ばたの溝のきわに坐り込んでいる女に気づかないからだ。青い服を見てあの女だと気づく瞬間、女が自分の馬車を見たことがあるかどうかは、アームスティッドには判らない。そしてアームスティッドが女を見たかどうかも、誰にも判らなかっただろう。どちらも進んでいるとは見えないのに、双方がゆっくりと近づいていく。馬車はすさまじい音を立てて女のほうへ這っていきながら、手で触れられそうなほどはっきりした眠気のオーラをゆったりと発散し、赤い土埃を巻きあげ、その中をラバたちの着実な足が夢の中でのように動き、引き革のかすかな軋りとひょこひょこ振られる野兎のような耳が読点をつける。アームスティッドが馬車をとめた時、ラバたちが眠っているのか起きているのかはなおも判らない。

8　エンジンで動くものもすでにあったが、ここはラバが引く機具と思われる。一九三〇年代は馬やラバが引く車と自動車が混在していた。
9　ここで冒頭の場面と同じ現在に追いつき、現在形になる。

今や石鹼と水だけでなく陽射しや風雨のせいでも色褪せている青い日よけ帽の下から、女は黙って愛想よく眼をあげて相手を見る。若くて、感じのいい、素直そうで、人懐こく、機敏さもある顔だ。女はまだ動かない。帽子と同じく色褪せた青い服の下で、形がはっきりしない身体はじっとしている。団扇と布の包みは膝の上だ。靴下は穿いていない。裸足の足は浅い溝に並んで置かれている。足の横に並んでいる男物らしい、土埃で汚れた、重そうな靴も動かない。とまった馬車の上で、薄青い眼のアームスティッドは背を丸めて坐っている。団扇が帽子や服と同じ色褪せた青い布でていねいに縁取りしてあるのに気づく。

「どこまで行くんだね」とアームスティッドは訊く。

「暗くなる前にもう少し行こうと思うんです」女は立ちあがって靴を手にとる。ゆっくりと慎重に道路に出て、馬車に近づく。アームスティッドは馬車を降りて手を貸すことはしない。ラバをじっとさせておくだけだ。その間に女は重い身体を引きあげるようにして乗り、靴を座席の下に置く。馬車はまた動きだす。「どうもありがとう。歩いてるとほんとに疲れて」

どうやらアームスティッドはまだ一度もまともに女を見ていないようだ。だが女が結婚指輪をしていないことにはもう気づいている。まだ女を見ない。馬車はまた緩慢に音を立てはじめる。「あんた、どのくらい旅してきたのかね」と訊く。

女はふうっと息を吐く。溜め息よりも静かな吐息で、穏やかな驚きも混じっているようだ。「今思うとずいぶん歩いてきたわ。アラバマから来たんです」

「アラバマから？　その身体で？　家族はどこにいるんだね」

女もアームスティッドに眼を向けない。「こっちのほうへ来ればうちの人に会えると思うんです。知らないですか？　名前はルーカス・バーチといって。ジェファソンにいるって、ちょっと前に聞いたんです。製板所[10]で働いてるって」

「ルーカス・バーチか」アームスティッドの口調はほとんど女のそれと同じだ。ふたりは板がたわみスプリングが壊れた座席に並んで坐っている。アームスティッドには膝に置かれた女の手と、日よけ帽の下の横顔が見える。横眼でそれを見る。女はラバのしなやかな耳の間から前に延びている道をじっと見つめているらしい。「あんたはそんな遠いところから、旦那さんを捜して、たったひとりで歩いてきたのかね」

女はすぐには答えない。しばらくして言う。「みなさん親切です。ほんとに親切にしてくれます」

10　製材してできた表面の粗い木材を滑らかな板に仕上げる工場。

「女連中もかね」横眼で女の横顔を見ながら、アームスティッドは思う　さてマーサがなんと言うか判ったもんじゃないぞ　それと同時にこう考える。『マーサがなんと言うかぐらい判るさ。女ってやつは人に親切にしてやっても腹ん中は別ってことがある。たぶんその辺が男と違うところだよ。親切にしてもらう必要のある身持ちの悪い女にうんと親切にしてやるのは身持ちの悪い女だけだ』そしてこう考える　ああ、判ってる。マーサが何を言うかぐらいちゃんと判ってるよ

女は少し前かがみの姿勢で、じっと坐っている。横顔はじっと動かない。頬はじっと動かない。「不思議ですよね」と女は言う。

「不思議かねえ。この辺の人じゃない若い娘がそんな身体で道を歩いてるのを見て、こりゃ亭主に逃げられたなと判るのは」女は動かない。馬車は今や一種のリズムを持ち、油を差されずに虐待される木のうめきが、のろのろ進む午後の時間や道や暑熱と一体になる。「それであんたはこっちで亭主を見つけるつもりなんだね」

女は動かない。ラバの両耳の間でゆっくりと動く道を見つめているらしい。たぶん夫との距離がはっきり道に刻まれているのが見えるのだろう。「きっと見つかると思うんです。難しくないはずです。みんなが集まって、笑ったり冗談を言ったりしてる場所にいます。そういうのが好きな人ですから」

アームスティッドはぶっきらぼうに唸るような声を出す。そして「そら行け、ラバども！」と叱咤してから、黙って思うのと、声に出して言うのの中間くらいの調子で言う。『きっと見つかるだろうな。そして男はアーカンソーやテキサスまで行かずにここでとまったのはとんでもない間違いだったと思い知るんだ』

太陽は傾いて、あと一時間で地平線の下に沈み、たちまち夏の夜が来る。前方で道路から小道が分かれている。小道は道路よりもさらに静かだ。「さあ着いた」とアームスティッドが言う。

女はすぐに動く。手を下に伸ばして靴をとる。靴を履く間すらも馬車を引きとめたくないようだ。「どうもありがとう。助かりました」と言う。

馬車はまたとまる。女は降りようとする。「陽が暮れる前にヴァーナーの店に着いても、ジェファソンまではまだ二〇キロあるぞ」とアームスティッドが言う。

女は靴と布包みと団扇を片手でぎこちなく抱え、もう片方の手は馬車を降りる時にその辺につかまるために空けておく。「じゃ、あたし行きます」

アームスティッドは女の身体に手を触れない。「あんた今夜はうちへ泊まっていくといいよ。うちは女房がいるから——女がいたほうが何かと……つまりもしあんたが——まあ、とにかくおいで。明日の朝一番にヴァーナーの店まで連れてってやろう。

そこから誰かに乗せてってもらえる。明日は土曜日だから、誰か町へ行くやつがいるよ。あんたの旦那が今夜のうちに逃げちまうってことはないさ。ジェファソンにいるなら、明日もいるだろうよ」

女は馬車を降りるつもりで荷物を片手で抱えたまま、身じろぎもせず坐っている。そしてじっと前を見つめている。前方で曲がっていく道には木立の影が斜めに落ちて縞模様をつくっている。「あたし、まだ何日かは大丈夫だと思うんです」

「ああ。時間はたっぷりある。ただ、あんたはいつ道連れができるか判らんだろう。自分で歩けない道連れが。だからうちへ来るといい」アームスティッドは返事を待たずにラバを歩かせる。馬車は薄暗い小道に入る。女はうしろにもたれるが、団扇と布包みと靴はまだ抱えたままだ。

「ほんとに申し訳ないです。ご迷惑かけたくないんですけど」

「なあに。ともかくおいで」ラバたちは初めて自発的にすばやく歩きだす。「玉蜀黍《とうもろこし》の匂いを嗅ぎつけたんだ」アームスティッドはそう言って考える。『まあでも女ってのはそうなんだよな。同じ女なのにまず足を引っ張るのは女だ。この女が父《てて》なし子を孕んでても大手を振って道を歩いてるのは、男どもが助けてくれるのを知ってるからだ。女連中のことなんぞ気にしない。こういう厄介な目に遭わせたのは女じゃないからな。もっとも当の女はこんな腹になったことを厄介なことだとは言わんかもしれんが。そうさ。結婚してようがしていまいが、子供を孕んじまったとたん女は女の仲間から離れて、それまで女の世界にだけいたのと釣り合いをとるために男の仲間に入るのさ。だから嗅ぎ煙草をやったり、煙草を吸ったり、投票したりしたくなるんだ』[11]

馬車が母屋の前を通って納屋の前庭のほうへ行くのを、アームスティッドの妻が戸口から見ている。アームスティッドはそちらを見ない。見なくてもそこにいるだろうこと、そして現にいることが判るからだ。『そうさ』とアームスティッドは苦笑する気分で思いながら、馬車を納屋の開いた入り口に乗り入れる。『あいつがなんと言うかは判ってる。ちゃあんと判ってるよ』アームスティッドは馬車をとめる。妻が今はこちらを見ていなくて、台所へ行って待っているのは見なくても判る。馬車をとめたアームスティッドは、「あんた先に家へ行ってな」と言う。自分はすでに馬車を降りている。女は今ゆっくりと、自分の身体の中の物音に耳を澄ますような慎重さで馬車を降りるところだ。「誰かがいたら、そりゃマーサだ。俺は牛に餌を食わしてから行くから」アームスティッドは、女が前庭を横切って台所のほうへ行くのを見ない。見

11 アメリカで女性が参政権を獲得したのは一九二〇年。

る必要がない。彼も一歩一歩、女と一緒に台所の入り口から入っていき、先ほど母屋の玄関から馬車が通るのを見ていたのとまったく同じように台所の入り口のほうを見ている妻と向き合う。『あいつがなんと言うかはちゃんと判ってるさ』とアームスティッドは思う。

ラバを馬車からはずし、水を飲ませて、仕切りに入れて餌をやると、牧草地にいる牛を中に入れる。それから台所へ行く。妻はまだそこにいる。この冷ややかできつい癇癪持ちの顔をした灰色の女は、六年の間に五人の子供を産み、男の子も女の子も一人前の大人に育てあげた。怠け者ではない。アームスティッドは妻を見ない。流しへ行き、桶から手洗い鉢に水をくんで、袖をまくりあげる。「あの人はバーチさんだ。捜してる男がそういう名前なんだそうだ。ルーカス・バーチ。ちょっと前に誰かから、ジェファソンにいると聞いたらしい」妻に背を向けたまま手を洗いはじめる。「アラバマから来たんだと。ひとりで、歩いてな。そう言ってるよ」

ミセス・アームスティッドは振り返らない。テーブルの支度で忙しい。「またアラバマに戻るよりずっと前に、ひとりじゃなくなりそうだね」

「そのバーチって男と会うより前かもしれんな」アームスティッドは流しでせっせと石鹸と水を使う。頭のうしろと、汗で色落ちした青いシャツの肩に、妻の視線を感じる。「サムソンの店で誰かが言ったそうだ。ジェファソンの製板所で、バーチとかなんとかいう男が働いてるって」

「そこへ行けば男が見つかると思ってるわけ？　家を用意して、家具も入れて、待ってくれてるって」

その声音からは、妻が今こちらを見ているのかどうかは判らない。アームスティッドは小麦粉の麻袋を切ってつくった布巾で手を拭く。「見つかるかもしれんさ。ほんとに逃げたいんなら、その男、ミシシッピ川を越えないうちにとまったのが大きな間違いだったと気づくことになるよ」今や妻がこちらを見ているのがはっきり判る。太ってても痩せてもいない灰色の女は、男と仕事で苦労しつづけで、実用一点ばりの灰色の服をざっくり無造作に着て、両手を腰にあてがい、戦いに敗れた将軍のような顔をしている。

「ほんとに男ってやつは」と妻は言う。

「じゃどうするんだ。追い出すのか。納屋にでも寝させるか」

「ほんとに男ってやつはしょうがないよ」

ふたりは一緒に台所に入る。ただしミセス・アームスティッドが先で、まっすぐ炊事用ストーブまで行く。リーナは部屋に入ってすぐのところに立つ。今は帽子を脱ぎ、髪をきれいに梳《と》かしている。青い服までが休息して元気を取り戻したように見える。リーナが見ていると、ミセス・アームスティッドは男のような乱暴な手つきでストーブの蓋を開け、薪を突っ込む。「あの、お手伝いさせてください」とリーナが言う。ミセス・アームスティッドは振り返らない。がちゃんと手荒くストーブの蓋を閉める。「そこにいなよ。坐ってたほうが、産気づくのが遅くなるかもしれないよ」

「お手伝いさせてもらえたらありがたいんですけど」

「いいからじっとしてて。こんなことはこの三〇年、毎日三度ずつやってるんだから。手伝いが欲しかった時はとっくの昔に過ぎちまったよ」ミセス・アームスティッドはストーブを焚《た》きつけるのに忙しく、うしろを見ない。「あんたの名前はバーチだってうちのが言ってたけど」

「はい」とリーナは答える。今や声は重々しい神妙なものになっている。じっと坐って、膝の上の手も動かさない。ミセス・アームスティッドも首をめぐらさない。やはりストーブの前で忙しくしている。火を熾《おこ》す時は荒っぽいほど手早くやったが、今はそれに比べると途方もなく細かな注意力が必要だとでもいうように、まるで高価な時計でも修理しているように見える。

「名前はもうバーチになってるのかい」とミセス・アームスティッドが訊く。

若い女はすぐには答えない。ミセス・アームスティッドはもうストーブをがたつかせないが、依然として若い女に背を向けたままだ。それから振り返る。ふたりは見つめ合う。突然心が裸になったお互いをじっと見る。若い女は髪をきれいに梳かした姿で椅子に坐り、両手を力なく膝に乗せている。ストーブのそばの年配の女は、若い女のほうを向いて、やはりじっと動かない。灰色の髪はうしろで乱暴にねじって留めていて、顔は砂岩に眼鼻を刻んだようだ。若い女が口を開く。

「あたし嘘言いました。名前はまだバーチじゃないです。リーナ・グローヴっていいます」

ふたりは眼を見かわす。ミセス・アームスティッドの声は冷たくもなければ温かくもない。どんな声でもない。「あんたはその男に追いついて、ちゃんと間に合うようにバーチって名前になりたいと。そういうことだね？」

リーナは今や眼を伏せている。まるで膝の上の手を見ているかのように。声は静かで頑固だが、屈託がない。「ルーカスが約束しなかったのは、別にいいんです。先に行かなくちゃならなくなったのは運が悪かっただけで。あの人、思ったとおりにいかなくて、あたしに迎えをよこすつもりだったのにできなかったけど。あたしとあの人は言葉で約束する必要なんてないんです。行かなくちゃいけないと判った夜、あの人は——」

「それはどういう夜？　あんたが子供ができたと話した夜じゃないの」

リーナは一瞬、答えに詰まる。顔は石のように動かないが、硬くはない。その頑固さにはやわらかさがある。理屈ぬきに超然とした静かな落ち着きが、内側から光を点している。ミセス・アームスティッドはリーナを見つめる。リーナは相手を見ずに話す。「あの人が、人からよそへ行くほうがいいって言われたのは、その夜よりずっと前なんです。もっと早くあたしに言わなかったのは、あたしを心配させたくなかったからです。よそへ行くほうがいいって最初に聞いた時、あの人はほんとにそれが一番いい、現場主任に嫌われてないところのほうが早く稼げるはずだって判ったんです。でも出発を延ばしてました。でもこういうことが起きたから、あたしたち、もう先延ばしできなくなったんです。主任がルーカスに意地悪だったのは、ルーカスを嫌ってたからです。若くて、いつもものすごく明るいから。主任はルーカスの仕事を自分の親類にやらせたがってました。でもルーカスは、あたしを心配させるだけだからそういうことを話すつもりはなかったんです。でもこういうおなかになったから、あたしたちはもう待てなくなりました。あたしからあの人に出発してと言ったんです。あの人は、あたしがそうしてほしかったらここにいると言いました。主任に意地悪されてもされなくても。でもあたしは行ってと言ったんです。あの人は行きたがらなかったけど、あたしは行ってと言いました。あたしが行っても大丈夫なように用意ができたら言伝《ことづて》をよこしてって言いました。でもいろうまくいかなくて、あの人、間に合うように言伝をくれることができなかったんです。そうするつもりだったのに。知らない人ばかりの土地へ若い者が行ったら、落ち着くのに時間がかかりますよね。あの人、出ていく時、自分が思ってるより落ち着くのに時間がかかるってことを知らなかったんです。ルーカスみたいに若くてものすごく明るい人は、とくにそうなんです。人が好きで、みんなと愉しむのが好きで、人にも好かれるから。予定より時間がかかるのが判らなかったんです。若くて、冗談を言って笑わせるのが得意だから、みんなにしょっちゅう誘われて。あの人はみんなが気を悪くすると嫌だから、自分ではそのつもりがないのに、つい仕事に差し支えるようなことをしてしまうんです。それにあたし、あの人に最後にうんと愉しんでもらいたかったんです。結婚って、若くて明るい男の人にとってと、女にとってとでは、やっぱり違うものだから。若くて明るい男の人のほうが、結婚生活って長く感じるんじゃないかって。そう思いませんか」

ミセス・アームスティッドは答えない。椅子に坐ったリーナの滑らかな髪と、膝の上にじっと置かれている両手と、物思いにふけるやわらかな顔を見る。「たぶんあの人はもう誰かに言伝を頼んだんだろうけど、うまく届かなかったんです。ここからアラバマまではうんと遠いし、ここだってまだジェファソンじゃないんですもんね。手紙はいらないってあたしは言いました。あの人、手紙を書くのは得意じゃないから。だからあたし、『用意ができたら誰かに言伝を頼んで』って言ったんです。『待ってるから』って。あの人が行ってしまったあと、最初はちょっと心配でした。あたしの名前はまだバーチじゃないし、兄もほかの身内もルーカスのことをあたしほどよくは知らないから。だって知りようがないですよね」その顔に、やわらかく明るい驚きの表情がゆっくりと現われる。まるで自分がそれを知らずにいたことに今初めて気づいた、そんな事柄に今思い至ったというように。「みんなに判るはずないですよね。でもあの人はまず落ち着かなくちゃいけなかったんです。あの人は知らない人たちの間に交じらなくちゃいけないのに、あたしはあの人がいろいろ苦労している間ただ待っていればいいだけなんです。しばらくしたら、たぶんあたしはおなかの中でこの子を育てるのに忙しくて、あたしの名前がどうだとか、みんながどう思うかとか、そんなことに構ってられなくなったんです。でもあたしとルーカスの間では言葉での約束なんていらないです。きっと何か思いがけないことが起きたか、言伝を頼んだのにそれがうまく届かなかったかしたんです。だからある日、あたしはもう待ってないで出かけようと思ったんです」

「出発する時、どっちへ行けばいいかはどうして判ったの」

リーナは自分の両手を見ている。今、その手は動き、何かに心を奪われて物思いにふけるような感じでスカートの裾に襞《ひだ》をつけている。リーナは自信をなくしているのでも、臆しているのでもない。手それ自体が物思いにふけりながら反射的に動いているように見える。「あちこちで人に訊きました。ルーカスは若くて明るい人で、みんなとすぐ仲良くなる人だから、どこでもみんなあの人のことを覚えてるはずなんです。だからあちこちで訊きました。みなさんとても親切にしてくれます。それであの人がジェファソンにいて、製板所で働いてるって、二日前に聞いたんです」

ミセス・アームスティッドはリーナの伏せられた顔を見る。両手を腰にあて、冷淡な軽蔑の表情を浮かべて、リーナを見つめる。「あんたは自分が行っても男はジェファソンに残ると思ってるんだね。そもそも男がジェファソンにいればの話だけど。あんたが同じ町にいると聞いても、男は陽が暮れる時にまだ町にいると思ってるんだね」

リーナは深刻で神妙な顔をうつむけている。手はもう動いていない。まるでそこで死んだかのように、膝の上でじっとしている。声は静かで、落ち着いていて、頑固だ。「赤ちゃんが生まれる時は、家族がそろってなきゃいけないと思うんです。とくに最初の子の時は。神様が、そうなるようにしてくださると思います」

「そりゃあ神様はそうしてくださらなきゃね」とミセス・アームスティッドは激しく、口荒く言う。ベッドに寝ているアームスティッドは、頭を少しもたげ、足板の向こうの妻を見ている。まだ寝巻きに着替えていない妻は、化粧台のランプから落ちる光のほうへ背をかがめ、抽斗《ひきだし》を乱暴にかき回す。金属製の箱を取り出し、首からさげた鍵で解錠して、布袋をひとつ出す。袋を開き、取り出したのは、背中に細長い穴のある小さな陶器の鶏だ。動かすとじゃらじゃら硬貨が音を立てるそれを、化粧台の上で逆さにして激しく振ると、細長い穴から硬貨がぽとり、ぽとりと侘《わび》しくこぼれ落ちてくる。アームスティッドはベッドからそれをじっと見ている。

「卵を売って貯めた金を、こんな夜中に出してどうするんだ」

「あたしのお金なんだからどうしようと勝手だろ」ランプの光の中で、険しい苦い顔をうつむけている。「鶏の世話を一生懸命やったのはあたしだ。あんたなんかなんにもしやしない」

「ああそうだよ。あの鶏はおまえのもんじゃないなんて言うやつはこの辺にひとりもいないさ。袋鼠や蛇は狙ってるけどな。その雄鶏の貯金箱だってそうだ」ミセス・アームスティッドは不意にかがんで片方の靴を脱ぎ、陶器の貯金箱をひと打ちで叩き壊す。アームスティッドがベッドに寝たまま見ていると、妻は陶器の破片の中から硬貨の残りを拾って、すでに出していたものと一緒に袋に入れ、口を紐で縛り、さらに三、四回、乱暴に結び目をつくる。

「これ、あんたからあの娘《こ》にやってよ」と言う。「陽が昇ったら、馬車の用意をして、あの娘をこの家から連れ出して。なんならジェファソンまで送ってっていいから」

「ヴァーナーの店へ行きゃ誰か乗せてってくれるやつがいるさ」とアームスティッドは言う。

ミセス・アームスティッドは日の出前に起きて朝食をつくった。朝食は、アームスティッドが牛の乳搾りを終えて戻ってくるとテーブルに載っていた。「食べにくるよう言ってきとくれ」とミセス・アームスティッドは言う。アームスティッドとリーナが台所に入ってくると、ミセス・アームスティッドはいなかった。リーナは部屋の中を一度だけ見回した。ドア口では立ちどまったとは言えないほど短く立ちどまっただけだった。その顔の表情には微笑みと、あらかじめ用意されている言葉がすでに含まれているのが、アームスティッドには判った。だがリーナは何も言わなかった。立ちどまったとは言えないくらい短い間立ちどまっていただけだった。

「じゃあ食べて出かけよう」アームスティッドは言った。「あんたはまだ先が長いからな」それからリーナが食べるのを見た。リーナは昨夜の夕食の時と同じように静かで元気のいい行儀のよさで食べたが、今朝はいくらかの堅苦しさと気にしすぎなほどの遠慮が出て、気持ちのいい食べっぷりが損なわれていた。それからアームスティッドは口を紐で縛った布袋をリーナに渡した。リーナはそれを受け取ると、顔に温かみのある喜びを浮かべたが、あまり驚かなかった。

「奥さん、ほんとにご親切に」とリーナは言った。「でもこれはいらないです。もうすぐあの人に会えますから」

「まあもらっておきな。もう気づいてるだろうけど、マーサは自分でこうしようと決めたことに逆らわれるのを嫌がるから」

「ほんとにご親切に」リーナはお金の入った袋をバンダナの包みに包んで、日よけ帽をかぶった。馬車の用意はできていた。ふたりの乗った馬車が路地に出た時、リーナは家のほうを振り向いた。「おふたりとも、ほんとにありがとうございます」

「うちのやつがしたことさ」とアームスティッドは言った。「俺にはお礼を言ってもらう資格はない」

「でもほんとに親切にしていただいて。奥さんによろしく伝えてください。自分でご挨拶したかったけど……」

「なあに。あいつはなんかで忙しいんだろう。俺が言っとくから」

早朝の陽射しの中、ヴァーナーの店まで馬車で行くと、靴の踵で板がすり減ったポーチにすでにしゃがんで唾と一緒に嚙み煙草を吐いている男たちが、布包みと団扇を持ってリーナが馬車からゆっくりと慎重に降りてくるのを見た。この時もアームスティッドはリーナに手を貸さなかった。座席から言った。「この人はミセス・バーチだ。ジェファソンへ行きたがってる。今日行くやつがいたら、乗せてってやってくれんかな」

リーナは土埃にまみれた重い靴で地面に降りた。晴れ晴れとした穏やかな眼でアームスティッドを見あげた。「ほんとにどうもありがとうございました」

「なあに。これで町まで行けるだろう」アームスティッドはそう言ってリーナを見おろした。それから無限に続くかと思える間、自分の舌が言葉を探すところを眼に浮かべながら、静かにすばやく考えると、思考はこんなふうに走った　男ってやつは。

男ってやつはみんなこうだ。善いことをする機会は一〇〇回ほど見逃しておきながら、余計なお世話を一回やる機会は見過ごさない。金を儲けたり有名になったり善行を積んだりする機会はよく見逃すし、時には邪悪なことをする機会もつかみ損なうが、余計な世話を焼く機会だけは見逃さないんだ　それからアームスティッドの舌は言葉を見つけた。そして自分の言葉を聞きながら、たぶんリーナが感じるであろう驚きを感じた。「ただ、俺ならあんまりあてにしないっていうか……あてにしたりは……」そこで、こう思う　この娘は聞いちゃいない。こういう言葉が耳に入るくらいならこの馬車から降りたりはしないだろう。あんな腹をして、あんな団扇と小さな包みを持っただけで、一度も見たことのない場所へひとりで行って、男を捜そうなんて。その男には二度と会えないだろうに。この娘はその男に会うのが一度だけ多すぎたんだ「――まあ明日か今夜か、またおんなじ道を帰ってきたら……」

「あたし、もう大丈夫だと思います」とリーナは言った。「あの人はジェファソンにいるそうですから」

アームスティッドは馬車の向きを変えて家路についた。たわんだ座席に背中を丸めて坐り、薄青い眼で前を見ながら考えた。『言ってやってもどうせ無駄だった。俺の言うことが耳に入ってもあの娘は信じなかったろう。今までだってまわりの者がどう考えようと信じなかったんだからな。もうかれこれ……四週間になるとあの娘は言った。その長さを感じもしないし、長い時間がかかってることの意味も判ってないんだ。今は店の前の階段の一番上に坐って、両手を膝に置いてるだろう。ポーチにしゃがんだ男どもはあの娘の身体ごしに唾を道のほうへ吐く。あの娘は男どもから訊かれるのを待たずに自分から話しだすはずだ。自分からそのろくでもない男のことを話すはずだ。まるでとくに隠したいことも話したいこともないという話し方だろうよ。ジョディ・ヴァーナーか誰かが、ジェファソンの製板所にいる男はバンチであってバーチじゃないと言っても、気にもしないだろう。たぶんあの娘はマーサより物が判ってるんだろうな。ゆうべマーサに、神様がいいようにしてくださると言ってたあの娘のほうが』

一つ二つ尋ねられただけだった。それだけで、階段の一番上の段に坐り、膝に団扇と布の包みを載せているリーナは、また身の上話をしはじめる。根気よく語るのは、子供がつく嘘のような底の透けて見える作り話だが、しゃがんでいるオーバーオール姿の男たちは静かに聞いている。

「その男の名前はバンチだ」とヴァーナーが言う。「もう七年ほど前から製板所で働いてる。そいつとは別にバーチという男もいるって、どうして判るんだね」

リーナは道の先、ジェファソンのほうを見ている。顔は穏やかで、何かを待っているようで、ぼんやりしてはいないが、少し超然としている。「あの人、きっといると思います。その製板所に。ルーカスは愉しいことが好きなんです。静かに暮らすのは好きじゃなくて。ドーンズ・ミルが肌に合わなかったのはそういうわけなんです。だからあの人は——あたしたちは——変えようって決めたんです。お金と愉しみのために」

「金と愉しみのためにか」とヴァーナーは言う。「金と愉しみのために自分のやるべきことや自分を頼りにしている者らを放り出した若い遊び人は、そのルーカスとやらが初めてじゃないよ」

だがリーナは聞いている様子がない。階段の一番上の段に静かに坐り、この先で曲がっていく、ジェファソンに向かう道を見ている。道は上り坂で、今は誰もいない。壁沿いにしゃがんでいる男たちは、リーナのじっと動かない落ち着いた顔を見ながら、アームスティッドが考え、今ヴァーナーが考えているのと同じことを考える。今この娘はやくざな男に思いを馳せている。それは身重になった娘を置き去りにした男だ。今この娘はもう二度とその男を見ることはないだろう。かりに見るとすれば、すたこら逃げるそいつのうしろへ水平になびいている上着の裾くらいのものだ。『それともこの娘が考えているのは、スローンズ・ミルだかボーンズ・ミルだかのことかな』とヴァーナーは思う。『どんな馬鹿な娘でも、はるばるミシシッピまで来なくたって、どんな場所も自分が逃げてきた場所とそうは違わないってことぐらい判るはずだ。たとえもといた場所には妹の夜歩きに反対する兄貴がいるにしてもな』そして思う　俺だってその兄貴と同じことをしただろう。父親がいたらやっぱり同じことをしただろう。この娘にはきっと母親がいない。なぜなら男親はどんなに娘が可愛くても赦せないことをしたら追い出すが、女親はどんなに娘が赦せないようなことをしてもやっぱり可愛くて一緒に暮らすからだ

リーナはそういうことを全然考えていない。手の下にある布包みの中の硬貨のことを考えている。朝食のことを思い出し、今、店に入ってチーズとクラッカー、それになんなら鰯《いわし》の缶詰も買えるのだと思っている。アームスティッドの家でとった朝食は、コーヒー一杯と玉蜀黍パン[12]をひときれ。それだけだった。アームスティッドはもっと食べろと勧めてくれたが。『あたしは行儀よく食べた』とリーナは思う。両手を布包

12　玉蜀黍の粉で焼いたパン。コーンブレッド。

みの上に置き、この中にお金があると意識しながら、一杯だけ飲んだコーヒーと、食べ慣れない味のパンの無作法ではない大きさのひとかけらを思い出して、澄みきった誇りとともに思う。『あたしはレディみたいに食べた。旅の途中のレディみたいに食べた。でも今は、そうしたかったら、いわしだって買える』

上りの坂道をじっと眺めているように見えるリーナを、しゃがんで時々唾を吐きながらちらちら盗み見る男たちは、きっとこの娘はその男のことや迫っている危機のことを考えているんだなと思っているが、実際のところリーナは、彼女の生きるよすがである古い大地の本能が発する神のお告げのような警告と、今ちょっとした戦いを繰り広げている最中だ。今回はリーナが勝つ。立ちあがって、ややぎこちない足取りで、少し用心しながら、男の眼の砲列の前を横切り、店に入ると、店員もあとから入ってくる。『あたしはやる』とリーナは思う。チーズとクラッカーを注文する間も『あたしはやる』と思い、「それから、いわしの缶詰も」と声に出して言う。〝いわし《サーディーン》〟を〝サワーディーン〟と発音して。「五セントの缶詰ください」

「五セントの缶詰はないよ」と店員は言う。「いわしの缶詰は一五セントだ」店員も〝サワーディーン〟と言う。

リーナは考える。「五セントだと、なんの缶詰がありますか」

「靴墨しかないな。靴墨はいらんでしょ。食べるのに」

「それじゃ一五セントのをください」リーナは包みをほどいて口を縛った袋を出す。紐をほどくのに少し時間がかかる。だが結び目をひとつずつ、忍耐強くほどき、代金を払い、それからまた紐で袋の口を縛り、バンダナで荷物を包んで、買ったものをとりあげる。ポーチに出ると、階段のそばに馬車がとまっている。男がひとり座席についている。

「あの馬車、町へ行くんだ」と男たちが教えてくれる。「乗せてってやるとさ」リーナの顔が眼醒める。晴れやかに、おっとりと、温かく。「みなさん、どうもありがとう」とリーナは言う。

馬車はゆっくりと着実に進む。まるでこの馬車は、広大な土地の、陽射しにあふれた物寂しさの中で、慌しい時間の流れの外にあり、それらを超越しているかのようだ。ヴァーナーの店からジェファソンまで二〇キロ。「お昼時までに着きますか」とリーナは訊く。

御者は唾を吐く。「着くかもなあ」

どうやら御者はまだ一度もリーナを見ていないようだ。馬車に乗り込んできた時でさえ。リーナもまだ御者を見ていないようで、今も見ようとはしない。「ジェファソンへはしょっちゅう行くんでしょうね」

御者は、「まあね」と答える。馬車は軋《きし》り音《ね》を立てながら進む。野原も森も逃れがたい中くらいの距離のところで宙吊りになり、静止していると同時にすばやく流れていて、まるで蜃気楼のようだ。それでも馬車はそこを通り過ぎていく。

「ジェファソンにいるルーカス・バーチって人のこと、知らないですよね」

「バーチ？」

「これから会いに行くんです。製板所で働いてる人なんだけど」

「いや。知らんなあ。しかしジェファソンには俺の知らない人が大勢いるからなあ。その人もいるだろうよ」

「いればいいなと思うんです。旅がだんだん辛くなってきて」

御者はリーナを見ない。「どこから来たの。その人を捜して」

「アラバマです。すごく遠いところです」

男はリーナを見ない。ごくさりげない声で言う。「身内の人がよく旅に出したねえ。そんな身体なのに」

「親はふたりとも死んで、兄の家で暮らしてました。でも出てくることに決めたんです」

「なるほど。その人がジェファソンへ来るように言ってきたんだね」

リーナは答えない。御者は日よけ帽の下に穏やかな横顔を見る。馬車は進む。ゆっくりと、時間とは無縁に。前方に何キロも延びている赤い道は、ラバたちの着実な足取りの下へ、がたがたぎしぎし音を立てる車輪の下へ、急ぐことなくたぐり込まれていく。太陽は今や頭上の高みに来て、日よけ帽の影は今リーナの膝に落ちている。リーナは太陽を見あげる。「そろそろお昼時ですね」と言う。御者が横目で見ると、チーズとクラッカーの包みを開き、いわしの缶詰を開けて、勧めてくる。

「俺はけっこう」と御者は言う。

「一緒に食べてくださったら嬉しいんですけど」

「俺はいい。いいからあんたお食べ」

リーナは食べはじめる。ゆっくりと、着実に。いわしの濃密な油がついた指を吸い、ゆっくりと残らず味わう。それから食べるのをやめる。突然にではないが、完全に。顎が噛む途中でとまり、齧りかけのクラッカーを手に、顔が少しうつむく。眼は虚《うつ》ろで、どこかうんと遠くの音、あるいはうんと近くの身体の内側の音に、耳を澄ましているかのようだ。栄養たっぷりの濃い血の色が抜けてしまった顔で、じっと坐り、太古から存在する無情な大地の音を聞き、その大地を感じながら、不安や怖れは抱いていない。『少なくとも双子ね』と唇を動かさず、声も出さずに、独りごとを言う。それから痙攣《けいれん》が去る。リーナはふたたび食べはじめる。その間、馬車はとまらず、時間もとまっていない。馬車が最後の坂を登りきると、向こうに煙が見える。

「ジェファソンだ」と御者が言う。

「まあ、もうすぐ着くんですね」

今度は御者のほうが聞いていない。前を向いて、谷間をはさんだ次の高台にある町を見ている。御者が鞭で指す先を見ると、煙の柱がふたつ、立ちのぼっている。ひとつは石炭を燃やして出る濃い煙で、高い煙突が吐き出している。もうひとつの黄色みがかった煙の高い柱は、どうやら町の向こうの木立の間からあがっているらしい。

「あれは家が燃えてんだ」と御者は言う。「見えるだろ」

だがリーナも相手の話を聞いていないし、聞こえてもいないようだ。「まあまあ」とリーナは言う。「旅に出てまだひと月なのに、もうジェファソンにいるなんて。まあまあ。人間ってほんとにあちこち行けるものなのね」

2

バイロン・バンチは次のことを知っている。[1] 三年前の、ある金曜日の朝のことだった。製板所の板削り小屋で働いている数人が顔をあげると、知らない男が立って、こちらを見ていた。どれくらい前からそこにいたのかは判らなかった。男は浮浪者のように見えたが、浮浪者ではないようにも見えた。靴は土埃まみれで、ズボンも汚れていた。だがそこそこの品質のサージのズボンで、きちんと折り目がついていた。シャツも汚れていたが、白いシャツで、ネクタイをしていた。つばの硬い麦藁帽子はかなり新しいが、無表情な顔の上で斜めにかぶっているさまは横柄で嫌な感じを与えた。お定まりのぼろ服を着たプロの渡り労務者《ホーボー》には見えないが、何か決定的に根無し草の雰囲気があった。どんな町も都市もこの男の故郷ではなく、どんな通りも壁も土地の区画もこの男の家ではないといったふうだった。当人もそのことを自覚して、いつもそれを、冷酷に、孤独に、誇らしげに、幟旗《のぼりばた》よろしく掲げて歩いているかのようだっ

1　この現在形の時は、前章から続く、リーナがジェファソンに着いた土曜日の午後。

た。「まるでそいつは」と、その時に男を見た連中は言ったものだった。「とりあえず今はツキに見放されてるが、いつまでもこのままじゃいねえし、そこから這いあがるのに手段は選ばねえって感じだったな」男は若かった。バイロンの眼に映ったその男は、そこに立ち、オーバーオールに汗染みをつくっている男たちを眺めていた。口の端に煙草をくわえ、侮蔑を含んだ暗い無表情を保ち、煙のせいで顔の片側を軽くしかめていた。やがて男は煙草を手でとらずにぷっと吐き出し、身体の向きを変えて、製板所の事務所のほうへ歩きだした。色落ちし、作業で汚れたオーバーオールを着た男たちは、一種の当惑ぎみの憤慨を覚えながら男の背中を見送った。「顔を機械鉋《プレーナー》で削ってやるか」と現場主任は言った。「そうすりゃあの面《つら》つきがとれるだろうよ」

男が何者なのか誰も知らなかった。誰も今まで見たことがない男だった。「しかし人前であんな面つきをしてるのはまずいよな」とひとりが言った。「無神経にあんな面をしてたら、誰かが気に食わねえと思うかもしれねえ」それからみんなはその男のことを忘れた。少なくとも話題からはずした。男たちはベルトやシャフトが唸ったりこすれたりする中での作業に戻った。だが一〇分とたたないうちに、製板所の経営者が、その見知らぬ男を連れて入ってきた。

「この男に仕事をさせてやってくれ」と経営者は主任に言った。「シャベルは使えるそうだ。おが屑の山がいいんじゃないか」

ほかの者は作業を中断しなかったが、この汚れた外出着を着て、癇に障る暗い顔をし、全身から冷たい静かな侮蔑の念を発している見知らぬ男を見ない者は、製板所にひとりもいなかった。主任は男をちらりと見た。眼つきは男のそれと同じくらい冷たかった。「この服で仕事する気ですかね」と主任が言った。

「それはこの男の勝手だ」と経営者は言った。「こっちは服を雇うわけじゃない」

「まあどんな服でも、あなたとその男がいいんなら、俺は別にいいですがね」と主任。「よし、それじゃ、あそこへ行ってシャベルをとってこい。向こうにいる連中を手伝って、あのおが屑を移すんだ」

新入りの男は無言のまま身体の向きを変えた。ほかの男たちは、男がおが屑の山のところへ行って姿を消し、シャベルを手にふたたび現われて、作業にとりかかるのを見た。主任と経営者が入り口の近くで話していた。話が終わり、主任が戻ってきた。「やつの名前はクリスマスだ」[2]と言った。

2　この苗字を始めとして、クリスマスにはイエス・キリストを連想させる点がいくつもある。主だったものをそのつど訳注で示すことにする。

「名前はなんだって？」とひとりが訊き返した。

「クリスマス」

「外国人ですかい」

「クリスマスって名前の白人なんて、おまえ聞いたことあるか」と主任。

「白人でもなんでも、そんな名前は聞いたことねえや」

その時初めてバイロンは、そういえば以前こんなことを考えたことがあると思い出した。それは、人間の名前というものはその人を指し示す音にすぎないが、ほかの者がその意味を前もって読み取ることさえできれば、その人間がこれからすることを予告する前兆になることがあるということだった。バイロンには、その名前を聞くまでは、誰も新入りの男を特別な眼で見なかったように思えた。だが名前を聞いたとたん、その音には何かこれから起きることを告げようとしているものがあると感じられた。その新入りは逃れられない警告を身に帯びていた。それは花が香りを持ち、がらがら蛇ががらがらという音を持つようなものだった。ただ男たちの誰もその警告を警告と認めることができなかった。あいつは外国人だと考え、男がその金曜日の終わりまでネクタイに麦藁帽子に折り目つきのズボンの姿で働くのを見ても、それがあいつの国のやり方なんだろうと言い合うだけだった。もっとも中にはこんなことを言う者もいた。「あれは今日だけさ。明日の朝は、あんなよそいきは着てこねえよ」

土曜日の朝になった。始業のサイレンが鳴る前ぎりぎりに出勤してきた者たちが言った。「野郎は――どこに――」ほかの者たちが指さした。新入りは、おが屑の山のそばにひとり立っていた。シャベルを持ったクリスマスは、前日と同じ服を着て、粋がった帽子をかぶり、煙草をふかしていた。「俺らが来た時はもういたよ」と早く出勤してきた連中が言った。「ああやって、あそこに突っ立ってた。ひと晩中寝ずにああやってたみたいにな」

クリスマスは誰とも話さなかった。誰も話しかけようとしなかった。だがみんなはクリスマスを意識していた。その着実に動く背中（男はどこか陰険な感じのする抑制のきいた着実な動きで、まずまずよく働いた）と両腕を意識していた。正午になった。バイロンを除いて、今日は誰も弁当を持ってきていなかった。土曜日の午後と日曜日は休みなので、持ち物を持って帰り支度を始めた。バイロンは弁当を持って、いつもはみんなで昼食をとるポンプ室へひとりで行き、しゃがんだ。それから、ふと気配を感じて眼をあげた。少し離れたところで、クリスマスが柱にもたれて煙草を吸っていた。自分が入ってきた時、そこにいたのに、立ち去ろうとはしなかったことをバイロンは知っていた。あるいはもっと悪くとるなら、わざとここへ来ていて、バイロンが来ても、おまえなど柱と同じだと言わんばかりに無視しているのだった。「あんたは帰らないのかい」とバイロンは訊いてみた。

男は煙を吐き出した。それからバイロンを見た。顔は痩せこけ、肉はむらのない死んだような感じのする羊皮紙の色だった。皮膚ではなく、肉そのものがそんな色だというふうだった。まるで頭部全体が、徹底的に均一にこねられ、すさまじい高温の窯で焼かれてできたかのようだった。「残業手当てはいくら出るんだ」とクリスマスが訊いてきた。その時、バイロンは悟った。なぜこの男が作業服を着ないで普通の服で働くのか、なぜ昨日も今日も昼に弁当を食べないのか、なぜ今日、ほかの者のように正午で仕事をあがらないのかを。あたかも男の口から聞いたかのように悟ったのは、クリスマスがポケットに五セント硬貨ひとつ持っておらず、この二、三日は煙草の煙だけで生きていたらしいということだった。そう思い至るとほぼ同時に、バイロンは弁当入れを差し出した。思考と同じく反射的な行動だった。その行動が完結しないうちから、クリスマスは面倒臭そうな人を馬鹿にしたような態度を変えることなく、顔の向きを変え、煙草の低くたなびく煙ごしに、差し出された弁当入れを一度だけ見た。

「腹はへってない。その臭え肥《くせ》やしみたいな飯は自分で食いな」

月曜日の朝になると、バイロンは自分の考えが正しかったことを知った。男は新しいオーバーオールを着て、昼食を入れた紙袋を持って出勤してきた。だが昼休みになってもほかの男たちと一緒にポンプ室でしゃがんで食べることはせず、ふてぶてしい顔つきも相変わらずだった。「ああいう面をしたいんならさせとくさ」と主任は言った。「シムズが雇ったのはやつの服でも顔でもないからな」

経営者のシムズはあの男の舌を雇ったわけでもない、とバイロンは思った。少なくともクリスマスは舌を雇われたとは思っていないようで、そういう振る舞いをしなかった。半年たっても誰とも話さなかった。製板所で働いていない時は何をしているのか誰も知らなかった。時々、誰か作業員が夕食のあと町の広場などですれ違うことがあったが、クリスマスはまるで知らない男だというような顔をした。そういう時は、例の新しい帽子をかぶり、アイロンをかけたズボンをはき、口の端に煙草をくわえ、人を小馬鹿にした表情で顔の前に煙を吹き流していた。どこに住んでいるのか、夜はどこで寝ているのか、誰も知らなかったが、時々、町はずれの森の中を通る小道を、まるでその先のどこかに住んでいるとでもいうように歩いていくのを見かける者もいた。

以上は今のバイロンが知っていることとは違っている。当時のバイロンが知っていたことだ。その当時に見聞きして知った事柄だ。当時は作業員たちの誰も、クリスマスがどこに住み、製板所で普通なら黒人がやるような一番単純な仕事を垂れ幕ないし衝立《ついたて》にしてその陰で何をしているのかを知らなかった。かりにもうひとりのよそ者であるブラウンがいなかったら、みんなはそれを知らずじまいになっただろう。だがブラウンがそのことを話すとすぐに、十数人の男が、二年以上の間、クリスマスからウィスキーを買ってきたことを認めた。[3] そういう男たちは、夜中に町から三キロほど離れた植民地時代の古い農園屋敷の背後にある森に出かけて、クリスマスとふたりきりで落ち合っていたのだが、その農園屋敷にはバーデンという名前の中年の未婚の女がひとりで住んでいた。だがそのウィスキーを買っていた連中も、クリスマスがミス・バーデンの農園の中にある今にも壊れそうな黒人小屋に住んでいることや、そこにもう二年以上住んでいることは知らなかった。

そして今から半年ほど前のある日、別のよそ者が製板所に現われ、クリスマスがしたように職を求めたのだった。やはり若くて背の高い男だが、こちらはすでにオーバーオールを着ていた。男はしばらく前からずっとそのオーバーオールを着つづけていたように見えた。そしてこの男もまた荷物を持たずに旅をしてきたようだった。はしっこそうだが軟弱な感じのハンサムな顔立ちで、口の脇に小さな白い傷跡があったが、その傷跡は何度も鏡に映して見られてきたように見えた。不意にすばやくうしろを振り返る癖があり、自動車の前を歩いてるラバの動作に似ているとバイロンは思ったが、それはただ背後を警戒しているだけではなく、背後から何が近づいてきても怖くはないぞとつねに繰り返し言い立てて、ふてぶてしい自信を誇示する仕草でもあるかのように、バイロンには思えた。主任のムーニーも、この新入りを見た時、自分と同じことを考えたはずだとバイロンは思った。ムーニーはこう言ったのだ。「シムズはあの野郎に仕事をやったが、人をひとり雇ったとはいえないぜ。ズボンを雇ったのでさえないや」

「まったくだ」とバイロンは言った。「あの男を見てると、ラジオを積んだ自動車[4]みたいだと思うね。自動車の中で誰かが何か喋ってるけど何言ってるのか判らなくてさ。自動車はとまっててどこへ行く様子もない。それでよく見てみたら、誰も乗ってないんだ」

「ああ」とムーニー。「俺は馬を思い出すな。暴れ馬じゃない。ただの役立たずの馬だ。牧場《まきば》にいる時や、そこそこいい馬に見えるが、誰かが馬具を持って門のところへ

3 当時、アメリカでは禁酒法が施行されていた（一九二〇～三三年）。

4 カーラジオ搭載車がアメリカで初めて発売されたのは一九二九年。

来た時にゃ、いつも泉の中へ入って水を飲んでやがる。足はけっこう速いが、馬車につなごうとしたらいつも蹄に故障があるんだ」

「雌馬には好かれそうだけどね」とバイロン。

「ああ。でも雌馬が忘れられないほど惚れ込むようなやつじゃないよ」

新入りはクリスマスと一緒におが屑の山を移す作業をした。身振り手振りを盛んに加えて、自分はどういう者で、どこから来たのかをみんなに話したが、その口調や身振り手振りがその男の嘘くさい本質をあらわにしていて、それ自体のうちに混乱と虚偽を含んでいた。だからこの男が、自分はこういうことをしたと言っても人は信じないし、名前は何々と名乗ってもやはり信じないのだとバイロンは思った。もちろん本当にブラウンという名前であってもおかしくなかった。だがこの男を見ていると、ある時、身から出た錆で何か危ないことになり、名前を変えることになって、ブラウンというのを思いつき、これはいい、まるで今初めてつくられた名前のようだと大喜びしたのだろうということが判った。しかしそもそも、この男には名前を持っていなければならない理由などなかった。誰も気にしないのだから。バイロンが思うに、誰も(少なくともスカートではなくズボンを穿いている人間は誰も)この男がどこから来たのだろうと、どこへ行くのだろうと、どれくらいここにいるのだろうと気にしなかった。なぜなら、どこから来たのだろうと、どこにいたのだろうと、どうせどこかの土地で蝗《いなご》のようにただ生きていただけに違いないからだった。あまりにも長くそんなふうに生きてきたので、この男の人間の中身は全部ばらばらに拡散してしまい、半透明の重みのない殻だけが残り、それが風に吹かれるまま、何も考えず、あてもなく、あちこち漂っているだけなのだと思われた。

ブラウンはそれなりに働いた。バイロンの考えでは、人間の中身がほとんど残っていないから、うまくサボることすらできないのだった。たぶんサボりたいとすら思わないのではないか。上手に仮病を使うためには人並み以上の能力が必要だからだ。ほかのことでも上手にやるにはやはり能力がいる。盗みや人殺しもそうだ。ある特定のはっきりした目標に向かって励まなければならない。だがブラウンはそういうことをしないだろう。ブラウンが土曜日の夜、最初の週の給料をすっかりサイコロ賭博ですったという話を聞いた時、バイロンはムーニーに言った。「意外だな。サイコロを振るのだけはうまくやれる男だと思ったのに」

「やつがか?」とムーニーは言った。「あの男が悪さをうまくやれるはずないだろう。おが屑をシャベルですくうのすら満足にできないやつが。シャベルを使えないやつに、サイコロ二個なんて難しいものが扱えるもんか」それから言った。「でもまあ、どんな人間でも何か人に負けないことがあるんだな。少なくとも、何もしないってことじゃ、あのクリスマスに勝ってるじゃないか」

「ああ」とバイロン。「悪いことをしないってのは、怠け者には一番簡単なことだろうな」

「しかし野郎もじきに悪くなるよ」とムーニーは言った。「どうやりゃいいか教えてくれるやつがそばにいたらな」

「いずれそういう男をどこかで見つけるだろうね」とバイロンは言った。ふたりは身体の向きを変えて、ブラウンとクリスマスが働いているおが屑の山のほうを見た。ひとりは陰気で手荒だが着実に作業をこなし、もうひとりは派手に腕を振り回すもののまったく意味のない動きで、まるでさまになっていなかった。

「そうだな」とムーニーは言った。「でもかりに俺が悪さをする気になっても、ブラウンを相棒にするのはごめんだよ」

クリスマスと同じように、ブラウンは職場で着ているものと同じ服で町を歩いた。だがクリスマスと違って、しばらくの間服を替えなかった。「そのうちやつは土曜の夜にサイコロ賭博で勝って、新しい服を買って、ポケットの中で、五セント玉で五〇セントほどの余った金をちゃらつかせてるだろうな」とムーニーは言った。「そして次の月曜の朝は、ここに現われないんだ」だがブラウンは、相変わらずジェファソンに来た時と同じオーバーオールとシャツを着て働きに来つづけ、土曜日の夜には一週間分の給料をサイコロ賭博で失くしてしまうか、少しだけ勝つかして、職場の誰かれに馬鹿笑いをしながら大声で挨拶し、いつも賭博で自分から金を巻きあげているのであろう相手とふざけあったりしていた。そんなある日、ブラウンが六〇ドル儲けたという話を聞いた。「これでやつはもう来ないな」とひとりが言った。

「そりゃどうかな」とムーニーは言った。「六〇ドルってのは中途半端だ。一〇ドルとか五〇〇ドルなら、おまえの言うとおりかもしれん。でも六〇ドルじゃ駄目だ。これでこの町に落ち着いたと思うんじゃないかな。やっと一週間働くのと同じだけ稼いだってことでな」事実、月曜日になるとオーバーオール姿で製板所にやってきた。作業員たちは、おが屑の山のそばにブラウンとクリスマスがいるのを見た。ブラウンが製板所に来てからずっと、作業員たちはふたりの姿をそこに見ていた。クリスマスは、シャベルをゆっくりと、着実に、激しく、おが屑に突き入れた。それはまるで中に埋まっている蛇を（「それとも人間をかな」とムーニーは言ったが）ぶつ切りにしようとしているようだった。一方ブラウンは、立てたシャベルに寄りかかり、クリスマスに何かの逸話か一口噺を聞かせているらしい。というのも、まもなくブラウンが頭をのけぞらせて大声で笑ったからだ。そばにいるクリスマスはそれでも黙々と、たゆまず、乱暴な手つきで働きつづけた。ブラウンもまた作業を再開し、しばらくはクリスマスと同じ速さで身体を動かしていたが、やがてシャベルですくいあげるおが屑の量は徐々に減り、しまいには、シャベルは力のない弧を描いて動くばかりでおが屑に触れることさえなくなった。それからブラウンはまたシャベルを立ててそこへ寄りかかり、どうやら先ほどの話にけりをつけにかかる様子だったが、何を話しているのであれ、クリスマスはブラウンの声すら聞いていないように見えた。まるでブラウンが一キロ以上も離れたところにいるか、知らない言葉で話しているって感じだな、とバイロンは思った。時々ふたりが、土曜日の夜に町で一緒にいるところを目撃されることがあった。クリスマスはサージのズボンに白いシャツに麦藁帽子の地味な服装、ブラウンは新しいスーツで(黄褐色の地に赤い格子縞、シャツは色もの、帽子はクリスマスのものと似ているがリボンは色つきだった)、ふたりは話していた。ブラウンの声は広場の端まで行ってまた木霊《こだま》となって戻り、ちょうど教会の中で起きる無意味な音が四方八方から一度にやってくるように聞こえるのに似ていた。まるで自分とクリスマスはこんなに仲がいいんだと見せびらかしたがっているみたいだ、とバイロンは思った。やがてクリスマスは、例の静かな不機嫌顔のまま身体の向きを変え、ブラウンの声の空疎な響きが自分たちふたりの周囲につくったある種の空気の中から抜け出て歩きだした。ブラウンはなおも笑い声をあげ、べらべら喋りながら、あとを追った。そんな話題が出るたびに、作業員たちは、「月曜の朝はもうあいつは来ないぜ」と言うのだが、月曜日になると、ブラウンはやってきた。最初にやめたのはクリスマスのほうだった。

クリスマスは三年近く勤めたあと、ある土曜日の夜に、予告もなくやめた。クリスマスがやめたことをみんなが知ったのはブラウンを通してだった。作業員の中には所帯持ちも独身者もいて、年齢も暮らしぶりもいろいろだったが、月曜日の朝必ず全員が職場に出てくることに関しては、ある種の厳粛さ、さらには規律正しさすら感じさせた。若い者は、土曜日の夜に酒を飲んだり賭博をしたりし、時にはメンフィス[5]へ遊びに行った。だが月曜日の朝になれば、洗濯をしたオーバーオールとシャツを着て、しらふで粛々と出勤してきて、始業のサイレンが鳴るのを静かに待ち、静かに作業にとりかかった。まるでここにはまだ安息日の空気がいくらか残っていて、安息日をど

5 ミシシッピ州に隣接するテネシー州の都市。フォークナー作品では違法な酒、賭博、売春、ギャングなどがはびこる歓楽と悪徳の街として描かれることが多い。

う過ごしたにせよ、月曜日の朝には身ぎれいにして粛々と仕事を始めるのが正しいことだという教養が打ち立てられているかのようだった。

ブラウンがいつも非難されるのはそのことだった。月曜日の朝も、前の週から洗濯していない服を着て、黒い無精髭を剃らずに現われることが多かった。そしてまたやたらと騒々しく喋り、一〇歳の子供がやるような悪ふざけをした。普通に落ち着いている連中にはそれがけしからんことのように思えた。裸で出勤したり酔っ払って仕事を始めたりするのと同じであるかのように。というわけで、その月曜日の朝、クリスマスがやめたことをみんなが知ったのはブラウンを通してだった。ブラウンは遅く出勤してきたが、みんながおやと思ったのはそのことではなかった。髭を剃っていなかったが、そのことでもなかった。妙に静かだったのだ。ブラウンがそこにいることに、しばらく誰も気づかないほどだった。普段なら、その頃には作業員の半分ほどがブラウンに罵声を浴びせていたし、中には本気で怒りだす者もいたのだが。ブラウンはちょうど始業のサイレンが鳴りだした時に現われ、まっすぐおが屑の山へ行って作業を始めた。誰にも話しかけず、誰かに話しかけられても返事をしなかった。その時、みんなはブラウンがひとりであり、相棒のクリスマスがいないことに気づいたのだった。主任が来た時、ある男が言った。「なんか罐焚《かまた》きの見習い[6]がひとり減ったようだぜ」

ムーニーはブラウンのほうへ眼をやった。ブラウンはおが屑の山に、卵の山でも扱うようにそっとシャベルを差し入れていた。ムーニーは唾を吐き飛ばした。「ああ、野郎はとっとと金持ちになっちまったんだ。こんなしけた仕事はやってられなくなったんだよ」

「金持ちになったあ？」と別のひとりが訊いた。

「ふたりのうちひとりがな」ムーニーはまだブラウンを見ていた。「昨日、あのふたりが新しい自動車に乗ってるのを見たんだ。やつが――」首をブラウンのほうへぐいと倒す。「――運転してた。それには別にびっくりしなかった。びっくりしたのは、今朝、ひとりだけにせよ、仕事に出てきたことだよ」

「このご時世だ、[7]シムズのやつはあとを埋めるのにそう苦労はせんだろ」

「どんなご時世でもやつのかわりなら簡単に見つかるよ」とムーニー。

「けっこうよく働いてたようだけどな」

6 シャベルで移動させたおが屑はボイラーで燃やされるのでこう言った。

7 一九三二年当時は一九二九年に始まった大恐慌の最悪の時期。

「ああ、そうか」とムーニーは言った。「おまえクリスマスのことを言ってんだな」

「あんた誰のことを言ってんの。ブラウンもやめると言ったのかい」

「相棒が一日中新しい自動車で走り回ってるのに、やつがここでずっと働いてると思うのか」

「なるほど」作業員もブラウンを見た。「しかしその自動車、どこで手に入れたのかねえ」

「俺は別にそこは気にならない」とムーニー。「気になるのは、ブラウンが昼でやめるか、六時まで働くかだ」

「まあ俺も」とバイロンが言った。「ここで働いて新しい自動車が買えるほど金持ちになれたら、やめるけどね」

ひとりかふたりの作業員がバイロンを見た。薄ら笑いを浮かべていた。「あいつらはここで働いて金持ちになったんじゃねえよ」とひとりが言うので、バイロンはその男を見た。「バイロンちゃんは善い子で悪さをしねえから、みんなが知ってることを知らないらしいや」とひとりの作業員が言った。みんなはバイロンを見た。「ブラウンは使いっぱしりだよ。クリスマスのやつ、以前は客にミス・バーデンの屋敷の裏にある森まで夜中に来させてたんだが、今じゃブラウンが客のところまで配達するんだ。

土曜日の夜の裏通りで合言葉を言ったら、やつがシャツの懐から取り出すウィスキーを買えるんだよ」

「合言葉はなんだい」と別のひとりが訊いた。「七五セント、とか言うのか」

バイロンは同僚の顔をひとりずつ見た。「そうなのか？　やつらそんなことやってるのか」

「ブラウンがやってるのはそれさ。クリスマスのほうは知らねえ。そっちは俺は誓わねえよ。でもまあ、あいつはクリスマスから離れねえだろう。似た者どうしってやつでな」

「そうそう」と別の男が言った。「クリスマスが一枚嚙んでるかどうかは、俺らには判らんだろ。やつはブラウンと違って、ズボンをおろして人前を歩くような真似はしねえから」

「やつもそんなことをしなくてもすむようになるさ」ムーニーはブラウンを見た。

そしてそのとおりになった。みんなは、正午まではおが屑の山のそばにひとりでいるブラウンを見ていた。サイレンが鳴り、みんなはポンプ室でしゃがんで弁当を食べはじめた。そこへブラウンがむっつり陰気に入ってきた。拗ねた子供のような不機嫌な顔つきで、男たちの間にしゃがみ、両手を膝の間でだらりと垂らした。今日は弁当を持っていなかった。

「昼飯、食わねえのか」とひとりが訊いた。

「汚ねえ豚脂《ラード》[8]の缶に入った冷えた肥やしをか」とブラウンは返した。「朝の早くから黒んぼ《ニガー》[9]の奴隷みたいに一日中働いて、昼には缶から臭え肥やしを食いやがる」

「たまに黒んぼ用の仕事をやる白人もいるようだな。そいつらの故郷じゃよくあることらしいが」とムーニーは言った。「もっとも、その白人みたいなだらけた働き方じゃ、黒んぼなら昼のサイレンが鳴る前に馘《くび》だけどな」

だがブラウンには聞こえておらず、そもそも相手の言葉を聞いていない様子だった。両手をだらりと垂らして、不機嫌な顔でしゃがんでいるだけだった。自分の声にしか耳を傾けていないようだった。「馬鹿だよ。そんなことをするやつは馬鹿だ」

「おまえはあのシャベルに鎖でつながれてるわけじゃないぜ」とムーニー。

「ああ、そのとおりだ」とブラウンは言った。

サイレンが鳴り、作業員たちは仕事に戻った。そしてまたおが屑の山のそばに立ったブラウンを見た。ブラウンはしばらくおが屑をすくっていたが、その動きは遅くなってきた。だんだん遅くなり、しまいにはシャベルを乗馬用の鞭のように握った。ブラウンが何か独りごとを呟いているのが作業員たちに見えた。「あっちじゃ話し相手がいねえからだろうな」とひとりが言った。

「違うな」とムーニーが言った。「まだ腹が決まらないせいだ。すっかり納得しきれないからだ」

「何を納得するんだい」

「俺はあいつを馬鹿だと思ってるが、それよりもっと馬鹿だってことをさ」とムーニーは言った。

翌朝、ブラウンは現われなかった。「これからやつの住所は床屋[10]になるな」

「でなきゃ床屋の裏の路地だ」と別の男が言った。

「やつはもう一度ここへ来るよ」とムーニーは言った。「昨日働いた分の金をとりにくる」

そのとおりになった。ブラウンは午前一一時頃に来た。新しいスーツを着て、新しい麦藁帽子をかぶり、板削り小屋の入り口で足をとめて、働いている男たちを見た。

---

8 ラードの空き缶にサンドイッチなどを入れて弁当にすることが多かった。

9 原語はnigger。あからさまな差別語。作中の白人の中にはこの言葉を使わず、〝黒人〟(negro)と言う人もいう。当時はblackではなく、negroが中立的な言葉だった。

10 密造酒の買い手を見つけられる場所。

それは三年前のクリスマスの姿によく似ていた。先生[11]の死んだ魂が、覚えの早い優秀な弟子に乗り移り、弟子の気づかないうちにその筋肉を動かして自分と同じような振る舞いをさせているといったふうだった。もっとも先生のほうは不機嫌で静かで蛇のように危険に見えたが、ブラウンは無意味な言動で空疎に威張っているように見えるだけだった。「せっせと働きな、この奴隷野郎ども！」ブラウンはにっと歯を見せて、陽気な大声で叫んだ。

ムーニーがブラウンに眼を向けた。ブラウンの歯が見えなくなった。「それは俺のこと言ってんじゃないだろうな。え？」とムーニー。

ブラウンのよく動く顔が、みんなにはおなじみの瞬時に表情を変える芸をやってのけた。ブラウンのやることは無意味でひどく軽薄だから変えるのは造作もないことだ、とバイロンは思った。「あんたに言ったんじゃねえよ」とブラウンは言った。

「そうかい」ムーニーは口調はかなり明るくて気さくだった。「じゃおまえが奴隷野郎って言ったのはほかの連中のことなんだな」

すぐにひとりの作業員があとを受けた。「俺のことかあ？」

「いや、俺は自分に言ったんだ」とブラウンは言った。

「おまえ、生まれて初めて正真正銘ほんとのことを言ったな」とムーニーは言った。

「というか、ほんとのことの半分だけな。そっちへ行って、あとの半分を耳ん中に囁いてやろうか」

製板所でみんながブラウンを見たのはそれが最後だった。だが今のバイロンはあの新しい自動車（すでにフェンダーが一、二箇所へこんでいるが）のことを知っていて、思い出すことができる。あの新しい自動車はだらだらと、どこへ行くあてもなく、しょっちゅう町を流していた。運転席にはブラウンがだらけた姿勢で坐っていたが、普通なら人の羨む自堕落な怠け暮らしをしていながら、あまり恰好よくはなかった。たまにクリスマスが一緒に乗っていたが、しょっちゅうではなかった。ふたりがしていることは、今ではもう秘密ではない。ブラウンに言えばすぐにウィスキーが買えることは、大人だけでなく若者たちの間ですら常識だ。町の人たちは、ブラウンがレインコートの下から酒の瓶を取り出して囮《おとり》捜査官に渡したとたん逮捕されるという事態を待っている。クリスマスが関与しているかどうかはまだ知らないが、たとえ酒の密売であれ、ひとりで利益をあげられるだけの才覚がブラウンにあるとは誰も思っていないし、クリスマスとブラウンがふたりともバーデン家の屋敷にある小屋に住んで

11　先生（master）と弟子（disciple）の語はイエスと弟子の関係を連想させる。

いることを知っている者もいる。だがそういう人たちも、ミス・バーデンがそれを知っているかどうかは知らないし、かりに知らないと判っても、彼女に教えるつもりなどない。ミス・バーデンはあの広い屋敷にひとりで住んでいる中年女だ。生まれた時からずっとそこに住んでいるが、町の人にとっては、いまだに南部再建時代[12]に北部から移ってきたよそ者のままだ。北部人《ヤンキー》であり、黒人好きであり、町の内外の黒人とおかしな関係を持っているといまだに町で噂されている。祖父と兄が、州の選挙における黒人の投票権をめぐるもめごとで、ある元奴隷所有者に広場で殺されてから六〇年たつにもかかわらずだ。今でもミス・バーデンの身辺と屋敷には、何か暗い、奇怪な、禍々《まがまが》しい空気がまとわりついている。ミス・バーデン自身はひとりの女にすぎず、町の人たちの先祖たちが憎み怖れる理由を持っていた（あるいは持っていると考えていた）人たちの子孫にすぎないのだが、それでもそんな空気がそこにある。双方の子孫が、互いに相手の先祖の亡霊との関係から、昔流された血と昔の憎悪と怒りと恐怖の幻を互いの間に介在させている。

　バイロン・バンチがかつて恋をしたことがあったのだとしても、今はもう忘れてしまっていると、男も女も言うだろう。というよりむしろ彼女（すなわち恋）のほうが彼を忘れてしまっているのだと。この小柄な男は、すでに三〇を過ぎ、この七年間、週に六日、製板所で木の板を機械で削りつづけてきた。この男は土曜日の午後もひとりで働く。ほかの作業員はみなネクタイを締めた外出着で町に繰り出し、肉体労働者特有の、とくに何をしたいというのでもない、だらだらした過ごし方をするのだが。土曜日の午後には、板削りの機械はひとりでは運転できないので、バイロンは削りあげた板を貨車に積み込む作業をする。自分で時間を決め、想像上の終業のサイレンが鳴ってそれがやむまで働く。ほかの作業員たち、あるいは町の人たち、町の人たちの中でバイロンのことを覚えていたり時々バイロンのことを考えたりする人たちは、バイロンが超過勤務手当てをもらうためにそうするのだと思っている。あるいはそうなのかもしれない。他人のことはよく判らないものだ。人はみな誰かが正気とは思えないことをしているのを見ると、これこれの動機でなら自分もそれをするかもしれないというふうに推測する。バイロンについて多少とも自信をもって何かを言える人間は、実のところ、町にひとりしかいない。そしてバイロンがその男と交際していること

12　南北戦争の開始とともに分離した南部の一一州を連邦に再統合する措置が実施された時代。奴隷解放宣言が出た一八六三年もしくは南北戦争終結時の一八六五年から、一八七七年まで。

とを町の人たちは知らない。ふたりが会って話すのは夜だけだからだ。その男の名前はハイタワーという。二五年前には、町の主要な教会のひとつ、いや、おそらくはこの町で一番の教会で、牧師をしていた。土曜日の夕方、想像上のサイレンが鳴ったあと（あるいは、バイロンの大きな銀の懐中時計がサイレンが鳴ったと告げたあと）、バイロンがどこへ行くのかを知っているのはこの元牧師だけなのだ。バイロンが住む下宿屋の女主人、ミセス・ビアードが知っているのは、毎週土曜日の午後六時過ぎに、バイロンが帰ってきて、ひとっ風呂浴び、もう新品ではない安物のサージの服に着替え、夕食をとり、下宿屋の裏にバイロンがつくって屋根もふいた小屋に入れてあるラバに鞍を置き、それにまたがって出かけることだけだ。どこへ行くのかは知らない。バイロンが日曜日に五〇キロほどラバに乗って田舎へ出かけていき、小さな教会で聖歌隊の指揮をすることを知っているのは、元牧師のハイタワーだけだ。聖歌隊の仕事はまる一日かかり、真夜中頃にまたラバに鞍を置いて、ひと晩中休みなく進み、ジェファソンへ戻ってくる。そして月曜日の朝、洗濯をしたオーバーオールとシャツを着て、サイレンの鳴る時刻には製板所にいる。ミセス・ビアードが知っているのは、毎週、土曜日の夕食時から月曜日の朝食時まで、バイロンの部屋とバイロンがつくったラバの小屋が空になることだけだ。ハイタワーだけが、バイロンがどこへ何をしに行くかを知っている。なぜなら週に二、三日、バイロンは夜、ハイタワーの小さな家を訪ねるからだ。ハイタワーはその家でひとり、町の人たちに言わせれば恥辱のうちに暮らしている。それはペンキを塗らない、小さな、くすんだ色の、採光の悪い、男臭い、男の饐《す》えたような臭気がこもっている家だ。ふたりは元牧師の書斎で椅子に坐り、静かに話す。風采のあがらない小男バイロンは、当人は知らないが、ほかの作業員たちから得体が知れないと思われている男であり、五〇歳の元牧師は、自分の所属する教会からも世間からも追放された男だ。

そんなバイロンが恋に落ちた。生まれ育った田舎の、女性に肉体の絶対的な純潔を求める厳格な信仰の伝統に反するような恋に落ちた。それが起きたのは土曜日の午後、製板所にひとりでいる時だ。三キロ離れたところでは例の屋敷がまだ燃えていて[13]、地平線上に黄色い煙が記念碑のように直立している。製板所の作業員たちは正午前、煙が木々の上にたちのぼった時にそれを見た。それはまだサイレンが鳴ってほかの作業員たちが退勤する前だった。「バイロンも今日はさすがに昼にあがるぜ。ただで火事見物できるんだからな」とみんなは言った。

---

13 四六頁でリーナが見た火事。

「でけえ火事だな」と別のひとりが言った。「どこだろ。あっちのほうにあんな煙が出るようなものあったかよ。バーデンの屋敷はあっちのほうだが」

「バーデンの屋敷かもしれんぜ」と別の男が言った。「うちのおやじの話じゃ、五〇年前にみんながあんな屋敷は燃やしちまえと言ったそうだ。人間の脂身が少しばかりありゃすぐ火がつくってな」

「おまえのおやじが火をつけてきたんじゃねえのか」と三人目がまぜ返し、みんなは笑った。作業員たちはまた作業に戻り、サイレンが鳴るのを待ちながら、時々煙のほうを見た。しばらくして材木を積んだトラックが入ってきた。みんなは町から来た運転手に訊いた。

「バーデン?」と運転手は訊き返した。「ああ、そういう名前だったな。町のやつが、保安官も現場へ行ったと言ってた」

「ワット・ケネディも火事見物をしたいんだろ。役目上、バッジはつけていかなきゃいけないけどな」

「広場はがらーんとして誰もいないんだ」と運転手は言った。「町の者はみんな火事を見に行ってるから、保安官は逮捕したい人間を火事場で簡単に見つけられるだろうよ」

正午のサイレンが鳴り、ほかの作業員たちは帰った。バイロンは銀時計の蓋を開けて、それをかたわらに置き、弁当を食べた。時計が一時を指すと、仕事に戻った。積み出し小屋へ行ってひとりで作業をした。休まず働いて積み出し小屋と貨車を何度も往復した。黄麻布の袋を折り畳んで肩に載せ、それをクッションにして削り終えた板をかついだ。ほかの作業員があいつにゃ持ちあげたり運んだりできないだろうと言いたくなるほどの数の板を。その時、バイロンが背を向けている小屋の入り口に、リーナ・グローヴが入ってきた。顔はすでに晴れやかな期待の笑みを浮かべ、口はひとつの名前を発音する形になっていた。バイロンが物音に振り返り、リーナの顔を見る。すると泉に小石を投げ込んでできた波紋が消えるように、リーナの微笑みが消える。

「あ、人違い」と言うリーナの顔から微笑みが消えていく。真剣な面持ちで驚いている子供のようだ。

「ええ」とバイロンは言う。板をかついで身体の向きをなかば変えた状態で、動きをとめる。「そうみたいですね。誰だと思ったんですか」

「ルーカス・バーチ。ここに――」

「ルーカス・バーチ？」

「ここにいるって人に聞いてきたんです」リーナは澄んだ疑いとでもいうようなもの

を響かせて言い、瞬きもせずバイロンを見つめる。まるでバイロンが自分を騙そうとしているとでもいうように。「町に近づくにつれて、バーチじゃなくてバンチじゃないかって、みなさんが言うんです。でもあたし、それはただの言い間違いだと思って。それともあたしの聞き間違いか」

「それで合ってますよ」とバイロンは言う。「バンチです。バイロン・バンチ」木の板を肩に載せたまま、バイロンはリーナを見る。その膨らんだ身体、どっしりした腰、男物の重そうな靴を覆う赤みがかった土埃を。「あなたはミセス・バーチですか」

リーナはすぐには答えない。入り口から入ってすぐのところに立ち、バイロンを凝視する。だが警戒心は見せず、例によって平然とした、かすかに当惑し、かすかに疑いを覗かせた眼をしている。眼はかなり鮮やかな青だ。だがその眼には、相手の男が自分を騙そうとしているのではないかという疑念の影が射している。「ここへ来るまでの道で聞いたんです。ジェファソンの製板所でルーカスが働いてるって。何人もそう言ったんです。ジェファソンへ着いて、製板所の場所を教えてもらったんだけど、町の人にルーカス・バーチのことを訊いたら、『それはバンチのことじゃないか』って言うんです。あたし、それはその人が名前を間違って覚えてるんだと思ったから、気にしなかったんです。バンチって人は顔が浅黒くないって聞いた時も。ここにはルーカス・バーチって人、いないですか」

バイロンは、持ちあげやすくするためきれいな重なりを崩さないようにして板を置く。「ええ。ここにはいないですね。ルーカス・バーチって人はいないです。俺はここで働いてる人をみんな知ってるけど。町のほかのところで働いてるのかもしれないな。ほかの工場とか」

「ほかにも製板所はありますか」

「いや。製材所はあるけど。いくつもありますよ」

リーナはバイロンをじっと見る。「製板所で働いてるって教えてもらったんです」

「そういう名前の人は知らないなあ」とバイロン。「バーチという名前は聞いた覚えがない。俺はバンチだし」

リーナは、将来を心配するというより現在に対して疑念を抱くような例の表情でバイロンを見る。それから息を吐く。溜め息ではない。ただ一度、深く静かに息をするだけだ。「そうですか」身体の向きをなかば変えながら周囲を見る。丸太を切っただけの木材を見、削り終えた木材を見る。「ちょっと坐らせてください。町の硬い道を歩いてきて、ものすごく疲れちゃったから。アラバマからこの町へ来るより、町からここまで来るほうが疲れるみたい」リーナは低く積み重ねた木の板のほうへ歩く。

「ちょっと待って」バイロンはぱっと前に飛び出しながら、肩から布袋をとる。リーナは坐る動作を途中でやめ、バイロンは重ねた板の上に袋を敷く。「このほうが坐りやすい」

「どうもありがとう」リーナは腰をおろす。

「そのほうが坐りやすいでしょう」とバイロンは言う。ポケットから銀時計を出して見る。それから自分も、同じ板の反対側の端に坐る。「まあ、五分ぐらいならいいかな」

「これから五分、休憩するんですか」

「あなたが入ってきた時からね。もう休憩を始めてるようなものですよ。土曜日の午後は自分で勤務時間を管理するんです」

「休憩するたびに時間を計るんですか。長く休んだって誰にも判らないのに。何分かぐらいなら変わりないんじゃないですか」

「まあ坐ることで給料をもらってるわけじゃないから。で、あなたはアラバマから来たんですね」

リーナは、今度はバイロンに話をする。重い身体で、黄麻布の袋に腰かけて、顔は穏やかだ。バイロンも静かにリーナを見ている。リーナは今、季節の移り変わりのように乱れず急がず旅をしてきたこの四週間、知らない人たちに向かってしてきたように、自分で話しているると思っている以上のことをバイロンに向かって話す。バイロンのほうは、ひとりの若い女の像を心の中に描いていく。裏切られ、捨てられたのに、捨てられたと気づいてもいない、まだ名前がバーチになっていない女の像を。

「うん、そういう人は知らないな」とバイロンは言う。「とにかく、今日の午後は、ここには俺しかいない。ほかの連中はたぶん火事を見に行ってる」バイロンは木々の上から風のない空に高く立ちのぼっている黄色い煙の柱を指さす。

「あれ、町に着く前、馬車から見えました」とリーナは言う。「ほんとに大きな火事ですね」

「大きな古い屋敷なんです。うんと昔から建ってます。今は女の人がひとり住んでるだけですけどね。この町の人の中には、今でも天罰がくだったなんて言う人たちがいるんだろうなあ。その女の人は北部人《ヤンキー》でね。一族は再建時代にこっちへ来て、黒んぼどもを扇動したんです。それで一族のうちふたりが殺されました。その女の人は今でも黒んぼどもとつきあってるという噂ですよ。病人が出たら、白人の知り合いみたいに見舞いに行ったりね。コックを雇わないのは、黒んぼを雇わなきゃいけないからです。その女の人は、黒んぼも白人と同じだと言ってるらしいですよ。だから誰もその屋敷へは行かないんです。ひとりを除いては」リーナはバイロンをじっと見つめて話を聞いている。バイロンのほうはリーナを見ない。少しだけ脇を見ている。「というか、ふたりかな。噂でしか知らないけど。そのふたりが間に合って、家具を運び出したりするのを手伝ってたらいいんですけどね。ひょっとしたら間に合ったかもしれないな」

「そのふたりって誰ですか」

「男ふたりで、どっちもジョーといって、どっか向こうのほうに住んでるんですよ。ジョー・クリスマス[14]とジョー・ブラウン」

「ジョー・クリスマス？　変な名前ね」

「変な男です」バイロンはやはり、リーナの興味ありげな顔から少し眼をそらしている。「そいつの相棒も妙なやつなんだ。ブラウンってやつもね。前はここで働いてたんだけど、やめちまいました。ふたりともね。そいつらがやめても誰も損してないんじゃないかなあ」

　リーナは興味を惹かれたような様子を見せながらも、黄麻布の上にじっと坐っている。ふたりはまるで日曜日の午後、外出着を着て、庭で籠編み椅子に坐っているといったふうにも見える。「その相棒の人もジョーっていうんですか」

「ええ。ジョー・ブラウンです。本名かもしれないですね。だってジョー・ブラウンと聞いたら、よく笑って大きな声で喋る、口の大きな男を思い浮かべるでしょう。[15]だからほんとの名前じゃないかと思うんです。まあ、ジョー・ブラウンって、ぴしっと短い名前で、本名らしい自然さがないんだけど。でも本名だと思いますよ。喋るだけで金がとれるんなら、今頃はこの製板所の所有者になってるだろうってぐらいの男だから。人には好かれるみたいですけどね。クリスマスとは仲がいいんです」

リーナはバイロンを注視する。その顔はやはり穏やかだが、今はかなり深刻な面持ちでもある。眼つきがかなり真剣で、一心に相手を見つめている。「その人ともうひとりの人は何をしてるんですか」

「やっちゃいけないことはやってないと思いますよ。少なくともまだ逮捕されてはいないですね。ブラウンはここでしばらく働いてたんです。笑ったり、ほかの連中をからかったりする合間にね。でもクリスマスはやめました。ふたりはあっちの、燃えてる屋敷があるあたりのどこかに住んでます。何をして食べてるのかも噂に聞いてます

14 Joe Christmas のイニシャルはJ・Cで、イエス・キリスト Jesus Christ と同じ。
15 喜劇映画俳優ジョー・E・ブラウンを念頭に置いていると思われる。

よ。でも第一に、俺には関係ないことです。そして第二に、人の噂はたいていほんとじゃなかったりする。だから俺は、自分をほかの人よりいい人間だなんて思ってないです」

リーナはじっとバイロンを見ている。瞬きもしない。「その人は自分はブラウンという名前だと言っているんですね」これは質問かもしれないが、返事は待たない。「その人たちがやってることで、どんな噂を聞いてるんですか」

「俺は人を傷つけたくない」とバイロンは言う。「だからあんまり喋らないほうがよかった。人間って、働く手をとめるとすぐよくないことを始めるらしい」

「どんな噂なんですか」とリーナは訊く。身体はぴくりとも動かない。口調は静かだ。バイロンは、自分では意識していないが、すでに恋に落ちている。リーナの顔を見ることはしないが、リーナの一心に見つめてくる真剣なまなざしを、顔に、口に、感じている。

「ウィスキーを売ってると言う連中がいます。あの燃えてる屋敷に酒を隠してるんだとね。ある土曜日の夜、ブラウンが町で酔っ払って、危うくまずいことを言いそうになったなんて話もあります。ある夜、メンフィスでブラウンとクリスマスが何かしたというようなことです。それともメンフィスの近くの暗い道路でだったか。とにかく拳銃がからんでるんです。二挺の拳銃かな。クリスマスが慌ててブラウンを黙らせて、連れてったそうですよ。とにかくクリスマスが人に知られたくないことでしょう。ブラウンだって、さすがに酔っ払ってなけりゃ言いかけることもなかったはずのことです。俺が聞いたのはそんな話です。自分で見たことじゃないんですよ」バイロンは顔をあげるが、リーナと眼が合う前にまた伏せてしまう。もう撤回できないこと、取り消せないことをしてしまったと、すでに感づいている様子だ。今までは、土曜日の午後をこの製板所で過ごしていれば、人を傷つけたり、人に害を加えたりする機会は絶対にないと思っていたのに。

「見た感じ、どんな人ですか」

「クリスマスですか？　そうだなあ――」

「クリスマスじゃなくて」

「あ、ブラウンのほう。そうですね。背が高くて、若くて。色が浅黒くて。女の人はハンサムだと言いますね。そんなふうに言う女の人が多いそうですよ。よく笑う男で、はしゃいだり、人をからかったりするのが好きですね。でも俺は……」バイロンの声が途中で切れる。リーナを見ることができない。彼女の揺るがない醒めた視線が自分の顔にあたっているのが判る。

「そのジョー・ブラウンって人、口もとのここんところに白い小さな傷跡がないですか」

バイロンはリーナを見ることができない。積まれた板に腰かけたまま、もう悔やんでも遅いと思い、舌をまっぷたつに嚙み切ってしまいたいと思う。

3

ハイタワーの書斎の窓からは通りが見える。通りは遠くない。芝生を張った前庭は奥行きが深くないからだ。前庭は小さく、低い楓《かえで》の木が五、六本植えられている。家は褐色の、ペンキを塗らない、地味な平屋で、これまた小さく、百日紅《さるすべり》やライラックや立葵《たちあおい》の繁みにほとんど隠れて、すきまは彼が通りを眺める書斎の窓の前にあるだけだ。ほぼすっぽり隠れているので、角の街灯の光もほとんど入ってこない。

窓からは看板も見える。彼はそれをわが記念碑と呼んでいる。その低い看板は前庭の隅に、通りに向かって立っている。横九〇センチ、縦四五センチの端正な長方形の看板は、顔を通行人に向け、背をこちらに向けている。だがハイタワーにはそれを読む必要がない。なぜなら金槌とのこぎりでその看板をていねいにつくり、字をこれまたていねいにじっくり時間をかけて書いたのは彼だからだ。つくったのは食料や燃料や衣類を買うために金が必要だと悟った時だった。神学校を出た時には、父親から相続したささやかな遺産があったが、自分の教会を持つと、年に四回小切手で受け取る遺産の信託利益をただちにメンフィスにある女子感化院に送っていた。それからハイタワーは教会を失い、教派から追放された。今までの人生で一番辛かったと彼が思うこと――例の死別や恥辱よりもなお辛かったこと――それは感化院に手紙を書いて、今後は今までの半分の額しか寄付できないと知らせなければならなかったことだった。

　こうしてハイタワーは収入の半分を送りつづけたが、その収入は、全額でも彼の生活費をかろうじてまかなえる程度のものにすぎなかった。「幸い、わたしにはできることがある」と当時のハイタワーは言った。それでこの看板が立ったのだった。自分でていねいに木工作業をし、字を書いた。ペンキの表面にガラスの細かな破片を埋め込んで、夜、角の街灯が点った時、クリスマスの電飾のように文字がきらきら光るようにするという巧みな工夫もこらした。

ゲイル・ハイタワー牧師、D・D・[1]

絵画教室

手製クリスマスカード等各種グリーティングカード
写真現像

だがそれもずいぶん昔の話である。その間に絵を習いに来た生徒はひとりもおらず、クリスマスカードや写真現像の注文も皆無に等しかった。ペンキとガラスの破片は風雨にさらされて徐々に剝がれ落ち、文字は薄れてきた。文字はまだ読めたが、ハイタワー自身と同じように、町の人たちにももうそれを読む必要がなかった。時々黒人の子守女が白人の子供を連れてこの辺を散歩している時に、いかにも無教育な、たどたどしい口調でつづりを唱えたり、よその土地から来た者が賑やかな場所から離れたこの静かな未舗装のほとんど人通りのない通りをたまたまやってきて、看板を見、ほとんど木や草に隠れている小さな褐色の家を見て通り過ぎていったりする。そのよそから来た者が、町の知り合いにその看板のことを話すこともある。すると「ああ、あれは」と知り合いは言うのだ。「ハイタワーさ。あそこにひとりで住んでるんだよ。長老派教会[2]の牧師として町に来たんだが、女房に煮え湯を飲まされてな。女房は時々こっそりメンフィスに出かけて愉しんでたんだ。もう二五年くらいたつかな。ハイタワーがこの町に来てまもなくのことだ。あの男は女房の悪さのことを知ってたという連中もいる。自分じゃ女房を満足させられないか、させる気がないかのどっちかで、女房が何をしてるかは知ってたというんだな。その女房はある土曜日の夜に殺された。メンフィスの、ある家かどこかでだ。どの新聞もこれでもかと記事を載せた。ハイタワーは教会の牧師をやめなきゃならなくなったが、なぜかジェファソンからは出ていかなかった。みんなは出ていかせようとしたんだよ。そのほうが本人のためにも町のためにも教会のためにもなるとね。教会もえらく迷惑だからな。この話はよそから来た人たちの耳にも入るだろう。でも当人は町を出ていかない。出ていこうとしない。それ以来ずっとあの通りでひとりで暮らしてるんだ。あそこは昔、町の一番の本通りだったんだがね。今じゃもう主な通りのひとつですらなくなった。まああの男もたいしたもんだというか。もっとも今じゃあの男は誰の迷惑にもなってない。町のほとんどの人はあの男のことを忘れちまってるんじゃないかな。家事は自分でやってるよ。この二五年間、あの家に入った人間はいないんじゃないかな。なぜ今でもいるのかは

1 Doctor of Divinity（神学博士）の略。

2 カルヴァン神学にもとづくプロテスタントの教派。南部ではバプテストやメソジストより信者が少ないが、フォークナーはこの小説の運命論的世界観を支えるため、人の運命はあらかじめ神に定められているとする予定説をとる同教派をハイタワーの所属教会にしたとされる。

判らない。でも夕方や夜にあそこを通ると、あの男が窓ぎわに坐ってるのが見えるよ。ただ坐ってるんだ。そのほかの時には姿を見かけない。時々庭仕事をしてる時以外はね」

そういうわけで、ハイタワーが自分でつくって文字を書いたその看板は、町の人たちにとって無意味なものだが、本人にとっては一層意味のないものになっている。彼はもうそれを何かを伝えるためのメッセージとして考えていない。看板のことを思い出すのは、陽が暮れる少し前に書斎の窓辺に坐る時だけだ。それは奥行きのない前庭の、通りのきわに低く掲げられた、まったく意味のない、見慣れた低い長方形のものというだけのことだ。この看板もまた、低く枝葉をひろげた楓やそのほかの灌木と同じように、ハイタワーの手助けや妨害とは無関係に、悲劇的で宿命的な大地から自然に生えてきたもののように見えなくもない。今はもうハイタワーはその看板を見もしない。窓の下の樹木の繁みも眼に入っていないも同然で、その葉叢《はむら》のすきまから通りを眺め、陽が暮れて夜が来るのを待つばかりだ。彼のうしろで、家は、書斎は、暗い闇に沈んでいる。彼が待っているのはあのひとときだ。空からすべての光が消えて夜があたりを支配しているが、昼の光を溜め込んだ木や草の葉がしぶしぶ吐き出すかすかな光だけは残っていて、夜の闇に包まれた地面をほんのり明るませる、そんなひと

時だ　もうすぐだ　とハイタワーは考える　もうすぐだ　彼は心の中でさえ、「名誉と誇りは、命は、まだいくらか残っている」などと言いはしない。

　バイロン・バンチは、七年前に初めてジェファソンへ来て　ゲイル・ハイタワー牧師D.D.　絵画教室　手製クリスマスカード等各種グリーティングカード　写真現像　の看板を見た時、『D.D.。D.D.ってなんだ?』と思い、人に訊いてみると、完全に呪われた者《ダン・ダムド》の意味だと教えられた。とにかくゲイル・ハイタワーという男は、ジェファソンでは完全に呪われて《ダン・ダムド》いるんだよ、とみんなは言った。そしてみんなは、ハイタワーが神学校を出るとすぐ、ほかの就職口を全部断わってジェファソンの長老派教会に赴任したこと、ジェファソンに赴任するためにありったけの策を弄《ろう》したことを話してくれた。それから、若い妻と一緒にジェファソンに着いたハイタワーが、汽車を降りた時からすでに興奮状態で、おおいに喋り、教会の柱である長老たちに、自分は牧師になると決めた時からジェファソンに来るつもりでいましたと言い、この町に呼ばれるために何通もの手紙を書いたとか、やきもきしたとか、いろいろな伝《つて》を頼ったなどと嬉々として話したこと。町の人たちには、馬商人がうまい取引をしたのを上機嫌で話すのと似ているように思えた。おそらく長老たちにはとくにそう思えたのだろう。彼らはハイタワーの話を、驚きと疑いに満ちた冷ややかな態度で聞いていた。というのも、ハイタワーが望んでいたのはジェファソンの町に住むことであり、ジェファソンの教会とその構成員である人々に奉仕することではないように聞こえたからだ。まるで信徒たちのこと、生きている人たちのことはどうでもよくて、彼らに望まれているかどうかも気にしていないかのようだったのだ。ハイタワーがまだ若いということもあるので、長老たちは教会と牧師が果たすべき大事な役割や責任のことを話してハイタワーの歓喜にあふれる興奮を鎮めようとした。町の人たちはバイロンに、ハイタワーが六カ月たってもまだ興奮していたことを話した。ハイタワーは南北戦争と、南北戦争で南軍の騎兵として戦死した自分の祖父のこと、そして北軍総司令官グラント将軍がジェファソンにつくった兵站《へいたん》倉庫を祖父たちが燃やしたことを語ってやまず、しまいには話が混乱してなんのことだかわけが判らなくなることが多かったという。町の人たちはバイロンに、ハイタワーは説教壇でも同じような調子で話したらしいと教えた。ハイタワーは説教壇でも熱狂的で、宗教をまるでひとつの夢であるかのように語った。悪夢として語ったわけではないが、聖書に書かれている言葉よりもすばやく動く何かとして、大地に触れることのない台風のようなものとして語ったのだ。それも長老たちには気に入らないことだった。[3]

まるでハイタワーは、説教壇に立っている時でさえ、宗教と、疾駆する騎兵隊や疾駆する馬の上で撃たれて死んだ祖父を分けることができないかのようだった。そしておそらく私生活でも、家庭でも、それらを分けることができなかった。家庭では分けようとさえしなかったのだろう、とバイロンは思った。なぜなら男というものはすでに自分のものになった女にはそういう扱いをするからであり、だからこそ女は強くなければならず、男に関して、あるいは男のために、あるいは男ゆえにすることについて自分が非難されうる余地をつくってはいけない。なぜなら誰かの妻になるというのが慎重な対応を要することであるのは間違いないからだ。町の人たちはバイロンに、ハイタワーの妻は小柄でおとなしそうな女で、最初のうちはおよそ自己主張などしそうにない女だと思ったと話した。町の人たちの考えでは、ハイタワーがもっと頼りになる男で、牧師はこうあるべきだというような男であったなら――自分が生まれた日より三〇年も前の、祖父が疾駆する馬の背から撃ち落とされた日だけを生きているような男でなかったなら――あの妻もきっと大丈夫だったはずだった。だがハイタワーはそういう男ではなかった。近所の人たちは午後や夜遅くに妻が牧師館で泣いている

3　一般に長老派教会の説教は、感情に訴えない、理知的で静かなものが多い。

のを聞いたものだ。そして近所の人たちは、ハイタワーはなぜ妻が泣くのか判らないからどうしていいか判らない、ということを知っていた。妻は教会に来ないことさえあった。教会では毎週日曜日に自分の夫が説教をしているにもかかわらずだ。みんなはハイタワーを見て、この人は自分の妻が来ていないことを知っているのだろうか、ひょっとして自分に妻がいることすら忘れているのではないかといぶかったものだ。ハイタワーが説教壇で両手を振り回しながら説く教義は、疾駆する騎兵隊と敗北と栄光の物語に満ちていて、町の通りで誰彼を捕まえては疾駆する騎兵隊の話をするのと同じ調子だったが、それと罪の赦しや天使の軍団の話がごっちゃになるので、神の家で聖なる日曜日にハイタワーが説いていることは冒瀆《ぼうとく》に近いと長老たちが考えるのも無理はないのだった。

それから町の人たちがバイロンに話したのは、ジェファソンに来て一年ほどたつと、ハイタワーの妻が例の凍りついたような表情を顔にまとうようになったということだった。教会の婦人たちが牧師館を訪ねると、ハイタワーがひとりで出迎えたが、シャツ姿で、そのシャツにはカラーもつけず、あたふたと出てきて、しばらくの間は婦人たちが何をしに来たのか、自分は何をすべきなのか、判らないようだった。それから牧師館の中へ招き入れ、失礼と言ってどこかへ姿を消した。牧師館の中は物音ひとつしなかった。よそ行きの服を着た婦人たちは椅子に坐り、互いに顔を見合わせたり、部屋の中を見回したりしながら聞き耳を立てたが、何も聞こえなかった。それからハイタワーは上着を着、カラーをつけて現われ、椅子に腰かけて、教会のことや病気の人たちのことを婦人たちと話した。婦人たちも静かな明るい調子で自分たちの考えを述べながら、なおも耳を澄まし、ドアのほうを注視しながら、牧師さんは自分たちがすでに知っていると思っていることを知っているのだろうかと考えたのかもしれなかった。

婦人たちは牧師館へ行くのをやめた。まもなく町でハイタワーの妻を見かけることすらなくなった。ハイタワーは依然として何も問題は起きていないというふうに振舞っていた。そのうち妻は一日か二日姿を消すようになった。町の人は早朝の列車に乗っている彼女を見かけた。まるで食事が足りていないかのように顔がげっそり痩せ、眼で何かを見ていても何も見えていないかのような凍りついた表情をしていた。ハイタワーは、妻は州南部にいる親戚を訪ねていると人に話したが、ある日、妻がジェファソンにいない時、メンフィスで買い物をしていたジェファソンの女が、牧師の妻がホテルに足早に入っていくところを目撃するということが起きた。それは土曜日のことで、メンフィスから戻った女はそのことを人に話した。それでも翌日、ハイタワーは説教壇で相変わらず宗教の話と疾駆する騎兵隊の話をごっちゃにして話すのだった。妻は月曜日に帰ってくると、次の日曜日、六、七カ月ぶりに教会に現われて、一番うしろの席にひとりで坐った。それからしばらくの間は毎週日曜日に出てきた。それからまた姿を消した。今度は週の中ほどで（七月の暑い時だった）、この時もハイタワーは涼しい田舎にいる親戚のところへ行ったと話した。年配の男の信徒たちや長老たちや年配の女の信徒たちはハイタワーをじっと見て、この男は自分の言葉を自分で信じているのだろうかといぶかしみ、若い人たちは陰であれこれ噂をした。

だがハイタワーが妻の居所についての自分の説明を自分で信じているかどうか、そもそも妻の居所のことなど気にかけているかどうか、信徒たちには判らなかった。何しろ宗教の話と祖父が疾駆する馬から撃ち落とされた話がごっちゃになった説教をする男だから、まるで祖父が彼に伝えた種《たね》が、その夜に祖父と一緒に馬に乗っていて、祖父と一緒に殺され、その種にとっては時間がそこでとまってしまい、以後は何も起こらず、ハイタワー自身も生まれなかったといったふうだったのだ。

妻は日曜日の前に帰ってきた。暑い日だった。年寄りたちは町が始まって以来一番暑い日だと言った。妻はその週の日曜日に教会へ来て、うしろの席にひとりで坐った。そして説教の途中でベンチからぱっと立ちあがり、叫び声をあげ、説教壇に向かって何かわめきはじめ、両手を振り立てた。説教壇の夫は話を中断し、両手をあげて前に身を傾けた姿勢でぴたりととまった。近くにいる人たちが妻を押さえようとしたが、妻は抵抗した。町の人たちはバイロンに、妻が今や通路に立ち、説教壇に向かって金切り声をあげ、両手を振ったこと、説教壇では夫が前に身を乗り出し、手をあげて、まだ語り終えていない雷鳴轟く寓意的物語の時代の形に顔を凍りつかせていたことを話した。妻が手を振り立てているのは夫に向かってなのか神に向かってなのか、みんなには判らなかった。夫が説教壇から降りて近づいていくと、妻は抗うのをやめ、夫は妻を外に連れ出した。みんなはそばを通っていくふたりのほうへ顔を向けた。教会の監督がオルガン奏者に演奏を命じた。その日の午後、長老たちは鍵をかけた部屋で会議を開いた。密室でどんな話し合いがなされているかは平信徒には判らなかった。

ハイタワーは戻ってきて、聖具室に入り、こちらもドアを閉めてしまった。

みんなには何が起きたのか判らなかった。判ったのは、教会が費用を出して牧師の妻を施設に、サナトリウムに、送り出したことと、ハイタワーが妻をそこへ連れていき、戻ってくると、次の日曜日にいつもどおり説教をしたことだけだった。婦人信徒たちや近所の婦人たちの中には、もう何カ月も牧師館に入ったことのない人たちがいたが、みんなハイタワーに親切で、時々料理を持っていってやった。そして自分たちの間で、あるいはそれぞれの夫に、牧師館の中は散らかり放題で、牧師はおなかがすくとその辺にあるものをなんでも食べる動物のような食生活をしているらしいと話した。ハイタワーは隔週にサナトリウムへ妻を見舞いに行ったが、いつも翌日くらいには帰ってきた。そして日曜日にはまた説教壇に立ち、まるで何ごともなかったかのようにふるまった。みんなは好奇心と親切心から妻の具合を尋ね、ハイタワーは礼を言った。それから日曜日にまたハイタワーが説教壇にあがり、両手を激しく振り立て、陶酔と熱狂に声を張りあげると、神と救済と疾駆する騎兵隊と死んだ祖父の幻影が雷鳴の轟きとともに現われ、説教壇の下にいる長老たちや一般の会衆は当惑し憤慨するのだった。秋には妻が戻ってきた。具合はよくなったように見えた。身体に少し肉がついていた。だが変わり方はそれ以上だった。以前より慎み深くなったとでも言おうか。少なくともしっかりと眼醒めているように見えた。今や婦人信徒たちが以前から望んでいたような牧師夫人になっていた。牧師夫人はこうあるべきだと彼女らが信じるとおりの人になっていた。教会での礼拝や祈禱会にも必ず出席した。婦人信徒たちは牧師館に訪ねてきたし、彼女のほうも信徒たちの家を訪問した。自分の家にいる時でも静かに控えめに坐り、婦人信徒たちが家事の仕方や服装のこと、夫に食べさせるもののことを助言するのを聞いていた。

婦人信徒たちは彼女を赦したとすら言えるのかもしれなかった。もともとこれこれの犯罪や戒律違反が犯されたと判定され、罰が定められたわけではなかったのだが。もっとも町の人たちは、牧師の妻が何度もしたあの謎めいた小旅行を婦人信徒たちが忘れたとは思っていなかった。行き先がメンフィスであり、その目的については誰も口にしなかったものの、みんなが同じ確信を持っていたあの小旅行のことを、婦人信徒たちはちゃんと覚えているはずだと思っていた。なぜなら、町の人たちの信じるところによれば、善い女というものは、善いことであれ悪いことであれ、簡単にはものごとを忘れないからだ。忘れてしまうと、人を赦すという行為の風味と香りが良心の口の中から消えてしまうから。町の人たちは、婦人信徒たちは真相を知っていると信じていた。というのも、町の人たちの考えでは、悪い女は怪しまれないよう用心することにいくらか時間をとられるので、誰かが悪いことをしても気づかないことがあるが、善い女は自分が善い女だから、自分やほかの人間の善い行ないのことをもう気にかける必要がなく、そのおかげで誰かの罪悪を嗅ぎつけるだけの時間がたっぷりあるからだ。だからこそ善い女は、誰かの善行を見て悪行と取り違えることはつねにありうるが、悪行を見誤ることはないと町の人たちは信じていた。こうして四、五カ月たったあと、牧師夫人がまたどこかに出かけ、牧師が親戚を訪ねていったと説明した時、町の人たちは、今度ばかりは牧師自身も騙されてはいないのだと信じた。それはともかく牧師夫人は帰ってきて、牧師はまた日曜日ごとに何ごともなかったかのように説教をし、誰彼を訪ねたり、病気の信徒を見舞ったり、教会のことを話したりした。だが妻はもう教会へは来ず、婦人信徒たちも彼女を訪ねるのをやめ、牧師館へ行くことがおよそなくなった。両隣の住人でさえ牧師館やその近辺で牧師夫人を見かけることはなくなった。ほどなく牧師夫人は牧師館にいないかのような扱いになった。彼女はそこにいない、さらには牧師には妻がいない、ということで誰もが合意したかのようになった。ハイタワーは日曜日ごとに説教をしたが、もう妻は親戚を訪ねていったとは言わなくなった。この事態をハイタワーは喜んでいるのではないかと町の人たちは思った。もう嘘をつかなくてもいいことを喜んでいるのではないかと。

だからその週の金曜日に牧師夫人が列車に乗るのを見た者は誰もいなかった。あるいは列車に乗ったのは、事件が起きた当日である土曜日だったかもしれない。みんなが事件のことを知ったのは日曜日の朝刊を見た時だった。土曜日の夜、牧師夫人がメンフィスのあるホテルの窓から飛び降りるか落ちるかして死んだというのだ。部屋には彼女と一緒にいた男がいた。男は逮捕された。酒に酔っていた。宿帳には夫婦とあり、名前は偽名だった。警察が本名を知ったのは、当人が本名を紙に書いたあと、それを破ってゴミ箱に捨てていたからだった。新聞各紙は、ミシシッピ州ジェファソン在住、ゲイル・ハイタワー牧師夫人と伝えた。記事によれば、新聞社は午前二時に夫に電話をしたが、夫は何も話すことはないと言ったとのことだった。日曜日の朝、町の人たちが教会へ行くと、教会の前庭にはメンフィスから来た新聞記者が詰めかけ、教会と牧師館の写真を撮っていた。それからハイタワーが出てきた。記者陣は捕まえようとしたが、ハイタワーは彼らの間を通り抜けて教会に入っていき、説教壇にあがった。年配の婦人たちと数人の年配の男たちがすでに教会にいて、メンフィスでの事件のことというより、記者たちが来ていることで、衝撃を受け憤っていた。だがハイタワーが入ってきて説教壇にあがると、会衆は記者たちのことすら忘れてしまった。教会婦人たちがまず立ちあがって出ていきはじめた。それから男たちも腰をあげた。教会は空になり、残ったのは説教壇にいるハイタワーだけとなった。ハイタワーは上体を軽く前にかがめ、聖書を開いてその両脇に手を置き、顔を伏せることはしなかった。メンフィスから来た記者陣は（牧師のあとから教会に入ってきていた）最後列の信徒席に一列に坐っていた。記者陣によれば、ハイタワーは信徒たちが去るのを見ていなかった。およそ何も見ていなかった。

町の人たちはバイロンにそのことを話した。やがてハイタワーががらんとした教会で聖書をそっと閉じて、説教壇を降り、通路を歩いて、先に外に出た会衆と同じように記者陣には一瞥もくれず、玄関から出ていったことを。玄関前では数人のカメラマンが待っていて、写真機を立て、黒い布の中に頭を突っ込んでいた。明らかにハイタワーはそのことを予想していたようだった。教会から出てきた時、開いた賛美歌の本を顔の前に掲げていたからだ。だがカメラマンたちもそのことを予想していたらしい。なぜならうまくハイタワーを引っかけたからだ。そういうことには慣れていないから簡単に引っかかったのだろうと、町の人たちはバイロンに言った。ひとりのカメラマンが横手に写真機を据えていたのだ。ハイタワーはそれに気づかなかった。あるいは気づくのが遅すぎた。前方にある写真機から顔を隠しつづけていただけだった。翌日、ある新聞に横から撮られた写真が掲載された。ハイタワーは玄関前の階段を降りていく途中で、顔の前に賛美歌の本を掲げていた。本のうしろで唇を開いて歯をむきだしにしていたので微笑《わら》っているように見えた。歯をぐっと噛みしめたその顔は、古い版画に見る悪魔の顔のようだった。翌日、ハイタワーは妻の遺体をもらい受けてきて埋葬した。町の人たちは墓地にやってきた。それは埋葬式ではなかった。ハイタワーは遺体を教会に運び込まず、まっすぐ墓地に運んだ。そして自分で聖書の一節を読もうとしたが、ほかの牧師が進み出てその手から聖書をとりあげた。多くの人が、とくに比較的若い人たちが、ハイタワーやほかの人たちが立ち去ったあとも残り、墓を見ていた。

それから長老派のほかの教会の信徒たちまでもが知ることになったのは、ジェファソンの教会がハイタワーに牧師職の辞任を求めたにもかかわらずハイタワーが拒否したという事実だった。翌週の日曜日にはほかの教会からも何が起きるか見ようと大勢の信徒がやってきた。ハイタワーがやってきて教会に入った。会衆が一斉に立ちあがって退場し、あとにはハイタワーと見世物でも見にきたようなほかの教会の人たちだけが残った。ハイタワーはその人たちに向かっていつもと同じ説教をした。ジェファソンの長老派教会の信徒たちが冒瀆とみなしたあの恍惚として激情を迸《ほとばし》らせる説教を、ほかの教会の人たちは純然たる狂気だと思った。

ハイタワーは辞任しようとしなかった。教会の長老たちは上の組織に牧師を罷免するよう要請した。だがあの新聞記事と写真が出たあとでは、ほかのどんな町もハイタワーを牧師として迎えようとしなかっただろう。ハイタワー個人には別に問題はなかったのだと誰もが言った。彼はただ不運だったのだと。不運に生まれついたのだと。みんなは教会に来るのを完全にやめてしまった。ひと頃は好奇心から来ていたほかの教会の信徒たちも来なくなった。ハイタワーはもう見世物ですらなかった。ただの言語道断なものにすぎなかった。それでもハイタワーは毎週日曜日の朝のいつもの時刻に教会へやってきて説教壇にあがり、会衆は腰をあげて出ていき、暇な連中が教会の外の通りに集まって、空っぽの教会でハイタワーが説教し、祈りをあげるのに耳を傾けた。ある日曜日の朝、ハイタワーが教会にやってくると扉が施錠されていた。暇人たちはハイタワーが扉を開けようとするのをじっと見ていた。まもなくハイタワーは断念し、それでも顔を伏せようとしないでそこに立っていた。通りにずらりと並んでいるのは、どのみち教会へなど行かない男たちと、よく判らないが何か起きているらしいと立ちどまり眼をまん丸にして、鍵のかかった扉の前でじっと動かず立ちつくしている男を眺める少年たちだけだった。翌日町の人たちは、ハイタワーが長老たちのところへ出向き、教会のためを思って説教壇に立つ職務を永久に辞すると告げたことを伝え聞いた。

町の人たちは喜ぶとともに気の毒がりもした。誰かにあることを無理強いするのに成功すると、時としてその誰かを気の毒に思うことがあるものだ。もちろん町の人たちはハイタワーが町を出るだろうと考えたし、教会の信徒たちは彼が町を出てどこかよそで身を落ち着けられるようにと募金をした。だがハイタワーは町を出ようとしなかった。町の人たちはバイロンに、ハイタワーが裏通りに今にいたるまでずっと住んでいるあの小さな家を買ったと知った時のみんなの狼狽となみなみならぬ憤慨のことを話した。長老たちはまた会議を開いた。ハイタワーはよそへ移るためのお金を受け取ったのに、それをほかのことに使ったとなると、お金を受け取った時嘘をついたことになるからだ。長老たちはハイタワーのところへ行ってそう言った。ハイタワーは失礼と断わって部屋を出ると、もらったのと一セントも違わない同じ金額、同じ金種のお金を持って戻ってきて、これをお返ししたいと申し出た。長老たちは受領を拒んだ。ハイタワーは家を買ったお金の出所を明かさなかった。翌日にはさっそく、ハイタワーは妻に生命保険をかけておいて誰かを雇って殺させたのだと言う者たちが出てきた。だがそれが真実でないことは誰もが知っていた。そのような説を何度も繰り返し唱えた者たちや、その説が唱えられた時に聞いていた者たちもみな知っていた。

それでもハイタワーは町を出ようとしなかった。それからある日、みんなはハイタワーが自分でつくり、字を書き、前庭に立てたあの小さな看板を見て、このままずっと町に住みつづけるつもりなのを知った。ハイタワーはその時まだ黒人の女を料理人として雇っていた。以前からずっと使っていた女だった。町の人たちがバイロンに話したところによると、ハイタワーの妻が死ぬとすぐにみんなはその黒人が女であり、ハイタワーが一日中その女と家の中でふたりきりでいることに気づいたようだった。

そして妻があの恥辱の墓の中でまだ冷たくなりきらないうちに、ひそひそ話が始まった。ハイタワーの妻が悪い女になり、自殺してしまったのは、ハイタワーが自然な夫、自然な男でなかったせいだが、その原因はこの黒人女だというのだ。これでもう充分だった。欠けているものは何もなかった。黙って話を聞きながら、バイロンは、人間というものはどこでもだいたい同じだろうけど、小さな町では悪いことをしにくくて、個人が秘密を持ちにくいから、他人が悪いことをしているという話を都会よりもたくさんでっちあげてしまうようだと思った。なぜなら、ただひとつの考え、ただひとつの根も葉もない噂が、風に吹かれて人の頭から頭へ飛び伝わるだけで足りるのだから。ある日、その料理女がやめた。ある夜、ぞんざいに覆面をした男たちがハイタワーの家に来て料理女を解雇しろと命じたらしかった。料理女は次の日に自分からやめたと言い、それは雇い主から神の教えと自然の摂理に反することを要求されたからだと説明した、という話を町の人たちは聞いた。噂によれば、覆面の男たちが料理女を脅してやめさせたのは、その女がいわゆる薄茶色《ハイ・ブラウン》[4]だからだった。そういう女が、なんだかよく判らないが神の教えと自然の摂理に反すると思うことをしてくれるとなれば、拒む男は町に二、三人しかいないのは確かだった。というのも、一部の比較的若い男たちが言うように、淫乱な黒んぼ女でさえ神の教えと自然の摂理に反するとみなすことなら相当すごいことに違いないからだ。ともかくハイタワーはもう女の料理人を雇えなかった――あるいは雇おうとしなかった。男たちがあの夜、町の黒人女全員を脅したということもありえた。それでハイタワーはしばらくの間は自分で料理をしていたが、ある日、町の人たちは、黒人の男の料理人が雇われたという話を聞いた。これでとどめを刺されたようなものだった。[5]なぜならその夜、覆面すらしていない数人の男が、その黒人の男を連れ出し、鞭で打ったからだ。翌朝、ハイタワーが起きてくると、書斎の窓が割れていて、床に煉瓦がひとつ落ちていた。煉瓦には手紙が結びつけられていた。そこには陽が暮れるまでに町を出ていけと書かれ、K・K・K[6]と署名してあった。それでもハイタワーは出ていかなかった。次の日の朝、町から二キロ近く離れた森の中で、ある男がハイタワーを見つけた。ハイタワーは木に縛られ、殴られて気を失っていた。

4　肌の色の薄い黒人女性を指す人種差別的な言葉。そうした女性は白人、黒人双方にとって性的魅力に富むとされる。
5　同性愛の疑惑を持たれてしまった。
6　クー・クラックス・クラン。南北戦争後に南部諸州で結成された白人至上主義の秘密結社。白装束に三角白頭巾という恰好で示威行為やテロを行なう。

ハイタワーは誰にやられたかを言おうとしなかった。町の人たちは、これではいけないと思い、何人かの男が訪ねていって、ジェファソンを出たほうがいいとまた説得を試みた。それがあなたのためだ、今度は殺されるかもしれないと言って。だが彼は出ていくことを拒んだ。犯人たちを告訴しようと持ちかけられても、その殴打事件のことに触れようともしなかった。どちらのこともしようとしないのだ。事件について話すことも、町を出ていくことも。それから突然、災厄をもたらす嵐が吹き過ぎたように、すべてが鎮まったように思えた。ついに町の人たちは、ハイタワーが死ぬまで町の一部でありつづけるであろうこと、だからいっそもう互いに折り合いをつけたほうがいいことに気づいたかのようだった。これはまるで大勢の人が参加してひとつの劇を上演してきたようなものであり、ようやく全員がそれぞれに与えられた役を演じ終えた今、みんなはお互いを煩わせることなく静かに暮らせるようになったのだ、とバイロンは思った。みんなはハイタワーをそっとしておいた。前庭や裏庭で草木の手入れをしたり、小さな籠を腕にかけて町の店で買い物をしたりするのを見かけることがあり、そういう時は話しかけることもあった。自分で炊事などの家事をしているのを知っており、しばらくすると近所の人たちがまた料理を持っていくようになった。それは製材所や製板所で生計を立てる貧しい家族に施し物として与えるような料理だったが、とにかく食べ物だし、善意から出たことには違いなかった。バイロンも考えたとおり、二〇年もたてば人々は多くのことを忘れるからだ。バイロンは思う。『まあ、あの人が毎日陽が暮れはじめる頃から真っ暗になるまで、あの窓のところに坐っていることを知っている人は、ジェファソンでは俺のほかに誰もいないだろうな。あの家の中がどんな感じなのかを知ってる人もだ。俺が知ってるということすら誰も知らないだろう。もし知ってるなら、みんなは俺とあの人を連れ出して鞭でひっぱたくに決まってる。人間てやつは忘れるのも早いが思い出すのも早いみたいだからな』それというのも、バイロンにはもうひとつ、ジェファソンに住むようになってから自分の眼で見て知ったことがあるからだ。

ハイタワーはたいへんな読書家だった。バイロンは書斎の四面の壁を埋めている本をじっくり眺めながら、一種の敬意に満ちた困惑におちいって考え込んでしまったものだ。宗教書や歴史書のほか、バイロンが聞いたこともないような学問の書物がそこに並んでいた。四年ほど前のある日、ひとりの黒人の男が、町はずれの、ハイタワーの家のすぐ裏手にある小屋から駆けてきて、妻が産気づいたと訴えたことがあった。ハイタワーの家には電話がなかった。そこで男に、隣の家へ行って医者を呼んでもらうように言った。見ていると、黒人の男は隣家の門まで行った。だが中には入らず、しばらく立っていたあと、町のほうに向かって通りを歩きだした。男は町まで歩いていき、おそらくそこからさらに医者に連絡をとるまで三〇分ほど費やすことだろう。誰か白人の女に頼んで電話をかけてもらおうともせず、黒人らしく、まごまごして、時間を無駄にしてしまうだろう。[7] 台所の勝手口まで行ってみると、それほど遠く離れていない小屋のほうから女の泣き声が聞こえてきた。ハイタワーはそれ以上待たなかった。小屋に駆けつけると、なぜか女がベッドを出て、床で四つん這いになり、泣きわめきながらベッドに戻ろうとしていた。ハイタワーは女をベッドに戻してやり、じっと寝ているように言い、脅しつけるようにして従わせると、自分の家に駆け戻り、書斎の本棚から本を一冊抜き取った。剃刀《かみそり》と、何本かの紐をとり、また走って小屋に戻ると、子供を産ませた。だが子供はもう死んでいた。やってきた医者は、ハイタワーに発見される前、女がベッドを出た時におなかの中で傷を負ったのだろうと言った。医者はハイタワーの処置を適切だったと認め、夫も納得した。

『でも、それはあまりにも例の別の事件に近すぎたんだ』とバイロンは思った。『ふたつの間に一五年の隔たりがあっても』なぜなら、それから二日とたたないうちに、その赤ん坊はハイタワーの子供で、ハイタワーはわざと死なせたのだと言う者が現われたからだ。だがバイロンは、言った本人でさえそれを信じていないと思っていた。

町の人たちにはこの恥辱にまみれた元牧師について自分たちでも信じていないことを言う習慣ができてしまい、それがあまりにも長く続いてきたものだからなかなかやめられないのだ、と。『とにかくどんなことでも習慣になるほど言いつづけていると、真実からうんと遠くなるもんだ』とバイロンは思う。バイロンは、ある夜何かの話の中でハイタワーがこんなことを言ったのを覚えている。「みんな善良な人たちなんだ。人は自分がどうしても信じてしまうことを信じるしかない。とくに昔はあの人たちの信仰の導き手にして奉仕者だったわたしに関してはね。だからあの人たちが信じていることをわたしが否定して侮ったり、きみがそれは間違いだと指摘したりするのはよくない。人が望みうる一番の幸せは、隣人たちの間での静かな生活を許されることなんだ」それはバイロンが例の話を聞いてまもなく、夜にハイタワーの書斎を訪ねるようになってすぐの頃だった。当時はまだハイタワーがなぜジェファソンに残り、自分を切り捨てて追放した教会が見えそうなほど近いところ、そこから鐘の音や合唱の声が聞こえるところに住みつづけているのか、いぶかしく思っていた。ある夜、バイロ

7　ハイタワーは〝黒んぼ〟という蔑称を使わないなど、人種差別意識の少ない白人だが、それでも無意識の差別意識は免れない。

ンはそのことを訊いてみた。

「きみはどうして土曜日の午後も製板所で働くんだね。ほかの人たちは町で愉しんでいるのに」ハイタワーは逆にそう訊き返した。

「どうしてかなあ」とバイロンは言った。「それが俺の人生だから、ですかね」

「わたしも、これがわたしの人生だと思っているんだ」とハイタワーは言った。『でも俺は理由を知ってる』とバイロンは思う。『それは、人はもう起きてしまった面倒よりこれから起きるかもしれない面倒のほうを怖れるからだ。変わることは危ないことだから、慣れている面倒にしがみつくんだ。そう。人は生きている人たちから逃げ出したいとよく言う。でも本当に厄介なのは死んだ人たちだ。死んだ人たちはひとつの場所で静かに寝ているだけで人を引きとめようとしたりしないけど、逃れられないのは死んだ人たちからなんだ』

幻影が轟きをあげて走り過ぎ、夕闇の中へ静かに突き進んでいった。すっかり夜になった。だがハイタワーはまだ書斎の窓辺にじっと坐っている。背後の室内は暗いままだ。角の街灯がちらちら明滅してはまた明るく点るので、楓の葉叢のぎざぎざの黒い影絵が、風もないのに八月の闇の上でかすかに揺れているように見える。遠くから、ごくかすかにだがかなりはっきりと、教会にいる人々の朗々とした声が凝集した波となってハイタワーの耳に届く。その声は禁欲的にして豊饒で、卑屈にして誇り高く、静かな夏の闇の中で、和音を響かせる潮の音《ね》のように高まり低まりを繰り返す。

それから、ひとりの男が、通りをこちらへ歩いてくるのが見える。平日の夜なら、その背恰好、姿勢、身のこなし、足取りから、誰だか判っただろう。だが日曜日の夜、夜の闇に満ちた書斎で、幻影の蹄の音の木霊がまだ音もなく鳴り響いている今、ハイタワーが静かに見ていると、その馬に乗っていない貧弱な身体の人間の動きには、後足だけで歩いている動物の、あの危なっかしい、まやかしの賢さがある。人間という動物は愚かしくもそういう賢さを自慢にしているが、そんな賢さはあてにはならず、しょっちゅう人間を裏切るものだ。その裏切りは、重力の作用で足の下の氷が割れるというような自然法則によるものもあれば、暗がりで自動車や家具にぶつかるとか、自分が食べたものの皮を床や道に捨てたところそれで足が滑って転んだといったふうに、人間が自分でつくった外在物が原因になるものもある。ハイタワーが今静かに思うのは、昔の人が馬を戦士と王侯に欠かせないものと見てその象徴としたのは実に正しかったということだ。通りをやってきた男は例の低い看板の脇を通り過ぎ、門をくぐって家に近づいてくる。ハイタワーは前に身を乗り出し、男が暗い前庭の通路を歩いて暗い玄関に向かってくるのを見る。男が玄関前の暗い階段の一段目でつまずいてどたりと大きな音を立てるのを聞く。「バイロン・バンチだ」とハイタワーは言う。「日曜日の夜に、町にいる。バイロン・バンチが、日曜日に町にいる」

4

ふたりは机をはさんで差し向かいに坐る。書斎には今は明かりが点っている。机に置かれた緑色の笠がついた電気スタンドの明かりだ。ハイタワーは古い回転椅子に、バイロンは向かいの背板のまっすぐな椅子に腰かけている。ふたりの顔は、笠のついた電気スタンドからまっすぐ下に落ちた光のすぐ外側にある。開いた窓ごしに、遠い教会からの合唱の声が入ってくる。バイロンは平板で単調な声で話す。

「ほんとに珍しいことが起きたんです。俺は絶対に人に害を与えずにすむ場所があるとしたら、土曜日の午後のあの製板所だと思ってました。それにあの火事のこともあるし。あれは眼の前で燃えてるようなもんでしたよ。弁当を食いながら時々眼をあげると、煙が見えるんです。それで俺はこう考えたんです。『今日の午後は誰にも会わないだろう。少なくとも今日の午後は、誰にも邪魔されないだろうな』って。ところがふっと眼をあげたら、その若い娘さんがいたんです。今にもにこっと微笑《わら》いそうな顔で、自分が捜してる男の名前を口から出しそうにしてましたよ。でも俺を見て、その男じゃないのが判ったんです。俺は馬鹿なことに、知ってることを全部喋っちまいました」バイロンはかすかに顔を動かす。微笑んだのではない。上唇が一瞬持ちあがったが、その動きも、皮膚の表面にできた皺も、それ以上ひろがらず、ほとんど瞬時に消えてしまう。「自分が知ってることはその娘さんにとって最悪のことなんじゃないかなんて、思いもしなかったんです」

「日曜日にバイロン・バンチをジェファソンに足止めしたくらいだから、それは珍しいことだったんだろうな」とハイタワーは言う。「しかしその娘さんはその男を捜していた。そしてきみは見つけるのを手伝ってやった。それならきみはその娘さんの望みを叶えてやったんじゃないのか。はるばるアラバマから追ってきた男を見つけてやったんじゃないのかね」

「とにかく俺はまずいことを喋っちまったんです。それは間違いない。大きなおなかをして、板の上に腰かけて、じいっとこっちを見てる。あんな眼で見られちゃ、嘘をつきたくてもつけるもんじゃない。それで俺はべらべら喋っちまいました。あのはっきり見えてる煙が、気をつけて物を言えと注意してくれてるみたいなもんなのに、そこに頭が回らなかったんです」

「ああ。昨日焼けた家のことか。しかしそのふたつにどんな関係が——あれは誰の家だったんだね。わたしも煙を見て、通りかかった黒人に訊いてみたが、知らなかった」

「例のバーデンの古い屋敷ですよ」バイロンはそう言ってハイタワーを見る。ふたりは互いの顔を見合う。ハイタワーは長身で、以前は痩せていた。だが今は痩せてはいない。皮膚は小麦粉の袋の色で、上半身は、物を満杯にではなく入れた袋を、痩せた肩からだらりと膝までぶらさげたような感じだ。それからバイロンが言う。「まだ聞いてないんですね」ハイタワーはバイロンをじっと見る。バイロンは物思いにふけりながら話すように言う。「それも俺が言わなくちゃいけないみたいですね。二日続けて、ふたりの人に、聞きたくないことを話すわけだ。絶対に聞かないほうがいいようなことを」

「わたしが聞きたくないことってなんだ。まだ聞いてない話ってなんなんだ」

「火事のことじゃないです。ふたりとも無事に逃げました」

「ふたりとも？　ミス・バーデンはひとりで住んでいたと思っていたが」

またバイロンはちらりとハイタワーを見る。だがハイタワーは真剣な顔で興味を示していただけだ。「ブラウンとクリスマスのことです」とバイロンは言う。ハイタワーは依然として表情を変えない。「そのことも聞いてないんですね。ふたりはあそこに住んでたんですよ」

「あそこに住んでた？　屋敷に間借りしてたのかね」

「いや。屋敷の裏にある黒んぼが住む小屋に住んでたんです。三年前にクリスマスが修理した小屋です。クリスマスはずっとそこに住んでました。夜はどこで寝てるんだろうなんて、みんなは言ってましたけどね。それからあの男はブラウンと連《つる》むようになって、あの家に一緒に住まわせてたんです」

「なるほど」とハイタワー。「しかしそれがどうしたと……そのふたりが快適に暮らして、ミス・バーデンが気にしていないのなら――」

「ふたりは仲良くやってたみたいです。ウィスキーを売ってましてね。あの古い屋敷を根城というか、隠れ家にして。ミス・バーデンは知らなかったんじゃないですかね、ウィスキーのことは。知ってたかどうか、少なくとも町のみんなは知りません。噂では、三年前にクリスマスがひとりで始めたそうです。最初は何人かの常連客に売ってただけで、客どうしもお互いに知らなかった。でもブラウンを引き入れた時、[1]ブラウンが客を増やそうとしたんじゃないかな。路地裏でシャツの懐から半パイントの瓶を出して、誰にでも売るようになったんです。自分じゃ飲まないような酒を。ふたりが売り物のウィスキーをどうやって手に入れてるのかも、つつくとまずい話が出てくるみたいです。というのは、ブラウンは製板所をやめて、本職になった仕事のために例の新しい自動車を乗り回すようになったんですがね。それをしはじめてから二週間ほどたった、ある土曜日の夜に、町で酔っ払って、床屋にいる連中に自慢話を始めたんです。どうやらある夜、クリスマスとふたりでメンフィスに近い道路であることをしたらしい。あの新しい自動車を繁みの中に隠して、自分らも隠れた。クリスマスは拳銃を持ってた。それからトラックとか、一〇〇ガロン[2]の何かがどうしたとか。そのうちクリスマスが急いでやってきて、ブラウンを椅子から引きずりおろしたんです。クリスマスはいつもの、愛想がよくもないし怒ってるのでもない落ち着いた声で言いました。『おまえ、ジェファソンのヘアトニックを飲みすぎないほうがいいぞ。もう頭に来てるんだろ。そのうち唇に毛が生えるぞ』[3]クリスマスは片手でブラウンを捕まえて、もう片方の手で顔にびんたを食らわせました。思いきり殴ってるようには見えなかったけど、殴る合間にクリスマスの手が離れた時、頰髯の下で肌が赤くなってるのが見えたそうです。『来い、外の空気を吸うんだ』とクリスマスは言いました。『おまえはここの人たちの邪魔をしてる』と」バイロンはそこで少し考えてからまた口を開く。「それで、積んだ板の上に彼女が腰かけて俺をじっと見てるんです。俺が何もかもべらべらと喋るのをじっと。それから彼女は訊いてきました。『その人、口もとのここんところに白い小さな傷跡がないですか』って」

「それじゃブラウンがその男なのか」とハイタワーは言う。身じろぎもせずに坐り、一種の穏やかな驚きを顔に浮かべてバイロンを見つめる。激しく反応するでもなく、背徳行為への憤りもない。まったく異質な国の人々の風俗について話を聞いているかのようだ。「亭主は密造酒売りなのか。いやはや」だがバイロンには、ハイタワーの顔に何かが隠れていて、いま眼醒めようとしているのが見て取れる。それはハイタワー自身もまだ意識していないもので、まるでハイタワーの内側にある何かが警告するか覚悟を促すかしているかのようでもある。だがバイロンは、これはすでに自分が知っていてハイタワーに話そうとしていることが、相手の顔に反映しているだけだと

1　約二三〇ミリリットル。
2　約三八〇リットル。
3　ヘアトニックは密造酒のこと。粗悪な酒はビリヤードの球に毛を生やすという冗談を踏まえている。あるいは、hairlipはharelip（口唇裂）と発音が同じなので、口を殴るぞという脅しともとれる。

考える。

「というわけで、俺は彼女に喋っちまったあとで気がついたんです。舌をまっぷたつに嚙み切っておけばよかった。あの時、まだ何も気づいてなかった時に」バイロンはもうハイタワーを見ていない。窓からは、かすかにだが、はっきりと、遠い教会から動かない夜を横切ってくるオルガンの音と人々の声が入ってくる　この人にもこの音が聞こえてるだろうか　とバイロンは思う　それとも今までに長いことさんざん聞きつづけてきたから、もう聞こえないのかもしれない。聞くまいとする必要すらないのかもしれない「彼女は昨日の午後、俺が働いている間、そして煙がやっと薄れていく間、そして俺が彼女に何を言ったらいいか、何をしたらいいかと考えている間、ずっとあそこに坐ってました。彼女はあそこへ行きたいから、行き方を教えてほしいと言いました。三キロほどあると言うと、まるで俺を子供か何かだと思ってるみたいな笑い顔になりました。『はるばるアラバマから来たんだもの。あと三キロくらいなんでもないです』それで俺は言ったんですよ……」そこで声が途切れる。バイロンは足もとの床を見ているようだ。それから眼をあげる。「まあ、嘘をついたことになるんだろうけど。でもある意味では嘘じゃないんです。なぜって、火事場にはきっと大勢人がいるだろうから。そこへ彼女が行って、人を捜そうったって。その時俺は、もうひとつの話を知りませんでしたからね。残りの話を。最悪の話を。だから俺は彼女に、彼は仕事で忙しいんだと言いました。六時過ぎに町へ会いに行くのが一番いいって。それはほんとのことでした。あの男はあれを仕事と呼んでるはずですから。冷たい小瓶をシャツの下の裸の胸のところへ入れて、運び回るのをね。あの男が広場にいない時は、隠れ家へ密造酒をとりに行って戻ってくるのが少し遅れてるか、ちょっと路地裏へ行ってるかのどっちかですから。だから待つように言ったんです。彼女はじっと坐って、俺は仕事を続けながら、どうしたものかと考えてました。ほとんど何も知らない時にずいぶん心配したわけだけど、残りの話を知った今、その時のことを思い出すと、心配することなんか全然なかったみたいに思えますよ。今日は一日中考えてました。昨日に戻って、あの時の心配ごとだけ心配してればいいのなら、どんなに楽だろうって」

「きみが何を心配しなければいけないのか、まだよく判らないんだが」とハイタワーは言う。「男がそんな男で、その娘さんがそんな人であるのは、きみのせいじゃない。きみはできるだけのことをした。赤の他人にできることを全部したんだ。もっとも……」ハイタワーの声も途切れ、そのまま消えてしまう。まるでぼんやりした物思いが熟考となり、懸念を生んだかのように。向かいのバイロンは身動きひとつせず坐り、深刻な顔をうつむけている。バイロンと向き合っているハイタワーは、まだ若く、ずっという考えを頭に浮かべてはいない。ハイタワーはただ、バイロンがまだ若く、ずっと独身のまま勤勉に働きつづけてきたことを思い出すとともに、バイロンの話しぶりからすると、自分がまだ見ていないその若い女は少なくとも何か心を騒がせるものを持っているようだが、バイロンはまだ自分の気持ちを同情としか思っていないらしいと考えるだけだ。というわけで今、ハイタワーは、冷たくも温かくもない、いくらか細めた眼でバイロンを見る。バイロンはあの単調な声で話を続ける。六時になっても決心がつかなかったこと。リーナと一緒に広場まで行った時も、まだ迷っていたこと。今やハイタワーのいぶかしげな顔に、不吉なことを予感してひるむような表情が現われはじめる中、バイロンは静かな口調で、広場に着いたあと、リーナをミセス・ビアードの下宿屋へ連れていく決心をしたことを話す。バイロンは静かに話しながら、考え、思い出す。あの時、まるで夕方の空気の中を何かが駆け抜け、そのせいで見慣れた人たちの顔が奇妙に見えたような気がしたのだった。バイロンはまだ何も聞いていないから、自分がまだ何も知らなかった時の迷いなど子供の悩みにすぎないと思えるような出来事が起きたことをまだ知らなかった。だからバイロンは、何が起きたかを知る前に、そのことをリーナの耳に入れてはいけないと知ったのだった。おまえは行方知れずのルーカス・バーチを間違いなく見つけたのだと、言葉で言われる必要すらなかった。今から思えば、それに気づかなかった自分はどうしようもなく馬鹿で間抜けだと思えた。宿命と偶然のなりゆきで空に一日中、黄色い煙の柱が立って警告してくれていたのに、愚かにも読み損ねたのだ。だからバイロンは広場ですれ違う男たちが話しかけてくるのを無視した。噂が充満している空気に、喋らせないようにした。リーナにその噂が聞こえないように。たぶんその時も、バイロンには判っていた。遅かれ早かれリーナがそれを知ることに、聞くことに、なることを。ある意味で知ることはリーナの権利であることを。バイロンは、広場を無事に通り抜けてリーナを下宿屋まで連れていけば、それで責任を果たしたことになるような気がしていた。その責任というのは、問題の事件が起きている午後を一緒に過ごし、三〇日かけて徒歩でお金も持たずにやってきたリーナに対してジェファソンを代表する役回りに偶然のなりゆきによって選ばれたというだけの理由で抱え込んだ負い目に対する責任のことではなかった。その責任なら逃れたいとは思っていないし逃れるつもりもない。だがそれとは別に、下宿屋まで行くことで、自分にもリーナにも衝撃を受けて驚くための時間の余裕を与える責任が自分にはあると思っていたのだ。バイロンはそういうことを静かに、口ごもりながら、顔を伏せて、あの平板な抑揚のない声で話す。机の向かいでハイタワーは、あの聞きたくないと拒絶する、ひるんだような表情でバイロンを見ている。

ふたりはようやく下宿屋に着いて中に入った。リーナも不吉な予感を覚えたのか、玄関ホールで立ちどまると、バイロンを見て、製板所を出てから初めて話しかけた。

「さっき男の人たちはあなたに何を言おうとしたんですか。あの火事になった家のことみたいだったけど」

「あれはなんでもないです」とバイロンは答えた。その声は自分の耳にもかさかさと乾いた軽いものに聞こえた。「ミス・バーデンが火事で怪我したらしいっていうだけのことです」

「どんな怪我ですか。どれくらいひどいんですか」

「ひどくはないんじゃないかな。全然怪我なんかしてないかもしれない。噂話ってそんなもんだから。喋りたいことを喋るんです」バイロンはリーナを見られなかった。まったく眼を合わせられなかった。だが相手から見つめられているのは判った。無数の音が聞こえる気がした。それは人の声だった。低く抑えられて張り詰めた声が、町で、さっきリーナを急がせて通ってきた広場で、男たちが集まっている安全で見慣れた街灯の明かりのもとで、そのことを話していた。下宿屋もその声に満ちているように思えたが、その声のほとんどは無気力で、言うべきことをぐずぐず先延ばしにしているような感じだった。薄暗い廊下の先を見ながら、バイロンは思った　**なぜおばさんは出てこないんだ　なぜ出てこないんだ**　するとミセス・ビアードが出てきた。ふくふく太った女で、両腕が赤く、白髪まじりの髪は乱れていた。「この人はミセス・バーチっていうんです」とバイロンは言った。バイロンはほとんど睨みつけるような、何かをしつこくせがむような表情になっていた。「アラバマから来てこの町に着いたところなんです。ここでご主人に会うんだそうです。ご主人はまだ来ないから、ここへ案内しました。あんな騒ぎになってる町に出る前にここでしばらく休んでいったほうがいいですからね。まだ町では誰とも話してないんです。それでおばさんに、ちょっと休める場所を貸してもらえないかと思って。そのあとで町に出て、みんなが話してることを聞いたほうが……」バイロンの声がとまり、尻切れとんぼで消えた。同じようなことを何度も繰り返す、切迫した、しつこくせがむ調子の声が。バイロンは言いたいことがミセス・ビアードに通じたと思った。だがバイロンはあとで知った。ミセス・ビアードがすでに耳にしていた事件の話を口にしなかったのは、バイロンに頼まれたからではなく、リーナが妊娠していることに自分で気づき、その話はしないでおこうと決めたからだった。ミセス・ビアードは一度リーナを見ただけで全部を見てとったのだ。それはこの四週間、リーナが旅の途中で出会った女たちがしてきたのとまったく同じことだった。

「このかた、どれくらいいる予定？」

「ひと晩かふた晩だけ」とバイロンは言った。「今夜だけでもいいかもしれない。ご主人に会うんです。まだ町に来たばかりで、人に訊いてみる時間が——」声は依然として同じようなことを繰り返すような、意味深長な調子だった。ミセス・ビアードがバイロンを見た。バイロンは、自分が言葉に含めた意味をミセス・ビアードがまだ読み取ろうとしているのだろうと考えた。だがミセス・ビアードは、バイロンの手探りで進むような話し方を聞いて、この手探りには何か別の理由と意味があるのだと確信している（あるいは確信しかけている）のだった。それからミセス・ビアードはまたリーナを見た。その眼は冷たいというわけではなかった。だが温かくもなかった。

「まあ、この人は今すぐどこかへ行く必要もないでしょうねえ」とミセス・ビアードは言った。

「俺もそう思ったんです」バイロンはすぐさま勢い込んで言った。「これだけみんながべらべら話して騒いでたらどうしても聞いてしまうから。せっかく話し声も騒ぎも聞かずにいたのに……。今夜は部屋が全部ふさがってるのなら、俺の部屋に泊めてあげてもいいと思うんですけど」

「そうね」とミセス・ビアードは間髪をいれず言った。「どのみちあなたはあと何分かしたら出かけるんでしょう。月曜の朝に戻ってくるまで、部屋を使わせてあげようというのね」

「今夜は出かけません」とバイロンは言った。眼はそらさなかった。「今夜ばかりは出かけるなんて無理です」バイロンはミセス・ビアードの冷たい、すでに信じられないという色を浮かべている眼をまっすぐ覗き込んだ。ミセス・ビアードのほうもバイロンの眼の色を読み取ろうとしていた。バイロンはミセス・ビアードが、こちらの本心だと勝手に思っていることではなく、こちらの本心そのものを読み取ったと思った。人を上手に騙せるのは嘘をつき慣れている人間だとよく言われる。だが嘘をつき慣れている常習的な嘘つきが騙せるのは自分自身だけという場合がけっこう多い。むしろ生まれてからずっと本当のことしか言えなかったと自分で認めるような人間のつく嘘こそ、すぐに信じられてしまうのだ。

「そうなの」ミセス・ビアードはまたリーナを見た。「このかた、ジェファソンに知り合いはいないの？」

「知ってる人はひとりもいません」とバイロン。「アラバマからこっち側には誰もいないんです。明日の朝にはご主人が来るでしょうけどね」

「そうなの」とミセス・ビアードは言った。「それであなたはどこに寝るつもり?」

だが返事を待たなかった。「今夜はあたしの部屋に簡易ベッドを置いて、このかたを寝かせてあげましょう。こちらがお嫌でなかったら」

「いいですね」とバイロンは言った。「それはいいですね」

夕食のベルが鳴った時、バイロンはもう用意をすませていた。事前に折を見て、ミセス・ビアードと話したのだ。バイロンはひとつの嘘を考えるのにそれほど時間をかけたことはなかった。だが結果的にそれは必要なかった。バイロンが護ろうとしたものをミセス・ビアードが自発的に護ってくれたのだ。「男の人たちはどうせ食卓であの事件のことを話しますからね」とミセス・ビアードは言った。「あんな身体をした女が(**おまけにバーチという名前の亭主を捜さなきゃいけない女が**)と冷ややかに皮肉っぽく考えた)男の人たちのあくどい冗談のまじった話を聞く必要なんかないわ。だからあとで連れてらっしゃい。ほかの人たちが食べ終わってから」バイロンはそうした。リーナはまたもりもり食べた。例のきまじめで、旺盛で、しかも品のいい食欲だった。そして食べ終える前に皿の上につっぷして眠り込みそうだった。

「旅ってほんとに疲れるんですよね」とリーナは言い訳をした。

「客間で待っててね。簡易ベッドを用意してあげるから」とミセス・ビアードが言った。

「あたし、お手伝いします」とリーナは言った。だがそんなことが無理なのはバイロンにすら判った。もう死ぬほど眠そうにしているのだ。

「客間で待ってて」とミセス・ビアードが言った。「ほんのしばらくなら、バンチさんが一緒にいてくれるわよ」

「俺は彼女をひとりにしておけませんでした」とバイロンは言う。机の向こうのハイタワーは身じろぎもしない。「それで俺たちは客間に坐ってました。そしたらちょうどその時、保安官事務所であることが起きてたんです。ブラウンが白状してたんです。自分と、クリスマスと、ウィスキーのことを、何もかも。ただウィスキーのことは、保安官には初耳じゃなかった。クリスマスがブラウンを相棒にしてからは。みんながよく判らないと思ったのは、なぜクリスマスがブラウンと組んだのかということでしょうね。ひょっとしたら、類は友を呼ぶだけじゃなく、友は類に否応なく呼ばれてしまうものなのかもしれない。似たところがひとつしかない人間どうしでもね。あのふたりにしても、似ているようでずいぶん違ってるんです。クリスマスは金を儲けるために法を犯しましたが、ブラウンが法を犯したのは自分がそうしていると判る頭がなかったからです。あの酔っ払って床屋でべらべら喋った夜にしても、クリスマスが慌てて引きずり出すまでやってたわけですからね。ミスター・マクシーが言いましたよ。『やつは自分と相棒をほとんど密告したみたいなもんだが、ありゃどういうことだと思う？』するとマクレンドン大尉が、『別にどういうこととも思わんな』と言いました。それでミスター・マクシーが、『やつらはほんとにトラックを銃で襲って酒を盗んだと思うかい』と訊くと、マクレンドン大尉はこう答えたもんです。『あのクリスマスという野郎がそれより悪いことを今まで一ぺんもしてないと聞いたら、そのほうがびっくりせんか？』

ブラウンもゆうべそんなことを喋ってたんです。でもその話ならみんな知ってました。だいぶ前から、誰かミス・バーデンに教えてやったほうがいいんじゃないかと言ってたんです。でもあの屋敷へ行ってそれを話してやろうという人間が誰もいなかったんでしょう。話したら何が起きるか判りませんからね。この町で生まれた人の中にもミス・バーデンを見たことのない人はいると思いますよ。俺もあの古い屋敷へ行きたいとは思わなかったな。あそこでミス・バーデンを見たことがあるのは、馬車で屋敷のそばを通りかかった人たちですかね。そういう人たちは時々、前庭に立ってるのを見たかもしれない。服も日よけ帽も、俺が知ってる何人かの黒んぼの女だって、形がみっともなくて恰好悪いからと身につけたがらないでしょうよ。もしかしたらミス・バーデンはウィスキー密売のことをもう知ってたのかもしれないですね。北部人《ヤンキー》だから気にしなかったのか。だから何が起きるか誰にも判らなかったんです。

とにかく俺は彼女が寝に行くまでひとりにしておけなかった。ゆうべすぐここへお邪魔しようと思ってたんですが、彼女を残して出てこれなかったんです。ほかの下宿人がしょっちゅう廊下を行き来してて、そのうち誰かがひょいと客間に入ってきて、あの話をしだして、何もかも喋っちまうかもしれない。もうポーチでその話をしてい るのが聞こえてましたしね。彼女は俺の顔をまじまじと見て、火事のことを訊きたそうにしてる。だから放っとけなくて。俺たちは客間に坐ってましたが、彼女はもう眼を開けてられないくらいでした。俺は、ご主人はきっと見つけてあげる、でもそのために知り合いの牧師さんに会おうと思うと話しました。ご主人と連絡をとるのをその牧師さんが手伝ってくれるからってね。俺がそう話してる間、彼女は眼をつぶってた。その男とまだ結婚してないことを俺は知ってるのに、俺が知ってることを知らないんです。みんなをごまかせてると思ってるんですよ。彼女は俺に、あなたがあたしのことを話そうと思ってる牧師さんってどんな人かと訊きました。俺は答えたけど、彼女はずっと眼をつぶってるから、俺は『話が聞こえてないみたいですね』と言ったら、はっと眼が醒めたみたいになったけど、やっぱり眼はつぶったままで、『そのかた、今でも結婚式をやりますか』と訊くんです。俺が『え？　何をやるかって？』と訊き返すと、『牧師さんとして結婚式をやってくれるでしょうか』って」

ハイタワーは動かない。机の向こうに背筋を伸ばして坐り、両腕を平行にして、椅子の肘掛けに乗せている。シャツにはカラーをつけず、上着を着ていない。顔は痩せこけていると同時に肉がたるんでいる。まるでふたつの顔があって、それが重なり合っているかのようだ。ふたつの顔は、灰色の髪に縁取られた青白い禿げあがった頭の下から、眼鏡のじっと動かないふたつのきらめくレンズごしにこちらを窺い見ているようだ。机の上に見えている上体はぽってりとお化けじみて丸っこく、毎日坐っていることの多い人間らしくやわらかく肥満している。ハイタワーは身体をこわばらせて坐っている。顔には最前からのこの対話を拒否して逃げ出したいという表情が今や決定的に浮き出ている。「バイロン」と彼は言う。「バイロン、きみがわたしに話しているこの話はなんなんだ」

バイロンは話を中断する。同情と憐れみの表情で、穏やかに相手を見る。「やっぱりまだ聞いてらっしゃらないんですね。俺が話さなきゃいけないんですね」

ふたりは互いを見つめ合う。「わたしがまだ聞いていないというのはどういう話のことだ」

「クリスマスのことですよ。昨日の事件のことと、クリスマスのこと。クリスマスには黒んぼの血が混じってるんです。そのクリスマスと、ブラウンと、昨日の事件のことです」

「黒人の血が混じっている」とハイタワーは言う。その声は、軽い、卑小な響きを立てる。まるで薊《あざみ》の綿毛になった花がひとつ、音もなく、重みもなく、沈黙の中へ落ちていくようだ。ハイタワーは動かない。さらに数瞬、動かない。それから、身体全体が、まるで顔における眼や鼻や口のような、動かして表情をつくれる部分部分を持っているかのように、あの萎縮と拒絶を表わしたように見える。バイロンは、動かない、たるんだ、大きな顔が、不意に汗で光りだすのを見る。だがハイタワーの声は軽く、穏やかだ。「クリスマスと、ブラウンと、昨日の事件とはなんなんだね」

遠い教会から届いていた音楽はとうにやんでいる。いま書斎にいて聞こえる音は、甲高く鳴きしきる虫の声と、バイロンの単調な話し声だけだ。机の向かいでハイタワーはまっすぐ背を起こして坐っている。両手を平行に置いて手のひらを下に向け、下半身を机の下に隠している姿は、東洋の偶像のようだ。

「昨日の朝のことでした。田舎から家族と一緒に馬車で来た男がいました。その男が火事を見つけたんです。いや、現場へ行ったのは二番手でしたけどね。というのは、男がドアをぶち破った時、中に別の男がもういたって言うんですよ。屋敷が見えてきた時、男はかみさんに、あそこの台所からすごい煙が出てるなあと言ったんだそうです。そして馬車がもう少し進んだ時、かみさんは、『あれは火事よ』って言いました。たぶん男は馬車をとめて、かみさんとふたりでしばらく煙を見てたんでしょうね。それでしばらくしてから言ったんでしょう。『どうもそうらしいな』って。そしたらたぶん、かみさんが男に、馬車を降りて見に行くように言ったんです。『あそこの人は火事だって知らないのよ』とかなんとか言って。『行って教えてきておやりよ』ってね。それで男は馬車を降りて、屋敷の玄関前のポーチにあがって、『誰かいねえですか』と何度か怒鳴りました。でも屋敷の中で火が燃えている音が聞こえるから、肩をドアにぶつけて、中に入った。そしたら火事を最初に見つけたやつがいたんです。それはブラウンでした。でも田舎の男はそんなことは知りません。玄関ホールに酔っ払いがひとりいた、まるで階段を転げ落ちてきたばかりのように見えたと話したそうです。田舎の男は、『おたく火事ですぜ、旦那』と言ったあとで、その男がべろんべろんに酔ってるのに気がつきました。酔っ払いはしきりに、二階には誰もいない、二階も燃えてるから、何か運び出そうとしたって無駄だと言うんだそうです。でも田舎の男は、二階はそんなに燃えてないはずだと判ってました。火事は裏の台所のほうだったから。相手は相当酔っ払ってるから言ってることはあてにならない。それにこの酔っ払いはなんとか二階へ行かせまいとしてるようで怪しい気もする。それで田舎の男は階段をあがりかけました。酔っ払いが引きとめようとしたそうですが、押しのけて、階段をあがったんです。酔っ払いは、二階には何もないとまだ言いながら、追いかけてこようとしました。男が言うには、あとで階段を降りてきた時、あの酔っ払いはどうしたろうと思ったけど、もういなかったそうです。でもブラウンのことを思い出す前に、ちょっと時間があったんでしょうね。だって階段をあがったあと、また誰もいねえですかと怒鳴りながら、ドアを次々に開けて、問題のドアを開けた時、彼女を発見したんですからね」

バイロンは言葉を切る。書斎の中で聞こえる音は虫の声だけになる。開いた窓の向こうで、途切れない虫の声が、ものうく、おびただしく、脈打ち、拍子をとる。「彼女を発見した」とハイタワーは言う。「見つけたのはミス・バーデンなんだな」ハイタワーは動かない。バイロンはハイタワーを見ない。話しながら、膝に置いた自分の手を見ているのかもしれない。

「床に倒れてたんです。首を切られて頭がほとんどとれそうになってました。白髪が出はじめてた女です。田舎の男はしばらくじっと立ってたけど、その間も火が燃える音が聞こえて、まるであとをつけてきたみたいにその部屋にも煙が入ってきていたそうです。男は女を抱きあげて運び出す気になれなかったと言いました。首が落ちそうだったからです。それで階段を駆けおりて、玄関から飛び出した。酔っ払いがいないことにも気づかないほどでした。外の道路に出て、自分のかみさんに、どこか電話のあるところまで馬車で行って保安官に通報しろと言いました。それからまた引き返して、屋敷の裏の水槽まで走っていったんです。バケツに一杯水をくんだところで、俺は馬鹿なことをしてるぞと思ったそうです。屋敷のうしろのほうはもう、ぼうぼう燃えてるんですからね。男はまた屋敷に入って、階段を駆けあがって、さっきの部屋に入った。ベッドのカバーを剝がして、それで死体をぐるぐる巻きにした。両端をつかんで、玉蜀黍《とうもろこし》の粗挽《あらび》き粉《こ》を詰めた袋みたいにかつぐと、屋敷から運び出して、木の下に置いた。そしたら怖れてたことが起きたそうですよ。カバーが開いて、横向きに寝た女が見えたんですが、顔は正反対の方向を向いて、まるで振り返ってるみたいだったというんです。田舎の男は、もし生きてる時にこうやって振り返ることができてたら、今こんな振り返り方はしてなかったかもしれないと言ったそうですよ」

バイロンは言葉を切り、机の向こうにいる男を、一度だけ、ちらりと見る。ハイタワーはさっきからずっと動いていない。光って奥が見えない眼鏡の双子のレンズのまわりで、顔が静かにたえず汗をかいている。「保安官が来て、消防隊も来た。でもどうしようもないんです。放水しようにも水がないし。あの古い屋敷は午後の間ずっと燃えて、製板所から煙が見えてました。俺は彼女にも、あれは火事だって見せたんです。その時は何も知らなかったから。それからミス・バーデンの死体が町へ運んでこられました。ミス・バーデンは銀行に書類を預けてあって、自分が死んだらどうすればいいかそれに書いてあると、生前に銀行の人に言ってあったそうです。それには北部に甥がひとりいると書いてありました。ミス・バーデンは北部の出身で、親戚が向こうにいるんです。その甥に電報を打つと、二時間ほどで返事が来て、犯人の逮捕に協力した人に一〇〇〇ドルの賞金を出すと言いました。

クリスマスもブラウンもいなくなりました。保安官は例の小屋には人が住んでた形跡があることを発見して、それでみんなはクリスマスとブラウンのことを話しだしたんです。みんなが長いことそれを秘密にしてたから、ふたりのどっちかか、ふたりともが、ミス・バーデンを殺しちまったんですけどね。でも昨日の夜になるまで、どっちも見つかりませんでした。田舎の男は屋敷にいた酔っ払いがブラウンだとは知らなかった。みんなはブラウンとクリスマスの両方とも逃げちまったと考えました。ところがゆうべ、ブラウンが現われたんです。その時は素面《しらふ》でした。八時頃広場へ来て、えらく興奮して、あの女を殺したのはクリスマスだ、俺にその一〇〇〇ドルをくれと、わめきました。[4] みんなは保安官補を呼んできて、やつを保安官事務所へ連れていった。みんなはやつに、おまえがクリスマスを捕まえてきて、犯人だと証明したら、賞金をやると言いました。ブラウンは喋りました。クリスマスが三年前からミス・バーデンと一緒に夫婦みたいに暮らしてたこと。それからブラウンがクリスマスと組むようになったこと。ブラウンの話では、クリスマスと一緒に例の小屋に住むようになった時、クリスマスは、自分はずっとここで寝起きしてきたと言ったそうです。ブラウンの言うには、ある夜眠れずにいたら、クリスマスが簡易ベッドから起きる音がした。クリスマスはしばらくブラウンの簡易ベッドを見おろして、聞き耳を立ててるようだったけど、そのうち足音を立てないようにして出入り口まで行き、そっとドアを開けて、出ていったそうです。ブラウンは起きて、クリスマスのあとを追った。クリスマスは屋敷へ行って、台所の勝手口から中に入った。鍵はクリスマスが入れるように開けてあったか、クリスマスが鍵を持ってたかの、どっちかのようだったということです。それからブラウンは小屋に戻ってまた簡易ベッドに横になった。でも、クリスマスのやつは自分では賢いつもりでいるんだろうと思うと、笑えてきて眠れなかったとか。じっと寝ていると、一時間ほどでクリスマスが戻ってきました。ブラウンはもう笑いを抑えられなくて、クリスマスに『この野郎め』と言った。クリスマスが暗がりの中にじっと立ってると、ブラウンは横になったまま笑いながら、おめえも結構抜けてやがるなと言ったり、白髪女の味はどうだよとからかったり、よかったらこれから毎週交代で身体で家賃を払うか、と持ちかけたりしました。

それからブラウンは、遅かれ早かれクリスマスがミス・バーデンか誰かを殺すに違いないと、その夜に判ったと言いました。横になって笑いながら、クリスマスがまた簡易ベッドに寝るだろうと思ってたら、クリスマスはマッチをすった。ブラウンが笑うのをやめて、横になったまま見ていると、クリスマスはランタンに火をつけて、ブラウンの簡易ベッドのそばにある箱の上に置いたそうです。ブラウンは笑わずにじっと横になっていた。クリスマスは簡易ベッドの横に立って、ブラウンを見おろして、『いい笑い話ができたな』と言いました。『明日の夜、床屋で話したら大受けするぜ』ブラウンは、クリスマスが怒ってるのが判らなくて、何か言い返したんですが、怒ら

4　クリスマスを金で売ろうとするブラウンは、銀貨三〇枚でキリストを売るユダを連想させる。

せる気はなかったそうです。クリスマスは例の落ち着いた口調で言いました。『おまえは寝不足だ。起きてる時間が長すぎる。もっと寝たほうがいいんじゃないか』それでブラウンが、『もっとってどれくらいだ』と訊くと、『今からずっとかな』と答える。それで、これは怒ってると判って、もう冗談を言ってる場合じゃないというので、こう言ったんです。『俺たち仲間じゃねえか。なんで俺が、そんな自分に関係ねえことを人に言うってんだ。俺が信用できねえのか』するとクリスマスは、『どうだかな。まあ俺にはどうでもいいことだ。俺のことは信用していいぞ』と言った。そしてブラウンを見て、『おまえ、俺を信用できないか』と訊くので、ブラウンは、『できるよ』と答えたそうです。

ブラウンは、いつかクリスマスが夜にミス・バーデンを殺すんじゃないかと思ったと話しました。保安官が、それを心配したならなぜ知らせなかったのかと訊くと、ブラウンは、知らせないであそこにいれば、警察に面倒をかけなくても防げるんじゃないかと思ったというんです。保安官は唸るような声を出して、よくそこに気がついたな、それを知ったらミス・バーデンもさぞかし感謝するだろうと言いました。それからブラウンは、自分もちょっと臭いと思われているようだと気づいたんでしょうね。あの自動車はミス・バーデンがクリスマスに買ってやったんだとか、自分はクリスマスに、まずいことにならないうちにウィスキーを売るのをやめろと説得しようとしただとか、言いだすんです。保安官たちがやつをじっと見ていると、だんだん早口になって、どんどん喋りだしました。土曜日の朝は早く眼が醒めて、夜明け頃にクリスマスが起きて出ていくのを見たと言いました。クリスマスがどこへ行くのかは判ってたそうです。クリスマスは七時頃小屋に戻ってきて、じっと立ってブラウンを見おろしました。クリスマスは、『俺はやってしまった』と言った。『何を』とブラウンが訊いた。『屋敷へ行って見てくるといい』とクリスマスが言った。ブラウンは怖くなったけど、まさかああいうことだとは思わなかったと言いました。せいぜいクリスマスが女を少し殴ったくらいだろうと思ったそうです。クリスマスはまた外に出ていった。ブラウンも起きて、服を着て、朝飯をつくるために火を熾した。そして何げなくドアの外を見たら、屋敷の台所が燃えてたというんです。

『それは何時のことだ』と保安官が訊きました。

『八時頃かな』とブラウンは答えました。『普通の人間が起きる頃だ。金持ちは別だが、俺は金持ちじゃねえから』

『火事の通報があったのは一一時に近かった』と保安官は言いました。『屋敷は午後の三時になってもまだ燃えてたんだ。まさか古い木造の屋敷が、いくら大きいといっても、焼け落ちるのに六時間もかかったと言うんじゃないだろうな』

ブラウンは椅子に坐ったまま、きょときょとあたりを見回しました。男たちがまわりを取り囲んで、じっと見ていました。『俺はほんとのことを言ってるだけだ』とブラウンは言いました。『あんたそうしろと言ったじゃねえか』頭をぐい、ぐいと動かして、あちこちへ眼を向けて。それから怒鳴るように言いました。『何時だったかなんて知るかよ。こっちは製板所で黒んぼのやる仕事をしてんだ。時計なんか持ってるわきゃねえ』

『おまえはこのひと月以上、製板所でもどこでも働いてない』と警察官は言いました。『新しい自動車を一日中乗り回していられるご身分なら、郡役所の前をしょっちゅう通って時計を見られるから、いつも時間が判ってるだろう』

『ありゃ俺の車じゃねえよ!』とブラウンは言います。『野郎のだ。あの女が買ってあいつにやったんだ。あいつに殺された女が、あいつにやったんだ』

『そんなことはどうでもいい』と保安官は言いました。『さっきの続きを聞こうか』

それでブラウンは話を続けました。だんだん声が大きくなって、早口になって、まるでクリスマスを密告する言葉の陰に自分の姿を隠して、例の一〇〇〇ドルをつかみとるチャンスを窺っているといった感じでした。金儲けは掟なしのゲームだと思ってる連中がいるのはほんとに理解できないですね。ブラウンは、あの火事を見た時も、ミス・バーデンがまだ屋敷にいるとは思わなかったし、まして死んでるとは夢にも思わなかったと言いました。屋敷の中を見てみようとすら思わなかった。どうやって火事を消すかしか考えなかったとね。

『それが朝の八時頃だったと』と保安官は言います。『少なくともおまえはそう言ってるわけだ。しかしハンプ・ウォラーの女房が火事を通報したのは一一時ちょっと前だった。おまえ、素手で火を消せないと判るまでえらく時間がかかったんだな』すると、みんなの真ん中に坐っているブラウンは（部屋のドアは鍵がかかってましたが、窓には町の男たちの顔がずらりと並んで、ガラスに押しつけられてたんです）、眼をあっちこっちへやりながら、唇を歯茎から浮かせて歯をむきだしにしました。『ハンプが言うには、ドアを破ると、屋敷の中に男がひとりいた』と保安官は言いました。『その男はハンプが二階へ行くのをとめようとしたそうだ』ブラウンはみんなの真ん中で、眼をきょときょとさせていました。

5　保安官 sheriff が郡の公選公務員であるのに対して、警察官 marshal は郡庁所在地であるジェファソンの町が雇っている非公選の公務員。町が大きくなると市警察になる。連邦保安官も marshal というが、それではない。

その時はもうやけくそだったんでしょうね。一〇〇〇ドルが自分から遠ざかっていくだけじゃない。ほかの人間の手に入ろうとしていることが判ってきたんです。自分の手で一〇〇〇ドルをつかんでるのに、ほかの人間がそれを使っていくところが眼に浮かんだんだろうと思いますね。なぜなら、次にブラウンが持ち出した話は、こんな時のためにとっておいたような話だったと、みんなは言ったからです。まるであいつは危なくなった時はそれが救いになると知ってたみたいだった。たとえそれが、白人にとって、殺人の罪に問われることより悪いとも言えることだったとしてもね。『じゃあいいよ』とブラウンは言いました。『好きにしなよ。俺に罪を着せろよ。知ってることを喋って協力しようとしてる白人に罪を着せろよ。白人に罪を着せて、黒んぼを逃がしてやりゃいい。白人に罪を着せて黒んぼを逃がしてやるんだな』

『黒んぼ?』と保安官は言いました。『黒んぼだと?』

ブラウンはしめたってなもんです。自分が疑われてる悪事がなんであれ、ほかの人間がやったことほど悪いことじゃないというふうに持っていけるわけです。『あんたらは頭がいいや』とブラウンは言います。『この町のみなさんはほんと頭がいいや。三年間も騙されてよ。三年間も、やつのことを外国人だとか言ってよ。やつが外国人なんかじゃねえことは、俺は会って三日目に気づいたぜ。やつの口からそう聞く前から判ったぜ』みんなはブラウンを見つめながら、時々互いの顔を見ます。『おまえが黒んぼだと言う男が白人だったらただじゃすまんぞ。人殺しかどうかとは別の話だ』『俺が言ってるのはクリスマスのことだよ』とブラウンは言いました。『この町のみんなにちゃあんと見えるところで、あの白人の女と一緒に住んで、その女を殺しちまった男のことだよ。あんたらはその男をどんどん遠くへ逃がしてやって、その男を見つけられる人間、その男が何をしたか知ってるたったひとりの人間に、罪を着せようとしてるんだ。やつには黒んぼの血が混じってるんだぜ。俺は最初にひと眼見て判ったよ。あんたら頭のいい保安官様やら誰やらと違ってな。やつが自分で言ったこともあるんだぜ。俺には黒んぼの血が入ってるって。あん時ゃ酔っ払ってたんだか知らねえけどよ。とにかく俺にそう言った次の朝、俺んとこへ来て言ったよ（ブラウンは早口になって、眼と歯をぎらつかせながら、まわりの連中をひとりずつ見ました）。やつはこう言ったんだ。「俺はゆうべまずいことをした。おまえも気をつけろ」それで俺が、「まずいことってなんだ」と訊いたら、「ちょっと考えてみろ」と言った。それで俺は、やつと一緒にメンフィスにいた時、ある晩にやつがしたことを思い出したんだ。俺はやつに逆らったら命が危ねえと思って、「判ったような気がするよ。俺はてめえに関係ねえことにゃ首を突っ込まねえ。そんなことは一ぺんもしたことがねえ』あんたらだって俺と同じことを言ったろうよ』とブラウンは言います。『町から離れたあの小屋で、野郎とふたりだけでいて、大声出したって誰にも聞こえやしねえ。そしたらあんたらだって怖くなるに決まってるぜ。で、結局こっちはあんたらに協力しようと思ってるのに、こんなとこへ引っぱられて、やってもいねえ殺しをやったと言われる』ブラウンはじっと坐ったまま、きょときょと眼を動かす。部屋にいる連中や、外から窓に顔を押しつけてる連中は、じっとやつを見つめました。

『黒んぼか』と警察官は言いました。『あの男にはなんか変なとこがあると前から思ってたんだ』

それから保安官がまたブラウンに言いました。『あそこで起きてたことを今夜になるまで知らせなかった理由はそういうことなのか』

みんなの真ん中に坐ったブラウンは、唇を歯茎から浮かせて突き出していて、口の脇にある傷跡がポップコーンのように白く見えていました。『俺と違うことができたやつがいるんなら会わせてくれよ』とブラウンは言います。『なあ頼むよ。やつと一緒に住んで、やつのことを俺と同じくらい知って、それでも違うことができたやつがいるんなら、会わせてくれってんだよ』

『おまえはやっとほんとのことを喋りだしたみたいだな』と保安官は言いました。『よし、バックと一緒に行って、ゆっくり寝てこい。俺はクリスマスを捜しに行く』『そりゃ留置場へ入れるってことだろ』とブラウンは言いました。『俺を留置場へぶち込んで、自分が賞金をいただこうってんだろ』

『うるさいやつだ』と保安官は言いましたが、怒ってはいませんでした。『おまえに賞金をもらう資格があると判ったら、もらえるようにしてやる。さあ連れていってくれ、バック』

警察官のバック・コナーがブラウンに近づいて肩に手をかけると、ブラウンは立ちあがりました。ふたりが部屋を出ていくと、窓から覗いていた連中がそっちへ群がりました。『逮捕したのか、バック。こいつが犯人か』

『そうじゃない』とバックは答えました。『さあ、みんな帰れ。帰って寝るんだ』」

バイロンの声が途切れる。単調な、抑揚のない、田舎生まれの者に特有の、棒読みするような声が沈黙の中に消える。例の思いやり深い、不安げな、静かな眼つきで、机の向こうに坐っているハイタワーを見ている。そのハイタワーは、眼を閉じ、顔に汗を涙のように流して、坐っている。ハイタワーが口を開く。「その男に黒人の血が混じっているというのは、証拠のある確かな話なのかね。考えてみたまえ、バイロン。

もしそういう男が――みんなに捕まったら、どういうことが……。憐れな男だ。人間はみんな憐れだ」

「ブラウンがそう言ってるんです」とバイロンは言う。静かで、頑固で、確信に満ちた口調だ。「嘘つきも、怖い目に遭わされれば本当のことを言うこともあるでしょう。正直者が拷問で嘘をつくことがあるように」

「そう」とハイタワーは言う。眼を閉じ、背筋を伸ばして坐っている。「しかしその男はまだ捕まっていない。まだ捕まっていないんだろう、バイロン？」

バイロンも相手を見ていない。「まだです。捕まったという話は聞いてません。今日、ブラッドハウンドを何匹か使って捜索を始めました。でもまだ捕まったという話は聞いてませんね」

「ブラウンは？」

「ブラウンですか」とバイロンは言う。「あの男は捜索隊についていきました。あいつはクリスマスの犯行を手伝ったのかもしれない。俺はそうは思いませんがね。やったとしてもせいぜい屋敷に火をつけるくらいのことでしょう。かりに火をつけたとして、なぜやったのか、本人も判ってないでしょうね。全部燃えちまえば、何も起きなかったのと同じになって、またクリスマスと一緒にあの新しい自動車を乗り回していられると思ったのかもしれないけど。俺はこう思うんです。ブラウンは、クリスマスがやらかしたのは罪というより間違いだと考えたんですよ」バイロンは物思いにふける顔で眼を伏せている。その表情がまたかすかに変わって、冷笑的なうんざり顔になる。「ブラウンは大丈夫でしょう。彼女はその気になればいつでも会えます。これから保安官と一緒に犬を使った捜索に出かけなければですけどね。あの男は逃げませんよ——一〇〇〇ドルがいわば頭の上にぶらさがってるんだから。ほかの誰よりもクリスマスを捕まえたがってるでしょう。あの男は一緒に行く。留置場から出してもらって一緒に行く。そして町に戻ってきたら、ブラウンはまた留置場に入れられる。どうも妙な感じですね。人殺しが自分の賞金欲しさに自分を捕まえようとするような。でもブラウンは気にしてないみたいです。もっとも、早く捕まえに行かないと時間がもったいない、じっとしてるのは時間の無駄だとは思ってるだろうけど。ええ、俺は明日、彼女に話しますよ。とりあえずあの男は今、二匹の犬と一緒に保安官の預かりになってるだけだとね。なんなら町へ連れていってもいい。そしたら見られるでしょう。ブラウンと二匹の犬が、ワンワン吠えながら綱を引っぱって駆けだしたがってるところが」

「まだ話していないんだね」

「まだ話してないです。ブラウンにも教えてません。賞金のことなんか忘れて、また逃げ出すかもしれませんからね。もしクリスマスを捕まえて賞金をもらえたら、いずれ彼女と結婚するでしょう。でも彼女はまだ知りません。昨日広場で馬車から降りた時と同じことしか知りません。大きなおなかをして、知らない人の馬車からゆっくり降りて、知らない顔に囲まれて、彼女は静かに驚きながら独りごとを言ったに違いないんです。いや、驚きはしなかったかな。だって彼女は、ゆっくりと歩いてきて、人から何を聞かされても気にしなかったんですからね。その独りごとはこうです。『まあまあ、あたしはアラバマをすっかり離れて、とうとう、ほんとに、ジェファソンに着いたのね』」

5

真夜中過ぎのことだった。[1]クリスマスは簡易ベッドに横になって二時間たっていたが、まだ眠ってはいなかった。ブラウンの姿が見えないうちから、その音が聞こえてきた。ブラウンが近づいてきて、ぶつかるようにしてドアを開け、戸口に影絵の身体をまっすぐ立ててた。重苦しい息をついていた。両手を戸口の脇柱につっぱって立ち、甘ったるい鼻声のテノールで、歌を歌いはじめた。長く引き伸ばす声からもウィスキーの匂いが立つように思えた。「黙れ」とクリスマスは言った。動くことも、大声を出すこともしなかった。それでもブラウンはすぐに歌をやめた。なおも短い間、身体をまっすぐにして戸口に立っていた。それから脇柱につっぱった手を離すと、転がり込む音をクリスマスの耳に聞かせた。そしてすぐに何かにつまずいた。苦しげな荒い息がひとしきり時間を満たした。それからブラウンは激しい音を立てて床に倒れ、クリスマスが寝ている簡易ベッドにぶつかり、馬鹿笑いの声で部屋を満たした。クリスマスは簡易ベッドから起きあがった。眼には見えないが、足もとの床にブラウンが横たわっていた。げらげら笑いながら起きようともしない。「黙れ！」とクリスマスは言った。ブラウンはなおも笑いつづけた。クリスマスはブラウンをまたぎ、テーブルがわりの木箱のほうへ手を伸ばした。そこにはランタンとマッチが置いてあるが、木箱が手にあたらなかった。その時、さっき何かが壊れる音がしたのを思い出した。ブラウンが倒れた時、ランタンを壊したのだ。ブラウンをまたいだまま背をかがめ、ブラウンの襟を探りあてて、簡易ベッドの脇から引っぱりあげた。そしてブラ

1　リーナがジェファソンに着いた日の前日である金曜日の出来事。

ウンの顔をあげさせると、平手で短く、手荒く、強く打ちはじめた。ブラウンは笑うのをやめた。

ブラウンはぐったりしていた。クリスマスは顔をあげさせておき、平板な囁き声で罵倒した。それからもうひとつの簡易ベッドまで引きずっていき、その上に放り出してあおむけに寝かせた。ブラウンはまた笑いだした。クリスマスは、左手でブラウンの口と鼻をふさぐと同時に顎を押さえ、右手でまた強く、ゆっくりと、強さと間隔を測るようにしながら、殴打を加えた。まるで回数を数えているような叩き方だった。ブラウンはもう笑うのをやめていた。もがきだした。クリスマスの手の下で息を詰まらせ、喉を鳴らしながら、もがいた。クリスマスがじっと押さえつけていると、ブラウンは動きをとめて静止した。クリスマスは手を少しゆるめた。「もう静かにするか。どうだ」と訊いた。

ブラウンはまたもがいた。「おめえのその黒い手をどけろ、この黒んぼの血の混じった――」クリスマスはまた片手でブラウンの口と鼻を押さえ、反対側の手で顔を殴った。ブラウンは黙り、また動かなくなった。クリスマスは手をゆるめた。しばらくしてブラウンは、狡そうな口調で、あまり大きな声は出さずに言った。「おめえは黒んぼだろ。自分でそう言ったじゃねえか。俺に言ったじゃねえか。俺は白人だぞ。

俺は白――」手に力が加わり、またブラウンはもがいた。手の下で息を詰まらせながら泣くような鼻声を出し、クリスマスの指に涎をつけた。ブラウンがもがくのをやめると、手の力がゆるんだ。ブラウンはじっと横たわったまま荒い息をついた。

「静かにするか」とクリスマスは言った。

「ああ」ブラウンは騒々しい息をした。「息をつかせてくれ。静かにするから。息をつかせてくれ」

　クリスマスは手をゆるめたが、離しはしなかった。手の下で、ブラウンは呼吸が楽になってきた。息が楽に出入りするようになり、音が小さくなった。だがクリスマスは手を離さなかった。闇の中に立ち、横たわったブラウンの身体の上に背をかがめて、熱くなったり冷たくなったりするブラウンの息を指に感じながら、静かに考えた　**俺に何かが起きかけている。俺は何かしようとしている**　左手をブラウンの顔から離さなくても、右手は自分の簡易ベッドに届くが、そのベッドの枕の下には刃渡り一二センチの剃刀が忍ばせてある。だがクリスマスは右手を伸ばさなかった。おそらく思考がずっと先の、暗黒の領域へ進んでしまって　**やるべきことはこれじゃない**　と彼に告げたのだろう。とにかく剃刀に手を伸ばしはしなかった。しばらくしてブラウンの顔から手を離した。だがブラウンから離れもしなかった。なおも簡易ベッドを見おろして立っていた。自分の息は静かに落ち着いていて、自分の耳にも聞こえなかった。姿の見えないブラウンも、さっきより静かに息をしていた。しばらくするとクリスマスは自分の簡易ベッドに戻り、腰かけて、壁にかけたズボンから煙草とマッチを出した。マッチの明かりで、ブラウンが見えた。煙草に火をつける前に、マッチを持ちあげ、ブラウンを見た。ブラウンはあおむけに寝て、片方の腕を床に垂らしていた。口が開いている。見ていると、鼾《いびき》をかきはじめた。

クリスマスは煙草に火をつけ、開いたドアのほうへマッチを投げた。炎が宙で消えた。火の消えたマッチが床に落ちる時のごく小さな音を聞こうと耳を澄ました。すると本当に聞こえたような気がした。暗い部屋の中で簡易ベッドに坐っていると、今聞こえた気がしたマッチの音と同じくらい小さな音が無数に聞こえてくるように思えた――声、呟き、囁き、木々の葉ずれ、闇の音、大地の音、人々の声、自分の声、いろいろな名前や時や場所を思い起こさせる数々の声――クリスマスはそれらの音を、生まれた時からずっと、それと知らずに意識してきたのであり、これらの音が、つまり彼の人生なのだ。クリスマスは思う　**それは神の声かもしれないが俺はそのことも知らない**　クリスマスにはその言葉が、印刷された文章のようにはっきり見えていた。彼の中で完全に形をなしている言葉なのに、もう死んでいた　**神は俺のことも愛して**

いる　去年看板に書かれて、すでに風雨に色褪せてしまっている文字のようだった
神は俺のことも愛している

クリスマスは、一度も手を触れずに、煙草を最後まで吸った。そして吸殻もドアのほうへはじき飛ばした。マッチと違って、吸殻は宙で消えなかった。火が回りながら、戸口の外へ飛んでいくのを見た。クリスマスは簡易ベッドに横たわり、眠れそうにないと思っている男がするように、両手を頭の下に敷いて、考えた　**俺は一〇時からずっとベッドに寝ているが眠れずにいる。今何時か知らないが真夜中を過ぎているのは確かでそれなのにまだ眠れない**　「それはあの女が俺のために祈りだしたからだ」とクリスマスは言った。声に出して、言った。声は暗い部屋の中で、突然大きく響き、酔いつぶれたブラウンの鼾を圧倒した。「そうなんだ。あの女が俺のために祈りだしたからだ」

クリスマスは簡易ベッドから起きあがった。素足は音を立てなかった。ナイトシャツ姿[2]のまま暗闇の中で立っていた。もうひとつの簡易ベッドではブラウンが鼾をかいていた。クリスマスは鼾のほうへ顔を向けて、しばらく立っていた。それから入り口

2　前ボタンのついた、膝丈の、だぶだぶの寝巻き。

のほうへ行った。ナイトシャツ姿で、裸足のまま小屋を出た。外は少しだけ明るくなっていた。頭上では星座の群れがゆっくりと回っていた。夜空に星のあることはこの三〇年間、意識はしていたが、ひとつとして名前を知らず、その形や明るさや位置はなんの意味も持たなかった。前方で樹木が密にかたまり、その上に屋敷の煙突がひとつと、破風がひとつ、突き出ているのが見えた。屋敷自体は真っ黒で見えなかった。そこへ近づいていっても、光ひとつ、音ひとつ、やってこなかった。女の寝室の窓の下に立って考えた　**もしあの女も眠っているなら。眠っているなら**　屋敷のどのドアも施錠されたことがなかった。陽が暮れてから夜が明けるまでの時間、何時でも、欲望に駆られた時は、屋敷に入り、女の寝室へ行って、闇の中を過《あやま》たず進み、ベッドまで行った。女が起きて待っていて、男の名を呼ぶこともあった。また別の時には男が、女を手で激しく、乱暴に起こしたが、時には女が眼を醒ます前に、激しく、乱暴に犯すこともあった。

あれは二年前のことだった。あれから今まで二年の歳月が過ぎていた。男はこう考えた　**頭に来るのはたぶんあのことだ。たぶん俺は騙されたんだ。ごまかされたんだ。あの女は自分の年のことで俺に嘘をついた。ある年代になると女に起こることについて嘘をついたんだ**　クリスマスは、暗い窓の下の、闇の中で、ただひとり立ち、声に出して言った。「あの女は俺のために祈りだすべきじゃなかった。俺のことで祈りださなければあの女にはなんの問題もなかった。年をとってもう女として駄目になったのはあの女のせいじゃない。だが俺のために祈るなんて馬鹿なことはしちゃいけなかったんだ」クリスマスは女を罵りだした。暗い窓の下に立ち、ゆっくりと、野卑な言い回しを丹念に選びながら、罵った。窓を見てはいなかった。薄明かりの中で、自分の身体を眺めているといったふうだった。自分の身体が、もう水とは言えないほどねっとりしている黒い水の中で溺れた死体のように、溝《どぶ》の汚水の囁きの中で、ゆっくりと淫《みだ》らに回るのを、眺めているように見えた。両の手のひらを、ナイトシャツの下に入れ、身体に強く押しつけて、腹と胸の間をこすった。シャツの前ボタンは、喉もとのひとつだけが残っていて、留められていた。以前はボタンが全部そろったシャツを持っていた。ある女が縫いつけてくれたのだ。ある時期、しばらくの間、それが続いた。それからその時期が過ぎた。そのあとは、洗い終わった家族の洗濯物の中から自分の衣類だけ抜き取り、ボタンがとれたところを女が繕えないようにした。女が裏をかいてボタンをつけるようになると、ボタンがとれたところを覚えておいて、どれ

3 閉経のこと。

が新しくつけられたのかが判るようにした。そしてポケットナイフを使い、外科医の冷徹で非情な手つきで、新しく縫いつけられたボタンを切り取った。

あの頃、ナイフの刃でしたように、右手を速く、滑らかに動かし、ナイトシャツの前の開きの間を昇らせて、ひとつ残ったボタンを、軽くすばやく前にはじき飛ばした。暗い空気が、滑らかに息を吹きかけてきた。ナイトシャツが脚を滑り降りると、闇のひんやりした口が、やわらかなひんやりした舌が、触れてきた。ふたたび動きだすと、暗い空気が、水のように感じられた。露が、足の裏に、初めて踏む露のような感触を伝えた。壊れた門をくぐり、道ばたで立ちどまった。八月の雑草が、腿の高さまで繁っていた。茎も葉も、ゆきかう馬車の土埃をひと月分、かぶっていた。眼の前にあの通り[4]が走っていた。木々と大地の黒より少しだけ灰色がかっていた。一方へ行けば町。反対側へ行けば丘へ登っていく。ややあって、丘の向こうで光が膨れあがり、土地の輪郭を浮かびあがらせた。それから自動車の音が聞こえた。クリスマスは動かなかった。両手を腰にあて、腿まである埃っぽい雑草の中に、裸で立っていた。自動車が丘を越え、近づいてきて、クリスマスに光をたっぷり浴びせた。クリスマスは、自分の身体が、現像液の中で写真の像が現われてくるように、闇の中で白くなるのを見た。すばやく走り過ぎるヘッドライトをぐっと睨んだ。女の金切り声が車から飛んできた。「くそったれの白人ども！」とクリスマスは叫んだ。「男の裸を初めて見たわけじゃないだろう、この雌犬ども……」だが自動車はもう遠ざかっていた。今の声を聞く者はひとりもいなかった。自動車は行ってしまい、あとに尾を引く土埃と光、そして白人女の薄れていく声を、吸い込んでしまった。この時、クリスマスは寒さを感じた。まるで、こうして戸外に出てきたのは、何かの最終局面に立ち会うためにすぎず、その最終局面が過ぎた今は、ふたたび自由になった、といったふうだった。クリスマスは屋敷に戻った。暗い窓の下で足をとめ、ナイトシャツを捜し、見つけて、身につけた。もうボタンがひとつもないので、前をかき合わせて、小屋に帰った。早くもブラウンの鼾が聞こえてきた。しばらく戸口に、じっと黙って立ち、長い、荒い、不規則な、いちいち窒息しそうな濡れた音で終わる息の音に、耳を傾けた。『つい強く殴って、鼻を傷つけちまったらしい。あのくそ野郎め』と思った。自分の簡易ベッドへ行って、寝ようとした。だが横になりかけて、なかば上体を傾けたところで動きをとめた。夜が明けるまでここに横たわっている間、闇の中で泥酔した男の鼾が繰り返

4　三一四頁の〝一〇〇〇の荒涼とした寂しい通り〟、あるいは三二〇頁の〝これから一五年間ずっと続くことになる通り〟のこと。

され、その合間を無数の声が埋めることを思うと、耐えられなくなったのかもしれなかった。なぜならクリスマスは、身体を起こし、簡易ベッドの下にそっと手を伸ばして、靴を探りあてると、それを履き、唯一の寝具である混紡綿の毛布をとって、小屋を出たからだ。三〇〇メートルほど離れたところに家畜小屋があった。崩れかけた家畜小屋には、この三〇年、一頭の馬も入っていたことはなかった。だがクリスマスが向かったのは、この家畜小屋のほうだった。かなり足早に歩いていった。考えていることを、今は声に出して言った。「いったいなぜ俺は馬の匂いを嗅ぎたいんだ?」それから、口ごもりながら言った。「馬は女じゃないからだ。雌馬も男みたいなものなんだ」

結局、二時間も眠れなかった。眼が醒めた時、ちょうど夜が明けはじめるところだった。木の板をぞんざいに張った床に、毛布を一枚かぶって横になっていた。暗い洞穴のような、崩れかけた家畜小屋の中では、今はもうない干草の細かな埃が鼻を刺激し、死んだように荒廃した古い家畜小屋に特有のかすかなアンモニア臭が漂っていた。東の壁の鎧戸のない窓の外に、真夏の薄黄色の空と、ほの白い明けの明星が見えた。

八時間いっきに眠りでもしたように、休息がとれた気分だった。一睡もできないだろうと覚悟していたから、予想外の熟睡だった。紐を結ばない靴をまた履いて、毛布を畳んで小脇に抱え、垂直なはしごを降りた。上からは見えない腐りかけた踏み段を、足で探りながら、片手で縦木をぱっぱっとつかみ、一段一段、降りていった。そして灰色と薄黄色の、すがすがしく冷たい夜明けの中に出て、空気を深く吸い込んだ。

増してくる東の光を背に、小屋はきっかりと輪郭を描き、木々の集まりも同様だった。屋敷は煙突ひとつを除いてその木立の中に隠れていた。高い雑草の繁みは露をたっぷり含んでいた。クリスマスの靴はたちまち濡れ、革が足に冷たかった。むきだしの両脚を、濡れた草の葉がしなやかに撓《たわ》む氷柱《つらら》のように撫でた。ブラウンの鼾はとまっていた。小屋に入ると、東の窓から射し込む光で、ブラウンが見えた。ブラウンは今静かに息をしていた。『酔いが醒めたな』とクリスマスは思った。『酔いが醒めても気づかない。憐れなやつだ』クリスマスはブラウンを見おろした。『憐れなやつだ。眼が醒めて、酔いが醒めたと知ったら、怒りだすだろう。そして一時間もたたないうちにまた酔っ払うんだ』クリスマスは毛布を置いて、服を着た。サージのズボンに、今は少し汚れている白いシャツ、蝶ネクタイ。それから煙草を吸った。壁に鏡の破片が釘で打ちつけてあった。そこにぼんやり映る顔を見ながら、ネクタイを結んだ。硬い麦藁帽子は壁の釘にかけてあった。それは手にとらなかった。かわりに別の釘から布製の鳥打ち帽をとり、簡易ベッドの下の床から、表紙に下着姿の若い女の写真や、拳銃で撃ち合いをする男たちの写真が刷られているような雑誌をとった。簡易ベッドの枕の下からは、剃刀と、刷毛と、髭剃り用の石鹸を出して、ポケットに入れた。

小屋を出ると、かなり明るくなっていた。鳥がにぎやかに合唱していた。今回は屋敷に背を向けた。家畜小屋の脇を通って、その向こうの牧草地に入った。靴とズボンがすぐに灰色の露でぐっしょり濡れた。足をとめ、ズボンを慎重に膝までまくりあげて、また歩を進めた。牧草地が尽きて森が始まった。森の中はそれほど露が多くなく、クリスマスはズボンの裾をおろした。やがて小さな谷間に来た。そこには泉が湧いていた。クリスマスは雑誌を置き、乾いた木の枝を集めて火を熾すと、腰をおろし、木にもたれて、両足をあぶった。濡れた靴が湯気を立てはじめた。熱が脚を昇ってくるのが感じられた。それから眼を開けると、太陽が高く昇り、焚き火が完全に燃えつきていた。どうやら眠り込んでいたようだった。『くそっ、眠っちまった』とクリスマスは思った。『また眠っちまった』

今回は二時間以上眠っていたのが判った。太陽が真上から泉を照らし、こんこんと湧き出る水をきらめかせていたからだ。クリスマスは立ちあがり、こわばった背中を伸ばして、筋肉をきりきり眼醒めさせた。ポケットから剃刀と刷毛と石鹸を出し、泉の脇に膝をついて、水面を鏡がわりに使い、剃刀の光る長い刃を靴でといだ。

クリスマスは髭剃り道具と雑誌を藪の中に隠して、またネクタイを結んだ。泉を離れると、屋敷からかなり遠くまで歩いた。道路に出た時には屋敷から一キロ近く離れていた。少し歩くと小さな店があり、店先にガソリン計量機があった。店に入って、女からクラッカーと肉の缶詰を買った。それから泉のそばの、消えた焚き火まで戻った。

木にもたれて朝食をとった。食べながら雑誌を読んだ。前にはひとつの話しか読んでいなかった。今ふたつめを読みはじめ、まるで雑誌全体がひとつの小説であるかのようにどんどん読み進んだ。時々ページから眼をあげて、食べ物を噛みながら、谷間に覆いかぶさって陽に射し通されている葉叢《はむら》を見つめた。『俺はもうやってしまったのかもしれない』とクリスマスは思った。『あれはもうこれからやろうとしてることじゃなくなったのかもしれない』黄色い陽光が、自分の眼の前に、廊下のように、綴《つづ》れ織《おり》のように、穏やかに展《ひら》けていき、ゆったりとした静かな単彩明暗画《キアロスクーロ》になるのが見える気がした。そこに坐っていると、黄色い陽光が、寝そべってうとうとしている黄色い猫のように、眠たげな眼でこちらを眺めているように思えた。それからまた雑誌を読んだ。着実にページをめくっていった。もっとも時々、ある一ページ、ある一行、ある一語が気になるのか、読むのがとまってしまうようだった。そんな時は眼をあげなかった。動こうとしなかった。おそらくはまだ彼に衝撃を与えていないであろう、ただひとつの言葉に捕まって、動けなくなったらしかった。静かな陽当たりのいい場所で、彼という人間の全体が、文字のどうということのないひとつの組み合わせに宙吊りにされて、身動きもせずぶらさがり、物理的な重みを失い、自分の下をゆっくりと流れる時間を見つめながら**俺はただ安らぎが欲しかっただけだ**と考え、『あの女は俺のために祈りだすべきじゃなかったんだ』と考えた。

最後の話にたどり着いた時、クリスマスは読むのを中断して、残りのページを数えた。それから太陽を見、また読みはじめた。今や路面のひび割れを数えながら通りを歩く人のような読み方で、最後のページの、最後の言葉まで、読んだ。それから立ちあがって、マッチをすり、雑誌に火をつけ、辛抱強くつつきながら、すっかり燃やしてしまった。髭剃り道具をポケットに入れて、溝のような小さな谷間を歩きだした。

しばらく行くと、谷間がひろがった。谷底は、凹凸の少ない、漂白されたように白い砂地で、両側の崖は、急な斜面もてっぺんも、茨などの藪で息苦しく覆われていた。このあたりでも崖に生えた木々は枝を張り出して頭上にアーチをつくっていた。片方の崖に小さな凹みがあり、そこに大量の枯れ枝が詰め込んであった。クリスマスは枯れ枝を引き出して、凹みをむきだしにした。そこには柄の短いシャベルが置いてあった。そのシャベルで、枯れ枝に隠されていた砂地を掘りはじめ、ねじ蓋のついたブリキ缶を六個、ひとつずつ掘り出した。ねじ蓋ははずさなかった。缶を横に倒して、シャベルの尖った先を突き刺した。ウィスキーが噴き出し、流れ出して、下の砂が黒くなった。陽の麗らかな、物寂しい場所で、空気がアルコールの匂いに染まった。慌てることなく、全部の缶をすっかり空にした。顔は完璧に冷たく、ほとんど仮面のようだった。缶が全部空になると、穴の中に放り込み、無造作に土をかけて埋め、枯れ枝をもとに戻し、シャベルを隠した。枯れ枝で砂地の黒い染みは見えなくなったが、匂いは隠せなかった。クリスマスはまた太陽を見た。もう午後だった。

その夜七時には町にいた。裏通りの食堂で、夕食をとっていた。スツールに腰かけ、つるつるの木のカウンターで食べた。

九時になると床屋の外に立ち、自分が相棒に選んだ男を窓ごしに見た。じっと動かず立っていた。両手をズボンのポケットに突っ込み、動かない顔の前に、煙草の煙を吹き流していた。傾けてかぶった鳥打ち帽は、硬い麦藁帽の時と同じように、横柄で敵意ありげな印象を与えた。その様子が、ひどく冷たく、敵意に満ちているので、電灯が点り、空気にローションや熱い湯に溶けた石鹼の匂いがむっとこもっている床屋の中で、赤い縞模様の汚れたズボンに汚れた色物のシャツという恰好で、盛んに手振りをしながら濁った声で喋っているブラウンは、話を途中でやめ、顔をあげて、ガラス窓の外に立っている男の眼に酔眼を向けた。クリスマスがあまりにもじっと動かず、敵意に満ちた様子をしているので、口笛を吹きながら通りをやってきた黒人の若者が、その横顔を見て、口笛をやめ、大きくよけて通り過ぎ、それから首だけ回して振り返った。だがクリスマスはもう動きだしていた。まるで自分の姿をブラウンに見せるためだけに立ちどまっていたかのようだった。

クリスマスは足を速めることなく歩き、広場から離れた。そこは一日中静かな通りだが、この時間には人っ子ひとりいなかった。フリードマン・タウンという黒人居住地区を通り抜けて、駅にいたる道だった。七時なら、広場の映画館などへ出かける白人や黒人とすれ違っただろう。九時半なら家に帰る人たちがいただろう。だが映画はまだ終わっておらず、通りにいるのはクリスマスひとりだった。クリスマスはさらに歩きつづけた。今はまだ白人の家が両側に並んでいた。街灯から街灯へ歩いていくと、オークや楓の葉叢の重い影が、黒いビロードの布切れのようになって、クリスマスの白いシャツの上を滑っていった。無人の街路を大柄な男がひとり歩いていく光景ほど寂しいものはない。クリスマスは大柄ではなく、背も高くないが、それでも砂漠の真ん中に電柱が一本だけ立っているよりも寂しそうに見えた。広い、無人の、影に満ちた通りで、クリスマスは幽霊のように見えた。自分の属している世界から出てきて迷子になった霊魂のように見えた。

やがてクリスマスは自分のいる場所を意識した。知らないうちに通りは下り坂になり、いつのまにかフリードマン・タウンに入っていて、夏の匂いと姿の見えない黒人たちの夏らしい声に囲まれていた。黒人たちは身体のない声だけの存在となって、クリスマスを取り巻き、クリスマスの母語とは違う言語で呟き、談笑しているように思えた。真っ黒な穴の底から見あげるようにして、クリスマスは石油ランプを点した小屋の曖昧な形の群れに自分が取り囲まれているのを見た。そのせいで、街灯が実際以上に間隔を大きくあけて立っているように思えた。まるで黒い生命、黒い息遣いが、生命の実質となってしまい、その結果、声だけでなく、動いている身体や、光までが、流体となり、ゆっくりと、分子のひとつひとつが結合することによって、今や重みを増した夜と、不可分一体のものに融合してしまったに違いなかった。

クリスマスはじっと立ち、かなり荒い息をつき、あちこちを睨んだ。周囲の小屋の群れは、石油ランプのかすかな暑苦しい明かりを受けて、黒い闇の上に黒い形を浮かびあがらせていた。四方八方で、さらにはクリスマスの内側でも、黒人女たちの、身体のない、生殖力に満ちた豊潤な声が呟いた。まるでクリスマスとその周囲にいる男の形をした生き物すべてが、光のない、熱い、濡れた、原初の女のところへ戻ってきたかのようだった。クリスマスは眼をぎらつかせ、歯をぎらつかせ、吸った息を乾いた歯と唇に冷たく感じながら、次の街灯めがけて走った。その街灯の下から狭い、わだちのついた小道が出て、先ほどの通りと平行に走る通りまで坂を登っていき、黒い窪地から出られるようになっていた。クリスマスはその小道に折れ、心臓に激しく動悸を打たせながら、急な坂を駆けのぼり、高いところを走る通りに出た。そこで足をとめ、あえぎ、周囲をぎろぎろと睨んだ。心臓は、まるで空気がもう白人向けの冷たく硬い空気になっていることが信じられない、あるいは信じようとしないかのように、強く打ちつづけた。

それから冷静になった。黒人の匂いと、黒人の声は、背後に、下のほうに、残してきた。左手には灯火が集まっている広場があった。それは低く飛んでいる途中で翼をとめて宙に静止し身震いしている色鮮やかな鳥の群れのように見えた。右手を見れば、街灯が一定の間隔をあけて行進していて、その間の所々に枝が短く切られて風にそよがない木が立っていた。広場に背を向けて、白人の家の間をまたゆっくりと歩きだした。ポーチや芝生の椅子に坐っている人もいた。だがここでは心穏やかに歩くことができた。時おり住民が眼に入った。影絵になっている頭や白いぼんやりした衣服が見えた。とある明かりを点したポーチでは、四人がカードテーブルを囲み、薄暗い明かりの中、どの白い顔も真剣な鋭い表情を見せ、女たちのむきだしの腕が、小さなカードの上のほうで滑らかに、白く、浮かんでいた。『俺が欲しかったのはああいうものだけだ』とクリスマスは思った。『そんなに贅沢な望みじゃない』

この通りも下り坂になってきた。だがこの勾配は安全だった。クリスマスの着実に進んでいく白いシャツと黒いズボンは、八月の星空を背景に四角く大きく膨れあがっているいくつかの長い影の間に消えた。それは、綿の倉庫、首を切られた太古の象マストドンの胴体のような横向きにした円筒形のタンク、そして貨物列車の影だった。クリスマスは線路を渡った。線路の分岐点にある転轍機のふたつの青い光を受けて、レールが一瞬きらりと光り、消えた。線路の向こうは森だった。クリスマスは過《あやま》たずいつもの小道を見つけた。小道は木々の間を登っていき、町の灯火が、線路の走っている谷間の向こうにまた見えはじめていた。だが振り返ったのは、丘の頂上にたどり着いてからだった。丘の頂上からは町の輝きが見えた。広場から放射状に出ている通りの、灯火のひとつひとつが見えた。自分がたどってきた通りが見えた。それから自分を裏切りかけたもう一本の通りも。その通りをずっと向こうへたどると、明るい城壁町のような、通りが直角に交わる町があり、その交わった通りと通りの間には、クリスマスが心臓に早鐘を打たせ、歯をむきだしにして逃げてきた黒い穴があった。黒い穴からは光がまったく届かず、ここからだと息遣いも匂いも感じられなかった。それは八月の震える光の花輪の中で、見通せない暗黒として、ただそこにあるだけだった。その黒い穴は、天地創造の源である深淵《アビス》かもしれなかった。

暗い森の中でも、クリスマスの歩みは確かだった。小道は眼に見えないが、そこから一度もはずれなかった。森は一キロ半ほど続いた。やがて道路に出て、足の下に土埃が感じられた。今やクリスマスには曖昧にひろがる世界と地平線が見えていた。そこここで窓ガラスがかすかに光っていたが、ほとんどの小屋は真っ暗だった。それでもクリスマスの血はまた饒舌に語りだした。その語りに合わせて、足早に歩いた。やってきた一団が黒人であることは、まだ姿を見ず声も聞かないうちから、遺灰のような土埃を背景にぼんやりした人影が見えないうちから、判ったようだった。黒人たちは五、六人いた。一見ばらばらだが、なんとなくふたりずつの組をつくっていた。またしても、こちらの血の音よりも大きく、豊穣な女の呟きが届いてきた。クリスマスは速足で、まっすぐ一団のほうに向かっていった。先方がクリスマスを見て、道路の片側によけ、声がやんだ。クリスマスも方向を変え、黒人たちのほうへ斜めに向かっていった。まるでぶつかっていこうとしているようだった。一団の中の女たちは、命令でもされたように、一斉にうしろにさがり、たっぷり距離をとって、クリスマスを大きく迂回しようとした。男のひとりは、女たちを追い立てるかのような動きであとに続き、すれ違う時に首をめぐらしてクリスマスを見た。ほかのふたりの男は、路上で立ちどまり、クリスマスと向き合った。クリスマスも足をとめた。どちらも動いている様子がないのに、ふたつの影が接近していくように、互いに近づいていった。クリスマスは黒人特有の匂いを嗅ぎ取ることができた。安い布と汗の匂いが嗅ぎ取れた。向き合った黒人の頭は、クリスマスの頭より高い位置にあり、空を背景に、空からこちらへ傾いてくるように思えた。「白人だ」と男は首を回すことなく静かに言った。「何か用かい、白人の旦那。誰か捜してるんですかい」声は威嚇的ではなかった。下手に出る声音でもなかった。

「来いよ、ジュープ」女たちについていった男のひとりが言った。

「誰を捜してるんだい、旦那」眼の前の黒人が言った。

「ジュープ」女のひとりが、少し高い声で言った。「早くおいでよ」

さらに短い間、明るい色と暗い色のふたつの顔が、暗闇の中で宙吊りになり、息を吹きかけ合った。それから黒人の男の頭が漂い流れていくように見えた。どこかから涼しい風が吹いてきた。クリスマスはゆっくりと身体の向きを変えて、黒人たちがほの白い道路の中へ溶けて消えていくのを見つめていた。ふと気づくと、クリスマスは手に剃刀を持っていた。刃は開いていなかった。恐怖心から出た行動ではなかった。「くそ女どもめ！」と声に出して言った。「くそ野郎どもめ！」

風が暗く冷たく吹いた。地面が靴ごしにも冷たかった。『いったい俺はどうしたんだ』と思った。剃刀をポケットに戻し、足をとめて、煙草に火をつけた。唇を何度か湿らせてから煙草をくわえた。マッチの明かりで、自分の手が震えているのが判った。『厄介なことだ』と思った。「まったく厄介なことだ」と声に出して言い、また歩きだした。星を、空を、見あげた。『もう一〇時近いだろう』と思った。思うとほぼ同時に、三キロ離れた郡役所の、時計の鐘が聞こえた。ゆっくりと、正確に間をとって、くっきりと、一〇回、時が打たれた。その数をかぞえ、また寂しい無人の道路で立ちどまった。『一〇時だ』とクリスマスは思った。『ゆうべも時計が一〇時を打つのを聞いた。一一時を打つのも。一二時を打つのも。でも、一時を打つのは聞かなかった。風向きが変わったせいなのか』

この夜、時計が一一時を打つのを聞いた時、クリスマスは壊れた門の内側で、木にもたれて坐っていた。この時も背後の屋敷は暗く、鬱蒼とした繁みに隠れていた。今夜は**あの女も眠ってないかもしれない**とは考えなかった。今は何も考えていなかった。考えるということをまだ始めていなかった。例の声の群れもまだ喋りはじめていなかった。クリスマスはじっと動かず、ただ坐っていた。やがて三キロ離れたところから、一二時の時鐘が聞こえてきた。クリスマスは立ちあがって、屋敷のほうへ歩きだした。速足ではなかった。その時ですら、こう考えてはいなかった　**何かが起きようとしている。俺に何かが起きようとしている**

6

記憶は、知性が覚える前に、ものごとを信じ込む。知性が思い出せるよりも古いことを信じており、知性が事実かどうか迷うことも信じている。クリスマスがその存在を知っており、覚えており、信じているのは、一本の廊下だ。[1]その廊下は、大きな、

1　この章では三一年前の、孤児院にいる五歳のクリスマスの身の上が語られる。

長い、記憶の中で混乱して曖昧になった、冷たい、音が虚ろにこだまする建物の中にあり、その建物の暗赤色の煉瓦は、それ自体の煙突に加えてさらに多くの煙突から出る煤にも汚され、煤煙を吐く工場地区の、草一本ない、石炭殻の敷かれた敷地に建ち、動物園か刑務所のように高さ三メートルの金網柵に囲まれていて、そこでは、一様に青いデニムの制服を着た孤児たちが、でたらめに、気まぐれに、飛び回り、雀のように、子供らしい甲高い声をあげている。その孤児たちのことは、思い出したり、忘れたりするが、いつも心の中にいることを知っている。それは年ごとにどんどん近いところに建つようになってきた工場の煙突の群れから出る煤が雨に混じり、黒い涙のような筋をつけた、あの寒々しい壁、寒々しい窓がいつも心の中にあるのと同じことだった。

昼下がりの静かな時間に、誰もいない静かな廊下に立つクリスマスは、影のようだった。五歳にしても身体は小さく、影のように地味な、静かな存在だった。廊下にほかの人間がいたとしても、彼がいつ、どこへ消えたのか、どのドアをくぐり、どの部屋へ入ったのか、言うことはできなかっただろう。だがこの時間、廊下にほかの人間はいなかった。彼はそのことを知っていた。孤児院の栄養士が使っている練り歯磨きをたまたま見つけた日から、すでに一年近く、今しようとしていることを繰り返してきた。

　部屋に入るとすぐ、裸足で、音を立てず、洗面台まで行き、チューブ入りの練り歯磨きを見つけた。桃色の芋虫が、羊皮紙色の指ににゅるりと、冷たく、ゆっくり載った時、廊下に足音が聞こえ、次いでドアのすぐ外に、ふたりの人間の声が聞こえた。彼には栄養士の声が聞き分けられたのかもしれなかった。それは判らないが、ともかく彼はじっと待ってふたりの声がドアの外を通り過ぎてしまうかどうか様子を見ることはしなかった。チューブを手に、やはり影のように静かに裸足で部屋を横切り、ひとつの隅を仕切っているカーテンの下に滑り込んで、カーテンの向こうでしゃがんだ。まわりにはお洒落な靴が置かれ、やわらかな女物の服が吊るされていた。しゃがんでいると、栄養士ともうひとりが部屋に入ってくる音が聞こえた。

　その栄養士は彼にとってまだ何者でもなかった。食事や食べ物や食堂や木のベンチに坐って物を食べる儀式に、習慣的に付随しているものにすぎなかった。時おり視野に入ってくるが、強い印象を与えるわけではなかった。ただ、心地よいものを連想させる、眼に心地よいものではあった――というのも、この栄養士は若くて、ぽっちゃりぎみで、すべすべしていて、色は桃色と白で、見ると食堂を思い出し、口の中に甘いねっとりした食べ物の味が甦るとともに、桃色の秘めやかなものを連想するからだった。この栄養士の部屋で、初めて練り歯磨きに眼をとめた時、彼はまっすぐそこへ行った。練り歯磨きなどというもののことは聞いたことがなかったが、まるであの栄養士が何かそういうものを持っていて、自分はきっと見つけるだろうということを、前もって知っていたかのようだった。一緒に入ってきた男の声も判った。郡病院から派遣されている若いインターンで、教区の医者の助手をしていた。この若い男も、孤児院でよく見かける人物であり、栄養士と同じく、まだ敵ではなかった。

今はカーテンのうしろにいるので安全だった。ふたりが出ていったら、練り歯磨きをもとに戻して、自分も部屋を出ればいい。そこで彼はカーテンのうしろでしゃがんで、栄養士の張り詰めた囁き声を、聞くともなしに聞いていた。「駄目！　駄目！ここじゃ駄目よ。今は駄目。見つかるから。誰かが――駄目よ、チャーリー！　お願い！」男の言葉は彼には理解できなかった。声が低く抑えられてもいた。それは冷酷な声だった。彼にとって大人の男の声は、すべてそうだった。彼はまだ小さいので、女の世界から逃れることができないのだ。そのあと短い間、逃れていられる休息期間があるが、そのあとはまた女の世界へ逃げ戻り、死ぬまでそこに留まることになる。彼に判る音も聞こえた。足を引きずるような音、ドアの鍵を回す音。「駄目、チャーリー！　チャーリー、お願い！　お願い、チャーリー！」女の囁き声が言った。ほかの音も聞こえた。布がこすれるような音、囁くような音で、声ではなかった。彼は耳を傾けてはいなかった。ただじっと待ちながら、とくに関心を持つでも、注意を払うでもなく、変な時間にベッドに入るんだなと思っていた。薄いカーテンを通して、女の絶え入りそうな囁きが、また届いてきた。「怖い！　急いで！　急いで！」

彼は女の匂いのするやわらかな衣服と靴に囲まれて、しゃがんでいた。もとは円筒形だったチューブがつぶれているのが、感触だけで判った。ひんやりした、眼に見えない芋虫が、にゅるりと指の上に這い出していたのが、自動人形のように勝手に口の中に入ってきて、ひりっとする甘い刺激を与えるのを、眼ではなく、舌で感じ取った。いつもなら、ひと口食べるだけでチューブをもとに戻し、部屋から出ていっただろう。五歳でも、それ以上食べてはいけないと知っていた。おそらく彼の中の動物が、それより多く食べると気持ちが悪くなると警告したのだろう。彼の中の人間が、それより多く食べると気づかれると警告したのだろう。たくさん食べてしまったのはこれが初めてだった。隠れて待っている今、普段よりずっと多く食べてしまった。チューブが平たくなっていくのが感触で判った。汗が出てきた。それから、しばらく前から汗をかいていたことに気づいた。しばらく前から、汗をかくこと以外していなかった。今は何も聞こえていない。カーテンの向こうで銃が撃たれても、聞こえないだろう。自身の内に引きこもり、自分が汗をかいているのを見ているような、胃が欲しがっていないのに芋虫のような練り歯磨きをまた口に入れているのを見ているような気がした。案の定、練り歯磨きは喉を通ろうとしなかった。今彼はまったく動かず、黙想にふける風情で、実験室の化学者のように背をかがめ、自分自身を覗き込みながら、待っているように思えた。長く待つ必要はなかった。すでに飲み込んだ練り歯磨きが、腹の中で身をもたげ、引き返して涼しい大気の中に出ようとしていた。それはもう甘くなかった。カーテンのうしろの、桃色の女の匂いがむっとこもった薄闇の中でしゃがんで、桃色の泡を吹きながら、腹の音に耳を傾け、これから自分の身に起ころうとしていることを、驚きつつ、でもこれが運命なのだというように待っていた。それから、それは起こった。彼は受身の姿勢で全面的に降伏する気分で、思った。『僕、ここにいるんだよ』

カーテンがぱっとめくられた時、彼は顔をあげなかった。ふたつの手でつかまれて、嘔吐物の中から邪険に引き出された時、抵抗しなかった。ふたつの手でぶらさげられて、ぐったりし、口をだらしなく開け、どんよりした愚鈍な眼で栄養士の顔を見た。それはもう、すべすべした桃色と白の顔ではなかった。きれいに梳《と》かされて滑らかだった時の髪はキャンデーを連想させたが、今の髪はくしゃくしゃに乱れていた。

「このチビのどぶ鼠！」怒り狂った細い声が鋭く言った。「チビのどぶ鼠！　覗きなんかして！　この黒んぼの餓鬼《がき》！」

栄養士は二七歳――恋の火遊びをせずにはいられない年頃にはなっているが、恋の愉しみよりも、見つかって騒がれることのほうを重大視するところはまだ小娘なのだった。またこの女には愚かなところがあって、本当はそんなことはありえないのだが、五歳の子供でもあれだけ聞けば事情を察するだけでなく、大人と同じように人に喋りたくなるはずだと思い込んでしまった。そういうわけで、その後の二日間は、どこにいてもあの子供が、動物の深い一途な詮索する眼でこちらを見つめているような気がして、いよいよその子供を大人と同じだと思いなし、みんなに言いふらすつもりでいるだけでなく、その時期をわざと遅らせることで、自分を一層苦しめようとしているのだと決め込んだ。栄養士が思いつきもしなかったのは、この子供は悪事を暴かれたのはむしろ自分のほうだと思っており、罰を受けるのが遅れているのを苦にしていたということだ。子供がしきりに栄養士のいるところへやってくるのは、早く鞭打ちで罪を帳消しにしてもらって、けりをつけたいからだった。

二日目には、栄養士はかなり追い詰められた気分になってきた。夜は眠れなかった。

ほぼひと晩中、気が張り詰め、歯を食いしばり、拳を握りしめ、怒りと、恐怖と、最悪なことに、後悔で、あえぐような呼吸を繰り返した。一時間でも、一秒でも、時間をもとに戻したいという、闇雲な激情に駆られていた。そのあおりであの恋は消し飛んだ。あの若い医者など、問題の子供よりもどうでもいい存在になった。あの医者は今度の災難のきっかけであり、自分の窮状を救ってはくれないのだ。医者と子供のどちらをより憎んでいるのか判らなかった。自分が眠っているのか醒めているのかすら判らなかった。瞼の裏で、網膜で、あのじっと動かない、深刻そうな面持ちの、逃れられない、羊皮紙色の子供の顔が、いつも自分を見つめているからだった。

三日目に、栄養士は昏睡状態から脱け出した。この眼醒めながらの睡眠中、陽の光があって人の顔が見える間は、自分の顔を痛いほど硬い仮面にして、偽装用のしかめ面を固定し、それをゆるめずにいた。三日目に、彼女は行動を起こした。あの子供はすぐ見つかった。場所はあの廊下、昼食のあとの、誰もいない静かな廊下だった。子供はそこで何もしていなかった。もしかしたらあとをつけてきたのかもしれなかった。そこで待ち伏せしていたのか、どうなのか、ほかの人間には判らなかっただろう。だが子供を見つけた時、栄養士は驚かなかった。子供のほうも、物音を聞いて、振り返り、栄養士を見た時、驚きは示さなかった。ふたつの顔のうち、ひとつはもうすべすべした桃色と白のものではなくなっており、もうひとつは深刻そうな面持ちの、醒めた眼をした、表情がまるでない、ただ待っているだけの顔だった。子供は『ああ、これでけりがつくんだ』と思った。

「ちょっと」と栄養士は言った。そこで言葉を切り、彼を見た。次に何を言えばいいか思いつかないかのようだった。彼はじっと動かず待っていた。ゆっくりと、徐々に、背中の筋肉がひらたくなり、緊張して、こわばり、板のようになった。「あんた、人に言う気?」

彼は答えなかった。自分が練り歯磨きのこと、嘔吐のことを、絶対に人に言うはずがないことは、誰にでも判ることだと思っていた。女の顔を見なかった。その手を見つめて、待っていた。女は片方の手をスカートのポケットの中で握りしめていた。強く固められた拳が布ごしに見えた。彼は拳で殴られたことは一度もなかった。罰を受けるまで三日待っていたこともなかった。手がポケットから出てくるのを見た時、殴られるのだと思った。だが女は殴らなかった。手は彼の眼の下で開かれただけだった。そこには一ドル銀貨が一枚載っていた。女は細い、切迫した、囁き声を出した。ふたりがいる廊下はがらんと空虚だった。「これで物がいっぱい買える。一ドルなんだから」一ドル銀貨を見るのは初めてだが、それがなんなのかは知っていた。それを見た。

欲しいと思った。ビールのぴかぴか光る王冠を欲しいと思うのと同じように。だが女がくれるとは思わなかった。自分ならそれを女にやるはずがなかったからだ。女が自分に何をさせたいのか判らなかった。早く鞭で打たれて、解放されたかった。女の声が、切迫し、張り詰めた、速い口調で、あとを続けた。「一ドルよ。判る？　いっぱい買えるのよ。一週間、毎日何か食べられる。来月になったら、また一ドルあげてもいい」

彼は動かず、物も言わなかった。彫像か、大きめの玩具《おもちゃ》の人形のようだった。小柄な、じっと動かない、丸い頭と、丸い眼をした、オーバーオールを着た子供の彫像または人形。驚きと、衝撃と、憤慨で、じっと固まっていた。一ドル銀貨を見ていると、練り歯磨きのチューブが、数えきれないほど、丸太のように積まれ、縄をかけられているのが見えるような気がして、怖かった。身体全体が、ねっとりした、激しい嫌悪感に、にゅるにゅる包まれる感じがした。「もういらない」と彼は言った。『もう欲しくない』と思った。

それから女の顔を見ているのも嫌になった。女の身体が、声が、震える長い息が、感じられた　**あ、来る**　と一瞬、考えが閃いた。だが女は、彼の身体を揺さぶりすらしなかった。片手で肩を強くつかんだが、揺さぶりはしなかった。まるで女の手も、次に何をしたいのか判らずにいるかのようだった。顔がすぐ近くまで来て、息が頬に感じられた。眼をあげなくても、今女がどんな顔をしているか判った。「じゃあ言ったらいい！」と女は言った。「言いふらしたらいい！　この黒んぼの餓鬼め！　黒んぼの餓鬼め！」

それが三日目だった。四日目になると、栄養士は、静かに、完全に、狂気におちいった。もうまったく計略をめぐらさなくなった。以後の行動は、ある種の本能的な判断力に従ってなされた。まるで女は、この三日間の昼と眠れぬ夜の間に、穏やかな仮面のうしろで恐怖と憤怒を育てた結果、心霊能力を持つにいたったかのようだった。しかも女は生まれつき、悪というものを無意識のうちに過たず理解できる能力を持っていた。

今や女はかなり冷静だった。とりあえずは切迫した気持ちからも逃れおおせていた。周囲の状況を見て計画を立てる余裕があるように見えた。周囲を見渡した時、女の視線も、意識も、思考も、全力で、まっすぐ、即座に、ボイラー室の入り口に坐っている雑用係のほうに向かった。この反応には、論理的思考も、目的意識も、働いていなかった。自動車に乗っている者が窓の外を見るように、自分の外をちょっと見てみた時、驚きも何もなく、あの小さな、汚い男が眼に入ったようだった。煤で汚れた入り口で、籠編み椅子に坐り、鉄縁眼鏡をかけて、膝の上に本をひろげて読んでいる——人形か、固定された備品のようなその男を、栄養士はこの五年間、意識はしていたが、まともに眼を向けたことはなかった。町で会っても顔が判らなかっただろう。一応男ではあるが、興味も惹かれないので、何も知らずにすれ違ってしまっただろう。ところが、女の生活は今、一本の廊下のように、まっすぐで単純なものになってしまったかのように思えた。その廊下の一方の端には、雑用係の男が坐っていた。女はすぐにその雑用係のところへ行った。自分が足を踏み出したことを意識しないうちから、すでに煤けた廊下を歩いていた。

男は入り口のところで籠編み椅子に坐り、膝の上で本を開いていた。近づいていくと、聖書だと判った。だが女はただ気づいただけだった。男の脚にたかっているのが蝿だと気づくのと同じようなものだった。「あなたもあの子が嫌いでしょ」と女は言った。「あなたも前からあの子を見張ってたでしょ。わたし、見てたのよ。違うなんて言わないで」男は眼をあげて女の顔を見た。眼鏡を額の上にあげた。男は老人ではなく、今の職業は年齢と合っていなかった。壮年期の頑健な男で、もっと精力的に何かをしていていいはずだった。それがどういう事情があるのか、心身ともに健康な四五歳の男が、時のめぐり合わせか、状況か、何かが災いして、六〇過ぎの男のようなくすぶり方をしているのだ。「あなたは知ってたでしょ」と女は言った。「ほかの子供たちがあの子を黒んぼと呼びだす前から知ってたでしょ。あなたも、あの子と同じ頃にこの孤児院に来たのよね。ここで働きはじめてから一カ月もたたない頃、クリスマスの夜に、チャーリーがあの子を、向こうの入り口の前の階段で見つけたんだった。ねえ話して」雑用係の顔は丸く、肉がたるみ、かなり汚れていて、見苦しい無精髭を生やしていた。眼は澄んでいて、灰色で、冷たかった。そして狂気をたたえていた。だが女はそれに気づかなかった。女には狂気と見えなかったのかもしれない。ふたりは煤で汚れた入り口で向き合い、狂気の眼と狂気の眼を見かわし、狂気の声と狂気の声で語り合った。それはふたりの共謀者が話す時のような、落ち着いた、静かな、簡潔な話し方だった。「わたしは五年前からずっとあなたを見てたの」女は自分が本当のことを話していると信じていた。「あなたはその椅子に坐って、あの子を見張っていた。あなたがここに坐るのは、子供たちが外に出ている時だけ。子供たちが出てくるとすぐ、その椅子をこの入り口のところへ置いて、そこに腰かける。子供たちが見えるように。あなたはあの子を見張る。ほかの子供たちが黒んぼと呼ぶのを聞く。それがあなたのしていることよ。わたしは知ってるの。あなたがこの施設に来た目的はそれよ。あの子を見張って、あの子を憎むこと。あの子が来た時、あなたはもうここで準備をして待っていた。もしかしたら、あなたがあの子を連れてきて、向こうの階段に置いたのかもしれないわね。とにかくあなたは知っている。わたしもそれを知らなくちゃいけないの。あの子が言いふらしたら、わたしは馘《くび》になるから。そしてチャーリーはもしかしたら——きっと——。だから教えて。今すぐ教えて」

「ああ」と雑用係は言った。「俺は知ってたよ。神の定めた時が来たら、あの餓鬼があんたを捕まえるってことはな。俺は知ってた。誰があの餓鬼を、淫らなことをすれば罰がくだることの徴《しるし》として、あそこに置いたのか」

「そう。あの子はカーテンのすぐうしろにいたのよ。今のあなたくらい近いところに。さあ教えて。あなたがあの子を見る時の眼を、わたしは見たことがあるの。ずっとあなたを見ていたのよ。この五年間」

「俺は知ってる」と雑用係。「俺は邪悪なものを知ってる。何しろ俺が邪悪なものを立ちあがらせ、神の世界を歩かせたんだからな。神の眼の前で世界を汚すものを、俺はつくったんだ。神はそれを隠さず、小さな子供たちの口から言わせた。あんたはあの子供らの言っていることを聞いた。俺が言わせたんじゃない。俺が子供らに、あの餓鬼を、その本性を表わす名前、呪われていることを表わす名前で呼ばせたんじゃない。俺は子供らにそうしろと言ったことはない。子供らは知ってたんだ。誰かが教えたんだが、それは俺じゃない。俺はただ、神が自分のつくった世界にそのことを教えるのにちょうどいいと考える時が来るのを、待ってただけだ。今その時が来たんだ。これが徴だ。その徴は今度も、女が犯す淫らな罪の中に書かれてる」

「ええ。でも、わたしはどうすればいいの。教えて」

「待つんだ。俺が待ったように。神が動いてその意志を示すまで、俺は五年間待った。神は意志を示した。あんたも待て。神のほうで用意ができたら、決定権を持つ者たちに、自分の意志を示すだろう」

「そうね。決定権を持つ人たちにね」ふたりは強い視線で見つめ合ったが、息はまだ穏やかだった。

「院長先生《マダム》だ。神は準備ができた時、院長先生に本当のことを教えるはずだ」

「じゃ、院長先生が知ったら、あの子を追い出してくれるのね？　そう。でも、わたし待てない」

「神をせかすことはできんよ。俺も五年待った」

女は軽く手を叩きはじめた。「でも、判らない？　これが神様のやり方かもしれないでしょ。あなたがわたしに教えるようにするのが。だって、あなたは知ってるんだから。あなたがわたしに教えて、わたしが院長先生に教えるというのが、神様の考えているやり方かもしれない」女の狂気に満ちた眼は穏やかで、狂気に満ちた声は忍耐強くて穏やかだった。落ち着きがないのは、軽く拍子を打ちつづけている手だけだった。

「待つんだ。俺が待ったように」と雑用係は言った。「あんたはこの三日間、責めつけてくる神の手の重みを感じてきた。でも俺は五年間、その手の下にいたんだ。そしてじっと様子を見ながら、神が頃合を許るのを待った。俺の罪のほうが、あんたのより大きいからな」男は女の顔をまっすぐ見ていたが、女のことがまったく見えていないように思われた。眼が女を見ていないのだ。大きく見開かれた、氷のように冷たい、狂信的な眼は、何も見えない眼のように見えた。「俺がしてきたこと、償いのために耐えてきたことに比べたら、あんたがしたこと、女として苦しんだことなど、ひと摑みの腐った土みたいなもんだ。俺は五年間耐えてきた。女としてちょっとばかり堕落をしただけのあんたが神をせかそうなんて、いったい何様のつもりなんだ」

女は不意に身体の向きを変えた。「判った。教えてくれなくていい。どのみちわたしは知ってるから。あの子に黒んぼの血が混じってることは、ずっと前から知ってたから」女は、孤児院の中心の建物に戻った。もう速足では歩かず、大あくびをした。『院長先生に信じ込ませる方法を考えればいいのよ。あの男は話してくれないから。

わたしの手助けをしてくれないから』女はまた盛大にあくびをした。その顔からはあくび以外のすべてが消え、次いであくびも消えた。別のことを思いついたのだ。前に考えたことはなかったが、考えたことがあるのだと、ずっと以前から知っていたのだと、信じ込んだ。なぜならそれはまったく正しいことのように思えたからだ。それは、あの子供は追い出されるだけではすまない、自分を怖がらせ不安がらせた罪で罰を受けることになる、ということだった。「上の人たちはあの子を黒んぼの孤児院に送るはずだ」と女は思った。「当然そうだ。そうしなければならないのだから」

すぐに院長のところへ行くことはしなかった。院長室のほうへ向かっていったが、そのドアのほうへ身体を向けるかわりに、通り過ぎてしまう自分を見た。女はそのまま階段のほうへ歩き、それを昇った。自分がどこへ行くのか見届けるために、自分であとをつけているような感じだった。今は誰もおらず静かになった廊下で、女はまたあくびをした。完全にくつろいだあくびだった。部屋に入り、鍵をかけ、服を脱いで、ベッドに入った。窓のカーテンを閉ざした半暗がりよりも暗い部屋の中で、あおむけにじっと横たわった。眼は閉じられ、顔は空虚で、滑らかだった。しばらくすると脚を開きはじめ、またゆっくりと閉じた。上掛けが脚の上で冷たく滑らかに流れ、次いで温かく滑らかに流れるのを感じた。思考は、三晩続けて享受しなかった眠りと、これから享受しようとしている眠りの間で、宙吊りになっているように思えた。女の身体は今、男を受け入れるように、眠りを受け入れようと開いていた。『院長先生に信じ込ませればいいのよ』と女は思った。それからこう思った　あの子はコーヒー豆がいっぱい入った鍋の中のえんどう豆みたいに目立つだろう

それが午後のことだった。そのあと夜の九時に、また服を脱いでいると、雑用係が廊下を部屋のほうへ歩いてくる足音が聞こえた。それが誰なのかは知りようもなく、実際知らなかったが、なぜか雑用係だと判るのだった。足音は着実に近づき、やがてノックの音がした。ドアは、女がそこへ飛んでいく暇もなく、開きはじめた。女は声をあげなかった。ぱっとドアに飛びついて、体重をかけて押さえた。「今服を脱いでるから！」細い、苦悶するような声で言った。誰が来たのかは判っていた。相手は返事をしなかった。そちらもしっかり着実に体重をかけていて、ドアはじりじり動き、すきまが開いてきた。「入っちゃ駄目！」女は囁き声で叫んだ。「判らないの、人が……」あえぐような、消え入りそうな、必死の声だった。男は返事をしなかった。女はドアがじりじり内側に開いてくるのを押しとどめようとした。「服を着て、外に出るから。それでいいでしょ？」最前からの消え入りそうな囁き声が、軽い、こんなことは些細なことだというような口調で言った。それは言動の予想がつかない子供か

異常者に向かって話すような、なだめすかす調子だった。「ちょっと待って。聞こえてる？　ちょっと待って」男は返事をしなかった。ドアがゆっくりと否応なく開いてくる動きはとまらなかった。ナイトシャツだけの身体でドアを押さえている女は、操り人形の喜劇の一場面で押し込み強盗に破れかぶれの抵抗をしている人形のようだった。身体を傾け、下を向き、動かない姿は、深い思索にふけっているようにも見え、まるで操り人形が芝居の途中で自身の内面に迷い込んでしまったかのようだった。それから女は身体の向きを変えた。ドアを離し、ベッドに駆け戻り、ろくに見もせず衣服を一枚ひっつかむと、さっとドアのほうを向き、衣服を胸に押しあて、身をすくめた。男はもう部屋に入っていた。女がこちらを見ずにあたふたと服をつかんだり何かしているのを、じっと見ていたようだった。

男はまだオーバーオール姿で、今は帽子をかぶっていた。帽子は脱がなかった。またしても、その狂気を含んだ灰色の冷たい眼には女が映っていないように、その眼は女をまったく見ようとしていないように見えた。「おまえたち女は、神が部屋に入ってきても、淫らなことをしに来たと思うんだろう」と男は言った。「院長先生に話したか」

女はベッドに腰をおろした。ゆっくりとベッドに沈み込んでいくように見えた。衣服を胸に押しあてたまま、男を見ていた。その顔が青ざめた。「話したかって？」

「院長先生はあの餓鬼をどうすると言った」

「どうするって？」女は男を見た。男の動かないよく光る眼は、女を見ているというより、包み込んでいるようだった。女は白痴のように口を開けた。

「あの餓鬼はどこへやられるんだ」その問いに女は答えなかった。「俺に嘘をつくな。神に嘘をつくな。あの餓鬼は黒んぼの孤児院へ送られるんだろう」女の口が閉まった。男がなんの話をしているかがようやく判ったかのようだった。「ああ、俺はこのことをよく考えてみたんだ。きっと黒んぼ用の孤児院へ送られるよ」女は返事をしなかったが、今は男を見ていた。女の眼はまだ少し怯えているが、何か秘密を隠して、計算してもいた。男は女を見た。男の眼は、女の形と本質にきりきり食い込むようだった。

「答えろ、イゼベル[2]！」と男は叫んだ。

「しーーーっ！」と女は言った。「ええ、そうよ。院長先生たちはそうするしかないから。もしあのことが判ったら……」

「ああ」と男は言った。男の視線は力を弱め、眼は女をいったん離し、それからまた包み込んだ。その眼を見ると、女には、その眼の中では自分など無以下だ、水溜まりに浮いた細枝ほどにもつまらないものだと思えた。それから男の眼が、ほとんど人間らしいものになった。女の部屋を見るのは初めてだという感じで室内を見回しはじめた。窮屈な、むっと温かい、散らかった、桃色の女の匂いがこもった、部屋だった。神が見ているというのに」男は女に背を向けて出ていった。しばらくして、女は立ちあがった。しばらくの間、じっと動かず、白痴のように立ちつくして、自分に何をしろと命じていいか思いつけないというように、ぽっかり開いた入り口を見ていた。それから、走った。ドアに飛びつき、身体を投げかけて、激突して閉め、鍵をかけて、そこへもたれかかり、あえぎながら、今、回したばかりの鍵を両手でしっかりつかんでいた。

翌朝、朝食の時間になると、雑用係と例の子供がいなくなっていた。どんな痕跡も見つからなかった。すぐさま警察に通報された。建物の横手のドアがひとつ、開錠されていた。雑用係はそのドアの鍵を持っていた。

「あの人、知ってたからです」と栄養士は院長に言った。

「何を知っていたの」

「あの子供、クリスマスって子が、黒んぼだってこと」

2　旧約聖書『列王記』に登場するイスラエル王アハブの邪悪な王妃。

「なんですって？」院長は椅子の上でぐっとうしろに身を引き、若い栄養士を睨みつけた。「黒《こく》――まさかそんな！」院長は叫んだ。「わたしは信じませんよ！」

「お信じにならなくてもいいんです」と栄養士は言った。「でもあの雑用係は知ってるんです。だからあの子供を盗んでいったんです」

院長は五〇過ぎで、顔の肉がたるみ、まなざしの弱い、親切そうで、失意に満ちた眼をしていた。「わたしは信じません！」そう言ったが、それから三日たつと、栄養士を呼び出した。院長は睡眠が足りていないように見えた。逆に栄養士は、潑剌《はつらつ》として、落ち着いていた。院長から雑用係と子供が発見されたと聞かされた時も、動揺しなかった。「リトル・ロック[3]にいました」と院長は言った。「子供をそこの孤児院に入れようとしたんです。頭がおかしいと思われたようで、逃げないよう拘束されて、その間に警察が呼ばれました」院長は栄養士を見た。「あなたの話だと……。あなたはこの前言いましたね……。あなたはどうやってそのことを知ったんですか」

栄養士は眼をそらさなかった。「知りませんでした。およそ考えてみたこともありませんでした。もちろん、ほかの子供たちがあの子を黒んぼと呼んでたからって、そんなことに意味があるとは――」

「黒んぼ？」と院長は訊き返した。「ほかの子供たちが？」

「子供たちは何年か前から、あの子を黒んぼと呼んでいました。きっと子供には院長先生やわたしのような年の人間には判らないことが判るんだと思います。子供だけじゃなく、大人でも、あの雑用係みたいな人だったら。だからあの雑用係は、子供たちが庭で遊んでると、いつもボイラー室の入り口のそばに椅子を置いて、坐って見ていたんです。子供たちがあの子を黒んぼと呼ぶのを聞いて、それで判ったのかもしれませんが、その前から知っていたかもしれないんです。覚えてらっしゃるかどうか、あのふたりは、だいたい同じ頃にこの施設に来ました。あの雑用係がここで働きはじめてから、ひと月もたたない頃の――クリスマスのことを覚えていらっしゃるでしょう――チャ――誰かがあの赤ん坊を玄関の階段で見つけたことを」栄養士はすらすらと話しながら、院長の当惑のあまり窄《すぼ》まっていく眼を見つめた。院長の眼はもう引き剝がせないというように栄養士の眼に釘づけになっていた。栄養士の眼は優しげでやましさがなかった。「ちょっと前に雑用係と話したんです。あの人は、あの子供のことで何か言おうとしました。前からわたしにというか、誰かに話したかったらしいんです。でも結局、気後れしたのか、話さなかったので、わたしもそのままにしました。

3 ミシシッピ州に隣接するアーカンソー州の州都。

そんなことを全然考えてなかったんです。それで、そのことはすっかり忘れてしまってたんですけど――」栄養士の声が途切れた。栄養士は院長を見つめた。そのうち、栄養士の顔に、あ、そうか、と、突然理解したという表情が現われた。それが演技なのかどうなのかは誰にも判らなかっただろう。「ああ、だからなんですね……ああ、今、やっと判りました。ふたりがいなくなった前の日、こんなことがあったんです。わたしは自分の部屋に戻ろうと思って廊下を歩いてました。それはあの雑用係とたま話をしたのと同じ日のことでした。あの時雑用係は言いかけたことを結局言わなかったんですけど、そのあと突然やってきて、わたしを呼びとめたんです。わたしはなんだか変だと思いました。それまであの人が建物の中にいるのを見たことがなかったからです。あの人は言いました――なんだか普通じゃない話し方で、顔つきも普通じゃなかったですね。あの人が廊下で立ちふさがって、わたしは怖くて動けなくなったんですけど――あの人は、『あんた、もう話したか』って言いました。わたしは、『誰に？　何を？』と訊きましたが、すぐに、ああ、院長先生のことだと気づいたんです。あの人が訊いたのは、自分があの子供のことで何か話そうとしたことを、院長先生に話したかということでした。でもあの人がわたしに何を話そうとしたのか、わたしは知らないわけで、わたしはきゃあーっと叫びたくなりました。そしたらあの人は言うんです。『院長先生はそれを知ったらどうするかな』って。わたしは何を言っていいか、どうやってあの人から逃げたらいいか、判りませんでした。あの人は言いました。『答えなくてもいい。院長先生がどうするか、俺には判ってる。あの子供を黒んぼの孤児院に送っちまうはずだ』」

「黒人の孤児院に？」

「みんなどうしてこんなに長い間気づかなかったのかと思います。でも、今あの子の顔を見たら、眼や髪を見たら、判りますよ。もちろん酷なことですけど、あの子はそういうところへ行かなくちゃいけないだろうと思います」

眼鏡のレンズの奥で、院長の弱い、困惑した眼は、苦しげな、迷いに満ちた色を浮かべていた。まるで院長が眼に生理的能力を超えて何かを見させようとしているかのようだった。「でも、どうしてあの人は子供を連れていきたがったのかしら」

「これはわたしの考えですけど、あの雑用係は頭がおかしいんだと思います。あの夜——日に、廊下でわたしが見たあの人の目をご覧になったら、院長先生にもお判りになったはずです。もちろん、この白人の孤児院で暮らしたあとで、黒んぼの孤児院へ行かなくちゃいけないというのは、あの子供にとって辛いことだと思います。黒んぼなのはあの子のせいじゃないんですから。でもわたしたちのせいでもないわけで──」栄養士は言葉を切り、院長を見た。院長の眼は依然として眼鏡の奥で、苦しげで、弱々しく、絶望の色を浮かべていた。口は言葉を出そうとしながら震えていた。言葉も絶望的だったが、それでもきっぱりとした決意を感じさせた。
「誰かに引き取ってもらわなければなりませんね。すぐ引き取り手を見つけないと。今どういう申請者がいるかしら。ちょっと書類挟みを持ってきてください……」

その子が眼を醒ましたのは、誰かに運ばれている最中だった。真っ暗で、寒かった。階段を運びおろしているその誰かは、無言で、細心の注意を払って動いていた。子供の身体と、それを支える一本の腕の間には、何かやわらかなものがはさまっていたが、それが自分の衣服であることを、子供は知っていた。子供は叫ぶどころか、声ひとつ立てなかった。自分が今いる場所は、匂いと空気の感じで判った。そこは裏の階段だった。子供の記憶にあるかぎりの昔から、自分のものを含めて四〇ほどのベッドが並んでいる部屋があり、その部屋を出て裏の階段を降りると、建物の横手の出入り口があるのだった。自分を運んでいるのが男であることも、匂いで判っていた。だが子供は声を立てなかった。眠っていた時と同じように、じっと動かず、力を抜いていた。子眼に見えない腕に高く抱えあげられ、動いて、ゆっくりと横手のドアまで降りていく。

そのドアを開けると、外は運動場だった。

自分を運んでいくのが誰なのかは判らなかった。そんなことは気にしなかった。なぜなら自分がこれからどこへ行くのかは判る気がしたからだ。あるいは、なぜどこかへ行くのかが。どこへ行くのかも、まだ気にしてはいなかった。二年前、彼がまだ三歳の時のことだった。ある日、自分たちの間から、アリスという一二歳の女の子がいなくなった。彼はアリスが好きだった。アリスが少しばかりお母さん気取りをするのも許すくらい好きだった。あるいはお母さん気取りで世話を焼いてくれるから好きだったのかもしれない。彼から見れば、アリスは大人の女のようなもので、身体も大人と同じくらい大きいように見えた。大人の女は彼に食べろとか身体を洗えとか寝ろとか命令するが、アリスが大人と違うところは、彼の敵ではなく、けっして敵になりそうにないところだった。ある夜、アリスが彼を起こした。アリスはさよならを言ったのだが、彼にはそれが判らなかった。眠くて、ちょっとうるさく思い、すっかり眼を醒ますことはしなかったが、アリスはいつも親切にしようとしてくれたので、彼は我慢していた。アリスは泣いていたが、彼には判らなかった。大人も泣くということを知らなかったからだ。そのことを知る頃には、記憶はアリスのことを忘れてしまっていた。彼はアリスがまだ何か言っている間に眠り込んだ。朝になると、アリスはいなくなっていた。跡形もなく消えてしまい、衣服一枚残していなかった。アリスが寝ていたベッドには、すでに新入りの男の子が寝ていた。アリスがどこへ行ったのかは判らなかった。その日、彼は年上の女の子たちが話しているのを聞いた。それはアリスが施設を出ていく準備をするのを手伝った子たちだった。女の子たちは、花嫁の付き添いの六人の若い娘が婚礼の準備を手伝いながら声をひそめて秘密めかした話し方をするのと同じように、息を殺して、新しいワンピースや、新しい靴や、アリスを連れていった馬車のことを話していた。彼はアリスが永久に行ってしまったこと、鉄柵の門の向こうへ渡っていってしまったことを知った。その時、アリスの姿が、眼に浮かんだ気がした。大きな音を立てて閉まる門の向こうへ消えてしまう瞬間、アリスは実物よりうんと大きくなっていた。色は薄れていくが、大きさは変わらず、何か言葉では言い表わしようのない輝かしいものになっていた。それはちょうど沈んでいく太陽のようだった。それから一年以上たったあと、彼は、いなくなった子はアリスが最初ではなく、最後でもないことを知った。アリスのほかにも、新しいワンピースや新しいオーバーオールを着て、時には靴箱よりも小さくまとめた荷物をひとつ持ち、大きな音を立てて閉まる門の向こうへ消えていった子たちがいたことを知った。今自分の身に起きているのはそれだと、彼は思った。ほかの子たちがなんの痕跡もなく消えてしまえたわけが、これで判ったと思った。みんな自分と同じように、夜中に運び出されていったのだ。

ドアのありかが気配で感じ取れた。もうかなり近かった。男の見えない足があと何歩階段を降りればドアにたどり着くかは知っていた。男は無限の注意力を払って、静かに降りていった。男の静かな、速い、温かい息が、頬に触れた。身体の下には、筋肉が硬く張り詰めた腕があり、やわらかいものの塊があった。そのやわらかいものは、闇の中で手探りでとりあげられた彼の衣服だと判っていた。男が足をとめた。それと同時に、彼の足がさっと降りて床に着いた。木の床の冷たさに、思わず足の指を反らせた。男が初めて口をきいた。「しゃんと立て」この時、男が誰なのかが判った。

すぐに誰だか判ったが、驚かなかった。彼がその男をどれだけよく知っているかを知ったら、院長は驚くに違いなかった。男の名前は知らないし、物心ついてからの三年間にかわした言葉は一〇〇語に満たない。だがこの男は彼のこれまでの人生で、アリスも含めたほかの誰よりも意味合いのはっきりしている人間だった。三歳の頃から、この男との間には口に出して言わなくても判る何かがあった。自分が運動場にいる時は、必ずこの男がボイラー室の外に椅子を置いて坐り、片時も自分から眼を離さないことを、彼は知っていた。男は深い、衰えを知らない注意を自分に向けていた。もっと年が上だったら、たぶん彼はこう思っただろう　あの男は俺が嫌いで、俺を怖れている。あまりにも嫌いで怖れているから眼が離せないんだ　五歳でも、もう少し言葉を知っていたら、こう考えたかもしれない　だから僕はほかの子たちと違うんだ。いつもあいつが見張っているからだ　彼はそのことを受け入れていた。だから眠っている自分をベッドから運び出して、階段を降りていく男が誰だか判っても、驚かなかった。冷たい真っ暗闇の中でドアのそばに立ち、男に手を貸してもらって服を着ている間、彼はこう考えたのかもしれなかった　この人は僕を憎むあまり僕の身に起ころうとしていることを邪魔しようとすらしているんだ

寒さに震えながら、従順に、できるだけ手早く、服を着た。ふたりは小さな衣服の山を手探りしながら、なんとか着衣を終えた。「今度は靴だ」男は消え入りそうな声で言った。「ほら」彼は冷たい床に坐り、靴を履いた。男はもう彼の身体に触れていなかったが、男も背をかがめて何かしているのを、音と気配で知った。『この人も靴を履いてるんだ』と彼は思った。男がまた触れてきた。手探りしながら身体をつかんで、立たせた。彼の靴は紐が結ばれていなかった。まだひとりでは結べなかった。男には靴の紐を結んでいないことを言わなかった。彼は物音も声もまったく立てなかった。じっと立っていると、今までのより大きな衣服にすっぽり包まれ——その匂いか

ら、男の衣服だと判るのだが――それからまた持ちあげられた。ドアが内側に大きく開いた。外の冷たい空気と街灯の光が流れ込んできた。街灯と、工場の窓も何もない壁と、星空を背景にした煙を吐いていない高い煙突が見えた。街灯の光を背に浮きあがった鉄柵は行軍する飢えた兵士の列のようだった。誰もいない運動場を横切っていく間、彼のだらんとぶらさがった両足は男の歩調に合わせて律動的に揺れ、紐を結んでいない靴が踝《くるぶし》のところでぱたついた。ふたりは鉄の門を通り抜けた。

路面電車は長く待つ必要がなかった。もっと年が上だったら、男がよく時間を計算していることに気づいただろう。だが別になんとも思わなかった。ただ男と並んで、町角に立っていた。靴の紐を結んでおらず、足首まで大人の上着に包まれている子供は、眼をまん丸に見開き、小さな顔をまったく動かさず、しっかり起きていた。車体に窓を並べた電車がやってきて、がたつきながら停止し、ふたりが乗り込む間、呟くような音を立てた。午前二時の車内はがら空きだった。男が子供の靴紐に気づいて結んだ。子供は座席にじっと坐り、両脚を男の前に突き出して、その作業を見ていた。鉄道の駅までは遠く、路面電車は前にも乗ったことがあるので、駅に着く頃には眠っていた。眼を醒ますと、もう陽が昇っていて、汽車に乗ってからしばらくたっていた。汽車には乗ったことがなかったが、そのことは誰にも判らなかっただろう。路面電車の時と同じように、じっと坐って、男の上着にすっぽり包まれていた。出ているのは伸ばした時の両脚と、頭だけだった。今まで見たことがなかった田舎の風景――丘や森や牛の群れなど――が、流れ過ぎていくのを眺めていた。眼が醒めたことに気づくと、男は新聞紙の包みから食べ物を出した。ハムをはさんだパンだった。「ほら」と男は言った。食べ物を受け取り、窓の外を眺めながら食べた。

ひと言も物を言わなかった。驚いた様子も見せなかった。三日目に何人かの警察官が来て、男と子供を捕まえた時でさえそうだった。その時ふたりがいた場所は、あとにしてきた場所と何も違わなかった――子供たちも同じで、名前が違うだけ、大人たちも同じで、匂いが違うだけ。なぜ前のところを出なければならなかったのかと同様、なぜ今度のところにいてはいけないのかも、さっぱり判らなかった。だが警察官たちが来て、起きて服を着るように言い、次はどこへ、なぜ行くのかを説明しなかった時も、驚かなかった。前のところへ戻るのだと知っていたのかもしれない。男が知らないことを、子供の直感で察知していたのかもしれない。こんなことは長く続かない、続くわけがないと、知っていたのかもしれない。また汽車に乗って、同じ丘、同じ森、同じ牛を、今度は反対側から、そして逆の向きから眺めた。警察官たちが食べ物をくれた。ハムをはさんだパンだったが、今度は新聞紙から取り出されたのではなかった。

そのことに気づいたが、何も言わなかった。たぶん何も思わなかったのだろう。

彼はまたもとの孤児院に戻った。戻ったらすぐ罰を受けると思っていたが、なぜ、なんの罪で罰を受けるのかを説明してもらえるとは期待していなかった。なぜなら、子供は大人を大人として受け入れることができるが、大人が子供を子供として受け入れてくれることは絶対にないことを、すでに学んでいたからだ。練り歯磨き事件のことはもう忘れていた。一カ月前には、しきりに栄養士のそばへ行こうとしていたが、今はそれとは正反対に栄養士を避けつづけた。あまりにも一生懸命避けていたので、なぜ避けるのかを忘れたほどだった。まもなく汽車の旅のことも忘れてしまった。ふたつの間に関係があることなど知るはずもなかった。時々ぼんやりと旅のことを思い出すことはあった。だがそれはボイラー室の入り口を見て、そこに坐って自分を見ていた男のことを思い出す時だけだった。その男は、今はなんの痕跡も残さず消えてしまい、籠編み椅子すらなくなっていた。この施設を去っていったすべての人と同じことだった。あの男がどこへ行ったのかなど、やはり考えてみることもなかった。

ある夜、大人たちが教室にやってきて彼を連れ出した。クリスマスの二週間前のことだった。若い女がふたり――栄養士はその中にいなかった――彼を浴室に連れていき、身体を洗い、濡れた髪を梳かし、清潔なオーバーオールを着せて、院長室へ連れていった。院長室には知らない男が坐っていた。その男を見た彼は、院長が口を開く前に、事情を悟った。おそらくそれまで無意識の記憶にすぎなかったものが知性に認識され、知性が思い出しはじめたのだ。欲望さえもが動きはじめたのかもしれない。なぜなら、五歳という年齢はあまりにも若く、希望を抱けないほどの絶望はまだ知らないからだ。突然あの汽車の旅と、あの時食べたものを思い出したのかもしれない。無意識の記憶でさえそれより以前にはなかなか遡れなかったからだ。「ジョゼフ」[4]と院長が言った。「田舎へ行って、優しい人たちと一緒に暮らしてみたいと思いませんか」

　彼はじっと立っていた。石鹸で手荒く洗われ、タオルで強くこすられたせいで、耳と顔を赤くし、ごわごわの新しいオーバーオールを着ていた。彼は見知らぬ男が話すのに耳を傾けた。ひと眼見て、その男がやや太り気味で、茶色い顎鬚を短く生やし、髪は最近刈ったのではないようだが短くしていることを見てとった。髪も顎鬚も、硬さと精力に満ちており、白髪は一本もなかった。顔を見ると四〇を過ぎているのが判るのに、色素は年齢の影響を受けないかのようだ。眼は明るい色で冷たかった。着ているのはごわごわと硬いきちんとした黒いスーツだった。膝には黒い帽子が載っていた。片手で帽子をつかんでおり、その手は清潔だが無骨で、帽子はやわらかいフェルトでできているのに、つかんだ手は拳に握られていた。ベストの胸には懐中時計の太い銀の鎖が垂れていた。革の厚い黒靴を履いた足はきちんと隣り合わせに並んでいた。靴はていねいに磨かれていた。五歳の子供から見ても、煙草は吸わず、他人が吸うのも我慢ならない男であるのが判った。彼は男の顔をきちんと見なかった。それは男の眼のせいだった。

だが男が自分を見ているのは感じ取れた。視線は冷たくて強いが、ことさら冷酷にしているのではなかった。それはこの男が馬や中古の犂《すき》を調べる時の眼つきと同じだった。いろいろ欠点があることは承知の上で、初めから買うつもりでいる男の眼つき。話し方は慎重で、言葉少なで、重苦しかった。自分の話は傾聴しないまでも黙って聞いてもらいたいと要求する男の話し方だった。「つまりこの子の親のことはそれ以上話せない、あるいは話さないと、こうおっしゃるんですな」

院長は男を見なかった。眼鏡の奥の眼は、少なくとも今のところ、びくついていた。院長は即答した。答え方が少し早すぎると言えそうなほどだった。「わたしどもは子供の親のことを詳しく調べることはいたしません。お話ししたとおり、この子はクリ

4　ジョーはジョゼフの愛称。

スマス・イヴに、当院の玄関前の階段に置かれていました。あと二週間で、五年になります。もし親のことが大事な問題なのでしたら、養子などおとりにならないほうがいいでしょう」

「いや、そういうわけではないんです」男の口調はやや懐柔するような調子になった。自分の信念を一歩も譲ることなく詫びを言う芸当をなんとかやってのけた。「ただ、ちょっとミス・アトキンズ（これが栄養士の名前だった）とお話しできたらと思うんです。今まで連絡をとりあっていたのはあの人なので」

今度も院長の声は冷たく、返事はすみやかで、男が言い終わらないうちから答えていた。「この子のことでも、ほかの子供のことでも、ミス・アトキンズが話せることはわたしからもお話しできます。ミス・アトキンズの仕事は本来、食堂と厨房のことだけですのでね。今回はたまたま、あなたとの連絡係を務めましたが」

「いや、それならいいです」と男は言った。「いいんです。ただちょっと……」

「ただちょっと、なんでしょうか。当院ではみなさんに無理やり子供を引き取らせるわけではありませんし、子供たちにも、もっともな理由があるなら無理やり養子に行かせたりはいたしません。これは子供を引き取りたい人と子供の間の問題で、わたくしどもは助言をするだけです」

「ええ、それはいいんです。ついさっき申しあげましたがね。この子で大丈夫だと思いますよ。きっとマッケカーン家で、わたしと家内の子としてうまくやっていけるでしょう。わたしらはもう若くない。静かに暮らすのが望みです。この子は贅沢なものを食べたり、怠けたりはできませんが、こき使われたりはしませんよ。当人のためになる手伝いはさせますがね。うちで暮らせば、生まれはどうあれ、きっと神を畏れ、怠惰と虚栄を忌み嫌う人間に育つはずです」

こうして、あの二カ月前の午後に練り歯磨きで署名された約束手形は、取り消された。署名をしたことを忘れてしまった子供は、清潔な馬衣《うまぎぬ》にくるまれた、小さな、こんもりした、動かない包みとなって、軽装馬車の座席に坐り、一二月の黄昏時、わだちのついた凍った道をがたがた揺られていた。こうして一日、馬車に乗っていたのだった。正午には食べ物をくれた。男は座席の下からボール紙の箱を出し、三日前に料理された田舎風の食べ物を取り出した。だが男が彼に言葉をかけたのは、夕方になった今が初めてだった。鞭を握っている、二股手袋をはめた拳で、道の先の、薄暮の中でひとつだけ点っている明かりを指して、ただひと言、「家だ」と言った。子供は何も言わなかった。男は子供を見おろした。男も防寒のため馬衣に身をくるみ、ずんぐりした、大きな、形のはっきりしない、どこか岩のような、不屈の精神を感じさせる塊になっていたが、粗野というより冷酷な感じだった。「ほら、おまえの家だ」それでも子供は返事をしなかった。自分の家など見たことがなく、だから何も言うことがなかったのだ。それになんの意味もないことをお愛想で言えるだけの年にはまだなっていなかった。「おまえは食べ物と住む場所に困らない。そしてキリスト教徒の大人に面倒をみてもらえるんだ」と男は言った。「おまえにできる仕事もある。それをやっていれば悪さをする暇もない。いずれきちんと教えるが、やってはいけないのは怠けることと、くだらないことを考えること。善いことは、働くことと、神を畏れることだ」子供はなおも無言だった。今まで働いたことも神を畏れたこともなかった。神のことは、仕事のこと以上に知らなかった。週に六日、運動場のまわりで熊手やシャベルで何かしている男たちがいたから、仕事というものは見たことがあったが、神に関係することは日曜日にしか起こらなかった。神に関係することは——身だしなみを整える試練を除けば——耳に心地よい音楽と、耳に全然辛くない言葉があるだけで——少しばかり面倒ではあっても、全体としては愉しいものだった。彼は何も言わなかった。馬車はがたがた揺れながら進み、丈夫でよく世話をされている馬たちは、はりきって自分の家を、家畜小屋を、めざしていった。

もうひとつ、あとになって思い出したことがあった。その頃には、記憶はもう、男の顔も、出来事の表面的な細部も、自分の中に受け入れて保持することをやめていたのだが。それは院長室での出来事だった。彼はじっと動かずに立ち、自分に注がれているのが感じられる男の眼を見ないようにしながら、その眼が考えていることを男が口にするのを待っていた。やがてそれは口にされた。「クリスマス。異教徒的な名前だ。冒瀆だ。[5]変えることにしよう」

「あなたにはその権利が法的に認められています」と院長は言った。「わたしどもは、子供がどう呼ばれるかではなく、どのように扱われるかに関心があるんです」

だが男はもはや誰の言葉も聞いていなかったし、誰に話しているのでもなかった。

「今からこの子の苗字はマッケカーンにする」

「それがよろしいと思います」と院長は言った。「ご自身の苗字をお与えになるのが」

「この子はわたしのパンを食べ、わたしの信仰に従うことになる。わたしの苗字を名乗って何がいけないだろう」

子供は聞いてはいなかった。不快には思わなかった。とくに気にはならなかった。

5　十戒の〝主の名をみだりに唱えてはならない〟に反する。だからキリスト教徒が名乗るべき苗字ではないという意味で、異教徒的。

男が暑くもないのに、今日は暑いと言ったのと同じことだった。心の中でさえ　僕の名前はマッケカーンじゃない。僕の名前はクリスマスだ　と言うことはしなかった。まだそんなことを取り沙汰する必要はなかった。時間はたっぷりあった。

「ええ、そのとおりですね」と院長は言った。

7

そして記憶は次のことを知っている。二〇年後にも、まだこう信じている　この日[1]に俺は一人前の男になったんだ
その清潔で質素な部屋には日曜日の匂いが漂っていた。窓にかけられた、ほころびを繕った清潔なカーテンが、土とクラブアップル[2]の匂いを運んでくる風に、かすかに揺れていた。黄色っぽい模造オーク材の足踏みオルガンは、ペダルに使い古しのカーペットの切れ端がとりつけてあり、オルガンの上に置かれた果物瓶には飛燕草《ひえんそう》がたくさん挿してあった。少年はテーブルの脇の、背板のまっすぐな椅子に坐っていた。テーブルにはニッケル製のランプと大きな聖書が置かれていた。聖書には真鍮製の留め金と蝶番《ちょうつがい》、それに真鍮製の錠前がついていた。少年は清潔な白い襟なしシャツを

着ていた。ズボンは黒く、生地が硬く、新品だった。靴は最近磨かれたばかりだが、磨き方は八歳の子供らしい拙さで、あちこちに色の薄い部分の小さなまだらがあり、とくに踵のあたりには靴墨がまったくついていないところがあった。テーブルの上には、少年のほうに向けて、長老派教会の教義問答書が開かれていた。

マッケカーンはテーブルのそばに立っていた。糊をたっぷりきかせた清潔なシャツを着て、少年が初めて会った時と同じ黒いズボンを穿いていた。しっとり湿った髪は、まだ白髪が一本もなく、丸い頭の上できれいにかっちりと櫛で整えられていた。同じく櫛の入った顎鬚も、まだ湿っていた。「どうもおまえは覚えようとしないな」とマッケカーンは言った。

少年は眼をあげなかった。動かなかった。だがその顔は養父の顔以上に岩のようだった。「やってみたよ」

「それならもう一度やってみろ。あと一時間やる」マッケカーンはポケットから分厚い銀時計を出し、文字盤を上にしてテーブルに置くと、背板のまっすぐな硬い椅子を

1 本章から第9章まではマッケカーン家で暮らすクリスマスの、八歳から一八歳までの出来事が語られるが、〝この日〟がいつを指すかははっきりしない。

2 酸味の強い小ぶりな林檎。

もうひとつテーブルのそばへ引き寄せ、腰をおろした。そしてよく洗った清潔な手をふたつとも膝に乗せ、きれいに磨かれた重い靴を床の上できちんと並べた。その靴には靴墨がまったくついていない部分などなかった。もっとも昨夜の夕食時にはそれがあった。そのあと、少年がベッドに入ろうと、服を脱いでナイトシャツを着た時、鞭打ちを受け、靴を磨き直したのだった。今少年はテーブルについていた。伏せた顔はじっと動かず、無表情だった。清潔だが寒々しい部屋に、春の香りを含んだ風がかすかに流れ込んでいた。

今は九時だった。ふたりは八時からここにいた。近くに教会がいくつかあったが、長老派の教会は八キロ離れていた。馬車で一時間の距離だった。九時半に、ミセス・マッケカーンが入ってきた。黒い服に日よけ帽という姿の小柄な女は、少し猫背になって、打ちのめされたような顔で、おどおどと入ってきた。無骨で精力的な夫よりも一五歳ほど年上に見えた。部屋の中までちゃんと入ってこず、入り口に一歩足を踏み入れたところでしばらく立っていた。帽子をかぶり、色褪せているがよくブラシをかけられた黒い服を着て、日傘と棕櫚の団扇を持っていた。眼のあたりに奇妙な感じがあり、まるで何を見る時も聞く時も、対象物の手前に男の身体ないしは声があって、それを通して見たり聞いたりしているかのようで、彼女自身は媒介にすぎず、精力的で無慈悲な夫に支配されているといったふうだった。マッケカーンはその物音を聞きつけたのかもしれなかった。だが顔もあげず、言葉もかけなかった。夫人は踵を返して部屋を出ていった。

きっかり一時間たった時、マッケカーンは顔をあげた。「やり方を覚えたか」と訊いた。

少年は動かなかった。「ううん」と答えた。

マッケカーンはゆっくりと、急ぐことなく、腰をあげた。時計をとりあげ、蓋を閉め、ポケットに収めると、鎖をズボン吊りにはさんだ。「来い」とマッケカーンは言った。うしろを振り返らなかった。少年はあとに従い、廊下に出て、奥のほうへ向かった。少年も背筋を伸ばし、物を言わず、頭《かしら》をあげて歩いた。ふたりの背中には、遺伝で受け継がれたかのようによく似た頑固さが現われていた。ミセス・マッケカーンは台所にいた。まだ帽子をかぶり、日傘と団扇を手にしていた。じっと見ている出入り口の外を、ふたりが通り過ぎた。「お父さん」と夫人は言った。ふたりの男は彼女のほうを見向きもしなかった。声が聞こえなかったのかもしれない。彼女が声を出さなかったのかもしれない。ふたりは前後になり、一定の足取りで歩いていく。あらゆる妥協を拒絶してこわばっているふたつの背中は、血のつながった親子以上によく似ていた。ふたりは裏庭を横切り、家畜小屋のほうに向かい、中に入った。マッケカーンが馬房の扉を開けて、脇へよけた。少年は馬房に入った。マッケカーンが壁にかけてある馬具の革帯をとった。新しくも古くもないところは、マッケカーンの靴と同じだった。その靴と同じように清潔で、マッケカーンと同じ匂いがした。清潔で、硬く、剛健な、生気に満ちた革だった。少年はマッケカーンは少年を見おろした。

「本はどこだ」と彼は言った。少年は養父の前にじっと立っていた。顔は穏やかで、滑らかな羊皮紙色の皮膚の下が、少し青ざめていた。「持ってこなかったな。とってこい」意地の悪い声ではなかった。人間味や個人的感情をまったく持たない声だった。書かれたり印刷されたりしている文字のように、冷たく、無情だった。少年はくるりと背を向けて馬房を出ていった。

母屋に入ると、ミセス・マッケカーンが廊下にいた。「ジョー」と声をかけてきた。少年は返事をしなかった。彼女を、その顔を、そのぎこちなく中途半端に持ちあげられた手を、見もしなかった。その手の動きは、人間の手になしうる最もやわらかな動きのぎこちない模倣にすぎなかった。少年はぎくしゃくした足取りで脇を通り過ぎた。顔は、自尊心とおそらくは自暴自棄で、こわばっていた。あるいは虚栄のせい、男の愚かしい虚栄のせいかもしれなかった。テーブルから教義問答書をとりあげると、家畜小屋に引き返した。

マッケカーンは、革帯を手に待っていた。「それを置け」と言った。少年は教義問答書を床に置いた。「そこじゃない」とマッケカーンは、気を高ぶらせることなく言った。「家畜小屋の床はけだものが踏む場所なのに、おまえは神の言葉を置くのにふさわしい場所だと思っているわけだな。だがそのことも教えてやるぞ」マッケカーンは自分で本をとりあげて棚に置いた。「ズボンをおろせ。汚すといけない」

少年は立ちあがった。ズボンは足もとに落ち、裾の短いシャツの下に両脚がむきだしになった。少年はほっそりした身体をしゃんと立てた。革帯が振りおろされても、身体を縮めず、顔を震わせもしなかった。まっすぐ前を見て、絵に描かれた修道士のように、穏やかな恍惚の表情を浮かべた。マッケカーンはゆっくりと、落ち着いて、規則的に打ちはじめた。依然として気を高ぶらせることも、怒ることもなかった。どちらの顔が、より恍惚として、穏やかで、確信に満ちているか、判らなかった。

一〇回、鞭で打って、手をとめた。「本を持て。ズボンはさげたままにしておけ」マッケカーンは少年に教義問答書を渡した。少年は受け取った。背筋を伸ばして立ち、顔をあげ、教義問答書を高くささげ持つ。高揚した態度だった。白衣は着ていないが、カトリックの聖歌隊の少年のように見えなくもなかった。物がぼんやりとしか見えない暗い家畜小屋は聖堂の身廊だった。荒削りの板壁の向こうの、アンモニアと乾いた埃の匂いに満ちた闇の中で、馬たちが時々身じろぎをしたり、鼻を鳴らしたり、物憂げに足踏みしたりしていた。マッケカーンは蓋をした飼い葉入れに堅苦しい姿勢で坐り、両膝をひろげ、片手を膝につき、もう片方の手のひらに銀時計を載せた。顎鬚を生やした清潔な顔は、石に刻まれたように堅く、眼は厳しくて冷たいが、無慈悲というわけではなかった。

ふたりはさらに一時間、そうやっていた。一時間たつ前に、ミセス・マッケカーンが母屋の裏口に出てきた。だが声はかけなかった。ただそこに立って、家畜小屋を見ていた。帽子をかぶり、日傘と団扇を持った恰好のままだった。それからまた家の中に戻った。

またきっかり一時間たつと、マッケカーンは銀時計をポケットに戻した。「これで覚えたか」と訊いた。少年は答えず、硬直して、まっすぐ立ち、顔の前で教義問答書を開いていた。マッケカーンはその手から本をとった。本を持たなくなったことを除いて、少年はまったく動かなかった。「そらで唱えてみろ」とマッケカーンは言った。少年は眼の前の壁をまっすぐ見つめていた。肌のすべすべした顔はもともと血色が悪いが、今は蒼白だった。マッケカーンはゆっくりと慎重に本を棚に置き、革帯を手にとった。そして一〇回、打った。終わった時、少年は、少しの間だけ動かずに立っていた。朝食はまだとっていなかった。ふたりともそうだった。それから少年はふらついた。男が片腕をつかんで支えなかったら倒れていただろう。「さあ」マッケカーンは少年を飼い葉入れのほうへ導こうとした。「ここへ坐れ」

「いい」と少年は言った。つかまれた腕をぐいぐい振った。マッケカーンは腕を離した。

「大丈夫か。気持ち悪いのか」

「いや」と少年は答えた。声は弱く、顔は真っ青だった。

「本を持て」マッケカーンは教義問答書を少年の手に載せた。家畜小屋の窓ごしに、ミセス・マッケカーンが母屋から出てくるのが見えた。今は色褪せただぶだぶの家庭着を着て、日よけ帽をかぶり、シーダー材の桶を持っていた。家畜小屋のほうは見ずに窓の外を横切り、見えなくなった。まもなく井戸の滑車がゆっくり軋る音が届いてきた。その音は、日曜日の空気の中で、のどかだが、はっと驚かせる響きを立てた。それから、また窓の外に現われた。片手に持った桶と釣り合いをとるために身体を反対側へ傾けて、今度も家畜小屋を見ることなく、母屋に入っていった。

また一時間がたち、マッケカーンは銀時計から顔をあげた。「覚えたか」と訊いた。

少年は答えず、動かなかった。マッケカーンが近づくと、全然、本のページを見ていないのが判った。眼は据わっているが、虚ろだった。マッケカーンが本に手を置くと、少年が、まるでロープか柱にしがみつくように、本をつかんでいるのが判った。その手から本を無理やりとると、少年は床にばったり倒れて、動かなくなった。

意識を取り戻した時には、もう午後の遅い時刻になっていた。少年は天井の傾斜がゆるい屋根裏部屋の自分のベッドで寝ていた。部屋は静かで、すでに暮色が満ちはじめていた。気分はかなりよく、しばらくは傾いた天井を穏やかに見あげていたが、やがてベッドの横に誰か坐っているのに気づいた。マッケカーンだった。今はもう普段着に着替えていた——畑で働く時のオーバーオールではなく、色褪せた清潔な襟なしシャツに、色褪せた清潔な木綿のズボンだ。「眼が醒めたな」とマッケカーンは言った。手を伸ばしてきて、上掛けをはぐった。「来い」と言った。

少年は動かなかった。「また鞭で打つの」

「さあ、来い」マッケカーンは言った。「起きろ」少年はベッドから起きて、床に立った。痩せた身体に、不恰好な木綿のナイトシャツを着ていた。マッケカーンものっそり動きだした。ぎこちない、身体の硬い動きで、たいへんな苦労をしているかのように感じられた。少年は、マッケカーンがベッドの脇にゆっくりと大儀そうにひざまずくのを、子供らしい、とくに驚く様子もない関心を示して、眺めていた。「ひざまずけ」とマッケカーンは言った。少年はひざまずいた。暮色に満たされた狭苦しい部屋で、裾を短く切ったナイトシャツを着た子供と、慈悲も自分への疑いも知らない酷薄な男が、ふたりで膝立ちになっていた。マッケカーンが祈りだした。長い間祈っていた。低く唸るような、眠けを誘う、単調な声だった。安息日を破ったこと、神の愛し子である子供、みなしごに、手をあげたことに対して、赦しを求めた。それから、この子の頑《かたく》なな心がやわらぎますように、また、この子に愚弄され反抗されたわたしからの弁護の言葉を聞き届けてくださり、この子の不従順の罪もお赦しくださいますように、そして主も、慈悲の御心により、わたしと同じように寛大になってくださいますようにと祈った。

終わると、マッケカーンは立ちあがった。少年はまだひざまずいていた。全然動かなかった。だが眼は開いていて(顔はそもそも隠したり、伏せたりしていなかった)、顔はごく平静だった。平静で、穏やかで、何を考えているか判らなかった。少年は養父がランプの置かれたテーブルを探っている音を聞いた。マッチがすられ、はぜた。灯心の炎が安定すると、火屋《ほや》の上の養父の手が血に浸されたように見えた。影がぐうっと動いてとまった。マッケカーンがテーブルのランプの脇から何かをとりあげた。

教義問答書だった。少年を見おろした。鼻と、頰が、花崗岩を刻んだように突き出ていた。眼鏡をかけた、落ちくぼんだ眼のきわまで、髭が生えていた。「本を持て」とマッケカーンは言った。

これが始まったのは、その日曜日の、朝食前のことだった。少年は朝食を食べていなかった。だが少年もマッケカーンも、それについて何も考えなかったようだった。マッケカーンはテーブルについて、食べ物を食べることへの赦し、食べる必要があることへの赦しを神に求めることはしたが、やはり食べなかった。昼食時には、少年は気疲れで眠ってしまっていた。夕食時には、ふたりとも食べ物のことを考えなかった。少年にはなぜ自分の調子がおかしいのか、なぜ気力がなくて穏やかなのかすら判らなかった。

少年はそんな気分でベッドに寝ていた。ランプはまだ点っていた。外はもう真っ暗だった。時間はいくらか過ぎていたが、首をめぐらせば、ベッドの脇で自分と養父がひざまずいているのが見えそうな、あるいは、その実体はもうないにしても、ラグの上にふた組の膝頭の跡が残っていそうだった。空気さえもが、夢の中で話すようなあの単調な声――現実のラグに幻の凹みすらつけられないある存在に話しかけ、命令し、議論をふっかける、あの単調な声を——発しているかのように思えた。

少年はあおむけに寝て、墓の彫像のように、胸で両手を交叉させていた。すると狭い階段にまた足音が聞こえた。マッケカーンの足音ではなかった。養父が馬車に乗って出かける音を聞いていたからだ。今朝の償いをするために、夕闇の中、三キロ離れたところにある長老派ではない教会へ行ったのだ。

少年は顔をそちらに向けることなく、ミセス・マッケカーンが大儀そうに階段を昇ってくる足音を聞いていた。足音は床を進んできた。そちらは見なかったが、まもなく養母の影が近づいてきて、少年に見える壁に落ちた。それで養母が何か持っているのが判った。食べ物を載せた盆だった。養母は盆をベッドの上に置いた。少年は一度も養母を見なかった。動かなかった。「ジョー」と養母が言った。少年は動かなかった。「ジョー」とまた言った。彼女には少年が眼を開いているのは判らなかった。少年に手を触れることはしなかった。

「おなかはすいてない」と少年は言った。

ミセス・マッケカーンは動かなかった。エプロンで両手をくるんで、じっと立っていた。彼女のほうでも少年を見ている様子はなかった。ベッドの向こうの壁に話しているように思えた。「あんたが考えてることは判ってる。これは違うのよ。あの人が持っていけと言ったんじゃないの。あたしが考えたことなの。あの人は知らないの。あの人が持ってこさせた食べ物じゃないのよ」少年は動かなかった。彫像のような穏やかな顔をして、傾斜のついた木板の天井を見あげていた。「今日は何も食べてないでしょ。起きてお食べ。あの人に言われて持ってきたんじゃないんだから。あの人は知らないんだから。あの人が出かけるのを待って、それからつくったの」

少年は身体を起こした。ミセス・マッケカーンが見ていると、少年はベッドから降り、盆をとりあげて部屋の隅へ持っていき、ひっくり返して、皿と食べ物をすべて床にぶちまけた。それから、空になった盆を聖体顕示台のように持ち、大人用のナイトシャツの裾を短く切ったものを聖歌隊員の白衣のように着た姿で、ベッドに戻った。ミセス・マッケカーンはもう少年を見ていなかったが、動いてもいなかった。まだ両手にエプロンを巻きつけていた。少年はまたベッドにあがって、あおむけに寝た。眼を大きく見開いて、天井を見あげた。養母の動かない影も見えた。少し猫背の、形のはっきりしない影だった。それから、影が消えた。少年はそちらを見なかったが、隅でしゃがんだ養母が、割れた皿を集めて盆に戻す音が聞こえた。養母は部屋を出ていった。しんと静かになった。ランプは不動の灯心に安定した炎を燃やしつづけた。壁の上で飛び回る何匹かの蛾の影は鳥の影のように大きかった。窓の外から届く、闇の、春の、大地の、匂いが嗅ぎ取れた。
この時少年はちょうど八歳。それから何年もたったあとで、記憶は彼の覚えていることをはっきりと知ったのだった。あの夜、あれから一時間後、少年はベッドから起きあがり、部屋の隅へ行くと、ラグにひざまずいた時とは違う姿勢で膝をつき、無残にぶちまけられた食べ物の上にかがみ込んで、両手を使い、野蛮人のように、犬のように、食べたのだった。

黄昏時だった。すでに今より何キロか家に近づいていていい頃だった。土曜日の午後は自由時間だが、こんな遅い時刻にこれほど家から離れたところにいるのは初めてだった。帰ったら鞭で打たれるだろう。出かけている間に、何をしたから、あるいはしなかったから、鞭打たれるのではなかった。家に帰ったら、何も罪など犯してこなかったのに、罪を犯すところをマッケカーンに見られたのと同じように、鞭打たれるのだった。

だがおそらく少年は、自分が結局その罪を犯さないであろうことを初めから知っていたわけではなかった。夕暮れ時、五人の少年が、廃業したあと放置されている製材所の建物の、鴨居のたわんだ入り口の近くに、ひっそり集まっていた。それより前、製材所から一〇〇メートルほど離れたところで隠れて待っていると、黒人の娘が入り口のところへやってきて、一度うしろを振り返ったあと、中に姿を消すのを見ていたのだった。年かさの少年のひとりがお膳立てをした功労者なので、最初に中に入った。ほかの少年たちはみな同じようなオーバーオールを着ており、製材所跡から半径五キロ以内に住んでいた。中のひとり、ジョー・マッケカーンという名で知られている少年も含めて、みな一四、五歳の時から大人と同じように畑を耕したり、牛の乳を搾ったり、薪を割ったりすることができた。少年たちは藁で籤《くじ》引きをして順番を決めた。おそらくジョーは、あとで家で待っている男のことを思い出すまでは、これを罪だとは思わなかったのだろう。というのも、一四歳の少年にとって最大の罪といえば、童貞であることをみんなに知られていることだったからだ。

　彼の番になった。製材所の建物に入った。中は暗かった。たちまち、強烈なあせりにとらわれた。身体の中から何かが必死に出ようとしていた。それは昔、練り歯磨きのことを考えた時に覚えた感覚に似ていた。だがすぐには動けなかった。じっと立ったまま、女の匂いと黒人の匂いを同時に嗅いでいた。〈女＝黒人《ウーマンシーニグロ》[3]〉に閉じこめられ、駆り立てられたが、女が何か言うのを待たなければならなかった。彼を導いたその声は、とくに何かの言葉ではなく、意識して発されたものでもなかった。それから、女の姿が見えた気がした——何か床に寝ているもの、卑しいもの。見えたのはたぶん女の眼だった。かがみ込んだ彼は、黒い井戸を覗き込んだような気分になった。井戸の底に、ふたつの光が見えた。死んだ星が映っているようだった。彼は自分が動いているのを知った。足が女に触れたからだ。足がまた女に触れた。彼が蹴ったからだ。彼は思いきり蹴った。驚きと恐怖に喉を詰まらせる泣き声に突き入れるように、突き通すように、強く蹴りつけた。女は叫びはじめた。彼は女をぐいと引き起こした。片腕をつかみ、大きく、荒っぽく手を振って、顔を殴った。おそらく女の声を殴ろうとしたのだが、肉の感触もあった。彼は〈女＝黒人〉とあせりに閉じこめられていた。それから女が拳の下をくぐって逃げ、彼もうしろに飛びすさって逃げた。ほかの少年たちが一斉に飛びかかり、殴りかかり、つかみかかってきたのだ。彼も殴り返した。少年たちがくそな怒りで、鋭く絞り出すような息遣いになった。男の匂いが嗅ぎ取れた。少年たちが匂いを立てていた。その匂いの下のどこかで、女が慌てふためいて逃げようとし、悲鳴をあげた。少年たちはばたばた床を踏みつけ、身体を揺らし、手や身体に

3　womanshenegro。フォークナーの造語。クリスマスの恐怖と憎悪の対象である〝女〟と〝黒人〟の属性を兼ね備えた存在。

触れるものをなんでも殴りつけて、しまいには全員が団子になって倒れ、ジョーが下敷きになった。それでも彼はもがき、戦い、泣いた。もう女はいなかった。少年たちはただ戦った。まるで風が彼らの間を、激しく、清潔に、吹き抜けていくようだった。やがてみんなはジョーを、手も足も出ない状態で押さえつけた。「もうやめるか。おまえの負けだ。やめると言え」

「嫌だ」とジョーは言った。苦しげな声を出し、身体をひねった。

「もうやめろ、ジョー！　この人数じゃ勝てねえぞ。それに俺たちはおまえと喧嘩したくないんだ」

「嫌だ」ジョーはあえぎ、もがいた。誰ひとりちゃんと眼が見えておらず、誰が誰か判らなかった。みんな娘のことはすっかり忘れていた。喧嘩を始めた理由も忘れていた。そもそも初めからよく判っていなかったのだが。ジョー以外の四人が戦ったのは、純然たる自動的、反射的行動にすぎなかった。交尾したばかりの、あるいはこれから交尾しようとする雌を相手に、あるいはその雌のせいで、あるいはその雌をめぐって、喧嘩をするという、雄の自然な衝動的行動だった。だが四人のうち誰もジョーが戦った理由を知らなかった。ジョーも彼らに説明できなかっただろう。四人はジョーを床に押さえつけたまま、静かな張り詰めた声で話し合った。

「うしろのほうにいるやつは離れろ。そのあと、一ぺんにやつを離すからな」

「誰がやつを捕まえてるんだ。俺が捕まえてるこいつは誰だ」

「よし、おまえは離せ。あ、ちょっと待て。こいつだ。俺と――」また少年たちの団子がひしめき、揉み合った。ふたたびジョーが押さえつけられた。「よし、やつはここにいる。みんな離して、外に出ろ。場所をあけてくれ」


ふたりが立ってうしろにさがり、入り口のほうへ駆けた。それから残るふたりが、爆発したように地面から飛びあがったかと思うと、薄闇に満ちた建物を出て、すでに外を走っていた。ジョーは自由の身になった瞬間、殴りかかったが、もう誰もいなかった。あおむけに寝たまま、夕闇の中を走る四人が、足取りをゆるめて振り返るのを見た。ジョーは立ちあがり、建物から出た。戸口のすぐ外に立ち、身体をはたいた。この動作も純粋に自動的なものだった。少し離れたところに、四人がかたまって静かに立ち、ジョーを見ていた。ジョーはそちらを見ずに歩きだした。黄昏の薄闇の中、オーバーオールは黄昏色に染まっていた。もう遅い時刻だった。宵の明星が、濃厚な香りをはなつジャスミンの花のように浮かんでいた。ジョーは一度も振り返らなかった。どんどん歩いて幽霊のように姿を薄れさせていった。四人の少年はひとかたまりになって静かに見送った。夕闇の中で、顔が小さく青白く見えた。その一団から不意に、大声が飛んだ。「おうい！」ジョーは振り返らなかった。ふたつめの声は穏やかだったが、穏やかながら、はっきりと届いてきた。「あした教会で会おうぜ、ジョー」ジョーは返事をしなかった。どんどん歩いていった。時々機械的に両手を動かし、オーバーオールの汚れを払った。

家が見えてきた時、西の空からは光がすっかり消えていた。家畜小屋のうしろの牧草地には泉があった。闇の中で柳の木立が匂いを立て、葉ずれの音をさせていたが、眼には見えなかった。彼が近づくと、若い蛙の合唱がやんだ。いくつもの弦楽器が一斉に弦を鋏で切られたかのようだった。彼はひざまずいた。暗くて自分の頭の影絵の輪郭すら見分けられなかった。片眼のまわりが腫れた顔を水に浸けた。それからさらに歩き、台所の明かりに向かって牧草地を横切った。明かりは彼を見つめているように思えた。陰険に待ち構えている眼のようだった。

家を囲む柵まで来ると、足をとめて、台所の窓の明かりを見た。柵に寄りかかってしばらくじっと立っていた。草叢はにぎやかな蟋蟀《こおろぎ》の声に満ちて命を持っているかのようだった。露が薄く光る地面と黒い木立を背景に、蛍の光が乱雑に飛びかっては消えた。家の横手の木で真似鶫《まねしつぐみ》が歌った。背後の、泉の向こうの森では、二羽の夜鷹《よたか》が笛を吹いた。さらにその向こうの、夏の世界の境界線の外のように思える場所では、犬が遠吠えをしていた。柵を越えていくと、家畜小屋の入り口に誰かが微動だにせず坐っているのが見えた。その誰かの背後では、ジョーがまだ乳を搾っていない二頭の雌牛が待っていた。

それがマッケカーンだと判っても、ジョーは驚かないようだった。まるでこうなるのは完璧に論理的で合理的で不可避だと思っているかのようだった。もしかしたらジョーは、自分とこの養父は気心が知れていて、互いに相手がどう出るかを把握し合っている、わけが判らないのは女だけだ、と思っていたのかもしれない。もしかしたら彼は、マッケカーンが大罪とみなしている罪を犯さなかった自分が、犯したのと同じように処罰されようとしていることを、理不尽だとは思わなかったのかもしれない。マッケカーンは立たなかった。無情な岩のように腰をすえ、開いた戸口の黒い闇を背景に白いシャツを朧《おぼろ》に浮かびあがらせていた。「乳搾りと餌やりは俺がやっておいた」とマッケカーンは言った。それからやおら立ちあがった。おそらくジョーは、養父がすでに革帯を手にしているのを知っていただろう。革帯はゆっくりと、一回一回、数をかぞえられながら、持ちあげられては振りおろされ、そのつど、ぱん、ぱん、と平板な音を立てた。少年の身体は木か石、あるいは柱か塔のようだった。そして少年の中の、感覚が繊細な部分が、その上にあがり、隠者のように、みずからに科した磔刑《たっけい》に恍惚となり、心を遠くにやって自己と世界を観照し、瞑想にふけっているかののようだった。

台所に向かって、ふたりは並んで歩いた。窓の明かりがふたりの上に落ちると、マッケカーンは足をとめ、振り返り、かがみ込み、覗き込んだ。「喧嘩してきたな。理由はなんだ」

少年は返事をしなかった。顔はじっと動かず、落ち着いていた。しばらくして答えた。声は静かで、冷たかった。「別にない」

ふたりはじっと立っていた。「それは言えないということか、言わないということか」少年は答えなかった。眼を伏せてはいなかった。何も見てはいなかった。「理由が判らないなら、おまえは馬鹿だ。言いたくないというなら、どうせ悪さをしてきたんだろう。女にでも会いに行ったのか」

「いや」と少年は言った。マッケカーンは少年を見た。そして考え込むような口調で言った。

「おまえは俺に嘘をついたことがない。俺に判るかぎりではな」少年の動かない横顔を見た。「誰と喧嘩したんだ」

「相手はひとりじゃない」

「そうか。おまえはそいつらにも青あざをつくってやったんだろうな」

「知らない。たぶん」

「そうか。じゃ顔と手を洗ってこい。夕食の用意ができてる」

その夜ベッドに入った時、少年は家出の決意を固めていた。自分を鷲だと感じた。たくましい、自立した、能力のある、悔いを知らない、強い鷲。だがその決意はまもなく消えた。この時の少年は知らなかったが、鷲と同じように、宇宙全体だけでなく、みずからの肉体も、檻なのだった。


その若い雌牛がいなくなった時、マッケカーンは二日間、それに気づかなかった。それから家畜小屋に新しいスーツが隠してあるのを見つけた。調べてみると、まだ一度も着られていないことが判った。見つけたのは午前中のことだが、何も言わなかった。夕方、納屋に入ると、ジョーが乳搾りをしていた。低いスツールに腰かけ、雌牛の横腹に頭をつけていた。少年の身体は、少なくとも背丈でいえば、大人と同じくらいだった。だがマッケカーンにはそれが見えていなかった。見えているものがあるとすれば、それはあの子供、あの一二年前の一二月の夜、軽装馬車の座席で、動物のように、じっと動かず、警戒しながら、何も考えず、受身の態度で坐っていた、あの五歳の孤児だった。「おまえの牛が見当たらないようだな」とマッケカーンが言った。少年は答えなかった。桶の上に身をかがめ、乳がほとばしる鋭い音を規則的に立てていた。マッケカーンは背後から少年を見おろした。「おまえの牛が帰ってきてないと言ってるんだぞ」

「知ってる」とジョーは言った。「川にいると思う。あとで捜しに行くよ。俺の牛だから」

「ほう」とマッケカーンは言った。声を高めるわけではなかった。「夜のあの川へ、五〇ドルもする牛を行かせちゃいかんな」

「損したって俺の損だ」とジョーは言った。「俺の牛だったんだから」

「だった？」とマッケカーン。「今、俺の牛だったと言ったか」

ジョーは顔をあげなかった。指の間から、乳は規則的に、桶に噴き出した。背後でマッケカーンが動く音がした。だがジョーは振り返らず、乳がもう出なくなってから、振り向いた。マッケカーンは入り口に置かれた木の台に腰かけていた。「まず乳を台所へ持っていけ」と言った。

ジョーは桶を手に立った。声は穏やかながら頑なだった。「朝、捜しに行くよ」

「まず乳を台所へ持っていけ。俺はここで待ってる」

さらにしばらくの間、ジョーはじっと立っていた。それから動いた。家畜小屋を出て台所に向かった。桶をテーブルに置いた時、ミセス・マッケカーンが入ってきた。

「夕食ができてるから。ミスター・マッケカーンも戻ってきた？」

ジョーは養母に背を向けてドアのほうへ歩いた。「もうすぐ戻る」と言った。背中に女の視線を感じた。ミセス・マッケカーンがおずおずと、心配そうに言った。

「先に手と顔をお洗いよ」

「じきに一緒に戻る」ジョーは家畜小屋に引き返した。ミセス・マッケカーンはドアのところまで来て、ジョーの背中を見送った。まだ真っ暗ではなく、家畜小屋の入り口に立っている夫も見えた。声はかけなかった。そこにじっと立って、ふたりの男が相対するのを見ていた。ふたりが何を言っているのかは聞こえなかった。

「川にいると言ったな」とマッケカーンが言った。

「いるかもしれないと言ったんだ。牧場《まきば》は広いから判らない」

「そうか」とマッケカーンは応じた。どちらの声も静かだった。「どこにいると思う」

「判らない。俺は牛じゃないから。どこにいるかなんて」

マッケカーンは歩きだし、「見に行こう」と言った。ふたりは前後して牧草地に入っていった。黒い木立を背景に、蛍の群れが明滅しながら流れ飛んでいた。その木立にたどり着いた。木の間《こま》には下生えが息苦しく繁り、昼間でも分け入るのは難しかった。「牛を呼べ」とマッケカーンは言った。ジョーは返事をしなかった。動かなかった。ふたりは向き合った。

「あれは俺の牛だ」とジョーは言った。「もらったんだから。俺のものだと言うから、子牛から育てたんだ」

「そうだ」とマッケカーンは言った。「あれはおまえにやった。物を持つこと、所有すること、所有者になることの責任を教えるために。神のお許しを得て物を所有する人間が負う責任を教えるために。先を見通して財産を増やすことを教えるためにな。さあ、牛を呼べ」

さらにしばらくの間、ふたりは向き合っていた。もしかしたら眼を見交わしていたかもしれなかった。それから、ジョーは身体の向きを変え、湿地沿いに歩きだし、マッケカーンがあとに続いた。「なぜ呼ばないんだ」とマッケカーンが訊く。ジョーは答えなかった。湿地も、川も、見ていない様子だ。逆に、家のありかを示すただひとつの光を見た。そこからの距離を測るかのように、時々振り返った。ふたりは足早には歩かなかったが、それでも、まもなく牧草地の境の柵まで来た。もう真っ暗だった。柵のところでジョーは向き直って足をとめた。養父を見た。またふたりは向き合った。マッケカーンが言った。「あの牛をどうした」

「売った」とジョーは答えた。

「そうか。売ったか。いくらで売ったか、訊いてもいいかな」

もう互いに相手の顔が見分けられなかった。どちらもただの影絵で、背はほとんど同じ、ただしマッケカーンのほうががっちりしていた。マッケカーンのほの白く見えるシャツの上の頭は、南北戦争の記念碑の大理石でできた砲弾に似ていた。「あれは俺の牛だった」とジョーは言った。「そうじゃないなら、なんで俺のだと言ったんだ。なんでくれたんだ」

「おまえの言うとおりだ。あれはおまえの牛だった。俺は売ったことを叱ってるんじゃない。いい値段で売ったのならかまわない。かりに商売の駆け引きでしくじったとしても、一八歳ならよくあることだ。そんなことで叱りゃしない。まあ、世間を知ってる年上の人間に相談したほうがよかったが、それでも自分で勉強していかなきゃならないわけだ。俺がしてきたように。俺が訊きたいのは、その金をどこにしまってあるかだ」ジョーは答えなかった。ふたりは向き合っていた。「たぶん、お養母《かあ》さんに預けてあるんだろうな」

「ああ」とジョーは言った。口がそう言った。嘘をついた。答えるつもりはなかったのに。自分の口がそう言うのを聞くと、衝撃と驚きを覚えた。だがもう遅すぎた。

「お養母さんに預けた」と言った。

「そうか」とマッケカーンは言った。溜め息をついた。それは、満足げな、勝ち誇った、ほとんど愉悦の声だった。「屋根裏に新しいスーツがあるのを見たが、きっとおまえは、お養母さんに買ってもらったと言うつもりだろうな。おまえは今までいろんな罪を犯してみせた。怠惰、忘恩、不遜、冒瀆。そして今度は、虚言と、色欲。色欲にふけっているのでなければ、新しいスーツなどになんの用があるというんだ」この時マッケカーンは、一二年前に養子にした子供が、今や一人前の男になっているのに気づいた。ほとんど爪先どうしが触れ合うほど間近に向き合ったジョーに、マッケカーンは拳で殴りかかった。

最初の二発は、まともに受けた。おそらく習慣からか、不意を衝かれたせいだった。ともかく二度、養父の硬い拳が顔に激突するのを感じた。それからうしろに飛びすさり、しゃがみ込んで、荒い息をつきながら血を舐めた。ふたりは向き合った。「もう俺を殴るな」とジョーは言った。

あとで屋根裏部屋のベッドで、冷えてこわばった身体を横たえていると、養父母の声が、下の部屋から狭い階段を昇ってくるのが聞こえた。

「あたしが買ってやったんです！」とミセス・マッケカーンが言った。「ほんとです！　バターを売ってつくったお金で買ってやったんです。だって、あたしの好きに……使っていいって――サイモン！　サイモン！」

「おまえはあいつより嘘が下手だ」とマッケカーンは言った。そのゆっくりとした、刺々しい、熱のない声は、狭い階段を昇って、ジョーの寝ているベッドまで届いてきた。だがジョーはそれに耳を傾けてはいなかった。「ひざまずけ。ひざまずけ。**ひざまずけ、女**。慈悲と赦しを乞え。神にだ。俺にじゃない」

　養母はいつも優しくしてくれようとした。あの一二年前の一二月の夜からそうだった。彼女は玄関のポーチで待っていた――この辛抱強いくたびれ果てた女が女だと判る印は、きちんとねじあげた白髪まじりの頭髪とスカートだけだった――そこへ馬車が帰ってきた。冷酷で頑迷な男によって痛めつけられれば、その男の意図を超えているばかりか、当人にも判らない何かになってしまうことがあるが、そうはならず、執拗に金槌で叩かれつづけるうちに、いくらでも打ち延ばせる金属のように、どんどん薄くなり、希望も欲望も打ち砕かれ、灰のように白っぽい生気のないものになってしまっているかのようだった。

馬車がとまると、ミセス・マッケカーンは前に出ていった。子供はこうやって座席からおろそう、こうやって家に連れて入ろうと、あらかじめ考え、予行演習をしていたふしがあった。だが子供は歩ける年になって以来、女に抱かれたことがなかった。身をよじって下に降り、馬衣にくるまれてこんもりした小さな姿で、自分の足で家に入った。ミセス・マッケカーンはあとを追い、子供のまわりをうろうろした。子供を坐らせた。そばにいて、ずっと気を張り詰め、まごつきながらも機敏に動こうとする気配を見せ、隙あらばまた自分の計画どおりにふたりが振る舞えるよう持っていこうとしているようだった。子供の前にひざまずいて、靴を脱がせようとした。しばらくして、ようやく子供は相手のしたがっていることを理解した。女の手を押しのけ、自分で靴を脱いだ。靴は床に置かず、つかんで離さなかった。ミセス・マッケカーンは子供の靴下を脱がせてから、盥《たらい》に湯を入れて持ってきた。その持ってき方があまりにも早く、これは朝から用意していたなと、子供は別にして、誰にでも判るに違いなかった。この時、子供が初めて口をきいた。「身体は昨日洗った」

彼女は答えなかった。子供の前にひざまずいていた。そして子供が彼女の頭のてっぺんを見ている間に、手で子供の足を不器用にいじるような動作をした。子供は、今度は協力しなかった。女が何をしようとしているのか判らなかった。椅子に坐った状態で、冷たい両足を温かい湯に浸けられた時にも、まだ判っていなかった。[4] これで終わるとは思わなかった。とても気持ちよかったからだ。だから続きが起こるのを待った。何か判らないが、不愉快なことが起こるのを。ただ気持ちがいいだけということなど、今まで自分の身に起きたことがなかったのだ。

そのあと、ミセス・マッケカーンは彼をベッドに寝かせた。それまでの二年近く、子供は自分で服を着たり脱いだりしてきた。たまにアリスのように世話を焼いてくれる子がいたのを除けば、誰にも注意を払われず、手伝ってもらうこともなかった。今は疲れすぎていて、すぐには眠れない。おかげで当惑し、落ち着かなかった。彼は女の人が出ていくのを待った。出ていってくれれば眠れるのだ。だが彼女は出ていかなかった。彼女は肩掛けをかけて身を縮めていた。まるで煙草でも吸っているかのように白い息を吐いた。彼は完全に眼が醒めてしまった。自分の気に入らないことが起こるのを待った。それがなんであるのかも、自分が何をしたせいでそんな目に遭うのかも、

4 ミセス・マッケカーンがジョーの足を洗う行為は、〝罪の女〟がイエスの足を洗った話を連想させる。このとき疑念を抱いてイエスにたしなめられた男はシモン（英語でサイモン）で、マッケカーンと同じ名前。新約聖書『ルカによる福音書』七章三六節〜五〇節。

判らなかったが。不愉快なことはもう終わったことを彼は知らなかった。そういうことも、今まで自分の身に起きたことがなかったのだ。

それが始まったのはあの夜からだった。彼は一生それが続くと思った。一七歳になった今、振り返ってみると、欲求不満と、ぎこちなく愚かしい母性本能から生まれた、くだらない、不器用な、むなしい思いやりの長い連なりが見えるのだった。内緒でつくり、さあこれをと押しつけて、こっそり食べさせようとするあの料理にしてもそうだった。こちらは食べたくもないし、どうせマッケカーンは食べ物のことなど気にしないのだ。また今夜のように、マッケカーンと彼の間に身を投げ出して、処罰をやめさせようとするのもそうだ。それらの罰は、受けるいわれがあろうとなかろうと、正当なものであろうとなかろうと、初めから人間的な事情とは関わりのないことで、マッケカーンも少年も、自然で避けがたい事実として受け入れている。そこへこの女が割り込んできて、匂いをつけ、薄め、後味を残そうとするのだ……。

時々、この女にだけ、あのことを教えてやろうかと思ったりもした。あのことを、変えることも無視することもできないこの無力な女に教えて、夫に隠しておかなければならなくさせるのだ。その事実を知った時、マッケカーンがただちにとる反応は判りきっていた。養子を放り出し、以後、自分たち夫婦の間でその子供のことを二度と話題にしないようにするだろう。そんな秘密を、あの欲しくもない秘密の食事に対する報復として、秘密のうちに教えてやるのだ。「なあ、あの人、自分は神を冒瀆する恩知らずを養っちまったといつも言うだろ。でも、ほんとは何を養っちまったか、教えてやるといいよ。あいつは自分の家の、自分のテーブルで、自分の食い物を食わせて、黒んぼを養ってきたんだ」

なぜなら、ミセス・マッケカーンがいつも彼に優しくしてきたからだ。あの硬く、正しく、無慈悲な男は、彼に一定の行動を要求し、一定の褒美や罰を受けることを要求するだけだ。彼のほうでも、自分のやったこと、やらなかったことに対してあの男がどう反応するか、予想がつくので安心していられる。ところがこの女は、いかにも女らしく秘密というものが大好きで、ほんの些細ななんでもないことにもかすかな悪の染みをつけずにはいられない。彼の屋根裏部屋の、壁の板がはずれる部分に、あの女は金を少しばかり入れた小さな缶を隠していた。その額はわずかで、隠したい相手は明らかに夫だけなのだが、ジョーが思うに、マッケカーンはそんな金のことを気にするはずがない。ともかくジョーに秘密にする気はないのだった。彼がまだ子供だった時にも、彼女は何かの遊びをしている子供のように緊張し謎めいた用心深さを発揮しながら、彼を連れて狭い階段をあがり、屋根裏部屋にそっと入り、端金《はしたがね》とはいえ、めったに手に入らないすばらしい五セント硬貨や一〇セント硬貨を貯金に加えた（それはちょっとした言い抜けやごまかしで得た小銭だが、この世の誰であれ、へえ、それは知らなかったとは言わないようなごまかしだった）。彼女がその小銭を缶に入れるのを、彼は深刻そうな顔で眼を丸くして見たものだが、彼にはその小銭の値打ちも判らないのだった。彼女は彼を信用していた。食べ物を食べさせようとする時と同じ執拗さで信用していた。彼を信用しているというならはっきり告げるべきなのに、共犯者めいた、こそこそした態度で、秘密にしてしまうのだった。

彼が嫌ったのはきつい労働ではない。理不尽な罰でもない。そういうものには、この夫婦に会う前から慣れていた。それよりいい目に遭おうなどとは期待していなかったから、腹も立たないし、驚きもしなかった。嫌いなのは女だった。あのやわらかな優しさだった。それには一生の間つきまとわれるような気がして、男たちの酷薄で無慈悲な正義よりも憎んだ。『あの女は俺を泣かせようとする』と彼は思った。冷えてこわばった身体をベッドに横たえ、両手を頭の下に敷き、射し入る月の光を身体に浴びている彼の耳に、これが天国に向かう最初の段階だとばかり階段を昇ってくる男の、ぶつぶつ話しつづける声が、届いてきた。『あの女は俺を泣かせようとした。泣かせてしまえば自分たちのものになると考えて』

8

ジョーは静かに動き、隠し場所からロープを出した。ロープの一方の端は、窓の内側に固定できるようあらかじめ輪をつくっていた。今ではもう地面まで降りてまた昇ってくるまで、ほんの短い時間でできるようになっていた。一年以上練習を重ねて、家の壁に一度も触れることなく、左右の手でロープを交互にたぐりながら、影のように敏捷に動く猫さながらに、すばやくよじのぼれるようになっていた。窓から身を乗り出して、ロープをするすると降ろした。月明かりの中で、ロープは蜘蛛の糸ほどにも弱そうに見えた。それから左右の靴を紐でつなぎ、腰のうしろでベルトに通して、影のようにすばやくロープを滑り降り、養父母が眠っている窓の外を通過した。ロープはその窓のすぐ外に垂れていた。それを斜めに引っぱり、窓の前からどけて、つなぎとめた。それから月明かりのもと、家畜小屋へ行って、ロフトにあがり、隠し場所から新しいスーツを出した。スーツは紙でていねいに包んであった。紙を開く前に、両手で紙の皺の感触を確かめてみた。『見つけたな』と彼は思った。「あいつは知ってるんだ」と声に出して言った。「くそ野郎。あのくそ野郎」

暗闇の中で手早く服を着替えた。すでに遅れていた。養父母が眠るまで待たなければならなかったからだ。牛のことでひと騒動あり、そのあとあの女が口をはさんできて、もうひと騒動あって、それが落ち着くのを待たなければならなかった。紙包みの中には白いシャツとネクタイも入っていた。ネクタイはポケットに入れたが、上着は着た。そうしないと白いシャツが月明かりに映えて目立ちすぎるからだ。はしごを降りて、家畜小屋を出た。新しいスーツは、洗いざらしのくったりしたオーバーオールに比べると、着心地が贅沢だが、身体に厳しい気がした。家は月明かりのもと、暗くいわくありげに、少し油断ならない雰囲気で、うずくまっていた。月明かりを浴びて、家はまるでひとつの人格を獲得したかのようだった。それは人を脅し、欺くような人格だった。家の脇を通り抜けて、小道に出た。ポケットから一ドルの時計を出した。稼いだ金の一部を使って、三日前に買ったのだった。だが時計など持ったことがなかったから、螺子《ねじ》を巻くのを忘れていた。時計などなくても、すでに遅れているのは判っていた。

小道は月の下でまっすぐ伸び、両側を縁取る木立の葉叢《はむら》は、やわらかな土埃の上に黒い塗料のような鋭い輪郭を描く濃厚な影を落としていた。彼は足早に歩いた。家は背後にしりぞき、彼自身の姿はもう家からは見えなかった。少し先のほうで広い道が小道と交差していた。今にもあの自動車が飛ぶように走り過ぎるのではないかと思った。彼女には、小道の出口で自分が待っていなかったら、ダンス会場の学校で会おうと言ってあった。だが自動車は通らなかった。広い道に出た時には、なんの音も聞こえなかった。道路も、夜も、空虚だった。『もう先に行ったのかもしれない』と彼は思った。死んだ時計をまた出して、見た。時計が死んでいるのは螺子を巻く暇がなかったからだ。遅くなったのは養父母のせいであり、時計の螺子を巻く暇がなくて、遅れているのかどうか判らないのも、養父母のせいだった。暗い小道の先の、今は見えない家の中で、あの女は今眠っている。彼を遅らせるために必要なことをすべてやり終えたからだ。彼は小道の先のほうを見た。そちらを見て考えごとをするのを、不意にやめた。頭と身体に同時にスイッチが入ったかのように、小道の暗いところで何かが動いたように思えたのだ。それから、そうじゃない、今のは心の中の何かが、壁に映る影のように、投影されただけかもしれないと思った。『でも、あいつであってほしいな』と彼は思った。『あいつだったらいいのにな。あの男があとをつけてきて、俺が車に乗り込むところを見たらいいのに。俺のあとを追ってきて、俺のやることを邪魔しようとすればいいのに』だが小道には何も見えなかった。小道は無人で、油断ならない感じの影が落ちているだけだった。それから、町に向かう広い通りの先から、自動車の音が聞こえてきた。そちらを向くと、ヘッドライトのまぶしい光が見えた。

その女は町の裏通りの、小さな薄汚い食堂のウェイトレスだった。大人なら、ちらりと見ただけで、三〇を越しているのが判っただろう。だがおそらくジョーには、自分と同じ一七歳ぐらいにしか見えなかった。小柄だったからだ。背が高くないというだけではない。身体つきも、子供のように華奢だった。だが大人の眼は、この女が小柄なのは、生まれつきの体格なのではなく、精神のなんらかの腐敗のせいだと見た。そのほっそりした身体は、かつて若かったことがなく、その身体のどの曲線にも、若さが宿ったことがない、と見るのだった。髪は黒かった。顔は骨ばっていて、まるで生まれつきその角度で首についているかのように、いつもうつむいていた。眼は動物の縫いぐるみのボタンの眼のようだった。実際に硬いわけではないが、普通の硬さを超えた硬質感があった。

ジョーがこの女に誘いかけをしてみたのは、女が小柄だったからだ。身体が小さければ、女漁りをする捕食者のような男どもに見つかる可能性が低いはずだし、実際今まで見つからずにすんできたかもしれないので、自分にも見込みがある、と考えたかのようだった。これが大柄な女なら、あたってみようとはしなかっただろう。こんなふうに考えただろうからだ。『やるだけ無駄だ。どうせもう男がいる』
始まりは、一七の年の秋。週の真ん中の日だった。義父とふたりで町に出るのはいつも土曜日であり、一日町で過ごすつもりで行くので、弁当を──そのために買ってある籠に入れた昼食を──持参した。この時のマッケカーンは、弁護士に会うのが目的で、昼時までに用事をすませて家に帰るつもりでいた。だがジョーが待っている通りに出てきた時には、もう一二時に近かった。マッケカーンは懐中時計を見ながらやってきた。それから、腹立たしげな顔で、郡役所の塔の時計を見、さらに太陽を見た。マッケカーンはその表情のまま、懐中時計を手に、冷たい苛立った眼で、ジョーを見た。子供の頃から育ててきた少年を、今はじめて査定する眼で見るといったふうだった。それから身体の向きを変えた。「来るんだ。こうなったら仕方がない」
町は鉄道の分岐点にあった。平日でも、通りには人が多かった。町全体の空気は男性的で、非定住的だった。家庭のある男でも、家に帰るのはたまに、あるいは休日だけという男が多かった。この町の男たちは、よそで秘密の生活をしていて、その実態は明らかでなく、時々町に帰ってくると、劇場の観客のように歓迎されるといったふうだった。
マッケカーンに連れていかれたのは、ジョーには初めて見る店だった。それは裏通りにある食堂で、ふたつの汚れた窓の間に汚れた入り口があった。ジョーには最初、食堂とは判らなかった。外に看板はないし、食べ物の匂いも料理の音もしなかった。眼に入ったのは長い木のカウンターで、スツールが並んでいた。入り口に近い葉巻の陳列ケースのうしろに、大柄なブロンドの女がいて、カウンターの向こう端には男が何人かかたまっていた。男たちは、マッケカーンとジョーが入ってくると、一斉に首をめぐらし、煙草の煙ごしにふたりを見た。誰も何も言わなかった。ただマッケカーンとジョーを見ているだけだった。まるで話をやめると同時に呼吸もとめたかのよう、煙草の煙までもが立ちのぼるのをやめ、自身の重みで停滞して所在なく漂うかのように思えた。男たちの服はオーバーオールではなく、みな帽子をかぶり、顔がよく似ていた。若くもなく、年寄りでもない。農夫でもなく、町の住民でもない。たった今列車から降りてきたばかりで、明日にはまた行ってしまう、住所を持たない人たちのように見えた。

マッケカーンとジョーは、カウンターのスツールに坐って食べた。マッケカーンが早く食べるから、ジョーも早く食べた。隣に坐った養父は、食事中でも背筋をこわばらせて怒っているように見えた。マッケカーンが注文した料理は単純なものだった。簡単につくれて、簡単に食べられるもの。だがジョーはこれが倹約とは関係ないことを知っていた。この店を選んだのは倹約のためかもしれないが、この料理を選んだのは、早くこの店を出たいからだ。ナイフとフォークを置くとすぐ、マッケカーンはもうスツールから降りながら、「来い」と言った。葉巻の陳列ケースのところで、マッケカーンは髪を真鍮色に染めて真鍮のように硬く整えた女に代金を払った。この女は時の作用を受けないような風貌をしていた。喧嘩っ早そうな、ダイヤモンドの表面を持つ、威厳のある女だった。入ってきた時も、こちらを見ようともしなかったし、マッケカーンが金を払った時もそうだった。なおもふたりを見ることなく、マッケカーンが紙幣を差し出すか差し出さないかのうちに、すばやく正確に釣り銭を手にとり、カウンターのガラスの上に滑らせてきた。きちんと整えた偽の輝きを持つ髪と、きちんと化粧をした顔の背後に、確固とした人格を備えている女は、門を護る雌ライオン像のようで、威厳を盾のように押し立てており、その盾のうしろにいるからこそ、カウンターでかたまっている、うさんくさい、暇そうな男たちも、帽子を斜めにかぶり、顔の前に煙草の煙を漂わせていられるといったふうだった。マッケカーンが釣り銭を数え、ふたりは外の通りに出た。マッケカーンはまたジョーを見た。そして言った。「あの店を覚えておけ。世の中には、大人なら行っていいかもしれないが、おまえのような年若い者は行ってはいけない場所がある。あの店もそうだ。おまえはあそこへ行くべきじゃなかったかもしれない。しかし行ってはならないところを知るには、ああいうところを見ておかなければならないのも確かだ。俺と一緒に見たのはよかったのかもしれない。こうして説明して、警告できたわけだからな。それに食べ物は安かったし」

「あそこの何がいけないんだ」とジョーは訊いた。

「それは町の人たちの問題だ。おまえには関係ない。おまえはただ俺が言ったことを覚えておけ。俺と一緒でなければ、もうあそこへ行ってはならない。俺が一緒に行くことも二度とないがな。今度からは弁当を持ってくることにする。用事が早く終わる日でもだ」

その日、この静かに激怒する頑固な男と並んですばやく食べながら、ジョーが見たのはそういうものだった。ふたりは長いカウンターの真ん中で完全に孤立し、一方の端にはあの真鍮の髪の女、もう一方の端には男たちの一団がいた。例のウェイトレスは、おとなしそうな顔をうつむけて、ひどく大きな手で皿やカップを並べていたが、カウンターの中にいるこの女の頭は、背の高い子供の頭の高さにあるのだった。それからジョーとマッケカーンは店を出た。ジョーはまたここへ来ることがあるとは思っていなかった。マッケカーンに禁じられたからではない。そんなめぐり合わせはもうないだろうと思っただけのことだった。彼はこの時こう考えていてもおかしくなかった。『これは俺に縁のある連中じゃない。俺にはこの連中が見えているが、何を、なぜしているのか判らない。声は聞こえているが、何を、なぜ、誰に話しているのか判らない。ここには何か飯を食う以外のことがあるのは判るが、なんなのかは判らない。判ることはないだろう』

というわけで、そのことは思考の表面から去った。続く半年の間に時々町に出たが、その食堂を見ることも前を通ることもなかった。行くことはできたが、その気にならなかった。行く必要がなかったからかもしれない。自分で思っている以上に、頻繁に、思考が不意に流れて、ひとつの絵を、形を、つくりあげることがあったのかもしれない。長い、殺風景な、どこかいかがわしいカウンターがあり、その一方の端に、じっと動かない、冷ややかな顔の、強烈な髪をした女が、番人のように控え、反対側の端には、頭を寄せ合うようにして、ひっきりなしに煙草に火をつけ、吸い、捨てる男たちがいる。そして例の子供のように小柄なウェイトレスは、山と積んだ皿を抱えて、厨房との間を往復し、そのたびに男たちの手が届くところを通らなければならないが、そんな時、帽子を斜めにかぶった男たちは、身を乗り出して、煙草の煙ごしに、愉しくてたまらないという調子で何か囁きかけるにもかかわらず、女は、物思いにふけっているような、おとなしい顔を、何も聞こえなかったかのように、ずっとうつむけている。『俺には連中が女に何を言っているのかすら判らない』とジョーは思い、さらにこう思う　俺には判らないあの連中が囁いていることは大人の男がそこらの子供には言わないようなことだ　そして同時にこう信じる　俺はまだ自覚せずにいるが、眠る瞬間、俺の瞼は眼の中に、あのおとなしい、物思いにふける顔を閉じこめるんだ。あの痛ましい悲しげな若い顔、若い欲望が生む曖昧で形のない魔法に彩られて待ちつづけているあの顔を。そこには恋が糧とするものがすでにある。眠っていながらも、今の俺に判るのは、三年前にあの黒人の娘をなぜ俺が拒絶して殴ったかで、今度のあの女はそれを知っていて自慢に思ってすらいるに違いない、自慢に思って待っているに違いない

ジョーはこの女にまた会うことなど考えてもいなかった。年若い者の恋は、恋の成就への希望や肉体への欲望を糧にする必要がほとんどないからだ。彼がこのあととった行動と、それが暗示することと明示することを、マッケカーンが知ったら驚いただろうが、まず間違いなく彼自身も驚いたに違いない。この時は土曜日で、季節は春。年は一八になっていた。マッケカーンはまた弁護士に会いに行ったが、今回は時間がかかるのを見越していた。「一時間ほどかかる。おまえは町をぶらついてるといい」

マッケカーンはそう言って、ジョーを見た。険しい、あれこれ思案するような、少し苛立った眼つきで、正義の人が正義と現実の間で妥協を強いられているといった面持ちだった。「これをやる」マッケカーンは財布を開いて、硬貨をひとつ出した。一〇セント硬貨だった。「考えもなしに安直に使ってしまわないようにしろ。もっとも」ジョーを見ながら苛立たしげに言った。「おかしな話だが、人間、まず無駄遣いをしないと金の値打ちが判らないようだがな。一時間たったらここへ来い」

ジョーは硬貨を受け取ると、まっすぐあの食堂へ行った。硬貨をポケットに入れることすらしなかった。なんの計画も、目的もなく、その意志すらほとんどなしに、行った。まるで頭ではなく、足がその行動を命じたかのようだった。子供のように、小さな一〇セント硬貨を手に熱く握りしめていた。網戸を開けて、ぎこちなく、小さくつまずきながら、店に入った。葉巻の陳列ケースのうしろにいるブロンドの女が(まるでこの半年の間、まったく動かず、まばゆく硬い真鍮の髪も服も全然変わっていないかのようだった)見つめてきた。カウンターの向こう端の、帽子を斜めにかぶり、煙草をふかし、床屋の匂いをさせている男たちの一団も、眼を向けてきた。店主もその男たちと一緒にいた。ジョーは初めて店主に眼をとめ、じっと見た。ほかの男たちと同じように、店主も帽子をかぶり、煙草を吸っていた。大柄な男ではなく、ジョーよりさほど大きくなかった。喋る邪魔にならないようにとの配慮か、煙草は口の端でくゆらせている。紫煙のうしろで、しかめた顔をじっと動かさず、煙草には一度も手を触れないで、吸い終わるとぷっと吐き出し、靴底でにじり消す、という癖を、ジョーはわがものとした。だがそれはまだ先の話だ。もっとあとで、人生が猛烈な速さで進展しはじめ、受け入れることが、知ることや、信じることに、取って代わるようになった時、起きることになる。今はただ、この男を見ているだけだった。カウンターに内側から寄りかかって両腕を乗せたその男は、追いはぎが襲撃の時に付け髭をつけるように、汚れたエプロンをつけていた。この男の癖を受け入れたのは、もっとあとになって、自分の初心《うぶ》な信じやすさに心底腹を立てた時だった。今のジョーは、ブロンドの女とエプロンの男を夫婦だと思い、店を普通の食堂だと思い、何人ものウェイトレスが次々に交替して安い簡単な料理ばかりを不器用に運ぶのを食べ物商売の普通のあり方だと思い込んでいた。だがそのあとはジョーも、あの小柄なウェイトレスとの短い、激しい、お愉しみのひと時に、その店が売春宿であるという現実を受け入れた。その時のジョーは、秘密の牧場に入り込み、疲れた娼婦のような雌馬たちに囲まれて、信じられない思いでうっとりとして驚く若い雄馬のようになったが、同時に、女の客となる、名前も知らない無数の男たちのことを意識させられて苦しむはめにもなったのだった。

だがそれはまだ先の話だ。ジョーは一〇セント硬貨を握りしめて、カウンターへ行った。男たちがみな自分を見るために話をやめたと信じた。なぜなら聞こえる音が、厨房で揚げ物の油がはじける音だけになったからで、ジョーはこう思った　**彼女は奥にいる。だから姿が見えないんだ**　それからスツールにすっと腰かけた。みんなが自分を見ていると信じた。葉巻の陳列ケースのうしろにいるブロンドの女も、店主も、見ていると信じた。その店主の顔の前で、今煙草の煙はけだるくじっと静止しているだろう。それから店主が、ひと言、言葉を発した。店主が身体を動かさず、煙草に触れもしなかったのを、ジョーは知っていた。店主は、「ボビー」と言った。

男の名前だ。ジョーは、そう考えたのではなかった。考えというには、あまりにも迅速で、完全だった　**彼女はもういない。かわりに男を雇ったんだ。俺は一〇セント無駄にしたんだ、あいつが言ったとおり**　だからといって店を出るわけにはいかない。出ようとしたら、ブロンドの女がとめるだろう。ジョーは、奥の男たちはこのことを知って、自分を笑っていると信じた。そこで、スツールにじっと坐ったまま、うつむいて、一〇セント硬貨を握りしめていた。目当てのウェイトレスを見たのは、ふたつのひどく大きな手が、眼の前のカウンターにぬっと現われた時だった。ワンピースの柄と、エプロンの胸当てと、カウンターの縁に置かれた関節の太いふたつの手が見えた。そのふたつの手は、ウェイトレスが厨房から運んできた料理であるかのように、完璧に静止していた。「コーヒーとパイ」とジョーは言った。

女は、沈んだ、虚ろな声を出した。「レモン、ココナツ、チョコレート」声の源の高さから考えるなら、眼の前の手は彼女の手ではありえなかった。「うん」とジョーは答えた。

手は動かなかった。声も動かなかった。「レモン、ココナツ、チョコレート。どれ?」ほかの人間には、ふたりはかなり奇妙に見えたに違いない。暗い色の、汚れた、脂の皮膜のついた、つるつるのカウンターをはさんで向き合ったふたりは、祈りをあげているようにも見えただろう。若い男のほうは、田舎びた顔をし、清潔で質素な服を着て、内気そうなところが世慣れない純真な感じを与えた。その向かいの女のほうは、眼を伏せ、じっとして、待っているが、その小柄なところが、若者と同じ性質を共有して、生臭い肉体的なものを超えているような印象がある。顔は骨ばって、痩せていた。頬骨に肉がぴちっと張りつき、眼のまわりが黒ずんでいた。半ばおりた瞼の下の眼は、深みがなく、ものを映せないように見えた。下顎は狭すぎて、歯の列が収まりきらないように思えた。

「ココナッ」とジョーは答えた。口が、勝手に言ったのだ。その証拠に、すぐさま取り消したいと思った。何しろ一〇セントしか持っていない。あまりにも強く握っていたので、一〇セント玉にすぎないことを実感していなかったのだ。握った手が汗をかいていた。ジョーは、男たちがまた自分を見て笑っていると信じた。聞こえないし、そちらを見たわけでもない。それでも、笑っていると信じていた。ふたつの手が消えた。それから戻ってきて、皿ひとつと、カップひとつを、彼の眼の前に置いた。ジョーは女を、女の顔を、見た。「パイはいくら」と訊いた。

「パイは一〇セント」女はカウンターの向こうで、ジョーを前にして、ただ立っていた。ふたつの大きな手をまた暗い色の木のカウンターに置き、疲れた様子でじっと待っていた。一度もジョーを見なかった。ジョーは、小さな、追い詰められた声で言った。

「コーヒーはいらないかな」

女はすぐには動かなかった。それから大きな手の片方が、コーヒーカップをとりあげた。手とカップが消えた。彼はじっと坐り、女と同じようにうつむいて、待っていた。待っていた言葉が来た。言ったのは店主ではなかった。葉巻陳列ケースのうしろの女だった。「どうしたの」と女は言った。

「コーヒーはいらないって」とウェイトレスが言った。声はとまらず動いていった。女から訊かれた時も、立ちどまらなかったようだ。ウェイトレスの声は平板で、静かだった。もうひとりの女の声も静かだった。

「コーヒーも注文しなかった？」と女が訊いた。

「いや」とウェイトレスは、やはり遠ざかりながら、あの抑揚のない声で答えた。

「あたしが間違えたの」

ジョーは出ていった。自己嫌悪と後悔に心を絞りあげられ、早くどこかに隠れたいと願い、葉巻の陳列ケースのうしろにいる女の冷たい顔の前を急いで通り過ぎながら、もう二度とあの女には会わないだろう、いや、会えないだろうと思った。あの女に会うことには耐えられないだろう。この裏通りを、この店の薄汚い入り口を、たとえ離れたところからでも、ふたたび見ることには耐えられないだろう。だがこの時はまだ、次のようには考えなかった　若いってのは嫌だ。嫌だ。嫌なことだ　土曜日になると、ジョーは町へ行くのを断わる理由を探し、見つからない時はでっちあげた。マッケカーンはそんなジョーをまじまじ見ながらも、まだはっきりと疑いを起こすことはしなかった。ジョーは毎日勤勉に働いた。勤勉すぎるほどだった。マッケカーンはその働きぶりを不審げに見ていた。それでも何かを推測するだけの材料がなかった。労働はジョーに許されていることだった。働いていれば夜をやり過ごすことができた。疲れ果てて、横になればもう眼醒めてはいられないからだ。そのうちに絶望と後悔と恥辱が薄れてきた。あの事件を思い出さなくなったのでも、何も感じなくなったのでもない。だが今は、いわば蓄音機のレコードのようにすり減ってしまった。聞き覚えのある声ではあるが、溝がすり減っているせいで不明瞭になってしまっているのだ。しばらくたつと、マッケカーンもある事実を認めるようになった。彼は言った。

「最近おまえのことをずっと見ていたよ。俺としては、自分の眼を疑うのでなければ、おまえが神に割りあてられた道をようやく受け入れる気になってきたと信じるしかないようだ。もっとも、俺が褒めたからといって思いあがるんじゃないぞ。俺が今おまえを褒めたことを後悔する時が来るかもしれない。おまえにはまた怠け者になる時間と機会が（それと怠けることを好む性癖もおそらく）あるからな。まあしかし人間には罰だけでなく褒美も必要だ。あそこにいる、あの子牛。あれは今日からおまえのものだ。俺に後悔させないよう気をつけろ」

ジョーは礼を言った。そこでその子牛を見て、「あれは俺のなんだね」と声に出して言ってもいいはずだった。だが実際にはその牛を見て、またしても、考えたというにはあまりにもすばやい、完全な思考を走らせた　**あれはくれたんじゃない。くれる**

と約束されたのでもない。あれは脅しなんだ　そして考えた。『俺はくれと頼まなかった。あいつが勝手にくれたんだ。俺はくれと頼まなかった』しかし同時にこう信じていた　**間違いなく俺は自分の働きであれを手に入れたんだ**

それからひと月たった、土曜日の朝のことだった。「おまえはもう町が好きじゃないんだと思ってたがな」とマッケカーンが言った。

「あと一回ぐらい行ってもいいんじゃないかと思って」とジョーは答えた。ポケットには半ドル硬貨がひとつ入っていた。ミセス・マッケカーンからもらったものだった。ジョーが五セント硬貨をひとつくれと頼んだら、どうしてもこれを持っていけと押しつけてきたのだ。だから、もらった。冷たく、侮蔑をあらわにして、手のひらに載せた。

「そうだな」とマッケカーンは言った。「おまえは一生懸命働いたしな。しかし、一人前になるのはまだこれからという人間には、町へ行くのはいい習慣ではないぞ」

マッケカーンから逃げる必要はなかった。必要とあらば、暴力に訴えてもそうしただろうが、マッケカーンはうるさく束縛しなかった。ジョーは急いであの食堂へ行った。今回はつまずかずに店に入れた。あのウェイトレスはいなかった。ジョーはいないことに気づいたようだった。ブロンドの女がいる葉巻の陳列ケースの前で足をとめ、カウンターに半ドル硬貨を置いた。「五セント借りがある。コーヒーの代金。俺はパイとコーヒーと言ったんだ。パイが一〇セントだって知らなかったから。だから五セント、借りがあるんだ」店の奥のほうは見なかった。男たちはそこにいた。帽子を斜めにかぶり、煙草をふかしていた。店主もそこにいた。ジョーがじっと待っていると、汚れたエプロンをつけた店主が、煙草の煙ごしに、ようやく言った。

「なんだ。なんの用だって？」

「ボビーに五セント借りてるって言うのよ」と女は言った。「だから返したいんだって」静かな声だった。店主の声も静かだった。

「なんだそりゃ」と店主は言った。店中の人間が聞いているように、ジョーには感じられた。耳を傾けていないのに、彼らの話し声が聞こえる気がした。見ていないのに、彼らが見える気がした。店のドアのほうへ歩いた。半ドル硬貨はガラスのカウンターの上に載ったままだった。それは店の奥からでも、店主には見えたらしかった。というのは、こう言ったからだ。「なんだその金は」

「コーヒー一杯分、借りてるんだって」と女が言った。

ジョーはもうドアのそばまで来ていた。「おい、にいちゃん」と店主が言った。ジョーは立ちどまらなかった。「その金、返しな」店主は平板な声で女に言ったが、自分ではまだ動かなかった。だから空気が動かず、煙草の煙は、まだ顔の前で漂っていた。「返せってんだよ」と店主は言った。「何企んでんのか知らねえが、ここじゃ通用しねえぞ。ほら金を返せって。農場へ帰んな、田舎もん。田舎娘なら五セントでこませるぜ」

ジョーは通りに出た。手が半ドル硬貨を汗で濡らし、半ドル硬貨が手を汗で濡らしていた。その硬貨が、荷車の車輪より大きく感じられた。ジョーは笑い声に包まれて歩いた。店を出てくる時は、男たちの笑い声に乗って出てきたのだった。笑い声がジョーを押し流して、通りの上を運んだ。やがて笑い声はジョーの脇を流れ去り、消えていった。ジョーは歩道に残された。ジョーはあのウェイトレスと向き合っていた。ウェイトレスは、すぐにはジョーを見なかった。黒っぽいワンピースを着て、帽子をかぶり、早足で歩いてきた時は、うつむいていた。それから足をとめた時も、ジョーを見なかった。だがもう見ていたようなものだった。すべてを見てとっていた。カウンターにコーヒーとパイを置いた時と同じだった。女は言った。「ねえ。お金を払いに来てくれたのね。あの人たちに払おうとして、からかわれたのね。なんとまあ」「きみが立て替えてくれたかもしれないと思って。だから――」

「なんとまあ。びっくりしちゃう。ほんとに」

ふたりは互いを見ることなく、向き合って立っていた。はたから見れば、修道院の庭の小道で、みなが瞑想をしている時間に出会ったふたりの修道士のように見えただろう。「だから俺は……」

「あんたどこに住んでるの」と女は訊いた。「田舎? なんとまあ。名前はなに」

「マッケカーンじゃない」とジョーは言った。「クリスマスだ」

「クリスマス? それが名前なの? クリスマス? なんとまあ」

土曜日の午後は、思春期にも、そのあとも、ジョーは四、五人の少年たちと猟をしたり、釣りをしたりした。女の子は、日曜日に、教会で見るだけだった。女の子は日曜日や教会と結びついていた。だから女の子に注意を向けるわけにはいかなかった。そんなことをするのは、宗教に対する憎しみを撤回することだからだ。だが女の子の話を、ほかの少年たちとすることはあった。たぶん何人か――たとえば、あの時の午後、黒人娘と話をつけてきた少年など――は知っていた。「あいつらもみんなやりたいんだぜ」とその少年は仲間たちに言うのだった。「でも、やれない時があるんだ」ほかの少年たちはそれを知らなかった。女の子がみんなやりたがっていることを知らないくらいだから、まして、女の子にはやれない時があることなど知らなかった。みんな違うふうに考えていたのだ。だが後者を知らないと認めれば、前者も知らなかったと認めることになる。聞いているみんなに、その少年は話した。「それは月に一回、起きるんだ」そして女の子が身体に関して行なう儀式について、自分なりの理解で話した。もしかしたら本当に知っているのかもしれなかった。説明は視覚的で、説得力があった。もし彼が頭で考えていること、そうだと信じているだけのことを説明しようとしたのなら、誰も聞かなかっただろう。だが彼は絵を描いた。なまなましい肉体の絵を描き、女がこういう状態の時は匂いで判るし、見た眼で判るのだと説明した。聞いている少年たちは動揺した。女のあれが、一時的に、みじめにも無力になり、欲望の充足を阻まれてじれまくるという。しっかりした意志の力が宿っている滑らかで美しい女の肉体が、一定の、避けがたい間隔を置いて、周期的な穢れにまみれるというのだ。そんなふうにその少年は話し、ほかの五人は静かに聞きながら、互いに顔を見合わせ、問いかけるような、秘密めいた眼つきをした。その次の土曜日、ジョーは仲間たちと一緒に狩猟には出かけなかった。銃がなくなっていたから、ジョーは出かけたとマッケカーンは思った。だがジョーは家畜小屋に隠れていた。その日は一日中そこにいた。その次の土曜日には、出かけたが、ひとりで、ほかの少年たちが誘いにくる前の、早い時間に出発した。だが野生の動物を狩りはしなかった。家から五キロと離れていないところで、午後遅く、羊を一頭撃った。人が来ない盆地で、群れを見つけると、忍び寄って、一頭射殺した。そしてひざまずき、死んでいく動物のまだ温かい血に両手を浸して、がくがく震え、口の中をからからにし、しきりにうしろを振り返った。それから動揺を克服し、立ち直った。これであの少年が話したことを忘れたわけではなかった。ただそのまま受け入れることにしたのだ。それを許容し、それと共存して、生きていけると思った。あたかも、非論理的に、必死に、しかし落ち着いて、こう考えたかのようだった　判った。そういうことだな。でも俺には関係ない。俺の人生にも俺の恋にも　これが三、四年前のことで、ジョーはそのことを忘れてしまっていた。ある事実を嘘でも本当でもないと頭の中で言いくるめてしまった時、人はそれを忘れてしまったと言える、という意味で、忘れてしまっていた。

コーヒー代を払おうとした土曜日のすぐあとの月曜日の夜、ジョーはあのウェイトレスに会いに行った。この時はまだロープを使わなかった。窓を乗り越えて、三メートル下の地面に飛び降り、八キロ歩いて町へ行った。どうやって寝室に戻るかは考えなかった。

町に着くと、女がそこで待っているようにと指定した町角へ行った。そこは静かな場所だった。かなり早い時刻に着いて、こう考えた　覚えておかなくちゃいけない。

何を、どういうふうに、いつやるか、女が教えてくるように仕向けなくちゃいけない。俺がそれを知らないこと、女に教えてもらう必要があることを、知られないようにしなくちゃいけない

一時間以上待ったあと、ようやく女が現われた。ジョーが早すぎたのだ。女は歩いてきた。暗闇の中からやってきて眼の前に立った女は、小柄で、例によって落ち着いており、何かを待つように、うつむいていた。「来たのね」と女は言った。

「できるだけ早く来た。おやじたちが寝るのを待たなきゃいけなかった。遅れるんじゃないかと心配だったよ」

「早めに来たの。どれくらい？」

「知らない。ほとんど走ってきた。遅れるんじゃないかと心配で」

「走ってきた？　五キロ、ずっと？」

「八キロだ。五キロじゃない」

「なんとまあ」そこで会話は途切れた。ふたりは向き合ったふたつの影となって、じっと立っていた。一年以上たってから、ジョーはこの夜のことを思い出し、不意に気づいて、こう思った　あの女はまるで俺に殴られるのを待ってるみたいだった

「どうすんの」と女は言った。

ジョーは小さく震えはじめた。女の匂いがした。女が待っている匂いがした。女はじっと動かず、訳知り顔で、少しうんざりしながら、待っていた。ジョーは思ったこの女は俺が事を始めるのを待っているが、俺はどうしたらいいか知らない　それから出した声は、自分の耳にも愚かしく響いた。「もう遅いかもな」

「遅い？」

「うちの人が待ってるんじゃないか。あんたが帰ってくるまで、寝ないで……」

「待ってる……待ってる……」声は途中で消え入った。喋る間、女はじっと動かなかった。ふたりはふたつの影のように立っていた。「あたし、メイムとマックスのとこに住んでるの。ほら。食堂の。覚えてるでしょ。あんたが五セント払おうとした……」女は笑いだした。愉しげな響きはなかった。どんな感情もなかった。「あんたのこと考えたら。五セント持って、店に来たって考えたら」それから笑うのをやめた。愉しげな響きは、初めからなかったから、消えもしなかった。静かな、卑屈な、うつむきの声が、届いてきた。「あたし今夜、間違ってたの。忘れてたの」女は、何を忘れていたのかと訊き返されるのを待っていたのかもしれない。だがジョーは訊かなかった。じっと立っているだけだった。その耳のどこか近いところで、女のうつむいて話す声は消えていった。ジョーは射殺した羊のことをもう忘れていた。年かさの少年から教わった事実とは折り合いをつけていたのだが、それももうずいぶん以前のことだった。羊を殺すことで年かさの少年の話に対する免疫をつけたのだったが、それもずいぶん以前のことなので、免疫力は残っていなかった。だから初めは女が何を言おうとしているのか判らなかった。ふたりは町角に立っていた。そこは町はずれで、街路が、町の外の道路に変わる地点だった。その道路は芝生の多い整然とした市街地を出て、荒れた土地と、そこにぽつぽつ建つ小さな家の間を通っていた——それらはこういう町の近郊によくある小さな安っぽい家々だった。女は言った。「ねえ。あたし、今夜病気なの」ジョーは理解できなかった。何も言わなかった。理解する必要がなかったのかもしれない。この逢い引きが不首尾に終わる運命にあることをすでに予想し、こう考えていたのかもしれない。『どのみち話がうますぎたんだ』それから、あまりにもすばやく、こう思ったのかもしれない　この女は今にも姿を消すだろう。いなくなるだろう。**俺はもうすぐ家に帰って、ベッドに入っているだろう。家を出なかったのと同じになるだろう**　女の声があとを続けた。「月曜の夜にってあんたに言った時、日にちのことを忘れてたの。びっくりしてたからかな。土曜日に、町の通りで話した時。なぜか、何日だか忘れてた。あんたが行ってしまってから思い出したのよ」

ジョーは女と同じくらい静かな声で言った。「どれくらい悪いんだ。家に薬はないのか」

「薬って……」女の声が消え入った。「なんとまあ」と言った。それから不意に、言った。「もう遅いね。あんたは六キロ歩かなきゃいけないし」

「もう歩いてきたんだ。だからここにいるんで」ジョーの声は静かで、萎えていて、穏やかだった。「けど、もう遅くなってきたな」それから、何かが変わった。女は、相手を見ないまま、何かを感じた。するとジョーが硬い声で言うのが聞こえた。「なんの病気なんだ」

女はすぐには答えなかった。それから、じっと動かず、うつむいたまま、言った。「あんた、恋人がいたことないのね。どうもそうみたい」ジョーは答えなかった。「そうでしょ?」やはり答えなかった。女は動いた。初めて身体に触れてきた。近づいて、両手で、軽く腕をつかんだ。ジョーが見おろすと、女のうつむいた頭の黒い形が見えた。まるで生まれた時から、頭が少し傾いて首についているかのようだった。女はたどたどしく、拙劣に、おそらく自分の知っている言葉をすべて動員して、説明した。だがその説明ならすでに聞いたことがあった。ジョーはすでに飛ぶようにして過去を遡り、羊を殺すという代償を払って免疫を得たあの出来事を越え、川原の土手に坐っているあの日の午後に戻っていた。あの時ジョーは、傷ついたとか、驚いたとかいうよりも、憤激していたのだった。ジョーはつかまれた腕を振りほどいた。女はジョーが殴ろうとしているとは思わなかった。それとは別のことを予想していた。だが結果は同じだった。ジョーの姿が道路の先のほうへ遠ざかり、曖昧な形になり、影になっていく間、女はジョーが走っていると思った。姿が見えなくなってからも、しばらくは足音が聞こえた。女はすぐには動かなかった。男に取り残されたその場所で、じっと動かず、うつむいたまま、立っていた。もう殴打を受けたあとなのに、その殴打を待っているかのように。

だがジョーは走っていない。早足で歩いているだけだった。しかも窓を乗り越えて出てきた家、どうやって窓に戻るかまだ考えていない、あの八キロ離れた家から、さらに遠ざかる方向に進んでいた。足早に道路を進み、脇へそれ、柵を飛び越えて、畑に入った。畝に何かが栽培されていた。その向こうには森があった。ジョーは森にたどり着くと、中に入り、木々の硬い幹と、真っ黒な影をなす枝の静けさに囲まれた。木々は見えないが、硬い感触と、硬い匂いがした。洞窟の中にいるかのような、何も見えない、何も判らない闇の中で、優美な形の壺が、遠くへ消失していく形で並び、月明かりに青白く映えているのが、見えるような気がした。どの壺も完全ではなかった。どの壺にも割れ目があり、そこから、死の色をした、汚らしい、何かの液体が、漏れ出ていた。ジョーは一本の木に触れ、両手をついて、寄りかかり、月明かりに照らされた壺の列を見た。そして嘔吐した。

その次の月曜日の夜にはロープを使った。ジョーは同じ町角で待った。今度もかなり早く着いた。やがて女が来た。ジョーが立っているところまでやってきた。「来ないんじゃないかと思った」と女は言った。

「そうなのか」ジョーは女の腕をつかみ、道路を歩きだした。

「どこへ行くの」と女は訊いた。ジョーは答えず、どんどん女を引っぱっていく。女はついていくために小走りになった。ぎこちない足取りだった。自分を動物と区別しているもの——靴の踵、衣服、身体の小ささ——に邪魔されている動物といったふうだ。ジョーは道路からはずれて、一週間前に乗り越えた柵のほうへ向かった。「待って」と、女の口から言葉が飛び出した。「柵——あたし、無理——」ジョーが柵を踏み越えたあと、女は身をかがめて、針金と針金の間をくぐり抜けようとしたが、服が引っかかった。ジョーがかがんで、服を邪険に引っぱると、布がびりっと音を立てて破れた。

「服ぐらい買ってやる」とジョーは言った。女は何も言わなかった。作物が植わっている畝の間を、なかば抱いて運ばれ、なかば引きずられて、森の中へ入っていった。

ジョーはロープをきちんと巻き、屋根裏部屋の、とりはずせる壁板の奥に隠しておいた。それはミセス・マッケカーンがへそくりの小銭を隠していたのと同じ場所だが、違う点は、壁のうしろのすきまの、養母の手の届かないところに突っ込んであることだった。壁のうしろに隠すという考えは養母から得たのだ。老夫婦が下の寝室で寝息を立てている間に、ロープを音もなくおろしながら、ジョーはこの逆説について考えることがあった。時には養母にこのことを話そうかと考えることもあった。罪を犯すための道具をどこに隠してあるかを教えて、この隠し方、隠し場所はあんたから教わったんだよと言ってやるのだ。だがそんなことをしても、養母はジョーの隠しごとに協力したがるだけなのは判っていた。ジョーが罪を隠蔽するのを手伝えるように、ジョーに罪を犯してもらいたがるだろう。そのうち養母は意味ありげな囁きや合図をしだすに違いなく、そうなればマッケカーンも否応なく何か変だと気づくに決まっている。

こうしてジョーは養母のへそくりを盗みはじめた。あのウェイトレスが唆《そそのか》したわけではおそらくなかった。彼女は金をくれなどとは一度も言わなかっただろう。

ジョーにしても、自分はその金で快楽を買っているのだという意識はなかったはずだ。おそらく、こういうことだったのだろう。ジョーは何年もの間、養母がある場所に隠すのを見てきた。それから自分でも隠さなければならないものができた。だからそれを自分が知っている最も安全な場所に隠した。ロープを隠したり出したりするたびに、ジョーは金の入った缶を眼にすることになった。

最初は、五〇セント盗んだ。五〇セントにしようか、二五セントにしようか、しばらく迷ったが、結局五〇セントとった。なぜなら、まさにそれだけの額が必要だったからだ。ジョーはその金で、ある男から、染みだらけの古い箱に入った菓子をひとつ買った。男はある店のパンチングボード・ゲーム[1]で、一〇セントであてたのだ。ジョーはそれをウェイトレスにやった。それが、この女に贈った最初の品物だった。あんたに物をやろうとした人間なんて今までひとりもいなかっただろう、というような態度で、それを渡した。その安っぽい、古い箱を大きな手で受け取った時、女はちょっと変な顔をした。その時女は、例のマックスとメイムという夫婦と一緒に暮ら

1　板に穴がいくつも開けてあり、穴には紙が貼ってある。紙を破って穴の中の紙片を取り出し、そこに書かれた数字が当たりなら賞品がもらえるというゲーム。

している小さな家の、自分の寝室で、ベッドに腰かけていた。その一週間ほど前の夜、マックスが部屋に入ってきた。ウェイトレスは着替えをしているところだった。ベッドに坐って、ストッキングを脱いでいた。マックスは部屋に入ってくると、化粧台にもたれて煙草を吸った。

「金持ちの農夫か」とマックスは言った。「牛小屋のジョン・ジェイコブ・アスター[2]ってわけか」

女は服を着て、ベッドにじっと坐ったまま動かず、うつむいていた。「あの子、お金払うよ」

「いくらだよ。まだあの五セントを使いきってねえのか」マックスは女を見た。「田舎者どもから金を絞り取らなきゃ駄目じゃねえか。そのためにメンフィスから連れてきてやったんだ。そのうち俺は客の飲み食いも無料《ただ》にしなきゃならなくなるぜ」

「お店の時間にやってるんじゃないから」

「ああ、判ってる。やめろとは言えねえ。ただ、むかつくんだ。あんな、生まれてから一ぺんも、一ドルって金を見たこともねえような餓鬼に。この町にゃうんと稼いでる男どもが何人もいて、おまえを可愛がってくれるってのによ」

「あたし、あの子が好きかもしれない。そんなこと、考えてみたこともないでしょ」

マックスは女を見た。ベッドに坐り、両手を膝に置いている女の、じっと動かない、うつむいた頭のてっぺんを見た。マックスは化粧台にもたれて煙草を吸っていた。マックスは声をあげた。「メイム！」しばらくして、また叫んだ。「メイム！　ちょっと来い」この家の壁は薄い。まもなく大柄なブロンドの女が、急ぐ様子もなく廊下をやってきた。マックスにも女にもその足音が聞こえた。ブロンドの女が入ってきた。「おい、まあ聞け」とマックスが言った。「こいつ、例の餓鬼が大好きなんだとさ。ロミオとジュリエットかよ。やれやれまったく」

ブロンドの女はうつむいたウェイトレスの黒い髪を見た。「それなんのことよ」

「なんでもねえ。いいんだよ。マックス・コンフリーがご紹介します、〝若者のお相手役《ユース・コンパニオン》3〟、ミス・ボビー・アレン、ときたもんだ」

「ちょっとあっちへ行ってて」とブロンドの女が言った。

「ああ、いいよ。俺は五セントの釣りを持ってきただけだ」マックスは出ていった。

ウェイトレスはさっきから全然動いていなかった。ブロンドの女は化粧台のところへ

2　アメリカで最初の億万長者とされる毛皮商。一七六三～一八四八年。
3　一八二七～一九二九年に刊行された児童雑誌。誌名の訳なら〝子供の友〟のほうが適切。

行ってもたれかかり、ウェイトレスのうつむいた頭を見た。

「あの子、お金は払うの」

ウェイトレスは動かなかった。「うん。払うよ」

ブロンドの女は、マックスと同じように化粧台に寄りかかりながら、ウェイトレスを見ていた。「メンフィスからわざわざこんなとこまでやってきて、ただでやらせるなんて馬鹿だよ」

ウェイトレスは動かなかった。「マックスには迷惑かけてない」

ブロンドの女はウェイトレスのうつむいた頭を見た。それから身体の向きを変えてドアのほうへ歩いた。「迷惑かけないように気をつけなよ。こんなことはいつまでも続きゃしないんだ。こういう小さい町はこんなことを長いこと許しちゃおかない。あたしは知ってるの。あたしもそういう町の出だから」

ベッドに腰かけ、安っぽい派手な色の菓子の箱を両手で持って、ウェイトレスはブロンドの女が話していた時と同じように坐っていた。だが今、化粧台にもたれかかって女を見ているのは、ジョーだった。女は笑いだした。関節の太い手で派手な色の菓子の箱を持った姿勢で、笑った。ジョーは女をじっと見た。女がうつむいたまま立ちあがり、自分の脇を通るのを見た。女は廊下に出て、マックスを呼んだ。ジョーは食堂以外の場所でマックスに会ったことはなかった。帽子をかぶり、汚れたエプロンをつけているマックスしか見たことがなかった。部屋に入ってきたマックスは、煙草を吸っていなかった。片手をぐっと突き出してきた。「元気か、ロミオ」と言った。

ジョーは相手が誰だかよく判らないうちから握手していた。「俺の名前はジョー・マッケカーンだ」とジョーは言った。ブロンドの女も入ってきた。この女も、食堂以外の場所で会うのは初めてだった。ジョーは、入ってきた女がウェイトレスに眼を向けるのを見た。ウェイトレスは箱を開けた。箱を突き出した。

「ジョーが持ってきてくれたの」とウェイトレスは言った。

ブロンドの女は箱を一度だけ見た。手を動かしもしなかった。「そりゃどうも」と女は言った。マックスも箱を見たが、手を動かさなかった。

「いやいや、えらく長いクリスマスだな。ええ、ロミオ君?」ジョーはすでに化粧台から少し離れていた。この家に来たのは初めてだった。ジョーはマックスを見た。相手を懐柔しようとするような、困惑したような、しかし不安そうではない表情を顔に浮かべて、マックスの、内心の読めない、修道士のような顔を見た。だがジョーは何も言わなかった。口を開いたのはウェイトレスだった。

「いらなきゃ食べなくていいのよ」ジョーはマックスの顔を見ながら、ウェイトレスの声を聞いた。そのうつむいて話す声を。「あんたたちにもほかの誰にも迷惑かけてないから……お店の時間にやってるわけじゃないし……」ジョーは、ウェイトレスもブロンドの女も見ていなかった。当惑したような、相手を懐柔しようとするような、しかし怖がってはいない表情で、マックスを見ていた。今度はブロンドの女が喋った。まるでジョーのいるところで、ジョーのことを話題にしているけれども、ジョーには判らない言語《ことば》で話しているのだという感じで喋った。

「さ、行きましょ」とブロンドの女が言った。

「やれやれまったく」とマックス。「俺はロミオ君に、店のおごりで何か飲ませてやろうと思ってるんだぜ」

「この子、飲みたがってんの」とブロンドの女は訊いた。次いでジョーにも訊いたが、やはりマックスに訊いているかのような言い方だった。「あんた、飲みたいの」

「この前のことがあるからって、判りにくい言い方しちゃいけねえ。今日は店のおごりだと言ってやんな」

「どうかな」とジョーは言った。「そんなのやったことないから」

「店のおごりで何かしたことはないってか。やれやれまったく」マックスは部屋に入ってきた時にジョーを一瞥したが、そのあとは一度も見ていなかった。この時もマックスとブロンドの女は、ジョーのいるところで、ジョーのことを話しているのに、ジョーには判らない言語で話しているかのような喋り方をした。

「ほら行こうよ」とブロンドの女が言った。「行こうって」

ふたりは出ていった。ブロンドの女はジョーを見ずじまいだった。マックスはジョーを見ないでいながら、ずっと見ていたようなものだった。そのふたりがいなくなった。ジョーは化粧台の脇に立った。ウェイトレスは部屋の真ん中で、開いた菓子の箱を片手に立ち、うつむいていた。部屋は空気がこもり、かび臭い匂いがした。ジョーはこの部屋を見るのが初めてだった。自分が見ることになるとは思っていなかった。カーテンが引かれていた。コードでぶらさがった電球が点り、笠がわりに雑誌のページを一枚巻きつけてピンで留めてあったが、すでに熱で茶色くなっていた。「いいんだ。別にいいんだ」とジョーは言った。ウェイトレスは返事をせず、動きもしなかった。ジョーは外の闇のことを考えた。この前ふたりだけでいた夜の闇のことを考えた。「行こう」とジョーは言った。

「行く？」と女は訊いた。ジョーは女を見た。「どこへ行くの。何しに行くの」と女は訊いた。ジョーは女の言っていることがまだ判らなかった。女が化粧台のそばへ来て、菓子の箱をその上に置くのを見た。見ていると、女は服を脱ぎはじめた。はぎとるように脱ぎ、床に放った。

ジョーは訊いた。「ここで？　ここで？」この女とはひと月前から身体の関係ができていたが、女の裸を見るのは初めてだった。この時でさえ、女の身体がどんなものなのか自分は知らないのだということにすら、気づいていなかったのだった。

その夜、ふたりは話をした。暗闇の中で、ベッドに横になり、話をした。あるいは、ジョーが話したというべきか。ジョーはずっと、『そうか。そうか。こうだったのか』と考えていた。彼も裸になり、女の横に寝ていた。手で女を触りながら、女のことを話した。どこの出身かとか、今まで何をしてきたかとかいうことではなく、女の身体のことを話した。まるで、この女とであれ、ほかの誰とであれ、こんなことを話した人間はひとりもいないだろうと思っているかのような話し方だった。まるで話すことによって、子供のような好奇心とともに、女の身体のことを学んでいくかのようだった。女は最初に逢い引きした夜の病気のことを話した。その話は、今はもうジョーに衝撃を与えなかった。女の裸のことや、その形のことと同じく、動揺したことなど一度もなかったかのように感じられた。ジョーのほうからも話をした。三年前の、午後の製材所で起きた黒人娘とのことを話した。女の横に寝て、女の身体に触りながら、静かに、穏やかに、話した。女が聞いているのかどうかも、判っていないのかもしれなかった。それから、こう言った。「俺の肌のこと、髪の毛のこと、気づいただろ」そして、片手でゆっくりと女の身体を撫でながら、返事を待った。女も囁き声で言った。「うん。外国人かもしれないと思った。ここらの人じゃないかもって」

「そういうのとも違うんだ。ただの外国人よりもっと違う。判らないだろうな」

「なんなの。もっと違うって」

「あててみなよ」

ふたりの声は静かだった。あたりは不動で、静かだった。女と寝る夜はもう既知のもので、欲望の対象でも、恋い焦がれる対象でもなかった。「判んない。あんた、なんなの」

ジョーは、女の見えない脇腹を片手でゆっくりそっと撫でていた。すぐには答えなかった。焦らしているわけではないようだった。自分が何か言う番だとは思っていないかのようだった。女がまた訊いた。それで、ジョーは答えた。「黒んぼの血が混じってるんだ」

女は完全に静止した。今までのとは違う静止だった。だがジョーはそれに気づかないようだった。こちらも穏やかに横たわり、女の脇腹を手でゆっくりと上下に撫でていた。「あんたはなんだって？」と女は訊いた。

「俺には黒んぼの血が混じってると思うんだ」眼は閉じられ、手は緩慢な動きをとめなかった。「判らないけど。たぶんそうだと思う」

女は動かなかった。すぐに言った。「嘘」

「そんならいい」ジョーは動かないが、手はとめなかった。

「それ信じない」闇の中で女の声が言った。

「そんならいいよ」とジョーは言った。手はとまらなかった。

その次の土曜日も、ジョーはミセス・マッケカーンの隠し場所から半ドルとって、ウェイトレスにやった。一日か二日あとで、養母が金のなくなったことに気づき、自分がとったと疑っていると考える根拠を持った。なぜなら養母は、夫に邪魔されることがないであろう折を見計らって、こんなことを言ってきたからだ。「ジョー」と養母は言った。ジョーは立ちどまり、相手を見た。相手が自分を見ていないのは判っていた。養母はジョーを見ることなく、平板な、抑揚のない口調で言った。「若い子にお金がいるのは判るの。父《とう》――ミスター・マッケカーンがくれるお金だけじゃ……」ジョーがじっと見ていると、養母の声がとまり、それきり尻切れとんぼになった。明らかにジョーは養母の言葉が切れるのを待っていたのだった。それからジョーは言った。

「金？　なんで俺が金を欲しがるんだ」

次の土曜日、ジョーは近所の家で薪割りをして、二ドル稼いだ。そしてマッケカーンに、どこへ行くか、どこへ行ってきたか、そこで何をしてきたかについて、嘘をついた。ジョーは金をウェイトレスにやったのだった。マッケカーンは薪割りのことを知った。おそらく稼いだ金をジョーは隠したと思ったことだろう。もしかしたらミセス・マッケカーンがそう言ったのかもしれない。

おそらく週にふた晩ほど、ジョーはウェイトレスの部屋に行ったはずだった。前にもそういうことをした男がいたことは、初めジョーは知らなかった。たぶん自分のために特別なはからいがなされていると信じていたのだろう。どうやらジョーは、最後まで、マックスとメイムの機嫌をとっておかなければならないと信じていたようだった。そうすることで、部屋の中ですることの許しはもらえないまでも、家に行くことだけは黙認されると思ったからだ。もっとも、マックスとメイムにはその後あの家で顔を合わせることはなかった。ふたりが家にいることをジョーは知っていたが、自分が来ていることをふたりが知っているかどうか、あるいは、お菓子を持ってきた夜以降、また来たことがあるのを知っているかどうか、確かなところは判らなかった。

ふたりはたいてい外で落ち合い、それからどこか違うところへ行くか、女の家へぶらぶら歩いていくかした。もしかしたらジョーは、外で落ち合うことは自分が提案したことだと、最後まで信じていたかもしれない。それからある夜、待っていても女がやってこなかった。ジョーは郡役所の時計が一二時を打つまで待っていた。それから女の家へ行った。自分ひとりで行くのは初めてだった。もっとも、その夜もジョーは、女から自分と一緒でなければ来てはいけないと言われている、とは言わなかっただろう。ともかくその夜はひとりで女の家へ行った。家は真っ暗で、もうみんな寝静まっているだろうと予想して。家は暗かった。が、寝静まってはいなかった。ジョーにはそれが判った。女の部屋の黒く見えるカーテンの向こうで、女は眠っておらず、しかも女はひとりではないのが判った。どうして判ったかは、説明できなかった。自分に判っていることも、認めようとはしなかった。『あれはマックスだ』と思った。『マックスなんだ』だがそうでないことは判っていた。女と一緒に男が部屋にいることは。そのあと二週間、ジョーは女に会わなかった。女が待っているのを知っていたにもかかわらず。それから、ある夜、町角にいると、女が現われた。ジョーはいきなり女を殴った。手に肉の感触をしっかり受けた。ジョーは、その時でさえ信じようとしなかったことを、事実だと知った。「あっ」と女は声をあげた。ジョーはまた殴った。

「ここではやめて！」と女は囁いた。「ここではやめて！」その時、ジョーは自分が泣いているのに気づいた。記憶にあるかぎり、それまで泣いたことは一度もなかった。ジョーは泣き、女を罵り、殴った。それから女がジョーを制した。もう女を殴る理由もなくなっていた。「ね、もうよして。もうよして」と女は言った。

その夜、ふたりは町角を離れなかった。土手の雑草の生えた斜面に腰かけて、話をした。道をぶらぶら歩くことも、道からはずれることも、しなかった。この時は女が話をした。彼に説明した。くどくど説明する必要はなかった。ジョーは、自分は前から知っていたのだということを、この時知った。食堂でぐだぐだしている男たちが、通りかかる女にくわえ煙草で何か話しかけ、女はいつもうつむいて、卑屈な様子で、行ったり来たりする、あの光景の意味。女の声を聞いていると、名前も知らないすべての生きている男たちの臭気が嗅ぎ取れるように感じられた。女は少しうつむき、大きな両手を膝に乗せて話した。もちろん、ジョーにはその様子が見えなかった。見る必要もなかった。「あんた知ってると思ってた」と女は言った。

「いや。知らなかったと思う」

「知ってると思ってた」

「いや。知ってたとは思わない」

二週間後には、煙に顔をしかめながら煙草を吸うようになり、酒も飲むようになっていた。夜、マックスとメイムと一緒に飲んだ。時には三、四人、ほかの男がいて、たいてい別の女がひとりかふたりいた。町に住んでいる女の場合もあったが、メンフィスから来ている女のことが多かった。メンフィスの女は一週間か一カ月滞在して、暇そうな男たちが一日中たむろしているマックスの店で、カウンターに入ってウェイトレスをやるのだった。ジョーは男たち全員の名前を知っているわけではないが、男たちのように帽子を斜めにかぶることはできた。夜はマックスの家の、カーテンを閉ざした食堂で、帽子を斜めにかぶり、酔っ払って、大声を出し、若い声をやけくそに張りあげて、当人がいる時でも、ボビーを俺のあばずれと呼んだ。時々、マックスに車を借りて、田舎のダンスパーティに女を連れていくことがあった。ジョーはそのことがマッケカーンの耳に入らないよう気をつけた。「あいつ、どっちのことで余計怒るかな」とジョーは女に言った「おまえのことかな。ダンスのことかな」ある時は、酔いつぶれて、以前は自分が入れてもらえるとは夢にも思っていなかった家のベッドに運び込んでもらったこともあった。翌朝、ボビーが車にジョーを乗せ、養父母にばれないよう、夜が明けるまでに家に送り届けた。その日、マッケカーンは難しい顔でジョーの様子を眺めながらも、しぶしぶながらよく働いていると認めた。

「だが、まだまだ先は長い。そのうちおまえは、あの雌牛のことで俺に後悔させるかもしれん」

9

マッケカーンはベッドに横になっていた。部屋は暗くしてあるが、眠ってはいなかった。隣に寝ている妻は、きっと眠っていると思いながら、すばやく、猛烈に、思考をめぐらしていた。『あのスーツには着た形跡があった。しかし、いつ着たんだ。昼間のはずはない。昼間は俺が見張っている。例外は土曜日の午後だ。土曜日の午後は、家畜小屋へ行って、俺に着させられている穏当な服を脱いで、罪と関係あることにしか用のない服を着ることができるんだ』その時、マッケカーンには判ったようだった。誰かに教えられたかのようだった。ジョーはあの服をこっそり着ている。ということは、おそらく夜にだ。もしそうなら、あいつの目的はただひとつ、女漁り以外に考えられない。マッケカーン自身は色欲の罪を犯したことはないし、誰かが淫らな話をしている時は絶対に聞かないようにしてきた。だが集中して考えていると、三〇分とたたないうちに、まるで本人から話を聞いたかのように、ジョーのしていることのあらましが判ってしまった。判らないのは、具体的な人の名前や場所だけだった。かりにジョーの口からそのことを聞いたのだとしても、マッケカーンは、まず間違いなく信じなかっただろう。なぜなら、マッケカーンのような人間は、善だけでなく悪についても、その生まれ方、現われ方に関して強固な固定観念を持っているからだ。そういうわけで、偏見と洞察力は事実上同じものと言えるが、偏見のほうが少しだけ反応が鈍いので、マッケカーンが寝ている部屋の、月明かりの射し入る開いた窓のすぐ外を、ロープにつかまったジョーが影のようにすばやく滑り降りていった時、マッケカーンには、ロープはちゃんと見えていながら、すぐにはそれがジョーだと判らなかったか、判っていながらそれを信じなかったのだった。マッケカーンが窓辺に寄った時には、ジョーはすでにロープを斜めに引っぱってつなぎとめ、家畜小屋に向かっていくところだった。窓からジョーの姿を見たマッケカーンは、私情を超えた純然たる正義の怒りを覚えた。それは死刑を求刑されている被告人が身を乗り出して廷吏の袖に唾を吐くのを見た時、裁判官が覚えるであろう怒りと同じだった。

家から外の道路に出る小道のなかばで、暗い物陰に隠れていると、小道のはずれにジョーの姿が見えた。マッケカーンの耳にも自動車の音が聞こえ、自動車が現われて、ジョーが乗り込むのが見えた。ほかに誰が乗っているのかなど、マッケカーンは気にしていなかっただろう。あるいはもうそれは知っていて、ただ自動車がどちらに走るかを見にきただけかもしれない。あるいは、それも知っていると思っていたのかもしれない。というのも、こんな田舎の土地でもいろいろな行き先へ道が通じていて、自動車がどこへ行ったかなど判ったものではないのに、マッケカーンは踵を返して、足早に、あの純粋な正義の怒りに駆られながら、家に向かって歩きだしたからだ。正義の怒りがより大きく、純粋なものになれば、その怒りを燃やす資格が自分にあるのかどうかは疑う余地がなくなるとでも言いたげだった。ウールのスリッパを履いたまま、帽子をかぶらず、ナイトシャツの裾をズボンに突っ込み、ズボン吊りをだらりと垂らした恰好で、矢のようにまっすぐ家畜小屋へ行き、大きな、年寄りの、白い馬に鞍をつけると、小道を重ったるい襲歩《ギャロップ》で走らせ、夫が外に出たのを知ったミセス・マッケカーンの台所の戸口から名前を呼ぶ声にも答えず、道路に向かった。ゆっくりとした重い襲歩で道路に出ると、人と馬は、身体をこわばらせて前のめりになった。まるで、実際の速度はたいしたことはないのに、戦車のように重量のあるものがすさまじい速さで走っているかのように見せかけているようだった。そして人も馬も、自分の万能の力と洞察力に対して、冷静で揺るぎない一貫した自信を持っているので、目的地が判っていることも、速く走ることも、必要ないのだと言いたげだった。

マッケカーンは、同じ速度で馬を走らせ、まるひと晩かけて郡の半分に近い土地を捜し回ることになってもおかしくなかった目当ての場所まで、まっすぐにたどり着いた。それはそれほど遠い場所ではなかった。六キロも行かないうちに、前方から音楽が聞こえてきて、やがて道路の脇に明かりを点した学校が見えてきた。学校は教室がひとつあるだけの建物だった。その建物があることは知っていたが、そこでダンスパーティが開かれることなど、知る理由も、すべも、なかった。だがマッケカーンはまっすぐそこへ行き、建物のまわりの木立の中に雑然と並んだ影絵のような自動車や軽装馬車や馬やラバの間に乗り入れて、馬がとまりきらないうちに地上に飛び降りた。馬をつなぐことすらしなかった。馬からおりると、ウールのスリッパばきで、ズボン吊りをぶらぶらさせ、丸い頭を振り立て、無造作に伸ばした短い顎鬚を怒りに逆立てて、開いたドアのほうへ走っていった。開いたドアと窓からは音楽が流れ出し、石油ランプの明かりがつくる影が一定の秩序を持った喧騒の中をゆききするのが見えていた。

かりに何か考えているとすれば、マッケカーンはおそらく、自分は神の軍隊を率いる大天使ミカエルに導かれてここへ来て、今もその後押しを受けて突き進んでいるのだと信じていただろう。その眼は、不意にあふれ返るまぶしい明かりと動きに一瞬たりとも当惑しなかったようだ。人波を押し分けていく男に、いくつもの顔が振り返り、驚きの航跡ができ、早くも騒乱の気配がきざした。マッケカーンは、自分が自由意志で養子にし、正しいと確信するやり方で育てようとしてきた若者のほうへ駆けだした。ジョーはボビーと踊っていたが、まだ養父の姿を眼にしていなかった。ボビーは、マッケカーンを一度しか見たことがなかったが、それでも覚えていたか、あるいは今の外見だけで充分衝撃的だったのかもしれない。というのも、女は踊るのをやめ、顔に恐怖に似た色を表わしたからだ。ジョーはそれを見て、振り返った。振り返ると同時に、マッケカーンがふたりのところへたどり着いた。マッケカーンのほうも女を一度しか見たことがなかったが、男たちの淫らな会話を聞こうとしなかったのと同じように、おそらく女の顔を見なかったに違いない。それでもマッケカーンは、とりあえずジョーを放っておいて、女のほうへまっすぐ向かった。「立ち去れ、イゼベル!」その声は轟き、衝撃を受けて生まれた静寂に、石油ランプの明かりのもとで衝撃をあらわにしている周囲の顔に、やんだ音楽に、初夏のやわらかな月明かりに照らされた夜に、突き刺さった。「立ち去れ、淫売!」

マッケカーンは、自分は速く動いていないし、大声も出していないつもりのようだった。自分は岩のように正々堂々と立ち、急ぎも怒りもしていない。周囲の自堕落で弱い人間どもが、怒りに満ちて報復する神の代理人を見て、恐怖の声を長々とあげて沸き返っているだけだ。ジョーの顔に殴りかかった手、幼いころからジョーに衣食住の保護を与えてきたその手は、マッケカーンの手ではなかったかもしれないし、すばやく沈んで殴打をかわし、またひょいと持ちあがったその顔は、ジョーの顔ではなかったかもしれない。だがマッケカーンはそんなことに驚いたはずがなかった。なぜなら、関心があるのはジョーの顔ではなく、悪魔の顔だったからだ。マッケカーンはその悪魔の顔もよく知っているのだった。その顔を見つめながら、なおも片手を持ちあげて、ぐんぐん向かっていく時、まず間違いなくマッケカーンは、すでに現世での罪を赦された殉教者の、怒りに燃えつつも夢見るような高揚感に包まれていただろう。そしてマッケカーンは、ジョーが振りあげた椅子を頭に叩きつけられ、無の中へ入っていった。無は、おそらく少しばかりマッケカーンを驚かせただろうが、驚きはさほど大きくなく、長く続くこともなかった。

すべてが慌しく遠ざかり、騒音を立てながらも、消えていき、ジョーは部屋の真ん中に取り残され、壊れた椅子を手に、養父を見おろしていた。マッケカーンはあおむけに倒れていた。今はかなり穏やかな様子をしていた。まるで眠っているようだった。

丸い頭をした男は、休らっている時も不屈の気概を示し、額の血すら平和で静かな印象を与えた。

ジョーは激しい息をついていた。自分の息の音が聞こえていたが、別の、か細い、甲高い音も、遠くのほうでしていた。じっとそれを聞いているうちに、声だと判ってきた。女の声だった。見ると、ふたりの男がボビーの身体を捕まえていた。女は身をよじり、もがいていた。振り乱した髪が顔にかぶさり、その顔は蒼白で、厚化粧が崩れ、醜くゆがんでいる。乱杭歯がぎざぎざ縁取る小さな穴のような口が、わめき立てていた。「あたしを淫売と呼びやがって!」女は叫び、押さえている男たちから逃れようと暴れた。「あのくそじじい! 離せよ! 離せったら!」それから女の声はまた言葉になるのをやめ、ただわめくだけになった。女は身もだえし、暴れ、苦闘する男たちの手に嚙みつこうとした。

ジョーは壊れた椅子をなおも手に持ち、女のほうへ歩いていった。ほかの者たちは壁ぎわですくみあがり、身を寄せあって、ジョーを見ていた。若い女たちは買ったばかりでまだ生地の硬い安っぽい色のワンピースに、通信販売で調達したストッキングとハイヒールという恰好、若い男たちは、やはり通信販売で買った、不恰好な、木の板のように硬い生地の服を着て、皮膚の硬い荒れた手をし、果てしなく連なる畑の畝と、ゆっくり進むラバの尻を辛抱強く見つめてきた親たちの眼を、すでに引き継いでいた。ジョーは椅子を振り回しながら走りだした。「その人を離せ！」と言った。女は暴れるのをぴたりとやめ、ジョーのほうを向いて、怒りの金切り声を浴びせた。まるでたった今ジョーを見て、彼もそこにいたのだと気づいたかのようだった。「おまえもだよ！　おまえがあたしをここへ連れてきたんだ。このくそったれの田舎の畑野郎。このくそ野郎！　おまえもあのじじいもくそ野郎よ。じじいをあたしにけしかけて。あたしは今まで――」ジョーはとくに誰をめがけて走っているとも見えなかった。椅子を持ちあげてはいるが、その下で、顔は穏やかだった。男たちは女を解放して退いた。だが女はそれに気づかないかのように、両腕を振り立てた。「もう出ていけ！」ジョーは女に叫んだ。それからさっと身体の向きを変え、椅子を振り回した。だが顔はまだ穏やかだった。「さがれ！」とジョーは言った。もっとも、近づいてこようとする者などいなかったが。みんな、床に倒れている男と同じように、じっと動かず、黙っていた。ジョーは椅子を振りながら、入り口のほうへ後ずさった。「こっちへ来るな！　俺はいつかあいつを殺してやると言ってたんだ！　あいつに言ってあったんだ！」穏やかな顔で、椅子を振り回しながら、入り口のほうへさがっていく。「ひとりも動くんじゃないぞ」仮面のような顔の群れをじっと見つめながら、そう言った。それから椅子を放り出し、身をひるがえして、戸口から飛び出し、地面に斑《まだら》を描くやわらかな月明かりのもとに出た。ジョーはウェイトレスに追いついた。女はふたりで乗ってきた車に乗り込もうとするところだった。ジョーは息をあえがせていたが、声も穏やかだった。眠っている男が荒い息をつきながら、かろうじて小さな声でうわごとを言っているかのようだった。「町へ帰れ。俺もすぐ行く。その前に……」どうやら自分で何を喋っているか、今何が起ころうとしているか、判っていないようだった。自動車のドアのすぐ前にいる女が、不意に振り向き、顔を殴ってきた時も、ジョーは動かなかった。ジョーの声音は変わらなかった。「ああ、そうなんだ。俺もすぐ行くが、その前に――」そこで突然、くるりと背を向けて、駆けだした。

女はまだジョーに殴りかかる動きを続けていた。

マッケカーンが馬を乗り捨てた場所を、ジョーが知っているはずはなかった。そもそも馬がいるかどうかすら確信がなかったはずだ。それでもジョーは、起こるべきことは必ず起こるということを全面的に信じていた養父に倣うかのように、まっすぐ馬のところへ駆け寄った。騎乗し、馬首をめぐらすと、道路のほうに向かった。女が乗った自動車はすでに道路に出ていた。尾灯がどんどん小さくなって消えていくのを見た。

年寄りだが力の強い農場の馬は、緩慢で調子の一定した普通速足《カンター》で家に戻っていった。ジョーはこの馬に軽やかに乗り、軽やかにバランスをとり、上体をぐっと前に傾けていた。この時、おそらくはファウストのように、汝何々するなかれという禁止をすべてきっぱりと捨て去り、名誉や法から自由になって、歓喜していたことだろう。その動きの中で、馬の甘酸っぱい汗が硫黄の匂いを立てて飛び散り、眼に見えない風が吹き過ぎた。ジョーは声を張りあげた。「やったぞ！　俺はやったぞ！　やると言っただろう！」

　小道に入り、月明かりのもと、馬の足取りをゆるめず、家まで行った。家は真っ暗だろうと思っていたが、そうではなかった。ジョーは迷わなかった。注意深く隠したロープは、名誉や希望と同じく、すでに死んでしまった人生の一部にすぎなかった。一三年来ジョーの敵のひとりで、今もまだ起きて自分を待っている、あのうんざりさせる老女もまた、過去の一部だった。養父母の寝室には明かりが点り、その入り口には、ナイトドレスの上に肩掛けをかけたミセス・マッケカーンが立っていた。「ジョー？」と養母は言った。ジョーは急ぎ足で廊下を歩いた。その顔は、椅子が振りおろされた時にマッケカーンが見たのと同じ顔つきをしていた。養母はまだその顔がよく見えていなかったのかもしれない。「どうしたの。お養父《とう》さん、馬で出かけたのよ。馬で走る音が……」その時、ジョーの顔が見えた。だが後ずさりする暇もなかった。ジョーは養母を殴らなかった。そっと腕に手をかけた。急いで養母を入り口の前からどかせるためだった。まるでドアの前にかけてあるカーテンを開けるかのように、養母を脇へ押しのけた。

「ダンスの会場にいるよ。ほらどいてくれ、婆さん」とジョーは言った。養母は身体の向きを変えながら、片手で肩掛けをつかみ、うしろにさがった時、もう片方の手を背後のドアにあてた。見ていると、ジョーは老夫婦の寝室を横切り、屋根裏部屋への階段を駆けのぼりはじめた。途中、足をとめずに振り返った。その時、歯がランプの光に輝くのを、養母は見た。「ダンスの会場にいるんだよ。踊っちゃいないけどな」ジョーはランプのほうに向かって笑い声をはなち、なおも笑いながら顔を前に戻して、階段を駆けのぼり、姿を消した。上に向かうにつれ、頭から身体の下のほうまで消えていくさまは、何か彼を消し去るもののほうへ、笑いながら頭から突っ込んでいき、黒板にチョークで描いた絵が拭き消されていくかのようだった。

養母はあとを追い、苦労して階段を昇った。ジョーが脇を通り過ぎるとすぐ、追いはじめたのだった。マッケカーンにジョーを追わせたあの抑えがたく切迫した気分が、ジョーの肩を覆うマントとなって戻ってきて、今度は老女に引き継がれたかのようだった。片手で狭い階段の手すりにつかまり、もう片方の手で肩掛けを押さえて、身体を引きずりあげるようにしながら、窮屈な階段を昇った。老女は何も言わず、ジョーを呼びもしなかった。まるでここにはいない主人から送られてくる指令に従っている幻影のようだった。ジョーはまだランプに火を点していなかったが、部屋は月明かりに淡く照り映えていた。だがその光がなくても、ジョーが何をしているかは判ったはずだった。養母は壁ぎわに立ち、壁を手で探りながらベッドまで行くと、そこに沈み込むようにして腰をおろした。その動作にいくらか時間がかかったようだった。なぜなら、壁の板がはずれる箇所のほうを見ると、ジョーはすでにベッドのほうへ戻ってくるところだったからだ。ベッドには月の光がじかに落ちていた。養母は、ジョーがベッドの上に缶の小銭を全部出し、紙幣を手にとって、ポケットに突っ込むのを見た。その時初めて、ジョーは養母を見た。養母は上体をややうしろに傾けて、片手をベッドにつき、片手で肩掛けを押さえていた。「俺はあんたに金をくれと頼まなかった」とジョーは言った。「そのことを覚えといてくれ。頼んだら、くれそうな気がして嫌だったからだ。だから盗んだ。そのことを忘れないでくれ」ジョーはまだ話し終わらないうちに身体の向きを変えた。養母は、ジョーが階下からのランプの明かりの中に入り、階段を降りていくのを見た。まもなくジョーの姿が見えなくなったが、足音は聞こえた。また廊下を足早に歩くのが聞こえ、しばらくすると、また馬が襲歩で走る音が聞こえた。それから、またしばらくたつと、馬の足音がやんだ。

どこかで時計が一時を打った時、ジョーは疲れた老馬を駆り立てて、町の本通りをたどっていた。馬はしばらく前から荒い息をついていたが、ジョーが棒で拍子をとるように腰を打ちつづけるので、よろめきながらも小走りに進んだ。棒は木の細い枝などではなく、家の前でミセス・マッケカーンがつくっている花壇に立ててあった、何かを巻きつかせるための箒《ほうき》の柄だった。馬は今でも襲歩の動きをしていたが、人間が歩くよりさほど速くはなかった。棒を持ちあげ、打ちおろす動きも、疲れのせいでひどく緩慢になっていた。ジョーは馬上で上体を前に傾けていた。まるで馬の疲労困憊を知らないか、弱った馬の身体を引きあげて前に押しやろうとしているかのようだった。馬のゆっくりとした蹄の音は虚ろな響きを規則的に立てて、月明かりが斑《まだら》に落ちた無人の通りを進んでいった。それは——馬と乗り手は——まるで夢の中のもののような奇妙な感じを与え、スローモーションの映画で休みなく、しかし疲れのにじむ襲歩で駆けているように見えた。通りを駆ける人馬は、ジョーが以前逢い引きをした町角に向かっていた。以前あそこで待っていた時は、今ほど切羽詰った気分ではなかったが、同じくらい気を逸《はや》らせ、今より若い気持ちでいたものだった。

今や馬は脚をこわばらせて、小走りですらなくなり、深い、苦しい、あえぐような息をつくたびに、うめき声を出した。それでも棒は打ちおろされる。馬の足が遅くなるにつれて、棒の動きは逆に速くなった。だが馬は遅くなり、道ばたのほうへ向かっていく。ジョーは手綱を引いて首を反対側へ向けようとし、腰を棒でぶったが、馬はゆっくりと縁石に寄って足をとめ、街路樹の斑の影を身体に浴び、頭を垂れて、ぶるぶる震えた。その息の音はほとんど人間の声のように聞こえた。それでも乗り手は鞍に腰をすえ、猛烈な速度を出しているかのような姿勢で前に身を乗り出し、馬の腰を棒で叩きつづけた。棒が振りおろされる動きと、馬のうめき声が混じった呼吸音を除けば、まるで騎馬像が台座から降りてきて、月明かりが斑な影をつくっている静かな無人の通りで、疲れ果てた姿勢をとって休んでいるかのように見えただろう。

ジョーは馬をおりた。馬の頭のそばへ行って、頭を引っぱりはじめた。引っぱってふたたび馬を動きださせ、またその背中に飛び乗るつもりのように見えた。だが馬は動かなかった。ジョーは断念した。馬に軽く寄りかかったように見えた。またしても人馬は動きをなくした。消耗しきった馬と若い男が、向き合い、頭と頭を近づけている。それはまるで馬と人がともに耳を澄ましているか、祈りをあげているか、相談し合っている姿の彫像のように見えた。それからジョーは棒をとりあげ、馬の動かない頭や顔や首を叩きはじめた。休みなく叩きつづけるうちに、棒は折れた。自分の手と同じくらいの長さになった棒切れで、ジョーはなおも打ちつづけた。だが自分が馬に苦痛を与えていないと気づくか、ようやく腕が疲れてきたかしたのだろう。棒を捨て、さっと身体の向きを変えて、大股に歩きだした。ジョーは振り返らなかった。その姿が小さくなっていく間、白いシャツが月明かりのつくった影の中でちらちら脈打ちながら、薄れていった。ジョーは馬の命を完全に使いきってしまい、あの馬はあたかも初めから存在しなかったかのようになってしまったのだった。

ジョーはいつも女と落ち合った町角を通り過ぎた。もしその場所に気づき、何か考えていたとしたら、こんなことを考えたに違いない　**ああ、あれはもう昔のことだ。うんと昔の話だ**　通りは曲線を描いて砂利道に変わった。道のりがまだ一キロ半ほどあるので、走った。速くは走らず、慎重に、着実に走った。自分の足で蹴りつけている路面を見るかのように、顔をやや伏せぎみにし、陸上選手のように両肘を曲げた姿勢をとった。曲がりつづける道は、月明かりに白く照らされていた。両側には、それぞれ大きな間隔をあけて、小さな、不ぞろいな、新しい、ひどく粗末な家が建っていた。それらの家に住んでいるのは、昨日どこからともなくやってきて、明日にはまたどこかへ行ってしまうような、町はずれの住人たちだった。それらの家は一軒を除いてみな真っ暗だった。ジョーは明かりがついている一軒をめざして走った。

その家のところにたどり着くと、なおも走りながら道をはずれた。深夜の静寂の中で、足音が大きく規則的に響いた。もしかしたらジョーの眼には、黒っぽい色の旅装をして、帽子をかぶり、荷物を詰め終えて待っているウェイトレスの姿が、もう見えていたかもしれない（これからどういう手段で、どういうふうに出かけるというのか、おそらくジョーは考えていなかったのだろう）。そしてたぶん、マックスとメイムも見えたのだろう。ふたりは服をきちんとは着ていないはずだ――マックスは上着を脱いだ恰好、あるいは、ナイトシャツ姿ですらあるかもしれず、メイムは水色のキモノ風ガウンを着ているかもしれない――そしてふたりとも、陽気に、大きな声を出して、人を見送る時に特有のあたふたした様子をしているのだ。だが実際のところ、ジョーは何も考えていなかった。なぜならウェイトレスには、旅の支度をしておくようにとは言っていなかったからだ。もしかしたら、自分はそう言ったと、あるいは言っていなくても、女はジョーの意図を察するはずだと、信じていたかもしれない。なぜなら、ジョーにとって、自分が最近してきたことの意味と、自分がこれからしたいと思っていることは、誰にでも理解できるほど単純なものだと、思えていたに違いないからだ。

ことによるとジョーは、車に乗り込もうとしていた女に、自分は家に帰って金をとってくると告げたのだとさえ、信じていたかもしれなかった。

ジョーはポーチに駆けあがった。今までは、この家で自分が最高にもてなされていた時期でさえ、できるだけすばやく、目立たないように、道路から影に浸されたポーチまでさっと駆け込み、自分を待ってくれている家に入り込みたいという衝動に駆られていたものだった。ジョーはノックした。予想どおり、ウェイトレスの部屋と、廊下の奥には、明かりがついていた。カーテンを閉めた窓の向こうからは声が聞こえていた。声は何人かの声で、陽気というより真剣に何か話しているのが判ったが、それも予想どおりだった。ジョーはこう思った　**俺が来ないと思ってるのかもしれない。あのくそったれの馬め。くそったれの馬め**　さっきより大きな音で、またノックして、ドアノブをつかみ、揺さぶり、内側でカーテンを閉めているドアのガラス窓に額を押しつけた。声がやんだ。家の中からはなんの音も聞こえてこなくなった。女の部屋のカーテンを内側から照らしている灯火と、ドアの窓のカーテンを鈍く光らせている灯火——このふたつの灯火は、瞬きもせず一定して点りつづけている。まるで家の中にいる人間全員が、ジョーがドアノブに触れた瞬間に死んでしまったかのようだった。ほとんど間を置かず、またノックした。すると、まだノックしている最中に、ドアが

（窓のカーテンには影ひとつ映らず、廊下には足音ひとつ響かなかったが）不意に、音もなく、内側に開いて、ジョーが振り動かしている拳から離れた。ジョーは身体がドアにくくりつけられてでもいるように、すでに敷居をまたいでいた。とその時、ドアのうしろからマックスが現われて、行く手をふさいだ。きちんと服を着て、帽子までかぶっている。「おや、おや、おや」とマックスは言った。その声は大きくなかった。すばやくジョーを玄関ホールに引き入れ、ジョーが家の中に入ったと自覚する暇もなく、ドアを閉め、鍵をかけた。だがマックスの声は例によって曖昧だった。心がこもっているようでいて、その実、まったく空虚で、まったく喜びと愉しさを欠いている。それは貝殻のようだった。顔の前に仮面をかざして、それごしにジョーを見ているようだった。そのせいで、ジョーはマックスを見るといつも、当惑と怒りの中間のものを感じるのだった。「やっとロミオ君が来たな」とマックスは言った。「ビール通り《ストリート1》の色男が」それから、少し声を大きくした。ロミオ君、とかなりの大声で呼んでから、「さあ、中へ入ってみんなと会ってくれ」と言った。

だがジョーは自分の知っている部屋に向かって、すでに歩きだしていた。また、ほとんど走っているのに近い足取りになっていた。さっきから一度も足をとめていないといってもいい。マックスの言葉など聞いていなかった。ビール通り《ストリート》のことなど、そもそも聞いたことがなかった。それと比べればニューヨークのハーレムなど映画のセットにすぎない、あのメンフィスの、三、四街区《ブロック》にわたる通りのことは。ジョーは家の中でまだ何も見ていないも同然だった。なぜなら不意に、廊下の奥に、ブロンドの女が立っているのが見えたからだ。廊下に出てくるところは見なかったが、家に入ってきた時は誰もいなかったのだ。それが突然、そこに立っていた。黒っぽいスカートを穿いて、手に帽子を持っていた。それから、ジョーの横に開いているドアの、暗い内側には、鞄がいくつか積まれていた。おそらくジョーはそれを見ていなかったのだろう。あるいは、一度ちらっと見たあと、ほんの少し遅れて、こう思ったのかもしれない。**あの女にあんなたくさんの荷物があるとは思わなかった**　おそらくジョーは、この時初めて、自分たちには旅行するにも足がないと考え、こう思ったのだろう。**これだけの荷物をどう運びゃいいんだ**　だが立ちどまることはせず、自分の知っているドアのほうへすでに向かっていた。そして、ドアノブに手をかけた時初めて、ドアの内側がしんと静まり返っているのを意識した。そんな完全な静寂は、ふたり以上の

1　メンフィスの黒人居住区にある歓楽街で、ブルース音楽の本場として有名。ジョーに黒人の血が混じっていることへのあてこすりとも受け取れる。

人間がいなければつくり出せないことを、ジョーは一八の年で知っていた。だがそれでも立ちどまりはしなかった。もしかしたら廊下がまた無人になっているのには気づいていなかったかもしれない。またしても動くのをジョーが見てもいないし物音も聞いていないのに、ブロンドの女は消え失せてしまっていた。

ジョーはドアを開けた。彼は今走っていた。というのは、人はじっと静止したままで、身体と意識のずっと前のほうまで駆けだしてしまうことがある、という意味でだ。ウェイトレスは、ジョーが今まで何度も見たように、ベッドに腰かけていた。ジョーが予想し、知っていたとおりに、黒っぽい服を着て、帽子をかぶっていた。顔をうつむけて、ドアが開いた時もそちらを見なかった。片方の手で火のついた煙草を持っているが、黒い服の上に白く浮きあがっているじっと動かないその手は、ほとんど怪物じみたもののように見えた。ジョーはその同じ瞬間に、別の男がいるのを見た。前に見たことのない男だった。だが今のジョーはそのことに思い至らなかった。そのことを思い出したのはあとになってからだった。あの暗い部屋に積まれた荷物のことを思い出したのも、あとになってからだった。あれをちらりと見た時は、思考が視覚より速かったのだが。

知らない男もベッドに腰かけ、やはり煙草を吸っていた。帽子をまぶかにかぶっているので、つばの影の縁が口を横切っていた。年寄りではないが、若くも見えない。この男とマックスは兄弟と言えるかもしれなかったが、それは、どんなふたりの白人であれ、アフリカのどこかの村に突然迷いこめば、そこに住んでいる人たちには兄弟に見えるかもしれないという意味でだった。男の顔、明かりがあたっているその顎は、じっと動かなかった。男が自分を見ているのかどうか、ジョーには判らなかった。見知らぬ男とマックスが背後に立っていたが、それもジョーは知らなかった。ジョーには判らなかった。マックスの声が、ジョーの耳に入ってきたが、何を言っているかは判らないし、そもそもジョーは聞こうとはしていない　こいつに訊いてみろよ

こいつは知らないだろ　もしかしたらジョーには声が聞こえていたかもしれないが、おそらく聞こえてはいなかっただろう。聞こえていたとしても、閉ざされた窓の外で虫が羽をこすり合わせる耳障りな音と同じくらい無意味だっただろう。それは、あの鞄の山が、ちらりと見はしたものの、まだちゃんと見たとはいえないのと同じことだった。こいつはすぐずらかったって、ボビーが言ってたぜ

でも知ってるかもしれない。とにかく逃げるにしても、何が起きたのかは確かめたいじゃねえか

部屋に入ってきてから、ジョーはまったく動いていなかったが、それでもまだ走っ

ていた。マックスに肩を叩かれた時、まるで走っている最中に引きとめられたといった感じで振り返った。マックスが部屋に入ってきていることすら、ジョーはまだ気づいていなかった。首だけ回してうしろを見ると、怒り狂うような、煩がるような、そんな顔をした。「さあ話してくれ、坊や。どうなったんだい」とマックスが訊いた。

「どうなったって、何が」とジョーは訊き返す。

「あの爺さんだよ。殺しちまったのかい。はっきり言ってくれよ。ボビーを面倒に巻き込むのは嫌だろ」

「ボビー」とジョーは言い、考えた ボビー。ボビー また身体の向きを変え、走りだした。この時は、マックスが肩をつかんでとめた。が、強くつかんだわけではなかった。

「さあ」とマックスは言った。「俺たちみんな友達だろ。あいつを殺したのかい」

「殺したのか?」ジョーは苛立ちと自制の混じった口調で言った。まるで子供に引きとめられて何か訊かれているといったふうだ。

見知らぬ男が口を開いた。「あんたが椅子でぶん殴った男だよ。死んだのか」

「死んだのか?」ジョーは見知らぬ男を見た。その時、ウェイトレスがまた眼に入ったので、ふたたび走りだした。今度は実際に動きだした。ふたりの男を完全に頭から締め出してしまった。ベッドのところへ行って、ポケットに手を入れ、顔に歓喜と勝利感の表情を浮かべた。女は、部屋に入ってきたジョーをまだ一度も見ていないが、おそらくそんなことはジョーの意識になかった。女は動いてもいなかった。手にした煙草はまだ火がついていた。動かない大きな手は、調理を待つ肉のように血の気のない死んだ色をしていた。また誰かが肩をつかんできた。今度は見知らぬ男だった。見知らぬ男とマックスは、肩を並べて立ち、ジョーを見ていた。

「おい、はぐらかすな」と見知らぬ男は言った。「あの爺さんを殺したんなら、そう言え。いつまでも秘密にゃしておけないぞ。遅くとも来月には世間に知れるんだ」

「知らないんだよ！」とジョーは答えた。一方の男からもうひとりへと、眼を移した。苛立っていたが、まだ睨みつけはしなかった。「俺はあいつを殴った。あいつは倒れた。あいつには、いつか殺してやると言ってたんだ」じっと動かない、ほとんど同じといっていい顔の、一方から他方へ眼を移した。見知らぬ男の手でつかまれた肩をぐいと動かした。

マックスが言った。「じゃ、ここへ何しに来たんだ」

「何しに――」とジョーは言った。「何しに……」弱い驚きに満ちた声でそう言い、顔から顔へ視線を移しながら、怒り狂いながらもなお辛抱強くそれを抑えようとする様子を見せた。「何しに来たって？　ボビーを連れにきたんだ。まさか俺が――俺はわざわざ家まで結婚する資金をとりに行ったのに――」ジョーはここでまた男たちのことを完全に忘れ、頭から締め出した。肩の手を振り離し、女のほうを向くと、またあのうっとりとして、高揚した、誇らしげな表情を浮かべた。おそらくその瞬間に、ふたりの男は紙屑のように吹き飛ばされて、ジョーとは完全に関係のないものになってしまったかのようだった。おそらくジョーは、マックスがドアのところへ行って声を張りあげ、すぐにブロンドの女が入ってきたことすら意識にとめなかった。うつむいてベッドにじっと坐っているウェイトレスの上に背をかがめると、ポケットから紙幣や小銭をつかみ出し、女の膝や、その脇のベッドの上に置いた。「ほら！　見てくれ。見るんだ。これだけある。な？」

それからまた、ジョーに風が吹きつけてきた。とりあえず今は忘れているあの学校で、三時間前、ぽかんと口を開けている顔の群れに囲まれていた時と同じだった。ジョーは静かな、夢でも見ているような気分で立っていた。背をまっすぐ起こしているのは、跳ねあがるように立ちあがったウェイトレスが身体にぶつかったせいだった。今ジョーは、立っている女が、飛び散った金をかき集め、投げつけるのを見た。女の顔がゆがみ、口がわめき声をあげ、眼もわめきだすのを、静かに眺めた。ジョーには、ここにいる四人の中で自分だけが、静かに落ち着いているように思えた。自分の声だけが、人の耳に意味あるものとして受けとめられるだけの穏やかさを持っているように思えた。「嫌だってことか」とジョーは言った。「嫌だってことなのか」

それから起きたことは、あの学校での出来事とよく似ていた。女が人に押さえつけられながらも、暴れ、金切り声をあげる。頭を振り立て、髪を振り乱す。顔は、口も含めて、髪の毛とは対照的に、死んだ顔、死んだ口のように、じっと動かない。「くそ野郎！　このくそ馬鹿野郎！　あたしを面倒に巻き込みやがって。おまえを白人とおんなじに相手してやったのに！」

だがおそらくその言葉は、今はまだ騒音にすぎず、意味あるものとして受けとめられていなかった。長く吹きつづける風の一部にすぎなかった。ジョーは女を見た。今まで見たことのない顔を見た。そして、ゆっくりと湧いてくる驚きの中で、静かに言った（だが声に出したかどうかは、自分では判らなかった）なんだ、俺はこの女のために人を殺したのに。盗みもしたのに　まるで今初めて、そういう話を聞かされ、そのことを考え、自分がそういうことをしたと言われたかのようだった。

それから女も、同じく紙屑のように、長く吹きつづける風に吹き飛ばされて、ジョーとは関わりのないものになったかのようだった。ジョーはまだ壊れた椅子を持っているかのように、腕を振り回しはじめた。しばらく前から部屋にいたブロンドの女を、ジョーは今初めて見たが、驚きはしなかった。ブロンドの女は虚空の中から現われ出たかのようだった。そのじっと動かない、表面がダイヤモンドでできているような落ち着きは、警察官の持ちあげた手の白い手袋の無情な平静さを女に与えて、髪の毛ひと筋乱れていないといったふうだった。今は黒い旅行用の服の上に水色のキモノ風ガウンを着ていた。ブロンドの女は静かに言った。「さ、やっちまいな。さっさとここを出よう。じきにお巡りが来るよ。この男が行きそうなところはすぐ嗅ぎ出しちまうから」

ジョーにはおそらくこの女の言葉が聞こえていなかっただろう。ウェイトレスのわめく声も。「こいつ自分で黒んぼだって言ったのよ！　このくそ野郎！　あたしは黒んぼのくそ野郎にただでやらせてやったのに、ド田舎のお巡りに追われるはめになるなんて。しかもド田舎のダンスパーティで！」ジョーはおそらく長い風の音だけを聞きながら、まだ椅子をつかんでいるかのように腕を振り回して、ふたりの男に飛びかかっていった。おそらくふたりがすでに自分のほうへ動いていることすら知らなかったのだろう。なぜならジョーは、養父が感じていた高揚感と似たものを感じながら、自分の意志にもとづき、全力で、見知らぬ男の拳のほうへ飛びついていったからだ。

見知らぬ男に二発殴られたが、おそらくどちらにも何も感じず、床に落ちていった。そして自分が殴り倒した養父と同じように、あおむけに横たわり、じっと動かなくなった。だが気絶してはいなかった。眼が開いていて、ふたりの男を静かに見ていたからだ。その眼の中には何もなかった。苦痛も、驚きもなかった。だがどうやら動けないようだった。ただ横たわって、深く黙想するような表情で、ふたりの男を静かに見あげていた。ブロンドの女は、完璧に仕上げられた、硬く滑らかな表面を持つ、鋳造された像のようだった。ジョーには三人の声が聞こえていなかっただろう。あるいは聞こえていても、この時もまた、窓の外で虫の群れが立てている乾いた羽音と同じようにまったく意味を持たなかったのだろう。

せっかく繁盛してた店をつぶしやがって

この野郎、あばずれのケツを追いかけるなってんだ

そりゃしょうがねえ。あばずれから生まれた野郎だからな

こいつほんとに黒んぼか。そうは見えねえが

ある夜ボビーにそう言ったんだ。けどほんとのとこはボビーも知らないし、こいつも知らないんだろうよ。ここらの田舎者がどういう人間かなんて判りゃしねえ

ちょっと見てみるか。こいつの血が黒いかどうか見てみようぜ　じっと寝ている

ジョーが見ていると、見知らぬ男がかがみ込んできて、ジョーの頭を持ちあげ、また顔を殴った。今度のは短い、切りつけるような殴り方だった。ちょっと間を置いて、ジョーは小さく唇を舐めた。子供が料理用の匙を舐めるような感じだった。ジョーは見知らぬ男の手がうしろに引かれるのを見た。だが手は落ちてこなかった。

もういい。メンフィスへ行くよ

もう一発だけ　ジョーは静かに寝たままその手を見ていた。マックスもそばへ来て上体をかがめてきた。**もうちょっと血を出さねえと判んねえもんな**

ああ。払いのことは心配ない。次の一発も店のおごりだ

手は落ちてこなかった。ブロンドの女もそばに来ていた。ブロンドの女は見知らぬ男の持ちあげた腕の手首をつかんでいた　**もういいって言ってるだろ**

10

ジョーの知性は、悲しみを伴うことなく冷静に、一〇〇の荒涼とした寂しい通り[1]を覚えている。それらの通りが延びはじめたのは、あの夜、横になったまま、最後の足音と、最後のドアの閉まる音を聞きながら（マックスたちは明かりを消していきもしなかった）、眼を開けて、静かにあおむけに寝ていた時からだった。頭上にぶらさがった電球が、まるで住人の死に絶えた家で点っているかのように、眼を痛くする瞬かない光をぎらつかせていた。ジョーは自分がどれくらいの間そこに寝ているのか知らなかった。何も考えておらず、苦しみもなかった。だがもしかしたら、頭の中のどこかで、意志力と知覚力の導線が切り離され、今は接触していないが、ふたたび端と端が触れ合わされ、縒《よ》り合わされれば、動くことができると意識していたのかもしれない。あの四人は出発の準備をしながら、時々ジョーの身体をまたいだが、それは永遠に家を去ろうとする者が、あとに残していく物をまたぐのと似ていた　おいボビーほらこれおまえの櫛だろ忘れてるぞおっとこれはロミオの端金《はしたがね》だまったくあの野郎学校から逃げる時にダンスの入場料を皿から盗んできたんだなねえそれってボビーのお金だよこの男がボビーにやるの見ただろああおまえ気前のいいやつだなおいボビー拾えよ野郎のお遊び代としてもらっとくか記念に持っとくかするといいやなんだいらないってそりゃ困ったな弱ったなしかしここへ置いとくわけにもいかねえぞ床が腐っ

1　本章では、クリスマスが一八歳から放浪を始め、三三歳でジェファソンにやってくるまでのことが語られるが、一〇〇〇の通りとはその間に通った道筋のこと。

て穴があくからな何しろ金のせいで誰かさんの穴は腐っててでかくなりすぎてガバガバなんだからおいボビーなあそれじゃ俺がボビーのかわりに預かっといてやるか何言ってるのさあんたいや半分ボビーのためにとっといてやるんだ駄目よここへ置いとくんだよ馬鹿だねあんたたちそんなお金どうしようってのさこの男のもんじゃないかやれやれまったくこいつが金をどうするってんだこの野郎は金なんか使わねえんだいらねえんだボビーに訊いてみなこの野郎に金がいるかどうかこの野郎にには女どもがただでやらせるからその分俺たちが余計に払わなきゃいけねえんだぜいいからそれはそこへ置いときなさいよ何言ってんだこりゃ俺のじゃないんだから置いとくわけにもいかねえよボビーのなんだからおまえのもんでもないんだぞもっともやれやれまったくおまえが俺に内緒でこの野郎にツケでやらせてたってんなら話は別だがないいから置いときなってほらずらかるよなんだたかがひとり頭五ドルか六ドルなのによ　それからブロンドの女がそばへ来て、ジョーの上にかがみ込んできた。ジョーが静かに見ていると、女はスカートをめくり、ストッキングの上の端から折り畳んだ数枚の紙幣を抜き取り、その中から一枚とったあと、ちょっと動きをとめたが、すぐにその一枚をジョーのズボンのウォッチポケットに突っ込んだ。そして女は行ってしまった　さあほら行くよおまえこそまだ支度ができてねえじゃねえかそのキモノをしまって鞄を閉めてもう一ぺん化粧しろよあたしの鞄と帽子をここへ持ってきてよさあ行ってそれからあんたはボビーを連れてほかの鞄を持って先に車に乗ってあたしとマックスを待ってるんだよあんたらのどっちかがここへ残ってこの男のお金をとろうったってそうはいかないよさあ早くここから出ていって

四人は行ってしまった。最後の足音、最後のドアの音がした。それから自動車の音が虫の声にかぶさり、虫の声より高まり、また虫の声と同じになり、それから虫の声より低くなって、やがて虫の声だけになった。ジョーは電球の下に横たわっていた。まだ動けなかった。物を見ているが本当には見えておらず、音は耳に入っているが本当には聞こえていない。ふたつの導線の先がまだ縒り合わされないまま、穏やかに横たわり、子供のように時々唇を舐めていた。

それから導線の先が縒り合わされ、回路が接続された。正確な瞬間は判らなかったが、不意に頭の中ががんがん鳴っているのが意識された。ゆっくりと上体を起こし、自分を取り戻すと、立ちあがった。めまいがした。自分のまわりで部屋が、思考と同じようにゆっくりと滑らかに回ったので、思考が　**まだ駄目だ**　と言った。だが依然として痛みは感じなかった。化粧台の前に立ち、鏡に血の流れている腫れた顔を映して、そこに手を触れた時でさえ、痛くはなかった。「やれやれまったく、やつら思いきりやりやがった」と言った。まだ思考は働いていなかった。次のように思ったが、まだ思考にまで高まっていなかった　ここを出たほうがいいぞここを出たほうがいいぞ　盲人か夢遊病者のように両手を前に伸ばして、ドアのほうへ行った。気がつくと廊下にいたが、入り口をくぐり抜けた記憶はなかった。次にはなぜか別の寝室にいた。それでも玄関に近づいているはずだとの希望を抱いていたが、おそらく信じてはいなかった。その部屋も狭かった。そこにはまだあのブロンドの女の気配が立ちこめているように思えた。窮屈さを感じさせる殺風景な壁が、あの喧嘩っ早そうな、ダイヤモンドの表面を持つ威厳を持って押し迫ってくるようだった。ほとんど物がなくなった化粧台の上に、ウィスキーの一パイント瓶がひとつ置かれていた。中身はまだほとんど瓶に一杯あった。ジョーは化粧台につかまって身体を支えながら、ウィスキーをゆっくりと飲んだが、喉を火が通る感じはなかった。ウィスキーは糖蜜のようにひんやりと、しかも糖蜜と違って味もなく、喉を降りていった。空になった瓶を置き、化粧台に寄りかかって、うなだれ、何も考えることなく、おそらくはそうしている意識もなく何かを待っているか、あるいは待ってすらいなかった。それから、ウィスキーが身体の中で燃えだし、ジョーはゆっくりと首を左右に振りはじめ、腹の中で渦巻きが起こり、それが反転し、という動きが始まると、思考もそれに同調して、動きはじめた。『さあここから出ていかないと』ジョーはまた廊下に出た。今は頭がはっきりしているが、逆に身体が言うことをきかなくなった。身体をなだめすかして、壁を手で探り探り廊下を進み、玄関に向かいながら、考えた。『ほら行くぞ、しっかりしろ。ここを出なきゃいけないんだ』そしてこう思った　**身体を外に出しさえすりゃ、表の空気の中へ、冷たい空気の中へ、冷たい暗い空気の中へ**　ジョーは自分の両手がドアをまさぐっているのを見て、手伝おうとした。なだめすかして制御しようとした。『やつら鍵をかけて俺を閉じこめることはしなかったんだな』とジョーは思った。『やれやれまったく、鍵がかかってたら朝まで出られないだろうよ。俺の身体は窓を開けて、そこから出るなんてしないだろうから』ようやくドアを開け、外に出て、ドアを閉めた。面倒だからドアなど閉めたくないという身体とまた言い争って、無理やり閉めさせたのだ。無人になった家の中では、ふたつの灯火が、生気のない、瞬かない光を輝かせつづけ、家の中が無人であることを知らず、そもそもそんなことには関心もない。それらの灯火は、以前の、始終使われるグラスと始終使われるベッドが饐《す》えたような匂いをはなった、安っぽい肉欲の夜々をなんとも思わなかったように、今の静けさと物寂しさのこともなんとも思っていなかった。ジョーの身体はしぶしぶながら従順に言うことをきくようになってきた。暗いポーチから足を踏み出し、月明かりのもとに出た。そして血まみれの顔と、ウィスキーで熱く、荒々しく、度胸に燃える空っぽの胃袋とともに、これから一五年間ずっと続くことになる通りに出た。

ウィスキーの火はやがて消え、また燃え、また消え、と繰り返したが、通りは延びつづけた。あの夜からあとは、一〇〇〇の通りが一本の通りのように続いた。町角の様子やまわりの風景が変わっても感知されない。その一本の通りが途切れるのは、時々列車やトラックや田舎の馬車に頼んで乗せてもらったり、こっそり乗り込んだりする時だった。馬車の座席に坐ったジョーは、二〇歳になり、二五歳になり、三〇歳となったが、いつも動かない硬い顔をして、着ているものは(たとえ汚れてくたびれている時でも)町の人間の服で、馬車を御する男は、この便乗者が何者なのかを知らず、あえて訊こうともしないのだった。一本の通りはオクラホマ州に入り、ミズーリ州に入り、南はメキシコまでくだったかと思うと、北上してシカゴやデトロイトに行き、それからまた南下して、ついにミシシッピ州までやってきた。それは一五年の長さを持つ通りだった。その一本の通りは、石油景気にわく町の、前面を看板よろしく仕立てて立派に見せかけた急ごしらえの建物の間を通っていった。ジョーはいつものサージのスーツに軽い靴を履いていたが、その服も靴も、石油の町の底なしの泥で黒く汚れていた。そんな町では、ブリキの皿で食べる粗末な食事の一回分が一〇ドル、一五ドルもするのが相場だったが、ジョーは牛蛙ほどある札束から代金を払うのだった。その札束も、地中から湧きでる黒い黄金と同じく底なしに豊かな泥で汚れていた。一本の通りは、苛烈な黄色い陽射しのもとで起伏する黄色い小麦畑の間も通っていった。激しい農作業に明け暮れる日々、九月の狂気じみた冷たい月と脆そうな星々の下では、干草にもぐり込んで猛烈に眠った。ジョーは労働者になり、鉱員になり、鉱脈探査人になり、競馬予想屋になった。軍隊に志願し、四カ月で脱走して、うまく逃げおおせた。一本の通りは、遅かれ早かれ、何度か都市を通り抜けることになる。ほかの都市ととりかえてもほとんど変わらない、同じような、街路や店や人の名前も覚えていない、そんな街並み。暗い、いかがわしい、すぐそれと知れる構えの入り口を持つ建物で、真夜中に、ジョーは女と寝た。金がある時は払った。ない時もとにかく寝て、それから、自分は黒人だと女に告げた。しばらくの間は、それでうまくいった。まだ南部にいる時はそうだった。[2] まったく簡単で、単純なことだった。たいていは相手の女か、その売春宿の女主人から罵られるだけですんだ。もっとも時々、ほかの客たちに袋叩きにされて気絶し、あとで通りか留置場で眼を醒ますこともあったが。

2 当時の南部では売春宿も白人用と黒人用が別だった。

だがそれは南部に（大ざっぱな区分けで南部に）いる時の話だった。というのも、北部ではある夜、それがうまくいかなかったのだ。ベッドで身体を起こしたジョーが女に、俺は黒人だと言った。すると女は、「ああ、そう。イタリア系かなんかだと思ったけど」と言ったのだ。女はとくに興味を持つ様子もなくジョーを見た。それから、ジョーの表情に何かを見てとったようだった。「それがどうしたのよ。あんた、まあまあ見られる男じゃない。あんたのすぐ前に来た黒んぼなんかすごかったわよ」女はまじまじとジョーを見た。身体がこわばって動かなくなっていた。「ねえあんた、このボロ部屋をどこだと思ってんのさ。リッツ・ホテルじゃないんだからね」そこで女は口をつぐんでしまった。じっとジョーの顔を見ながら、ゆっくりと後ずさりしはじめた。ジョーを見つめる女は、真っ青な顔をし、悲鳴をあげるために口を開いた。それから、実際に悲鳴をあげた。ジョーを取り押さえるのに、警察官ふたりの力が必要だった。警察官たちは最初、女はもう死んでいると思い込んだ。

それからあとは、気持ちが悪くて仕方がなかった。その時初めて、肌の黒い男と平気で寝る白人女がいることを知ったのだった。この気持ち悪さは二年間続いた。思い返せば、昔のジョーは、策を弄して白人の男たちに自分を黒んぼと呼ばせ、待ってましたとばかりに喧嘩をして、のしたり、のされたりした。だが今では、自分を白人と呼ぶ黒人と喧嘩をするようになった。ジョーは今、北部にいた。まずはシカゴ、その次はデトロイトだった。ジョーは白人を避け、黒人と一緒に暮らした。黒人たちと一緒に食べ、眠ったが、すぐに喧嘩をし、予想のつかない行動をとり、話の通じない男になった。ジョーは今、黒檀の彫像のような女と、夫婦同然の暮らしをしていた。夜になるとベッドのその女の横に寝たが、眠りはせず、荒く、深く、息をしはじめるのだった。わざとそうして、自分の白い肺が胸郭の中で、ひと呼吸ごとに徐々に大きく膨らんだり縮んだりするのを感じながら、さらには自分の肺など見えるはずがないのに見ることとすらしながら、自分の中に黒い匂いを、黒人の黒い窺い知れない思考と実体を、吸いこもうとし、吐く息ごとに白人の血を、白人の思考と実体を、自分の中から追い出そうとした。ところが、その間中ずっと、ジョーの鼻の穴は、自分のものにしようとしている匂いに反発して白くなり、こわばり、ジョーの全存在は、生理的な嫌悪と精神的な反感で身もだえし、張り詰めるのだった。

ジョーは、自分が逃れようとしているのは孤独からだと思っており、自分自身からだとは思っていなかった。だがあの一本の通りはやはりここでも続いているのだった。猫がどの家も同じようなものだと思うのに似て、どんな場所も同じようなものだと思えた。そしてどんな場所でも落ち着けなかった。あの一本の通りは、その時々で雰囲気や様相を変えながらも、そこにはいつもジョー以外に誰もいないのだった。ジョーは自分自身を無数の化身《アヴァター》と見たかもしれなかった。それらの化身は黙々と移動を続けなければならない運命に定められており、絶望を抑え込む勇気と、勇気をかき立てられない絶望に衝き動かされて進んでいくのだった。ジョーは三三歳[3]になった。

ある日の午後、例の一本の通りは、ミシシッピ州のとある田舎道となった。とある小さな町の近くで、ジョーは南に向かう貨物列車からおろされた。その町の名前は知らなかった。名前がなんだろうと気にしなかった。どのみちその町を見ることすらなかった。町を迂回して、森の中を通り、広い道路に出ると、左右を見た。砂利敷きの道路ではないが、よく使われる道路らしかった。沿道にぽつりぽつりと黒人の住む小屋が見えた。そして一キロ近く先に、もっと大きな家が見えた。樹林に囲まれた大きな屋敷で、かつては威容を誇っていたようだが、今は木々も伸びほうだいで、建物も長くペンキの塗り替えをしていなかった。だが人が住んでいるのは判ったし、ジョーはもう二四時間、何も食べていなかった。『あそこでいいか』とジョーは思った。

午後の時間はかなり進んでいたが、すぐには近づかなかった。逆に屋敷に背を向け、反対の方向に歩いていった。汚れた白いシャツにくたびれたサージのズボン、土埃にまみれたひび割れだらけの町ばきの靴、生意気そうな角度に傾けた鳥打帽、顔には三日分の無精髭、という風体だが、それでも浮浪者には見えなかった。少なくとも、弁当を入れるブリキのバケツを手にさげて振りながら道を歩いていく黒人の若者の眼には、そうは見えなかったようだった。その若者を呼びとめて訊いた。「あの屋敷には誰が住んでるんだ」

「ミス・バーデンだよ」

「ミスター・バーデンとミス・バーデンか」

「いや。ミスターはいない。ミスだけ住んでるんだ」

「そうか。じゃ、婆さんなんだろうな」

「違うよ。ミス・バーデンは年寄りじゃないよ。若くもないけど」

「ひとりで住んでるのか。怖くないのかな」

「町の人でミス・バーデンに悪さする人はいないよ。ここらの黒人がみんな気をつけてあげてるんだから」

「黒人が気をつけてやってるって?」

3 初めフォークナーはここを〝三〇歳〟としていた。それだとクリスマスは、キリストと同じく三三歳で死ぬことになる。しかしフォークナーはクリスマス＝キリストの図式を露骨にしないために修正したと考えられている。

すぐに若者は、ものを尋ねてきた男と自分との間のドアを閉めてしまったように見えた。「ここらの人はミス・バーデンに悪さしないんじゃないかな。ミス・バーデンは誰にも悪さしないから」

「まあ、そうなんだろうな」とクリスマスは言った。「こっちへ行ったら、次の町までどれくらいあるんだ」

「五〇キロほどあるらしいよ。まさかこれから歩くとか？」

「いや」とクリスマスは言った。回れ右をして歩きだした。若者はその背中を見送った。それから若者も回れ右をして、また歩きはじめた。色褪せた服の脇で、バケツを振った。何歩か歩いてから振り返った。さっき物を尋ねてきた男は、足早にではないが歩調をゆるめずに、歩きつづけていた。若者はまた歩きだした。色褪せた、継ぎはぎだらけの、つんつるてんのオーバーオールを着ていた。足は裸足だった。若者はすり足で歩きはじめたので、細いチョコレート色の足首からすり切れた寸足らずのオーバーオールの脚まで、赤い土埃が舞いあがった。若者は、一本調子でメロディーがないが、リズミカルで音楽として味がある歌を、口ずさみはじめた。

みんな欲しいさ

誰でも欲しいさ
あの黄色い娘《こ》の
プディングは[4]

屋敷から一〇〇メートルほど離れた低木の繁みの中に寝ているクリスマスの耳に、遠くの時計が九時を打つのが聞こえ、それから、一〇時を打つのが聞こえた。前方で、大きな四角ばった屋敷が、樹林の塊の上にぬっと突き出ていた。二階の窓がひとつ、明かりを点していた。カーテンが引かれていないので、明かりが石油ランプのものであるのが判った。窓の中の奥の壁に人間の影が映って動いていたが、人間の姿は見えなかった。しばらくすると明かりは消えた。

屋敷は今や真っ暗だった。クリスマスはそれを見るのをやめた。低木の繁みの中の、黒い土の上に、うつぶせに寝ていた。繁みの中の闇は見通せなかった。シャツとズボンごしに、土は少し冷たく、ぴったり密着してきて、かすかに湿っぽい。まるでこの

4 〝黄色い〟娘は、前出の〝薄茶色〟の女性と同じく、黒人と白人の混血女性。プディングはおそらく女性器のこと。

繁みの中の空気には陽射しが一度も触れたことがないかのようだった。陽のあたったことのない大地が、クリスマスを受け入れて、ゆっくりと、衣服ごしに、股、腰、腹、胸、前腕へと、鼓動を伝えてくるのが感じ取れた。前腕を交差させ、そこに額をつけていた。産む力に満ちた黒い土の湿った濃密な匂いが鼻の穴にむっと入ってきた。

もう暗い屋敷のほうは見なかった。一時間あまり、じっと動かず繁みの中に横たわっていたあと、そこを出ていった。足を忍ばせることはしなかった。屋敷へ近づいていく時の足取りには、こそこそしたところもなければ、とくに注意を払うところすらなかった。これが自分の自然な動き方だというように落ち着いて歩き、今は奥行きのない影の塊にしか見えない建物の脇を通り、台所があるはずの裏手へ向かった。猫のように足音を立てずに歩き、あの明かりがついていた窓の下でしばらく足をとめた。足もとの草叢の蟋蟀《こおろぎ》が、クリスマスが動くと鳴くのをやめ、クリスマスのまわりに沈黙の小島をつくった。その沈黙の小島は、蟋蟀の声の黄色い薄い影のようだった。蟋蟀はまた鳴きはじめたが、クリスマスが動くと、警戒心に満ちた小さい者たち特有の唐突さで、またぴたりとやんだ。屋敷の後部には、一階しかない部分が突き出ていた。『あれが台所だな』とクリスマスは思った。『そうだ。そうに違いない』不意に黙り込んだ蟋蟀の沈黙の小島の中で、クリスマスは音を立てずに歩いた。台所の出入り口のドアが見分けられた。試しにドアノブを回してみれば、鍵がかかっていないのが判っただろう。だがクリスマスは試してみなかった。ドアの前を通り過ぎ、ひとつの窓の下で足をとめた。その窓を試してみようとする前に、あの二階の窓には網戸がついていなかったことを思い出した。

窓はしかも開いていて、つっかい棒で支えてあった。『こいつはどうだ』とクリスマスは思った。窓の前に立ち、窓敷居に両手をかけて、静かに息をし、聞き耳を立てることなく、急ぐこともなかった。まるでこの地上に急ぐ必要のあることなど何もないとでもいうようだった。『おや、おや、おや。こいつはどうだ。おや、おや、おや』それから、窓から中に入った。身体が暗い台所に流れ込んだように思えた。まるでひとつの影が、曖昧模糊とした母なる闇の中へ、音もなく、するりと戻ってきたかのようだった。もしかしたらクリスマスは、かつて出入りに使ったあの別の窓と、その時頼りにしたロープのことを思い出したのかもしれないし、思い出さなかったのかもしれない。

おそらくは思い出さなかっただろう。猫が窓をいちいち覚えていないのと同じことだった。クリスマスはこれまた猫のように闇の中でも眼が見えるようで、食べ物のほうへ過《あやま》たず向かっていった。まるで欲しい食べ物のありかをあらかじめ知っているかのよう、あるいは、それを知る何者かに操られているかのようだった。眼に見えない皿から、眼に見えない指で、何かを食べた。眼に見えない食べ物だった。それがなんであろうと気にしなかった。自分では意識しなかったが、なんだろうと考えもしなかったし、味わいもしなかった。それから顎の噛む動きが急にとまり、思考が飛んで、あの一本の通りを二五年分遡った。苦い敗北を味わったすべての曲がっているとは判らない曲がり目や、敗北よりも苦い勝利を味わった曲がり目が、眼にもとまらぬ速さで意識を流れ去り、あの、相手の名前ももう忘れてしまった、ひどい経験に終わった初めての恋で待ち合わせをした町角も通り過ぎて、その八キロ向こうへ戻った。八キロ向こうに戻って、考えた　もうすぐ判る。前にどこかで食ったことがある。もうすぐ判る　記憶がはたと思い出し、知性による認識に変わる　見える、見える、見えるだけじゃない、聞こえる、俺には聞こえる、垂れた俺の頭が見える、あの男の単調な押しつけがましい声が聞こえる、あの声は絶対にやまずに永遠に続くんだろう、そっと見ると、あの男の不屈の精神を体現した丸い頭が見える、きれいに刈りそろえた顎鬚が見える、あのふたりも頭を垂れている、そして俺はなぜこの男は腹がすかないのかと思う、俺は匂いを感じ取る、俺の口と舌が待ちきれなくてすすり泣くみたいに涎を出す、俺の眼が皿から立ちのぼる熱い湯気を味わう　「これは豆だ」とクリスマスは声に出して言った。「やれやれまったく。糖蜜で煮たえんどう豆だ」

クリスマスの中で、思考以外のすべてが留守になっていたのかもしれない。もっと早くその物音を聞きつけていてもよかった。なぜなら、その物音を立てている人間は、クリスマスと同じく、音を立てまいとか、用心しようとか、していなかったからだ。もしかしたら、クリスマスはその物音を聞いたのかもしれない。だがそのスリッパばきの足がやわらかな音を立てて中央の棟から台所へ近づいてきても、クリスマスはまったく動かなかった。ようやく唐突に振り向いて眼を光らせた時には、ドアの下に近づいてくるかすかな明かりが見えていた。開いたままの窓がすぐそばにあった。その場からぴょんと飛べば外に出られそうなほどだった。だが動かなかった。皿を置きさえしなかった。噛むのをやめさえしなかった。皿を手に、食べ物を噛みながら、部屋の真ん中に立っていると、ドアが開いて、女が入ってきた。色褪せた化粧着を着て、蠟燭を一本、手にしていた。それを高く掲げていたので、光が女の顔にあたっていた。静かな、重々しい、まったく警戒していない顔だった。蠟燭のやわらかな光を受けて、年は三〇をさほど過ぎていないように見えた。女は入り口に立っていた。ふたりはそれからなお一分あまり互いを見合っていたが、ふたりの姿勢はほとんど同じだった。男は手に皿を持ち、女は蠟燭を持っている。男は噛むのをやめていた。

「食べ物が欲しいだけなら、あげるわよ」と女は、落ち着いた、やや低めの、かなり冷ややかな声で言った。

11

蠟燭の明かりで見た時、女は三〇をさほど過ぎていないように見えた。眠る用意のできた女の、ベルトを締めていない化粧着姿に、上からやわらかな光が落ちていたからだ。昼の光で見ると、三五は超えているのが判った。あとで四〇だと本人が言ったが、クリスマスは、『あの言い方は、四一歳から四九歳までのどこかだって意味だろうな』と思った。だが女がたったそれだけのことを話したのも、その最初の夜でなく、それから何日もたったあとの夜のことだった。

ともかく女はほとんど何も話さなかった。ふたりの間に会話はごく少なく、あってもごくあっさりしたものだけだった。それはクリスマスがこの中年の未婚の女とベッドをともにするようになったあとでもそうだった。時々クリスマスは、自分たちはおよそ話をしない、自分はこの女のことを何も知らないのだ、と信じ込みそうになった。まるでふたりの女がいるかのようだった。ひとりは時々昼間に会う女で、話をする時は顔を見るが、かわされるのは何も言っていないのに等しい言葉で、それというのも、それらの言葉は何も言おうと努めないし、言う意図もないからだった。もうひとりのは、夜一緒に寝る女で、この女のことは見もしないし、話もしなかった。

一年たったあとでさえ（その頃のクリスマスは製板所で働いていた）、昼間に会うのは土曜日の午後か、日曜日か、あるいは女がつくって台所のテーブルに置いておく料理を食べに屋敷へ行く時だけだった。そんな時、女は台所に来ることもあったが、クリスマスが食べる間は台所に留まらなかった。それから、クリスマスが屋敷からゆるい傾斜をくだったところに建つ小屋に住みはじめた最初の四、五カ月の間、屋敷の裏のポーチで、ふたりは見知らぬ者どうしのように立ち話をすることがあった。ふたりはいつも立っていた。女は無数の替えを持っているかに見える清潔なキャラコの家庭着を着て、時には田舎の女のように布の日よけ帽をかぶっていた。クリスマスは、この頃には清潔な白いシャツを着て、毎週アイロンで折り目をつけるサージのズボンを穿いていた。ふたりは坐って話すということがなかった。女が坐っているところをクリスマスが見たのは一度だけ、一階の窓から中を見ると、女が机で書き物をしていた時だった。クリスマスは、別に好奇心を抱いたわけでもなかったが、女が相当数の郵便物を受け取ったり出したりすることに気づいた。女は毎日、午前中の時間をいくらか費やして、一階のめったに使われない、家具のほとんどない部屋のひとつで、使い古して傷だらけになった、巻き込み式の蓋のついた書き物机で、せっせと手紙を書くのだ。それから一年ほどたって判ったのは、女が受け取る郵便物は、五〇種類ほどの違った消印が押してある公的および私的な手紙であり、送るのはそれへの返信――すなわち、南部に十いくつかある黒人の学校や大学の、学長や校長や教職員や理事に対する事務的、財政的、宗教的助言、それから、女子学生や卒業生への個人的、具体的な助言だった。時々女は一度に三、四日、家を留守にすることがあった。この頃のクリスマスは、いつでも夜に女と会うことができるようになっていたが、それから一年ほどたってようやく、そうした留守の時、女は学校や大学を訪ねて教員や生徒や学生と話をするのだと知ったのだった。法的な事務を処理するのは、メンフィスにいる黒人の弁護士で、女の関係している大学のひとつで理事をつとめていた。弁護士の事務所の金庫には、女の遺言のほか、女が死んだ時の遺体の処理の仕方についての指示も（本人の手書きの文書で）保管されていた。女と黒人のこうした関係を知った時、クリスマスは町の人たちの女に対する態度が理解できたように思ったが、町の人たちが自分ほど詳しく事情を知っているわけではないことも判った。クリスマスはこう思った。『ここにいれば、俺は面倒な目に遭わずにすむわけだ』

ある日、クリスマスは、女が自分を屋敷の母屋へ招き入れたことが一度もないのに気づいた。台所から奥へは招かれたことがない。だがクリスマスは、自分の意志ですでにそこへも入り込んではいた。唇を歯茎から浮かせて突き出しながら、『俺を奥へ入らせないなんて無理なんだ。たぶんあの女にもそれが判ってる』昼間、台所に入るのは、女がクリスマスのためにつくってテーブルに置いてある食べ物を食べる時だけだった。だが夜、屋敷に入る時は、最初の夜と同じことだった。自分を泥棒か強盗のように感じた。女の寝室にあがっていく時、女は待っているのだが、それでも泥棒気分だった。一年たった頃でさえ、こっそり忍び込み、そのつど新たに女の処女を奪うような気分になった。いやそれどころか、夜になるたび、もう奪ってあるはずの処女を、また奪わなければならないという事態に直面するかのよう――あるいは、処女を奪ったことなど一度もないし、これからも永遠に奪えないかのような気分になるのだった。

クリスマスは時々、そんなふうに考えた。最初の夜這いに屈服した時、女が涙を流さず、自分を憐れむこともなく、ほとんど男らしいと言えるほどの硬質な態度をとったことを思い出した。女は南部の土地で孤立した信念を長きにわたって守り通す中で、わが身を護るために、女としての自分を犠牲にし、肉体的には男の力強さを身につけた。この女はふたつの人格を持っていたのだ。ひとつは、最初に高く掲げられた蠟燭の光で見られた（あるいは、その前にやわらかなスリッパの音で聞かれた）女だった。この女が現われることで、クリスマスの前には、稲妻で風景が瞬時に照らし出されるように、わが身の安全と、快楽とまではいえないまでも肉欲の充足が手に入る地平線が、見えたのだった。そしてもうひとつの人格は、特異な主義主張を奉じる一族の末裔でありながら南部の土地で生きてきて、男のように強い肉体と、男のような考え方をする頭を持つようになった女であり、クリスマスはこの人格と、とことん戦わなければならなかった。最初の夜這いの時、この女は女らしい躊躇《ためら》いなどまるで見せず、明らかに自分も欲望を持っていて最後には受け入れる気でいるのにわざと恥ずかしがってみせるということもしなかった。肉体的には、男と格闘しているのと同じことだった。しかもクリスマスが奪おうとしているのは、自分にも相手にも事実上価値のないものであり、どちらもただ面子《メンツ》のためにだけ戦ったようなものだった。

次に女に会った時、クリスマスは思ったものだ。『ああ、俺はなんと少ししか女のことを知らないんだろう。よく知ってると思ってたのに』これは最初の夜這いの翌日のことだった。女を見、その女から言葉をかけられた時、あれは一二時間前に現実に起きたことだと記憶が知っているにもかかわらず、起きたはずのないことのような気がして、こう思ったのだ　服を着ていると、その下にあれができるような身体があるようには見えないぞ　その頃はまだ、クリスマスは製板所で働いていなかった。この日はほぼ一日中、女から住まいとして提供された小屋で、女から貸してもらった簡易ベッドにあおむけに寝て、頭の下に両手を敷き、煙草を吸っていた。『くそ、あれじゃ俺が女で、あいつが男みたいだった』と思った。けれども、それも本当ではなかった。なぜなら、あの女は最後の最後まで抵抗したからだ。ただしそれは女がする抵抗ではなかった。女が本気で抵抗すれば、どんな男にも打ち負かせない。女は格闘において守るべきとされるルールを守らないからだ。だがあの女は公正なやり方で抵抗した。ある段階に達すれば、たとえまだ抵抗が可能であっても敗北を認めるべきであるというルールを守ったのだ。そんなことを考えた日の夜、クリスマスは台所の明かりが消え、女の寝室に明かりがつくのを待った。そして屋敷へ行った。逸る気持ちではなく、静かな怒りを抱えていった。「見てろよ」と声に出して言った。静かにしようという配慮などしなかった。ずかずかと屋敷に入り、階段を昇った。女はすぐに音を聞きつけて、「誰？」と言った。だがその口調に不安の響きはなかった。クリスマスは返事をしなかった。階段を昇り、寝室に入った。女はまだ起きている時の服装で、ドアのほうを向き、クリスマスが入ってくるのを見ていた。女は声をかけてこなかった。クリスマスがテーブルへ行って、ランプの炎を吹き消すのを見ていた。クリスマスは、『この女、逃げだすぞ』と思い、ドアのほうへぱっと駆け寄って、退路をふさいだ。だが女は逃げなかった。闇の中の、明かりが消えた時にいた場所に、もとの姿勢のままでいた。クリスマスは女の服を引き剝がしにかかった。張り詰めた、硬い、低い声で、女に話しかけた。「見てろよ！　見てろよ、この雌犬！」女はまったく抵抗しなかった。ほとんど手助けしているようなものだった。最後は女の協力が必要だという段階になると、手や足の位置を軽くずらしたりしたのだ。もっとも、男の手の下で、女の身体はまだ硬直が始まっていない死体のようではあった。それでも男はやめなかった。男の手は強硬で、執拗だった。ただしその原動力は怒りだけだった。『少なくとも、俺はついにこいつを女にしたんだ』とクリスマスは思った。『今この女は俺を憎んでいる。少なくとも俺はこいつに、俺を憎むことを教え込んだんだ』

翌日はまた一日中、小屋の簡易ベッドに寝ていた。何も食べなかった。食べ物が用意されているかどうか、台所へ見に行くことさえしなかった。陽が沈んで暗くなるのを待った。『暗くなったらずらかろう』と思った。もう二度と女に会うつもりはなかった。『ずらかったほうがいい』と思った。『ずっといたら、そのうちあの女が俺をこの小屋から追い出すことになるかもしれないが、それだけは絶対にさせないぞ。俺は白人の女に追い出されたことはないんだ。俺を捨てたことのある女は黒んぼの女だけだ』そこで簡易ベッドに横になって、煙草を吸いながら、陽が沈むのを待った。開いたドアから見ていると、陽が傾き、大きくなり、赤銅色になった。それから赤銅色が薄れて藤色になり、その藤色が暗みを増してとっぷり暮れた。蛙の声が聞こえてきて、蛍の光が開いた戸口の枠の中をすいすい横切りはじめ、夕闇が濃くなるにつれてその光が明るさを増した。クリスマスは身体を起こした。所有物は剃刀だけだった。それをポケットに収めると、一キロでも一〇〇〇キロでも、それと判らないうちに曲がっていく、あの一本の通りが選んでいくところを旅する準備ができた。ところが、動きだした時、クリスマスの足が向かったのは屋敷のほうだった。足がそこへ行こうとしていると気づいた時、クリスマスはなりゆきに任せ、ゆらゆら漂い、降参して、こう考えた　判った　判った　そして、ゆらゆら漂いながら、流れに乗り、夕闇の中を進んで、屋敷に近づき、裏のポーチにあがると、施錠されることのないドアから中に入ろうとした。だがドアノブに手をかけると、ドアは開かなかった。おそらくその瞬間は、手も、頭も、信じようとしなかったに違いない。クリスマスはその場に静かに立ち、まだ何も考えることなく、自分の手がドアを揺するのを見、ドアの内側でかんぬきが立てる音を聞いていたようだった。それからクリスマスはドアから離れた。

まだ憤怒は湧いてこなかった。今度は台所のドアへ行った。そこも戸締りされているだろうと予想した。そしてドアが開いていると知って初めて、戸締りされていてほしいと願っていたことに気づいた。かんぬきがかかっていないと判ると、侮辱されたように感じた。それはまるで、自分が暴虐と侮蔑のありったけを浴びせてやった敵が、まったく無傷で立ち、平然としてこちらを耐えがたい軽蔑のまなざしで見ているようなものだった。クリスマスは台所に入ったが、屋敷の母屋に通じるドア、あの最初の夜に女が蠟燭を手に現われたドアには、近づかなかった。テーブルの、女が食べ物を置いてある場所へ直行した。眼で見える必要はない。手がちゃんと見てとった。皿はまだ少し温かかった。クリスマスは思った　**黒んぼのために用意してあるんだ。黒んぼのために**

クリスマスは、離れたところから自分の片手を眺めているように見えた。見ていると、手は皿をとり、持ちあげながらうしろへ引き、とめた。クリスマスは深くゆっくりと息をし、思念をこらした。自分の声が、まるで子供の遊びでもしているかのように、大きく張りあげられるのを聞いた。「ハム！」クリスマスは、自分の手が大きく前に動き、皿を壁のほうへ投げるのを見た。皿は壁に激突した。眼に見えない壁は、皿の割れる音が静まり、沈黙がすっかり流れ戻るのを待って、次の激突にそなえた。

クリスマスは次の皿を持ちあげて、匂いを嗅いだ。今度は少し時間がかかった。「豆か、野菜か」と言った。「豆か、ほうれん草か……。よし。豆にしとこう」皿を思いきり投げつけ、割れる音がやむのを待った。それから三つ目の皿をとりあげ、「玉葱を使ってる」と言いながら、考えた　こいつは愉しい。なんで今まで思いつかなかったんだろう「女のつくった肥やしだ」クリスマスは皿をゆっくりと、力いっぱい投げ、それが割れる音を聞き、待った。すると何か別の音が聞こえてきた。屋敷の母屋にいる足が、台所のドアに近づいてくる音だ。『今度はランプを持ってくるぜ』と考え、こう思った　今そっちを見たら、ドアの下に明かりが見えるはずだ　そこで手をうしろに引いた　もうドアのすぐ手前まで来た　「ジャガイモだ」とクリスマスは、裁判官が判決を言い渡すように言った。かんぬきがはずれてドアが開く音がし、皿を構えている身体に明かりがあたったが、クリスマスは首をめぐらさなかった。「そうだ、ジャガイモだ」それは一人遊びに熱中して周囲のことを忘れている子供の口調だった。今回は皿が割れるのが見え、音を聞くことができた。それから明かりが消えた。ふたたびドアの音と、かんぬきの音がした。それでもそちらへ眼を向けなかった。次の皿を手にとった。「赤かぶだ」とクリスマスは言った。「どうせ赤かぶは嫌いだ」

翌日、製板所へ働きにいった。金曜日のことだった。水曜日の夜から何も食べていなかった。土曜日の午後は残業をして、夕方、賃金をもらった。そして夜、町の食堂へ行った。三日ぶりの食事だった。屋敷には戻らなかった。それからしばらくは、小屋を出る時も、小屋に入る時も、屋敷のほうを見なかった。六カ月たつ頃には、小屋と製板所の間に、自分だけの小道ができていた。その小道はほぼ直線を描いて走り、あらゆる家を避け、すぐ森に入り、そのまままっすぐ進んで、日ごとにくっきりとその道筋を刻みつけながら、職場のおが屑の山まで通じていた。いつも五時三〇分にサイレンが鳴ると、クリスマスはその小道をたどって小屋に帰り、白いシャツと黒っぽい色の折り目のついたズボンに着替え、また東のほうへ三キロ歩いて、町で食事をした。まるでオーバーオール姿を恥じているかのようだった。あるいは、そうではなかったかもしれない。しかし、おそらくクリスマスには、着替えるのは恥じているからではないと言い切ることができなかっただろうし、それ以外の理由を挙げることもできなかっただろう。

もうわざと屋敷を見ないようにすることはやめた。わざとそちらを見ることもしなかった。しばらくの間は、女が呼びにくるだろうと思っていた。『まずあの女のほうから合図をしてくるだろう』とクリスマスは思った。だが女は合図をしてこなかった。しばらくすると、もう自分は期待していないと信じ込んだ。ところが、久しぶりにわざと屋敷のほうを見た時、びっくりするほど血圧が急上昇してすぐ急低下するのを覚えた。それで自分が今まで女の姿が見えはしないかと怖れていたことに気づいた。女がこの間からずっと自分を見張っていて、あのはっきりした静かな軽蔑のまなざしをこちらに向けていたのではないかと怖れていたことに。クリスマスは汗が噴き出すのを感じた。それは試練をひとつ終えた時の感触だった。『もう終わったんだ』とクリスマスは思った。『あれはもう終わったんだ』そう思い定めたおかげで、次に女に会った時には動揺しなかった。おそらく気持ちの準備ができていたのだろう。まったく偶然に眼をそちらに向けた時、裏庭に灰色の服を着て日よけ帽をかぶった女がいるのが見えたが、びっくりするような血圧の乱高下は起こらなかった。女がさっきからこちらを見張っていたのか、こちらの姿をすでに見ているのか、今こちらを見ているのかどうか、それは判らなかった。『もう俺に構うなよ。俺もおまえに構わないから』とクリスマスは思い、こう考えた　俺は夢を見たんだ。あれは本当には起こらなかったんだ。あの女の服の下には何もないんだから、起こったはずがない

製板所で働きはじめたのは春だった。九月のある夜、帰ってきて小屋に入った瞬間、あっと驚いて立ちすくんだ。簡易ベッドに女が腰かけて、こちらを見ていたのだ。頭は無帽だった。それまで女のむきだしの頭を見たことがなかった。しどけなくほどか

れて、しかしまだ枕の上で乱れてはいない髪を暗闇の中で触ったことはあった。だが髪の毛を見たのは初めてだった。クリスマスは、女に見つめられながら、ひとり立ちつくして女の髪を見つめた。また動きだす時、クリスマスは不意に考えた。『この女はなろうとしてるんだ　**白髪があるなんてことはとっくに予想してたよ**　この女は女になろうとしてるんだが、やり方が判らないんだ』それから、**この女は俺に話があってきたんだ**　と思った。そのことを知っていた。二時間後、女はまだ話していた。ふたりはもう暗くなった小屋で、簡易ベッドに並んで腰かけていた。女は、自分は四一歳だと言い、あの屋敷で生まれてずっとあそこで暮らしてきたと話した。ジェファソンを一度に六カ月以上離れたことはなく、一度外に出たら次に出るまで長い間隔をあけるし、よその土地にいる間は、この地所の屋敷の壁の板や釘や土や樹林や低木の繁みが恋しくてならないが、この土地は、自分や自分の一族にとっては異郷にすぎないのだと言った。四〇年たった今でも、女の話し方には、たまたま暮らすことになったこの土地の訛りである曖昧な子音とまのびした母音の合間合間に、アメリカ北東部風《ニューイングランド》の発音やイントネーションがはっきり響いた。それはこの女の、ニューハンプシャー州を一度も離れたことのない親類たちの話し方だが、女は四〇年生きてきた間に、その親類たちにはおそらく三度くらいしか会ったことがないとのことだった。女と並んで暗がりの中の簡易ベッドに坐り、陽の光が衰えたために、もうどこから聞こえているのか不明の女の声が、休みなく、長々と、ほとんど男の声で響いているのを聞きながら、クリスマスはこう思った。『こいつもほかの女と同じだ。一七の小娘も四七のばばあも、男にすっかり降参する時は、うだうだ喋るんだ』

キャルヴィン[1]・バーデンは、ナサニエル・バーリントンという牧師の息子だった。一〇人いる子供の末っ子で、一二歳の時家出をして、船に乗り込んだ。その時はまだ字が書けなかった（父親は、書こうとしないだけだと思っていた）。南米最南端のホーン岬を回って、カリフォルニア州へ行き、カトリック信徒となり、一年間、修道院で生活した。一〇年後、西部をへてミズーリ州へ行く。着いた三週間後に結婚した。相手はカロライナの地からケンタッキー州を通って移住してきたユグノー信徒[2]の娘だった。結婚式の翌日に、キャルヴィンは言った。「俺はこの土地に落ち着いたほう

1　キャルヴィン（Calvin）という名前はプロテスタント神学者カルヴァン（同じ綴り）からとられていると思われる。
2　一六～一八世紀フランスのカルヴァン主義新教徒で、迫害を逃れて一七世紀にアメリカやイギリスに移住した。

がよさそうだ」そして、その日から、落ち着く準備を始めた。結婚祝いはまだ続いていたが、まずしたのは、カトリック教会への忠誠を正式に拒否することだった。キャルヴィンはこれを酒場でやった。ここにいる人は全員わたしの話を聞いて、反論があったらしてもらいたいと言った。きっと反論があるはずだと、キャルヴィンは少ししつこいほど言い立てたが、反論はなかった。しまいには、キャルヴィンは友人たちに無理やり酒場から連れ出されてしまった。翌日、キャルヴィンは、とにかく自分は本気なのだと言った。奴隷を持つ蛙食い[3]の連中がわんさといる教会などに入っていたくないと言った。そこはセントルイス[4]だった。キャルヴィンはそこに家を買い、一年後、父親となった。その頃になると、一年前にカトリック教会を捨てたのは息子の魂のためだったと言いだした。生まれてまもない息子に、キャルヴィンはニューイングランドの先祖の信仰を吹き込みはじめた。もっとも、近くにユニテリアン派[5]の教会はなかったし、あってもキャルヴィンは英語の聖書が読めない。カリフォルニアでは、修道士たちに習ってスペイン語を読めるようになっていたので、息子が歩けるようになるとすぐ、バーデンは（キャルヴィンは自分の苗字をバーリントンではなくバーデンと発音していた。もともと字が書けず、修道士たちに習った時も、ペンを持つよりロープや銃やナイフを持つほうが得意な手には、そう書くのが精一杯だったからだ）

カリフォルニアから持ってきたスペイン語の聖書を息子に読み聞かせるようになった。神秘的な響きで美しく流れる外国語による聖書朗読は時々中断され、そこに厳しい口調で語られる即興の説教がはさまったが、その半分は、ニューイングランドの長い日曜日にキャルヴィンが父親から受けたのを覚えている血の通わない厳格な論理による教え諭しであり、あとの半分は、メソジストの田舎の巡回牧師も顔負けの、地獄の火に焼かれるぞ、硫黄の雨が降るぞという生々しい即物的な戒めだった。父と息子はふたりきりで部屋にこもった。背が高くて痩せこけた北欧系の男と、フランス系の母親から体つきと肌の色を受けついだ、小柄で色浅黒く生気に満ちた子供は、人種が違うように見えた。息子が五歳くらいの時、バーデンはある男と奴隷制度をめぐって口論をし、その男を殺してしまったせいで、家族を連れてセントルイスから立ち去らなければならなくなった。バーデンは、「民主党員から逃げるためだ[6]」と言って、西へ移

3 フランス人やフランス系住民のこと。
4 ミズーリ州の大都市。ミズーリ州はもとフランスの植民地で、奴隷州だった。
5 新教の中で最も理性を重んじる自由主義的な教派。奴隷解放運動で重要な役割を果たした。
6 一九世紀においては、民主党が奴隷制度擁護、リンカーンの所属した共和党が反奴隷制度の立場だった。

動した。

移り住んだ開拓地の町は、一軒の雑貨屋、一軒の鍛冶屋、ひとつの教会、そして二軒の酒場で成り立っていた。バーデンはこの町で、おおいに政治を論じ、奴隷制度と奴隷所有者を声高に口汚く罵った。バーデンが何をした男かという評判はこの町にも届いていたし、拳銃を持っていることも知られていたので、その主張に対しては、少なくとも意見を述べる者はいなかった。時々、とくに土曜日の夜などに、バーデンはストレートのウィスキーに酔い、大声を張りあげながら家に帰ってきて、息子をごつごつした硬い手で起こした（妻はもう死に、息子のほかには三人の娘がいたが、三人とも青い眼をしていた）。「いいか、おまえはふたつのものを憎むんだぞ」とバーデンは言うのだった。「さもないと、鞭で思いっきりぶっ叩いてやるからな。そのふたつというのは、地獄と、奴隷所有者だ。おい、聞こえてるか」

「聞こえてるよ」と少年は答えるのだった。「嫌でも聞こえるよ。もう寝てくれよ。僕も寝たいから」

バーデンには、みんなを改宗させようとする宣教師気質はなかった。時々ちょっとした拳銃がらみの騒動を起こしたが、人が死んだりはせず、説教はもっぱら家族に対してした。「無知なやつらは地獄に堕ちればいい」バーデンは子供たちに言った。「だが、俺はこの腕を持ちあげられるかぎり、おまえたち四人に神を愛する心を叩き込んでやる」それをするのは日曜日だった。日曜日ごとに、子供たちは清潔に身体を洗い、キャラコかデニムの服を着た。父親は黒ラシャのフロックコートを着込み、その背面をズボンの尻ポケットに突っ込んだ拳銃で出っぱらせ、襞《ひだ》飾りのついた襟なしシャツを着込んでいた。シャツの洗濯は毎週土曜日に、長女が死んだ母親のやったとおりにやるのだった。一家は清潔で質素な広間に集まり、かつては金箔が輝いていた聖書をバーデンが読んだが、その言葉は子供たちの誰にも理解できなかった。バーデンはこの儀式を、息子が家出してしまうまで続けた。

息子の名前はナサニエルといった。一四の年で家出して、一六年間帰ってこなかった。ただしその間に二度、人に言伝《ことづて》して、連絡をした。最初はコロラド州、その次はメキシコから、知らせが届いた。どちらの時も、何をしているかは知らせてこなかった。「最後に会った時は元気でしたよ」と使者は言った。これはふたり目の使者で、一八六三年のことだった。使者は台所で朝食を食べた。作法は守りながらも、とんでもない速さでたいらげた。上のふたりはもう大人になりかけている三人娘が、質素だが清潔な服をきちんと着て、粗末なテーブルのまわりで給仕していたが、びっくりして、手に持った皿を質素なテーブルに置くことも忘れ、小さく口を開けて立ちつくしていた。使者と向き合ってテーブルについた父親は、片手で頬杖をついていた。反対側の腕は、二年前になくしていた。ゲリラ騎兵隊の一員としてカンザスでの戦いに参加した[7]のだ。そして今は髪も顎鬚もごま塩になっていた。とはいえ、今でも頑健で、フロックコートの背中は相変わらず大型拳銃の握りで膨らんでいた。「息子さんはちょっとした揉めごとに巻き込まれましたがね。最後に聞いたところでは、元気だということですよ」

「揉めごと？」とバーデンは訊いた。

「息子さんに馬を盗まれたと言い張るメキシコ人を殺したそうです。あそこのスペイン人が白人をよく思ってない[8]のはご存知でしょう。それがメキシコ人を殺したとなるとねえ」使者はコーヒーを飲んだ。「しかし連中も厳しく取り締まらんといかんと思ってるのでしょう。あの国には新参者がどんどん入ってきますからな。――や、どうもありがとう」長女が玉蜀黍《とうもろこし》のパンケーキをまた何枚か皿に載せると、使者は礼を言った。「はい、どうも。シロップは手が届くから大丈夫ですよ。――それで、その後、あれはそのメキシコ人の馬じゃなかったという連中が出てきましてな。そのメキシコ人は馬なんぞ持ってなかったというんです。しかしまあ、スペイン人どもは厳しくやらんといかんと思ってるようです。東部の連中は西部をどうしようもない無法地帯だと言ってますからなあ」[9]

バーデンは唸った。「そうだな。メキシコで揉めごとがあったら、あいつは間違いなく関わり合いになってるだろう。どうか息子に伝えてくれんか」と激した口調で言った。「向こうの卑怯なカトリック坊主どもに丸めこまれて罪を悔いるようなことがあったら、俺は南部連合の謀反人どもを撃ち殺すようにおまえを撃ち殺してやるとな」

「うちへ帰ってくるように言ってください」と長女は言った。「それを伝えてくださ い」

「判りました」と使者は言った。「そう伝えましょう。これからしばらくインディアナへ行きますがね。メキシコに戻ったらすぐ会いますよ。会って伝えます。あ、そうだ、忘れるところだった。女房と子供も元気だと伝えてほしいと頼まれたんでした」

「誰の女房と子供だね」とバーデンは訊いた。

7　一八六〇年に南北戦争が始まる直前から四年にわたり、無法者ウィリアム・クワントリルの率いる南軍ゲリラ隊が北部側住民の虐殺を繰り返したが、バーデンはこれと戦ったと思われる。

8　この使者は、スペイン人は肌が浅黒いので純粋の白人だと思っていない。

9　この場合の西部は、メキシコも含む北米大陸の西部ということだと思われる。

「息子さんのですよ。どうもごちそうさんでした。じゃみなさん、ごきげんよう」

それから一家がナサニエルと再会する前に、三人目の使者がやってきた。その使者とはナサニエル自身の声で、まだだいぶ距離はあるものの、家の玄関のほうへ届いてきたのだった。一八六六年のことだった。一家はまた引っ越して、西に一五〇キロほど移っていたので、ナサニエルが捜しあてるのに二カ月かかったのだった。ナサニエルは四輪馬車の座席の下に、砂金や硬貨や宝石の原石を詰めた革袋をふたつ、古靴のように突っ込んで、カンザス州とミズーリ州のあちこちを捜しまわり、ようやくこの芝土でつくった家を見つけたのだ。ナサニエルは小屋に向かって馬車を走らせながら怒鳴った。玄関前に置いた椅子に坐っている男がいた。「あれがおやじだ」とナサニエルは座席の隣に坐っている女に言った。「ほら、見えるだろう」父親はまだ五〇代の後半だったが、眼が悪くなってきていた。息子の顔が判った時には、馬車はすでにとまり、娘たちが黄色い声をあげて家から飛び出してきた。父親キャルヴィンは立ちあがり、うおーっというような声を大きく長々とあげた。「さあ、着いたぞ」とナサニエルは言った。

キャルヴィンはまだまともな言葉を発しない。ただ怒鳴り声をあげ、罵りの言葉を吐くだけだった。「きさま思いきり鞭でぶちのめしてやる！」と吠えた。「おい！

ヴァンジー！　ベック！　セアラ！」だが姉妹はもう外にいた。長いスカートを穿いた娘たちは、速い気流に吹き流される風船のようにドアをくぐって出てきたのだ。きゃっきゃっとはしゃぐ甲高い声を圧倒して、父親の声が轟きわたった。キャルヴィンは、日曜日に教会に出かける時に着るか、金持ちや引退した結構な身分の男が着るような、例のフロックコートを着ていたが、今キャルヴィンは、そのフロックコートの前を開き、腰のあたりで手をもぞもぞさせて、拳銃を抜くかのような動作を見せた。だが実際には片手で革のベルトをズボンの腰まわりから引き抜いただけだった。今、それを振り回しながら、小鳥の群れのようにさえずりはしゃぎ回っている娘たちの間を突き進んだ。「教えてやるぞ！」とキャルヴィンは怒鳴った。「家出なんぞするとどうなるか、教えてやる！」ベルトが二度、ナサニエルの肩に打ちおろされた。二度打ちおろされた直後、ふたりは組み合った。

それはある意味、遊びともいえた。顔で笑いながらも、命がけで真剣に遊んでいるというふうだった。二頭のライオンの、傷をつけるかもしれないし、つけないかもしれない戯れだった。ふたりは組み合ったまま動かなくなった。ベルトを振る手もとまっていた。顔と顔、胸と胸をつけて、じっと立っていた。父親の痩せこけてごま塩の髭が生えた顔と、ニューイングランド風の青い眼。それとは全然似ていない鷲鼻の息子が、白い歯を見せて微笑んだ。「もうやめてくれ。あそこの馬車からこっちを見てるふたりが見えないかい」

それまでは誰も馬車を見ていなかった。座席には女がひとりと、一二歳くらいの少年がひとり坐っていた。キャルヴィンは女を見た。少年のほうを見たいとは思わないようだった。ただ女を見て、幽霊でも見たように口をあんぐり開けた。「エヴァンジェリン！」とキャルヴィンは言った。死んだ妻にそっくりで、まるでその妹のようだった。母親をほとんど覚えていない息子が、母親そっくりの女を妻に選んだのだった。

「あれはファナだ」とナサニエルは言った。「隣にいるのはキャルヴィン。結婚式をあげに戻ってきたんだ」

その夜、夕食がすんで、ファナと少年が床についたあと、ナサニエルは話をした。父親と、娘たちと、帰宅した息子は、ランプを囲んで坐った。向こうには新教の牧師がいなくて、カトリックの司祭だけだったんだ、とナサニエルは説明した。「ちびができたと判った時、女房は司祭に頼もうと言いだしたんだが、俺はバーデン家の者が異教徒として生まれるなんて駄目だと言ったんだ。でもまあ、女房を安心させてやりたいから、どこかに牧師はいないかと探したんだけどね。何やかやと用事があって、遠くにいる牧師に会いに行けなかった。そのうち子供が生まれちまって、もう急いでもしょうがないと思ったんだ。それでも女房は心配して、やっぱり司祭様にとか言うわけだ。それである日、サンタフェ[10]に白人の牧師が来るって話を聞いた。それで俺たちは荷物をまとめて、出発したんだが、サンタフェに着いた時、ちょうどその牧師の乗った駅馬車が砂煙の向こうへ消えていくのが見えたんだ。俺たちはそこで待った。それから二年ほどたつと、今度はテキサスで牧師に会えるかもしれないと判った。でも、今度はレンジャーズ[11]がある事件を解決するのに協力することになっちまった。無法者どもが保安官補をひとり人質にとって、ダンスホールに立てこもったんだ。それが終わるともう牧師には会えなくて、それでこのさい家に帰って結婚式を挙げようってことになって。それでこうして帰ってきたわけなんだ」

痩せこけた、ごま塩の、厳しい顔つきの父親は、ランプの光を受けて坐っていた。息子の話をじっと聞いていたが、その顔は物思いにふけるような、凶暴な形相で居眠りをしているような、驚き呆れつつ憤怒しているような表情を浮かべていた。「また

10　ニューメキシコ州の州都。
11　テキサス・レンジャーズ。現在はテキサス州の公の治安組織だが、一九三五年までは先住民や無法者から住民を護る民兵組織だった。

黒いバーデンが生まれたか」と父親は言った。「世間の連中は俺が呪われた奴隷所有者の娘に子を産ませたと思ってるだろう。[12]その息子がまた同じような女に子を産ませるとはな」ナサニエルは黙って聞いていた。自分の妻はスペイン人であって南部連合の謀反人ではないとすら言おうとしなかった。「背の低い、黒い連中め。背が低いのは神の怒りの重みのせいだ。色が黒いのは人間を縛りつけて奴隷にした罪が血と肉を汚したからだ[13]」焦点の定まらないそのまなざしは、狂信者の確信に満ちていた。「しかし俺たちは奴隷を解放した。黒人も白人も解放した。[14]黒人はそのうち色が白くなってくる。一〇〇年たったらまた白人に戻るだろう。そしたらまたやつらをアメリカに戻してやってもいい[15]」父親はじっと動かず、激しい感情をくすぶらせながら、考え込んだ。それから突然、「うん、しかし」と言った。「あいつは男らしい身体をしているよ。色は黒っぽいがな。そうだ、そのうちこの祖父《じい》ちゃんみたいにでかい男になるだろう。父ちゃんみたいなちびでなくな。母ちゃんが黒っぽいから色が黒っぽいが、でかい男になるよ」

　暗くなっていく小屋の中で、クリスマスと並んで簡易ベッドに腰かけた女は、こんな話をした。もう一時間以上、ふたりとも動いていなかった。今や女の顔はまったく見えなかった。クリスマスは、まるで漂流する小舟に乗っているかのように、女の声に乗ってかすかに揺れているようだった。どんな時間の何物をも思い起こさせない、無限の、眠気を誘う安らぎに乗っているかのようで、話はほとんど聞いていないように思われた。「その子の名前は、お祖父さんと同じでキャルヴィンだった。お祖父さんみたいに身体が大きかったけど、肌の色は、お父さんの母親の一族や、自分の母親みたいに浅黒かった。この母親というのは、わたしの母親じゃないのよ。キャルヴィンはわたしの腹違いの兄なの。わたしの祖父のキャルヴィンは一〇人の子供の末っ子で、父は一族の最後から二番目の男で、腹違いの兄のキャルヴィンは最後の男の子孫

12 奴隷所有者は黒人の女に子供を産ませるので、その家系の者は純粋な白人ではないという考え方が前提にある。ナサニエルが南欧系フランス人の血を引く母親に似て色が浅黒いので、こう言っている。キャルヴィンもナサニエルも、奴隷解放論者でありながら、黒人の血は汚れているとか、肌の浅黒い南欧人にも黒人の血が流れているなどと考えている。北部の奴隷解放論者にもこの種の人種差別意識を持つ者が少なくなかった。

13 奴隷制の罪が被害者である黒人の肌を汚して黒くしたという奇妙な論理。

14 白人も奴隷制という罪から解放されたということ。

15 分離した南部連合をまたアメリカ合衆国に戻してやってもいいの意味か。キャルヴィンがこう言ったのは南北戦争終結の翌年一八六六年。南部連合のアメリカ合衆国への再統合は一八七七年に完了した。

だった」兄のキャルヴィンは、二〇歳になってすぐ、ここから三キロ離れた町で殺された。殺したのは元奴隷所有者で南軍の軍人だった、サートリスという男で、理由は黒人の投票権をめぐる争いだった。

女はクリスマスに墓のことを話した。兄と、祖父と、父と、父のふたりの妻の墓が、屋敷から一キロほど離れた牧草地の、杉林のある丘にあるのだと言った。静かに聞きながら、クリスマスは思った。『ああ。一緒に見に行かせる気なんだ。これは行くしかないんだろうな』だが女はそんなことはしなかった。その夜以降は、二度と墓のことを言わなかった。その夜も、墓のありかを教えて、見たかったら見に行くといいと言っただけだった。「どうせ見つからないと思うけど」と女は言った。「その夜、お祖父さん[16]とキャルヴィンの遺体が家に運ばれてきた時、お父さんは暗くなるのを待って、ふたりを埋めて、そのお墓を隠したのよ。盛り土しないで地面をならして、木の枝や何かをかぶせたの」

「墓を隠した？」とクリスマスは訊いた。

女の声にはやわらかさ、女らしさ、死を悼んだり昔を懐かしんだりする調子がまるでなかった。「見つかるといけないから。遺体を掘り出されて、切り刻まれるかもしれないからよ」女はあとを続けた。少し苛立ちながら、説明しようとした。「わたしたちはこの土地の人たちに憎まれていたの。北部人だから。外国人だから。いや、外国人より悪い。敵国人なのよ。わたしたちは渡り北部人《カーペットバガー》[17]だった。それにまだ終わってすぐ——戦争が終わってすぐの頃だから、負けたほうも頭が冷えてなかったわね。北部人は黒人を扇動して殺人や強姦をさせるなんて言ったものよ。白人の優位が脅かされるとね。だから、サートリス大佐は町の英雄だったんじゃないかと思うわ。一挺の拳銃を二回撃っただけで、片腕の年寄りと、まだ投票もしたことのない若い男を殺したんだものね。まあ、ここの人たちが正しかったのかもしれない。どうだか知らないけど」

「そうか」とクリスマスは言った。「連中はそんなことをしたかもしれないのか。ふたりの人間を殺して、その死体を掘り出すなんてことを。違う血が流れてる人間たちは、いつになったら憎み合うのをやめるんだ」

「いつやめるかって?」女の声は途切れた。それから、あとを続けた。「さあ、いつ

16 前の段落では触れられていなかったが、第2章にあったとおり、祖父のキャルヴィンも一緒に殺された。

17 南北戦争後、北軍に占領されている南部にやってきて、投機的利益をむさぼったり、官職を得たりしようとした北部人のこと。

かしらね。ここの人たちが本当に墓を暴こうとしたかどうかは判らないわ。わたしはまだ生まれていなかったから。わたしはキャルヴィンが殺されたあと一四年たってから生まれたのよ。だからここの人たちがどこまでやる気だったかは判らない。でも、父はやられるかもしれないと思ったから、墓を隠したの。キャルヴィンの母親が死ぬと、キャルヴィンとお祖父さんと同じところに埋めた。そんなわけでなんとなくそこがわたしたちの墓地になったわけ。父はキャルヴィンの母親をそこに埋める気はなかったのかもしれない。これはわたしが自分の母親から聞いたことだけど（父は、キャルヴィンの母親が死んだ時、まだニューハンプシャー州に残ってた親類に連絡して、新しい妻を呼び寄せたの。この土地ではひとりぼっちだったから。キャルヴィンとお祖父さんの墓がなかったら、父はよそへ引っ越してたと思うわ）キャルヴィンの母親が死んだ時、父はまた引っ越ししようと思ったそうよ。でも、死んだのが夏で、ものすごく暑かったから、遺体を故郷のメキシコへ運んでいくのは無理だったの。だからこの地所に埋めた。ここにずっといようと決めたのはそのせいかもしれない。それとも、だんだん年をとってきたからかもしれないけど。それに戦争で戦った男たちもみんな年寄りになってきたし、黒人が強姦や殺人をしまくるなんてことも起こらなかったし。とにかく父は最初の奥さんをこの土地に埋めた。墓も隠さなくちゃいけなかった。誰かがそれを見て、キャルヴィンとお祖父さんを思い出すかもしれないと思ったから。その頃にはすべてが終わって過去のことになっていたけど、危険を冒すわけにはいかなかったのね。その翌年に、父はニューハンプシャーにいる親戚に手紙を書いた。こんな手紙よ。『わたしは五〇歳です。女性が必要とするものはなんでも持っています。妻によいと思う人をよこしてください。家事ができて、少なくとも三五歳になっていれば、どういう人でもかまいません』手紙には汽車賃を同封した。二カ月後、わたしの母がここへ着いて、その日のうちに結婚したわ。父にしてはずいぶん早く結婚したのよ。最初の時は一二年以上かかったんだから。父とキャルヴィンとキャルヴィンのお母さんが、カンザスにいるわたしのお祖父さんのところへやってきて結婚するまでに。三人がお祖父さんの家に来たのは平日だったんだけど、日曜日になるまで待って結婚式を挙げたそうよ。式は外でやったの。川べりで、雄の子牛を一頭焼いて、ウィスキーをひと樽ふるまって。通知を受けた人も、話を聞きつけた人も、みんな来た。土曜日の朝から川べりに人が集まりだして、その夜には牧師が来た。父の妹たちは一日中働いて、キャルヴィンの母親のために結婚式のドレスとベールをつくった。ドレスは小麦粉の袋、ベールは蚊よけ網でつくったの。蚊よけ網は、酒場の主人がカウンターのうしろの壁にかけた裸婦の絵にかぶせて釘で留めてたやつを借りたそうよ。キャルヴィンのスーツもつくったわ。その時一二歳で、結婚指輪を運ぶ役をやらせようとしたんだけど、嫌がってね。自分がそれをやらされると前の夜に知って、それで次の日(朝の六時だか七時だかに式を挙げる予定だったんだけど)、みんなは起きて朝食を食べたあと、キャルヴィンを見つけるまで式を遅らせなきゃいけなかったの。やっとキャルヴィンを見つけて、スーツを着せて、式が始まった。キャルヴィンの母親は、夫の妹たちがつくった結婚衣装と蚊よけ網のベールでこしらえをして、父は熊の脂で髪をなでつけ、メキシコから持ってきたスペイン風の革に彫刻をしたブーツを履いた。花嫁を花婿に引き渡す役はお祖父さんがやったんだけど、お祖父さんは時々ウィスキーの樽のところへ行ってたから、花嫁を引き渡す時に演説を始めてしまったのよ。リンカーンの話、奴隷制度の話。リンカーンと、黒人と、モーセと、イスラエルの民はみんな同じだ、紅海の水は黒人たちが約束の地に渡るために流さなければならなかった血なんだ、違うというやつがいるならそう言ってみろ。しばらく時間がかかったけど、みんなはお祖父さんに演説をやめさせて、結婚式を続けたの。結婚式のあと、一カ月ほど、その土地にいた。それからある日、父と祖父は東部に向かって、ワシントンへ行って、この土地で解放された黒人の援助をする仕事をもらった。それで一家はジェファソンにやってきたのよ。父の三人の妹は残ったけど。ふたりは結婚して、一番下の妹はそのうちのひとりと同居したわ。祖父と、父と、キャルヴィンと、キャルヴィンの母親は、ここへ来て、この屋敷を買った。それから、たぶんみんながそのうち起こるんじゃないかと思っていたことが起きて、父はひとりになって、ニューハンプシャーからわたしの母が来た。ふたりは実際に会うまで写真も見たことがなかったのよ。母がここへ着いた日に結婚式を挙げて、二年後にわたしが生まれた。父はわたしに、キャルヴィンの母親の名前にちなんでジョアナ[18]と名づけたわ。父はもう息子はいらないと思ってたんじゃないかしら。父のことはよく覚えていないけど。父を生身の、ひとりの人間として覚えているのは、キャルヴィンとお祖父さんの墓へ連れていかれた時のことね。春のよく晴れた日だった。どこへ行くのか知らないのに、わたしは行きたくなかったのを覚えている。あの杉林に入るのが嫌だったみたい。なぜだか判らないけど。何があるのかは知らなかったはずなのよ。その時は四歳だった。かりに知ってたとしても、子供が怖がるはずないと思うのよね。たぶん父親の様子が変だったんじゃないかと思う。杉林の雰囲気が、父親の様子のせいで、何か怖いものに感じられたのよ。父が何かをあの杉林に着せた。わたしが入っていっ

18 スペイン語のファナ（Juana）は、英語のジョアナ（Joanna）にあたる。

たら、杉林がそれをわたしに着せてきて、わたしはそれを忘れられなくなるという感じ。よく判らないけど。でも父はわたしを連れてそこへ入っていった。ふたりでじっと立っていると、父は言ったわ。『覚えておくんだ。おまえのお祖父さんとお兄さんがここで眠っている。ひとりの白人の男に殺されたんじゃない。おまえのお祖父さんや、お兄さんや、父さんや、おまえが生まれるずっと以前に、神がある人種全体にかけた呪いのために殺されたんだ。その人種は永遠の呪いを受けて、罪を犯した白人に対する呪いとなる運命に定められた。そのことを覚えておくんだ。白人の負っている宿命と呪いのことを。それは永遠に、父さんへの呪いであり、おまえの母さんへの呪いであり、おまえへの呪いでもある。おまえはまだ子供だけどね。今まで生まれた白人の子供も、これから生まれる白人の子供も、みんな呪われている。誰もそこから逃げられないんだ』わたしが、『わたしも？』と訊くと、父は、『おまえもだ。とくにおまえはそうだ』と言ったわ。わたしは物心ついた時からずっと黒人を見てきたし、黒人を知っていた。黒人は雨や家具や食べ物や眠ることと同じだった。でも、あの時から、初めて、わたしは黒人を何人もの人たちとしてではなく、あるひとつの物、ひとつの影として、見るようになったみたい。わたしはその影の中で生きている。わたしだけでなく、わたしたちが、白人みんなが、ほかの人たちみんなが、その中で生きているの。これから次々に生まれてくる白人の子供たちは、みんな、息をしだす前から、黒い影に包まれているんだとわたしは思った。わたしはその影を十字架の形で見ていたようね。白人の赤ん坊たちは、まだ息をしはじめる前から、その影から逃げようともがくけど、影は上からかぶさってくるだけじゃなく、下にもあって、赤ん坊が腕をひろげていると、影も同じように腕をひろげて、白人の赤ん坊はまるで黒い十字架に釘づけにされているようなの。わたしには、まだ生まれていないけれど、これからこの世界に生まれてくるすべての赤ん坊が、両腕をひろげて、黒い十字架に釘づけされて、長い列をつくっているのが見えた。本当に見えたのか、夢で見たのかは判らない。でも、わたしにはものすごく怖い眺めだった。わたしは夜、泣いた。ある時とうとう父に話してみたの。わたしは父に、どうしても逃げなくちゃいけない、その影の下から逃げなくちゃいけない、そうしないと死んでしまうと言いたかった。父はこう言ったわ。『それは無理だ。おまえはもがきながら立ちあがらなくちゃいけない。でも、立ちあがるには、影も一緒に持ちあげなくちゃいけないんだ。だが影を自分と同じ高さまで持ちあげるのは無理だ。父さんにはそれが判ってる。ここへ来て初めて知ったんだ。影から逃げることはできない。黒人が受けた呪いは神の呪いだ。しかし白人が受けている呪いは、黒人なんだ。神がかつて黒人を呪い、そのために黒人が永遠に神に愛される人たちとして選ばれた、そのことが、白人の受けている呪いなんだ』」女の声が途切れた。ぼんやり見えている長方形の戸口で蛍が飛びかった。しばらくしてクリスマスが言った。

「さっきから訊こうと思ってたんだが。声は静かだった。でも、答えはもう判った気がする」

女はぴくりとも動かなかった。声は静かだった。「なんなの」

「あんたのおやじさんがなぜ殺さなかったか——あの、誰だっけ。サートリスか」

「ああ、そのこと」と女は言った。また沈黙が流れた。戸口をしきりに蛍の光が流れた。「ああ」とクリスマスは即答した。女が自分の声のほうを見ているのが判った。まるで女にはこちらの姿が見えているかのようだった。今や女の声は優しいといってもいいほど、静かで、穏やかだった。

「あなたは親がどういう人たちだったか、知らないの」

クリスマスの顔が本当に女に見えているなら、不機嫌に考え込んでいる表情が判っただろう。「片方に黒んぼの血が混じってたことだけは知ってる。前にも言ったけどな」

女はまだクリスマスをじっと見ていた。声でそれが判った。静かな、私情を含まない、冷静な関心を示している声だった。「どうしてそのことを知ってるの」

クリスマスはしばらくの間答えなかった。それから言った。「知っちゃいないんだ」また声が途切れた。その声から、クリスマスが眼をそむけて戸口のほうを見ていることが、女に判った。顔は不機嫌そうで、まったく動かなかった。それから、また言葉を発して、身体を動かした。その声は二重の響きを含んでいた。陰気な調子と面白がる調子、まじめな調子とふざけた調子が、同時に響いた。「もし黒んぼの血が混じってないなら、俺はずいぶん時間を無駄にしたことになる」

今度は女が、静かに、ほとんど息をせず、物思いにふけっているように見えたが、自分を憐れんだり、昔を懐かしんだりしているようではなかった。「そのことはわたしも考えたことがある。なぜ父がサートリス大佐を殺さなかったのか。わたしは、それは父のフランス人の血のせいだと思っているの」

「フランス人の血？　フランス人だって、父親と息子を一ぺんに殺されたら怒るんじゃないのか。おやじさんは信心深くなってたんじゃないかな。人に信心しろとうるさく言うような人に」

女はしばらくの間答えなかった。蛍の光が流れた。どこかで犬が一匹、吠えた。やわらかな、悲しい、遠吠えだった。「そのことはわたしも考えたの。その頃は、もうすべてが終わっていたわ。軍服に軍旗の殺し合いも、軍服や軍旗なしの殺し合いも。どちらもいいことは何も生まなかった。まったく何も。わたしたちは他国者だった。よそ者だった。この土地の人たちとは考え方が違っていた。頼まれも望まれもしないのにこの土地へやってきた一族だった。父はフランス人だった。半分はそうだった。フランス人の血が流れていたから、人が自分や自分の一族が生まれた土地に対して抱く愛着を尊重することができた。人は自分の生まれた土地から教えられたように行動する以外にないことを理解できた。そのせいだとわたしは思っているの」

12

このようにして第二期が始まった。クリスマスはまるで下水溝に落ち込んだかのようだった。他人の人生を眺めるように女の、あの最初の、激しい、男らしいといっていい屈服のことを思い返した。あの激しい猛烈な屈服の中で、精神が陥落するさまは、骨格が崩壊する時のようにぱりぱりと組織の壊れる音が耳に聞こえそうなほどだったが、そのせいか、実際の屈服の行為のほうはあっけないもので、最後の決戦の翌日、敗軍の将が、髭を剃り、靴から戦場の泥をきれいに落とした姿で、剣を講和委員会に差し出すのに似ていた。

下水溝が流れるのは夜だけだった。昼間は今までと同じだった。クリスマスは朝六時半に仕事に出かけた。小屋を出ると、屋敷を振り返らずに歩いた。夕方六時に帰ってくる時も、屋敷のほうは見なかった。身体を洗い、白いシャツと折り目のついた黒っぽいズボンに着替え、台所に行くと、テーブルに夕食が用意されているので、坐ってそれを食べたが、まだ女の姿はまったく見ていなかった。それでも女が屋敷にいるのは判る。古い壁に囲まれた空間に闇が充満してくると、何かが崩れ落ち、その何かは待つうちに腐ってくるのだった。女が昼間どう過ごしているのかも、クリスマスには判っていた。女の昼間も以前とまったく変わらなかった。まるで女の場合も、夜とは別の人間が生活しているかのようだった。一日中、クリスマスは女の行動を想像した。女は家事をし、傷だらけの机で一定の時間書き物をし、訪ねてくる黒人の女たちと話をしているだろう。黒人の女たちは、広い道路の両方の側からやってきて、屋敷から車輪のスポークのように放射状に出ている長年のうちに踏みならされた小道をたどってくる。女たちがジョアナに何を話すのかは知らないが、たまに見ていると、とくに人眼を避けようとするでもなく、いかにも用ありげに屋敷に近づき、たいていはひとり、時には二、三人連れだって、エプロンをつけ、頭にスカーフを巻き、たまに男物の上着をはおった恰好で、中に入っていく。そして屋敷を出てくると、放射状の小道を、急ぐでもなく、かといって道草を食うでもなく、戻っていく。この女たちのことが頭に浮かんでいるのは短い間だけで、クリスマスは　**今あの女はこれをしている。今はあれをしている**　と考えるのだが、それはみな外形的な行動のことばかりで、女自身のことはあまり考えない。クリスマスは、女のほうも同じように、昼の間俺のことを本当には考えていないだろうと信じていた。夜、暗い寝室で、女は昼間の瑣末なことを長々と話し、クリスマスにも同じように一日のことを話すよう迫ってくるが、それも恋人どうしがよくやる類《たぐい》のことで、互いに相手の一日のこまごました出来事を話してくれと飽くことなく要求しはするが、別に本当にその話を聞きたいとは思っていなかった。夕食を終えると、クリスマスは女が待っている部屋へあがっていった。急ごうとしないことも多かった。時間がたって、第二期が新鮮さを失い、ただの習慣になってくると、クリスマスは台所の出入り口に立って、夕闇に包まれた戸外を眺めやり、おそらくは不吉な予感を抱きつつ、かつてみずからの意志で選んだ過酷で孤独なあの一本の通りが自分を待っているのを見ながら、こう思うのだった　**こんなのは俺じゃない。ここは俺のいる場所じゃない**

　最初、クリスマスは女の振る舞いに衝撃を受けた。女はニューイングランド流の氷河のように冷たい絶望的な怒りと、聖書に描かれた地獄の猛火の怖ろしさを説く同じくニューイングランド流の熱い信仰心とが突然接触したかのような、そんな激しさを示した。もしかしたらクリスマスは、女がもう神に救われなくてもいいと思っていることに気づいていたかもしれない。女のがむしゃらな切迫感の下には、性的欲求不満のうちに過ごした歳月をもう取り戻せないことへの絶望が隠れていた。夜ごと夜ごと、女はまるで今夜が地上での最後の夜だといわんばかりに、先祖たちが堕ちるなと警告した地獄に自分を永遠に落とし込み、罪だけでなく汚穢《おわい》の中でも生きることによって、その失われた歳月の埋め合わせをしようとしているように見えた。女は禁断のひわいな言葉を貪欲に味わった。クリスマスが舌に乗せ、自分が舌に乗せるその種の言葉の響きに、飽くなき欲望を示した。禁断の話題や事物について子供のように即物的な好奇心を旺盛に燃やし、人の肉体とそれがなしうることに対して倦むことなく研究に没頭する外科医の冷静な関心を寄せた。それに対して、昼間にクリスマスが見るのは、穏やかで、冷ややかで、ほとんど男のように見える顔をした、すでに中年になりかけている女だった。二〇年間ひとりで暮らしていながら、ひとり暮らしの女が普通抱くような不安を少しも持たず、近所の住人が黒人ばかりのところで、ひとり寂しく屋敷に住んでいる。毎日一定時間、静かに机に向かい、年齢を問わないさまざまな人に、聖職者と銀行家と看護師を兼ねたような立場から、実際的な助言をするのが日課だ。

この第二期（とても蜜月時代とは呼べないものだった）の間、クリスマスは、恋する女の千姿万態を表わす化身《アヴァター》のすべてを目撃した。そしてまもなく衝撃を受ける以上の思いをさせられることになった。びっくり仰天して狼狽させられた。女が激しい嫉妬の怒りを燃やしたのだが、これはまったく予想もしないことだった。女がそんな感情を持つような経験をしたはずはなかった。そんな場面が演じられる理由はなく、演じる登場人物もいるはずがなかった。女がそれを知っていることはクリスマスには判っていた。女はその芝居をもっともらしく演じるためにすべてをでっちあげたのだ。とはいえ女は激情を迸らせ、説得力ある芝居を自信たっぷりに演じたので、最初の時は何か勘違いしていると思っただけだったが、三度目には発狂したと思ったほどだった。女は意外にも淫行を絶対確実に行なうための天賦の才能を持っていた。そしてある場所を手紙の隠し場所にしようと言い張った。それはあの崩れかけた家畜小屋のそばにある柵の、支柱に空いている洞《うろ》だった。クリスマスは女がそこに手紙を隠すところを一度も見たことはなかったが、女は毎日必ずそこを見に行けと言った。それで見に行くと、いつも手紙があった。見に行かないのに行ったと嘘をつくと、女はあらかじめ罠を用意していて、嘘を見破り、泣きわめくのだった。

時々手紙に、ある時刻になるまで屋敷には来ないようにと書いてあることがあった。もう長い間、屋敷にはクリスマス以外に白人の男が入ったことはないし、女は二〇年間そこで毎夜ひとりで過ごしてきたにもかかわらずだ。あるいはまる一週間、窓から忍び込んで会いにくるよう指示したこともあった。クリスマスはそのようにした。すると真っ暗な屋敷の中で女を捜さなければならないことがあった。女はクロゼットや空き部屋などに隠れて、息をあえがせながら、闇の中で猫のように眼を光らせ、クリスマスが来るのを待っているのだった。密会の場所を屋敷の敷地内のこれこれの木立の中と指定してくることもあった。行ってみると、女は全裸や、服をずたずたに切り裂いた半裸の姿で、色情狂の欲情激しく身悶えているのだった。女は身体を微光させながら、ゆっくりと姿勢を変え、ペトロニウス[1]の時代にビアズリー[2]がいたら描いたであろう様式美に満ちたエロティックな姿態を次々に見せた。それから女は淫らに乱れるのだ。壁もないのに空気が濃密にこもって息づく薄闇の中で、髪を振り乱すと、その髪の一本一本が生きた蛸の足のようにくねるように思える。女は両手で男をまさぐ

1　古代ローマの作家。退廃的なピカレスク小説『サテュリコン』で有名。
2　オーブリー・ビアズリー。一九世紀末イギリスの退廃的な画風のイラストレーター。

り、息をあえがせながら、「黒人！　黒人！　黒人！」と声をあげる。

六カ月のうちに、女は腐りきった。クリスマスが女を堕落させたとはいえなかった。クリスマスは名前も知らない女たちと情交を繰り返してきたが、それは世間によくある女遊びであり、肉欲の罪の犯し方としては健康で正常なものだった。だから女の堕落がどこから生じたのかは、女自身もよく判らないのだろうが、クリスマスには一層不可解だった。むしろ女が空気中からつかんできた堕落が、クリスマスをも腐らせはじめているように思えた。クリスマスは怖くなってきた。何が怖いのかは判らない。だが自分を客観的に見ると、底なしの泥沼に呑まれていく男を見るような気がした。まだはっきりとそう思っているわけではなかった。眼に浮かぶのは、孤独で、野蛮な、しかし涼しい、あの一本の通りだ。そう、涼しいのだ。クリスマスは時々声に出して言った。「どこかへ行ったほうがいい。ここから出ていったほうがいい」

だが何かに引きとめられていた。運命に縛られている者はいつも何かに引きとめられる。まだ面白いことがあるかもしれないという好奇心か、逃げてもどうせ同じことだという悲観主義か、単なる惰性に。その間にも、情事は続いた。女が浴びせてくる痴情の猛威に、クリスマスはどんどん泥沼に沈んでいった。あるいはもう逃げられないと気づいていたかもしれない。ともかくクリスマスは留まり、女のひとつの身体の中でふたりの女が闘争するのを見た。新月直前の細りきった月のもと、黒い濃密な水をたたえた池の水面で、淡い月明かりに微光するふたつの身体が格闘し、溺れかけながら、かわるがわる一方が優位に立って相手を苦しめた。今見えるのは、あの第一期の、静かで、冷ややかな、自制している女で、打ち負かされた時にも、なぜか傷つくことなく自分を保っていた。次に見えるのはもう一方の、ふたりめの女だ。この女は、第一期の女の不屈の精神に激しく反発して、自分のつくりだした黒い底知れない水の深みに、第一期の女の純潔な身体を沈めてしまおうと躍起になるが、その純潔さはあまりにも長く保たれてきたので、もはや失われることがありえないようにも思えた。時にはふたりの女がともに黒い水面の上に姿を現わしたが、そんな時ふたりは姉妹のようにしっかりと組み合って離れず、やがて黒い水は引いていく。すると世界はみるみるもとの状態に戻っていった。部屋、壁、四〇年来夏の窓の外で鳴きつづけてきたおびただしい虫の穏やかな声。その時女は、見知らぬ女の顔になって、自分が思ったことに絶望の表情を浮かべ、クリスマスを見た。それを見たクリスマスは、自分が思ったことを判りやすくこう表現した。「この女は祈りたがってるんだが、そのやり方を知らないんだ」

女は太りはじめていた。

第二期の終わりははっきりせず、第一期とは違い、クライマックスなどなかった。それは少しずつ第三期へと移っていったので、いつ一方が終わり、いつ他方が始まったのか、クリスマスには判らなかった。それは夏が秋に変わっていく時に似ていた。西に傾いた太陽が影を投げかけるように、夏が前方に秋の無情な冷たさを投げかけた。逆に死にゆく夏が、秋になって、火の消えかけている炭のように、不意に息を吹き返したりもした。こうした移行期が二年ほど続いた。クリスマスはまだ製板所で働いていた。その間に少しずつ密造ウィスキーを売りはじめていたが、ごく慎重に、互いに知り合いではない口の固い少数の客だけを相手にしていた。女は知らなかったが、在庫は屋敷の敷地内に隠し、客とは牧草地の向こうの森の中で落ち合っていた。知っていても文句は言わなかった可能性が高かった。ミセス・マッケカーンはあの隠したロープのことを知っても何も言わなかっただろう、というのと同じことだった。クリスマスはミセス・マッケカーンに話さなかったのと同じ理由で、ジョアナに密造酒のことを話さなかったのかもしれない。ミセス・マッケカーンにロープのことを秘密にしていたこと、与えた金の出所をウェイトレスに言わなかったこと、今の女に密造酒のことを黙っていること、それらのことを考えると、クリスマスとしては、自分がウィスキーを売るのは金を儲けるためではなく、身近にいる女に隠しごとをするのが自分の運命だからだと考えるしかないかもしれなかった。昼間、時々、屋敷の裏手の少し離れたところから女を見かけることがあったが、その清潔で質素な衣服の下の身体には、沼地で生《な》っている何かの果実のように、甘ったるく腐った液体がたっぷり詰まっていて、指で触れればどろりと流れ出てきそうだった。そんな時、女は一度も小屋やクリスマスのほうに眼を向けてはこなかった。闇のどこかに生きているらしい、あのもうひとりの女のことを考えると、昼間見る女は夜の姉妹に殺された女の幽霊で、わが身の不幸を嘆く力すら奪われ、安らかに暮らしていた懐かしい場所をあてもなくさまよっているというふうに思えた。

第二期の当初の激しさは無論のこと長続きしえなかった。初め奔流だったものが、今は潮流となり、満ち干を繰り返した。満ち潮の時には、女は自分とクリスマスの両方をほぼ騙しきることができた。いずれ引く潮と知っているからこそ、一層の荒々しさが、衰えることへの激しい拒絶が生まれ、それがふたりを肉体を使った想像を絶する実験へと誘い込んだ。その実験は、意志の働きも計画もなしに、最初の動きから生じた弾みだけで進行していくのだった。あたかも女は時が短いこと、わが身に秋が迫りつつあることを知っているかのようだったが、秋が何を意味するのかは、正確には判っていないようだった。女はただ本能だけで動いているように見えた。肉体的な本能と、自分はこれまで歳月を空費してきたわけではないという本能的な否定だけによって。やがて潮が引いていった。ふたりは吹き絶えていく烈風に見棄てられ、消耗と飽満の浜辺に取り残されて、相手に対してもうなんの希望も抱かない、互いに咎めだてをするばかりの（男のほうはうんざりした表情、女のほうは失望の色に染まった）眼で、互いを見つめ合った。

だが秋の影はもう女の上に落ちていた。女は子供のことを話しはじめた。本能が女に、今まで子供をつくらなかったのはそれでよかったのだと論証するか、あるいはその償いをするか、どちらかをすべき時が来たと告げたかのようだった。女がその話をしたのは引き潮の時だった。初めのうち、ふたりが番《つが》う夜はいつも洪水で始まった。陽の光がある時間、ふたりが別々でいる間に、無駄に流れる水が堰きとめられ、夜の始まりの少なくとも最初の一瞬は奔流を真似ることができるかのようだった。だがしばらくすると昼の水の流れがあまりにも細くなりすぎて充分な量が貯まらなくなった。今や男はいやいや女のところへ行くようになった。もう見知らぬ人間であり、すでにうしろを向いている人間だった。そんな人間が、真っ暗な寝室で女と一緒に腰をおろし、第三のまだ見知らぬ人間である子供のことを話し、それから見知らぬ人間のままそこを出ていくのだった。今になってクリスマスは、自分たちが、あたかもそうしようと予め決めていたかのように、いつも寝室で会っていることに気づいた。まるで結婚しているかのように。クリスマスはもう女を捜して屋敷中を捜し歩かなくてもよかった。夜に女を捜し歩いていた頃、真っ暗な屋敷の中や、荒れ果てた庭園の灌木の繁みに隠れている女を見つけたものだが、そんな夜は、家畜小屋のそばの柵の、中に洞がある支柱が枯れきって死んでいるのと同じくらい死んでいた。

ああいうものは全部死んでしまっていた。あれらの場面、秘密の奇怪な快楽と嫉妬を完璧に演じた場面は、すべて死んだ。もっとも、女がそれを知っていればの話だが、嫉妬をする理由は現実にあった。クリスマスは週に一度くらい、どこかへ出かけた。出張だと女には言った。女は、出張先がメンフィスであることを知らなかった。クリスマスがメンフィスで女を買い、自分を裏切っていることを知らなかった。この段階では、そう教えられても納得することはありえず、これこれの証拠があると聞かされても耳を貸さず、気にもとめなかっただろう。なぜなら女は夜の大半を眠れないまま横になって過ごし、昼間に足りない睡眠をとるのが習慣になっていたからだ。別に病気ではなかった。身体が原因ではなかった。身体はかつてないほど健康だった。食欲は旺盛で、体重は過去の一番重かった時より一五キロ近く増えていた。不眠の原因はそれではなかった。原因は闇と、大地と、死んでいく夏そのものから出てくる何かだった。その何かが女にとって怖ろしい脅威であるのは、それが女を傷つけることはないと本能が保証しているからだ。それは女に襲いかかり完膚なきまで女を裏切るが、女は害を受けない。それどころか逆に救われ、生活は前と同じように進んでいく。あるいは前よりよくなり、つらさが減る。つらいのは、女が救われたくないと思っているからだ。「わたしはまだ祈りをあげる心の用意ができていない」と女は声に出して静かに言った。身体をこわばらせ、物音を立てず、眼を大きく見開いて横たわっていると、月が窓から光をどんどん注ぎ込み、何か冷たい、二度と取り戻せない、後悔の念に荒れ狂うもので部屋を満たすのだった。「どうかまだわたしに祈らせないでください。ああ神様、もう少しだけ長くわたしを罪深い女でいさせてください」女はみずからの過去の人生全体を、飢えていた歳月を、灰色のトンネルのように見ているようだった。そのトンネルの、もう引き返せない向こう端では、非難と同じくらい消えがたい形で、実はわずか三年前のものでしかない裸の乳房が、処女の状態で、磔《はりつけ》にされて責められているかのように、苦悶するように、痛みを覚えていた。「まだです、神様。まだ祈らせないでください」

というわけで、今ではクリスマスがやってくると、女は単なる習慣から、受身の、冷ややかな、とりすました喜悦を示したあとで、子供のことを話すようになったのだった。最初は誰の子供でもない子供一般について話した。それは女が本能的に狡知を働かせてする遠回しな言い方だったのかもしれないし、そうではなかったのかもしれない。ともかく、しばらくたつと、クリスマスは女が、本当にそうしてもいいじゃないかという調子で話すのを聞いて、びっくりした。クリスマスはただちに、駄目だと言った。

「どうして?」女は何か考え込んでいるような面持ちで訊いた。クリスマスの頭の中をすばやく思考が走った　**この女は結婚したがってるんだ。そういうことだ。子供なんか欲しがってないのは俺と同じだ**　『俺を引っかけようとしてるんだ』とクリスマスは思った。『こんなことになるのは判りきってたことじゃないか。去年あたりここを出ていけばよかったんだ』だがそれを女に言うのは怖かった。結婚という言葉を自分たちの間に置いてそれについて喋らせるのは嫌だった。それでこう思った。『この女はまだ結婚まで考えてないかもしれない。なのに俺がそのことを口にしたら、この女の頭にその考えを吹き込むことになる』女はこちらをじっと見ていた。「なぜ駄目なの?」と言った。するとクリスマスの頭にある考えがぱっと閃いた　**そうだ、なぜ駄目なんだ? 結婚すればこれから一生、楽に、安全に、暮らせるんだ。もうあちこ**

ち動き回らなくていい。今までみたいな暮らしを続けるくらいならこの女と結婚したほうがましだ　それから考えた。『いや駄目だ、ここで負けたら、俺は自分でこうあろうと選んだ人間になるために生きてきたこの三〇年を否定することになる』クリスマスは言った。

「俺たちが子供をつくるなんてことがありうるのなら、二年前につくってただろうよ」

「あの頃はつくりたくなかったのよ」

「今だってつくりたくない」

これが九月のことだった。それから聖誕祭《クリスマス》の直後に、女は妊娠したと言った。女が話し終わらないうちから、クリスマスはもう嘘だと確信していた。今から考えると、女がそんなことを言いだすのを三カ月前から予想していたのだった。だが顔を見ると嘘をついているのではないのが判った。女自身も自分が嘘をついていないことを知っているとクリスマスは信じた。クリスマスは思った。『さあ来るぞ。こいつは言うぞ。結婚してくれと。でも俺はとっととこの家を出ていけばいいんだ』

だが女は言わなかった。ベッドにじっと坐り、両手を膝に乗せ、ニューイングランド人らしい平静な顔（といっても、それはやはり中年の未婚の女の顔だった。骨ばった、面長な、やや細面の、ほとんど男のような顔。それと対照的に肉づきのいい身体はかってないほど豊かにやわらかに動物的だった）を伏せた。物思わしげな、冷静に突きはなした、個人的感情を含まない口調で、こう言った。「もうとことんやったのよ。黒人の私生児を産むところまで行ったのよ。父さんとキャルヴィンの顔を見てみたいわ。あなた、今が逃げどきよ。もし逃げたいのならね」だが女は自分の声を聞いていないかのよう、口にする言葉に実質のある意味をこめようとはしていないかのようだった。死にゆく夏がしぶとく最後の炎を燃えあがらせるうちにも、知らないうちに、なかば死んだ世界の始まりを告げる暁であるところの秋が到来しているのだった。『もう終わった。終わったんだ』と女は静かに思った。あとはもう一カ月待って、確かめることだけ。女は黒人の女たちから、二カ月たたないと判らないと教えられたことがあった。カレンダーを見ながら、あと一カ月待たなければならない。女は間違えないよう、念のためカレンダーに印をつけた。寝室の窓から外を眺めては、その情景の変化に一カ月の経過を見た。初霜がおり、木の葉が色を変えはじめた。印をつけた日がやってきて、過ぎ去った。なお確実を期すためにあと一週間、様子を見た。意外ではなかったので、喜びは湧かなかった。「子供ができた」と女は声に出して、静かに言った。

『俺は明日出ていこう』その同じ日、クリスマスはそう考えた。『いや、日曜日にしよう』と考えた。『日曜まで待って、今週の給料をもらって、それから消えよう』土曜日を心待ちにしながら、どこへ行くか計画を立てた。その週は女にはまったく会わなかった。きっと呼びにくるだろうと思った。小屋に出入りする時、屋敷のほうを見ないようにしている自分に気づいた。初めてここへ来た時の最初の週と同じだった。女とは一度も顔を合わせなかった。時々黒人の女たちの姿を見た。粗末な服で秋の肌寒さを防ぎ、踏み固められた小道を行き来し、屋敷に出入りしていた。だがそれだけだった。『どうせなら稼げるだけ稼ぐほうがいいかな』とクリスマスは思った。『あの女が俺に出ていかせたがってないんなら、何も俺が熱心になることはない。来週の土曜日にしよう』

こうしてそのまま留まった。毎日寒かった。陽射しは明るいが寒かった。すきま風の入る小屋で、木綿の上掛けをかぶって寝る時、屋敷の寝室のことを考えた。暖炉があり、綿屑を詰めたキルトのふかふかした布団がある寝室。今ほど自己憐憫に近づいたことはなかった。『せめて毛布を一枚よこしてくれてもよさそうなもんだ』と思った。自分で買ってもいいかもしれない。だが買わなかった。女が持ってくることもなかった。クリスマスは待った。ずいぶん長く待ったように思った。それから二月のある夜、小屋に帰ってくると、簡易ベッドに手紙が置かれていた。短い手紙だった。今夜屋敷へ来るようにという命令に近い文言が書かれていた。別に驚かなかった。今までに知った女はみな、次の男が見つからない時は、いずれ機嫌を直したものだった。クリスマスは明日こそ自分が出ていくであろうことを知った。『俺はきっとこの時を待ってたんだ』と思った。『出ていきたがるのはもっともだと思える時を待ってたんだ』クリスマスは服を着替えた時、髭も剃った。自分では気づかなかったが、花婿のように身支度を整えた。台所のテーブルにはいつもどおり食事が用意されていた。女に会わなかった間も、ずっとこの習慣は破られていなかった。それを食べて、二階へあがった。急がなかった。『時間はひと晩中ある』と思った。『明日、小屋がもぬけの殻なのを知ったら、あの女は考えることになるだろう。今夜はどうなるんだろう、明日の夜はどうなるんだろうとな』女は暖炉の前に坐っていた。クリスマスが入っていっても、顔をこちらに向けなかった。「椅子を持ってらっしゃいよ」と女は言った。

第三期はこんなふうにして始まった。しばらくの間は、前の二期以上に当惑させられた。クリスマスは、女が熱く求めてくるか、無言の謝罪をするか、さもなくば、ひたすら求められることだけを望みながら従順になるか、どれかだろうと予想していた。

そのどれかなら応じてやろうという気すらあった。ところが立ち現われたのは、まるで知らない女だった。クリスマスが戸惑い、ええい面倒だと女の身体に触れに行くと、男のように落ち着いて断固その手を払いのけた。「なんだい。話があるんだろ。話ならいつも、あれのあとのほうがちゃんとできるじゃないか。子供はどうにもなりゃしないよ。それが心配なんだったらな」

女は違う、とひと言で相手を制した。初めてクリスマスは女の顔を見た。冷たい、よそよそしい、狂信的な顔を見た。「あなたは自分が無駄な人生を送っていることが判ってないの?」と女は言った。クリスマスは石のようになって女を見つめていた。自分の耳が信じられないといったふうだった。

女が言っている意味を理解するまでしばらくかかった。女はまったく眼を向けてこなかった。暖炉の火を見つめ、冷たい、動かない、物思いにふける顔で、相手が知らない男であるかのように話す。それを男は激しく怒りかつ呆れながら聞いた。女は自分の仕事を全部引き継いでもらいたいと言った。黒人学校と手紙で連絡をとりあったり、定期的に学校を訪問したりする仕事だ。女はすでに細かく計画を立てていた。その説明を聞きながら、クリスマスはいよいよ怒り呆れる気持ちを募らせた。計画によれば、クリスマスが事業の責任者となり、女は秘書ないしは助手になる。ふたりは一緒に学校や黒人家庭を訪問する。クリスマスの怒りに惑乱する頭にも、その計画が正気の沙汰でないのが判った。この間《かん》、暖炉の安らぎに満ちた火明かりに照らされた女の穏やかな横顔は額入りの肖像画のように重々しく落ち着いていた。あとで屋敷を出る時、クリスマスは、女が腹のなかの子供のことを一度も口にしなかったことを思い出した。

女が狂っているとはまだ信じていなかった。孕んでいるせいだ、身体に触らせないのもそれが理由だ、と思った。クリスマスは理屈で説き伏せようとした。だが樹木と議論するようなものだった。女は気を昂ぶらせて反論することすらせず、静かに男の言い分を聞いたあとで、まるで男が何も言わなかったかのように、またあの単調な冷たい口調で自分の話を続けるのだった。ついにクリスマスが立ちあがり、部屋を出た時、自分がいなくなったことに女が気づいたかどうか、それさえ判らなかった。

その後の二カ月で、女には一度しか会わなかった。以前と同じことを毎日繰り返したが、屋敷へ行くことだけはせず、食事はまた街でとるようになった。製板所で働きだした頃と同じだった。もっともあの頃は、昼間はあの女のことを考える必要はなかった。というよりほとんどあの女のことは考えなかったのだ。ところが今は考えずにはいられない。ほとんどいつもあの女が頭の中にいるので、屋敷で辛抱強く待つ、こちらを絶対に逃してくれない、狂った女を眼の前に見ているかのようだった。第一期のクリスマスは、屋敷の外の、雪の積もった地面に立ち、屋敷に入り込もうとしていた。第二期には、猛烈に暑い真っ暗な穴倉の底にいた。そして今、第三期には、家が一軒もない、雪もない、風も吹かない、平原のまっただなかにいた。

クリスマスがそれまで感じていたのは、当惑と、そしておそらくは悪い予感と、結局最後はろくでもないことになるという運命論的な感覚だったが、今は怖くなってきた。この頃には密造酒の商売に相棒ができていた。ブラウンという、もともと縁もゆかりもないよそ者で、春先のある日、仕事を求めて製板所に現われた男だった。クリスマスにはひと目で馬鹿だと判ったが、最初は、『指図に従うくらいの頭はあるだろう。自分で考えなくてもいいんだ』と思った。だがあとになるとこう思った。『馬鹿というのは自分自身の助言に従えないやつのことをいうんだな』クリスマスがブラウンを相棒にしたのは、ブラウンがよそ者で、良心というものを持っておらず、なんでもほいほいやる男で、それでいてたいして度胸がないからだった。賢い人間の手に委ねられれば、臆病者でも、限界の範囲内でかなり役に立つ。そいつ自身のためになることは何ひとつやらないが。

不安だったのは、あの予測のつかない馬鹿のブラウンが、屋敷にいる女のことを知って、何か取り返しのつかないことをしでかすのではないかということだった。クリスマスは、自分が女を避けているので、女のほうから夜に小屋へ来る気を起こすのではないかと怖れた。二月以来、女には一度しか会っていなかった。会ったのは、ブラウンが小屋で一緒に暮らすことを知らせるためだった。日曜日のことだった。裏のポーチに立って呼ぶと、女が出てきて静かに話を聞いた。「そんなことしなくてもよかったのに」と女は言った。意味が判らなかった。あとになってまた考えが閃いた。まるで印刷された文章のように完璧な文言だった　**俺があの男を連れてきたのは自分を近寄らせないためだと思ってるんだ。あの男がいたら小屋には来れない、俺を放っておくしかない。そう俺が考えてると思ってるんだ**

そんなふうにクリスマスは、自分が女に小屋へやってくるという考えを思いつかせたのだと信じ、そう信じたことで、女が小屋へ来るかもしれないと怖れるようになった。そして女がそれを思いついたからには、ブラウンがいることは小屋へ来ることの妨げにはならないばかりか、それを誘発する要因にすらなると信じた。すでに一カ月以上の間、女が何もせず、なんの動きも見せないことからすると、もう何をしでかしてもおかしくないとクリスマスは信じた。自分も夜眠れなくなった。だがこう考えてはいた。『何かしなきゃいけない。できることはある』

そこであれこれ策を弄してブラウンより先に小屋に着くようにした。毎回、小屋に女がいるだろうと予想して帰った。小屋に着いて、無人だと判ると、無力感に満ちた怒りにとらわれながら、自分は切羽詰った気持ちで、ブラウンに嘘をつき、急いで帰ってきたのに、女は屋敷でひとり一日中ぶらぶらして、今日こそ裏切ってやろうか、それとももう少し長く拷問してやろうかと考えているだけなのだと思った。単に女と関係を持っていることだけなら、ブラウンに知られても平気だった。もともと女関係のことは秘密にしておきたいとか、秘密にするのが女への礼儀だなどと考える性質《たち》ではない。理由は現実主義的、物質主義的なものだった。ジョアナ・バーデンと寝ていることをジェファソン中の住民に知られてもかまわない。屋敷での私生活を他人に揣《し》摩《ま》臆測されたくないのは、週に三、四〇ドル稼げる密造酒商売のことがあるからだった。それが理由のひとつだった。もうひとつの理由は虚栄心だった。自分と女の関係がただの肉体関係に留まらなくなってきたことを誰かほかの人間に知られるくらいなら、自殺するか、その人間を殺すかするほうがましだった。女が自分自身の生活を一変させただけでなく、こちらの生活まで変えて、こちらを隠者と、黒人を導く宣教師を足して二で割ったような人間に仕立ててあげようとしていることなど人に知られたくなかった。ブラウンのやつは、一方を知ればきっと他方も知る。だからブラウンに嘘

を つき、急いで小屋に帰ってきた。そしてドアノブに手をかけた時には、こうして急いで帰ってきたけれども、そんなことは全然必要なかったとじきに判るのだと思い、それでもこの予防措置はとらないわけにはいかないのだと思って、激しい嫌悪感と、無力感に満ちた怒りを覚えて、女を憎むのだった。ところがある夕方、ドアを開けると、簡易ベッドに手紙が載っていた。

それは小屋に入ってすぐ眼についた。黒っぽい毛布の上の四角い白は、深い神秘を秘めているように見えた。クリスマスは、何が書いてあるかは判っている、女が何を約束しているかは知っている、と考えることすらしなかった。気持ちが昂ぶることはなく、ただ安堵しただけだった。『終わったんだ』と、折り畳まれた便箋をなおも手にとることもなく考えた。『これでもとに戻る。もう黒んぼどもや赤ん坊の話は出ないだろう。あの女はやっと正気に返ったんだ。黒んぼのことはもうさんざんやって疲れちまって、あんなのは無駄なことだと判ったんだろう。自分が欲しいのは男だと判ったんだ。欲しいのは夜の相手をしてくれる男で、その男が昼間何してようが関係ないんだ』クリスマスはその時、自分が逃げなかった理由に気づくべきだった。まだ中身が明らかでない小さな四角い紙が錠前つきの鎖のように自分をしっかり拘束していることを見てとるべきだった。なのにそのことを考えなかった。また愉しくやれそうだということしか考えなかった。今度の愉しさは前のより穏やかなものになるだろう。ふたりともそうなることを望んでいるからだ。それに今度は自分が主導権を握ることになる。『俺たちは馬鹿だった』と、まだ開いてみない便箋を手にクリスマスは思った。『ほんとに馬鹿だった。だけどあの女はもとのままだし、俺ももとのままだ。あんな馬鹿をやらかしたあとでもな』クリスマスは、今夜はふたりでそのことを笑い飛ばそうと考えた。あれをすませたあとで、静かに話をし、静かに笑える時が来たら。自分たちがした馬鹿なこと全部を、お互い相手のことを、自分たちふたりのことを、笑い飛ばすのだ。

その便箋はとうとう開かずじまいだった。脇へ置いて、顔と手を洗い、髭を剃り、服を着替え、その間ずっと口笛を吹いていた。身支度が終わらないうちにブラウンが入ってきた。「おや、おや、おや」とブラウンは言った。クリスマスは無言だった。壁に釘づけした鏡の破片に向かってネクタイを結んだ。ブラウンが部屋の真ん中で立ちどまった。背の高い、痩せた若い男で、汚れたオーバーオールを着ていた。色の浅黒い、軟弱な感じのハンサムな顔で、眼に好奇心が浮かんでいる。口脇には、唾が一筋細く飛んだような白い傷跡があった。しばらくしてブラウンは言った。「どこかへお出かけらしいな」

「そうか？」とクリスマスは言った。ブラウンを振り返らなかった。口笛は単調だが、音程は狂っていない。何か短調の、物悲しい、黒人が歌うような曲だった。

「俺は顔を洗うのよそう」とブラウンは言った。「あんたはもうほとんど用意ができてるみたいだから」

クリスマスはブラウンを振り返った。「なんの用意だ」

「町へ行くんじゃねえのか」

「行くと言ったか」クリスマスはまた鏡に向き直った。

「なあんだ」ブラウンはクリスマスの頭のうしろをじっと見つめた。「そうすっと、あんたは個人的な用事で出かけるってことだな」じっとクリスマスを見る。「でも、今夜は寒すぎるんじゃねえのかな。痩せた娘っ子を敷いただけで湿った地面に寝るのは」

「そうか？」とクリスマスは言った。口笛を吹きながら、自分がいましていること以外にはなんの関心もないといったふうで、とくに急ぎもせず髭剃りを続けた。それから鏡に背を向け、上着をとって着た。ブラウンはまだこちらを見ていた。クリスマスは戸口へ行った。「じゃ、明日の朝な」そう言って外に出たが、ドアは閉めなかった。開いた戸口にブラウンが立ってこちらを見ているのは判っていた。だが自分がどこへ行くかは隠そうとしなかった。そのまま屋敷のほうへ歩いていった。『見てりゃいい』とクリスマスは思った。『なんなら、ついてきてもいいぞ』
台所のテーブルには食事が用意されていた。坐る前に、まだ開いていない手紙をポケットから出して、皿の脇に置いた。封筒に入っておらず、何かで封じているわけでもないので、ひとりでにぱらりと開いた。まるで読めと誘っているかのようだった。だが眼を向けずに、食べはじめた。急ぐことなく食べた。ほぼ食べ終えた頃、ふと頭をあげて耳を澄ました。それから腰をあげ、猫のように音を立てずに、さっき入ってきたドアのところへ行き、ぱっとドアを開けた。ブラウンがそこに立ち、顔をドアのほうへ傾けていた。あるいは、ドアがあったところのほうへ傾けていた。光があたったその顔には、子供みたいな強い好奇心が浮かんでいたが、クリスマスが見ている間にそれが驚きに変わり、次いで平静な表情に戻って、顔が少しうしろに引っ込んだ。ブラウンの声は明るいが、穏やかで、用心深く、何か秘密の相談でもするような調子だった。頼まれもしないし、クリスマスの身に何が起きているのか知りもしないのに、相棒への忠誠心からか、あるいはもっと抽象的な男どうしの連帯感からか、まるですでにクリスマスと共感にもとづく同盟関係を打ち立てているかのように。「おや、おや、おや」とブラウンは言った。「なあるほど、毎晩ここで夜這いをやってたのか。

俺たちの小屋の眼と鼻の先でなあ――」

クリスマスは何も言わずブラウンを殴った。拳は強くはあたらなかった。ブラウンが無邪気に浮かれて、少しへらへら笑いながら、背中をそらす動きをしていたからだ。だが拳があたると、ぴたりと笑いをとめ、ぱっとうしろに飛んで、明かりの届かない闇の中へ姿を消した。その闇の中から、声が聞こえた。殴られた今も相棒の夜這いの邪魔はしたくないというように、依然として大声ではないが、怯えと驚きで張り詰めた声だった。「殴りやがったな！」背はブラウンのほうが高かった。クリスマスがなおも黙ったまままずんずん進んでくると、ブラウンのひょろりとした身体は、今にもばらばらになって床に崩れ落ちそうになりながら、滑稽なほどあたふたして逃げ腰になり、よろけながらうしろにさがった。またブラウンの声が、怯えとこけおどしの威嚇を含んだ高い音で響いた。「殴りやがったな！」今度はくるりと背を向けた時、肩に拳があたった。もうブラウンは駆けだしていた。一〇〇メートル近く走ってから速度をゆるめ、首だけで振り返った。それから足をとめて、身体全体で向き直った。「あの腰抜けのイタリア野郎め」とおずおずとした声で言ったが、意図した以上に声が大きく響いたというように即座に首をすくめた。屋敷からは音はまったく聞こえてこない。台所の出入り口は暗くなっていた。ドアがまた閉められたのだ。ブラウンは少しだけ声を大きくした。「この腰抜けのイタ公！　俺をなめると承知しねえぞ」どこからも、なんの音も聞こえてこなかった。寒かった。屋敷に背を向け、独りごとを呟きながら小屋のほうへ歩いた。

ふたたび台所に入った時、クリスマスはテーブルの上のまだ読んでいない手紙に見向きもしなかった。母屋に入るドアをくぐって階段へ行った。階段を昇りはじめたが、早足にはならず、一定の歩調を保って、途中でとまらなかった。寝室のドアが見えた。ドアの下のすきまに光が見えた。暖炉の火明かりだった。とまらず歩いていって、ドアノブに手をかけた。ドアを開けると、ぴたりと足をとめた。女はテーブルについて、ランプを点していた。いつもの姿がそこにあった。着ている服もいつもの地味なもの——身なりに気を使わない男のためにつくられ、その男に着られているといった服だった。服の上に見える頭の、白髪が増えはじめた髪は野暮ったく引っ詰めて結わえているが、頭のうしろにできた髪のかたまりは病んだ木の枝の瘤のようだった。女は顔をあげてクリスマスを見た。すると女はそれまで見たことがなかった鉄縁の眼鏡をかけていた。クリスマスは敷居ぎわで、まだドアノブをつかんだまま、身じろぎもせず立っていた。内心の言葉が実際に聞こえるような気がした　**あの手紙を読んでおくんだった。読んでおくんだった**　そして同時に考えた。『俺は何かやるに違いない。

何かやるに違いない』

なおも内心の声を聞きながら、クリスマスは書類が乱雑にひろげられたテーブルの脇に立ち、まだ立ちあがらない女が冷たい静かな声で話す、ちょっと聞くと穏当なことのようだがその実はとんでもない無理無体な話に耳を傾け、その女の言葉を鸚鵡《おうむ》返しにしつつ、テーブル中に置かれた謎めいた書類を見おろす間、思考は滑らかにゆるゆる走って、この書類はなんだろう、あの書類はなんだろうと考えた。それから、クリスマスの口は「学校へ」と言った。

「そう」と女は言った。「入れてくれるわ。どの学校でも。わたしの口利きで。どこでも好きなところを選んでいい。学費もいらないのよ」

「学校へ」と口が言った。「黒んぼの学校へ。この俺が」

「そう。それからメンフィスへ行けばいい。ピーブルズの事務所で法律の本を読むのよ。ピーブルズが法律を教えてくれるわ。そしたらあなたが、わたしの事業の法律事務を全部やれるようになる。今ピーブルズがやってることを全部」

「俺が黒んぼの弁護士の事務所で法律を勉強すると」

「そう。それからわたしは事業もお金も全部あなたに譲る。何もかも。そうなったら、自分のことでお金がいる時も、それを……やり方は判るわよ。弁護士はみんなそういうのを知ってるから……あなたはあの人たちを闇の中から助け出す仕事をするわけだから、かりにそれが見つかっても誰もあなたを非難しやしない……かりにあとで穴埋めしなくても……でも穴埋めしておけば、そもそも誰にもばれないわ……」

「しかし黒んぼの学校へ行って、黒んぼの弁護士になるって」クリスマスの声は穏やかだった。議論をしようというのですらなく、ただ女に話の続きを促しているにすぎなかった。ふたりは互いの眼を見ていない。女はクリスマスが部屋に入ってきた時から顔をあげていなかった。

「あの人たちに話すのよ」と女は言った。

「黒んぼどもに、俺も黒んぼだと話すのか」この時、女がクリスマスを見た。その顔はごく穏やかだった。もはや老女の顔だった。

「そう。そうしなくちゃいけない。それを話せばあの人たちはお金を請求しないわ。わたしに恩義があるから」

クリスマスは不意に自分の口に向かって叱責するように考えた。『黙れ。くだらないことを言うな。俺に喋らせろ』クリスマスは背をかがめた。女は動かなかった。ふたりの顔は三〇センチと離れていなかった。一方の顔は冷ややかで、死人のように青ざめ、狂信的で、正気を失った表情。もう一方の顔は羊皮紙色で、唇は歯茎から浮きあがってこわばり、声もなく唸る形になっていた。クリスマスは静かに言った。「おまえ老けたな。今まで気がつかなかったが、もう婆さんじゃないか。白髪があるぞ」女は間髪をいれず、平手打ちを飛ばした。手以外はまったく動かなかった。平手打ちは反響のない音を立てた。すぐさまクリスマスが殴り返した音が、こだまのように聞こえた。クリスマスは拳で殴った。それから、例の長く吹きつづける風に吹かれながら、女を椅子からぐいと引き起こし、自分と向き合わせて、じっと動かず、身体を支えた。女は穏やかな顔の筋ひとつ動かさない。その間、知性による認識の風がクリスマスにびゅうびゅう吹きつけていた。「赤ん坊なんかいないんだ」とクリスマスは言った。「最初からいなかったんだ。おまえの身体で変わったのは年をとったことだけだ。おまえは年をとって、あれがなくなって、胎《はら》が役立たずになっちまった。それだけのことだ」女の身体を離して、また殴った。女はベッドに倒れ込んで身を縮め、クリスマスを見あげた。クリスマスはまた女の顔を殴り、女を見おろして、猥褻な言葉を投げつけた。女はかつてクリスマスが舌に乗せる猥褻な言葉を聞くのが好きだった。女はよくクリスマスに、あなたが愛撫するように囁く猥褻な言葉が好きだと言ったものだった。「それだけのことなんだ。おまえはもう使い果たされちまった。もう役立たずになった。それだけのことだ」

女はベッドに横向きに倒れたまま、首をねじり、口から血を流しながらクリスマスを見あげていた。「わたしたち、ふたりとも死んだほうがいいのかもしれないわね」と女は言った。

それからというもの、小屋のドアを開けるとすぐ、毛布の上に載っている手紙が眼についた。そこへ行き、手紙をとりあげて開く。今では柵の中に洞《うろ》のある支柱を思い出す時、人から聞いた話のように、自分ではない誰かの人生で起きたことのように、感じるのだった。なぜなら、紙、インク、筆跡は前と同じで、以前の手紙が長くなかったように今のも長くないが、今の手紙には、言外に匂わされる約束や、口には出せない濃厚な快楽を思い起こさせる言葉が何もないからだった。今の手紙は墓碑銘より短く、何かの命令書よりぶっきらぼうだった。

最初はいつも、理屈抜きに行きたくないという反応をした。行けるわけがないと思ったのだ。だが結局は行かずにはいられないことを悟った。今ではもう服も着替えずに行く。汗のしみたオーバーオールを着たまま五月の夕闇の中を歩き、屋敷の台所へ入った。今ではもうテーブルに食事が用意してあることはなかった。時々通り過ぎざまにテーブルを見て、『やれやれ。そこへおとなしく坐って飯を食ったのはいつのことだったか』と思ったが、いつだったかは思い出せなかった。

母屋に入って階段を昇ると、もう女の声が聞こえてくるのだった。声は階段をあがるにつれて大きくなる。寝室の入り口の前にたどり着くと、ドアは閉ざされて鍵がかかっていて、その向こうから単調な声が切れ目なく聞こえてきた。言葉は聞き取れなかった。判るのは途切れることのない一本調子の声ということだけ。クリスマスはあえて言葉を聞き取ろうとはしなかった。女が何をしているのか知る度胸がなかった。じっと立って待っていると、しばらくして声はやみ、女がドアを開けて、クリスマスは中に入った。ベッドの脇を通る時、そばの床を見おろすと、両膝をついたあとが見分けられる気がした。クリスマスはさっと眼をそらした。まるで死を見てしまったかのような感じがしたからだ。

ランプはまだ点すつもりがないようだった。ふたりとも椅子に坐らなかった。二年前と同じく立ったまま話した。黄昏時の薄闇の中で、女の声が古い話を何度もむし返した。「……行きたくないのなら、学校へは行かなくていい……それはもういい……あなたの魂が……罪を償うために……」クリスマスは冷ややかな態度で、じっと動かず、女の話が終わるのを待った。「……地獄……ずっと、ずっと永遠に……」

「嫌だ」とクリスマスは言った。今度は女が静かに話を聞いた。女がクリスマスの言い分に納得しないのをクリスマスは知っているし、女もクリスマスが自分の言い分に納得しないのを知っていた。それでもふたりとも降参しなかった。いや事態はそれ以上に悪かった。どちらも相手を放っておこうとしないのだ。クリスマスは出ていこうとしなかった。ふたりはさらにしばらくの間静かな夕闇の中で立ちつくした。まるでふたりの陰部から出てきたような、死んだ罪と快楽の夥しい幽霊が群れているその夕闇の中で、ふたりは互いのじっと動かない、どんどん闇の中に見えなくなっていく、うんざりし、疲れ果てた、しかしなおも屈服せずにいる顔を見つめ合った。

それからクリスマスは部屋を出た。するとドアが閉ざされ、内側でかんぬき錠がかけられる前に、またあの単調で、穏やかで、絶望しているような声が聞こえてきた。その声が何を言い、何あるいは誰に向かって発せられているのか、クリスマスには知る度胸も推測する度胸もないのだった。そしてその三カ月後の八月の夜、荒れ果てた庭園の物陰に坐って、三キロ離れた郡役所の時計が一〇時を打ち、次いで一一時を打つのを聞いた時、クリスマスは、自分は自分で信じてなどいないと信じている運命に自分の意志によらずに仕えているのだというパラドックスを心安らかに信じたのだった。クリスマスは考えた　俺はやらなきゃならなかった　すでに過去形で考えていた

俺はやらなきゃならなかった。あの女もそう言ったんだ

女がそう言ったのは二日前の夜だった。手紙があったのでクリスマスは女のところへ行った。階段を昇るにつれて例の単調な声がしだいに大きくなった。いつもより大きく、はっきりと響いた。階段を昇りきった時、その理由が判った。今回はドアが開いていたのだ。女はベッドの脇にひざまずいていて、クリスマスが部屋に入っても立ちあがらなかった。女はぴくりとも動かなかった。声はとまらなかった。女はうつむいていなかった。ほとんど誇らかに顔をあげ、いつものみじめさすらその誇りの一部にし、その声は薄暮の中で穏やかに、安らかに、禁欲的に響いた。女はクリスマスが入ってきたことに気づかないようだった。やがて唱えている何かに区切りがついた。女は首をめぐらした。「一緒にひざまずきなさい」

「嫌だ」とクリスマスは言った。

「ひざまずきなさい。あなたは主に話しかけなくてもいい。ひざまずくだけでいい。最初の一歩を踏みだすのよ」

「嫌だ。俺は出ていく」

女は動かず、振り返って男を見た。「ジョー。ここにいてくれるわね。せめてそれだけはしてくれるわね」

「判った。そうする。でも早くすませてくれ」

女はまた祈った。あの誇りあるみじめさで、静かに祈った。クリスマスから教え込まれた卑語を使う必要がある時は、躊躇いもなく、はっきりと、それを口にした。神に話しかけるのに、まるで神がこの部屋にいる三人目の人間であるかのように話しかけた。自分とクリスマスのことは、部屋にいる三人のうちのふたりのことを、それ以外の誰かが話すような具合に話した。女の声は静かで、単調で、性別不明だった。それから祈りがやんだ。女は静かに立ちあがった。ふたりは薄闇の中、向き合って立った。この時はもう女は尋ねもせず、クリスマスは答える必要すらなかった。しばらくして女は穏やかに言った。

「じゃ、やることはあとひとつだけ」

「やることはあとひとつだけ」とクリスマス。

『じゃ、これで何もかも終わったんだ』クリスマスは灌木の濃い影の中に坐り、遠い時計が打つ最後の音が消えていくのを聞きながら、静かに思った。そこは二年前に狂態を演じた夜、クリスマスが女を捜しまわり、見つけた場所だった。だがあれは別の時間に、別の人間の人生で起きたこと。今、その場所は静かで、穏やかで、肥沃な大地が涼しく息をしていた。闇は今までにクリスマスが知ったすべての時から甦った無数の声に満ちていた。まるで過去全体がひとつの平面上にひろがる模様であるかのようだった。そして時間は、明日の夜も、すべての明日も、[3] ひとつの平面上の模様の一部として続いていくのだ。そのことに思い至ると、クリスマスは穏やかな驚きを覚えた。時間が続いていく中、無数のことが起きるが、何もかも覚えのあるものばかり。というのも、かつて起きたことはすべてこれから起きることと同じであり、未来と過去は同じものだからだ。それなら、その時が来たわけだ。

クリスマスは立ちあがった。影から出て、屋敷の裏へ回り込み、台所に入った。屋敷の中は暗かった。朝早く出かけたあと、小屋へは一度も帰っていないので、女が手紙を置いたかどうか、今夜自分を待っているかどうかは判らない。だが足音を立てまいとはしなかった。眠りのこと、女が眠っているかどうかということは、考えていないかのようだった。足取りを変えず階段を昇り、寝室に入った。ほとんどすぐに女がベッドから声をかけてきた。「ランプをつけて」

「明かりなんかいらない」

「ランプをつけて」

3　ここはマクベスの有名な台詞、「明日も、明日も、また明日も……」（シェイクスピア『マクベス』第五幕第五場。松岡和子訳）を連想させる。

ていなかった。女は何も言わなかった。クリスマスは自分の身体が歩きだして自分自身から遠ざかるように思った。身体はテーブルのところへ行き、手が剃刀をテーブルに置いて、ランプをとり、マッチをすった。女はベッドの上で半身を起こして、ヘッドボードにもたれかかっていた。ナイトガウンの上に肩掛けをはおり、それで胸の前を覆っていた。肩掛けの上で腕組みをし、手は腕の下に隠れていて見えない。クリスマスはテーブルのそばでじっと立っていた。ふたりは眼を見かわした。

「一緒にひざまずいてくれる？」と女が訊いた。「これはわたしが頼んでるんじゃないのよ」

「嫌だ」とクリスマスは答えた。

「わたしが頼んでるんじゃないの。頼んでるのはわたしじゃない。一緒にひざまずいて」

「嫌だ」

ふたりは互いを見つめた。「ジョー」と女が言った。「最後にもう一度だけ言う。これはわたしが頼むんじゃない。それは覚えておいて。わたしと一緒にひざまずいてちょうだい」

「嫌だ」クリスマスは女の組んだ腕がほどけて、右手が肩掛けの下から前に出てくるのを見た。その手には古風なシングル・アクションのキャップ・アンド・ボール式リボルバー[4]が握られていた。長さは小ぶりなライフル銃ほどあり、重さはもっとあった。それでも壁に映った拳銃の影も、女の腕と手の影も、小揺るぎもしなかった。どちらの影も化け物じみていた。起こした撃鉄も化け物じみており、鎌首をもたげて獰猛に獲物を狙う蛇のようで、これまた微動だにしなかった。女の眼もまったく揺るがなかった。拳銃の丸い黒い銃口と同じようにじっと動かなかった。もっともその眼には熱がなかった。怒りがなかった。すべての憐れみと絶望と確信のように穏やかで不動だった。クリスマスは女の眼を見ていなかった。壁に映った拳銃の影を見ていると、起こされている撃鉄がふっと動いた。

道路の真ん中に立ち、近づいてくる車のまぶしいライトに向かって右手を差しのべたクリスマスは、実のところ車がとまるとは期待していなかった。ところが、滑稽な

4　パーカッション・リボルバーともいう。一九世紀中葉に人気があった拳銃で、南北戦争でも使われたが、一八八〇年代には廃れた。

ほど甲高い音を立てて唐突に停止した。小さな、傷みの激しい、古い自動車だった。クリスマスが近づいていくと、ヘッドライトの散乱する光の中に、若い顔がふたつ、肝をつぶした淡い色の風船のように浮かんでいるように見えた。近いほうのは若い娘の顔で、恐怖にゆがんでいた。だがクリスマスは、最初はそのことに気づかなかった。「おまえたちが行くところまででいいから、乗っけてくれないかな」とクリスマスは言った。ふたりは無言のまま、どうなるんだろうという疑問と恐怖に固まった表情でクリスマスを見ていた。クリスマスはドアを開けて後部座席に乗り込んだ。

クリスマスが乗り込んだ時、若い娘は息を詰まらせながら嗚咽《おえつ》しはじめ、その声が、まるで恐怖心が勇気を得たといった具合に大きくなった。車はすでに動いていた。飛び出すように走りだした車の中で、若者はハンドルから手を離さず、娘のほうへ顔も向けずに、低く鋭く言った。「しっ！　静かに！　こうするしかないんだ！　静かにしてくれ」この言葉はクリスマスの耳に入らなかった。座席に背を預けた彼は、前に坐っているふたりが恐怖にとらわれて必死になっているのに気づいていなかった。こんな狭い田舎道を、このちっぽけな車はやけに飛ばして走るんだなと、ちらりと思っただけだった。

「この道はどこまで行くんだ」とクリスマスは訊いた。

若者は、クリスマスが初めてジェファソンへやってきた三年前のあの午後に、黒人の若者が教えたのと同じ町の名前を口にした。若者は乾いた、軽い声を出した。「そこまで行きたいのかい、おじさん」

「そうだな」クリスマスは言った。「うん。そうだな。それがいいな。それがいい。おまえたちもそこへ行くのか」

「ああ行くよ」若者は軽い抑揚のない声で答えた。「どこだって行くよ」横に坐った娘がまた息の詰まったような小動物めいた小さなうめきを漏らしはじめる。がたがた飛び跳ねながら猛速で走る車の中で、若者はなおも固まったように顔を前に向けたまま、低く鋭くたしなめた。「静かに！　しーーーーっ。静かにしろって！」だがこの時もクリスマスはふたりの様子に気づかなかった。見えるのは、ふたりの若い男女のこわばったように前を向いたまま動かない頭と、その向こうのヘッドライトのまぶしい光、そしてその光のほうへ、くねりながら飛び込んでくる帯のような道路だけだった。だがクリスマスはふたりの頭と突進してくる道路を見てもなんの興味も覚えなかった。若者がしばらく前から自分に話しかけていることにすら気づいていなかった。もうどのくらい走ったのか、今どこにいるのか、そんなことは知らなかった。若者はゆっくりりと、同じ言葉を繰り返す喋り方になってきた。外国人に話すかのように、簡単な言葉を慎重に選び、慌てず、はっきりと発音して話した。「おじさん。もうしばらく走ったら曲がるけど、それは近道だからだよ。その近道をしたら、いい道に出るんだ。だからその近道をするよ。その道に来たらね。そしたらいい道に出るから。そのほうが早く着く。いいでしょ？」

「ああ、いいよ」とクリスマスは言った。車はがたがた跳ね、突進し、曲がり道で揺れ、坂を登りつめ、と思うと車体の下から大地がぐんとさがったかのように坂を滑り降りた。道ばたの郵便受けがヘッドライトの中に飛び込んできては走り過ぎる。時々真っ暗な家の前を通り過ぎた。また若者は口を開いた。

「おじさん、さっき話した近道だけど、もうすぐなんだ。そっちへ曲がるからね。だけど大きな道から離れてしまうってことじゃないんだ。ちょっと近道をして、いい道に出るだけなんだ。いいでしょ？」

「ああ、いいよ」とクリスマスは言った。それからとくに理由もなく言い添えた。「おまえ、どこかこの辺に住んでるらしいな」

若い娘が口を出した。くるりとうしろを向いたその小さな顔は、緊張と恐怖と、追い詰められた鼠が見せるような闇雲で破れかぶれな恐慌で青ざめていた。「そうよ！」と娘は叫んだ。「ふたりともこの辺に住んでるのよ！　すぐそこよ！　今にあたしの父ちゃんと兄ちゃんたちが――」娘の声がぷつりと切れた。クリスマスは、若者の手が娘の顔の下半分をふさいでいるのを見た。娘は両手でその手首をつかんで口から離そうとしながら、息が詰まったようなくぐもった声を出した。クリスマスは前に身を乗り出した。

「俺はここで降りる。ここで降ろしてくれ」

「ほらやっちまった！」と若者はやけくそな怒りをかぼそい叫びにこめた。「黙ってりゃいいのに――」

「車をとめてくれ」とクリスマスは言った。「なんにもしやしない。ただ降りたいだけだ」車はまた無造作な唐突さで停止した。だがエンジンは回転をとめず、クリスマスがステップから降りきらないうちに車は前に飛び出した。クリスマスはバランスを崩して何歩かよろめき走った。その時、何か重くて硬いものが脇腹を打った。自動車は全速力で遠ざかっていく。その自動車からは娘の甲高い泣き声が流れ戻ってきた。それからその声も消えた。闇と、今はもう見えない土埃が降りてきた。夏の星空の下が森閑とした。重く硬いものはかなり強く脇腹を打った。ふと見るとその物体は自分の右手とつながっていた。その手を持ちあげると、持ち重りのする古い拳銃だと判った。自分がそれを持っていたことは知らなかった。それを手にとったことも、なぜ手にとったかも、覚えていなかった。だが現にこうして持っている。『俺はこの右手を振って車をとめたんだ』とクリスマスは思った。『どうりであの小娘は……あのふたりは……』クリスマスは右手をぐっとうしろへ引き、拳銃を投げ捨てようとした。が、それはやめて、マッチをすり、今にも消えそうな貧弱な光で拳銃をあらためた。マッチの火が燃えつきて消えた時も、輪胴の六つの穴のうちのふたつに火薬と弾丸が詰められているさまが眼に残っていた。撃鉄はそのうち片方に落ちていたが、不発に終わっていた。もうひとつの弾丸がこめられた穴には撃鉄が落ちた形跡はなかったが、落ちる予定になっていたのだ。『あの女と俺のための弾だ』とクリスマスは思った。ふたたび腕をうしろに引き、拳銃を投げた。拳銃は下生えの中に飛び込んでどさりと音を立てた。それからまた静寂がおりた。『あの女と俺のための弾だったんだ』

13

田舎の男が火事を発見してから五分とたたないうちに、人が集まりはじめた。中にはその田舎の男と同じく、土曜日を町で過ごそうとジェファソンに馬車でやってくる途中、何ごとかと見にきた人たちもいた。近所の住民は裸足で駆けつけた。この付近は黒人の住む小屋と養分を吸いつくされて疲弊した畑からなる地区で、刑事が数人がかりで女子供を含めて一〇人くらいを見つけて事情聴取するのが精一杯の場所なのに、今は三〇分たらずで、まるで宙から湧いて出たように、ひとりずつ、あるいは二人三人、あるいは一家そろって現われ出た。町から騒々しい音を立てて自動車を飛ばしてくる連中もいた。その中には郡保安官もいた。太った気さくな男で、見た眼はいかにも人情家だが、抜け目ない冷徹な頭の持ち主でもあった。保安官は群れてシーツの上の死体を見おろしている男たちを押しのけた。男たちは、大人が自分もいつかは死ぬという事実を突きつけてくる何ものかを、あたかも自分の死に顔の肖像のように見た時に示す、あの子供じみた驚きの表情で顔をこわばらせていた。野次馬の中には北部から来た日雇い労働者や南部の貧乏白人、さらにはしばらくの間北部に住んだこともある南部人らがいたが、彼らは口々に、これは非個人的な黒人犯罪であり、あるひとりの黒人というよりは黒人種全体が犯したものだというような考えを述べ立て、その口ぶりからは女が強姦もされたということを決めつけ、信じ込み、そうであってほしいと願っていることが窺えた。少なくとも喉を切られる前に一度、切られたあとでももう一度、犯されたのだと彼らは考えているのだった。保安官は死体に近づき、自分の眼で一度だけざっと検分したあと、死体を野次馬の眼の届かないところへ運び出させた。

これで野次馬に見ることができるのは死体が横たえられていた場所と火事だけになった。そしてまもなくシーツがどこに敷かれ地面のどの部分を覆っていたかを誰も正確に思い出せなくなり、見物できるのは火事だけとなった。というわけで彼らは火事を眺めたが、その時の表情は、知性による認識が始まった古《いにしえ》の悪臭のこもった洞窟から持ち来たった、あの鈍い動かない驚きの表情であり、まるで死と同様、火を見るのも初めてだというような表情なのだった。やがて消防自動車がサイレンと半鐘をけたたましく鳴らして勇壮に到着した。自動車は新しく、赤地に金色の縁取りをつけ、手動のサイレンと半鐘は金色に塗られて、よく通る横柄で高慢な響きを立てた。消防車には無帽の男たちや少年たちが何人もとりついていたが、そのさまは、物にたかっている蠅の群れよろしく、重力の法則を無視したようにひとりとして落ちない驚くべきありさまを呈していた。消防車には自動伸縮式のはしごが備えてあり、手を触れれば、畳んだオペラハットをもとに戻すように、相当な高さまでさっと伸ばすことができるのだが、今は伸ばしたはしごでよじ登るべき屋敷がなくなっていた。また大衆雑誌に載っている電話会社の広告の絵にある巻き軸に巻き取られた電話線を思わせるホースも備えていたが、つなぐべき消火栓がなく、ホースの中を流れるべき水もなかった。店のカウンターや事務所の机を離れてきた無帽の男たちは消防車を降り、サイレンを鳴らしていた男までもが降りた。その男たちもやってきて、先に来ていた野次馬に、シーツが敷かれていたところなど、いくつかの場所を見せてもらった。すでにポケットに拳銃を入れている者たちは磔《はりつけ》にすべき人間は誰なのかを議論しはじめた。

だがそんな人間はいなかった。殺された女はごくひっそりと暮らし、自分の仕事に専念していたので、自分がよそ者、異邦人として生まれ、育ち、死んだ町に、驚愕と憤慨という一種の遺産を残したようなものだった。女は生涯の最後に、町の人々に、感情を刺激する野外バーベキュー大会とでもいうべき愉しみ、古代ローマの剣闘試合さながらの、命を犠牲にする娯楽を提供したのだが、その遺産ゆえに、町の人たちは女を赦さず、安らかに眠ることを許そうとしなかった。そう。安らぎはそう簡単には手に入らない。町の人たちはあちこち忙しなく歩き回わり、集まりながら、炎と、血と、三年前にクリスマスと関係を持ちはじめることで堕落して事実上死に、今みんなの関心の中でふたたび生きはじめた女の、その死体が、復讐するぞと叫んでいると信じた。そして炎が恍惚として燃え盛っていることと、死体が動かないことは、どちらも女がもう互いに苦しめ合う人間の世界を越えたところへ行ってしまったことを示している、というふうには信じなかった。そう。なぜなら死体が復讐を望んでいると信じるほうが心地よかったからだ。たとえば久しい以前からいつ見ても棚やカウンターに同じ商品が並んでいる店があって、店主がそれらの商品を仕入れたのはそれらをぜひ所有したかったからとか、それらをすばらしいと思ったからとか、それらを所有することに喜びを感じるからとかいうのではなく、甘言や詐術を用いて客に買わせ利益を得るためであり、時々店主がまだ売れないそうした商品や、買えるくせに買わない客たちを見て、怒りや憤激や絶望を感じる、そんな店よりも心地よかった。あるいは弁護士が古い情欲や嘘の幽霊とともに潜んで客を待っている黴《かび》臭い法律事務所よりも心地よかった。あるいは鋭いメスや効能あらたかな薬を用意して患者を待つ医者が、何か印刷されたものを読むでもなく、いいかねきみ、わたしらは目的を達してしまうとすることがなくなってしまうようなそんな目的を追求しているのだよ、などと人に話している黴臭い診療所よりも心地よかったのだ。女たちもやってきた。暇な女たちが、鮮やかな色の服を、人によっては大急ぎで着込んで、やってきた。密かな情熱に眼をぎらつかせ、服の下に欲求不満の乳房を秘めて（彼女らはかねてから平和より死を愛してきた）、ハイヒールの小さな硬い踵で土の上に点々をおびただしく刻印しながら　**誰がやったの？　誰がやったの？**　と休みなく繰り返し　**まだ捕まらないっ**

て？　ああ、ほんとに？　ほんとに？　などと呟きつづけるのだった。

保安官も、憤慨と驚きを覚えながら火炎を眺めていた。というのも捜査すべき現場がなかったからだ。自分が悔しい思いをしているのは人間のせいだとは、まだ考えていなかった。悪いのは火なのだ。火が自分を苦しめることを目的としてひとりでに生まれてきたというふうに保安官には思えた。火のおかげで先祖代々命が受け継がれてきてその結果自分もいるのだが、今はその火が犯罪と結託しているように思えた。こうして保安官は、当惑し苛立ちながら、希望と破局をともに表わす色で無頓着に燃える炎の記念碑のまわりを歩きつづけたが、そこへ保安官補のひとりがやってきて、屋敷の向こうに小屋があり、最近まで人が住んでいた形跡があると報告した。すると火事を発見した田舎の男が（この男はまだ町へは行かず、馬車は二時間前に男が降りた時から一センチも進んでいなかった。男は今髪をくしゃくしゃにし、盛んに身振り手振りをしながら、ほかの野次馬たちの間を歩き、眼をぎらつかせていたが、顔は疲労でどんよりし、声はかすれて囁きに近くなっていた）すぐに思い出して、そういえば玄関のドアを破った時、屋敷の中に男がひとりいたと話した。

「白人か？」と保安官が訊く。

「そうです。階段から転がり落ちてきたばかりだって感じでよたついてましたよ。で、俺が二階へあがろうとするのをとめようとするんだ。二階はもう見てきたけど誰もいないと言って。そのあと、俺が階下《した》へ降りてきた時にはもういなかった」

保安官は保安官補と田舎の男を見た。「その小屋には誰が住んでた」

「そりゃ判りません」と保安官補。「たぶん黒んぼでしょう。ここの女あるじは屋敷に黒んぼを何人か住まわせてたかもしれないって話を聞きました。そいつらが、今までこの手のことを起こさなかったというのが意外ですな」

「誰でもいいから黒んぼをひとり連れてこい」と保安官は命じた。保安官補は仲間の保安官補二、三人と一緒に黒人をひとり見つけてきた。「あの小屋には誰が住んでた」と保安官は訊いた。

「俺は知らねえですよ、ミスター・ワット」と黒人は言った。「そんなこと考えたこともねえんで。誰か住んでたってのも知らなかったですよ」

「こっちへ連れてくるんだ」と保安官は言った。

野次馬が保安官、小屋のことを報告した保安官補、黒人の三人を取り巻いた。延々とただ燃えつづけるだけの空疎な火炎にうんざりしていたみんなの眼が、新たに貪婪《どんらん》な光を宿した。その顔はどれもみな同じに見えた。まるで神格化の現象が起きたかのように、おのおのの五感がまとまってひとつの視覚器官になったかのようであり、彼らの間を飛び交う言葉は風か空気から生まれたかのようだった　**あの男か？　やったのはあの男か？　保安官が捕まえたんだ。保安官がもう捕まえてるんだ**　保安官は野次馬を見た。「さあ、みんな向こうへ行け。火事を見に行け。手伝いがいる時は呼ぶから。ほら行った行った」それから保安官は群衆に背を向け、一団を率いて小屋のほうへ歩きだした。背後では邪魔者扱いされた集団がかたまって立ち、三人の白人とひとりの黒人が小屋に入りドアを閉めるのを見た。群衆のうしろでは、衰えていく炎の吠える音が大気を満たしていたが、その音よりも、群衆の声のほうが大きく、どこから出てくるのか判らない感じがした。**ええいくそ、もしあいつがやったんなら、俺たちゃここでぼやっと突っ立ってるわけにゃいかないぜ。白人の女を殺した黒んぼの畜生なんか**　群衆の中の誰も屋敷に入ったことはなかった。ジョアナ・バーデンが生きていた時は、自分の女房が屋敷を訪ねることなど許しはしなかった。この男たちは子供の頃（その父親の中にも同じことをする者がいたが）、町でバーデンを見かけると、「黒んぼ好《ず》き[1]！　黒んぼ好き！」と大声ではやしたものだった。

　小屋の中で、保安官は簡易ベッドのひとつにどさりと腰をおろした。そして溜め息

1　nigger lover。南部で使われた、黒人を差別しない白人に対する蔑称。

をついた。風呂桶のような体軀の持ち主で、一度坐ったら押しても引いても動きそうになかった。「さてと、この小屋には誰が住んでるんだ」

「だから知らねえんですって」と黒人は言った。声は少し不機嫌で、ひそかに警戒していた。保安官をじっと見た。ほかの白人ふたりは背後に立っているので、黒人には見えなかった。黒人はうしろのふたりを、ちらりとも振り返らなかった。まるで鏡を見るように保安官の顔を見つめていた。もしかしたら、本当に鏡を見ているように、それが来るのを前もって見てとったのかもしれない。あるいは見てとらなかったのかもしれない。というのも、保安官の表情に変化があったとしても、ごくわずかな変化にすぎなかったからだ。ともかく黒人はうしろを見なかった。革ベルトで背中を打たれた時、不意に口の両端がひくりと吊りあがり、一瞬、歯が覗いて、微笑《わら》ったように見えただけだった。それから顔はまたもとに戻り、内心が読めなくなった。

「おまえ、あんまり一生懸命思い出してないようだな」と保安官は言った。

「知らねえんだから思い出せねえですよ」と黒人は応じた。「この辺に住んでるわけじゃないし。俺の住んでるとこは知ってるでしょ、白人の旦那がた」

「うちのビューフォードの話では、おまえはこの表の道路の先に住んでるそうだが」

と保安官。

「表の道路の先にゃ大勢住んでますよ。ミスター・ビューフォードは俺の住んでるところを知ってまさあ」

「こいつは嘘ついてますよ」と保安官補が割り込んだ。この男がビューフォードだった。革ベルトの留め金のほうで黒人の背中を打ったのはこの男だった。ビューフォードは革ベルトを構えていた。保安官の顔を見ていた。水に飛び込めという命令を待つスパニエル犬のようだった。

「嘘かもしれんし、嘘でないかもしれん」保安官は黒人をじっと眺めていた。巨体はでんと構えて動かず、簡易ベッドのスプリングを押しさげていた。「俺が遊びでこれをやってるんじゃないことを、こいつは判ってないようだ。外にいる連中も遊びでやってるわけじゃない。あの連中は豚箱を持ってないから、こいつに不利なネタがあがっても豚箱にぶち込むことはできんがな。もっとも連中は豚箱を持ってたって、そこへぶち込むみたいなまだるっこい真似はせんだろうが」もしかしたら、また保安官の眼に合図が浮かんだのかもしれないし、浮かばなかったのかもしれない。黒人はその合図を見たのかもしれないし、見なかったのかもしれない。ともかく革ベルトがまた打ちおろされ、留め金が背中を激しく掻いた。「まだ思い出さんか」と保安官は訊いた。

「白人がふたりいたですよ」と黒人は言った。声は冷ややかだったが、不機嫌ではなく、なんの感情も表わしていなかった。「誰だかは知らないし、何してたのかも知らねえ。俺には関係ねえですから。俺が自分で見たんじゃないんで。白人がふたり、ここに住んでるって話を聞いただけでさ。誰だろうと知ったこっちゃねえ。俺が知ってるのはそれだけだ。血が出るまでぶっ叩くといい。でもそれしか知らねえんだ」

保安官は溜め息をついた。「よし、それでいい。たぶんそのとおりだろう」

「そりゃ製板所で働いてたあのクリスマスって男と、ブラウンって男です」と三人目の白人が言った。「ジェファソンでいい匂いの息をしてるやつに訊けば、誰だってそう言いますよ」

「それもそのとおりだろうな」と保安官は受けた。

保安官は町に戻った。保安官が引きあげるのに野次馬連が気づいた時、集団大移動が始まった。もう見るべきものは残っていないといったふうだった。死体はもうなく、今は保安官も帰るという。まるで保安官が自身の中に、その溜め息をもらす動きの鈍い肉塊のどこかに、秘密を隠しているかのようだった。その秘密は野次馬連に、物を食って単調に過ごす味気ない日々を超える何かを約束して心を揺さぶるのだった。そういうわけで、見るべきものは火事しか残っておらず野次馬連はすでに三時間もそれを眺めている。だからもう慣れてしまった。当たり前のものに感じられてきた。その炎は永久に彼らの人生の一部になり、経験の一部となって、無風の大気中にまっすぐ立ちのぼる煙の下で、記念碑より高く、記念碑のように侵しがたく立っていた。そしてそれは記念碑であるからには、いつでも望む時にそこへ立ち戻ることができるのだった。町に帰還した隊列は、霊柩車を先立てた葬列に見られるあの傲然たる威儀を帯びていた。保安官の車を先頭に、ほかの車が続いて警笛をかまびすしく鳴らし、全部の車が互いの巻きあげた土埃の混じり合ったものにまみれた。広場のそばの十字路で、隊列は一時停止した。田舎から来た荷馬車から人が降りるところだったからだ。保安官はひとりの若い女がゆっくりと用心深く馬車から降りるのを見た。月の進んだ妊婦に特有の慎重でぎこちない動きだった。馬車が脇へよけ、隊列はふたたび進んで広場を横切る。広場に面した銀行では、出納係がすでに金庫室から死んだ女の預けていた封筒を取り出していた。その封筒には**私の死後、開封のこと。ジョアナ・バーデン**とあった。保安官が保安官事務所に入ると、出納係が封筒とその中身を持って待っていた。中身は紙一枚で、表書きと同じ筆跡でこう書かれていた**次の二名に知らせてください。弁護士E・E・ピーブルズ——テネシー州メンフィス、ビール通り。ナサニエル・バーリントン——ニューハンプシャー州セント・エクセター**　それだけだった。

「ピーブルズというのは黒んぼの弁護士です」と出納係は言った。

「そうかね」と保安官。

「ええ。わたしは何をすればいいんですか」

「ここに書いてあることをするんだな」と保安官は答えた。「いや、俺がやったほうがいいか」保安官は電報を二本打った。メンフィスからの返事は三〇分後に来た。もう一本のほうは三時間後だった。それから一〇分以内に、ニューハンプシャーにいるミス・バーデンの甥が、殺害犯を捕まえた者に一〇〇〇ドルの賞金を出すらしいとの噂が町中にひろまった。午後九時、田舎の男が燃えている屋敷の玄関のドアを破った時に中にいた男が、みんなの前に現われた。最初は屋敷にいた男だとは判らなかった。当人がそう言わなかったからだ。町の人々に判ったのは、それが少し前から町に住んでいる男で、ブラウンという名で知られる密造酒業者——といってもたいした業者ではないが——だということであり、その男が興奮した状態で広場に現われ、保安官に会いたがっているということだった。それから徐々にいろいろな断片が結びついてきた。保安官は、ブラウンがもうひとりの男、クリスマスという別のよそ者と連《つる》んでいることを知っていた。もっともこのクリスマスという男は、三年前からジェファソンに住んでいるにもかかわらず、ブラウン以上によく判らない男だった。この時初めて保安官は、クリスマスがミス・バーデンの屋敷の裏にある小屋に三年前から住んでいたことを知った。ブラウンは話したがった。話させてくれと大声でしつこく頼んだ。賞金一〇〇〇ドルが目当てなのはすぐ判った。

「共犯証言[2]をしたいのか」と保安官は訊いた。

「そんなムツカシイもんじゃねえ」ブラウンはしゃがれ声で言い、少し腹を立てたような顔をした。「俺は誰がやったか知ってんだ。賞金をくれたら教えるよ」

「おまえのおかげで犯人が捕まったら賞金をやるよ」と保安官は返した。そして用心のためにブラウンを留置場に入れた。「まあ、ぶち込まなくてもいいと思うがな」と保安官は言った。「一〇〇〇ドルの匂いがしてる間はどこへも逃げんだろうから」なおもしゃがれ声を張りあげ、身振り手振りをしながらいきり立つブラウンが連れていかれると、保安官は隣町に電話をかけ、ブラッドハウンド二頭の出動を要請した。犬は早朝の列車で到着することになった。

その日曜日の物悲しい明け方、殺風景なプラットホームで三、四〇人の男が待って

2　共犯者がほかの共犯者について証言し、自分は刑の減免を受けること。

いるところへ、窓に灯を点した列車が耳障りな軋り音を立てながら滑り込んできて、ごく短い時間だけ停止した。これは急行列車で、いつもはジェファソンにはとまらない。今朝は二頭の犬をおろす間だけ停車したのだった。重さ一〇〇〇トンの高価で複雑で珍妙な金属塊が光をはねながらがしゃんと音を立て、卑小な人間どもの声に満ちた衝撃的ともいえるほどの静寂をつくりだし、垂れ耳で温和な顔つきのやつれた卑屈な化け物をふたつ吐き出した。二頭の化け物は悲しげな、人におもねる面持ちで周囲の男たちの顔を見回したが、その男たちは昨夜からあまり睡眠をとっていないために疲れた青い顔をして、熱意に満ちているようでいて不能感にもとらわれている情けない様子で二頭の化け物を取り巻いた。まるで殺人が発覚した当初のみんなの怒りが、長く続いている間に、その後のみんなの行動をすべて、それ自体が理性と自然に反する、何か怪物的で逆説的で不都合なものに変えてしまったかのようだった。

自警団《ポシ》《3》が灰燼に帰した黒こげの冷えた屋敷の裏手の小屋に到着したのは、ちょうど陽が昇る時だった。二頭の犬は、太陽の光と暖かみから勇気を得たか、男たちの緊張と興奮に染まったか、小屋のまわりを駆け回り、飛び跳ね、吠えた。鼻息荒く匂いをかぎ、二頭が一体となってある方向に駆けだして、綱を握る男たちを引きずった。二頭は肩をならべて一〇〇メートルほど駆け、そこで足をとめて、猛烈に地面を掘りはじめた。出てきたのは最近埋められた何個もの空の缶詰だった。男たちは力いっぱい綱を引いて犬たちを小屋から少し離れたところまで戻し、もう一度、追跡を開始させた。短時間、犬たちは憐れっぽく鳴きながらせわしなく地面を嗅ぎ回っていたが、やがてまた大声で吠え、涎を垂らしながら走りだした。引っぱられた男たちは犬たちを罵りながら駆ける。全速力で小屋まで駆け戻った犬たちは四本の脚を踏んばり、頭を繰り返しのけぞらせ、白眼をむいて、誰もいない戸口に向かってイタリアオペラのバリトン歌手ふたりが情熱のかぎり力唱するように吠え立てた。男たちは犬を車に乗せて町に連れ帰り、餌をやった。犬の一行が広場を横切る時、教会の鐘がゆっくりと平和に鳴っていて、身なりを整えた人たちが日傘をさし聖書や祈禱書を手に、落ち着いて通りを歩いていた。

その夜、田舎の若者がひとり、父親と一緒に保安官を訪ねてきた。若者は金曜日の深夜、車で家に帰る途中、殺人事件の現場から二、三キロ離れたところで拳銃を持った男に車をとめられたことを話した。若者は何か奪《と》られるか、ことによると殺される

3　ポシ・コミテイタス（posse comitatus）の略。犯罪者の捜索など治安維持のために、郡保安官が法的権限にもとづき民間人を召集して組織する集団。西部劇でおなじみだが、現在でも生きている制度。

と思い、うまくごまかして自宅の前に乗りつけ、車から飛び出して助けを求めようと考えたが、何か感づいたのか男は途中で車をとめさせて降りたという。父親は一〇〇〇ドルのうちいくらくらいもらえるか知りたがった。

「あんたらのおかげで犯人が捕まったら考えてみよう」と保安官は言った。犬たちを起こして前とは別の車に乗せ、若者に問題の男が車を降りた場所へ案内させて犬たちに匂いを追わせると、犬たちはすぐ森へ飛び込んだが、どうやらこの犬たちは金属製のものならなんでも間違いなく嗅ぎつけられるらしく、ほとんどすぐに、弾丸を二発こめた古い拳銃を発見した。

「こいつは古い南北戦争時代のキャップ・アンド・ボール式拳銃ですね」と保安官補が言った。「雷管《キャップ》がひとつ爆発してるけど、火薬に火がついてない。何を撃とうとしたんですかね」

「犬を放してやれ。綱が邪魔なのかもしれん」と保安官が命じ、そのとおりにされた。二頭の犬は自由になり、三〇分後にはいなくなった。人間が犬を見失ったのではなく、犬が人間を見失ったのだ。犬たちは小川を越え、小さな丘を越えた。声ははっきりと聞こえた。誇りと自信と悦びに満ちた大きな声で吠えているのではなかった。今出しているのは長く引き伸ばされる物悲しい諦めの声だった。男たちは間断なく叫んでいたが犬たちには聞こえないらしかった。二頭の声は識別できたが、鐘を鳴らすような哀傷きわまる声は、ひとつの喉から出るようで、二頭の犬は脇腹と脇腹をくっつけてしゃがんでいるかのように思えた。しばらくして男たちは、窪地でそうしている二頭を見つけた。その頃には声は人間の子供の声のようになっていた。男たちもそこにしゃがみ、明るくなって車への帰り道が判るようになるのを待った。こうして月曜日の朝になった。

月曜日には気温の上昇をみた。火曜日は、暑い一日が果てて夜の闇が訪れても、空気はむっと籠もって動かず重苦しい。[4]バイロンは家に入るとすぐ、男所帯の濃い饐《す》えた匂いに鼻腔の奥がつっぱって白むのを感じる。ハイタワーが近づいてくると、洗われていない太った肉と着たきりの服の匂い――むさくるしい籠もりがちな生活の匂い、あまり風呂に入らない、肉づきのよすぎる動きの少ない身体の臭気に――圧倒されかかる。中に入りながらバイロンは、前にも考えたことをまた考える。『あの人にはこうする権利がある。俺はこんな暮らし方はしないが、これはあの人の流儀であって、

4　ここからまた現在形で、現在進行中の出来事となる。殺人が起きてから三日目の火曜日。

あの人にはそれで通す権利があるんだ』そしてバイロンは以前、霊感でか直感でか、答えを見つけたように思ったことがあるのを思い出す。『これは善良さの匂いだ。もちろん俺たちには悪臭みたいに感じられるが、それは俺たちが悪い罪深い人間だからだ』

ふたりはまた書斎で、電気スタンドを点した机をはさんで対座する。バイロンは例によって硬い椅子に腰かけ、顔をうつむけて、じっと動かさない。声は醒めていて頑固。聞く人に不快であるばかりでなく、信じてもらえそうにないことを話す人の声だ。「俺は彼女に別の宿を見つけてやるつもりです。もっと人の眼を惹かないところ。落ち着いて……」

ハイタワーはバイロンのうつむき顔をじっと見る。「なぜよそへ行かせるんだね。今の下宿屋は居やすいし、必要な時におかみさんの手が借りられるんじゃないのか」バイロンは答えない。じっと坐ったまま下を向いている。顔は頑固で不動だ。その顔を見つめながらハイタワーは思う。『いろんなことが起きるからだ。起こりすぎるからだ。そういうことだ。人間というやつは自分に耐えられることや、耐えなければならないことだけでなく、それ以上のことをやってしまう。そういうことなんだ。だから厄介なんだ。どんなことでも結局耐えられてしまうということが』ハイタワーはバイロンを凝視する。「よそへ移すのはビアードのおかみさんだけが理由かね」

なおもバイロンは顔をあげず、最前からのひそめた頑固な声で話す。「彼女には自分の家みたいに思える場所が必要だと思うんです。もうあんまり時間がないし。下宿屋は男がほとんどで……産気づいた時に静かな場所にいるほうがいいでしょう。馬商人だの陪審員になるのに田舎から出てきた連中だのが廊下をうろうろするところじゃなくて……」

「なるほど」ハイタワーは相変わらずバイロンの顔を見つめている。「それでこの家にいさせてやってくれということだな」バイロンが何か言いかけたが、ハイタワーはそのまま続ける。冷ややかな、抑揚のない口調だ。「しかしそれはうまくないぞ、バイロン。この家にまた女がひとりで住み込むというのは。ここならひとりでひと部屋使えるし静かだから、残念だがね。その女の人のためを思って言ってるんだよ。わたしのためでなく。わたしは何を言われようと、どう思われようとかまわんのだが」

「そんなこと頼んでるんじゃないんです」バイロンは眼をあげない。ハイタワーの視線を感じる。バイロンは思う　この人もそうじゃないことを知っている。知ってるんだ。今のはただそう言ってみただけだ。この人が何を考えているのかは判っている。たぶんこの人はそう考えるだろうと俺は予想していたと思う。たとえ俺のことであれ、

この人がほかの人たちとは違ったふうに考える理由はないからだ　「あなたなら判ってくれてるはずです」たぶん本当に判っているだろう。だがバイロンは顔をあげて相手を見ることはしない。あの抑揚のない沈んだ声で、下を向いたまま、話しつづける。机の反対側ではハイタワーが、少し背を反らしぎみに坐り、向かいにいる細面の、陽射しや風雨に晒されて硬化し、労働で清められた顔を見る。「こんな関係のないことにあなたを巻き込もうなんて考えちゃいないですよ。あなたは彼女に会ったこともないし、これから会うつもりもないでしょう。ブラウンは見たことがあるかもしれないけど、そういう男だと知って見たことはないはずだ。ただ、俺はちょっと思ったんですが……」声が途切れる。机の向こうで姿勢を崩さず坐っている元牧師はバイロンを見つめながら話の続きをじっと待つだけで、助け舟を出そうとはしない。「何かをしないでおこうということなら、自分の判断を信じていいと思うんだけど、何かをするということが問題の時は、できるだけ人の意見を聞いたほうがいいような気がするんです。でも、あなたを巻き込むつもりはないです。このことであなたにご心配はかけません」

「それはそうなんだろうが」とハイタワーは言う。相手の伏せた顔を見つめる。『わたしはもう生きていない』とハイタワーは思う。『だから関わり合いになろうとするのすら無意味なんだ。わたしがもう一度生き返ろうとして何か言ったって、この男には聞こえないだろうし、ブラウンという男やその若い女は（ああ、それと赤ん坊もだが）聞こうとするどころか気にも留めないだろう』「しかしきみは、その女は男がこの町にいることを知っていると言ったね」

「ええ」バイロンは物思いに沈む顔で言う。「俺は製板所にいれば、男だろうと女だろうと子供だろうと傷つける機会なんてないだろうと思ってました。なのに彼女が来た時、俺はたちまちろくでもないことをべらべら喋っちまって」

「いや、そのことではないよ。その時きみは事情を知らなかったんだから。わたしが言うのは別のほうの話だ。例の男と――あの……今日でもう三日になるだろう。それならきみが話そうが話すまいが、その若い女はもう知っているはずだ。もう話は耳に入ってるはずだよ」

「クリスマス[5]のことですか」バイロンは顔をあげない。「彼女から口もとの白い小さな傷跡のことを訊かれたあとは、俺は何も話してないです。あの日の夕方、一緒に町に出る間、訊かれやしないかとはらはらしどおしでしたよ。もうそのことを訊く暇が

5　もちろんブラウンの傷跡のことで、クリスマスのではない。

ないように、いろいろ話題を考えては話しかけてね。そうする間俺は、あの男が困ってる彼女を見捨てて逃げただけじゃなく、彼女に見つからないよう名前を変えていたこととか、とうとう見つかった時には酒の密造人になってるのが判ったこととかを知られないようにと頑張ったんだけど、彼女はもう知ってたんです。あの男がたちの悪い男だということを」バイロンはつくづく呆れるという調子で言う。「つまり隠したり、うまく言い繕ったりする必要なんかなかったんだ。俺が何を言うか、彼女には前もって判ってたみたいですね。俺が嘘の話をするってことは。俺が言うようなことはその前に自分でも考えてた。俺が何も言わないうちから俺の話を信じてなかった。でもそれはそれでかまわないんです。ただ、彼女の本当のことを知っている部分のこと、俺が騙せなかった部分のことを考えると……」バイロンは言葉を求めて手探りをするが、机の向こうで背筋を伸ばしたハイタワーは助け舟を出そうとしない。「まるで彼女はふたつに分かれてるみたいなんだ。片方の部分はあの男がろくでなしなのを知っている。でももう片方の部分は、男と女の間にもうすぐ子供ができるという時には、神様はちょうどいい時に親子三人を一緒にしてくれると信じている。神様は女の味方をして、男からひどい目に遭わされないようにしてくれるはずだと信じているんです。で、もし神様が、そのふたつの部分がきちんと対面をして、お互い自分と相手を見比べてみるのがいいと、そう考えておられないんだったら、俺もそんな対面をさせるつもりはないんです」

「馬鹿なことを」とハイタワーは言う。机の向こうの、動かない、頑固な、禁欲的な顔を見る。長い間砂嵐の吹き荒れる空漠たる土地に住んできた隠者の顔だ。「その若い女はアラバマに帰るべきだ。家族のもとに帰るべきだ。それしかない」

「俺はそうは思いません」バイロンは即座に、きっぱりと言う。まるで相手が今の言葉を言うのを待ち受けていたかのように。「彼女はそんなことをしなくていい。しなくていいと俺は思います」だがバイロンは顔をあげない。相手が自分を見つめているのを感じつつ。

「バ[6]――ブラウンは、その女がジェファソンにいるのを知っているのかね」

ちらりと、バイロンは微笑《わら》いそうになる。上唇が持ちあがる。かといって愉快そうにも見えない、影に等しいかすかな動きだ。「あの男は忙しすぎるんです。例の一〇〇〇ドルを手に入れようと必死で。あいつを見てると面白いですよ。ラッパで曲を吹けない男が、とにかくでかい音を出してればそのうち音楽になるんじゃないかと思っ

6　バーチと言いかけた。

てるみたいでね。手錠をかけられて、一二時間だか一五時間おきに広場を引っぱっていかれるんですが、あのブラッドハウンドをけしかけられても逃げないでしょうよ。あいつは土曜日の夜を留置場で過ごしたんですが、檻の中でも、おまえらはクリスマスが人を殺すのを俺が手伝ったことにして一〇〇〇ドルを渡さねえ気だろうなんて喋り散らすもんだから、とうとうバック・コナーが行って、おまえほかの囚人が眠れないから黙ってろ、でないと猿轡《さるぐつわ》はめるぞと脅したんです。それで黙ったけど、日曜日の夜、犬で捜索に出ることになると、あいつは大騒ぎをして、それで留置場から出して一緒に連れていくことになりました。ところが犬が動きださない。あいつは怒鳴りつけて、罵って、犬を殴りつけようとした。匂いを追って走りださないからです。あいつは、クリスマスが犯人だと最初に言ったのは俺だ、そこんところをきっちりしてもらいたいと、みんなに言いました。しまいには保安官があいつを脇へ連れていって話したんです。何を話したかは判りません。あんまりうるさいと留置場へ戻して、もう捜索には連れてこないぞと脅したんですかね。とにかくあいつはそれで少し落ち着いて、みんなはまた出発しました。町に帰ってきたのは月曜日の夜遅く。あいつはその時も静かでした。たぶんくたびれたんでしょう。長い時間寝てなかったし。それとあいつは犬を追い越して走ろうとするんだそうです。それで保安官は、手錠をかけて保安官補の手首とつなぐぞと脅したんです。犬があいつの匂いを嗅いじまったらしょうがないですからね。土曜日の夜に留置場へぶち込まれた時も、無精髭を生やしてたけど、捜索から戻ってきた時はもっと髭もじゃでした。クリスマスよりよっぽど人殺しらしく見えましたよ。あいつは今度はクリスマスを罵りだしました。クリスマスのやつは俺に嫌がらせをするために隠れてるんだ、一〇〇〇ドルをもらえないようにしたいんだなんて言ってね。あいつはその夜、留置場に戻されました。そして今朝また出されて、犬を使った捜索に連れていかれました。犬はまた新しい匂いを嗅がされたんです。自警団が町からすっかり出ていくまで、あいつのわめく声が聞こえてたと、町の連中は言ってましたよ」

「で、若い女はそのことを知らないわけだ。話さないようにしていると、きみは言っただろう。女がブラウンのことを馬鹿だと思うより、悪党だと思っていたほうがいいと。そういうことだね？」

バイロンの顔がまた動かなくなる。今はもう微笑っていない、ひどくまじめな顔だ。

「どうなのかなあ。日曜の夜、ここであなたと話したあと、下宿屋に帰った時、もう彼女は寝てるだろうと思ったんだけど、まだ起きてて客間にいましてね。『どうしたの？　町で何か起きてるの？』と訊くんです。俺は彼女の顔を見なかったんだけど、彼女が俺を見てるのは判りました。俺は、黒んぼが白人の女の人を殺したんだと教えました。それは嘘じゃないわけで、たぶん俺はその時、嘘をつかずにすんで嬉しかったんだと思いますね。というのは、つい、『屋敷に火をつけたんだ』とも言ってしまったんです。まずいと思ったけど、もう遅かった。俺は製板所で煙を指さして火事だと教えていたし、クリスマスとブラウンという男がその屋敷の敷地内に住んでたことも話してましたからね。あなたが今俺をじっと見てるように、彼女が俺を見てるのが感じで判りました。で、『その黒んぼの名前はなんというの?』と訊くんです。女ってのは、知る必要のあることは、男に訊かなくても、男がついた嘘の中から見つけ出しちまう。そんなふうに神様はつくってるみたいですね。逆に知る必要のないことは、見つけ出さないし、自分が見つけ出してないことに気づきもしない。だから彼女が何を知ってて何を知らないか、確かなところは判らないんです。ただ、殺人犯を名指ししたのが彼女の捜してる男だってことは話してません。その男が今留置場に入れられてて、自分を相棒にしてくれた男を警察が捜索する時には外に出されて犬と一緒に走ってるってことも。それは伏せてあるんです」

「それできみはどうするつもりかね。その若い女はどこへ移りたいんだ」

「彼女は例の小屋へ行って男を待っていたいんです。俺は、あの男は保安官に頼まれた仕事で出かけてると言いました。まるっきり嘘でもないわけです。彼女が男はどこに住んでるのかと訊くから、それももう教えてしまいました。そしたら男が帰ってくるまで自分はそこで待っていなくちゃと言うんです。その小屋が男の家だから。男も自分にそうしてもらいたがるだろうと、彼女は言います。それは違うとは、俺には言えませんでした。あの男はあの小屋をあなたに絶対見られたくないはずだなんてことは。今日の夕方、俺が製板所から帰ってきたら、彼女はこれからすぐ小屋へ行きたいと言いました。荷物を全部まとめて、帽子をかぶって、俺が帰るのを待ってたんです。『実はひとりで行きかけたんだけど、道がはっきり判らないから』なんて言うから、そうですか、それじゃ今日はもう遅いから明日連れてってあげますよと言ったら、『暗くなるまでまだ一時間ほどあるわ。そこまで三キロほどなんでしょう?』と言う。それで俺が、まあちょっと待ってください、まず人に訊かなくちゃいけないからと言うと、『誰に訊くの? そこはルーカスの家じゃないんですか』って。彼女がじっと俺を見てるのが判るんです。『その小屋にルーカスが住んでるって、あなたは言ったと思うけど』それでまた俺をじっと見て、『あたしのことを相談してみるっていうその牧師さんって、どんな人なんですか』と訊くんです」

「きみはその小屋に住まわせるつもりなんだな」

「それが一番いいかもしれないです。あそこなら人眼が避けられるし、いろんな噂も聞かずにすむ。そのうちこの騒ぎも終わるでしょう」

「つまり女はもうそう決めていて、きみはとめないと。とめたくないと」

バイロンは眼をあげない。「ある意味、あの男の家ですからね。あの男はこの先も、あの小屋より家らしい家は持たないでしょうよ。それにあの男は彼女の……」

「あんなところにひとりでいさせるのか。もうすぐ子供が生まれるのに。一番近い家でも、一キロほど離れたところに黒人の小屋が何軒かあるだけだ」ハイタワーはバイロンの顔をじっと見る。

「そのことも考えました。方法はいろいろあると思うんです。やれることはあると……」

「どんなことだね。あんなところに若い女をいさせて、どう護ってやれるというんだ」

バイロンはすぐには答えない。眼をあげない。また喋りだすが、その声音は頑固だ。

「全然悪くないことで、こっそりやれることはいろいろありますよ、牧師さん。人にどう見えるかはともかくとして」

「きみにものすごく悪いことができるとは思わないよ、バイロン。人にどう見えるかはともかくとしてね。きみは、ただ悪いように見えるだけのことと、本当に悪いことの境目を探ろうというのかな。ただ悪いように見えるだけで、本当に悪いわけではないぎりぎりを狙う気なのかね」
「いえ」とバイロンは言う。それから小さく身じろぎをする。彼もまたリーナと関わり合うことの不都合に眼醒めつつあるような話し方になる。「そうじゃなければいいなと思ってます。俺は自分で正しいと信じることをやろうとしてるんだと思います」――『ああ、この男は今初めてわたしに嘘をついたな』とハイタワーは思う。『わたしにだけじゃない、男であれ女であれ、誰に対しても、たぶん自分自身に対してですら、今初めて嘘をついたんだ』ハイタワーは机の向こうの頑固でねばり強い、醒めた顔を見る。その顔はまだ自分のほうへ向けられない。『いや、まだ嘘になっていないかもしれないな。この男自身、それが嘘だと知らないのだから』
「それじゃ」ハイタワーはまあ別に構わないけれどという口調を装うが、その顔が、たるんだ顎肉と暗い洞窟めいた眼で裏切る。「もう決めたわけだ。その女をあの男の家に連れていき、そこで落ち着いて過ごせるようにしてやる。この騒ぎがすむまで余計なことで煩わされないようにしてやる。それから、あの男――バーチだかブラウンだかに――彼女がこっちへ来ていると知らせると」

「あの男は逃げるでしょうがね」とバイロンは言う。眼はあげない。が、全身を歓喜と勝利感の波がつらぬいたように見える。抑えたり隠したりする暇はない。もう遅すぎる。今のバイロンはそれを抑えようとしない。硬い椅子の上で同じく背を反らしぎみにし、自信にあふれる、果敢な、興奮で紅潮した顔で、初めてハイタワーを見る。ハイタワーはその視線をしっかり受けとめる。

「きみはあの男が逃げればいいと思っているのか」とハイタワーは言う。ふたりはランプの灯のもと、じっと坐っている。開いた窓からは、微風もない夜の、暑い、夥しい静寂が、入り込んでくる。「自分が何をしているか考えてごらん。夫婦の間に割り込もうとしているんだよ」

バイロンはうっと堪《こら》える様子を見せた。顔はもう勝ち誇ってはいない。それでも年長者をじっと見つめつづける。たぶん声を出すのも堪えようとしたのだろう。だがそれはできなかった。「ふたりはまだ夫婦じゃありません」とバイロンは言う。

「女もそう思っているのかね？　女もそう言うと思うかね？」ふたりはじっと見合う。

「ああ、バイロン、バイロン。結婚なんてものは神の前でもぐもぐ何か言うだけのことだ。それをしてないのだから諦めろなどと言っても、女の性《さが》はびくともせんぞ。子を孕んだ女の性はな」

「まあ、男は逃げないかもしれないです。例の金を、賞金を、手に入れたらですね。一〇〇〇ドルせしめて酒をしこたま食らったら何だってやるでしょう。結婚でも」

「ああ、バイロン、バイロン」

「それじゃわれわれは――俺は――どうすればいいと思いますか。助言をください」

「どこかへ行くんだ。ジェファソンを出ていくんだ」ふたりはじっと見合う。「いや」とハイタワーは言う。「きみはわたしの助言など必要としていない。わたしよりずっと強い者にもう助けられている」

バイロンはしばし黙り込む。ふたりは互いに眼をそらさない。「誰にです」

「悪魔にだよ」とハイタワーは答える。

『そして悪魔はあの男も護っている』とハイタワーは考える。[7] 買った物を詰めた小さな籠を腕にかけ、家に帰る途中、『あの男もだ』と歩きながら考える。暑い。シャツ姿、長身で、薄手の黒いズボンをはき、腕と肩は痩せているが、腹はたぷたぷ肥り、不気味にも子を孕んでいるかのようだ。シャツは白いが洗ったばかりで

7　殺人が起きてから四日目、水曜日の正午頃。

はない。襟は汚れ、ぞんざいに結んだ白い綿ローンのネクタイも汚れている。髭は二、三日剃っていない。パナマ帽も汚れているし、熱を断つために頭と帽子の間にはさんだハンカチの外にはみ出した部分も汚れている。今、週二回の買い物に町へ行ってきたところだ。痩せた不恰好な身体に、ごま塩の無精髭、眼鏡をかけた黒いかすみ眼、薄黒く汚れた手、家に籠もりがちで風呂にあまり入らない人間の男臭い臭気を漂わせたハイタワーは、いつも現金で買い物をする行きつけの、商品がごたごた並んだ、雑多な匂いのする店に入ったのだった。

「例の黒んぼの足取りが判ったそうですよ」と店主が言った。

「例の黒人?」ハイタワーは代金の釣り銭をポケットに入れる動作の途中で、ぴたりと動きをとめた。

「あのく[8]――男ですよ。人殺しの。俺は前からあいつは普通じゃないと言ってたんだ。あれは白人じゃない、どっか変だとね。だけど証拠がなきゃ大っぴらには言えなかった――」

「あの男が見つかったのか」とハイタワー。

「ええ、そうです。馬鹿な野郎ですよ。この郡から出ていくって頭もないんだから。保安官はあちこちに電話をかけまくったんだが、なんとあの犬畜――ええと、あの男はずっと保安官のすぐ鼻の先にいたわけですよ」

「それで、あの男はもう……」ハイタワーはカウンターに置いた買い物籠の上に身を乗り出した。カウンターのへりが腹にめり込むのが感じ取れた。カウンターは堅固不動のように思え、むしろ大地のほうが、かすかに揺れて、今にも大きく動きだしそうだった。大地は本当に、ゆっくり急がず、何かの束縛を離れ、振れ幅をひろげつつ、狡猾にも、蠅の糞のついた缶詰が並ぶ薄汚い棚もカウンターのうしろの店主も全然動いていないように見えるよう感覚を陵辱し、欺く何かのように、動いているように思えた。そしてハイタワーは考えた。『嫌だ！　関わりにはならんぞ！　わたしは代償を支払って、世間との関わりを免除されたんだ。代償は支払った。支払いはすんでるんだ』

「まだ捕まっちゃいません」と店主は言った。「でも、じきに捕まるでしょう。今朝、保安官は犬を連れてその教会に行ったんです。やつがそこを出て六時間とたたない頃ですよ。あの馬鹿には知恵がないんだから……なんといっても黒んぼなんだからね……」それから店主は言った。「今日はこれだけですか」

8　くそ野郎 bastard と言いかけたが、ハイタワーが元牧師であることを思い出して言い直した。

「え？　なんだって？」とハイタワー。

「お買い物はこれで全部ですか」

「ああ。そうだ。これだけだ……」ハイタワーはポケットの中を探りはじめ、それを店主は見ていた。ハイタワーの手がなおも探る動きを続けながらポケットから出てきた。カウンターに硬貨が数個ばらばらと散った。店主はカウンターから転がり落ちかけた二、三個を手でとめた。

「なんです、このお金」と店主。

「いや、だから……」ハイタワーは買い物籠を手で示した。

「もうお支払いはすんでますよ」店主はどうしたのだろうという顔でハイタワーを見ていた。「これはさっき渡したお釣りですよ。一ドル札の」「これの――」

「ああ。そうだった。いやその……つい――」とハイタワーが言うと、店主は硬貨を集めて手渡した。手が触れた時、ハイタワーの手は氷のように冷たかった。

「まあこの暑さには誰でもまいりますよ」と店主は言った。「お帰りになる前にちょっと坐っていきませんか」だがハイタワーには聞こえていないようだった。ドアのほうへ向かうのを店主は見送った。ハイタワーはドアをくぐり、通りに出て、籠を腕にかけ、氷の上にいる人のように慎重かつぎこちない足取りで歩いた。暑かった。アスファルトから陽炎《かげろう》が揺らめきたち、広場に面した建物は後光が射しているように見え、ぷるぷる震えている生きた単彩明暗画《キアロスクーロ》の趣があった。誰かがすれ違いざまに声をかけたが気づきもしなかった。歩きつづけながら　**あの男もだ。あの男もだ**　と考え、どんどん速足になったので、ようやく角を曲がり、小さな死んだような空虚な自宅が建つ、小さな死んだような空虚な通りに入った時には、ほとんど息が切れかけていた。『暑さのせいだ』と意識の表層は繰り返し言い訳をした。だが今ではめったに人が立ちどまり例の看板を眺めて昔のことを思い出すことがなくなった静かな通りに入り、聖域《サンクチュアリ》である自分の家が眼に映ったあとでさえ、彼を騙し、なだめる意識の表層の下で、『嫌だ。関わりにはならんぞ。わたしは代償を支払って、世間との関わりを免除されたんだ』という言葉が走る。それはもう声に出された言葉に近くなり、何度も、執拗に、弁解がましく、繰り返される。『わたしは代償を支払った。値段に文句をつけはしなかった。文句をつけたなどとは誰にも言わせんぞ。わたしは安らぎが欲しかっただけだ。わたしは文句を言わず代償を支払ったんだ』通りが陽炎に揺らめく。だいぶ前からずっと汗をかいているが、今は真昼の大気までが肌に涼しく感じられる。それから汗、暑熱、陽炎、そのすべてが溶け合って、くだくだしい弁解に終止符を打ち、火で焼き払うように跡形もなく消し去って、断固として宣言する。絶対に嫌だ！

関わりにはならんぞ！

夕闇の中、書斎の窓辺に坐っている時、バイロンが街灯の光の下を通り、また出ていくのが見えると、椅子に坐ったまま思わず身を乗り出した。この時刻にバイロンを見て驚いたのではなかった。まず人影がバイロンだと判った時には、こう思った　ああ。今夜あの男が来るのは判っていた。あれはただ悪いように見えるだけのことすらできない男だ　そう考えている間に、はっとして身を乗り出したのだ。明るい光の中にバイロンの姿を認めた時、一瞬、見間違いかと思ったが、その間もずっと、それがバイロン以外の者ではありえないことが判っていた。なぜならその人物は門から中に入ってきたからだ。

今夜のバイロンは今までとはすっかり変わっている。歩き方、身のこなしにそれが現われている。身を乗り出したハイタワーは　あの男は自負心か、世間に挑戦する態度を身につけたのか　と思う。バイロンは頭《かしら》をまっすぐにあげ、背筋を伸ばして、足早に歩いてくる。不意にハイタワーはほとんど声に出して独りごつ。『何かやったらしい。一歩踏み出したらしい』ハイタワーは舌打ちをし、暗い窓辺でさらに上体を前に傾ける。人影はすぐに窓からは見えなくなり、ポーチのほうへ、玄関のほうへ、向かっていく。ハイタワーは足音が玄関前まで来て、ノックの音が起こるのを聞く。『あの男はわたしに話さなかった』とハイタワーは考える。『話せば聞いてやったし、声に出して考えるのにつきあってやったのに』ハイタワーはすでに書斎を横切りはじめている。途中で机に寄り、電気スタンドを点す。それから玄関へ出ていく。

「俺です、牧師さん」とバイロンが言う。

「きみだというのは判った」とハイタワー。「今日はポーチの階段の一段目でつまずかなかったがね。きみは今まで何度もこの家に来たが、ともかく階段の一段目でつまずかなかったのは今夜が初めてだ、バイロン」バイロンが訪ねてくると、ハイタワーはいつもこの調子で迎える。ほんの少し横柄だが、温かみのある軽い調子。それはバイロンの気を楽にしてやるための配慮だ。一方、バイロンのほうは、おっとりした田舎者らしい遠慮がちな態度で礼儀を示す。本当に遠慮がちなので、ハイタワーは時々、バイロンが帆を張った舟であるかのように、慎重に息を吸い込んでこちらに引き寄せてやろうかと思うことがある。

ところが今夜のバイロンは、ハイタワーが話し終わらないうちにもう玄関から入ってくる。自信と挑戦的気分の間のどこかから生まれた新しい雰囲気とともにすぐさま入ってくる。「あなたは今に、俺がつまずいた時より、つまずかずに来た時のほうがよくない話を持ってくるってことが判りますよ」とバイロンは言う。

「きみはわたしを脅かそうとしているのかね」

「脅かす気はないんですけど」とバイロン。

「そうか」とハイタワーは言う。「しかし、ともかくよくない話があるんだな。まあこれで警告はしてもらったわけだ。さっき街灯の光できみを見た時、もう警告は受けていたがね。ともかく話だけは聞かせてもらおう。きみがもうしてしまったことを。きみは前もってそのことをわたしに話すのをよしとしなかったわけだが」ふたりは書斎の入り口へ向かっていく。バイロンは足をとめ、自分の眼より高いところにある顔を見あげる。

「じゃもうご存じなんですね。話は聞いてるんですね」とバイロンは言う。頭を動かしはしないものの、もう相手の顔を見てはいない。「まあ人がなんと言おうと自由です」とバイロンは言う。「男でも女でも。ただ、誰があなたに話したかは知りたいですね。別に俺は恥じているわけじゃないです。あなたに秘密にしておこうと思ったわけでもない。話せる時が来たら、自分で話すつもりだったんです」

ふたりは灯りのついている部屋のすぐ外にたたずんでいる。バイロンが買い物包みを両手に抱えていることに、ハイタワーは今気づく。中身は食料らしい。「なんなのかね」とハイタワーは訊く。「何を話しに来たのかね？──しかしまあ、ともかく入りたまえ。もしかしたら、実際わたしにはもう判っているのかもしれない。だがそれを話す時のきみの顔を見たいからね。わたしもきみに警告しておくよ、バイロン」ふたりは灯りの点った部屋に入る。バイロンの荷物はやはり食料品だ。ハイタワー自身もこんなふうに大量に買ってくるのですぐ判る。「さあ坐りたまえ」とハイタワーは言う。

「いや、そうゆっくりはしていられません」とバイロンは答える。まじめな顔と控えめな態度で、ハイタワーへの気遣いを示しているが、それと同時に、確信はないまでも決然とし、独善的ではない自信に満ちている。それは親しい間柄の人が理解も是認もしないだろうが、自分では正しいことだと知っていて、しかしその親しい人はそうは思わないであろうような何ごとかをしようとしている男の物腰だ。バイロンは言う。「きっとあなたはよく思わないでしょう。でもほかにどうしようもないんです。判ってもらえたらいいんですが、無理でしょうね。それは仕方ないことなんでしょう」

また机について、ハイタワーは厳粛な顔つきでバイロンを見る。「きみは何をしたんだ、バイロン？」

バイロンは例の新しい調子で話す。簡潔で、きびきびして、一語一語の意味が明確で、口ごもらない話し方だ。「今日の夕方、彼女を例の小屋へ連れていきました。小屋はその前に片づけて掃除しておいたんです。これで彼女は落ち着けたわけです。どこかに落ち着きたがってましたからね。あれはブラウンが今までに持ったものの中で、そしてこれから持つものの中で、何よりも家らしいものでしょう。だから彼女にはあそこを使う権利があると思います。今は本当の持ち主が使ってないですから。持ち主はよそで引きとめられているといいますかね。あなたがよく思わないことは判ってます。こうするのがまずい理由をたくさん挙げられるでしょう。もっともな理由をね。あれはあの男の小屋じゃないから彼女に使わせるのはおかしいとか。なるほど。そうかもしれない。だけどこのあたりの今生きている人間で、彼女にあの小屋を使うなと言う者はひとりもいませんよ。ああいう身体だから誰か女の人がそばについてなきゃいけないと、あなたは言うでしょうね。判ります。それなら二〇〇メートルと離れていないところに、それなりの年の物の判った黒んぼの女がひとり住んでます。彼女は椅子やベッドから起きあがらなくてもその女を呼べます。それは白人の女じゃないとあなたは言うかもしれない。でも俺は、彼女が産気づいた時、ジェファソンの白人の女が何をしてくれるかと訊きたいですね。彼女は一週間前にジェファソンに来たばかりなのに、町の女の誰かと話せば一〇分とたたないうちにまだ結婚してないことが判ってしまうんです。それにあの悪党が生きていてその噂が時々耳に入るかぎり、彼女がほかの誰かと結婚することはないでしょう。その時になって、そんな女を白人の女たちがどれだけ助けてくれるというんです。ベッドと、外の通りから隠してくれる壁くらいは与えてくれるでしょうね。だからそのことを言ってるんじゃありません。いや彼女に壁なんか贅沢だ、ああいう身体になるようなことをしたのは、壁のないところでだったんだから、という人がいてもおかしくないでしょうね。だけど赤ん坊は自分で自分の境遇を選んだわけじゃない。かりに選んだんだとしても、赤ん坊ってものは、これからこの世に生まれてこようって時には——当然もっと——もっとましな——俺が言おうとしてることはお判りでしょう。ご自分でも同じことをおっしゃるはずですよ」机の向こうで、ハイタワーはバイロンが抑揚のない抑制された口調で話すのをじっと見つめる。バイロンは一度もつかえることなく話したが、まだ感覚的にしかつかみとれていない新しいぼんやりした考えのところへ来ると、初めて言い淀む。「それから三つ目の理由。あんな小屋に白人の女をいさせるということ。あなたはそれが気に入らないでしょうね。何よりもそれがよくないと言うでしょうね」

「ああ、バイロン、バイロン」

バイロンの声は今や強情な響きを帯びる。それでも頭はまっすぐ起こしたままだ。

「俺は小屋にはいません。テントを張ってます。小屋に近いわけでもない。呼んだら聞こえるところではあるけど。俺はドアにかんぬきをつけました。いつ誰が来ても、俺はテントの中にいます」

「ああ、バイロン、バイロン」

「あなたが大抵の人と考え方が違うのは、考えてることが違うのは、判ってるんです。あなたにはちゃんと判ると思ってます。たとえ彼女のおなかに——彼女がほかの男を——さっきあなたがああいうことを言ったのは、町の連中がどう思うかを考えてのことだってのは判ってるんです」

ハイタワーはまた東洋の偶像のような姿勢で、両腕を椅子の肘掛けに乗せて平行にしている。「立ち去れ、バイロン。立ち去るんだ。今すぐに。この町、この怖ろしい町、このとんでもなく怖ろしい町から、永久に立ち去るんだ。きみの気持ちは読める。きみは愛することを覚えたのだと言うだろう。だがわたしに言わせれば、きみは希望を持つことを覚えたんだ。それだけだ。希望を持っただけだ。どんな希望かはこの際問題じゃない。希望にとっても、きみにとってもだ。きみが進もうとしている道の行き着く先はひとつだ。理屈の上では、結婚せずに関係を結ぶという罪を犯すか、結婚するかのどちらかだが、きみは罪を犯そうとしないだろう。ああ、それは間違いない。

きみにとっては、結婚か、さもなくば無だろう。そして絶対に結婚でなければ嫌だと考えているはずだ。きみはその女を説得して自分との結婚を承知させるだろう。もしかしたら彼女はもう承知しているかもしれない。言葉ではっきりそう言わなくてもだ。そうでなかったら、この町にいつづけながら、捜している男に会おうとする努力をしない理由が説明できない。だからわたしはきみに言うんだ。今すぐこの土地を立ち去れと。顔を向こうへ向けて、二度と振り返るなと。こんなことに関わり合ってはいけないよ、バイロン」

ふたりは互いを見合う。「あなたがよく思わないのは判ってました」とバイロンが言う。「俺はお客として椅子に坐らないでおいてよかったみたいです。でも意外だな。あなたまでが、あのひどい目に遭って裏切られた人の敵になって――」

「子を授かった女はそれだけで幸せなのだからひどい目になど遭っていない。けれどもその女の夫は、子供の実の父親であろうとなかろうと、すでに寝取られ男なんだ[9]。自分自身に十にひとつのチャンスを与えてやることだ、バイロン。どうしても結婚し

9　女にとっては子供が一番大事なので、夫は子供に妻をとられている。それを〝寝取られている〟と表現している。まして子供の実の父親でない夫は、妻に大事にされないぞ、という警告。

たいのなら、独身の女にしたまえ。処女の若い娘にしたまえ。すでに一度自分の道を選んでいるのに、その選択を反故《ほご》にしたがっている女のために犠牲になるのはおかしい。いいことではない。正しいことではない。結婚という仕組みをつくった時、神はそんなものとしてつくったのではないんだ。いや、神がつくったのではないな。結婚は女がつくったものだ」

「犠牲？　俺が犠牲になる？　犠牲になるのはむしろ――」

「犠牲になるのはその女ではないよ。リーナ・グローヴのような女の前にはつねにふた通りの男が現われる。どちらの男もごまんといる。ルーカス・バーチのような男と、バイロン・バンチのような男だ。だがリーナであろうとどんな女であろうと、ふた通りの男を両方とも手に入れるだけの値打ちなどない。どんな女でもだ。善良な女が嬉々としてけだもののような男の犠牲になった例はいくらでもあるだろう。だが善良な女であれ悪い女であれ、けだもののような男から受けた苦しみというものは、善良な女の犠牲になる男の苦しみに比べればたいしたことはないんだ。そうは思わないか、バイロン？」

ふたりは熱くならず、静かに話し、間を置いて相手の言葉を吟味する。それぞれ揺るがない考えを持ったふたりの人間がよくするように。「あなたの言うとおりでしょうね」とバイロンが言う。「とにかく、あなたが間違ってるなんてことは、俺は言う立場にない。そしてあなたも、俺が間違ってるってことを言う立場にはないと思います。たとえ俺が間違ってても」

「そうだな」とハイタワー。

「たとえ俺が間違っててもです。ということで、これで失礼します」バイロンは静かに言う。「あの小屋までだいぶありますから」

「うむ」とハイタワーは言う。「わたしも前は時々あの辺まで歩いたものだ。五キロほどあったな」

「三キロです」とバイロンは言う。「それじゃ」と身体の向きを変える。ハイタワーは動かない。バイロンはどこにも置かずにずっと持っている荷物をごそりと動かす。

「じゃ、おやすみなさい」そう言ってドアのほうへ歩きだす。「また近いうちにお眼にかかると思います」

「うむ」とハイタワー。「何かわたしにできることはあるかね。入用なものはないかな。寝具や何かは」

「ありがとうございます。いろいろ持ってるようです。前から小屋にあるものもあるし。とにかくありがとうございます」

「知らせてくれるだろうね。もし何かあったら。もし子供が——医者はもう頼んであるのかね」

「それもやります」

「もう頼みに行ったのか？　来てくれるよう頼んであるのかね」

「そういうのも全部やりますよ。また知らせますから」

バイロンは部屋を出る。ハイタワーはまた窓からバイロンが通り、街路へ出ていくのを見る。バイロンは食料の紙包みを持ち、これから町はずれに向かって三キロの道のりを歩いていく。まっすぐの姿勢、しっかりとした足取りで、視界から消える。それは贅肉がついて息の切れやすい老人、坐って過ごす時間が長すぎる老人にはついていけない足取りだ。窓から八月の熱い大気の中に身を乗り出したハイタワーは、自分の生活の匂い——もはや生きていない人間の臭気、墓の匂いを予告しているような腹だけ出てあとは干涸びている身体と汚れた下着の匂いを忘れて——もう聞こえないはずだと判ったあとも長く聞こえているような気がする足音に耳を澄ましながら、『神よ彼を祝福したまえ。神よ彼を助けたまえ』と思い　若い。あの男は若い。若いということほどいいものはない。この世にあれほどいいものはほかにない　と思う。そして静かに考える。『わたしは祈りをあげる習慣をやめるべきじゃなかった』それから足音が聞こえなくなる。今聞こえるのは途切れることのない夥しい虫の声だけだ。窓から身を乗り出し、大地の熱い動かない肥沃な不潔な匂いを吸い込みながら、自分の若かった頃のことを思い出す。若い頃は暗闇が好きで、夜、林の中をひとりで歩いたり坐ったりするのが好きだった。そんな時、地面や樹皮は生々しさ、荒々しさを感じさせ、奇妙な、危険な、歓喜と恐怖が相半ばする感情を呼び起こした。それは怖ろしかった。ハイタワーはそれを怖れた。そして怖ろしくなるのが好きだった。それからある日、神学校にいる頃、自分がもう怖れていないことに気づいた。どこかでドアが閉じられたかのようだった。もはや暗闇を怖がってはいない自分がいた。暗闇をただ嫌悪するだけになっていた。暗闇を避けて、壁のあるところへ、人工的な灯りのあるところへ行った。『そうだ。わたしは祈りをあげる習慣をやめるべきではなかった』と思う。窓辺から離れる。書斎の壁のひとつには本が並んでいる。その前に立って捜すと、やがて目当ての一冊が見つかる。テニソンの詩集だ。ページの隅が折ってある。神学校時代から持っている本だ。坐って電気スタンドの下でページを開く。さして時間はかからない。まもなく華麗な言葉が奔馬のように疾駆し、樹液に乏しい木々と乾燥した情欲に満ちた空疎な恍惚の気分が、滑らかに、すばやく、平穏に流れだす。声を出さなくていいし、中身について考える必要もないので、祈りを唱えるよりもいい。

教会で去勢された聖歌隊員が意味もわからずラテン語で讃美歌を歌うのを聞くようなもので、意味を頭に入れまいとする努力すら必要ないのだ。[11]

14

「あの小屋に誰かいますよ」と保安官補が保安官に言った。「隠れてるんじゃなくて、住んでるみたいです」

「見てきてくれ」と保安官は言った。

保安官補は行って戻ってきた。

「女です。若い女。しばらく腰を据えるつもりみたいですね。それからバイロン・バンチがテントを張ってます。小屋からの距離は、ここから郵便局ぐらいかな」

「バイロン・バンチが？」と保安官が訊く。「その女は何者だ」

「判りません。よそ者です。若い女です。当人からすっかり話を聞きましたよ。俺が小屋に入るとすぐ話しはじめましてね。まるで演説みたいでしたよ。身の上話は何べんもやって、もう慣れてるみたいですね。なんでもアラバマのどこかから亭主を捜しに来たとか。亭主は先に仕事を探しに来たらしいです。女はしばらくしてからあとを追ってきて、行く道々で亭主がこの町にいると聞いたんです。そのあたりでバイロン・バンチが小屋に入ってきて、その話なら自分がする、保安官に話そうと思ってたと言いました」

「バイロン・バンチがねえ」と保安官が言う。

「ええ」と保安官補。「女は子供が生まれます。それもそう先のことじゃなく」

「子供？」と保安官は言う。相手の顔を見る。「アラバマから来たのか、どこから来たのか知らないが。まさかバイロン・バンチの子供ということはないな」

「俺もそんなこと言うつもりはないです」と保安官補は言う。「バイロンの子供だなんてね。バイロンも違うと言ってますよ。俺はあの男が話したとおりに話してるだけです」

「なるほど」と保安官。「なぜその小屋にいるのか判ったよ。父親は例の二人組のどっちかだろう。クリスマスかな」

「いや。これはバイロンが話したことなんです。俺を外に連れ出して、女に聞こえな

10 ヴィクトリア朝イギリスの桂冠詩人アルフレッド・テニソンの詩は、言葉の華麗さに比べて内容が浅いという評価もある。ハイタワーにとっては現実逃避の道具。

11 昔のイタリアの聖歌隊員は声変わりしないよう去勢され、ラテン語の理解は必要なかった。

いようにして。ここへ来てあなたに話すつもりだったと言いましたがね。ブラウンなんですよ。ただ名前はブラウンじゃなくて、ルーカス・バーチってんです。バイロンがそう言いました。ブラウンというかバーチが、その女をアラバマに置いて出てきたんです。仕事と家を見つけたら迎えにくると言って。でももうじき赤ん坊が生まれるって時になっても音沙汰なしで、どこにいるともなんとも知らせてこないから、もう待ってられないと思ったと。女は歩きで旅をしはじめて、道々ルーカス・バーチという男を知らないかと尋ねたんです。所々で荷車に乗せてもらったりしながら、ルーカス・バーチを知らないかって。そしたら誰かがバーチだかバンチだかいう男が、ジェファソンの製板所で働いてると教えたんで、この町へ来たってわけです。この前の土曜日に、荷馬車で。われわれがみんな殺人事件で出払ってる時です。女は製板所へ行きましたが、そこで会ったのはバーチじゃなくてバンチでした。バイロンはうっかり女にご亭主はジェファソンにいると話してしまった。しまったと思ったけど女は逃がさない。結局バイロンはブラウンの住んでる場所を教えるしかなかったわけです。ただそのブラウンだかバーチだかが、殺人事件を起こしたクリスマスと連《つる》んでたことは話してない。ブラウンは仕事で家を空けているとだけ話してます。まあ仕事と呼べなくもないですよね。働いてますからね。一〇〇〇ドル欲しさに、必死になってばたばたと。あんなやつはほかに見たことありませんよ。女はそのブラウンの家はルーカス・バーチが用意すると約束してくれた家に違いないと言って、そこへ引っ越して、ブラウンが仕事をすませて戻ってくるのを待つことにしたんです。バイロンはそれをとめられなかった。というのはもう嘘をひとつついているようなものだから、そのあとでブラウンについて本当のことを話したくなかったからです。バイロンはもっと早くあなたに話しにくるつもりだったけど、女を小屋にちゃんと落ち着かせてやる前に、女が小屋にいることをあなたに知られてしまったんだと言ってます」

「ルーカス・バーチがねえ」と保安官は言う。

「俺もちょっとびっくりしましたよ」と保安官補が応じる。「この件どうします？」

「どうもしない」と保安官。「あのふたりがあそこにいても害はないだろう。俺の家じゃないから出ていけとも言えんしな。それにバイロンが女に言ったとおり、あのバーチだかブラウンだかは当分忙しいだろうからな」

「ブラウンには女のことを話しますか」

「まあよしとこう」と保安官は答える。「俺たちには関係ないことだからな。ブラウンがアラバマだかどこだかに置いてきた女房のことなんぞどうでもいい。俺に興味があるのはやつがジェファソンに来てから見つけた亭主のほうだ」

保安官補は大笑いをする。「違いない」それからまじめな顔になる。「あいつ、あの一〇〇〇ドルを取り損なったらくたばっちまいそうですね」
「いや、あいつはくたばりそうにないぞ」と保安官は言う。

水曜日の午前三時、ひとりの黒人が鞍を置かないラバに乗って町へやってきた。黒人は保安官を自宅に訪ねて起こした。男は三〇キロ離れた黒人教会からまっすぐやってきたのだ。その教会では信仰復興集会が夜ごと開かれていたが、前の日の夜、賛美歌が歌われている時に、教会の入り口付近ですさまじい音がした。振り返った会衆は、入り口に男がひとり立っているのを見た。扉には鍵がかかっていなかったし、そもそも閉ざされてもいなかったが、男はノブをつかんで叩きつけるように扉を閉めたらしく、溶け合った合唱の声にかぶせて拳銃の発射音のように響いたのだった。歌声がぴたりとやむなか、男は通路を足早に説教壇のほうへ向かっていった。牧師は前に身を乗り出し、まだ両手を持ちあげ、口を開いたままだった。それからみんなは男が白人であるのを見てとった。洞窟の中のような薄闇はふたつの石油ランプのせいで一層濃くなっており、男が通路のなかばへ来てようやくその風貌が判ったのだ。その時みんなが見た顔は黒くなくて、ひとりの女が甲高くわめきはじめた。うしろのほうの席にいる会衆はぱっと立ちあがって扉のほうへ走る。最前列にいる別の女はすでに半分ヒステリー状態になり、弾かれたように立つとくるりと身体の向きを変え、白眼をぎょろつかせて男を睨みつけて、「悪魔だ！　悪魔が来た！」と叫んだ。それから女は衝動的に走りだして、まっすぐ男のほうへ向かっていった。男は立ちどまりもせず女を殴り倒し、女をまたいで、ずんずん歩いていった。行く手の顔はどれも叫び声をあげようと大きく口を開け、離れていく。男はつかつかと説教壇へ行って牧師の身体に手をかけた。

「その時になっても、誰もそいつをとめようとしねえんだ」と黒人の使者は言った。「あっという間のことで、誰もその男を知らねえ。何者なのか、何をしに来たのか、なんにも判らねえ。女どもはぎゃあぎゃあわめく。その男は説教壇まで来たら、ベデンベリー牧師の喉をつかんで、説教壇から引きずりおろそうとしたんだ。ベデンベリー師が男に何か話してるのが見えた。なだめようとしてたんだ。でも男は師をぐいぐい揺さぶって平手で顔をぶっ叩いていた。女連中がわめくから牧師さんの言葉は聞こえなかったけど、牧師さんは殴り返そうとはしなかったんだ。それから年をとった

1　クリスマスのこと。

執事さんらが男に近づいて話をしようとしたら、男は牧師さんを離して、ぱっと振り向いて、七〇歳のトンプソン爺さんをぶん殴った。爺さんは会衆席の一番前まで落っこっちまった。男は椅子をひとつつかんで振り回したから、みんなはうしろにさがった。みんなはまだ怒鳴ったりわめいたりしながら教会の外へ出ようとしてた。男は振り向いて説教壇にあがった。ベデンベリー牧師はもう反対側から降りていた。男は説教壇に立った。ズボンもシャツも泥だらけで、顎は無精髭で真っ黒だった。男は説教師みたいに両手をあげた。それから毒づきはじめた。みんなに向かって怒鳴った。女たちの金切り声よりも大きな声で神様を罵った。男たちは何人かでロズ・トンプソンを抑えようとしていた。トンプソン爺さんの娘の息子で、背が一八〇センチあるんだが、こいつが剃刀を持って怒鳴るんだ。『野郎、殺してやる。みんな離せ。あいつは俺の祖父ちゃんを殴ったんだ。殺してやる。離せ。離してくれ』みんなは外に出ようとして、通路をばたばた走って、扉から出ていく。男は説教壇で神を呪う。何人かの男がロズ・トンプソンを引き戻そうとする。ロズは離してくれと叫ぶ。でもやっとロズを外に出して、俺たちみんな林の中に入った。男はまだ説教壇で大声で神を罵ってた。でもしばらくするとやめて、入り口に出てきて立つのが見えた。みんなはまたロズを押さえなくちゃならなかった。それで大騒ぎをしてるのが男に聞こえたに違いない。笑いだしたからだ。男は入り口に立って、うしろから灯りに照らされて、大声で笑ったよ。それからまた罵りだした。男はベンチから脚を一本もぎとって、振りかぶった。最初のランプががちゃんと割れる音がした。教会の中が暗くなって、もう男の姿は見えなかった。ロズを押さえようとしている連中は大騒ぎだ。低い声で鋭く、『押さえろ！　押さえろ！　捕まえろ！　捕まえろ！』それから誰かが怒鳴った。『あっ、逃げた！』ロズが教会へ駆け戻る足音が聞こえた。ヴァインズ執事が俺に言った。『ロズがあの男を殺してしまう。ラバに乗って保安官のところへ行け。見たことを話すんだ』俺ら、別にその男に何かしたわけじゃねえんですよ、保安官」と黒人は言った。「名前も知らないくらいだからね。誰も前に会ったことなんかねえんで。俺たちはロズを押さえようとしたんだ。けどロズはでかい男だし、七〇歳になる祖父ちゃんをあの男に殴り倒されたもんだから。ロズはあの白人がいる教会の中へ戻るためなら、ほかのやつを斬ったってかまわねえくらいに思ってた。けど神かけて、俺たちはロズを押さえようとしたんだよ」

黒人はそう話した。それが彼の知っていることだったからだ。そこまで見てすぐ出発したのだった。彼は知らなかったが、保安官に話をしている時、ロズは意識を失って近くの小屋に寝かされていた。頭蓋骨を骨折していた。真っ暗になった教会にロズが飛び込んだ時、入り口のすぐ内側にいたクリスマスがベンチの脚で殴ったのだ。クリスマスは走る足音を聞きつけると、入り口から飛び込んできた大きな人影を、一度だけ、思いきり、情け容赦なく殴った。人影はそのままとまらずに何脚ものベンチがひっくり返っているところへすさまじい音を立てて転がり込み、動かなくなった。クリスマスもとまらずに外へ出て、地面に飛び降り、軽やかに着地して、ふらつくこともなく、手にはまだベンチの脚を握り、冷静で、息を荒くもしていなかった。身体はひんやりしたままで、汗もかいていなかった。闇が肌に涼しかった。教会の前庭は三日月形で、ほの白い土を踏み荒らされ、下生えの繁る木立に形を切られて囲まれていた。クリスマスは下生えが黒人に満ちていることを知っていた。眼を感じ取れた。『見てる、見てる』と思った。『俺が見えないことも判ってない』深く息をした。ふと気づくとベンチの脚を手のひらに載せて好奇の眼で眺めていた。まるで重心で支えて釣り合いをとろうとしているかのように、今までそれに手を触れたことがなかったかのように。『明日、これに刻み目をひとつつけよう』と思った。脇の壁にベンチの脚をそっと立てかけ、シャツのポケットから煙草とマッチを出した。マッチをすったところで動きをとめ、黄色い炎が弱い光を点すなか、首を少しめぐらした。蹄の音が聞こえたのだ。音は不意に生まれ、速くなり、小さくなった。「ラバだ」クリスマスは、大きな声ではないが、声に出して言った。「町へいい知らせを持っていくんだな」煙草に火をつけて、マッチをぽいと捨て、じっと立って煙草を吸いながら、小さな火に注がれる黒人たちの眼を感じた。煙草を吸いきるまでその場所に立っていたが、警戒は怠らなかった。また右手にベンチの脚を持って、壁に背をもたせた。煙草を完全に吸ってしまうと、できるだけ遠くのほうへ投げ捨てた。光る吸殻は黒人たちがうずくまっているのが感じられる下生えのほうへ飛んだ。「シケモクをやるぞ、おまえら」クリスマスの声が静寂の中で突然、大きく響いた。しゃがんでいる下生えの中で、黒人たちは吸殻が光りながら飛んできて地面に落ち、しばらくの間火を保ちつづけるのを見ていた。だが彼らにはクリスマスがいつ立ち去ったのか、どこに向かっていったのか、判らなかった。

翌朝八時に保安官が、自警団とブラッドハウンドを率いてやってきた。一行はすぐにあるものを発見したが、それは犬たちの手柄ではなかった。教会の中は空でひとりの黒人もいなかった。自警団が中に入り、荒らされた内部を静かに見回した。それからまた出ていった。外にいる犬がすぐに何かを見つけたからだった。だが出ていく前に保安官補のひとりが、壁板のすきまにはさみこまれた一枚の紙を見つけたのだった。明らかに人がそこへはさみ込んだようで、開いてみると、煙草の空箱を破ってひろげたものだと判った。内側の白い面に鉛筆でメッセージが書かれていた。字を書き慣れない手で書かれたか、闇の中で書かれたかのような乱れた走り書きで、長いものではなかった。保安官を名宛人として、活字にはできない言葉——ただひとつの単語——が書きつけられていた。「俺の言ったとおりだろ?」と一行のひとりが言った。この男もまだ見つからない逃亡者のように無精髭が伸びて泥に汚れた顔をしていた。その顔は落胆と激怒に張り詰めて、少し狂気じみ、声は誰も聞いてくれないのにずっと叫びつづけ喋りつづけてきたとでもいうようにしわがれていた。「俺の言ったとおりだ! 俺がそう言ったろ!」

「何を言ったんだ?」と保安官は鉛筆書きのメッセージを手に、冷たく抑揚のない声で言い、冷たく揺るがない視線を射込んだ。「いつ何を言ったんだ?」男は保安官を見て、憤慨し、やけくそになり、忍耐のほとんど限界まで神経をいらつかせた。男を見て保安官補は、『こいつ、賞金がもらえなかったら死んじまうだろうな』と思った。男は口を開いたが、声も出ず、当惑し、うろたえた、信じられないという眼で保安官を見つめた。「俺もおまえに言ったはずだ」と保安官は冷酷で静かな声で言った。「俺のやり方が気に入らないなら、町で待っててもいいってな。おまえが待つのにちょうどいい場所があるんだ。そこは涼しくて、この外の陽があたるところみたいにかーっと熱くなったりしない。俺はそう言っただろう？　なんとか言え」男は口をつぐんだ。まるでひどく骨の折れる作業だという感じで眼をそらした。そしてひどく骨の折れる作業だというように、喉が詰まったような乾いた声で、「ああ」と言った。

保安官は大儀そうに男のほうを向き、煙草の箱を握りつぶした。「また頭から滑り落ちんように脳みそに叩き込んどけ。もっともおまえに脳みそがあればの話だが」早朝の陽射しの中、保安官と男のまわりを、男たちの静かな興味津々の顔が取り巻いていた。「まあ俺はあるかどうか怪しいと思ってるよ」誰かが一度だけ、がははと笑った。「うるさいな」と保安官は言った。「さあ行くぞ。犬だ、ビューフ」

犬が綱をつけられたまま出発した。そしてすぐに臭跡を見つけた。臭跡は露のおかげではっきりしていて追いやすかった。逃亡者はそれを隠そうとしなかったようだ。泉で四つん這いになって水を飲んだ場所では両膝と両手の跡すら残っていた。「追っ手にここまで気を使ってくれる人殺しは初めてだ」と保安官補が言った。「しかしこの馬鹿は俺たちが犬を使うんじゃないかってことも思いつかないんですね」

2　まるで初めて登場する人物のような書き方だが、この男はジョー・ブラウン。

「俺たちは日曜からこっち、一日に一度は犬を使ってるが、まだ捕まらんのだぞ」と保安官は言った。

「そりゃ臭いが古かったからですよ。今日まで新しい、いいのが見つからなかった。でもとうとう野郎はへまをしたんです。今日捕まりますよ。昼前にも」

「さあどうだかな」と保安官。

「まあ見ててください」と保安官補は言った。「臭いは線路みたいにまっすぐついてる。俺にだって追えそうです。ほらここ。足跡まで見える。野郎は道を歩こうって頭もないんだな。道ならほかの人間も歩いてるから犬も臭いが判らないのに。犬は一〇時までにこの足跡の一番端を見つけますよ」

犬は本当にそれを見つけた。臭跡はまもなく直角にぐいと曲がった。それをたどると道路に出た。頭を低くし勇み立って進む犬たちのあとに一行はついていった。犬たちは短い距離を歩いたあとで道路脇で足をとめた。近くの畑のそばの綿小屋から小道が降りてきている地点だった。犬たちは吠えはじめ、ぐるぐる回り、綱を引き、声を張りあげ、やわらかな声を出し、よく通る声を放ち、鼻声で鳴き、興奮して波打つように飛び跳ねた。「けっ、あの間抜け野郎め！」と保安官補は言った。「ここでしゃがんで休んだんだな。ほら、やつの足跡ですよ。同じゴム底靴の踵だ。もう二キロも先を行っちゃいない！　さあ行くぞ、みんな！」一行は進んだ。犬たちは綱をぴんと張って吠え立て、男たちは今や小走りになった。保安官は無精髭の男に顔を向けた。「おい、おまえ先にひとっぱしりして捕まえてこいよ。一〇〇〇ドルもらうチャンスだぞ。ほら行ってこい」

男は返事をしなかった。誰もが息を切らして物を言えなかった。とくに息が切れたのは一キロ半ほど行った時だった。犬たちはなおも吠えながら綱を引っ張り、道路をはずれて、丘の斜面を斜めに登る小道を走り、玉蜀黍畑《とうもろこし》に出た。そこで吠えるのをやめたが、意気込みはさらに増す風情で、今や男たちは走っていた。大人の背丈ほどある玉蜀黍の畑の向こうに黒人の小屋がひとつあった。「あそこにいるんだ」保安官は言いながら拳銃を抜いた。「みんな気をつけろ。やつも銃を持ってるはずだ」

みんなは熟練した動きを見せた。男たちは拳銃を抜いて姿を隠し、小屋を取り囲んだ。保安官は保安官補を従え、巨体を苦にもせず、すばやく巧みに動き、どの窓からも銃で撃たれない場所を選んで、小屋の壁に張りついた。壁に身を寄せたまま、角をひとつ曲がり、ドアを蹴り開け、拳銃を前に突き出して小屋の中に飛び込んだ。中には黒人の子供がひとりいた。子供はすっぱだかで、炉の冷えた灰の上に坐り、何かを食べていた。ほかに人はいないようだったが、まもなく小屋の中のドアから女がひとり現われた。女ははっと口を開けて、フライパンを落としそうになった。男物の靴を履いているのを、自警団のひとりが逃亡者のものだと見分けた。女が言うには、明け方に白人の男と道で出会い、靴を取り替えた、男はその時女が履いていた夫の作業靴を履いていったとのことだった。話を聞いたあと保安官が、「会ったのは綿小屋のそばだな？」と訊くと、そうだと言う。保安官は男たちと逸《はや》り立つ犬たちの待つ外へ出た。犬たちをじっと見る保安官に、男たちがあれこれ質問したが、やがて黙り、保安官を注視した。保安官は拳銃をポケットに戻し、犬たちのほうを向くと、一匹ずつ、どすんどすんと蹴飛ばした。「この能なしどもを町へ連れて帰れ」

だが保安官は良心的に職務を果たす男だった。保安官補や自警団の面々もそうだったが、綿小屋へ行ってみなければならないと思っていた。クリスマスはあそこにずっと隠れていたのだ。もっとも今から行ってみてももういないのは判っていたが。犬たちを小屋から引き離すのに少し苦労したので、綿小屋に着いた時は陽が熱くまばゆく照る午前一〇時になっていた。一行は用心深く、巧みに、静かに、しかるべき手順に従い、うまくいくという希望もとくになく、拳銃を手に急襲した。驚き、恐怖に駆られた野鼠が一匹いた。それでも保安官は犬たちを――犬たちは二匹とも綿小屋に近づこうとせず、道路から離れまいとして、身体を傾け、首輪につけられた綱をぐいぐい引っ張り、今しがた自分たちが引き離されてきた小屋のほうへ同時に首を向けていたが――連れてこさせた。男ふたりが全力を振り絞って連れてきたが、綱がゆるんだとたん、二匹は一匹のようにそろって飛びあがり、綿小屋のまわりを駆け回り、家の陰になってまだ露に濡れている高草の中に逃亡者が残した足跡には見向きもせず、飛び跳ねながら綱を引き、道路に戻ると、男ふたりを引きずって五〇メートルほども走ったが、ようやく男たちは若木に綱を引っかけて犬をとめることに成功した。今度は保安官は犬たちを蹴飛ばしもしなかった。

自警団のやかましい叫び声、人狩りの響きと怒り[3]は、ようやく絶える。クリスマスには聞こえなくなる。自警団と犬が綿小屋のそばを通った時、彼は保安官が考えたように小屋の中にいたのではなかった。小屋には作業靴の紐を結ぶ間しかいなかった。黒い靴。黒人の匂いがする黒い靴。それは鉄の原鉱から鈍《なまく》らな斧で切り出したように見えた。粗野で垢抜けしないどたりとした不恰好な靴を見おろしながら、噛みしめた

3 sound and fury は「怒りのわめき声」などとも訳せるが、ここはフォークナーの傑作『響きと怒り』（*The Sound and the Fury*）を想起させる訳にしたい。この語句の出典は『マクベス』で、「明日も、明日も、また明日も……」（四〇五頁の注3参照）のすぐあとに来る。

歯の間から「はぁ」と声を漏らした。自分が白人たちに追い立てられて黒い深淵に落ち込んでいくところが見えるようだった。深淵は三〇年の間彼を溺れさせようと待ち構えていたが、とうとう彼は今その中に踏み込んでしまい、拭い取れない喫水線がくっきりついて、それが徐々に足首を這いのぼってきた。

今まさに夜が明けようとする。鳥たちが一羽また一羽と眼醒めてのどかに囀《さえず》りはじめる灰色の寂しい静止の時間。吸い込む空気は泉の水のようだ。彼は深くゆっくりと呼吸し、ひと息ごとに自分が曖昧な灰色の中に溶け込み、怒りや絶望とはまったく無縁な静かな寂寥とひとつになっていくように感じる。『俺が欲しかったのはこれだけだ』と彼は静かで穏やかな驚きとともに思う。『三〇年間、欲しかったのはこれだけなんだ。三〇年かけてこれだけなら、そんなに贅沢とは言えないだろう』

睡眠は水曜日からあまりとっていない。今また水曜日がやってきて過ぎ去ったが、それには気づかなかった。時間のことを考えてみるなら、この三〇年、数字と曜日で表わされる日日《ひにち》が柵の支柱のように整然と並んでいるその柵の内側で生きてきたのに、ある夜眠りについて、眼が醒めるとその外側にいたといった感じがした。あの金曜日の夜に逃走を始めてからしばらくの間は、以前からの習慣に従って日付を覚えておこうとした。ある夜、干草の山の中で寝たあと眼を醒ますと、ちょうどその農家が起きだす頃だった。陽が射しそめる前にランプの黄色っぽい灯が台所の窓に点るのが見え、庭の灰色の闇の中で斧がゆっくりと薪を割る音と、近くの家畜小屋から眼を醒ました家畜の声に混じって人の動く音が聞こえてきた。それから煙と食べ物の匂い、何か猛烈に辛そうな食べ物の匂いがして、彼は何度も繰り返し　**俺はずっと食ってない俺はずっと食ってない**　と呟きはじめ、金曜日にジェファソンの食堂で夕食をとった時から何日たったのか思い出そうとし、そのあとしばらくじっと寝て待っていると、男たちが朝食を終えて畑に出ていったらしい気配があり、そのうちに食べ物よりも今日が何曜日かということのほうが大事なことになってきたようだった。なぜなら男たちがようやく出払ったあと、家畜小屋の二階から降りて、黄水仙色の太陽が水平に光をのばす地上に出ていき、台所の出入り口へ行った時、食べ物を要求しなかったからだ。最初はそうするつもりだったのだ。口のすぐ奥の、頭の中で、荒い言葉が整列しているのが感じ取れた。生乾きの粘土のような肌のやつれた女が出入り口に出てきて彼を見た時、彼はその眼に衝撃と何者かが判った認知と恐怖を見てとり　**この女は俺を知ってる。この女も知らせを聞いてる**　と思いながら、自分の口が静かにこう言うのを聞いた。「今日は何曜日か教えてくれ。今日の曜日を知りたいんだ」

「今日の曜日?」女の顔は彼の顔と同じようにやつれ、身体も同じようにやつれ、疲れを知らぬげだが、追い詰められているように見えた。女は言った。「どっかへ行って！　今日は火曜日よ！　どっかへ行って！　うちの人を呼ぶよ！」

彼が静かに「ありがとう」と言うと、ドアが音高く閉められた。それから彼は走っていた。いつ走りだしたかは覚えていなかった。自分はある目的が理由でその目的に向かっている、その目的は走るという行為が突然思い出したのであり、だから自分の頭はなぜ走っているかを思い出す必要はない、それに走るのは簡単だし、としばらくの間思っていた。それは実際ひどく簡単だった。身体が重みを失ったように軽く感じられた。精いっぱい大股に走っても、足はゆっくりと軽やかに、着実だがでためらに、堅さのない地面の上をあてどなく進んでいくかに思えたが、やがて倒れた。何につまずいたのでもない。ただばったり倒れてしまったのだ。しばらくの間はまだ立って走っていると思い込んでいたが、実際には耕された畑の端の浅い溝でうつぶせになっていた。それから不意に、「起きたほうがいい」と言った。身体を起こすと、太陽は中空《なかぞら》にあったが、さっきとは反対の方向で照っていた。最初は自分が途中で向きを変えたのかと思った。それからもう夕方なのだと気づいた。走っている途中で倒れたのは朝で、自分ではすぐに起きあがったつもりだったが、実はもう夕方なのだった。『眠っちまったんだ』と彼は思った。『六時間以上眠っちまった。走りながら知らずに眠っちまったんだ。そういうことだ』

だが驚きはしなかった。昼の光と夜の闇が規則正しく交互する時間の感覚は疾《と》うに失われていたからだ。ある瞬間、昼だと思っていたら、瞬きを二回する間に、予告もなく夜になっている。昼から夜へ、夜から昼へ、自分がいつ移ったのか、判らない。ああ自分は眠っていたんだと気づいても、いつ寝たのか覚えていないし、歩いている自分に気づいてもいつ眼を醒ましたのか記憶がない。ある夜、干草の中、溝の中、あるいは廃屋の屋根の下で眠っていると、逃げるようすがとなる昼の光を見ることなく、いきなり次の夜になっている。ある昼が、そのまま切迫した逃亡が続く次の昼になり、その間に休息をとる夜がはさまらず、まるで太陽が地平線にたどり着く前に方向転換して空の道を引き返したように思えたりする。歩いているさなか、あるいはひざまずいて泉の水を飲んでいる途中で眠り込む時、次に開いた眼が陽の光を見るのか星を見るのか判らなかった。

かなり前からずっと腹をすかしていた。虫に食われた腐りかけの果物を採って食べた。時々畑に忍び込み、熟した玉蜀黍を引きちぎって、下ろし金《がね》のように硬い実を齧った。いつも食べることばかり考え、料理や食材を思い浮かべた。三年前、自分のために台所のテーブルに置かれた料理のことを思い出し、慎重にバランスをとって腕をうしろへ引いて皿を壁に投げつけた瞬間を記憶の中で生き直しては、身をよじるほど苦しい後悔と悔悟と怒りに苛まれた。それからある日、もう空腹を覚えなくなった。その境地は突然、穏やかにやってきた。さわやかで、静かな気分だ。それでも食べなければならないことは判っていた。無理にでも腐った果物や硬い玉蜀黍を食べ、ゆっくりと嚙んだ。味など全然しなかった。大量に食べたので下痢状の血便が出たが、またすぐに食べなければならないという強迫観念に取り憑かれた。今や取り憑いているのは食べ物ではなく、食べる必要があるのだという観念だった。料理されたまともな食べ物を最後に食べたのはいつだったか、思い出そうとした。どこかに家か小屋があることを感じ取り、あるいは思い出すことができた。家なのか小屋なのか、白人のものなのか黒人のものなのか、それは思い出せなかった。病的にやつれて無精髭が伸びた顔に、うっとりした表情を浮かべて静かに坐っていると、黒人の匂いが鼻に感じられた。じっと動かずにいると（彼は泉のほとりの木にもたれて坐り、頭をのけぞらせ、両手を膝に置いて、疲れ果ててはいるが穏やかな顔をしていた）黒人の料理、黒人の食べ物、その匂いがし、それが見えた。それはとある部屋の中にあった。自分がどうやってそこに入ったのかは覚えていない。だがその部屋は、まるでたった今何人かの人間が突然の恐怖に駆られて逃げ出したかのように、まだ不意の狼狽と逃走の余韻に満ちていた。彼は椅子に坐ってテーブルにつき、空虚さの中、逃走の気配に満ちた静寂の中で、何も考えることなくじっと待っていた。するとしばらくして食べ物が眼の前に現われた。長いしなやかなふたつの手が不意に伸びてきて食べ物を置いたのだ。皿を置く動作の中にもう逃げ出す気配が含まれていた。自分が食べ物を嚙み、嚥《の》みくだす音とともに、自分の周囲に溜め息よりも静かな恐怖と不安のすすり泣きが聞こえないけれども聞こえているような気がした。『あの時は小屋だった』と彼は思った。『連中は怖がっていた。自分たちの兄弟である俺を怖がっていた』

その夜、頭の中で奇妙なことが起きた。横になり、眠れる体勢をとりつつも、まだ眠らず、眠る必要も感じていない時だった。ちょうど食べ物を欲していないし必要ともしていない胃袋に食べ物を受け入れさせようとしているような、そんな状態だった。奇妙だというのは、そんなことが起きる原因や動機がなくて説明がつかないという意味でだった。ふと気づくと計算をして今日が何曜日かを考えているのだ。何かある目的、ある特定の日、特定の行動をめざして必要な日数を過不足なく数えなければならない差し迫った必要が今ようやく現実に出てきたかのようだった。そうだ、そうする必要がある、と考えていると、そのうち眠りは昏睡状態に変わっていった。露に濡れた灰色の夜明けに眼醒めた時には、その必要はしっかりと結晶して、もう奇妙とは思えなくなっていた。

今まさに夜が明けようとする。立って泉のほとりへ降りていき、ポケットから剃刀とブラシと石鹼を出す。だがまだ暗すぎて水面に顔がよく映らないので、泉のそばに坐ってもっとよく見えるようになるのを待つ。硬い冷たい水で辛抱強く顔に石鹼を塗る。手が震える。気がせく一方で妙にだるく、気分を鼓舞しなければならない。剃刀の刃はなまっている。靴の側面で研ごうとするが、革が鉄のように硬く、しかも水で濡れている。それでもどうにか髭を剃る。手が震える。あまりうまくいかない。三つか四つ傷をつくる。冷たい水で濡らすとまもなく血がとまる。髭剃り道具をしまい、歩きだす。地面の畝のところをたどるほうが楽だが、そうはせず、まっすぐに歩く。短い距離をへて道路に行きあたると、その脇に坐り込む。静かに現われ、静かに消えていく、静かな道路だ。白っぽい土埃の上には細い車輪の跡がまばらに残り、ほかには馬やラバの蹄の跡、所々に人間の足跡。その道の脇に坐りこんでいる。上着はなく、かつて白かったシャツとかつて折り目がついていたズボンは泥に汚れ、やつれた顔は剃り残しの髭と乾いた血がきたならしい。疲れと寒さでゆっくりと震える身体を、昇ってきた太陽が温めていく。ややあって黒人の子供がふたり、道路の曲がり目から現われ、近づいてくる。彼が口をきいて初めて、ふたりは彼を眼にとめる。ふたりは立ちどまり、じっと動かず、白眼がくっきり見える眼で彼を見る。「今日は何曜日だ？」と彼はもう一度訊く。ふたりは何も言わず彼を凝視する。彼は頭を少し動かす。「行きなよ」と言う。子供たちはまた歩きだす。彼はふたりを見ない。じっと坐ったまま、ふたりの子供が立っていた場所を何か考えながら眺めているらしい。彼にとって子供たちはふたつの卵の殻から出ていったものにすぎないかのようだ。ふたりが走りだしたのも彼の眼には入らない。

それからそこに坐り、太陽にゆっくりと身体を温められて、知らないうちに眠ってしまう。次に意識するのは木と金属ががたがたがちゃがちゃ鳴る音と、蹄が駆けていくけたたましい音だ。眼を開くと、ちょうど馬車が道路の曲がり目をがらがら回り込んで視界から消えていくところで、乗っている男たちが振り返って彼を見、御者の鞭を持つ手が上下に動く。『あいつらにも俺が誰か判ったんだ』と彼は思う。『あいつらとあの白人の女にも。俺が飯を食った小屋のあの黒人どもにも。あいつらの誰でも俺を捕まえられた。捕まえたいと思ったら。やつらはそうしたいんだからな。俺を捕まえたがってるんだからな。でもやつらはとりあえず逃げる。俺を捕まえたいのに、俺が出ていって、おい俺はここにいるぞと言おうとすると　そうだ俺はここにいるぞと言うぞ俺はもう嫌になってるんだ逃げるのが嫌になってるんだ卵を入れた籠を持ち歩くみたいにして生きていくのが みんな逃げだすんだ。俺を捕まえるにはルールがあって、あっさり捕まえるのはそのルールに反するとでもいうように』

そこで彼はまた藪の中に戻る。今回は気を張っているので馬車が見える前にその音が聞こえる。馬車がすぐ横に来るまで自分の姿を見せない。来たらぬっと出て言う。「おい」馬車が急にとまる。御者の黒人の頭がのけぞる。この黒人の顔にも驚きと、これは例の男だという認知と、恐怖が現われる。「今日は何曜日だ」とクリスマスは訊く。

黒人はクリスマスをまじまじと見て、ぽかんと口を開ける。「え——何?」

「今日は何曜日だ? 木曜か? 金曜か? え? 何曜日なんだ? 俺は何もしやしない」

「金曜だよ」と黒人は答える。「今日は金曜日」

「金曜日か」とクリスマスは言う。それからまたぐいと頭を動かす。「行きなよ」鞭が振りおろされ、ラバが勢いよく前に出る。この馬車も鞭を振り振り全力疾走で見えなくなる。だがクリスマスはすでに身体の向きを変えてまた森の中に入っている。

今度も進路は測量ロープのようにまっすぐで、丘も谷も沼も無視する。だが急ぎはしない。彼は自分が今どこにいて、どこへ行きたがっていて、そこへ行くのにどれだけ時間がかかるかを分刻みで正確に知っている、そんな男のようだ。自分の生まれた大地を、そのあらゆる様相において、今初めて、あるいはこれを最後に、見ておきたいといったふうだ。彼はこの土地で育って大人になり、泳げない船乗りが水に突き落とされて泳ぎを覚えさせられるように、身体の形も物の考え方もこの土地に無理強いされて形づくられたのだが、この土地の実際の形や感触は結局何も知ることはなかった。この一週間、この土地のいくつもの奥まった場所へ密かに潜り込んだが、大地が従わなければならない不変の掟には無縁のままだった。しばらくの間、休みなく歩きながら、俺が求めていたのはこれなんだと思う——物を見ること、物が見えること——それが安らぎと、余裕と、穏やかさを与えてくれるのだと。だが不意に本当の答えがやってくる。何か全身がさっぱりと乾いて軽くなったように感じられる。『俺はもう食うことの心配をしなくていいんだ。求めていたのはこれなんだ』と思う。正午までに一三キロ歩く。広い砂利の道路に出る。幹線道路だ。この時に来た馬車は、彼が手をあげると静かにとまる。馬車を操る黒人の若者の顔には驚きも、あっこの男は、という表情もない。「この道はどこへ行く」とクリスマスは訊く。

「モッツタウン。これから行くんだ」

「モッツタウンか。ジェファソンへも行くのか」

若者は頭をこする。「そんなとこ知らね。モッツタウンへ行くんだ」

「ああ」とクリスマス。「そうか。じゃこの辺の者じゃないんだな」

「違う。ここからふたつ向こうの郡から来た。今日で三日目だ。モッツタウンへ親父の買った子牛を取りに行く。あんたモッツタウンへ行きたいんか」

「ああ」とクリスマスは答える。ジェファソンからほんの三〇キロだ。馬車は先へ進む。『モッツタウンか』と彼は考える。座席の若者の隣にあがる。『これでちょっと気を抜ける』と思う。『七日間、気を抜かずに来た。ここらでちょっと気を抜こう』こうして坐っていれば馬車に気持ちよく揺られて、眠れるだろうと考える。だが彼は眠らない。眠くないし腹も減っていないし疲れてさえいない。眠気と空腹と疲れの間のどこかに宙吊りになり、何も考えず、感じることもなく、馬車の動きに合わせて揺れる。時間の感覚も、距離の感覚も、失う。一時間たったか、三時間たったか。若者が言う。

「モッツタウンだ」

眼をあげると、空の低いところに煙が見える。それと判らない曲がり目の向こうだ。またあの道に入るのだ。三〇年間たどってきたあの一本の通りに。それは舗装された通りで、そこを行く時は速く進める。その通りはひとつの円を描いてきて、彼はまだその内側にいる。この七日間はその舗装された一本の通りを歩かなかったが、三〇年の間に行ったどこよりも遠くまで行った。だがそれでもまだ円の内側にいるのだ。『俺はこの七日間で、三〇年の間に行ったどこよりも遠くまで行ったんだ』と彼は思う。『でも円の外には一度も出なかった。俺は自分が今までやってきてもう取り消せないことの輪を破って外に出ることができなかった』彼は静かにそう考える。馬車の座席に坐り、前板に両足を乗せていると、黒い靴が黒人の匂いを立てる。足首にくっきりついた拭い取れないあの黒い喫水線が、死が近づいてくるように脚を這いのぼってくる。

15

その金曜日にクリスマスはモッツタウンで捕まったが、町にはハインズという名前の老夫婦が住んでいた。ふたりはかなりの高齢だった。小さな平屋建ての家は黒人の住む界隈にあった。夫婦がどうやって、何で暮らしているのか、町の人は誰も知らなかった。赤貧洗うがごとしなのにまったく何もしていない。町の人たちの知るかぎり、ハインズはこの二五年間、定職についたことがなかった。

夫婦は三〇年前にモッツタウンへやってきた。ある日、町の人たちは妻のほうがその家に入居したのを知ったが、以来ふたりはそこに住んでいた。もっとも最初の五年間、夫のハインズが家にいたのは月に一度の週末だけだった。まもなくハインズがメンフィスで何かの職についていることが判ったが、何の職かは不明だった。当時から謎めいた男で、年は三五歳とも五〇歳とも見え、眼には冷たく激しい狂信の色があり、少し頭がおかしいようで、好奇心から詮索しようとしても撥ねつけられた。町の人たちは夫婦そろって少し頭がおかしいと思っていた。孤立していて、顔も服も灰色で、普通の人より少し小柄で、人種が違う、あるいは生物の種が違うといった感じがした。そんなわけでハインズがモッツタウンに本格的に移ってきて、妻の住む小さな家に落ち着いたあとの五、六年間、町の人たちはこの男でもできそうだと考える半端な仕事をやらせるだけだったが、やがてハインズはそういう仕事もやめてしまった。町の人たちはしばらくの間、この夫婦はどうやって食べていく気かといぶかったものの、まもなくそんな臆測をするのも忘れてしまっていたが、そのうちにハインズが郡のあちこちを徒歩で回り、黒人の教会で信仰復興集会を開いていること、そして時々黒人の女たちが料理らしきものを夫婦が住む家の裏口から運び込み、手ぶらで出てくることを知って、しばらくの間どういうことなのかと首をひねったが、やがてそれも忘れてしまった。まもなく町の人たちはそのことを忘れてしまうか、それとも大目に見るかしたのだった。なぜならハインズが人畜無害な老人だったからで、これが若い男だったらただではすまなかっただろう。町の人たちはただ、「あの夫婦は頭がおかしくて、黒人のことでいかれた考えを持ってるんだ。もしかしたら北部人《ヤンキー》かもしれない」と言うだけで放っておいた。あるいは町の人たちが大目に見ていたのは、ハインズが黒人たちの魂を救おうと献身しているからではなく、夫婦が黒人たちから施しを受けているのを自分たちが見て見ぬふりをしていたからかもしれない。人間には良心が受け入れない事柄を無視するという都合のいい能力があるからだ。

というわけで二五年間、老夫婦の生活の手段は判らず、黒人の女たちが蓋をした皿や鍋を持って家に出入りすることを町の人たちはみな黙過してきた。皿や鍋の中にはその黒人の女が料理人として働いている白人の家からそのまま持ってきたものもまず間違いなくあるらしいので、見逃す以外になかったのだ。これも見たくないものは見ないという都合のいい能力の賜物《たまもの》だろう。ともかく町の人たちはそこに眼を向けず、老夫婦は二五年の間、世間から隔絶した寂しい場所で暮らしつづけてきた。まるで北極から迷い出てきた二頭の麝香牛《じゃこううし》か、氷河時代から甦ってきた寄るべのない場違いな二匹の獣のようだった。

妻はほとんど人前に姿を見せなかったが、ドク爺さんと呼ばれていたハインズのほうは広場でしょっちゅう見かけた。汚い小柄な老人で、かつては勇敢もしくは粗暴そうな顔をしていたか、幻視家か筋金入りのエゴイストの風貌を持っていたに違いなかった。襟なしのシャツに汚れたブルージーンズの上下、杖はヒッコリーの枝から皮を手で剝いたもので、握りの部分はすり減って胡桃《くるみ》材のように黒っぽく、ガラスのように滑らかだった。メンフィスで働いていた頃は、月に一度戻ってくると、多少は自分のことを話したものだった。そんな時は独立独歩の人間のように自分を語るだけでなく、わりと最近までそれ以上の人間だったと言わんばかりに自信たっぷりな態度をとるのだった。彼には負け犬の雰囲気がなかった。何人かの部下を使っていたが、他人には理解されないであろう理由で自発的に生き方を変えた人間、そういう人間が持っているような自信を持っていた。だが彼が自分や今の自分の仕事について話したことは、ちょっと聞くと筋が通っているようだが、実際には支離滅裂だった。それで町の人たちはその当時でさえ、彼のことを少し狂っていると考えた。彼が本当の話を隠すために別の話をしているように思えたわけではない。彼の言葉、彼の話を聞いていると、ひとりの人間にやれるであろう（やれるに違いない）と聞き手が想定している範囲から大きくはみ出してしまうのだ。みんなはある時点でどうやら彼は牧師だったらしいと考える。ところがそのあとで彼は大都会メンフィスのことを、曖昧だが大仰な口ぶりで話しだし、長年にわたってどこかのよく判らない役所で重要な役職についていたかのような話をするのだ。「ああ、ありゃあメンフィスの鉄道会社の管理職だったんだよ」とモッツタウンの人たちは本人のいないところでふざけるのだった。「踏み切りを管理して、列車が通るたんびに赤い旗を振って人や車をとめてたんだ」あるいは、「新聞関係のでかい事業をしてたのさ。公園のベンチの下に落ちてる新聞紙を拾う事業な」などと。みんなはそういうことを面と向かっては言わなかった。人を人とも思わない連中や、不謹慎な冗談が大好きで通っている連中でさえ、そんなことはしなかった。

それから彼はメンフィスでの職を失うか、自分でやめるかした。ある週末に帰宅して、月曜日になっても出かけなかった。それ以後は一日ずっと町の広場にいた。汚れた服を着て、人と話すでもなく、眼もとにみんなが狂気の徴《しるし》とみなした怒りと拒絶の色を宿していた。暴力の気配は薄れてはいたが、匂いのようにまつわりついており、狂信の雰囲気は消えかけた熾火《おきび》のようではありながらも残っていた。彼の持つ福音主義の熱情のようなものの正体は四分の一が激烈な信念で、四分の三が身体の強靭さだった。そんなわけで彼がたいていは徒歩で郡のあちこちに出かけて黒人の教会で説教をしていると聞いても、みんなはあまり驚かなかった。一年後、その説教の内容が判った時ですらそうだった。この白人が黒人たちの慈悲深い施しにほぼ全面的に頼って暮らしていながら、辺鄙な土地の黒人の教会にひとりで乗り込んで、礼拝を中断させて説教壇にあがり、聞き取りにくいこもった声で、時にひどく卑猥な言葉を交えて、おまえたちは自分たちより肌の色の薄い人たちに対して謙虚になれと諭し、白人種の優越を説いて、その白人種の代表例として自分を引き合いに出すというふうに、いかにも狂信者らしく自分の行動の異様さを自覚することなく奇説を述べ立てるのだった。黒人たちはこの男は頭がおかしい、神に触れられた人間だ、あるいは一度神に触れたことのある人間だと考えた。たぶん黒人たちは彼の説教をまともに聞いていなかっただろうし、聞いていてもあまり理解できなかっただろう。もしかしたら彼こそが神だと思ったかもしれない。なぜなら彼らにとっては神もまた白人だし、神のすることも少し不可解だからだ。

クリスマスの名前が街頭で飛び交いはじめたあの午後、ハインズは町にいた。男たちは老いも若きも――商店主も勤め人も暇人も野次馬根性が旺盛な連中も、中で一番多いのがオーバーオール姿の田舎者たちだが――みんな駆けだした。ハインズも走った。だが速く走れず、背も高くないので、現場に着いた時には群がる人々の肩の向こうが見えなかった。それでも彼はその場にいる誰にも劣らず荒っぽくがむしゃらに突進し、揉み合ってやかましく騒ぐ人の群れの中に潜り込もうとした。かつて彼の顔に顕著な徴をつけていた暴力癖が復活したかのようだった。人垣の背中につかみかかり、しまいには杖で殴りかかるので、みんなは振り返り、彼だと知って押さえつけると、彼は暴れながら重い杖でみんなを打とうとした。「クリスマスだと？」と彼は叫んだ。「今、クリスマスと言ったのか？」

「クリスマスだ！」彼を押さえつけている男たちのひとりが叫び返した。その男も顔をひきつらせて、ぎろりと睨んできた。「クリスマスだよ！　先週ジェファソンで人を殺したあの白い黒んぼだ！」

ハインズは男を睨みつけた。歯のない口が泡をぷつぷつ吹いていた。それからまた激しく暴れながら毒づいた。子供のような軽い華奢な骨格の、弱々しい小柄な老人が、杖をふるって自由の身になろうとし、囚われ人が顔から血を流して立っている輪の中央へ乱暴に入っていこうとしていた。「もうよせよ、ドク爺さん！」みんなは彼を押さえ込もうとした。「なあ、よせったら。もう捕まったんだ。逃げられねえんだ。ほ

1　touched (by God) は精神障害を持っていることを指す。

らほら」

だがハインズはなおも暴れ、抗い、罵声をあげた。割れた声はか細く、口から涎が垂れていた。押さえようとしている男たちは、身に合わないほどの強さで水を流されてのたうち回る細いホースを取り押さえようとしているようだった。この人の群れの中で、囚われた男だけが静かだった。押さえつけられたハインズは罵った。年老いた弱い骨と紐のような筋肉が、今この時だけ、猛り狂った鼬《いたち》のしなやかで流れるような動きを見せた。男たちから身をもぎ離して、ぱっと前に飛び出し、人をかきわけて、向こうへ突き抜け、囚われの男と向き合った。一瞬ぴたりと動きをとめ、男の顔をまじまじと見た。その一瞬は完全に動きをとめていたが、ふたたび男たちに捕まる前に、杖を振りかざして男を一度打ち、もう一度打とうとしたところで捕まって、無力になった。唇に小さな泡をぷつぷつつけていた。口は塞がれておらず、「そいつを殺せ！」と叫んだ。「殺せ。殺せ」

三〇分後、ふたりの男がハインズを車で家まで連れていった。ひとりが運転し、もうひとりが後部座席でハインズを押さえていた。汚れた髭面は今は血の気がなく、眼はつぶっていた。ふたりはハインズの身体を車から運び出し、門をくぐって煉瓦とコンクリートの破片を敷いた通路をたどり、玄関前の階段のところまで来た。今はもう眼を開いていたが、完全に虚ろで、青みがかった汚い白眼だけが見えていた。だがまだぐったりして何もできない状態だ。三人がポーチにあがる直前に玄関のドアが開き、ハインズの妻が出てきて、ドアを閉め、その場にじっと立って三人を見つめた。ふたりの男にはそれがハインズの妻だと判った。ハインズが住んでいるのが判っている家から出てきたからだ。ひとりは町に住んでいる男だが、この妻を今まで見たことがなかった。「どうしたの」と妻は訊いた。

「なに大丈夫だ」と第一の男が言った。「ついさっき町で大騒ぎがあったんだが、この暑さだし、ご主人にはちょっと応えたみたいだ」ミセス・ハインズは男たちを中へ入れまいとするようにドアの前に立っていた。ずんぐりした女で、丸い顔は薄汚れたパン生地を思わせ、薄い髪をきつくねじってまとめていた。「あのクリスマスって黒んぼが捕まってね。先週、ジェファソンで女の人を殺したやつが」と男は言った。

「ドク爺さんはそのことでちょっと興奮しちまったんだ」

ミセス・ハインズはドアを開けようとすでに身体の向きを変えかけていた。第一の男があとで相棒に話したように、ミセス・ハインズはまるで誰かが投げた石が軽くあたったかのように身体を回す途中でぴたりととまったのだった。「誰が捕まったって?」

「クリスマスだ」と男は言った。「あの人殺しの黒んぼの、クリスマスだよ」

ミセス・ハインズはポーチの縁に立って、灰色の動かない顔で三人の男を見た。

「まるで俺が何を言うか、もう知ってたみたいだったな」男は車に戻りながら相棒に言った。「俺にクリスマスだと言ってもらいたいけど、言ってもらいたくない、そんな感じだった」

「それはどんな人なの」とミセス・ハインズは訊いた。

「俺はあんまりよく見てないんだ」と男は答えた。「捕まる時に殴られて血だらけだった。若い男だ。俺とおんなじで黒んぼみたいには全然見えなかったな」ミセス・ハインズは男たちを見た。見おろした。ハインズは、今はもうふたりの男の間で自分の足で立ち、眠りから醒めかけているかのようにぶつぶつ言っていた。「ご主人をどうしたらいいのかな」と男は訊いた。

ミセス・ハインズはそれには全然答えなかった。まるで自分の亭主が判らないみたいだったな、と男はあとで相棒に言った。「みんなはその人をどうする気なの」

「その人?」と男。「ああ、黒んぼのことか。そいつはジェファソンの連中に訊かないとね。野郎はあそこの人間だから」

ミセス・ハインズは灰色の顔をして、じっと動かず、よそよそしい態度で男たちを見ていた。「みんなジェファソンの人たちがどうするか決めるまで待ってるつもりなの」

「みんな？　ああ、こっちのみんなか。まあジェファソンから何か言ってくるのが遅すぎる時は別だろうがね」男はハインズの腕をしっかりつかみ直した。「ご主人、どこへ置いたらいいかな」するとミセス・ハインズがやっと動いた。階段を降りて男たちに近づいた。「よかったら家の中へ運ぶよ」と男が言った。

「あたしひとりで運べる」とミセス・ハインズは言った。背丈は夫のハインズと同じくらいだが、目方は勝っていた。夫の腋の下へ両腕を入れて抱きかかえ、「ユーファス」と言った。大きな声は出さずに「ユーファス」と。それからふたりの男に言った。

「離して。あとはあたしがやるから」ふたりは手を離した。ハインズは少し歩いた。ミセス・ハインズは夫を助けて階段を昇り、ドアの中に入るのを見送った。ミセス・ハインズは振り返らなかった。

「礼も言わねえんでやんの」と二番目の男が言った。「爺さんを連れ戻して黒んぼと一緒の豚箱にぶち込んでやるか。爺さんはあの黒んぼをよく知ってるみたいだし」

「ユーファスか」と最初の男は言った。「ユーファス。この一五年、名前はなんだろなと思ってたんだ。ユーファスってのか」

「おい、帰ろうぜ。面白いものを見逃すかもしれねえ」

最初の男は、老夫婦が中に入ってドアが閉められた家を見た。「婆さん、あいつを知ってたな」

「あいつって？」

「あの黒んぼ。クリスマス」

「行こうぜ」ふたりは車に戻った。「しかしあの野郎、なんなんだろうな。えらいことやらかしたとこから三〇キロと離れてない町へ来て、本通りをうろうろして、気づかれちまった。俺が気づきたかったよな。一〇〇〇ドルもらえたのによ。ほんと俺はついてねえよ」車は走りつづけた。最初の男はまだ振り返ったまま、老夫婦が入っていった家の誰もいない玄関を見ていた。

その小さな家の、洞窟のように暗く狭く異臭の漂う玄関ホールに、老夫婦は立っていた。ハインズは疲労困憊して昏睡状態から醒めきっていなかった。ミセス・ハインズが椅子のところまで連れていって坐らせたのは夫のことを気遣ったのだというふうに見えた。だが必要もないのに玄関ホールまで戻ってドアを閉めたのはそれとはちぐはぐだった。ミセス・ハインズはまた椅子のそばへ来て夫をしばらくじっと見た。最初は夫のことを心配して見守っているように見えた。だが第三者がそこにいてよく見ていれば、ミセス・ハインズが身体を激しく震わせているのが判っただろうし、夫を椅子に坐らせたのはそのままだと床に落としてしまいそうだったからか、あるいは話を聞き出すまで逃がさないようにするためなのだった。ミセス・ハインズは夫の上にかがみ込んだ。むっちり太って、肌は灰色、顔は溺死体のそれに似ていた。話す声は震え、それを抑えようとして身体も震えた。夫がなかば横たわるように坐っている椅子の肘掛けを両手でしっかりつかみ、声の震えを必死に抑えながら言った。「ユーファス。聞いて。よく聞いて。あたしはあんたにうるさく言わなかった。この三〇年、うるさいことは何も言わなかった。でも今はそうしようと思ってる。あたしは知りたいの。だからあんたはあたしに話さなくちゃいけないのよ。あんた、ミリーの赤ん坊に何したの」

長い午後の間ずっと、みんなは広場に群れ、留置場の前に集まっていた。勤め人や暇人やオーバーオールを着た田舎者が噂話をしていた。噂話は町のあちこちをめぐり、風や火のように生まれては死に、そのうちに影が長く伸びはじめて、田舎者は馬車や土埃をかぶった自動車で出発し、町の住民は夕食をとりに帰りはじめた。それから噂話は電灯のついた部屋や山間の僻地にある石油ランプを点した小屋で、夕食のテーブルを囲む妻を始めとする家族の間で一時的に息を吹き返してまた燃えあがった。そして翌日の、田舎ののどかで心が明るむ日曜日、男たちは清潔なシャツに飾りつきのズボン吊りという姿で、柵沿いに馬車や自動車がとめられた田舎の教会の前や家の玄関先の木の陰にしゃがみ、パイプをふかしながら、女たちは台所で食事の用意をしながら、また噂話をした。「そいつは俺と同じで黒んぼには全然見えない。でもああいう馬鹿をやるのは絶対黒んぼの血のせいだ。まるで自分から捕まりにきたみたいに出てきたからな。男が結婚すると言いだして自分から檻に入るみたいによ。だって一週間姿をくらましてたんだぜ。屋敷に火をつけなきゃ殺しのことだってひと月ほどばれなかったかもしれない。それとあのブラウンって男がいなかったら、誰もやつを疑わなかっただろうな。あの黒んぼは白人のふりをしてウィスキーを売って、その密造のことも殺しのこともブラウンに罪を着せようとしたんだが、ブラウンがほんとのことをばらしちまった。

それから昨日の朝、やつは真っ昼間にモッツタウンへ来た。土曜日だから町は人でいっぱいだった。白人みたいに白人の床屋に入ったが、白人そっくりだから誰も怪しまなかった。靴磨きの男は中古の靴がやつには大きすぎると思ったけど、それでも怪しまなかったんだ。髭を剃られ、髪を切られ、金を払って、床屋を出て、店に入って、新しいシャツとネクタイと麦藁帽を買って、あの女を殺して盗んだ金で払った。それから真っ昼間のあちこちの通りをわが物顔で堂々と歩き回った。何人もの人とすれ違ったが、誰も気づかなかった。そのうちハリデイがやつを見て、そばへ駆け寄って、やつを捕まえて『おまえの名前はクリスマスじゃねえか？』と訊いたら、あの黒んぼはそうだと答えた。違うとは言わなかったんだ。なんにもしなかった。黒んぼがやるようなことも、白人がやるようなこともしなかった。それが運のつきだ。みんなをえらく怒らせちまった。人を殺したくせに、新しい服なんぞ着て、文句あるかって顔で町を歩いてたからだ。ほんとなら森の中にこそこそ隠れて、泥まみれに汚れて逃げ回ってなきゃおかしいじゃねえか。それをあの野郎ときたら、自分が人殺しだったことが判ってないみたいなんだ、もちろん黒んぼだってこともな。

それでハリデイは（あいつは一〇〇〇ドルのことを考えて興奮しちまって、黒んぼの顔をふたつほど殴ったんだが、黒んぼは初めて黒んぼらしく、黙って殴られて、むすっと黙って血を流してた）――ハリデイのやつは怒鳴りながら黒んぼを捕まえてたんだが、そこへドク・ハインズって爺さんが来て、杖で黒んぼを殴りだしたんだ。男ふたりが爺さんを押さえつけて、車に乗せて家まで連れてってやった。爺さんがほんとにあの黒んぼを知ってたのかどうかは判らんね。足を引きながらやってきて、『そいつの名前はクリスマスか？　あんたらそいつをクリスマスと言ったのか？』そうわめきながら、人をかきわけて、黒んぼをひと眼見るなり、杖で殴りだしやがった。催眠術にでもかかってたみたいだったよ。みんなで押さえつけたら、瞳が上のほうへあがっちまって青白い白眼をむいて、口のまわりを涎でべたべたにして、なんでも手当たりしだいに杖で殴ってたが、そのうちばたっと倒れちまった。ふたりの男が車に乗せて、家まで送っていったら、女房が出てきて爺さんを家の中へ入れて、それでふたりの男は戻ってきた。あの黒んぼが捕まったあと、なんで爺さんが興奮して暴れたのか、誰にも判らなかったが、とにかく爺さんはあれで大丈夫だとみんな思ったんだ。ところが半時間とたたないうちに、あの爺さんまた町へ戻ってきた。もう完全にいかれちまってて、町角に立って、歩いてる人間に誰彼なく、この腰抜けどもめと怒鳴るんだ。おまえらあの黒んぼを留置場から出して、さっさと吊るさんかい、ジェファソンへ連れてくことはないぞ、なんてな。顔はもう完全にいかれたやつの顔で、脱走してきた精神病院からもうじき迎えが来るのを知ってるって感じだった。昔は説教師だったなんてみんな言ってるけどな。

あの爺さん、自分にはあの黒んぼを殺す権利があるって言うんだよ。なぜかってことは言わないんだけどね。なんかもう興奮してわけ判らなくなってて、誰かが訊いてみたってまともな返事はしなかったろうよ。その頃にはまわりに大勢人だかりがしてたが、爺さんはあの黒んぼを生かすか殺すかを決める権利は自分にあるなんてわめいて。みんなだんだんこの爺さんもあの黒んぼと同じ留置場へぶち込んだほうがいいんじゃないかと思いはじめてたら、爺さんの女房がやってきたんだ。

モッツタウンに三〇年住んでて、その婆さんを見たことなかったやつもいるよ。爺さんに話しかけるまで、その女が誰だかみんな判らなかった。前に見たことがある連中も、あの夫婦が住んでる黒んぼ町のちっちゃい家の近くで見ただけで、あの婆さんはだぶだぶの家庭着を着て亭主のくたびれた帽子をかぶってたからな。でもこの時はよそいきの服を着てたんだ。紫色の絹のワンピースに羽根が一本ついた帽子って恰好で、日傘を持って、爺さんがわめいて人だかりがしているところへやってくると、『ユーファス』と言った。爺さんはわめくのをやめて女房を見た。手に持った杖を振りあげて、その手を震わせて、口を開けて涎を垂らしていた。婆さんは爺さんの腕をつかんだ。男どもも爺さんの杖が怖くて近づけないやつが多かったんだぜ。あの爺さん、誰でも彼でも見境なしに殴りかかりそうだったから。自分が人を殴ってるのも判らない、殴ろうと思ってないのに殴ってるみたいな感じでな。だけど婆さんは振りあげた杖の下へささっと歩いてって、爺さんの腕をつかんで、ある店の前に置いてある椅子のところへ連れていき、そこに坐らせて、こう言ったんだ。『あたしが戻るまでここにいるんだよ。動くんじゃないよ。それとそのわめくのはやめな』
　爺さんはわめくのをやめた。ほんとにやめた。坐らされた椅子にじっと坐ってて、婆さんは振り返らなかった。みんなはそれをしっかり見ていた。婆さんを見たことのあるやつも、家のそばでしか見たことがなかったからだろう。それに爺さんは、なりは小さいけど喧嘩っぱやくて、逆らう時はよく考えてからでないとまずい相手だからだった。とにかくみんなびっくりしたよ。爺さんが誰かの命令を聞くなんて思いもしなかったからな。なんか弱みを握られてて、しょうがないって感じだった。そこへ坐ってなと言われたら、おとなしく椅子に腰かけて、わめいたり、でかい声で喋ったりしないで、頭を垂れて、太い杖握った両手を震わせて、口からまだ少し出てる涎をシャツまで垂らしてたよ。
　婆さんはまっすぐ留置場まで行った。留置場の前には大勢人がいた。ジェファソンからあの黒んぼを引き取りにくるって連絡が入ったからだ。婆さんは人ごみの中を突き抜けて留置場まで行くと、メットカーフに言った。『捕まった男に会いたいんだけど』
『なんで会いたいんだい』とメットカーフは訊いた。

『何したいわけでもないのよ。ただ見たいの』

メットカーフは言った。ああ、そういう人は大勢いるよ。あんたがあの男を逃がそうなんて考えてないのは判るけどね、俺はただの看守で、保安官の許可がないと誰も中に入れるわけにゃいかないんだ。紫色のワンピースを着た婆さんはじっと立っていた。帽子の羽根はぴくりとも動かない。それくらい婆さんはじっとしていたんだ。婆さんは、『保安官はどこにいるの』と訊いた。

『事務所じゃないかな』とメットカーフは答えた。『行って許可をもらってくるんだね。そしたらあの黒んぼに会えるよ』メットカーフはこれで婆さんは諦めたと思った。そして婆さんがくるりと背を向けて出ていくのを見ていた。婆さんは留置場の前の人ごみをかきわけて広場に向かう通りを引き返していった。羽根がうなずくように動いていた。看守は柵の上を羽根がひょいひょいうなずきながら進んでいくのを見た。それから婆さんが広場を渡って役場へ向かっていくのを見た。婆さんは何をしようというのか、誰にも判らなかった。みんなはただ婆さんが役場に入っていくのを見ていた。話す暇がなかったからだ。メットカーフにはみんなに留置場で何が起きたか話す暇がなかったからだ。これはラッセルが言ったんだが、その時ラッセルは保安官事務所にいて、たまたま顔をあげると羽根のついた帽子がカウンターの窓口の向こうに見えたそうだ。婆さんがどれくらいの間そこに立ってラッセルが顔をあげるのを待っていたか、ラッセルは知らなかった。婆さんはちょうど顔だけカウンターの上に出てこちらを覗ける背丈だったので、胴体がないように見えたそうだ。誰かがこっそり入ってきて、人の顔を描いた風船に変てこりんな帽子をかぶせてカウンターに置いていったみたいな感じだ。『カッツェンジャマー・キッズ』[2]に出てくる餓鬼どもがそういう悪戯《いたずら》をやるだろう。『保安官に会いたいんだけど』と婆さんは言った。

『ここにはいないよ』とラッセルは言った。『わたしは保安官補だがね。なんの用かな』

ラッセルの話だと、婆さんはしばらくなんにも言わないで突っ立ってたそうだ。それからこう言った。『どこへ行けば会えるかしら』

『家かもしれないな』とラッセルは言う。『今週はずっと忙しかったからね。夜も時々ジェファソンの連中の手伝いをしてたから。家でひと眠りしてるかもしれない。なんだったらわたしが――』だけどもう婆さんはいなかったとさ。ラッセルは窓口から外を見て、婆さんが広場を渡って、保安官の家へ行く道の角を曲がるのを見た。

ラッセルはその時もまだ、今の婆さんは誰だっけなあと考えてたそうだよ。

婆さんは保安官に会えなかった。どのみちもう遅すぎたんだがね。保安官は留置場にいたんだが、メットカーフが婆さんにそれを言わなかったんだよ。それと婆さんが留置場からまだそんなに離れてない時に、ジェファソンから保安官たちが二台の車でやってきて、留置場へ入っていった。そいつらはさっと来て、さっと中に入った。でも連中が来たって知らせはもう伝わって、ふたりの保安官がポーチに出てきた時には留置場の前に集まった人間は若い者や女も含めて二〇〇人くらいになってたはずだ。それから俺らの保安官がみんなに話をした。みんなに法をちゃんと守れと言い、自分とジェファソンの保安官はあの黒んぼが早いうちにちゃんとした裁判を受けるようにするからと約束したんだ。そしたら誰かが『ちゃんとした裁判だと？　へっ、あの黒んぼは白人の女にちゃんとした扱いをしたのかよ』と言って、みんながわあっと叫んで、留置場の入り口のほうへ押し寄せた。まるでみんなは保安官たちじゃなく死んだ白人の女に向かって叫んでるみたいだった。でも保安官は落ち着いた声で話を続けたんだ。自分は選挙で選ばれた時に誓いの言葉を言った、それを自分は守るつもりだとね。『俺だって人殺しの黒んぼに同情なんかしない。それはここにいる白人の誰とも同じだ』と保安官は言った。『でも俺は誓いを立てたんだ。だからそれを神かけて守

2　ニューヨーク・ジャーナル紙に連載された漫画。

るつもりだ。荒っぽいことは好かないが、やる時はやるぞ。ちょっとそのことを考えてみてくれ』で、ハリデイも保安官たちと一緒にいた。そしてすぐさまみんなによく考えろ、騒ぎを起こすなと言った。誰かが怒鳴った。『ああ、あんたはやつをリンチにしたくないんだろうよ。でも俺たちにはやつに一〇〇〇ドルの値打ちはねえんだ。マッチの燃えかす一〇〇〇本の値打ちすらねえんだぜ』それで保安官が急いで言った。『ハリデイはやつが殺されるのを嫌がってる。当たり前だ。みんなも同じじゃないのか。この町のみんなが賞金でいい目を見るんだ。金はこのモッツタウンに落ちるんだからな。ジェファソンの人間が賞金をもらったらどうなるか考えてみるといい。判るだろう。俺の言うとおりだろう』保安官の声は小さかった。人形の声みたいだった。大男の声でもちっちゃく聞こえるもんだよ。ちゃんと聞いてる連中にじゃなく、暴れる腹が半分決まってる連中に話す時は。

でもとにかくみんなは保安官の言ったことに納得したみたいだった。かりにハリデイが一〇〇〇ドルの賞金をもらっても、モッツタウンの人間であれどこの人間であれ、子牛一頭の餌代ほどのおこぼれもないのは判ってた。でもみんな納得しちまったんだ。人間ってな妙なもんだよ。ずっとある考えを通したり、あることをやり通したりするには、新しい理由が次々に出てこなくちゃ駄目なんだ。そして新しい理由ができたって気が変わることが多い。だからみんなはほとんど言い返さなかった。さっきまで人の群れは内から外へうわーっとひろがってたが、今は外から内へ縮みだしたみたいだった。保安官たちにはきっとそれが判ったんだ。この騒ぎはもう長くは続かないかもしれないってことも。保安官たちはすぐ留置場に戻ってまたすぐ出てきたからね。身体の向きを変える暇もなかったんじゃないかと思うくらいすばやかったよ。ふたりの保安官が真ん中にあの黒んぼをはさんで、まわりに五、六人の保安官補がついていた。黒んぼを留置場の入り口のすぐ近くに待たせてたんだろう。ほとんどすぐに出てきたからな。真ん中にはさまれた黒んぼはむすっとした顔をして、手錠をかけられて、ジェファソンの保安官の手とつながれてた。外に群れてる連中は、『ああああああ』みたいな声を出したよ。

みんなは通りまで小道みたいなすきまをあけた。通りにはジェファソンから来た車の一台目が駐めてあって、運転手がエンジンをかけたまま待っていた。保安官たちが一刻も無駄にしないでやってくると、またあの婆さんが、ミセス・ハインズが、やってきたんだ。人ごみをかきわけるようにしてな。背が低いから、みんなに見えたのはあの羽根だけだ。羽根はひょこひょこ動きながらゆっくりと進んでくる。邪魔物が何もなくてもあんまり速く進めないが、何を使ってもとめられない、まあトラクターみたいな感じだった。ぐんぐん押し進んで、みんながつくった小道に出てきて、黒んぼをはさんだふたりの保安官の前にぬっと出た。保安官たちがとまらなかったら踏み倒されちまったろうな。婆さんの顔は粘土のでかい塊みたいで、帽子は誰かにあたって横っちょ向いて、羽根が顔の前に垂れていて、婆さんは前を見るのにまず帽子をうしろに押しあげなきゃならなかった。でも婆さんはそのあと何もしなかった。ぴたっととまって、しばらく黒んぼをじっと見てた。何も言わなかった。まるでただ見にきただけだ、そのために人にうるさく訊いてまわったんだという感じ、よそいきの服を着て町へ出てきたのは一度だけ、あの黒んぼの顔を見るためだったという感じだった。というのも婆さんはくるっと向きを変えて、また人ごみをかきわけて進みだしたからだ。ジェファソンの保安官たちの車二台が黒んぼを乗せて出発して、みんながあたりを見回すと、もう婆さんはいなかった。広場に戻ると、ドク爺さんも女房に坐って待つよう言われた椅子から消えていた。もっともみんながみんな広場に戻ったわけじゃなかった。ずっと留置場を眺めてる連中もいた。まるでさっき出ていったのはあの黒んぼの影にすぎないとでも思ってるみたいに。

みんなは婆さんがドク爺さんを家に連れて帰ったんだろうと思った。ドク爺さんが坐ってたのはダラーの店の前だったが、ダラーは婆さんが人の群れの先頭に立って通りを戻ってくるのを見たと言った。ドク爺さんはずっと動いていなかったそうだ。婆さんに坐らされた椅子に催眠術でもかけられたみたいにじっと腰かけたままだったが、婆さんがやってきて、肩に手をかけたら、立ちあがって、一緒に歩きだしたと、それをダラーは見てたそうだ。ドク爺さんの顔を見たら、こりゃ家に帰ったほうがいいと思ったとダラーは言ってたよ。

でも婆さんは家に連れて帰らなかったんだよな。しばらくしてみんな気づいたんだが、婆さんは爺さんをどこかへ連れていこうとしてたんじゃなかった。ふたりとも同じことをしようとしてたんだ。同じことを、違う理由でやろうとしてたんだよな。どっちも相手の理由が違ってるのを知ってて、相手の思いどおりになったら自分のほうに深刻に響いてくるのを知ってた。ふたりとも口には出さないけどそれを知ってて、お互いを見張ってた。そしてふたりとも、婆さんが先に立っていくのがいいと知ってたんだ。

夫婦はサーモンの自動車修理工場へ行った。そこは貸し自動車もやってるんだ。かけあうのは全部婆さんがやった。ジェファソンへ行きたいんだと言った。せいぜいひとり二五セントくらいだろうと思ってたらしいな。サーモンが三ドルだと言ったら、婆さん、聞き間違えたと思ったみたいにもう一ぺん訊いた。『三ドルだよ。一セントもまからんぞ』とサーモンは言った。夫婦はじっとそこに立ってた。ドク爺さんは何もしなかった。ただ待ってるつもりみたいだった。これは自分の知ったことじゃない、自分が何かする必要はない、婆さんがジェファソンへ行けるようにしてくれるだろうと思ってるみたいだった。

『そんなに払えない』と婆さんは言った。

『一セントも安くならんよ』とサーモンは言った。『安くあげるなら汽車だよ。ひとり五二セントだ』でも婆さんはもう歩きだしてた。ドク爺さんもあとから犬みたいについていく。

それが四時頃だ。夫婦が六時頃まで郡庁舎の前のベンチに坐ってるのを町の連中は見てた。ふたりは喋ってなかった。どっちも、もうひとりがそこにいるのを知らないって感じだった。ただ並んで坐ってた。婆さんはよそいきを着てな。ひょっとしたらお洒落して土曜日に町へ来て夕方までずっといるのが愉しかったのかもしれない。ほかの人間がメンフィスで一日過ごすのと同じようなものだったのかもな。

ふたりは大時計が六時を打つまで坐ってた。それから腰をあげた。見てた連中の話では、婆さんは爺さんにひと声もかけなかった。同時にすっと立ったそうだ。二羽の鳥が枝から飛び立つ時、どっちが行こうぜって言ったか判らないのと同じでな。歩きだした時は、ドク爺さんのほうが少し遅れてついていった。そうやって広場を横切って、駅へ行く通りに入った。みんなは次の汽車が出るまであと三時間もあるのを知ってるから、ほんとにふたりが汽車でどこかへ行く気なのかどうか判らなかったが、まもなく判ったのは、ふたりはもっとみんなをびっくりさせるようなことをする気でいたことだった。夫婦は駅のそばのあの小さなカフェへ行って夕飯を食ったんだ。モッツタウンに来てから一ぺんも一緒に町を歩いてるところを見られたことがない夫婦が、ましてカフェで食うなんてびっくりだ。でもとにかく婆さんは爺さんを連れてそこへ行ったんだ。広場のあたりで食ってたら汽車に乗り遅れると思ったんじゃないかな。ふたりは六時半ちょっと前にカフェに入って、カウンターの小さなスツールに坐って、婆さんが爺さんに何を食いたいかなんて訊かないで注文して、それを食った。婆さんが店のおやじにジェファソン行きの汽車のことを訊くと、おやじは午前二時に出ると言った。『今夜のジェファソンは大騒ぎだな』とおやじは言った。『広場で車に乗ったらジェファソンまで四五分だ。二時まで汽車を待つこたあないよ』たぶんよそ者だと思ったんだろう、広場への行き方を教えた。

でも婆さんは何も言わなかった。ふたりとも食べ終わると、婆さんが金を払った。紐で縛ったぼろ布の包みを日傘の中から出して、五セント玉ひとつと一〇セント玉ひとつを一ぺんにつまみだした。ドク爺さんは坐って待ってたが、夢遊病みたいにぼやーっとした顔をしていた。夫婦はカフェを出た。店のあるじは自分が勧めたとおりに広場へ行って車に乗るだろうと思ったが、ふたりは操車場を横切って駅のほうへ向かった。あるじは声をかけようとしてやめた。『俺の聞き間違いかな。九時の南行きの列車に乗るのかもしれない』と思ったそうだ。

夫婦が待合室のベンチに坐ってると、旅回りのセールスマンや渡り労務者なんかがだんだん入ってきて、南行き列車の切符を買った。駅員の話では、七時半に晩飯から帰ってきた時、待合室には何人かいたけど、別に何が眼にとまることもなかったが、そのうちに婆さんが切符を買いにきて、ジェファソン行きの列車は何時に出るかと訊いたそうだ。その時駅員は忙しかったから、ちらっと眼をあげて『明日ですよ』と言って、仕事の手をとめなかった。それからちょっとたって、何げなく眼をあげたら、あの丸い顔がじっとこっちを見てて、羽根が窓口ごしに見えてたんだ。婆さんはこう言った。

『その切符、二枚おくれ』

『その列車が出るのは夜中の二時ですよ』と駅員は言った。この駅員も婆さんが誰だか知らなかったんだ。『もう少し早くジェファソンに着きたいんだったら、広場へ行って車を雇ったほうがいいですね。行き方判りますか』でも婆さんはじっと突っ立ったまま、紐で縛ったぼろ布の包みから五セント玉と一〇セント玉を数えながら出した。駅員は窓口へ行って切符を渡し、婆さんの向こうを見ると、ドク爺さんが見えたから、婆さんが誰だか判ったんだ。夫婦がじっと坐ってると、南行きの列車に乗る連中が次々に入ってきて、そのうち列車が来て、発車したけど、夫婦はまだ坐ってた。ドク爺さんはまだ眠ってるか、麻酔にでもかかってるみたいに見えたんだと。列車が出てしまっても、駅を出ていかない連中もいた。その連中は窓から待合室の中を覗いたり、時々待合室に入ってきてベンチに坐ってるドク爺さんと女房を眺めたりした。そのうち駅員は待合室の電気を消した。

その時になってもまだ何人かは残ってたんだ。そいつらが窓から中を覗き込むと、夫婦が暗がりの中で坐ってるのが見えた。例の羽根や、ドク爺さんの白髪頭が見えたのかな。それからドク爺さんの眼がだんだん醒めてきた。自分のいる場所にびっくりしはしなかったし、そこにいたくないって様子もなかった。ただ興奮してきたんだ。しばらく惰力で走ってきたから、そろそろまたエンジンをかけようかって感じだった。見てる連中には、婆さんが爺さんに『しーーー。しーーー』と言うのが聞こえた。そのうち爺さんの声がでかくなった。夫婦がじっと坐ってると、駅員が電気をつけて、二時の列車がもうすぐ着くと言った。婆さんが赤んぼをあやすみたいに『しーーー。しーーー』と言う間、ドク爺さんは『いまわしい色欲！　いまわしい色欲！』とわめいたらしいよ」

16

ノックに返事がないので、バイロンは玄関のポーチを降り、家の横手を回って、囲い込まれた狭い裏庭に入る。桑の木の下陰に置かれた椅子がすぐ眼につく。それはキャンバス張りのデッキチェアで、何度も修理され、色褪せ、長年の間にハイタワーの身体の形に合わせてたわんできたので、当人が坐っていない時でもあのぶくぶく太った身体の幻影を抱き締めているように見える。そこへ近づきながら、もはや使われず、無気力に、侘しく世離れしているこの押し黙った椅子こそは、ハイタワーその人の象徴であり、また本質でもあると思う。『俺はまたその人に迷惑をかけようとしている』とバイロンは思い、例によって唇を歯茎から少し浮かせてこう考える　またたって？　いやいや今まであの人にかけた迷惑なんて、今日これからかける迷惑に比べたら迷惑のうちに入らないことは、あの人にも判るはずだ。しかも今度も日曜日。

でも考えてみれば、日曜日は世間の人たちが創り出したものだから、世間の人たちと同じように日曜日もあの人に報復したがるんだろう

バイロンはうしろから椅子に近づき、それを見おろす。ハイタワーが眠っている。はき古した黒いズボンの上で太鼓腹を包んで風船のように膨らんでいる白いシャツ（今日は洗いたてで清潔だ）の上には、一冊の開いた本が伏せてある。本の上で組まれたハイタワーの手は、温和で、慈悲深く、高位の聖職者を連想させる。シャツは昔風のもので、胸もとに襞《ひだ》飾りがあるが、アイロンのかけ方がぞんざいで、カラーをつけていない。口は開いていて、その丸い穴の両脇からたるんだ肉が垂れさがり、汚れた下の歯が見えている。鼻だけが年齢と長い苛烈な年月による風化をまぬがれ、今も端整な形を保っている。意識のない顔を見おろしていると、バイロンにはハイタワーがその鼻から逃げ出そうとしているように思える。鼻だけが誇りと勇気を頑として保持し、壊滅した砦の忘れられた軍旗のように、みじめな敗北の上に凛と立っているのだ。またしても眼鏡のレンズが陽をはねて光り、桑の葉ごしの空を映しているせいで、ハイタワーがいつ眼を開いたのか、バイロンには判らない。見えたのは口が閉じたのと、身体を起こした時の組まれた両手の動きだけだ。「うん」とハイタワーは言う。

「うん？　誰だ――ああ、バイロンか」

バイロンはハイタワーを見おろしている。顔つきはひどくまじめだが、今日は温かい感情を宿していない。どんな感情もそこにはない。ひどくまじめで、決然としている。それだけだ。まったく抑揚のない声で言う。「昨日、あの男が捕まりました。このことは聞いてないでしょうね。あなたは殺人のことも知らなかったくらいだ」

「誰が捕まったんだね」

「クリスマスです。モッツタウンで。あの男は町へ出てきたんです。聞いた話だと、通りを歩き回わってるうちに、人に気づかれたそうです」

「捕まったのか」ハイタワーは今は背を起こして椅子に坐っている。「それできみは知らせにきたのか。その――みんながあの男を……」

「いや、まだ誰もあの男に何もしてません。あの男はまだ死んでないです。今、留置場にいます。無事です。無事です」

「無事。きみは無事だと言うのか。バイロンがあの男は無事だと――バイロン・バンチが、例の若い女の彼氏が友達を一〇〇〇ドルで売るのを手伝っておきながら、売られたあの男は無事だと言うのか。女が子供の父親であるその彼氏に会わないようにして、その間にもうひとりの彼氏、バイロンが――と、そのことを言おうか、バイロン？　それとも本当のことは黙っておこうか？　バイロン・バンチがそれを隠しておきたがっているのなら？」

「世間の人が言うことはみな本当だと言うのなら、それは本当なんでしょう。とくにあのふたりが留置場に入るよう俺がはからったと世間が言うなら、そのとおりなんでしょう」

「あのふたり？」

「ブラウンも入ってるんです。ただ、ほとんどの人はブラウンにはあの人殺しはやれなかったし、その手伝いもできなかったと思ってるようです。ブラウンにはあの男が捕まえられなかったし、捕まえる手伝いもできなかったのと同じように。だけど世間の人は、クリスマスが留置場に閉じ込められるようにバイロン・バンチがしたと言うことだってできます」

「ああ、そのとおりだ」ハイタワーの高い小さな声は少し震える。「バイロン・バンチ、公共の福祉と倫理の護り手。そして賞金の承継者。なぜならブラウンは賞金をもらっても共犯者だから自分のものにできず、金は妻のものになるが、それは結局はその女の新しい男の——そこまで言おうか？　そこまでバイロンの腹の底を読もうか？」それからハイタワーは締まりのない大きな身体で椅子を撓《たわ》ませながら、泣きだす。「いや、今のは本心から言ったんじゃない。それはきみにも判っているだろう。

だがきみがわたしの心を悩ませにきたのは不当なことだ、なぜならわたしは——世間から離れていようと自分に言い聞かせてきた人間——そうするほうがいいと世間の連中から思い知らされた人間だから——今さらこの年になってそんなことを持ち込まれるのは堪《たま》らないんだ。世間の連中から押しつけられた境遇と折り合いをつけてしまった今になって——」バイロンは以前に一度、ハイタワーの顔を汗が涙のように流れ落ちるのを見たことがあるが、今は肉のたるんだ頬を、涙が汗のように流れ落ちるのを見る。

「判ってます。よくないことです。あなたの心を悩ませるのはよくないことです。でも今度のことに最初に関わり合いになった時は、そのことが判らなかったんです。判ってたら……でも、あなたは神に仕える人じゃないですか。それならこういうことから逃げられないはずです」

「わたしは神に仕える人間じゃない。そうであることを、自分から望んでやめたわけじゃないが。それは覚えておいてくれ。もう神に仕える人間じゃなくなったのは、自分で選んだことじゃないんだ。きみや、あの若い女や、留置場にいるあのクリスマスという男や、あの男を留置場に入れた連中の意志によって、ただの命令じゃない命令によって、そうなったんだ。世間の連中は、わたしにしたように、あの男に、侮辱と暴力をもって、自分たちの意志を押しつけた。連中は自分たちと同じように神に創られた人たちに対して、あることをせずにはいられないよう追い込んでおきながら、そのあとで、そんなことをしたと非難して、身体をずたずたに引き裂く。わたしが自分で選んだことじゃないんだ。それを覚えておいてくれ」

「判ってます。人間はそんなにたくさんのことから選ぶなんてできません。あなたは今度のことよりも前に選んだんです」ハイタワーはその言葉を聞いてバイロンを見た。「あなたは俺や、彼女や、彼が生まれる前に道を選んだ。それはあなたが自分の意志で選んだんです。俺は思うんだけど、良く選んだ人も、悪く選んだ人と同じくらい、そのことで苦しまなきゃならないんです。彼女や、彼や、俺も同じです。ほかの人だって同じです。あのもうひとりの女だってそうなんです」

「もうひとりの女? まだほかにも女が関係しているのか。五〇年も生きてきたわたしの平穏な生活が、人生の道に迷ったふたりの女にかき乱されなければならないのか」

「その女は今はもう迷っていません。三〇年間迷ってきましたが、今は道を見つけました。その女というのは彼のお祖母《ばあ》さんです」

「誰のお祖母さんだね」

「クリスマスのです」

暗い書斎の窓から通りと門を眺めながらハイタワーが待っていると、遠くで音楽が始まるのが聞こえる。自分では心待ちにしているという意識はないが、水曜日と日曜日の夜には、暗い窓辺に坐り、それが始まるのを待つ。それがいつ聞こえはじめるかは、ほぼ一秒の狂いもなく判る。懐中時計にも置時計にも壁掛け時計にも頼らない。この二五年間、ハイタワーはどんな時計も使わず、必要ともせずにいる。機械的な時間とは無縁に生きている。とは言っても時間を失ってしまったわけではない。まるで無意識の中から、意志の力を借りることなく、今はもう死んでいるかつての実人生を支配し秩序立てていた時間のいくつかの結晶した特定の瞬間を、思い出せるかのようなのだ。時計の助けを借りずとも、日曜日の朝の礼拝と、日曜日の夕べの礼拝と、水曜日の夜の礼拝の、始まりと終わりを示すふたつの決まった瞬間の間に自分がどこにいて何をしていたか、そのことを思うだけですぐに判るのだ。教会に入ろうとしていた時のことや、祈禱や説教を予定の締めくくりまで持ってこようとしていた時のことが。そんなわけで黄昏の光が完全に消えてしまう前の今、ハイタワーはこう独りごとを呟くのだ　**ほらみんなが集まってくる。ゆっくり通りを歩いてきて、教会の前庭に**

入り、挨拶をかわしている。数人連れで、ふたり連れで、ひとりで。教会に入っても、低い声でちょっとした世間話をする。ご婦人がたは扇を使いながら、〃し〃や〃しゅ〃の音が少し耳に立つ声で、途切れることなく話し、通路をやってくる知人に会釈をする。ミス・カラザーズ（彼女はオルガン奏者で、亡くなってもう二〇年近くになる） も会衆の間に交じっている。もうすぐ腰をあげて、オルガンの演奏台がある二階にあがる　日曜日の夜の礼拝。かつてのハイタワーには、人はこの時に一番神に近づくように思えたものだ。一週間のほかのどの曜日のどの時間よりもこの時に。教会のあらゆる集まりの中で、日曜日の夜の礼拝でだけは、教会がみんなに約束する、教会の本来の目的であるところの平和が、いくらかでももたらされるのだ。知性と感情が浄化される時があるとすれば、まさにこの時だ。前の週にどんな悲惨なことがあったとしても、それは朝の礼拝の厳格きわまる儀式で終止符を打たれ、埋め合わせをされる。次の週の悲惨な出来事はまだ起きておらず、神を信じる気持ちと希望が涼しいそよ風のように吹くなかで、心はほんのしばらくの間、穏やかになる。

　暗い窓辺に坐ったハイタワーには彼らの姿が見える気がする　ほらみんな集まってきて、入り口から入ってくる。もうほとんど全員が来ている　それからハイタワーは前に少し身を乗り出して、「さあ今だ」と声に出して言う。するとその合図を待っていたかのように、音楽が始まる。夏の夜気を渡ってオルガンの豊かなよく通る張り詰めた響きが届いてくる。朗々と鳴り響く楽の音には合唱の声が混じり、それが人間の卑しい性根が昇華されていくさまを示して、あたかも解き放たれた人々の声が、音量が高まるなか、磔《はりつけ》になる殉教者の形と姿勢をとり、恍惚として、厳かに、深まりゆくかのようだ。それでいながら音楽は、なおも峻厳で情け容赦がなく、慎重で、熱い情熱を持たず、生贄《いけにえ》になることのみ願い、愛を求めず、生命力を求めず、ほかの者たちにも愛と生命力を禁じ、響きのいい声で、あらゆるプロテスタントの音楽と同様、まるで死こそが恵みだとばかりに、死を要求するのだ。死を受け入れ、死を賞賛するために声をあげる人たちは、その音楽が賞賛し象徴するものによって今の自分がつくられたにもかかわらず、それを賞賛することによって、自分を今の自分にしたものに対して復讐しているかのようだ。耳を傾けていると、その音楽の中に、自分自身の来歴と、自分の生まれた土地と、自分が属する血脈への賛美が聞き取れるような気がする。彼らはその血脈から生まれてきたのであり、そこに属する人たちの間で生きている。彼らは喜ぶ時も、災いに苦しむ時も、喜びや苦しみから逃げる時も、大騒ぎをせずにはいられない。快楽や歓喜を当たり前に享受できず身が持ちきれなくなる。そこから逃れようとして暴力や酒や喧嘩や祈りに走る。災いに見舞われた時も同じような激しい反応を示す。どうやらこれは逃れられないことらしい　だから彼らの宗教が彼らを我と我が身を磔にしたり互いを磔にし合ったりするような振る舞いに駆り立てるのは当然のことなのだとハイタワーは思う。なんだか今聞こえている音楽の中には、明日は自分たちがしなければならないことを絶対にするぞという町の人たちの宣言が聞き取れるような気がする。この一週間はまるで奔流のように流れたが、明日から始まる一週間にはそれが深淵に流れ落ちていきそうだ。今、その流れは滝のまぎわでひとつに溶け合ったよく響く厳しい歌声をあげているが、その歌声は自分たちを正当化するのではなく、滝壺に落ちていく前の死にぎわの挨拶をしているように思える。その歌声は、神に向けられているのではなく、この歌声やほかのふたつの教会で歌われる讃美歌がちゃんと届く鉄格子のはまった留置場の中で死の運命を待つジョー・クリスマスに向けられている。そしてクリスマスが磔になる時、彼らもその十字架を立てるのを助けるのだ。『しかも彼らは嬉々としてそれをやる』と暗い窓辺でハイタワーは考える。口と顎の肉が何か予兆めいたものにこわばるのを感じる。今笑いだすのもひどいことだが、それよりもっとひどい反応を口もとがしそうなのだ。『彼らにしてみれば、クリスマスに同情すれば、自分たちは本当に正しいのだろうかと疑問を持たざるをえない。だから彼らは嬉々としてクリスマスを磔にするだろう。そこが怖ろしいんだ。とても怖ろしいんだ』それからハイタワーは身を乗り出し、三人の人間が門から入ってくるのを見る。暗い前庭で、今、影絵が街灯の光を背に浮き出る。バイロンの姿はすぐ判る。後続のふたりを見ると、ひとりは女で、ひとりは男と判るが、ひとりがスカートを穿いていることを除けば、両者の区別はほとんどつかない。背丈は同じで、横幅はふたりとも普通の人の二倍ほどあり、二頭の熊のようだ。ハイタワーは思わず笑いだす。『あれでバイロンが頭にバンダナを巻いて耳飾りをつけていたら』[1]と思い、声には出さず笑いに笑う。そしてバイロンがノックしたら玄関のドアを開けに行かなければならないから、笑いやむ心の準備をしようと努める。

バイロンはふたりを連れて書斎へ入ってくる。ずんぐりした身体つきの老女は、紫色のワンピースに羽根つきの帽子といういでたちで、日傘を持ち、顔の表情をまったく動かさない。老人は信じがたいほど汚く、見たところひどく年をとっていて、山羊鬚は嚙み煙草の汁で汚れ、眼は狂気じみている。入ってくる時、ふたりとも臆した様子は見せないが、出来の悪い発条《ぜんまい》で動いているような、人形じみた動きをする。ふたりのうちでは老女のほうが自信ありげというか、しっかりしているように見える。老女は機械じみたこわばりを見せつつも、ある明確な目的を持ち、あるいは少なくともいくらかの漠然とした希望を抱いて、やってきたようだ。それに対して老人のほうは、何か昏睡のようなものにおちいっているのが、ハイタワーにはただちに見て取れる。周囲のことに注意をとめず完全に無関心な様子で、しかしそれでいながら、何かを爆発させそうな気配を密かに持ち、矛盾した言い方ながら、うっとりしつつ警戒怠りないといったふうだ。

「この人です」とバイロンは静かに言う。「この人がミセス・ハインズです」老夫婦はじっと立ったまま動かない。老女は長旅を終え、見知らぬ土地で見知らぬ顔に囲まれているという風情で、氷河のように、色を塗られた石の彫刻のように、静かに待っている。汚い老人のほうは、穏やかで、うわの空であると同時に、内に怒りを隠している。ふたりとも好奇心があるのやら、ないのやら、ハイタワーをちらりとも見ない。ハイタワーは椅子を手で示す。老女はバイロンに導かれて、日傘を持ったまま用心深く椅子に腰をおろす。老人のほうはすぐに自分で坐る。ハイタワーは机のうしろの椅子に陣取る。「この奥さんは何をわたしに話したいのかね」と言う。

1 「まるでジプシーの熊使いだな」と続けかけた（ジプシーは現在では、ロマと表記されることが多い）。アメリカにも一九世紀からロマが移住して、馬売買などのほか、占いや熊使いなどの芸で生計を立てた。

老女は動かない。今のが聞こえなかったらしい。ひとつの見込みを心頼みに困難な旅をしてきて、今はぴたりと動きをとめて待っている人のようだ。「この人ですよ」とバイロンは老女に言う。「この人がハイタワー牧師です。さあ話すといい。この人に聞いてほしいことを話すんです」老女はそう話すバイロンの顔を見る。老女の顔は無表情だ。喋れない人のように見えるとすれば、喋れる人のような様子が、顔が動かないことによって消されているからだ。期待や望みを抱いているとしても、どちらも顔に表われていない。「さあ話すんです」とバイロンは言う。「なぜここへ来たのかを。なぜジェファソンへ来たのかを」

「なぜ来たかって言うと――」と老女は言う。不意に発せられた声は低く、大きくはないがほとんど刺々しいと言っていい声だ。口を開いた時、こんな荒い声が出るとは予想していなかったのか、自分の声にびっくりしたというような驚きを示して黙ってしまい、バイロンとハイタワーの顔を交互に見る。

「話してください」とハイタワーも言う。「話してみてください」

「なぜ来たかって言うと――」そこでまた声がとまる。まだ声を高めてはいないのに、乱暴な感じでぶつりと消える。まるで自分の声に驚いたかのようだ。〝なぜ来たかって言うと〟という言葉は、自動的に行く手をさえぎる障害物で、老女の声はそこを通過できないかのようだ。老女がこの障害物を迂回しようとしているのが眼に見えるようだ。「あたしは歩けるようになったあの子を見たことがないの」と老女は言う。「この三〇年、あの子を見たことがないの。立って歩くところも、自分の名前を言うところも――」

「いまわしい色欲！」老人が不意に言う。声は甲高く、強い。「いまわしい色欲！」そこで口をつぐむ。夢を見ているような状態の中からその言葉を怒り狂った預言者のように突然叫びあげるが、それだけのことだ。ハイタワーは老人を見る。次いでバイロンを見る。バイロンが静かに言う。

「ジョー・クリスマスはこのふたりの娘さんの子供なんです。そしてこの人が――」バイロンは軽く頭を傾けて老人を指す。老人は今、ぎらつく狂気の眼でハイタワーを睨んでいる。「――生まれたばかりの赤ん坊をどこかへ連れていったんです。この人が赤ん坊をどうしたのか、ミセス・ハインズは知りませんでした。生きてるのかどうかも知りませんでした。それが――」

老人がまたもやぎょっとするような唐突さで割り込んでくる。だが今度は怒鳴らない。バイロンと同じように落ち着いて筋道の立った話し方をする。ほんの少しぎくしゃくするだけで、はっきりと喋る。「ああ、このドク・ハインズ爺さんが連れていった。神が機会をくださったから、ドク・ハインズ爺さんも神に機会を差しあげたんだ。すると神は小さい子供らの口を通してご意志を表わされた。子供らはあの餓鬼を黒んぼ！　黒んぼ！　と囃して、神と人間たちの聞こえるところで神のご意志を明らかにしたんだ。だがドク・ハインズ爺さんは神に申しあげた。『これだけじゃ足りゃしません。あの子供らは悪口を言い合う時は〝黒んぼ〟よりもっと悪い言葉を使いますからな』すると神は言われた。『まあ待っているがよい。今のわたしにはこの世の自堕落と色欲に構っている時間がない。あの子供には徴《しるし》をつけてあるし、これからあの子供にそのことを知らせてやるつもりだ。そしてわたしの意志が正しく行なわれるよう、おまえを見張り役にしよう。ちゃんと見張ってわたしの意志が行なわれるようにするのはおまえの務めだぞ』」老人の声は、声の調子をさげることなくぷつりと途切れる。ちょうどレコードを聞く気がない者が蓄音機の針を途中であげた時と同じように。ハイタワーは老人からバイロンに眼を移す。これまた睨みつけるような眼つきだ。

「なんだこれは。なんなんだ」と訊く。

「いや俺は、この人は置いて、ミセス・ハインズだけ連れてきてあなたと話してもらおうと思ったんです」とバイロンは言う。「でもこの人を残しておく場所がなくて。

それにミセス・ハインズはちゃんと見張っておきたいと言うし。昨日はモッツタウンでみんなを焚きつけて、あの男をリンチにかけさせようとしたそうです。自分のしていることがどういうことか考えもせずに」

「リンチにかけさせる？」とハイタワーは言う。「自分の孫を？」

「ミセス・ハインズはそう言うんです」バイロンは抑揚なく言う。「だからこの町へ来たと言うんです。また変なことをしないように、爺さんも一緒に連れて」

老女がまた口を開く。たぶん今のやりとりを聞いていたのだろう。だが入ってきた時と同じように顔にはまったく表情がない。木でできたような顔をして、また死んだような声で話す。老人と同じような唐突さで。「この五〇年、この人はそんなだったの。いや五〇年以上だけど、あたしが苦労させられたのは五〇年よ。結婚する前から喧嘩ばかりしてたの。ミリーが生まれた夜も、喧嘩で留置場に入れられてた。そんなこんなで、あたしはずいぶん苦労させられたのよ。この人は他人《ひと》より背が低いからみんなにいたぶられる、だから喧嘩するんだと言った。そんなことを言って威張ってたのよ。でもあたし言ってやったの。あんたの中に悪魔がいるんだって。そのうち悪魔がやってくるけど、その時はもう手遅れなんだ。悪魔はこう言うよ。『ユーファス・ハインズ、年貢を納めてもらうぞ』ってね。あたしはそう言ってやったのよ。ミリーが生まれた次の日に。あたしはまだ身体がしんどくて枕から頭があがらない時で、この人は留置場から出てきたばかりだった。あたしは言ってやった。神様が徴と戒めをくださったんだ。自分の娘が生まれるというのに留置場に入ってたなんて、神様があんたには娘を育てる資格がないと考えてる証拠だってね。あの町にいた時（この人は鉄道の制動手だったの）、神様はこの人に災いを与えなさるだけだった。それは神様からの徴だったから、この人も納得して、あの町から離れたのよ。それからちょっとたつと、ユーファスは製材所の現場主任になれて、よくやってたの。その頃は神様を自分勝手に引き合いに出して自分の中の悪魔を大目に見たりはまだしていなかったからね。それでレム・ブッシュの馬車があの晩、サーカスから帰ってきた時、とまってミリーをおろさないで行っちまって、そのあとユーファスが家に入ってきて、箪笥の引き出しから物を放り出して、拳銃をつかんだ時、あたしは言ったのよ。『ユーファス、それは悪魔の唆《そそのか》しだよ。あんたがそんなもの持ち出すのはミリーを護るためじゃない』そしたらこの人は、『悪魔でもなんでもいい。悪魔でもなんでもいい』そう言って、あたしを殴ったんだ。あたしはベッドに倒れて、この人を見て――」ミセス・ハインズの声が途切れる。彼女の場合は声の調子がさがる。まるでレコードの途中で蓄音機がとまってしまう時のように。今度もハイタワーは老女からバイロンへ視線を移す。例の驚きながら睨みつける眼つきで。

「俺が話を聞いた時もこうでした」とバイロンは言う。「最初はなんだかよく判らなくてね。この一家は爺さんが現場主任をしていたアーカンソーの製材所に住んでたんです。娘さんのミリーは当時一八歳くらいでした。ある夜、サーカスの一座が町へ行く途中、製材所のそばを通りました。一二月で、大雨が降ったあとでした。馬車の一台が製材所の近くで橋の欄干を突き破って落ちて、それでこの人たちの家に来て、爺さんを起こしたんです。馬車を引きあげるのに製材所の滑車を借りたいと言って――」

「神は女の肉体を忌み嫌いなさるんだ！」老人が不意に叫ぶ。それから声の調子が落ち、低くなる。ただ注意を惹きたかっただけといったふうだ。老人はまた早口で喋りだす。筋道の通った話しぶりだが、どこか曖昧で、狂信的で、またしても自分のことをドク・ハインズ爺さんと第三者のように呼ぶ。「ドクは知ってたんだ。ドク・ハインズ爺さんは知ってたんだ。自分の娘の服の下にある身体が、神の忌み嫌う女の肉体にもうなってるのを見たんだ。爺さんが雨合羽を着て、火を点したランタンを持って、出ていって、戻ってきた時、娘は玄関にいた。自分も雨合羽を着ていた。爺さんが、『おまえはベッドへ戻ってろ』と言うと、『あたしも行きたい』と言う。爺さんが、

『おまえは寝室に戻れ』と言うと、娘は戻っていった。爺さんは製材所へ行って、でかい滑車を持ってきて、馬車を引きあげてやった。夜が明ける頃まで作業をした。娘は神から賜った父親の言いつけを聞いたと思い込んでた。けどしくじったよ。神が女の肉体を忌み嫌っておられることを判ってなきゃいけなかった。淫乱女がろくでもないことをやって、神の眼の前で臭い匂いをぷんぷんさせてることが判ってなきゃいけなかった。やつらは相手の男はメキシコ人だと言ったが、ドク・ハインズ爺さんにはそうじゃないことが判ってたよ。ドク・ハインズ爺さんにはその男の顔に神の黒い呪いが見えたんだ。なのにやつらが爺さんに言うことには——」

「なんなんだ」とハイタワーは言う。相手の声を制するには大声を出すしかないと思ったのか、声を張りあげる。「これはなんのことだ」

「サーカスの男のことですよ」とバイロンが言う。「娘さんのミリーは、父親にばれた時、相手の男はメキシコ人だと言ったんです。男が娘さんにそう言ったのかもしれません。だけどこの爺さんは——」また老人を指さす。「——なぜかその男に黒んぼの血が混じってるのを知ったんです。もしかしたら、サーカスの連中に聞いたのか、それは判りません。どうして判ったのかをこの爺さんは言いませんでした。そんなことはどうでもいいとでもいうように。実際どうでもいいことになったんでしょうね。

次の夜には」

「次の夜には？」

「サーカスの馬車が橋から落ちた夜、娘さんは家を脱け出したらしいんですよ。この爺さんはそう言ってます。爺さんはそうだと思って、ああいうことをしたんです。そのことを知らなかったら、あるいは娘さんが脱け出さなかったら、爺さんはそんなことはしなかったはずです。次の日、娘さんは近所の人たちとサーカスを見に行きました。爺さんは行かせてやったんです。その時はまだ前の晩に娘さんが家を脱け出したことを知らなかったから。よそいきの服を着て近所の人の馬車に乗り込んだ時も、何も疑いませんでした。でもその夜には馬車が帰ってくるのを聞き耳を立てて待ってました。道をやってきた馬車は、娘さんをおろす気がないみたいに家の前を通り過ぎました。爺さんが家から駆け出して呼びとめると、近所の人は馬車をとめたけど、娘さんは乗ってませんでした。近所の人の話では、娘さんはサーカスの会場でみんなと別れて、その夜は一〇キロほど離れたところに住んでる女友達の家に泊まると言ったそうです。近所の人は爺さんに、知らないなんて変だな、馬車に乗った時、娘さんは、小さな旅行鞄を持ってたじゃないかと言いました。それでこの人は――」バイロンは今度は石のような顔のミセス・ハインズを指さす。老女はバイロンの話を聞いているのかいないのかよく判らない顔つきだ。「――悪魔が爺さんを導いたんだと言うんです。娘さんがどこにいるか、自分も知らなかったけど、爺さんも知らなかったはずだ。なのに爺さんは家に入ると、拳銃を出して、とめようとしたミセス・ハインズをベッドの上に殴り倒して、馬に鞍を置いて、馬を走らせた。ミセス・ハインズが言うには、爺さんは娘さんに追いつけるたったひとつの近道をとったそうです。真っ暗な中、五、六本ある道からその近道をちゃんと選んだんです。娘さんに追いつける道を。どの道だかどう考えても判るはずないのに、判ったんだとか。ほんとに見つけたんです。まるでどこにいるか知ってたみたいに。娘さんがメキシコ人だと言ったその男と爺さんが落ち合う約束でもしてたみたいに。まるで爺さんは知ってたみたいでした。真っ暗だから、馬車に追いついた時も、それが目当ての馬車だと判るはずがなかった。でも爺さんは馬車の真後ろに近づいた。その夜に見た最初の馬車だった。馬車の右横に並んで身を乗り出した。やっぱり真っ暗な中、なんにも言わず、自分の馬をとめもせず、見た眼や声からだけじゃよそ者だかこの辺の人だか判らないのに馬車に乗っている男をつかんだ。片手で男をつかんで、反対側の手で拳銃を向けて、撃ち殺し、娘さんを馬の自分のうしろに乗せて家へ連れて帰ったんです。馬車と男はその場に残したままで。また雨が降っていました」

バイロンは言葉を切る。すぐにミセス・ハインズが話しだす。まるでバイロンの話が途切れるのをじりじりと待っていたかのように。ミセス・ハインズは相変わらず死んだような抑揚のない口調で喋る。バイロンの声とミセス・ハインズの声は、ギリシャ悲劇でふたつの合唱隊が交互に歌う合唱の単調な声のよう、次元のない世界で血を持たない人々が演じる物語を夢見る調子で語る、肉体を持たないふたつの声のようだ。「あたしがベッドに倒れてると、この人が出ていく音がした。それから馬が家畜小屋を出て、家の前を通っていく音が聞こえたの。馬はもう走りだしてた。あたしは服も脱がずにベッドで横になってランプを見てた。油が減ってきたから、台所へ行って油を入れて、灯芯をきれいにした。それから服を脱いで、横になった。ランプを点したままで。まだ雨が降ってて、寒かった。しばらくしたら馬が前庭に戻ってきて、ポーチのそばでとまるのが聞こえたから、あたしは起きて、肩掛けをはおった。そしたらふたりが家に入ってくるのが聞こえたの。ユーファスの足音が聞こえて、それからミリーの足音が聞こえた。ふたりは廊下を歩いてドアまで来た。ミリーは顔も髪も雨でぐしょ濡れ、よそいきの服は泥だらけで、眼をつぶってた。そしたらユーファスがミリーを殴って、ミリーは床に倒れたわ。ミリーの顔は立ってた時と全然変わらなかった。ユーファスもぐしょ濡れの泥だらけで、ドアのところに立っていた。『おまえ俺が悪魔に唆されてると言ったたな。だから悪魔が植えた作物を持ってきてやったぞ。こいつに腹の中に何を入れてるか訊いてみろ。さあ訊いてみろ』あたしは疲れてるし、寒かった。あたしが、『何があったんだい』と訊くと、この人は言った。『俺が今行ってきたところへ行って泥の中を見てこい。そしたら判る。やつはメキシコ人だと言ってミリーを騙したかもしれん。でも俺は騙されなかった。ミリーも騙されたわけじゃないんだ。悪魔のやつは騙す必要なんかなかった。おまえいつか悪魔が年貢を取り立てに来ると言ったけどな。ほんとに取り立てに来たわけだ。俺の女房は売女を産んだからな。でも悪魔は取り立てる時が来たら、やれることをやってくれたよ。どの道を行きゃいいか教えてくれて、拳銃をしっかり支えてくれた』

そんなわけであたしは、悪魔が神様に勝ったんだと思うこともあったのよ。そのうちミリーのおなかに子供がいることが判って、ユーファスは始末してくれる医者を探した。きっと見つけるとあたしは思ったの。見つかるほうがいいと思うこともあったの。あたしらが世間でまっとうに暮らしていくためには。時には見つけてほしいと思ったこともあった。この人の裁判が終わった時、あたしはへとへとに疲れてたし、サーカスの団長がまた来て、あの男はメキシコ人じゃなくて、ほんとに黒んぼの血が混じってたと教えてくれたから。ユーファスは最初からそう言ってたけどね。悪魔がその男は黒んぼだとユーファスに教えたんだよ。ユーファスはまた拳銃を出して、医者を探してくると言った。医者が嫌だと言ったら殺してやるって。時には一週間ほど出かけた。みんなそのことを知ってたわ。あたしはユーファスによその土地へ行こうと言ったの。あの男が黒んぼだというのはサーカスの団長が言っただけだし、あの団長だってはっきり知ってたわけじゃないかもしれない。それにもうどこかへ行って二度と会うことはなさそうだし。でもユーファスは引っ越そうとしなかった。赤ちゃんが生まれる時が近づいてくる。ユーファスは拳銃を持って始末してくれる医者を探しに行く。そのうちユーファスがまた留置場に入れられたって知らせが来たのよ。あちこちの教会や祈禱会へ行ったり、医者を探したりしてたんだけど、ある夜、祈禱会の最中に立ちあがって、説教壇へ行って、自分で説教を始めたの。黒んぼはどうしようもない、白人は黒んぼを集めて殺してしまわにゃならんと叫んだの。教会の人たちがやめさせて、説教壇から降りさせたけど、ユーファスはその教会の中で、拳銃でその人たちを脅したのよ。警察が来て、ユーファスは逮捕された。しばらくの間は頭がおかしくなったみたいだったって。調べると、別の町ではお医者をぶちのめして、捕まらないうちに逃げてたことも判った。ユーファスが留置場を出て家に帰ってきた時には、もうミリーの子供は生まれそうになってたの。あたしは、この人はもう諦めたと思った。神様のご意志がやっと判っただろうと思った。というのは家で静かにしてたからなの。ある日、ユーファスはあたしとミリーが赤ちゃんのために用意して隠しておいた服を見つけたけど、何も言わなくて、ただいつ生まれるんだと訊いただけだった。それを毎日訊いたの。だからあたしたちは、この人が諦めたと思った。あちこちの教会へ行ったり、また留置場に入れられたりして、折り合いをつけたんだと。ミリーが生まれた夜と同じようにね。そしてその時が来て、夜、ミリーがあたしを起こして、始まったみたいと言ったの。あたしは服を着て、ユーファスにお医者を呼んできてと言った。ユーファスは服を着て出ていった。あたしは支度をして、ミリーと一緒に待っていた。ユーファスがお医者を連れて帰ってきてもいい頃になって、それも過ぎた。でも帰ってこない。早くお医者が来てくれないとって時になって、あたしが玄関を出ると、ポーチの階段の一番上にユーファスが坐って、膝に散弾銃を載せてた。ユーファスが、『家に戻れ、淫売のお袋』と言って、あたしが『ユーファス』って言うと、ユーファスは言ったの。『家に戻れ。悪魔に作物を収穫させろ。悪魔が植えたんだからな』と。あたしは裏口から出ようとしたけど、音を聞きつけたユーファスが家の横手を回って飛んできて、散弾銃の銃身であたしを殴ったの。あたしはミリーのいる部屋に戻った。ユーファスはその部屋の外の廊下に立って、ミリーが死ぬまで見てた。それから入ってきて、ベッドのところへ来て赤ちゃんを見おろして、抱きあげた。吊るしたランプより高く。悪魔が勝つか、神様が勝つか、見てみる感じで。あたしはもうへとへとで、ベッドの横に坐って、壁に映ったユーファスの影を見てた。腕の影と、高く持ちあげた赤ちゃんの影が壁に映ってた。その時あたしは神様が勝ったと思ったの。でも今は判らない。ユーファスは赤ちゃんをベッドのミリーの隣に置いて、出ていったのよ。その音を聞いたあと、あたしは立って、ストーブに火を入れて、ミルクを温めたの」ミセス・ハインズの話が途切れる。ざらついた低い声が消える。

ハイタワーが机の向こうから老女を見る。紫色のワンピースを着た、不動の石の顔をした老女は、書斎に入ってきた時からまったく動いていない。それからまた話しだすが、身体はやはり動かないし、唇さえもほとんど動かない。まるで老女の人形のようで、声は隣室にいる腹話術師が出しているといった感じだ。

「ユーファスは行ってしまったの。どこへ行ったかは製材所の経営者も知らなかった。経営者は新しい現場主任を雇ったけど、しばらくの間はもとの家に住まわせてくれた。ユーファスがどこへ行ったか判らないし、もうすぐ冬だし、あたしは赤ちゃんの世話をしなくちゃいけなかったから。経営者のミスター・ギルマンと同じで、あたしもユーファスがどこにいるか知らなかったけど、そのうち手紙が来たのよ。メンフィスから来た手紙で、郵便為替が入ってただけだった。だから居場所はやっぱり判らなかったの。それから一月にまた郵便為替を送ってきた。今度も手紙は入ってなかった。あたしは疲れてた。クリスマスの二日前に、裏庭で薪を割って、家に戻ると、赤ちゃんがいなくなってた。家から出てたのは一時間ほどだった。ユーファスを見ててもおかしくなかったのよ。入ってきた時か出ていった時に。でも見なかった。枕にユーファスが置いていった手紙を見つけただけだった。枕は、赤ちゃんが転げ落ちないように赤ちゃんとベッドの端の間に置いていたの。あたしは疲れてた。ずっと待ってた。そしたらクリスマスが過ぎてから、ユーファスが家に帰ってきたけど、何も話さなかった。ただ引っ越しすると言うだけで。それでもう赤ちゃんは新しい家に移してあって、ユーファスはあたしを迎えに来たんだと思ったの。どこへ引っ越すかは言わないで、もうすぐ引っ越すと言うだけなのよ。あたしは、あたしたちが行くまで赤ちゃんがどうしてるかと思うと心配で頭が変になりそうだった。それでもユーファスは何も説明しないから、引っ越しなんてする気はないんじゃないかと思えてきて。それから新しい家へ行ったんだけど、赤ちゃんはいなかった。それであたしは言ったの。『ジョーイをどうしたのか話して。ちゃんと話して』そしたらユーファスはあたしを見た。あの晩ベッドで死んだミリーを見た時みたいに。『神はあの餓鬼を忌み嫌ってる。俺は神のご意志を実行してるんだ』ユーファスはそう言って、次の日にいなくなった。どこへ行ったのか判らなかった。それからまた郵便為替が来た。次の月、ユーファスは家に帰ってきて、メンフィスで働いてると言った。ジョーイをメンフィスのどこかに隠してるのは判ってた。あたしがいなくても、この人がジョーイの面倒を見られるのだから、そう悪いことでもないんじゃないか。これはもうユーファスが教えてくれる気になるのを待つしかない。ユーファスが帰ってくるたびに、次の時にはメンフィスへ連れてってくれるかもしれないと、あたしはそう思ったの。だからあたしは待った。ジョーイの服を縫って、持っていく用意をして、ユーファスが帰ってきた時、ジョーイの身体に合うかどうか、ジョーイは元気かどうか、訊いてみるんだけど、ユーファスは何も言わない。椅子に坐って、聖書を大きな声で読むのよ。それが聞こえるのはあたししかいないのに。怒鳴りちらすみたいに聖書を読むの。そこに書いてあることをあたしが信じてないとでも思ってるみたいに。ユーファスは五年間、ジョーイのことを何も話さなかった。あたしがつくった服をあげたかどうかも教えてくれなかった。あたしは怖くてうるさく訊くことはしなかった。ジョーイがいるところにユーファスがいるなら、あたしがついててやれなくても、それなりに悪くないと思えたし。それから五年たった頃、ある日、ユーファスは家に帰ってきて、『引っ越すぞ』と言った。あたしはこれでやっとあの子に会えると思った。あの子は罪の子かもしれないけど、あたしらはもう充分その罪を贖《あがな》ったはずで、あたしはユーファスを赦してさえいたの。今度こそやっとメンフィスに引っ越すんだと思ったから。でも引っ越し先はメンフィスじゃなかった。モッツタウンだった。途中メンフィスを通るから、あたしは頼んだ。ユーファスに頼みごとをするのは初めてだった。ほんの一分でいいから、一秒でいいから。あの子に触れなくていいから、話せなくていいから、なんにもできなくていいから。そう頼み込んだけど、駄目だった。駅から外へ出もしなかった。汽車を降りて、駅から出ないで、次の汽車を七時間待って、モッツタウンへ来たのよ。ユーファスはもうメンフィスへ働きに行かなかった。しばらくたってあたしは、『ユーファス』と言った。ユーファスがこっちを見たからあたしは言った。『あたしは五年待った。その間あんたにうるさいことを一ぺんも言わなかった。でもこの際あの子が生きてるのか死んでるのか教えてちょうだい』そしたらユーファスが、『死んだ』と言うから、『ほんとに死んだの、それともあたしには死んだも同じってことなの。あたしには死んだも同じというならそれでもいいから教えてちょうだい。この五年間あんたに一度もうるさいことを言わなかったんだから』そう言うとユーファスは、『おまえにとっても、俺にとっても、神にとっても、神の創られた世界全部にとっても、永遠に死んだんだ』と言ったの」

ミセス・ハインズはまた言葉を切る。机の向こうでハイタワーは、無言で、おぞましげに、驚きあきれ果てて、老女を見ている。バイロンもじっと動かず少しうなだれている。三人は潮の引いた浜の三つの岩のようだが、ユーファスだけは違う。今はほとんど注意深くと言っていいくらいの様子で話を聞いている。そして話を聞いていないかに見せて実は完全に注意をこちらに向けている状態と、昏睡しているようなぼんやりした状態の間を瞬時に行き来する能力を見せている。ユーファスは不意にけたたけた笑う。明るく、大声で、狂ったように。そして話しだす。極端に老けた声、ひどく下品な口調で。「神がなさったんだ。神がそこにおいでになったんだ。ドク・ハインズ爺さんは神に機会を与えてさしあげたんだ。神がドク・ハインズ爺さんに何をすべきかを教え、爺さんがそれをやった。それから神はドク・ハインズ爺さんに言った。『さあ見ているがいい。わたしの意志が実現するのを見ているがいい』それでドク・ハインズ爺さんが見てたら、小さい子供らの口が、父親と母親のいない神の子供らの口が、神が言うことと知っていることを言うのを聞いた。子供らはその意味を知ってるはずがないんだ。まだ罪を犯してないから。女の子もまだ淫乱の罪を犯してないから。汚れのない子供らの口が、黒んぼ！　黒んぼ！　と叫んだ。『わたしが言ったとおりだろう』と神はドク・ハインズ爺さんに言った。『わたしは自分の意志が実現するよう計らった。これで姿を消すぞ。わたしがあくせく働かなければならないほどの罪はここでは犯されていない。ひとりのあばずれが犯した邪淫などどうということはない。それもわたしの目的の一部だからだ』ドク・ハインズ爺さんは訊いた。『あばずれの邪淫がなぜあなたの目的の一部なので?』すると神は言った。『待っておれ、今に判る。あのクリスマスの夜、毛布にくるまれたわたしの忌み嫌う赤んぼをあの玄関で若い医者が見つけるようにしたのはただの偶然だと思うのか。あの夜、孤児院長が留守で、若い淫乱女どもがわが息子イエス・キリストを冒瀆するクリスマスという名をあの赤子につけたのもただの偶然だと思うのか。もうわたしは行くぞ。わたしの意志が実現するよう手配をすませたからな。あとはおまえが見張っているのだ』だからドク・ハインズ爺さんはあの餓鬼を見張りながら待っていた。神が用意されたボイラー室から子供らを見ていた。あの悪魔のまいた種は誰にもそれと知られず子供らの中に交じって、地を汚しながら神の言葉を実現していった。あの餓鬼はもうほかの子供らと遊ばなくなった。ひとりでじっと立っていた。ドク・ハインズ爺さんはあの餓鬼が神の定めた運命を密かに告げられて警告されるのに耳を傾けていると考えた。それでドク・ハインズ爺さんはあの餓鬼に、『なぜおまえは前みたいにほかの子供らと遊ばないんだ』と訊いた。あの餓鬼が何も言わないからドク・ハインズ爺さんはこう訊いた。『あの子供らがおまえを黒んぼと呼ぶからか』それでも何も言わないから爺さんが、『神様が顔に徴をつけたから僕は黒んぼだとおまえは思ってるか』と訊くとあの餓鬼は、『神様も黒んぼなの』と訊いた。それでドク・ハインズ爺さんは言った。『神様は怒れる万軍の主だ。そのご意志は実現する。おまえや俺の意志が実現するんじゃない。おまえも俺も、復讐しようとする神のその目的の一部にすぎんからだ』あの餓鬼は行ってしまった。ドク・ハインズ爺さんはあの餓鬼が復讐の意志を告げる神の声に耳を澄ますのを見た。そのうちあの餓鬼は庭で仕事をする黒んぼをじっと見て、あとをつけ回したから、とうとうその黒んぼが、『なんで俺を見てんだ』と訊いた。あの餓鬼が、『おじさんはなぜ黒んぼなのかな』と訊くと、黒んぼは、『俺が黒んぼだと誰が言った。このちびの白人の屑の父《てて》なし子め』と言った。あの餓鬼が、『僕は黒んぼじゃないからな』と言うと、黒んぼは、『おまえは黒んぼより悪い。てめえが何もんか知らねえもんな。それだけじゃねえ。一生判んねえんだ。死ぬまで判らねえんだ』餓鬼が、『神様は黒んぼじゃないぞ』と言うと、黒んぼは、『おまえは神様が何もんか知ってるよな。おまえが何もんか知ってるのは神様だけだからな』こんな罰当たりを言っても、神はそこにおられなかったから何も言わなかった。神はご意志が実現するよう手配して、ドク・ハインズ爺さんに見張らせてたからだ。あの最初の夜、ご自身の息子の生まれた聖なる日を選んでその手配をされた時、神はドク・ハインズ爺さんを見張り役に据えた。あの夜は寒かった。ドク・ハインズ爺さんは暗い町角から孤児院の玄関を見張って、神のご意志が実現するのを見てた。するとあの邪淫を犯しに来た若い医者が玄関前の階段のところで立ちどまって、神の忌み嫌う赤んぼを拾いあげ、孤児院の中へ運び込んだ。ドク・ハインズ爺さんもあとから中に入って、中で起きたことを見聞きしたんだ。淫乱な若い女どもは院長の留守を幸いに卵酒やウィスキーを飲んで神の聖なる日を汚してたが、その女どもが毛布の包みを開いてみた。その時、『この子の名前はクリスマスにしましょう』と言ったのは、あの若い医者の、淫乱王妃イゼベルみたいな情婦だった。あの女も神がご意志を実現する役目を果たしたんだ。別の女が言った。『クリスマスは名前？　苗字？　苗字なら名前はどうする？』その時、神がドク・ハインズ爺さんに、『教えてやれ』と言ったんだ。堕落の悪臭をぷんぷんさせた連中がみんなドク・ハインズ爺さんを見て叫んだ。『あっ、ドク爺さん。見て、サンタさんが玄関の階段に贈り物を置いてってくれたのよ、ドク爺さん』するとドク・ハインズ爺さんは言った。『その子の名前はジョゼフ、ジョーだ』連中は笑うのをやめてドク・ハインズ爺さんを見た。そしてイゼベルが、『なぜ知ってるの』と訊いたから、ドク・ハインズ爺さんは、『神がそう言ったからだよ』と答えた。連中はまた笑って言った。『聖書に書いてあるわね。クリスマスはジョーの息子、ジョーはジョーの息子、だからジョー・クリスマスって』それから連中は言った。「ジョー・クリスマスに乾杯」それからドク・ハインズ爺さんにも酒を飲ませて、神の忌み嫌う赤んぼに乾杯させようとしたけど、爺さんはカップを叩き飛ばした。爺さんは見張りながら待たなきゃならなかった。爺さんは見張りながら、時節が来て悪から悪が生まれるのを待った。それからあの医者の情婦のイゼベルが淫欲のベッドから出て、罪と不安の臭いを身体から立てながら駆けてきた。『あの子がベッドの陰に隠れてたの』と言った。ドク・ハインズ爺さんは言った。『あんたは神の忌み嫌うことをするために、破滅のもとになるあの香水入り石鹸を使った。そのせいで苦しまなきゃならんのだ』すると女は言った。『あなたならあの子と話せるでしょ。あなたのこと見てたのよ。あなたならあの子に口止めできるでしょ』それでドク・ハインズ爺さんが、『神はあんたとあの医者の姦淫に興味なんかないが、俺も興味ないよ』と言うと、あの女は、『あの子が告げ口したらわたし馘《くび》になる。人に顔向けできなくなる』と言う。女は淫らな情欲の匂いをぷんぷんさせてドク・ハインズ爺さんの前に立ってた。その時、神のご意志があの女を通して実現しようとしていた。あの女は、神が親のない子らを住まわせてる家を汚したんだ。『あんたなんかなんの値打ちもない人間だ』とドク・ハインズ爺さんは言った。『あんたの仲間のあばずれどももみんなそうだ。怒れる神のご意志が実現するための道具にすぎん。神のご意志がなければ一羽の雀も地に落ちることはないんだ。おまえは神の道具にすぎん。ジョー・クリスマスやドク・ハインズ爺さんと同じようにな』そしたら女は行ってしまった。ドク・ハインズ爺さんは待って様子を見ていた。しばらくして女がまたやってきた。女は砂漠で獲物をあさる強欲な獣の顔をしていた。『あの子のことはなんとかしたわ』と女は言った。『ああ、そうだろうな』とドク・ハインズ爺さんは言った。爺さんはなんでも知ってた。神はご意志を実現するための道具に目的を隠しはしないからだ。ドク・ハインズ爺さんは言った。『あんたは神があらかじめ定めた目的に奉仕し終えた。どこかへ行って、最後の審判の日まで神の忌み嫌う淫行を好きにやってればいい』女は砂漠で獲物をあさる貪欲な獣みたいな顔、腐った汚い色の化粧をした顔で、神をあざ笑った。それからあの餓鬼はよそへ連れていかれた。ドク・ハインズ爺さんはあの餓鬼が馬車で連れていかれるのを見ると、また神を待った。すると神が来てドク・ハインズ爺さんに言った。『おまえももう行ってよい。おまえはわたしのために仕事をした。ここにある悪は今はもう女の悪ばかりだ。わたしが選んだ者に見張らせる値打ちなどない』ドク・ハインズ爺さんは神にそう命じられた時、立ち去った。だが神と連絡はとりつづけていた。夜、ドク・ハインズ爺さんが、『主よ、あの父なしの餓鬼はどうしてますか』と訊くと、『あれはまだわたしの地の上を歩いている』とお答えくださった。ドク・ハインズ爺さんはそれからも神と連絡をとりつづけた。ある夜、苦しんで、もだえて、大声で叫んだ。『ああ主よ！　あの父なし子をこの身に感じます！　あの餓鬼の歯、邪悪な牙を感じます！』そしたら神は言った。『それはあの父なし子のせいだ。おまえの仕事はまだ終わっていない。あの父なし子はわたしの地を汚す忌むべきものだ』」

遠くの教会から届いていた音楽は疾《と》うにやんでいる。今、開いた窓から入ってくるのは夏の夜の穏やかな夥しい虫の声だけだ。机の向こうに坐ったハイタワーは、今まで以上にまごついた獣のように見える。必死に逃げようとして騙され、追い詰められた獣のように。ほかの三人は坐り、まるで陪審員のようにハイタワーのほうを向いている。そのうちふたりはハイタワーと同じくじっと動かない。老女は辛抱強く何かを待ちつづける岩のような固い顔をしている。老人のほうは炎を強い息で吹き消された蠟燭の黒く焦げた灯芯のようにくたびれた様子をしている。バイロンだけが生気を持っているように思える。バイロンはうつむいている。膝に置いた片手をじっと見つめているように見える。その手の親指と人さし指が何かを練るようにゆっくりと互いをこすり合うのを物思いにふけりながら熟視しているように見える。それからハイタワーが言葉を発する。それが自分に向けられた言葉ではないこと、この書斎の誰に向けられた言葉でもないことを、バイロンは知っている。「わたしに何をしてくれと言ってるんだ」とハイタワーが言う。「わたしに何ができると思ってるんだ」

それからまたしんと静まる。老人も老女も今の声が聞こえた様子がない。バイロンは老人が人の話を聞くことなど期待していない。『この爺さんには何をしてやっても無駄だ』と思う。『この爺さんには何も期待できない。大事なのは爺さんが何もしないよう気をつけることだ』そして一二時間前にこの老夫婦と出会って以来、老女のすぐうしろからあちこちついてきた老人が、夢見るような昏睡状態におちいっているかのようでいながらなお緊張感を保ちつづけていることを思い出す。『大事なのはこの爺さんが何もしないよう気をつけることだ。この爺さんが何もできない状態でいることが、婆さんだけでなく、いろんな人にとっていいことなんだ』バイロンは老女を注視する。穏やかな、ほとんど優しいとすらいえる声で老女に言う。「さあ話して。この人に何をしてほしいか話すんです。この人はそれを知りたがってるんですから。話してください」

「実はその――」と老女は言う。身体をぴくりとも動かさずに話す。おずおずと話すというより、口に出して言えないようなこと、あるいはなんとなく感じでは判るけれども言葉では言い表わせないことを、無理に言えと強いられて、喉が錆びついたように声が出てこないといったふうだ。「バンチさんに勧められたんですけど――」

「なんです」とハイタワーは訊く。口調は鋭く、苛立たしげで、声が少し高い。椅子の背にもたれ、両手を肘掛けにかけて、やはり最前からまったく動かない。「なんです。なんなんです」

「その……」老女の声がまた消え入る。窓の外の虫の声は途切れない。それからまた老女が抑揚のない単調な声で続きを言う。老女も少しうなだれている。自分でも静かに、集中して、自分の声に耳を澄ましているかのようだ。「あの子はあたしの孫なの。あたしの娘の息子なの。だからその……もし……」バイロンは静かに耳を傾けながら思う　なんだか変な感じだ。まるで立場が入れ替わったみたいだ。まるでハイタワーに黒んぼの孫がいて首を吊られるのを待ってて、婆さんが気を使って喋ってるみたいだ　老女が続ける。「初めて会う方に頼めることじゃないんだけど。でも、あなたはお幸せなことに、独り身で、愛する子や孫のことが心配で絶望的な気分になることもなく年をとっていける。だからあたしがちゃんと説明できても、あなたには判らないかもしれない。あたしが考えたのは、一日だけ、あのことが起きなかったようにできないかということなの。あの子が人を殺したことを、みんなが知らないということにできないかと……」声がまた途切れる。老女は身じろぎもしない。まるでその声が話しだすのを聞いた時と同じくらいの関心を持って、同じくらいに落ち着いて驚きもせず、その声が途切れるのを聞いているようだ。

「続けて」とハイタワーは例の苛立った高い声で言う。「続けてくれ」

「あたしはあの子が歩いたり話したりするところを見たことがない。この三〇年、あの子を見たことがない。あたしは、あの子がしたとみなさんが言うことを、あの子がしなかったと言うつもりはないの。あの子を苦しませるのは可哀想だと言うつもりはないの。人を苦しませたのだから。でも一日だけ、みなさんがあの子を自由の身にしてくれたらと思うのよ。まだあのことが起きてなかった時みたいに。まだあの子が世間から責められるいわれがなかった時みたいに。そしたらまるであの子が、ずっと昔に旅に出て、大人になって帰ってきたみたいな感じになるから。一日だけそんなふうにしてくれたらと思うのよ。そのあとは、あたしは何も口出ししない。あの子がほんとにそれをやったのなら、あの子が罰を受けないようにしようなんてしない。ほんの一日でいいの。昔旅に出てたのが、帰ってきて、あたしに旅のことを話してくれて、まだ世間のみなさんに責められてない、そんなふうにしてほしいの」

「ああ」とハイタワーはあの甲高い声で言う。まだ身体を動かさず、椅子の肘掛けをぎゅうっと握る両手の関節が血の気を失って白くなり張り詰めているにもかかわらず、服の下から身体のゆっくりとした震えが、抑えつけられながらも現われはじめる。「ああ、なるほど」とハイタワーは言う。「それだけのことか。単純なことだな。単純なことだ。単純なことだ」その繰り返しをとめられないらしい。「単純なことだ」ここまでは低い調子だったが、不意に声が高まる。「で、わたしに何をしてほしいんだ。わたしは何をしなくちゃいけないんだ。バイロン！　え、バイロン？　なんなんだ。この人たちはわたしに何を頼んでるんだ」バイロンはすでに立ちあがっている。今は机の横に立ち、両手を机に置き、ハイタワーのほうを向いている。ハイタワーは依然として動かないが、肉のだぶついた身体の震えは着実に大きくなってくる。「ああ、そうか。そういうことか。それを頼むのはバイロンの役目なんだな。なぜ判らなかったんだろう。あとはバイロンとわたしのために取っておかれているわけだ。さあさあ話してくれ。何を躊躇ってるんだ」

バイロンは机に眼を落とす。机の上の自分の手に。「これはひどいお願いです。ほんとに」

「ああ、同情か。そんな長話のあとでやっとか。それはわたしへの同情かね。自分への同情かね。さあ話してくれ。わたしに何をさせたい。きみが話すことになってるんだろう。判ってるんだ。最初から判ってたんだ。ああ、バイロン、バイロン。こんなメロドラマを演出できるなんて、きみはすごい劇作家《ドラマティスト》になれるだろうよ」

「いやむしろ田舎回りのセールスマン《ドラマー》でしょうね。これからあなたに売り込み文句を聞かせようとしてるんだから。とにかくこれはひどいお願いです。判ってるんです。あなたに言われるまでもありません」

「だがわたしは千里眼ではない。きみと違ってね。きみはもうわたしの言うことが判ってるらしいが、わたしに言いたいことをなかなか切り出さない。わたしに何をさせたいんだね。わたしがあの殺人事件の犯人だと自首すればいいのか？　そういうことかね」

バイロンはかすかな苦笑いで顔をしかめる。皮肉っぽい、うんざりしたような、全然面白がっていない笑いだ。「それに近いかもしれない」それからまじめで深刻な顔になる。「ほんとならこんなこと頼めたものじゃない。それは判ってるんです」自分の手が机の上でゆっくり、ぼんやりと、無意味に動くのを見つめる。「俺はあなたに言いました。いいことをした人も、悪いことをした人と同じように、苦しまなきゃならない、代償を払わなきゃならないと。そして請求書が来た時、善良な人はそんなものは知らないと突っぱねることができません。法律上、強制的に取り立てられる筋合いのものじゃないと言って拒むことは、善良な人にはできません。正直者が博打で負けた時と同じです。悪い人間は平気で拒みます。そういう人間がすぐ払うとか、あとで払うといったことを誰も期待しません。でも善良な人は拒めない。しかも善良な人ほど支払わなきゃいけない期間が長くなるかもしれない。あなたはそんな支払いを前にしたことがないわけじゃない。そんな請求書の支払いをしたことが一度あります。今度はあの時ほどひどいことにはならないはずです」

「続けたまえ。続けたまえ。わたしは何をすればいいんだ」

　バイロンは物思いにふける顔で、ゆっくりと動きつづける自分の手を見つめる。

「クリスマスはあの女性を殺したことを認めてません。証拠はブラウンの証言だけです。そんなものにはゴミほどの値打ちもありません。だからあなたが、問題の夜、クリスマスはここにいたと証言する手があると思うんです。バーデンの屋敷へ入っていくのを見たとブラウンが言ってる夜はいつも、クリスマスはここへ来ていたんだと。みんなはそれを信じるでしょう。どのみちそういうことを信じるでしょう[2]。黒んぼが白人の女と夫婦同然の関係になって、結局白人の女を殺したなんてことより、あなたがクリスマスと会ってたというほうを信じたがるでしょう。それにあなたはもうお年だから、みんなはこのことであなたに危害を加えようとはしないはずです。嫌がらせがあるとしても、あなたはもう慣れてらっしゃるでしょう」

「なるほど」とハイタワーは言う。「うん。そうだ。そのとおりだ。みんな信じるだろう。単純で、とてもいい解決法だ。みんなにとっていいやり方だ。クリスマスは苦しみつづけた祖父母のもとへ帰れる。ブラウンは賞金をもらい損ねるばかりか、みんなに脅されて女と結婚するはめになるから、生まれてくる子供が父なし子にならずにすむ。そしてどうせすぐ逃げだして二度と戻ってこないから、あとには女とバイロンだけが残ることになる。わたしは独り者の年寄りで、愛する子や孫のことが心配で絶望的な気分になることもなく老いていける幸せな身分だ」ハイタワーは震えつづけながら眼をあげる。電気スタンドの灯りを受けて、顔は油を塗ったようにぬらぬらして見える。ゆがんだその顔は、光をはねてぎらついている。洗濯を繰り返されてよれよれになっている黄ばんだシャツは、今朝着た時は洗いたてだったが、今は汗に濡れている。「わたしはできないんじゃない。する勇気がないんじゃない」とハイタワーは言う。「する気がないんだ！　する気がないんだ！　わかったか？」両手を肘掛けからあげる。「する気がないからだ！」バイロンは動かない。机の上の手はもうとまっている。もう片方の手を見つめながら思う　この人は俺に向かって怒鳴ってるんじゃない。俺より自分のほうに近いところにある何かに納得させたいってことが自分でも判ってるんだ　ハイタワーは今、「わたしはしないぞ！　しないぞ！」と叫ぶ。両手をあげて握りしめ、顔に汗を流し、唇を歯茎から浮かせて、虫歯の多い歯をむきだしにする、その口もとからは灰色がかった薄黄色の肉が垂れさがっている。不意にその声がさらに高まり、「出ていけ！」と叫ぶ。「この家から出ていけ！　出ていってくれ！」それから上体を前に倒し、机の上に顔を伏せ、両腕を伸ばして拳を固める。老夫婦のあとから書斎を出ようとするバイロンが、ドア口で振り返ると、ハイタワーはまったく動いておらず、禿げた頭と伸ばした腕と握りしめた拳が、笠つき電気スタンドがひろげた光の溜まりの中に横たわっている。開いた窓の外で、虫の声はやまず、ふらつきもしない。

2　過去にも黒人の男との同性愛関係を疑われていることに注意。一〇五頁注5の箇所を参照。

17

それが日曜日の夜のこと。リーナの子供は翌日の朝に生まれた。夜明けの直前、バイロンはラバを飛ばして、六時間たらず前に辞去したハイタワーの家の前へやってきた。地面に飛び降りた時にはもう走っており、細い通路を駆けて、暗いポーチに向かった。急ぎながらも、心の中で、離れたところから自分を眺めていた。そして冷静に突き放してこう考えた。『お産を手伝うバイロン・バンチか。二週間前に今の俺の姿を見たら、自分の眼が信じられなかったろうな。自分の眼にこの嘘つきどもと言っただろう』

六時間前にハイタワーと別れた書斎の窓は、今は暗かった。走りながら、元牧師の禿げた頭、握りしめた両の拳、机の上につっぷした肉のたるんだ上体を思い浮かべた。『でもあんまり眠ってないだろうな』と考えた。『例の頼みごとのことを気に病んで。あの人はひと晩中子供を産む女の手伝いをしたわけじゃないけどな――ああいう仕事はなんというんだっけ――』バイロンはハイタワーなら口からすっと出るだろう〝産婆〟という言葉を思い出せなかった。そして『ええい、言葉なんかどうでもいい』と思った。『鉄砲から逃げてるやつや、そっちへ向かっていくやつは、俺のこれは勇敢というんだっけ臆病というんだっけと考えてる暇なんかない。それと同じだ』

玄関は鍵がかかっていなかった。バイロンにはそれが判っていたようだった。手探りで廊下に進んだ。静かに歩きはしなかった。静かに歩こうともしなかった。バイロンはこの家の書斎より奥に入ったことはなかった。昨夜、帰る時にハイタワーが電気スタンドの灯りが落ちた机につっぷしているのを見たのもその書斎だった。だが今、バイロンはまっすぐ目当ての部屋をめざしていた。まるでハイタワーの居場所を知っているかのように、あるいはそれが見えているかのように、あるいは誰かに導かれているかのように。『あの人は俺が何かに導かれてきたと言うだろうな』とバイロンは闇の中を手探りして急ぎながら考えた。『彼女もそう言うだろう』〝彼女〟とは、小屋の中ですでに陣痛が始まっているリーナのことだった。『でも誰に導かれたかは、ふたりは違うことを言いそうだ』部屋に入る前から、ハイタワーの鼾が聞こえてきた。『なんだ、あんまり気に病んでないんだな』とバイロンは思った。それからすぐにこう考えた。『いやそれは違う。それは正しくない。ほんとは俺もそうは思ってない。この人が今眠ってて、俺が眠ってないのは、この人が年寄りで、俺より体力がないせいなんだ』

バイロンはベッドに近づいた。寝ている人はまだ姿が見えないが、大きな鼾をかいていた。その音には深い完全な屈服の響きがあった。それは疲労困憊ではなく、屈服の響きだった。かつてのハイタワーは自尊心も希望も虚栄心も不安もすべてわが手に握り、敗北も勝利もしっかりと自分で引き受けていたが、今はもうそれをやめ、自分自身の把握と引き受けを完全に放棄してしまっていた。自分自身の把握と引き受けこそ生きている証であり、それらの放棄はたいてい死を意味するというのに。ベッドの脇に立って、バイロンはまた考えた　これはひどいお願いだ。ひどいお願いだ　今ハイタワーを眠りから醒ますのは、今までかけた中で一番ひどい迷惑のように思えた。『でもこの人が来るのを待ってるのは俺じゃない』と思った。『神様はそれをご存じだ。神様は俺が次に何をするかをじっと見ていらっしゃるはずだ』

バイロンは眠っている人に手を触れた。乱暴にではないが、しっかりと。鼾がなかばでとまった。バイロンの手の下で、ハイタワーは身体を大きくうねらせ、いきなり首を起こした。「うん？　なんだ。誰だ。そこにいるのは誰だ」

「俺です。またバイロンです。眼が醒めましたか」

「ああ。なんだ――」

「その」バイロンが言った。「いよいよだと言ってるんです。今度こそ本物だと」

「誰が言ってるんだ」

「灯りのスイッチは——あ、ミセス・ハインズです。小屋にいるんです。俺は医者を呼びに行くとこなんですが、ちょっと時間がかかるかもしれません。だから俺のラバに乗ってってくれていいです。あそこはそう遠くないから行けるはずですよ。例の本はまだありますか」

ハイタワーの動きでベッドが軋んだ。「本？　例の本？」

「あなたが黒んぼの赤ちゃんをとりあげた時に使った本ですよ。あれがいるかもしれないと思って、念のために言ったんです。医者が間に合わない時のために。ラバは門のところにつないでおきます。道はラバが知ってますから。俺は歩いて町まで行って医者を連れてきます。できるだけ早く行きますからね」バイロンは身体の向きを変えて、入り口のほうへ向かった。ハイタワーが上体を起こす音が聞こえ、気配が感じられた。部屋の真ん中で足をとめ、天井からさがっている電球を手探りで見つけ、スイッチをひねった。点灯した時にはもう入り口に向かって歩きだしていた。バイロンは振り返らなかった。背後でハイタワーの声がした。

「バイロン！　バイロン！」だがバイロンは立ちどまらず、返事もしなかった。

夜明けの光が増しつつあった。バイロンは人けのない通りを足早に歩いた。立ち並ぶ街灯の明かりは朝の光に薄れていくが、なおも虫が周囲を舞ってぶつかっていた。あたりがますます明るくなってきた。広場に着く頃には、東側の建物が空を背景にくっきりと影絵を描いていた。バイロンの頭はすばやく思考をめぐらした。まだひとりの医者にもかけ合っていないのだ。今、歩きながら、バイロンは本当に若い父親になったかのように、恐怖と怒りの混ざり合った気持ちで自分自身を罵った。今から考えれば、自分の対応は犯罪的にひどい怠慢だった。もっともそれは、もうすぐ父親になろうとしている男の不安とまったく同じものではなかった。何か別のものが背後に隠れていたが、それに気づいたのはもう少しあとになってからだった。まるで頭の中に、今はまだ当面の用事で急いでいるので見えないが、何か鉤爪を持つものが潜んでいて、今にも飛びかかってきそうにしているといったふうだった。だが今考えているのはこんなことだった。『早く医者を見つけないと。ハイタワーさんは黒んぼの赤ちゃんをとりあげたことがあるそうだけど、今度はそれとは違う。妊婦は白人だし、彼女だし。先週のうちにやっとくべきだったんだ。誰か医者を頼んでおくべきだったんだ。それをぐずぐずしていたから、ぎりぎりの時になって説明しなきゃならない。あちこち訪ね歩いて、来てくれる医者を見つけなきゃならない。俺が仕方なくつく嘘を信じてくれる医者を。俺はここんとこ嘘ばっかりついてるから、もうそろそろ誰でもいちころで騙されるような嘘がつけそうなもんだが、どうもやれそうもない。うまいこと嘘をつく才能が俺にはないみたいだな』バイロンは足早に歩いた。無人の通りに足音が虚ろに寂しく響いた。自分では意識していないが、どの医者に頼むか、もう腹は決まっていた。バイロンの中では、その決定は、今度のお産は黒んぼのお産とは違うと考えたことと矛盾してもいなかったし、滑稽なことでもなかった。この案はあまりにもすばやく頭に入り込んできて、意識した時にはあまりにもしっかりと居座ってしまっていた。足はすでにこの決定に従っていた。向かう先は、昔ハイタワーがお産の本と剃刀を使って黒人の赤ん坊をとりあげたあとで、遅ればせにやってきたあの医者の家だった。

その医者は今回も遅れて到着する結果となった。バイロンは医者が服を着るのを待たなければならなかった。医者は年をとり、気難しくなっていて、まったくこんな時間にといささか不機嫌だった。それから医者は自動車のキーを捜さなければならなかった。小さな金庫に入れてあることは思い出したが、今度はその金庫の鍵がすぐには見つからなかった。バイロンが金庫を壊そうと言うと、それはいかんと言うのだった。ようやく小屋にたどり着く頃には、東の空は黄水仙色に染まり、ひとたび顔を出せばすばやく空を駆けのぼる夏の太陽が、もう今にも現われそうな気配を示していた。

今はもう年をとったふたりの男が、またしてもひと間だけの小屋の戸口で鉢合わせをした。今度もまた本職の医者が素人に先を越されたのだ。小屋に入った医者は、赤ん坊の泣き声を聞いた。医者は元牧師を見ると、むっとした顔で目を瞬いて、言った。「おや、先生。バイロンのやつ、あんたを呼んだのならそう言ってもらいたかったな。そしたらまだ寝ていられたのに」医者はハイタワーの脇をすり抜けて小屋に入ろうと近づいてきた。「あんたはこの前われわれがかち合った時より運がよかったみたいだね。ただあんた自身が医者にかかったほうがよさそうな顔をしている。まあコーヒーでも飲めば大丈夫かもしれんが」ハイタワーは何か言ったが、医者は聞かずに戸口をくぐった。医者が小屋に入ると、見かけたことのない若い女が青い顔をして、幅の狭い軍隊用の簡易ベッドにぐったり寝ており、やはり見かけたことのない紫色のワンピースを着た老女が赤ん坊を抱いて膝に乗せていた。暗がりに置かれたもうひとつの簡易ベッドでは老人が眠っていた。それに気づいた時、医者は死んでいると思ったが、それほど深く安らかに眠っているのだった。医者はすぐに老人に気づいたわけではなかった。だが気づいたあと、赤ん坊を抱いた老女のところへ行った。「これはこれは。バイロンはよっぽど慌ててたんだな。家族がそろっているなんてひと言も言わなかった。お祖父さんもお祖母さんも来てるのか」老女は眼をあげて医者を見た。医者は思った。『祖母さんも祖父さんと同じで死んでるみたいだ。こっちは一応坐ってはいるが。なんだか自分が人の親だってことも、お祖母さんになったことも判ってないみたいだぞ』

「ええ」と老女は言った。赤ん坊を抱えて医者を見あげた。医者にはその顔が愚鈍で虚ろでないことが判った。それからその顔に安らぎと恐怖が同時に浮かんでいるのを見てとった。まるでずっと昔に死んでいた安らぎと恐怖が、今同時に生き返ってきたといったふうだった。だがおもに意識にとめたのは、老女がどっしり動かない岩のようであると同時に、今にも飛びかかってきそうな、うずくまった獣のようでもあることだった。老女はさっと老人のほうへ首を振った。それで初めて医者はもうひとつの簡易ベッドで眠っている老人をよく見た。老女はずるそうであると同時に、薄れかけてはいるがまだ残る恐怖に緊張した囁き声で言った。「あたしがあの人を騙したの。今度はお医者は裏口から来るって。あの人はどっちから来るか判らないから部屋のベッドに坐って待って、そのうち寝てしまった。あたしがうまく騙したからなの。とにかくあなたは来てくれた。これでミリーを診てもらえる。ジョーイの面倒はあたしがみるわ」それから生気がすうっと消えていった。医者が見ていると、老女の顔から潑剌とした生気が不意に消えて、生気など初めからなかったかのような固まった不活発な顔が残った。今やその眼は、自分が身をすくめて抱いている赤ん坊を医者に奪われかけたとでもいうように、押し黙ったまま疑いのまなざしを医者に向けていた。老女が動いたせいだろう。赤ん坊がひと声泣いた。老女の顔から当惑の色も消えた。影のように滑らかに消えた。老女は木でできているような顔で、物思わしげに、赤ん坊を見おろした。その顔は滑稽でもあった。「この子はジョーイよ。ミリーの坊や、ジョーイよ」と老女は言った。

そして医者が小屋に入ったあと、ドアの外にじっと立っていたバイロンにその赤ん坊の泣き声が聞こえた時、怖ろしいことが起きたのだった。何時間か前、テントにいた時、ミセス・ハインズの呼ぶ声がした。その声のただならぬ響きに、バイロンはズボンを穿きながら駆けだして、小屋の戸口に立っているまだ寝巻きに着替えていないミセス・ハインズの横を通り抜け、小屋に飛び込んだ。そしてリーナの姿を見て、壁のようにぴたりととまった。ミセス・ハインズが脇に来て、何か言った。バイロンはそれに返事をしたようだ。ともかくそのあとラバに鞍を置くとすぐ町に向かって駆けさせたが、その間もずっとリーナを、リーナの顔を、見ているような気がした。リーナは簡易ベッドで両肘をついて上体を起こし、上掛けの下の大きなおなかを見おろして、絶望的な恐怖に泣き叫んでいた。ハイタワーを起こしている間も、医者を急《せ》かしている間も、その姿を見ていたし、頭のどこかに鉤爪を持つものが潜んで待ち構えていた。そして頭の中で考えがあまりにもすばやく回るので何も考える余裕がないのだった。そう、それだ。考えがあまりにすばやく回るので考えられなかったのだ。それから医者を連れてきて、小屋の戸口で足をとめ、赤ん坊がひと声だけ泣くのが聞こえた時、その怖ろしいことが起きた。

探すのをさぼってきた医者を見つけようと、無人の広場を横切っている時、頭の中に潜んで待ち構えている鉤爪を持ったものとは何かが判ったのだ。なぜ医者の手配をしないできたのかが判ったのだ。それはミセス・ハインズがテントに向かって呼びかけてくるまで、自分に（リーナに）医者の助けが必要になるということを信じていなかったせいだった。この一週間、バイロンの眼はリーナのおなかが大きいことを認めていたが、頭は信じていなかったのだ。『でも俺は知っていた、信じていた』とバイロンは思った。『知っていたはずなんだ。あちこち駆け回って、みんなに嘘をついて、いろいろ頼みごとをしたのだから』ところが今判ったのは、ミセス・ハインズの横を通り抜けて小屋に入った時に、初めて信じたということだった。ミセス・ハインズの声が初めて眠りの中に入ってきた時、なぜ老女が自分を呼んでいるのか、何が起きたのか、ちゃんと判ったのだ。バイロンは起きるなり、まるでオーバーオールをすばやく着るように、急ぐという態度を着込んだ。もう理由が判った。この五日間、この事態を予期していたくせに、なおも信じようとしなかったのだ。今はもう判っているが、小屋に駆けつけて中を覗き込んだ時も、リーナはベッドの上で普通に身体を起こしていると期待していた。いやもしかしたら、戸口で平然と何ごともなかったかのように時の流れになんの影響も受けない姿で迎えてくれるかもしれないとすら思っていた。だがドアに手を触れた時、今まで聞いたことのないものを聞いたのだ。大きな声で呻き、泣き叫ぶ声。情熱的であると同時にみじめな声。何かに向かって語りかけているような声。だがその言語《ことば》はバイロンの話すそれとも、ほかのどんな人のそれとも違っていた。それからミセス・ハインズの横を通り抜けて、簡易ベッドに寝ているリーナを見た。ベッドにいるリーナは今まで見たことがなかった。かりに見ていたら、リーナは緊張し、警戒し、でもことによると少し微笑んで、ずっとこちらを意識しているだろう。だがバイロンが小屋に入った時、リーナはバイロンを見もしなかった。ドアが開いたことにも気づかず、部屋の中にいるのは自分自身と、自分があの誰も知らない言語で泣きながら話しかけている相手だけだということにも気づかないようだった。上掛けを顎まで引きあげて、両肘をつき、うなだれていた。解《ほど》いた髪は乱れ、眼はふたつの穴のよう、唇は血の気を失って背後の枕のように白かった。不安と驚きで思わず上体をなかば起こしたといったその姿勢で、上掛けの下の自分の身体を見て、憤りのこもった信じられないという思いで眺めていた。リーナはまた大きな絶望的な声で泣き叫んだ。ミセス・ハインズがリーナの上にかがみ込んでいた。紫色のワンピースの肩先から、あの木でできているような顔をバイロンのほうへ向けてきた。「早く。早くお医者を。もうすぐ生まれるから」

バイロンは自分がラバの小屋へ行ったことを思い出せなかった。だが小屋に入り、ラバを引き出し、鞍をとってその背中につけたのは事実だった。動作はすばやかったが、ものを考えるのはかなりゆっくりとやった。その理由も今になれば判る。荒れそうな海に油を流せば波が静まるという俗説があるが、そうやって油を流すように、バイロンは感情が荒れ狂わないよう計算ずくでゆっくりと滑らかにものを考えたのだ。『あの時はっきり事実を意識していたら』とバイロンは思った。『リーナがほかの男の子供を身ごもっていて、もうその子を産みそうになっていることをはっきり意識していたら』バイロンは激しい後悔に身を苛まれながら無言で考えた。『そうだ。俺はラバに回れ右をさせて、逆の方向に進んでいただろう。永久に誰にも知られないところ、思い出されないところへ行ってしまっただろう』だがそうはしなかった。ラバに乗って小屋の前から走りだした。頭の中の考えは滑らかに途切れることなく流れたが、なぜそうなのかはまだ知らなかった。『またあの女《ひと》が叫ぶ前に、その声が聞こえないところへ行ってしまえたら』とバイロンは思った。『また声を聞くはめになる前に遠ざかってしまえたら』しばらくの間はそれだけを考えて進み、やがて道路に出た。強靭な筋肉を持つ小柄なラバは今やすばやく駆け、バイロンの思考の油は着実に滑らかにひろがった。『まずはハイタワーさんのところへ行こう。ラバはあの人に使ってもらおう。医者の本を持っていくように言うのを忘れないようにしなければ。それは忘れちゃいけない』油がバイロンにそう言い、バイロンがそこまで進むのを助けた。バイロンはまだ走っているラバから飛び降り、ハイタワーの家に駆け込んだ。ハイタワーと会ったあとはまた別の考えが流れた。『これで終わった』それから考えた　かりに**本職の医者が見つからなくても大丈夫だ**　この考えがバイロンを前に進ませたが、広場まで来ると、効かなくなった。バイロンはあの鉤爪を持ったものが潜んでいるのを感じて、今の考えの意味を変えて、こう考えた　かりに本職の医者が見つからなくて**も大丈夫だ**。なぜなら俺は医者が必要だなんて初めから信じちゃいなかったから。彼**女は処女で、**子供なんか産みやしないんだから　頭の中では、この考えが、急いで医者を見つけなければという考えと真っ向から矛盾しつつ、同じ軛《くびき》につながれて、走った。年老いた医者が自動車のキーを入れた金庫の鍵を捜す手伝いをする間もそうだった。ふたりはようやく鍵を見つけた。それからしばらくの間、急がなければという考えが、すばやい動作と手を握り合って、星も月もない空の下の誰もいない道路を走る自動車の中でバイロンを助けてくれた。いやもしかしたらバイロンは、こういう場合によく人がやるように、現実の問題と恐怖と不安をすべてかたわらの医者に任せてしまっていたのかもしれないが。ともかくバイロンはその考えに助けられて小屋に戻ってきた。ふたりは自動車を降りて小屋の入り口に近づいた。小屋の中ではまだランプの灯が点っていた。この時、バイロンは平穏な時間の最後の流れの中にいた。まだ背後から鉤爪を持つものに襲われて打撃を加えられる前だった。それから、赤ん坊の泣き声を聞いた。それで悟ったのだった。夜明けはどんどん近づいていた。肌寒い平穏の中で、眼醒めていく静けさの中で、バイロンは黙って立っていた。小柄な、目立たない男。男であれ女であれ、誰も振り返ってもう一度よく見ようなどとは思わない男。今、バイロンはようやく知った。自分が何か眼隠しのようなもので現実を見ないようにしてきたこと、その眼隠しで身を守ってきたことを。その容赦ない厳粛な事実に驚きながら、バイロンは思った　ミセス・ハインズに呼ばれ、彼女の声を聞き、顔を見た時、初めて俺は、彼女にとってバイロン・バンチなんて無に等しい人間だということ、そして彼女が処女じゃないことを、知ったんだ　これはあんまりだと思った。だが明らかになったのはそれだけではなかった。もうひとつ別のことがあった。バイロンはうなだれなかった。しだいに増す暁の光の中で身じろぎもせず立ち、静かに考えた。このことも俺のために取っておかれているわけだ、ハイタワーさんが言うように。俺からあの男に言わなくちゃいけない。ルーカス・バーチに話さなくちゃいけないこの考えには驚かずにはいられなかった。今バイロンが感じているものは、ひどい痛手を負った若者の、癒やされることのない、怖ろしい絶望に似ていた　なんと俺は今までブラウンが彼女の男だと本気で信じてなかったんだ。自分のことも、彼女のことも、この件と関わりになったどんな人のことも、言葉の上でしか考えてなかった。実《み》のない言葉の上でしか。俺が考えてた人間はみんなほんとの俺たちじゃなかった。ほんとのことは、言葉で言い表わしてもらえなくても気にしないで、続いていた。そうだ。今やっと俺はあのブラウンが彼女を孕ませたルーカス・バーチだと信じるようになったんだ。ルーカス・バーチって男がほんとにいるってことを信じるようになったんだ

「運か」とハイタワーは言う。「運がよかったか。そうなのかどうか、わたしには判らない」だが医者はもう小屋に入ってしまっている。ハイタワーは振り返り、簡易

ベッドを囲んだ人たちを見る。医者がまだ陽気な声で話している。老女は今は静かに坐っている。だがあの老女と赤ん坊の奪い合いをしていたのはつい今しがたのことのように思える。何か恐怖心にとらわれているらしい老女が赤ん坊を落とすのではないかと、ハイタワーは怖れたのだ。老女は無言ではあったが、その恐怖心は激烈で、母親から引ったくるように赤ん坊をとりあげると、一度高く差しあげ、それから熊のようなずんぐりした身体を縮めてうずくまり、もうひとつの簡易ベッドで眠っている老人を睨みつけたのだった。ハイタワーがやってきた時、老人はすでに眠っていたが、息をしていないのではないかと思われた。老女はその簡易ベッドの脇に椅子を置いて、うずくまるように坐っていた。崖の縁で今にも落ちそうになっている岩のようだった。ハイタワーはこう思った　**婆さんは爺さんを殺したんだな。今回は早めに予防策をとったんだな**　それからハイタワーは忙しく立ち働いた。すぐ脇にいる老女のことは意識に入らなかったが、赤ん坊が生まれると、まだ息をしないその子を引ったくり、高く差しあげて、もうひとつの簡易ベッドで眠っている老人を虎のような顔をして睨んだのだった。それから赤ん坊が息をしはじめて泣くと、老女はそれに応えて何か言ったが、これまた誰も知らない言語《ことば》で、声は荒々しく、勝利感に満ちていた。老女が赤ん坊を落とさないうちにと、ハイタワーが揉み合ってその子をとりあげた時、老女は狂人のような顔になっていた。「ほら見てごらん!」とハイタワーは言った。「爺さんは静かに寝ている。今回は子供を連れていきはしないよ」それでも老女は黙ったまま獣のような眼でハイタワーを睨んでいた。まるで英語が判らない人のようだった。だがそのうち老女の顔から怒りと勝利感が消えた。しゃがれた、すすり泣くような声を出しながら、赤ん坊を取り戻そうとした。「じゃあ気をつけるんだよ。いいかい、気をつけるね?」とハイタワーが言うと、老女はうなずき、すすり泣きながら、両手で赤ん坊を軽く撫でた。その手がしっかりしているので、ハイタワーは抱かせてやった。今、老女は赤ん坊を膝に乗せて坐っている。そして遅くやってきた本職の医者が簡易ベッドの脇に立ち、持ち前の陽気でせっかちな口調で喋りながら、手を忙しく動かしてあれこれ作業をする。ハイタワーは一同に背を向けて小屋を出て、老人のように用心しながら壊れた階段を踏み、地面に降りる。まるでだぶだぶした腹にダイナマイトか何かひどく危険なものを入れているかのようだ。今はもう夜明け時というよりはっきりと朝だ。すでに太陽が出ている。ハイタワーは周囲を見回し、足をとめて、「バイロン」と呼ぶ。返事がない。近くの柵の支柱につないでおいたラバがいないのに気づく。溜め息をついて、『やれやれ』と思う。『バイロンのおかげでひどい目に遭いどおしだが、最後の仕上げに家まで三キロ歩かされるのか。そんな拗ねたようなやり方はバイロンらしくないな。わたしが憎いのならほかに報復の仕方がありそうなものだ。まあ人がやることはその人にふさわしくないことが多いものだ。その人が自分のやることにふさわしくないことも多いが』

ハイタワーはゆっくりと町に戻る。瘦せて腹だけが出た男は汚れたパナマ帽をかぶり、黒いズボンに粗い綿のナイトシャツの裾をたくし込んでいる。『靴を履いてきてよかった』と考え、『疲れた』と不機嫌に考える。『疲れた。でも眠れそうにない』腹立たしく、うんざりした気分で考え、うん、うん、うんと拍子をとりながら門の中に入る。太陽はもう高く昇り、町は眼醒めている。あちこちから朝食をつくる煙の匂いが流れてくる。『ラバを置いていってくれなかったのだから』とハイタワーは思う。『せめて先にここへ来てストーブに火を焚いておいてくれたらいいだろうに。朝飯の前に三キロ歩かせれば食欲が出ると思ったんだろうな』

ハイタワーは台所へ行って料理用ストーブの火を熾《おこ》す。ゆっくりと、不器用に。二五年前に初めてそれを試みた時と同じくらい不器用に。それからコーヒーポットを載せる。『これを飲んだら横になろう。どうせ眠れんだろうが』と思う。どうも愚痴っぽいと気づく。何を言っているのか自分でも意識しないまま、どうでもいいことをぶつぶつ愚痴りつづける女みたいだ。それから自分がいつもと同じようにたっぷりの朝食を用意していることに気づいて、作業の手をとめ、不愉快だとでもいうように舌打ちする。『もっと気が滅入って食欲がないはずなんだが』と思う。だがそんなに気分が悪くないことは認めざるをえない。背の高い、腹だけが突き出た不恰好な身体で、ひとり寂しく殺風景で乱雑な台所に立ち、フライパンを手にしていて、そのフライパンには昨日の油が寒々しく凝《こご》っている。と、その時、ハイタワーの身体を、ひとつの輝き、ひとつの波、何か熱い、勝利感に満ちた潮《うしお》のようなものが、貫いた。『どうだ見たか!』と考える。『年寄りだってやる時はやるんだ。バイロンとお医者どのは遅れてのこのこやってきたがな。あのふたりはわたしの残飯をあさっただけだ。バイロンならそう言うだろう』いやこんなのは虚栄心に満ちた自己満足だな、とも思う。それでも輝かしい勝利感は、今ゆっくりと薄れていきながらも、自戒の言葉を無視して退ける。そしてこう思う。『それがどうした。虚栄心に満ちた勝利感ならどうだというんだ。それのどこが悪い』だがこの熱い輝きはそんな開き直りの理屈の支えなど必要とせず、オレンジと卵とトーストという物質的な満足を身体が得ても消え去りはしないようだ。ハイタワーは卓上の汚れた皿を見て、今度は声に出して言う。「わが魂に祝福あれ。食器なんか洗わんぞ」寝室へ行って眠れるかどうかやってみようとも思わない。寝室のドア口まで行って中を覗き、輝かしい気力と誇りとともに考える。

『わたしが女ならそうするだろうな。女ならベッドに戻って休むだろうな』それから書斎へ行く。何か目的を持った人のようにきびきび動く。この二五年間、朝起きてから夜眠るまでの間何もしなかったのに。今、手にとる本はテニソンではない。男の心の糧となるものを選ぶ。シェイクスピアの『ヘンリー四世』[1]だ。裏庭に出て、桑の木の下陰のたわんだデッキチェアにどさりと坐り、背もたれに背中を預ける。『たぶん眠れやしないだろう』と考える。『じきにバイロンが起こしにくるに決まっている。さあ今度はわたしに何をさせようとやってくるのか、それを知るためにも眼を醒ます値打ちはあるがな』

ハイタワーはまもなく眠りに落ち、ほとんどすぐに鼾をかきはじめる。立ちどまって椅子を見おろす者は誰でも、空を映して光る眼鏡のふたつのレンズの下に、邪気のない、平穏な、自信に満ちた顔を見るだろう。だが誰もやってこない。それでも六時間近くたったあとで眼が醒めた時、誰かに呼ばれたと信じ込む。不意に起きあがると、身体の下で椅子が軋む。「うん?」と言う。「うん? なんだ?」だが誰もいない。それでもしばらくの間、周囲を見、力と自信にあふれた様子で、聞き耳を立てて待つ。

1 のちにイギリス国王ヘンリー五世となる若きハル王子の英雄的な活躍を描く。

あの輝きもまだ消えてはいない。『眠ればあれも消えると思っていたのに』と思い、すぐにこうも思う。『いや、消えてほしいと思ってたわけじゃない。消えやしないかと怖れていた。つまりわたしは降参したんだ。降参して、もう一度生きた人間たちの世界と関わることを選んだんだ』とじっと坐ったまま静かに考える。両手をこすり合わせはじめる。最初はそっと、少しやましげに。『わたしは降参した。わたしは自分が降参することを許そう。そうだ。たぶんこのこともわたしのためにとって置かれているることとなんだろう。だからわたしは自分に許そうと思う』それから次のように言うわたしがとりあげてやったあの子。わたしの名前をもらった子供というのはひとりもいない。だが母親が医者に感謝してその医者の名前を子供につけるということは今までにたくさんあった。でもまあバイロンがいるか。あの女はわたしよりバイロンにまず感謝して、子供にその名前をつけるかもしれない。あの女はもっと多くの子供を産むことになるだろうな　若い力強い身体を思い出す。その陣痛にさえ何か静かな怖れぬ気持ちが輝いていたものだ　もっと多くの子供を、何人もの子供を、産むことになるはずだ。それがあの女の人生に、宿命になるだろう。力強い種族が宿命に静かに身を委ねてこのよき地で殖えるんだ。あの頑丈な腰から、急ぐことなく、のちに娘となり母となる子供たちが生まれる。次からはバイロンを父として生まれてくる。可哀想

な男だ。わたしを歩いて帰らせた小癪なやつだが、同情するぞ

ハイタワーは家に入る。髭を剃り、ナイトシャツを脱ぎ、昨日も着たシャツを着て、カラーをつけ、ローンのネクタイを締め、パナマ帽をかぶる。そして女が子供を産んだ小屋に向かう。今度は森の中を行くので足もとが悪くて大変だが、さっき帰ってきた時より時間はかからない。『もっと森の中を歩かないとな』と考えながら、木の葉の間を漏れてくる陽射しを、暑さを、大地の荒々しく肥沃な匂いを、森を、その虫や鳥や小動物の声で賑やかな静寂を、感じ取る。『この習慣も、祈る習慣も、失くしちゃいけなかったんだ。でもいずれ両方とも取り戻すだろう。散歩と祈りは同じじゃないとしてもだ』

森を抜けると、そこは小屋の裏手にひろがる牧草地のはずれだ。小屋の向こうには、焼けた屋敷を囲む木立が見える。もっとも厚板や梁の黒焦げの残骸はここからは見えないが。『憐れな女だ』とハイタワーは思う。『生命とは無縁に生きてきた、不毛な、憐れな女。あと一週間長く生きていたら、自分の屋敷の敷地に幸運が戻ってきたのに。この不毛の荒廃した敷地に幸運と生命が戻ってきたのに』ハイタワーは自分のまわりに豊かな畑の幻を見、感じ取る。この敷地に住んでいた黒人たちの豊穣な子だくさんの生活を感じ取る。やわらかな叫び声、子供をよく産む女たち、小屋の前で土まみれ

になって遊ぶ何人もの裸の子供たち、何世代もの人間の甲高い声が響き渡る屋敷。ハイタワーは小屋にたどり着く。ノックはしない。片手でドアを開けながら、大音声とでも言いたいほどの声で叫ぶ。「医者だが、入ってもいいかな」

小屋の中には母親と赤ん坊がいるだけだ。母親は簡易ベッドで半身を起こし、赤ん坊に乳を飲ませている。ハイタワーが入っていくと、上掛けを引きあげてむきだしの胸を覆う。戸口のほうへ向けられた眼に不安の色はないが、機敏な緊張感がある。顔は晴れ晴れとして温かく、今にも微笑みそうだ。が、その表情がすっと消える。「あ、違った――」と女は言う。

「誰だと思ったのかね」ハイタワーは大きな声で言う。簡易ベッドのところへ行き、女と赤ん坊を見おろす。赤ん坊の素焼きの陶器のような赤茶色をした小さな皺くちゃの顔は、身体なしの顔だけで母親の乳房からぶらさがって眠っているように見える。女は慎み深く穏やかにもう一度上掛けを引きあげる。痩せて背が高く腹だけが出た禿げ頭の男は、優しい、にこやかな、勝利感に満ちた表情を浮かべている。女は赤ん坊を見おろしている。

「この子、いくら飲んでも飲み足りないみたい。寝たなと思って、ベッドに寝かしたら、すぐ泣きだして、またださっこしなくちゃいけないんです」

「あんたたちふたりだけでいるのはよくないな」とハイタワーは言う。小屋の中を見回す。「みんなはどこへ――」

「お婆さんも行ってしまいました。町へ。町とは言わなかったけど、そうなんです。お爺さんがこっそり出ていったの。そのあとお婆さんが眼を醒まして、お爺さんはどこにいるかと訊いたから、町へ行ったと言ったら、追いかけていきました」

「爺さんが町へ？　こっそり出ていった？」それからハイタワーは、「なんということだ」と静かに言う。深刻な顔になっている。

「お婆さんは一日中お爺さんを見張ってたんです。お爺さんもお婆さんを見張ってた。あたしには判りました。お爺さんが眠ったふりをしているのが。お婆さんはお爺さんが眠ったと思って、お昼食《ひるごはん》のあとで、疲れてしまった。ゆうべは全然寝てなかったから、食べたあと椅子に坐ってる間に、うとうとしだしたんです。お爺さんはじっとお婆さんを見てた。それからあっちのベッドから用心しいしい立って、あたしに片眼をつぶって顔をしかめてみせた。振り返って、あたしに片眼を何べんもつぶって顔をしかめてみせながら、入り口のほうへ行って、そうっと出ていった。あたし、お爺さんをとめようとしなかったし、お婆さんを起こそうともしませんでした」女は眼を見開き、深刻な眼つきをして、ハイタワーを見る。「あたし怖かったんです。あのお爺さん、話し方が変だったから。あたしを見る眼が変だったから。眼をつぶって顔をしかめるのが、お婆さんを起こすなじゃなくて、起こしたら自分がどうなるか考えろって意味に思えたから。だから怖くて起こせなかった。それで赤ちゃんと一緒に寝てたら、じきにお婆さんがぱっと起きた。それでお婆さんが、全然眠る気じゃなかったのが判った。お婆さんはお爺さんが寝てたベッドのところへ飛んでいって、ベッドに触って、逃げられたのが信じられないって顔をしてた。ベッドのそばに立って、毛布の下のどこかにお爺さんが紛れ込んでるんじゃないかって感じで、毛布をめくったりした。それからお婆さんはあたしを見たんです。一回だけ。お婆さんは眼をつぶった顔をしかめたりしなかったけど、あたし、そうしてくれたほうがどんなにいいかと思ったくらい。お婆さんに訊かれたことに答えたら、お婆さんは帽子をかぶって出ていった」女はハイタワーを見る。「お婆さんがいなくなって、あたし嬉しかった。お世話になったから、こんなこと言うと悪いんだけど……」

ハイタワーは簡易ベッドのそばに立っている。女を見てはいないように見える。ひどく深刻そうな顔つきだ。そこに立っている間に一〇歳も老けたかのようだ。あるいは今の顔が本当で、先ほど小屋に入ってきた時の顔は彼自身のものではなかったのかもしれない。「町へ行ったか」とハイタワーは言う。それから眼が起きて、またものを見る。「もう今となってはどうしようもない。それに町にも頭のまともな連中が……少しぐらいはいるだろう――なぜお爺さんとお婆さんが行ってしまって嬉しかったんだね」

女は伏し眼になる。手は赤ん坊に触れることなく、その頭のまわりを動いている。この本能的な仕草は、不必要なものであり、明らかに無意識にやっている。「お婆さんは親切だった。とっても親切だった。あたしが休めるように赤ちゃんを抱いててくれて。お婆さんはずっと赤ちゃんを抱いて椅子に坐ってたかったみたい――ああ、ごめんなさい、あなたに椅子を勧めるのを忘れてた」椅子を簡易ベッドのほうへ引き寄せて腰をおろす間、女はじっとハイタワーを見つめる。「椅子に坐ってれば、ベッドに寝てるお爺さんを見ていられて、眠ってるのを確かめられたから」女はハイタワーを見る。思い詰めたような眼には疑問が浮かんでいる。「お婆さんは赤ちゃんをジョーイって呼んでた。この子はジョーイじゃないのに、ずっとその名前で呼ぶの……」女はハイタワーを注視する。眼には当惑と疑問と疑いが浮かんでいる。「お婆さんはまるで――お婆さんはごっちゃにしてるの。話を聞いてると、あたしも時々ごっちゃになって……」女の眼と言葉が手探りをして惑う。「ごっちゃになる？」

「お婆さんは、まるでこの子の父親が――留置場にいるあの人、クリスマスって人だみたいに喋るの。ずっとそんなふうに喋るから、あたしもごっちゃになって、それで時々あたしも――ごっちゃになって、この子の父親はあの――クリスマスって人だって――」女はハイタワーをじっと見る。何か途轍《とてつ》もない難問に取り組んでいるかのような顔つきだ。「でもそうじゃないのは判ってる。そんなの馬鹿げてるって判ってる。お婆さんがあんまり何べんもそんなふうに言うし、あたしの身体がまだ元気じゃないから、あたしもごっちゃになって。でもあたし怖くって……」

「何が」

「あたしごっちゃになりたくないんです。お婆さんと一緒にいると、ごっちゃになりそうで怖い。寄り眼をしていると、そのうち戻らなくなるって言うでしょ……」女はハイタワーから眼をはずす。動かない。ハイタワーの視線を感じる。

「赤ちゃんの名前はジョーじゃないとあんたは言ったが、なんという名前だね」

なおも数秒、女はハイタワーを見ない。それから眼をあげる。そしてあまりにもすばやく、あっさりと言う。「まだつけてないです」

まだ名づけていない理由は判る。ハイタワーは小屋に入ってきてから初めて見るような思いで女を見る。女が髪を梳《と》かしたばかりで、顔も洗ったばかりなのに気づく。

それから上掛けに半分隠れているが、櫛と鏡の破片が覗いている。まるでハイタワーが入ってきた時、急いで隠したかのようだ。「さっきわたしが入ってきた時、あんたは誰かを待ってたね。待ってたのはわたしじゃなかった。誰だったんだ」

女は眼をそらさない。とぼけているような、いないような顔だ。落ち着き払っているわけでもない。「待ってた？」

「あんたが待ってたのはバイロン・バンチかね」なおも女は眼をそらさない。ハイタワーの顔は醒めていて、表情が安定していて、優しげだ。だがそこには女が知り合った何人かの親切な人たちの顔に認めた無慈悲な表情もある。ハイタワーは身を乗り出して、赤ん坊の身体を支えている手に触れる。「バイロンは善良な男だ」と言う。

「それは知ってます。たぶん、たいていの人よりもよく」

「それにあんたも善良な人だ。いずれあんたも世間に後ろ指さされない母親に――いや、つまり――」ハイタワーは急いで言い訳をしようとして言葉に詰まる。「そういう意味じゃないんだが――」

「判ります」と女は言う。

「いや、そのことじゃない。それはいいんだ。まだ問題じゃない。それは今後あんたがどうするかで決まることだ。自分のことをどうするか、ほかの人たちのことをどうするかで」ハイタワーは女を見る。女は眼をそらさない。「バイロンを解放してやってくれ。あの男を遠ざけてやってくれ」ふたりは互いを見合う。「あの男とはさよならしてやってほしいんだ。あんたの年は、あの男の年の半分をちょっと過ぎたくらいだろう。でもあんたの人生経験はあの男の倍ほどもある。あの男がこれからあんたを追い越すことはない。追いつくこともないだろう。あの男はあまりにも長い年月を無駄にしてきたからね。あの男は女をひとりも知らないが、あんたはもう子供までできた。そのどっちもが、今からどうこうできることじゃない。あの男が昔に戻って女を知ることも、あんたが昔に戻って男を知ったことを取り消すこともできない。あんたには男の子が生まれたが、それはバイロンの子供じゃない。父親はバイロンじゃない。バイロンと一緒になれば、あんたはバイロンの人生に、ルーカス・バーチと、その子供を押しつけることになる。そしてバイロンは、あんたの中の、ルーカス・バーチと子供がとったあとの、残りの三分の一をもらえるだけだ。バイロンが三五年間保ってきた童貞を捨てる時、よその男とその子供が立会人みたいにそこに立ち会うなんて、バイロンが可哀想すぎる。だからあの男を遠ざけてやってくれ」

「それはあたしが決めることじゃないです。あの人は自由だから。あの人に訊いてください。あたしは一度も引きとめようとしたことはないの」

「そこだ。引きとめようとしたら逆に駄目だろうね。そこなんだよ。あんたが引きとめるこつを知ってるとしてもだ。もっとも、あんたが男を引きとめるこつを知っていたら、今頃こんな小屋で赤ん坊を抱いてるなんてこともないだろうが。それで、バイロンを遠ざける気はないのかね？　さよならを言う気はないのかね？」

「あたしにはさっき言ったことしか言えない。でもあたし、五日前に、あの人に駄目だって言ったんです」

「駄目というのは」

「結婚してほしいって言われたから。今すぐにって。あたしは駄目って言った」

「今申し込まれても駄目だと言うかね」

女はゆるがない眼でハイタワーを見る。「ええ。今でもそう言います」

ハイタワーは情けない感じの溜め息を大きくつく。顔はまたたるみ、疲れがにじんでいる。「信じるよ。あんたはそう言いつづけるだろう。しかしいずれルーカス・バーチの性根が見えた時には……」ハイタワーはまた女を見る。その視線は強く、厳しい。「あいつはどこへ行った？　バイロンは」

女はハイタワーを見る。しばらくして静かに言う。「知りません」女はハイタワーを見る。不意にその顔が空虚になる。顔にしっかりした質感を与えているものが流れ出していくかのように。そらとぼけも機敏な注意力も警戒心もそこにはない。「あの人は今朝一〇時頃に帰ってきた。小屋には入ってこなかった。入り口のところでじっと立ってあたしを見ていた。あの人はゆうべ出ていったきりで、赤ちゃんをまだ見てくれてなかったから、『こっちへ来て赤ちゃんを見て』と言ったの。あの人は入り口のところに立ってあたしを見ていた。そして『きみがあの男にいつ会いたいか訊きにきたんだ』と言った。あたしが、『あの男って?』って訊くと、『保安官補がひとりついてくるかもしれないけど、とにかく保安官に話してあの男をここへ来させることができるんだ』って。それで『誰を来させるの』と訊いたら、『ルーカス・バーチだ』って言うの。『そう』って言ったら、あの人は、『今日の夕方はどう。それでいいかい』って。『ええ』って答えたら、行ってしまったの。ずっと入り口のところに立ったままで、行ってしまったの」女が涙を流しはじめる。女の涙を見た時に男が感じるいたたまれなさを感じながら、ハイタワーが見ていると、女は声を出して泣きだす。簡易ベッドの上で背を起こして赤ん坊を抱いたまま、大きな声を出さず、激しい泣き方もせず、何か辛抱強いといった感じで、望みをなくして、みじめに泣き、顔を隠しもしない。「あなたは、駄目だと言ったのか、言わなかったのかって、あたしを責める。あたしは駄目って言ったの。なのにあなたはまだ責める。あの人はもう行ってしまって、きっと二度と会えないんです」ハイタワーがじっと坐っていると、ついに女はうなだれる。ハイタワーは腰をあげ、女の垂れた頭に片手を乗せて、考える　ああ神よ、助けたまえ。神よ、助けたまえ

ハイタワーは、かつてクリスマスが製板所へ通うのに使っていた森の中の小道を見つけた。そんな小道があることは知らなかったが、小道が向かう先を知った時、ハイタワーは大喜びし、それをいい前触れのように感じた。ハイタワーはリーナが言ったことを信じているが、それをもう一度聞く喜びのためだけに、その裏づけをとりたいと思っている。四時ちょうどに製板所に着く。事務所で尋ねる。

「バンチ？」と簿記係が言う。「もうここへは来ないよ。今朝やめたから」

「そうか。そうだろうな」とハイタワー。

「七年勤めたけどねえ。土曜日の午後も働いて。今朝ぶらっと入ってきて、やめますって。理由も言わないんだ。まあ田舎の連中はたいがいそんなだけどね」

「ああ、そうだな」とハイタワーは言う。「でもいい人たちだよ。男も女もみんないい人ばかりだ」事務所を出る。町に通じる道はバイロンが作業をしていた板削り小屋の前を通る。現場主任のムーニーは知り合いだ。「バイロン・バンチがやめたそうだ

ね」と足をとめて言う。

「ああ、今朝やめた」とムーニーは答える。だがハイタワーは返事が耳に入らなかったような様子だ。オーバーオール姿の作業員たちが見ていると、普段あまり見かけない、むさくるしい身なりの、おかしな体型をした男は、何か生き生きとした興味を示して、壁や板や何をするものか判らない機械類を眺めている。その機械類がなんなのか、ハイタワーには理解できないし、操作を教わっても覚えられないだろう。「用があるんなら裁判所へ行くといいよ。たぶんあそこにいるから」

「裁判所に?」

「ああ。今日は大陪審が開かれる。特別招集で。例の人殺しを起訴するかどうかを決めるんだ」

「そうだったな」とハイタワーは言う。「そうか。あの男はやめたか。いい男なんだがな。それじゃ、みなさん、ご機嫌よう。さよなら」ハイタワーが歩きだすと、オーバーオール姿の男たちがしばらくの間見送る。ハイタワーは両手を背中で組んでいる。歩みを続けながら、静かに、平穏に、悲しく、物思いにふける。「憐れな男だ。クリスマスという男は憐れなやつだ。どんな場合でも、人を殺すことは正当化されるものじゃない。みんなの命を護るために働くことを誓った公務員ならなおのこと、人の命をとってはいけない。それがどういう人間であれ、自分に何も悪いことをしていない人間を殺すことが公に許されるとしたら、自分はあいつに悪いことをされたと言っている者が復讐のためにその人間を殺そうとしている時、やめろと言っても説得力がないじゃないか」ハイタワーは歩きつづける。今は自分の家がある通りを進んでいる。まもなく自宅の柵と例の看板が見えてくるはずだ。八月の樹木の豊かな繁りの向こうにある家も。『バイロンはわたしにさよならも言わずに行ってしまったわけだ。わたしにあれだけのことをしたのに。あれだけの厄介を持ち込んだのに。いや、わたしにあるものを与えてくれ、甦らせてくれたんだがな。それもわたしのために取っておかれていたことなんだろう。そしてこれですべて終わったに違いない』だがまだ終わりではない。もうひとつハイタワーのために取っておかれていることがある。

18

町に着いたバイロンは、保安官には正午まで会えないことを知った。保安官は午前中、特別大陪審にかかりきりとなるからだ。「まあ待つんだな」と言われた。

「ああ、待つのは慣れてる」とバイロンは言った。

「慣れてるってどういう意味だ」と訊かれたが、答えなかった。保安官事務所を出て、広場の南側にある郡役所の柱廊玄関《ポルチコ》にあがった。板石を敷いた奥行きの浅い床に立ってアーチ形屋根を支えている石柱は、風雨に傷み、何世代もの男たちが無頓着に吐いた噛み煙草で汚れていた。そこにはいつも、用もないのにまじめくさった顔をしたオーバーオール姿の田舎者たちが（そしてあちらこちらには町に住む比較的若い男たちもいて、ただじっと立っていたり、口をほとんど開けずにぼそぼそ話をしたりしていたが、その中には勤め人や若い弁護士や商店主だとバイロンにも判る者たちも交じり、みな一様に自分はひとかどの人間だというような顔をしているところは、変装した刑事のよう、とくに刑事であることがばれていようといまいと気にしていない刑事のようだった）修道院の修道士のような雰囲気を漂わせてうろついていて、金や作物のことを小声で話し合い、時々天井を見あげるのだった。その天井の向こうにある二階では大陪審の関係者がドアに鍵をかけて、ひとりの男の命を奪う手続きの準備をしていたが、その関係者のほとんどはその男のことを知らず、またその男が命を奪ったとされる女を実際に見たことがある者はさらに少なかった。田舎者たちが町へ来るのに乗ってきた馬車や土埃まみれの自動車が広場の周辺に並んでおり、一緒に町に出てきた妻や娘たちは何人かずつ集まり、牛や空の雲のようにゆっくりと目的もなく通りを歩いたりあちこちの店に出入りしたりしていた。バイロンは郡役所の柱廊玄関にかなり長い間、じっと動かず、何に寄りかかることもなく、たたずんでいた。この小柄な男は七年間この町で暮らしてきたにもかかわらず、あたりにいる田舎者の中で、その名前や普段の生活ぶりを知っている者は、殺人犯やその被害者を直接知る者よりもさらに数が少ないのだった。

バイロンはそんなことを意識していなかった。そんなことは、今はもうどうでもよかった。一週間前なら違っていただろう。こんなところに立っていたりはしなかっただろう。その頃なら彼を見た者はこんなふうに思っただろう　バイロン・バンチだ。ほかの男が種をまいたものの収穫を手伝って、分け前を全然もらわなかった男だ。種をまいた男が必死に一〇〇〇ドル稼ごうとしている間に、その男に孕まされた尻軽女種の世話をしてやり、その世話の報酬を何ももらわなかった男だ。女は男に身を任せることで身持ちのいい女だという評判を捨ててしまっていたが、それでもバイロンは、この人はちゃんとした人妻だと言って体裁を取り繕ってやり、女が私生児を産むのを身銭を切って助けてやって、その見返りに赤ん坊の泣き声をひと声聞かせてもらった。それから男が一〇〇〇ドルを手に入れたらすぐにその男を女のもとへ連れていくという仕事をやらせてもらうのだけが報酬で、それでバイロンは用済みになる。それがバイロン・バンチだ『だから俺はもうどっかへ行ってもいいんだ』とバイロンは思った。そして深く息をしはじめた。自分が深く息をしているのが感じ取れた。息をするたびに、肺が次は充分に酸素を取り込めないのではないか、何か怖ろしいことが起きるのではないかと怖れているかのようだ。ところが呼吸をしている自分の胸を見おろしても、動きがまったく見えない。ダイナマイトの導火線が短くなり、今だ、**今だ**、**今だ**、と息を呑む間も、ダイナマイトの棒の形は変わらないのと似ていた。そばを通りかかってバイロンを見る者にはなんの変化も見えなかった。眼を惹くようなところが何もない小柄な男。大変な人助けをやり、心に大きな傷を負ったが、そんなことをやり、そんなふうに傷ついた男だとは誰も信じないような男。土曜日の午後を製板所でひとり過ごしていれば人に傷つけられることは絶対にないと信じていた男。

バイロンは人々に交じって歩いた。『もうどっかへ行っちまおう』と思った。その言葉のリズムに歩調を合わせて歩いた。『もうどっかへ行っちまおう』そのリズムに乗ることで歩きつづけることができそうだった。下宿屋に着いた時にもまだそれを唱えていた。借りている部屋は通りに面していた。無意識のうちにそちらを見ようとしたが、すぐに眼をそらした。『窓で誰かが煙草を吸ってたり新聞を読んだりしてるかもしれない』と思った。玄関ホールに入った。午前中のまぶしい陽射しのもとにいたので、すぐには中の様子が見えなかった。濡れたリノリウムと洗剤の匂いがした。『まだ月曜日なんだ』と思った。『忘れてた。でも今日はもう次の週の月曜日かもしれない。あまりにもいろんなことがあったから、そうでなきゃおかしい気がする』バイロンはただいまと声をあげることはしなかった。しばらくすると眼が慣れてきた。廊下の奥か台所で床にモップをかける音が聞こえた。廊下の奥の裏口も開いていて、長方形の光になっていたが、そこへミセス・ビアードの頭の影絵がぬっと出た。それから身体全体の影絵が浮かびあがり、こちらに進んできた。

「あら」と女主人は言った。「バイロン・バンチさん。バイロン・バンチさんじゃないの」

「どうも」とバイロンは言い、こう考えた。『苦労の種がモップがけのバケツくらいしかない太っちょおばさんが、何もそんなに……』そこでまたしても、ハイタワーならすっと口にできるであろう〝保護者ぶる〟といった言葉が頭に浮かばない。『俺はハイタワーさんを巻き込まなきゃ何もできないだけじゃなく、あの人の助けがなきゃ物も考えられないんだな』——「どうも」と言ったきり、バイロンはその場に突っ立っていた。さよならを言いにきたのだが、それが切り出せなかった。『いや、まださよならは言えないのかな』と考える。『七年間ひとつの部屋に住んでいたら、一日で引っ越してしまうのは失礼かもしれない。もっとも家主が俺の部屋をもう人に貸してしまっているなら、それは構わないんだが』――「あの、家賃を少し溜めてるんじゃないかと思うんですが」

女主人はバイロンを見た。きっとした顔になったが、温かみがあり、意地悪な表情ではなかった。「いつの家賃ですの」と女主人は言った。「あなたはもう違うところに落ち着いてると思っていたけど。夏の間はテントで暮らすんじゃありませんの」女主人はバイロンを見た。それから、一週間も連絡しなかった男が相手であるにしては、優しい、思いやりのある口調で言った。「家賃は全部いただいてますよ」

「ああ」とバイロンは言った。「はい。そうですか。はい」掃除のすんだリノリウム張りの階段を静かに見あげた。磨り減っているのにはバイロン自身の足も貢献していた。三年前に新しいリノリウムが張られた時、最初に踏んだ下宿人はバイロンだった。

「あの、それじゃ、俺は――」

女主人はそれにもすぐ答えた。意地の悪い口調ではなかった。「それはやっときましたよ。荷物は全部あなたの旅行鞄に入れておきました。あたしの部屋に置いてあります。でも、もう一ぺん部屋を見てきたかったらどうぞ」

「いや。もう全部入れてくれたと思うから……ええと、それじゃ俺は……」

女主人はバイロンをじっと見ている。「ほんとに男ってものは」と言う。「女がいらいらしてしまうのも無理ないわね。悪戯の限度ってものを知らないんだから。それもつまらない悪戯をとことんやるのよね。女がついてて助けてあげないと、男はみんな一〇歳になる前に天国に召されてしまうでしょうよ」

「あなたはあの身重の女《ひと》を悪く言ったりしないでしょう？」

「あたしは言いませんよ。言う必要がないもの。ほかの女の人たちも言う必要はないんだけど、まあそれでも言っちゃうのよね。人のことをとやかく言うのはほとんどが女だっていうのはまあそうでしょうよ。でも男には判らないみたいだけど、女が人のことをあれこれ言うのって、腹には何もないのよ。それをまともに受け取るのは男だけでね。女は誰も、あなたとあの女の人のことを悪く言ってないですよ。あの女の人が、かりに赤ちゃんがいなくても、あなたとふしだらなことをする理由がないことはどんな女にも判るもの。今はどんな男ともふしだらなことをする理由はないわ。あの女の人はそんなことをする必要がなかったのよ。あなたも、ハイタワーさんも、あの女の人と会ったほかのどの男の人も、あの女の人がしてほしいと思うようなことは全部してあげたわけでしょう。だったらふしだらなことをする必要がないじゃありませんか。そうでしょう」

「ええ」とバイロンは言った。今は女主人を見ていなかった。「あの、今日ここへ来たのは……」

女主人は今度もバイロンが全部言う前に答えた。「もうすぐお別れってことよね」

バイロンをじっと見ていた。「今朝の大陪審はどうなったの」

「知りません。まだ終わってないんで」

「だと思った。あの人たち、できるだけ時間と手間と郡のお金を使おうとするものね。あたしたち女なら土曜日の夜に一〇分でけりをつけちまうところだけど。あの馬鹿な男のためにそんな手間かけることないんですよ。別にクリスマスなんて男がいなくなったってジェファソンは困りゃしませんからね。あの男なしじゃやっていけないわけじゃないでしょ。だいたい馬鹿な男たちは、女が男を殺すより、男が女を殺すほうがまだましな事件だと思ってて……それはそうと、あのブラウンとかいう男は釈放されるんでしょうね」

「ええ。そうなると思いますね」

「最初は片棒をかついだとみんな思ってたのよね。だから悪気があってそう思ったんじゃないからって、一〇〇〇ドルやって、それでふたりは結婚できると。そんなようなことになるんでしょ？」

「ええ」バイロンは女主人が意地の悪くない眼で自分を見ているのを感じた。

「それであなたともお別れというわけなのね。あなた、ジェファソンはもう飽きたんでしょう」

「そんなとこですね。ちょっとよそへ行こうかなと」

「まあ、ジェファソンはいい町だけど。あなたみたいな自由気ままな男なら、ほかの町でもいくらでも面白い悪戯ができるでしょうよ……なんなら次の落ち着き先が決まるまで鞄はうちでお預かりしてもいいですよ」

バイロンは正午を過ぎるまで待った。保安官が昼食を終えたと思える頃まで待った。それから保安官の自宅へ行ったが、中には入らなかった。玄関先で待っていると、まもなく保安官が出てきた。太った男で、小さい賢そうな眼が、表情の動かない太った顔に雲母《うんも》のかけらのように埋め込まれていた。ふたりは庭の木陰へ行った。そこには椅子がなく、普通なら（ふたりとも田舎育ちなので）しゃがんで話すところだが、どちらもそうはしなかった。保安官は黙ってバイロンの話を聞いた。物静かな小男であるバイロンは、この七年間、町の人たちにとって、目立たない謎の男だったが、この一週間に限っては、妊婦を住まわせた小屋のそばにテントを張って寝起きすることでみんなから顰蹙《ひんしゅく》を買っていた。

「なるほど」と保安官は言った。「あのふたりを結婚させてやったほうがいいと言うんだな」

「いやまあ、それはあのふたりが決めることですけどね。ブラウンがあの女の人に会いに行くのがいいと思うんです。そうする潮時だと思うんですよ。保安官補をひとりつけてやるのがいいでしょう。今朝、あの女の人に、今日の夕方ブラウンが会いにくるからと言っておきました。そこから先はあのふたりの問題で、俺がどうこう言うことじゃないです」

「そりゃそうだ。おまえさんが口出しすることじゃない」保安官はバイロンの横顔を見ていた。「しかしおまえさんはどうする気なんだ、バイロン」

「判らないですけど」バイロンの片足が地面の上でずりっ、ずりっとゆっくり動いていた。バイロンはそれをじっと見ていた。「メンフィスへ行こうかなんてね。二年くらい前からそう考えてたんだけど。ほんとにそうするかもしれません。こういうちっちゃい町にいてもしょうがないから」

「そりゃあな。都会の暮らしが好きな者には、メンフィスは悪い町じゃなかろうよ。おまえさんは家族がいないから身軽だし。俺も一〇年前に独り者だったら、そうしてたかもしれん。そしたら今より羽振りがよかったりしてな。おまえさんはすぐにでも出発するつもりなんだろうな」

「ええ、もうすぐ」バイロンは眼をあげ、また伏せた。それから言った。「製板所は今朝やめてきました」

「そうだろうな」と保安官。「一二時に製板所を抜けてきて、また一時までに戻るって感じじゃないものな。まあおそらく――」そこで言葉を切った。言おうとしたのは、陽が暮れるまでに大陪審はクリスマスの起訴を決定するだろうということだった。ブラウン――あるいはバーチ――は釈放されるが、来月開かれるクリスマスの公判審理に証人として出廷する義務を負わされるはずだ。もっともブラウンの出廷は絶対に必要というわけでもない。クリスマスは犯行を否認しておらず、おそらく死刑を免れるために罪を認めるだろうというのが保安官の予想だった。『しかしとにかく一ぺん、あのブラウンの野郎に神を恐れる気持ちを叩き込んでやるというのは悪いことじゃない』保安官はそう考えたあとで言った。「おまえさんがさっき言ったことはなんとかできると思うよ。もちろんおまえさんの言うとおり、保安官補をひとりつけたほうがいいだろうな。ブラウンのやつは、いくらかでも賞金をもらえると思ってる限りはどこへも逃げんだろうがね。それに連れていかれる先に何が待ってるかを知らないのならね。それは知らないんだろう?」

「ええ、知りません」とバイロン。「あの女の人がジェファソンに来てることも知らないんです」

「じゃ、保安官補をつけていかせるよ。ブラウンには何しに行くか教えない。とにかくそこへ行かせる。おまえさんが連れていきたいのならそれでもいいが」

「いや、いいです、いいです」バイロンはそう答えたが、動かなかった。

「とにかく行かせるよ。その頃にはおまえさんはもうこの町を出てるだろうが。保安官補に一緒に行かせるから。四時でいいかな」

「ええ。ありがとうございます。あなたは親切な人です」

「いやあ。あの女がジェファソンへ来てから、親切にしてやった者は俺以外にも何人もいるさ。さてと、おまえさんにはさよならを言わないよ。そのうちまたジェファソンへ来ると思うからな。この町にしばらく住んで、二度と戻ってこないという人間を俺はひとりも知らない。クリスマスは別だろうがね。やつはきっと罪を認めるよ。そうやって死刑を免れて終身刑になるはずだ。終身刑なら州立刑務所行きだからジェファソンからは出ていくことになる。あいつを孫だと思ってる婆さんには辛いだろうがな。爺さんのほうは、家に帰ってくる途中で見かけたが、ぎゃあぎゃあわめいてたよ。この腰抜けども、今すぐあの男を留置場から引きずり出してリンチにかけろとね」保安官は太い声で含み笑いをした。「あの爺さん、気をつけたほうがいいな。パーシー・グリムが自分の兵隊どもと一緒に爺さんをやっつけるかもしれん」そこで笑いやんでまじめな顔になった。「まあ婆さんには辛いな。女にはな」保安官はバイロンの横顔を見た。「今度のことでは大勢が辛い思いをしたよ。さてと、そのうちまた来るといい。ジェファソンはおまえさんにもっと優しくするかもしれん」

午後四時に、バイロンが隠れて見ていると、自動車がやってきて停止する。保安官補とブラウン——という名でバイロンが知る男——が降りて、小屋に近づいていく。ブラウンはもう手錠をかけられていない。バイロンが見ていると、ふたりは小屋にたどり着き、保安官補がブラウンの背中を押して小屋に入らせる。ブラウンが入ったあとでドアが閉まる。保安官補は入り口前の階段に腰をおろして、ポケットから手巻き煙草の葉が入った袋を取り出す。バイロンは立ちあがる。『俺はもう行っていいんだ』と思う。『もう行っていいんだ』隠れているのは、かつて屋敷が建っていた場所の芝地に生えている灌木の繁みだ。その繁みの反対側の、小屋からも道路からも見えないところにラバがつないである。磨り減った鞍のうしろには傷んだ黄色い旅行鞄が紐でくくりつけてある。旅行鞄は革製ではない。バイロンはラバにまたがり、道路に出る。うしろは振り返らない。
傾いていく穏やかな午後の陽射しのもと、やわらかな赤土の道路は丘を登りつづける。『丘ぐらいなんでもない』とバイロンは思う。『丘ぐらい、人間には登っていける』七年間親しんできた風景は平穏で静かだ。『人間ってたいていのことには耐えられるみたいだな。一度も経験したことのないことでも耐えられる。これは耐えられないという思いにも耐えられる。もう降参して泣いてもいいけど泣かないぞと頑張ることにも耐えられる。絶対に振り返らないぞと頑張ることにも耐えられる。振り返っても振り返らなくても同じことだと判ってる場合でも振り返らない、そういうことにも耐えられる』
坂道を昇っていくと頂上が近づいてくる。バイロンは海を一度も見たことがないので、こう考える。『あそこは先に何もない崖の縁みたいだ。あそこを越えたら、なんにもない世界へまっすぐ飛び込んでいく気がする。そこへ行ったら、木はもう木のように見えないし、木と呼ばれもしない。人間は人間のように見えないし、人間と呼ばれもしなくなる。バイロン・バンチはバイロン・バンチである必要も、ない必要もなくなる。バイロン・バンチとラバはものすごい速さで落ちていって、しまいには燃えあがる。ちょうどハイタワーさんが言っていた、岩が宙をうんと速く飛ぶと、火がついて、燃えつきて、灰すらも残らなくて、地面には何も落ちてこないという、あの話みたいに』

だがやがて丘の頂上の向こうから、そこにあるとバイロンが知っているものが徐々に持ちあがってくる。それはまさに木々でしかない木々であり、ぞっとするほど退屈な空間だ。血によって身体が動かされている間は、無慈悲な大地の、絶対にこちらを逃がしてはくれない背後の地平線と前方の地平線にはさまれたその空間の中を、永遠にうろつき回らなければならないのだ。丘の向こうの世界が着実に姿を現わしてくる。それは不吉なものでも脅威を感じさせるものでもない。そう、それはバイロンのことなど意に介していない。『向こうの世界は俺を知らないし、俺のことなんか気にしてもいないんだ』とバイロンは思う。『まるで向こうの世界はこう言っているようだ判った。おまえは辛いんだな。判った。だがまず第一に、われわれにはおまえの言葉を聞いているだけで、それにはなんの裏づけもない。第二に、おまえは自分で自分をバイロン・バンチだと言っているだけだ。そして第三に、おまえはたんに、今日、今この瞬間に、自分はバイロン・バンチだと言っている人間にすぎない　ふうむ』とバイロンは考える。『もしそれだけにすぎないなら、俺は振り返るという耐えられないことをする喜びを味わってみてもいいわけだ』バイロンはラバをとめ、そのまま上体をひねって背後を振り返る。

自分がこんなに遠くまで来ていたこと、この丘がこんなに高いことに、バイロンは初めて気づく。眼下には七〇年前まで農園だった広大な土地が、浅い水盤のようにひろがっている。その土地は今バイロンがいる丘と、ジェファソンの町がある向こうの丘にはさまれている。だが今や農園は、散在するいくつもの黒人の小屋や庭や耕作されずに雨に浸食されるがままになった畑に分断され、あちこちに小楢《こなら》、楠《くすのき》、柿、茨が密生している。だが農園の正確な中心にあたる部分には今もオークの木立が、農園屋敷が建てられた時と同じように繁っている。もっとも木立の真ん中にはもう屋敷はない。今バイロンがいる場所からは火事の傷跡さえ見えない。オークの木立と、荒れた家畜小屋と、その向こうの小屋がなければ、屋敷があった場所は判らないだろう。バイロンは今、その小屋を見ている。小屋は午後の陽射しのもとにひっそりと建ち、ほとんど玩具のように見える。その玩具の家の玄関前の階段に保安官補が坐っている。バイロンが見ていると、小屋の裏からひとりの男が、まるで魔法のように現われ、現われた時にはもう走っている。小屋の裏から駆け出したのだ。そうとは知らない保安官補は表の階段に静かにじっと腰かけている。バイロンもまた、さらにしばらくの間、ラバの鞍にじっと坐り、上体だけひねって、小さな人影が小屋のうしろの不毛の傾斜地を走り、森に向かっていくのを見つめる。

冷たい激しい風が身体の中を吹き抜ける。その風は暴力的であると同時に平和的でもあって、リーナへの欲望、絶望、諦念、これから無の世界をさすらうのだという悲劇めかした虚しい想像、そんな甘い自己憐憫に満ちた物思いをすべて籾殻かゴミか枯れ葉のように思いきり吹き飛ばしてしまう。バイロンはこの突風に自分も吹き飛ばされ、過去に戻り、また空っぽになったように感じる。二週間前、彼女に出会った時より以前にそうだったように、自分の中に何もなくなったように感じる。今この瞬間に覚えている、ブラウンをぶっ飛ばしたいという欲望は欲望以上のものだ。それは自信に満ちた静かな確信だ。バイロンは自分の脳が手に電信で指令を送ったことを意識しないうちに、ラバの向きを変えて道路からはずれ、眼下で森に駆け込んだ男がたどってきた進路と平行に、尾根づたいにラバを走らせる。バイロンはその男の名をまだ頭の中で言わない。男がどこへ何しに行くのか推測してみることもしない。ブラウンがまた逃げだしたのだということは、自分で予測していたにもかかわらず、今は一瞬たりとも頭に浮かばない。かりにバイロンが何か考えるとすれば、たぶんブラウンは、あの男一流のおかしなやり方で、何か用事をしに行くのだ、それはリーナと一緒に出発するために必要なちゃんとした用事なのだということだろう。だがバイロンはそれも考えない。リーナのことも全然考えない。まるでリーナなど顔を見たことも名前を聞いたこともないかのように完全に意識の外にある。バイロンが考えているのはこうだ。『俺はやつの女の世話をしてやって、やつの子供を産ませてやった。俺がやつのためにやってやれることが、今もうひとつできた。やつのほうが先に走りだしたから、俺には追いつけないかもしれない。やつのほうがでかいから、俺にはぶっ飛ばせないかもしれない。でも試すことはできる。試してみることはできるんだ』

保安官補が留置場へ迎えにきた時、ブラウンはどこへ行くのかとすぐに訊いた。人を訪ねに行くんだと保安官補は答えた。ブラウンはためらい、男ぶりがよく見かけだけは大胆そうな顔で、保安官補を見た。「訪ねたい人なんていねえや。この町じゃ俺はよそ者だし」

「おまえはどこへ行ってもよそ者だろうよ」と保安官補は言った。「自分ちへ帰ってもな。さあ行くぞ」

「俺はアメリカの市民だ」とブラウンは言った。「いろいろ権利があるぞ。ズボン吊りにブリキの星をつけてなくてもよ」

「そのとおりだ」と保安官補は言った。「だから迎えにきたんだよ。おまえの権利のために」

ブラウンの顔がぱっと明るくなった。「そいじゃ――いよいよくれるのか――」

「ご褒美か。ああ。これからそこへ連れてってやる。おまえがもらえるご褒美があるとしたら、そこでもらえるんだ」

ブラウンはまじめな顔になって、動きだした。が、まだ疑わしげな顔で保安官補を見ていた。「なんかこの町のやり方はおかしいんだよな。豚箱にぶち込んで、その間にひとの金を横取りしようなんてくそ野郎《バスタード》どもがいてよ」

「おまえを出し抜くような私生児《バスタード》はまだ生まれてないと思うよ」と保安官補は言った。「さあ行くぞ。先方が待ってるからな」

ふたりは留置場を出た。ブラウンは陽射しのまぶしさに瞬きをして、周囲をきょろきょろ見回し、それから頭をぐっとあげ、馬のような動きで首をうしろに振り向かせた。自動車が歩道ぎわに駐めてあった。ブラウンはその自動車を見、それから保安官補を見た。まじめくさった、用心深い顔だった。「車でどこへ行くんだい」と訊いた。

「今朝は裁判所まで歩いたけど、そんなに遠くなかったぜ」

「おまえ、ご褒美を運ばなきゃいけないだろう。だから保安官が車を用意してくれたんだ」と保安官補。「さあ乗った乗った」

ブラウンは唸るような声を出した。「なんか急に親切になったな。手錠をはずして、車まで用意なんてよ。逃がさねえ用心の見張りはひとりだけだし」

「俺は逃がさない用心で来てるんじゃない」と保安官補は言った。自動車のエンジンをかけようとして手をとめた。「おまえ今、逃げたいか」

ブラウンはむっつりと、怒りを含み、疑いをこめて、保安官補を睨んだ。「なるほどな。そういう手か。俺に逃げさせて、一〇〇〇ドルはてめえがいただくって腹だ。あんたはいくらもらう約束なんだよ」

「俺？　俺はおまえと同じさ。一セントも違わない」

さらにしばらくの間、ブラウンは保安官補を睨んでいた。乱暴ではあるが勢いのない調子で、誰に何を怒っているのか判らない罵りの言葉を発した。「ほら、行くんなら行こうぜ」と言った。

自動車は火事と殺人の現場に向かって走った。ブラウンは、時間を計ったようにほぼ一定の間を置いて、首をぐいとうしろに振り向けた。それはちょうど狭い道路で自動車の前を走っているつながれていないラバが、時々うしろを振り向く動きに似ていた。「こんなとこになんの用があるんだよ」

「おまえはご褒美をもらいに行くんだ」と保安官補が答えた。

「どこでもらえるんだい」

「あの小屋だ。ご褒美はあそこでおまえを待ってる」

ブラウンはあたりを見回した。かつて屋敷だった黒焦げの焼け跡。四カ月間、自分が住んでいた小屋。風雨に傷んだ小屋は陽射しの中で地味に建っていた。ブラウンはひどく深刻で警戒心に満ちた顔になった。「こりゃなんか変だぜ。保安官の野郎、ブリキのバッジをつけてりゃ俺の権利を踏んづけてもいいと思ってるんなら……」

「さあ行け」と保安官補は言った。「ご褒美が気に入らなかったら、いつでも留置場へ戻してやるよ。いつでも好きな時にな」保安官補はブラウンの背中を押しながら小屋まで歩き、ドアを開けて、ブラウンを中へ押し込んだ。

ブラウンは背後でドアの閉まる音を聞いた。まだ足が前に進んでいた。それから、とにかく早く部屋の中の様子を知りたいというように、すばやく周囲を見回しながら、ぴたりと足をとめた。簡易ベッドに寝ているリーナは、入ってきた男の口の脇にある白い傷跡が完全に消えるのを見た。口もとの皮膚の下を流れる血が、洗濯紐からぼろ服をむしりとるように傷跡を持っていってしまったかのようだった。リーナは無言のままでいた。枕にもたれて坐り、醒めた眼でブラウンを見ていた。その眼には喜び、驚き、非難、愛情をはじめ、いかなる感情も表われていなかった。逆にブラウンの顔には衝撃と驚きと怒りがよぎり、次いで手放しの恐怖が浮かんで、それぞれが顔から血の気を奪い、あざ笑うかのように、この男の目印である小さな白い傷跡を暴き立てた。その間、ブラウンの悩み悶える眼は何もない部屋のあちこちへ必死に視線を飛ばすのだった。リーナが見ていると、ブラウンは怯えきった二匹の獣のような双眼を懸命に取り押さえ、無理やりリーナの眼と向き合わせた。「あれっ。あれれれれ。リーナかあ」とブラウンは言った。リーナはブラウンが、逃げようとする二匹の獣のような眼を懸命に押さえているのを見た。一度逃がしたらもう捕まえられず、リーナのほうへ向けるのは無理だと判っていて、そうなればブラウン自身もおしまいだといったふうだった。ブラウンの意識は休みなくあちこちを向いて出口を求めながら、自分の声に、舌に、乗せることのできる言葉を探している、そのさまが、リーナには眼に見えるようだった。「リーナじゃないか。そうか。俺の言伝《ことづて》が伝わったんだな。先月この町に着いてすぐ、落ち着いてすぐ、ひとに言伝を頼んだんだ。うまく届かなかったかと思ってたんだよ――頼んだのが名前も知らない男で――信用できそうな感じに見えなかったが、信用するしかなくて、おまえの旅費に一〇ドル預けた時は、もしかしたらと思ったんだが……」破れかぶれの眼をしたブラウンの声が途切れた。だがリーナの眼には、ブラウンの意識があちこち飛び回っているのが見えた。リーナはそれを、憐れみも何もおよそ感じることなく、深刻な、瞬かない、耐えがたい思いに満ちた眼で見ていた。ブラウンがあたふたと必死に逃げ道を探すさまを見ていた。そうやって見ているうちに、ブラウンの中に残っていたわずかな自尊心、というより言い訳をして体裁を繕いたいだけの見栄も逃げ去り、裸のブラウンだけがそこに残った。その時になって初めて、リーナは言葉を発した。その声はまったく動揺しておらず冷静に落ち着いていた。

「こっちへ来て」とリーナは言った。「ね、来て。赤ちゃんに噛みつかせないから」ブラウンは忍び足で近づいた。リーナはもうブラウンを見ていなかったが、近づいてくるのが判った。ブラウンがそばに立って、ぎこちなく、おずおずと、気圧《けお》されぎみに自分と眠っている赤ん坊を見おろしているのが判った。そういう反応をしているのが赤ん坊を見たせいではないのも判った。ブラウンがまだ赤ん坊を本当には見てもいないことも知っていた。ブラウンの意識がまだあちこち飛び回っているのが見え、感じられた　この人はきっと自分は怖がってないというふりをするだろう　とリーナは考えた。そして怖がってないふりをすることも恥ずかしいとは思わないだろう。自分のついた嘘がばれるのを恥ずかしいと思わなかったのと同じように

「そうかそうか」とブラウンは言った。「生まれたんだ。そうか」

「ええ」とリーナは言った。「ねえ坐らない？」ハイタワーが引き寄せた椅子がまだ簡易ベッドの脇にあった。ブラウンはもうそれに気づいていた　**この女、椅子まで用意してあるんだ**　と思う。困窮し、怒りに燃えて、声を出さずに罵りの言葉を吐いた。**あのくそ野郎ども。あのくそ野郎ども**　だが椅子に坐った時には、顔はまったくゆがんでいなかった。

「いやあほんとにな。また一緒になれたな。俺の計画どおりになった。俺はすっかり用意をしたんだが、最近ちょっと忙しくてさ。それで思い出したが――」またしてもブラウンは不意に、ラバのように、不意にうしろへ首を振り向けた。リーナはブラウンを見ていなかった。こう言った。

「町には牧師さんがいるのよ。もうここへも来てくれたの」

「そりゃあいいな」とブラウンは言った。声は大きく、力がこもっていた。だがその声の力は、音色に似て、言葉の響きと同じくらい無意味で、消えてしまうと跡形もなくなり、聞いた人の耳に明確な考えを何も残さなかった。「そりゃあいいよ。今度のことが片づいたらすぐ――」ブラウンはリーナを見ながら、曖昧に周囲を示す感じで片腕を振った。ブラウンの顔は動かず無表情だった。眼は冷ややかで、警戒し、内心を隠しているが、その奥には困窮し、必死になっていることを示す色が潜んでいた。

だがリーナはブラウンを見ていなかった。

「今どこで働いてるの。製板所？」

ブラウンはリーナを見た。「いや、あそこはやめた」眼はリーナを見ていた。それはブラウンの眼ではないかのよう、ブラウンの眼以外の部分やその言動とは関係がないかのようだった。「一日一〇時間、黒んぼみたいに奴隷をやってたんだ。今ちょっと金が入るあてがあるんだよな。一時間一五セントみたいな端金《はしたがね》じゃないぞ。そいつを手に入れて、こまごましたことを片づけたら、俺とおまえは……」視線のきつい、秘密を含んだ眼が、うつむいたリーナの横顔をじっと見据えた。またしてもリーナはあのかすかな、唐突な音を聞いた。ブラウンがぐいと首をうしろへ振り向けたのだ。

「で、それで思い出したんだが──」

リーナは動かなかった。「いつ頃になるの、ルーカス」と訊いた。リーナは完全な静止、完全な沈黙を、聞き、感じた。

「いつ頃って何が」

「何って。あなた言ったでしょ。アラバマで。あたしだけなら別にいいけど。どうってことないけど。今は前とは違うのよ。心配するのも当たり前だと思うわ」

「ああ、そのこと」とブラウン。「そのことな。心配すんなよ。例のことが片づいて、金が手に入るまで待ってくれ。そりゃ俺に権利がある金なんだよ。あのくそ野郎どもの誰も――」言葉を切った。声が高調子になりはじめていた。つい我を忘れて自分だけの考えごとを声に出していた。ブラウンは声を低めて言葉をつないだ。「俺に任せとけ。心配するなって。俺はまだおまえに心配させるようなこと一ぺんもしてないだろ？　な、そうだろ？」

「うん。あたし心配したことない。あなたを頼りにしていいって判ってる」

「そうだろ。それをあのくそ野郎どもは――あのくそ野郎どもは――」ブラウンは椅子から立った。「それで思い出したんだが――」眼をあげず、口も開かずにいるリーナを、ブラウンは困窮し、必死になっている、煩わしげな眼で見おろした。まるでリーナがブラウンを動かないよう押さえつけていて、そのことをリーナ自身も知っているかのようだった。そしてリーナは自分の意志で、慎重にブラウンを放してやるような具合になった。

「じゃあ今、忙しいのね」

「そうなんだ。いろいろやることがあるし、あのくそ野郎どもが――」今、リーナはブラウンを見ていた。ブラウンが裏の窓を見るのも見た。ブラウンは背後を振り返って入り口の閉まっているドアを見た。それからリーナを見た。リーナの深刻な顔を見た。その顔はなんの感情も持っていないようでもあり、すべての感情を持ち、すべてを知っているかのようでもあった。ブラウンは声を低めた。「この町には何人か敵がいるんだ。俺が稼いだ金をもらうのを嫌がる連中が。だから俺は――」またしても、リーナがブラウンを動かないよう押さえつけ、さあ最後の嘘をついてみろ、嘘をついて逃げ出したいのならやってみろと、けしかけているような具合になった。結婚すると嘘をついて逃げ出すというこの最後の裏切りについては、ブラウンの中にほんのわずかにある自尊心の残り滓《かす》が嫌悪感を覚えているものなのだった。ブラウンを押さえつけているのは、棒でも縄でもない別の何かだった。それはブラウンが下劣な嘘つきであることを知っているという事実であり、そんなリーナにブラウンがいくら嘘をついても、枯れ葉かゴミのように吹き飛ばされてしまうだけなのだった。もっともリーナは何も言わなかった。ブラウンが忍び足で裏窓のほうへ行き、音を立てずに窓を開けるのをじっと見ているだけだった。ブラウンはリーナを見た。おそらくブラウンはその時、自分は安全だと思っただろう。リーナが手で引きとめにくる前に窓から逃げ出せると思ったのだろう。あるいは振り返ったのは、さっきまで自尊心の残り滓だったが今は羞恥心の残り滓となったものが、そうさせたのかもしれなかった。なぜならリーナを見た時、ブラウンは嘘やごまかしをすべて剝ぎ取られて裸になっていたからだ。その声はほとんど囁きに近かった。「外に人がいるんだ。入り口の前で俺を待ち伏せしてるんだ」それからブラウンは姿を消した。音もなく、長い蛇のようなひと続きの動きですするりと窓から出ていった。リーナは窓の外に、ブラウンが走りだした時の、たったひとつのかすかな音を聞いた。それから初めてリーナは動いたが、それは深い溜め息を一度つくのに必要な動きにすぎなかった。

「そろそろまた起きなくちゃ」とリーナは声に出して言った。

ブラウンは森を出て、鉄道の線路のそばに来る。息をあえがせている。この二〇分間に三キロ近く、足場の悪い場所を走ってきたのだが、荒い息は疲れのせいではない。むしろ逃走中の動物の凶暴な唸り声だ。線路のそばに立ち、列車の影のない、両方の方向を見る。その顔、その表情は、一匹だけで逃げる動物のそれだ。仲間の助けを欲せず、わが身の筋肉だけを頼みとし、息をつぐために動きをとめている間も、眼に映る草木の一本一本を今にも襲いかかってきそうな敵と見て、自分が立っている大地や、息を新たにするのに必要な大気すらも憎む動物。

鉄道線路に行きあたった地点は、めざした地点から数百メートル以内のところにある。ここは上り坂の頂上で、北行きの貨物列車が、人が歩くよりも遅く、ゆっくりと這いのぼってくるところだ。ブラウンのいる場所から少し先で、双子の光る線が鋏で切られたように消えている。

ブラウンはしばらくのあいだ線路のそばにある木の繁みに隠れている。考え込んで必死に計算をしている男といった様子で、大負けした賭博で最後のひと勝負を仕掛けようとしているかのようだ。耳を澄ます物腰でさらにしばらく立っていたあと、身体の向きを変え、また走りだす。森の中を、線路と平行に。自分がどこへ行くか正確に判っているかのようだ。まもなく小道にぶつかると、なおも走りながらそれをたどる。やがて出た森の中の空き地には、黒人の小屋が一軒建っている。ブラウンは、今は歩いて、その入り口に近づく。ポーチでは、頭に白い布を巻いた黒人の老女が坐り、パイプを燻《くゆ》らせている。ブラウンはもう走ってはいないが、速い、激しい息をしている。息を整えてから言う。「おい、婆さん。ここには誰がいるんだ」

黒人の老女は口からパイプを出す。「あたしだけだよ。あんたは誰だい」

「町へ手紙を持っていってほしいんだ。大急ぎで」ブラウンはなんとか息を抑えて話す。「金は出す。持っていけるやつはいねえか」

「そんなに急いでるんなら自分で行くのがいいね」

「金を出すと言ってんだろ！」ブラウンは、いわば忍耐強く怒り狂いながら、声を抑え、息を抑えて、言う。「早く行ってきたら一ドルやる。一ドル稼ぎたがるやつはいねえのか。男はいねえのか」

老女はパイプをふかしながらブラウンを見る。老いの刻まれた、内心の読めない真っ黒な顔が、ほとんど神のように超然と、しかし慈悲のかけらもなくじっと見据える。「一ドルは現金かい」

ブラウンは意味のよく判らない身振り手振りをする。早くどこかへ行きたいのに紐でつながれて行けず必死になっているといった風情だ。よそをあたろうと身体の向きを変えた時、黒人の老女がまた話す。「ここにいるのはあたしと子供がふたりだけだよ。子供はちっちゃすぎて駄目だろうね」

ブラウンは向き直る。「どれくらい小さいんだ。急いで手紙を保安官に届けてくれりゃいいんだ――」

「保安官? じゃここへ来たって駄目だね。この辺にゃ保安官と関わりになりたがる男はいないよ。前にひとり、保安官と知り合いで時々訪ねていくんだと言ってた男がいたけどね。ある時出かけたきり帰ってこなかったよ。よそをあたるんだね」

だがブラウンはもう動きはじめている。すぐには走りださない。また走ろうという考えはまだ浮かばない。とりあえず全然頭が働かないのだ。怒りと無力感が強烈すぎて、それに陶酔しかけているほどだ。思いがけない障害が次々と立ちはだかるさまが、何か永遠の美すら感じさせることについて、思いにふけっているように見える。たえず障害に妨げられるという事実が、ブラウンを、それらの障害に妨げられ否定されるいかにも人間的でちっぽけな希望や欲望を超越した存在に高めてくれるかのようなのだ。物思いにとらわれていたせいで、黒人の老女が二度叫んで初めて、ブラウンはその声を耳にし、振り返る。老女はまだ何も言っていない。ただ叫んだだけだ。老女は言う。「この男が持っていくってよ」

ポーチの脇に、宙から湧いて出たように、ひとりの黒人の男が立っている。精神障害のある大人か、図体の大きい子供か、どちらかだろう。顔は黒く、動かず、これまた内心が読めない。ブラウンと男は互いを見合う。というより、ブラウンが黒人の男を見ている。黒人の男のほうが自分を見ているかどうかは判らない。そのことも道理にかなって当然であり、この状況にふさわしいように思える。ブラウンの最後の頼みの綱が、保安官どころかジェファソンの町を見つけられるかどうかも怪しい獣のような男だということは。またしてもブラウンは意味のよく判らない身振り手振りをする。それからシャツの胸ポケットを探りながらほとんど駆け足でポーチのほうへ戻る。

「町へ手紙を届けて、返事をもらってきてくれ。できるか?」と訊くが、返事は待たない。シャツの胸ポケットからはすでに汚れた紙切れと尻のほうを噛んだ短い鉛筆を出している。その紙切れをポーチの端に置き、急いで、一生懸命、手紙を書く。それを黒人の老女が見ている。

ワット・ケネディほわんかんさま　ひとごろしクリスマスのしょうきん　かみにつつんで　このおとこにもたせてください　よろしく

署名はしない。紙を取りあげ、睨む。黒人の婆さんがそばで見ている。ブラウンは汚れたなんの変哲もない紙切れの、大急ぎで苦労して書いた鉛筆の文字を睨みつける。その文字にブラウンは自分の魂と命のすべてを注ぎ込むのに成功したのだった。ブラウンは紙切れをぴしゃりとポーチの端に置き　なまえはかかないけど　だれかはわかるはずです　と書き、折り畳んで黒人の男に渡す。「これを保安官に届けてくれ。ほかの人間じゃ駄目だぜ。保安官、見つけられるか」

「保安官が先にこの男を見つけて殺しちまったらおしまいだけどね」と黒人の老女は言った。「紙を渡しなよ。大丈夫、生きてられさえすりゃ保安官を見つけるよ。ほら小僧、一ドルもらうんだよ」

黒人の男はもう走りだしていたが、その言葉で足をとめる。じっと立ったまま、何も言わず、何も見ない。黒人の老女はポーチの椅子に坐ってパイプをふかしながら、白人の、疲れて弱った、狼のような顔を見おろしている。男ぶりのいい、堅気の人間らしく見える顔だが、今はたんに肉体的なものだけではない疲労に消耗して、狡猾な顔つきになっている。「あんた急いでるんじゃないのかい」と老女が訊く。

「ああ」ブラウンはポケットから硬貨をひとつ取り出す。「ほら。一時間以内に返事を持ってきたら、それと同じのをあと五つやるぞ」

「さあ行きな、黒んぼ」と老女は言う。「一日かけてちゃ駄目なんだよ。あんた返事はここへ持ってくりゃいいのかい」

ブラウンはさらに何秒か老女を見つめる。するとまた警戒心と羞恥心が身体から抜けていく。「いや、ここじゃなくて、あの高くなったところのてっぺんへ持ってきてくれ。線路づたいに登ってきたら俺が声をかける。ずっと見張ってるからな。そいつを忘れるな。判ったか」

「心配いらないよ」と黒人の老女は言う。「この男は町へ行ってちゃんと返事を持ってくるよ。邪魔が入らなきゃね。さあ行くんだよ、小僧」

黒人の男は走りだす。だが一キロ行かないうちに邪魔が入って立ちどまる。その邪魔者とは別の男で、ラバを引いている。

「どこでその男と会ったたって？」とその白人、バイロンは訊く。

「ついさっき、あの家のそばで」と黒人の男が答える。白人の男はラバを引いて歩いていく。黒人の男はそのうしろ姿を見送る。手紙を見せなかったのは、白人が見せろと言わなかったからだ。白人が見せろと言わなかったのは、こっちが手紙を持っているのを知らなかったからかもな、と黒人は考えているのかもしれない。黒人の顔が、鏡のように、この単純な男の心の底にも潜んでいる怖ろしいものを映し出す。が、すぐにそれは消える。黒人は叫ぶ。白人は足をとめて振り向く。「もうそこにはいねえよ」と黒人は叫ぶ。「線路を登ったてっぺんで待ってると言ってたよ」

「どうもありがとう」と白人は言う。黒人はまた走りだす。

ブラウンは線路に戻った。もう走ってはいなかった。こんなことを考えていた。『無理だよ。やつには無理だ。保安官を見つけられない。金をもらって持って帰るなんて無理だ』ブラウンは罵りの言葉を吐かなかった。頭の中でさえそれをしなかった。今は誰も彼もが、何もかもが――黒人の男も、保安官も、賞金もが――チェスの駒にすぎないように思えた。それらの駒は〈対局者〉によってあちこちへ動かされるが、その動きには理由がなく、予測不可能だ。〈対局者〉はこちらの指し手を前もって読めるばかりか、好きなようにルールをつくれて、そのルールにこちらは従わなければならないが、〈対局者〉にその義務はない。ブラウンはとりあえず、もう駄目だという気分を忘れ、線路を離れて、坂道のてっぺんに近い藪の中へ入った。今はもう急がずに動き、この世界には、あるいは少なくとも自分の人生には、この問題しかないのだというように、線路から適切な距離をとることだけを考えた。線路からは見えないが、自分からは線路が見える場所を選んで、坐り込んだ。

『だが俺はやつにやれるとは思ってねえ』とブラウンは思う。『やれたらいいのになんて期待もしちゃいねえ。あの男が金を持って戻ってくるのが見えたって、俺は信じねえぞ。それは俺の金じゃないはずだ。俺には判るだろう。間違いだと判るだろう。俺はやつにそう言うだろう』　ほら行けよ。おまえが捜してるのは俺じゃねえ。ルーカス・バーチじゃねえ。そうさ、ルーカス・バーチにはそんな金を、賞金を、もらう資格はねえんだ。それをもらえるようなことは何もしてねえんだからな。そうさ　ブラウンは笑いだす。しゃがんだままじっと動かず、疲れた顔を下に向けて、へらへら笑う。『そうさ。ルーカス・バーチは正しいことをしたかっただけさ。正しいことを。それだけだ。ルーカス・バーチはあのくそ野郎どもに人殺しの名前と居場所を教えてやったのに、やつらは捜そうとしなかった。捜そうとしなかったのは、見つけたらルーカス・バーチに賞金をやらなきゃいけねえからだ。正しいこと』それから涙ぐんだ荒い大声で言う。「正しいこと。俺がやりたかったのはそれだけだ。正しいことをやれるのは俺の市民としての権利だ。あのブリキのバッジをつけたくそ野郎どもは、どいつもこいつもアメリカ市民を護ると宣誓してやがるくせに」ブラウンは怒りとやけくそな気分と疲れで泣きそうになりながら、口荒く言う。「こんなひでえ目に遭わされるんじゃ、ボウルシェイヴィック[1]になりたくもなるぜ」こんなふうに怒鳴っていたので物音が聞こえなかったが、バイロンがすぐうしろに来ていて、こう言う。

「よし、立て」

今の状態は長く続かない。長く続かないことをバイロンは知っていた。バイロンは勾配を登ってきたが、ブラウンの姿が見えたところで立ちどまり、まだ気づかずにしゃがんでいる男を見たのだった。『おまえは俺よりでかい』とバイロンは考えた。『でも俺は気にしない。おまえは俺よりいろんなことで勝ってる。それも気にしないぞ。おまえは俺が三五年の間に一ぺんも手に入れられなかったものを、九カ月のうちに二回捨てた。俺はこれからおまえにぶちのめされるだろうけど、それも気にしないんだぞ』

この状態は長く続かない。さっと振り返ったブラウンは、自分の驚きさえも有利に使う。ブラウンの考えでは、敵がしゃがんでいるのを見つけた者は、たとえその敵が自分より身体が小さくても、立ちあがる隙を与えないはずだ。自分なら絶対にそんなことはしないだろう。今、自分よりも小さな男が、自分ならしないようなことをしたという事実は、侮辱よりもたちの悪いものだった。それは嘲笑だった。そんなわけでブラウンは、バイロンが背後から不意打ちで襲った場合よりも獰猛に戦った。飢えて追い詰められたどぶ鼠の闇雲でやけくその勇猛果敢さで戦った。

それは二分も続かなかった。バイロンは踏み荒らされて枝が折れた藪の中に静かに横たわり、顔から静かに血を流していた。藪を踏む音が聞こえていたが、やがてやみ、静寂の中に消えた。今、バイロンはひとりだ。とくに痛みは感じないが、さらにいいのは、何かをしなければとか、どこかへ行かなければとかいう焦りや切迫感も感じないことだ。ただ血を流しながら静かに横たわっているだけのことで、しばらくすれば世界と時間の中へまた入っていけることは判っている。

ブラウンはどこへ行ったのかと考えることすらしない。もうブラウンのことを考え

1 ボルシェヴィキ。共産主義者。

る必要はない。またしてもバイロンの意識はさまざまな動かない形象で満たされる。それらはばらばらに壊れて顧みられなくなり、忘れられた物置の中で静かに埃を積もらせている子供の頃の玩具に似ている。ブラウン、リーナ、ハイタワー、バイロン・バンチ——どれもみな元来生命など持っていない小さな物体のようだ。子供の頃はそれらで遊んだが、いつしか壊れてしまい、忘れてしまったのだ。横たわっているうちに、汽車が一キロほど離れた踏切を通過しようとして鳴らす汽笛が聞こえる。

この音で意識が冴える。世界と時間の中に戻る。ゆっくりと、試すように、身を起こす。『とにかく俺はどこも壊れてない』と思う。『それはつまりあいつが俺の何も壊さなかったってことだが』ぐずぐずしていられない。時間が、距離と動きをともなって、流れなければならない。『そうだ。俺は動かなくちゃ。動いて、何かほかに手出しすべきことを見つけなきゃ』列車が近づいてくる。すでに機関車が上り勾配を感じ取り、ピストンのストロークが短く、重くなっている。今、初めて煙が見える。バイロンはポケットに手を入れてハンカチを捜す。が、入っていないので、シャツの裾を破り取り、それで顔をおずおずと拭く。坂道を登ってくる機関車が速いリズムで爆発的に煙を吐く音に耳を傾ける。線路が見えるよう薮の端まで行く。今、機関車が視界に現われる。重い黒煙をぼっぼっぼっと噴き出しながら、バイロンのほうへまっすぐ突進してくるようだ。怖ろしい光景だが、まるで静止しているように見える。だが動いているのは間違いない。坂のてっぺんへすさまじい迫力で這いのぼってくる。バイロンは今や藪の端で立ちあがり、機関車が苦労しながら坂を這いのぼり、近づいてきて、眼の前を通り過ぎるのを、彼自身そうであった田舎育ちの少年のように心奪われて（そしておそらくは憧れを覚えながら）じっと見つめる。列車は通過し、バイロンは次々と丘のてっぺんへ這いのぼってくる車両を眼で追う。と、その時、今日の午後はこれで二度目だが、宙から湧いたように、ひとりの男が、走りながら現われるのを見る。

この時になっても、ブラウンが何をしようとしているのか、判らない。バイロンはあまりにも深く平穏と孤独に浸りきっていたので、その疑問が湧いてこないのだ。ただそこに立って、ブラウンが列車に駆け寄るのを見る。ブラウンは背を屈めて、飛ぶように走り、ひとつの車両の後尾にある鉄のはしごを両手でつかむと、飛びあがり、真空に吸い込まれるかのように消える。列車は速度を増していく。バイロンはブラウンが消えた車両が近づいてくるのを見る。車両が通過する。その車両のうしろの、次の車両との間に、ブラウンは立っている。顔を突き出して藪を見ている。ふたりは同時に互いを見る。ふたつの顔。ひとつは温和な、とりたてて特徴のない、血まみれの顔。もうひとつは困窮した、必死の、痩せた顔で、その顔をゆがめて何か叫んでいるが、声は列車の轟音にかき消されて聞こえない。ふたつの顔は、逆向きの軌道に乗っているかのようにすれ違い、互いに相手が幻か幽霊のように見える。バイロンはまだ何も考えられない。「すごいなあ」と子供のように、ほとんど恍惚として言う。「うまく飛び乗るもんだ。前にもやったことがあるんだろうな」バイロンは何も考えていない。汚れた車両の動く壁が障壁となり、世界と、時間と、まだ信じられない希望と、否定できない確実なものが、その向こうで待っていて、バイロンには今しばらくの平穏が与えられている。ともかく最後の車両が、今やかなりの速度で通り過ぎていく時、世界が洪水のように、津波のように、バイロンのほうへ押し寄せてくる。

津波はあまりに巨大で足が速く、距離も時間も呑み込まれてしまう。もと来た道を引き返すことも思いつかず、ラバを引いてかなり歩いてから、それに乗ればいいことを思い出す。バイロンはとっくに自分を追い越してしまっているかのようだ。すでにリーナのいる小屋に戻っていて、自分が追いついてきて、入ってくるのを待っているのだ　**戻ってきて戸口に立った俺は……**　もう一度やってみる　**戻ってきて戸口に立った俺は……**　俺はどうするというのか、その先へ進めない。今はまた道路に出ている。一台の馬車に近づく。ジェファソンの町を出て田舎に帰る馬車だ。時刻は午後の六時頃。だがバイロンは諦めない　たとえその先へ進めなくてもだ。俺はドアを開けて、一歩中に入って、立ちどまる。それから俺はやる。彼女を見る。彼女を見る。彼女を見る――

「――今頃大変な騒ぎだろうよ」　馬車の男の声がまた言う。

「え？」とバイロンは言う。馬車がとまっている。バイロンはそのすぐ脇にいる。もちろん乗っているラバは足をとめている。馬車の座席に坐った男がまた、抑揚のない、不平を漏らすような声で言う。

「ついてねえよ。ちょうど帰ろうとしてた時だったからなあ。もう遅れてたしね」

「騒ぎって？」とバイロンは訊く。「なんの騒ぎなんだ」

男はバイロンをじっと見る。「その顔からすると、あんたも何かの騒ぎに巻き込まれたようだな」

「転んだだけだ」とバイロンは言う。「町で今どんな騒ぎが起きてるんだ」

「あんたはまだ聞いてないと思った。一時間ぐらい前かなあ。あのクリスマスって黒んぼが、殺されたんだよ」

19

その月曜日の夜、町の夕餉の食卓でいぶかしまれたのは、クリスマスがどうやって脱走したのかではなく、脱走したあとでなぜあの場所に逃げ込んだのか、そこに逃げ込んだら追い詰められると判っていながらなぜそうしたのか、そして追い詰められた時、なぜ降伏も抵抗もしなかったのかということだった。まるでクリスマスは受動的な自殺をする計画を立ててそれを実行したかのようなのだ。

最後にハイタワーの家に逃げ込んだ理由については、多くの意見が出た。「類は友を呼ぶだよ」と即座に安直な答えを出す人たちもいた。元牧師に関係する古い話を思い出したのだ。まったくの偶然だという意見もあった。いやあれはクリスマスが知恵のあるところを見せたのだと言う者もいた。元牧師の家に逃げるとは誰も思わないから で、裏庭から台所に入り込むのを見られなければうまくいったはずだという意見だった。

だがギャヴィン・スティーヴンズは違う説を唱えた。ハーヴァード大学を優等で卒業した地区検事は、背の高い、しなやかな身体の男で、コーンパイプを片時も離さず、鉄灰色の髪はくしゃくしゃで、いつもだぶだぶのプレスしない濃い灰色のスーツを着ている。ジェファソンの旧家の出で、先祖はこの地で奴隷を保有し、祖父はミス・バーデンの祖父と兄を知っていた（そして憎んでもいて、ふたりが死んだ時には、殺したサートリス大佐に公然と慶賀の言葉を贈った）。スティーヴンズは田舎の人たちとも気軽に自然につきあえる男だった。地区検事選挙の有権者たちや裁判の時の陪審員たちの相手も如才なくできた。時々、夏の午後などに、田舎の商店の店先でオーバーオール姿の男たちに交じってしゃがみ、同じ言葉遣いで世間話をしているのを見かけることもあった。

この月曜日の夜、九時の南行き列車からひとりの大学教授が降り立った。近くの州立大学で教えている教授で、スティーヴンズとはハーヴァード大学で一緒だった。休暇の何日かを旧友と過ごそうとやってきたのだ。列車から降りるとすぐスティーヴンズを見つけた。教授は自分を迎えにきてくれたのだと思ったが、よく見ると奇妙な老夫婦を列車に乗せるためにやってきたらしいことが判った。教授は老夫婦を観察した。老人は小柄で汚らしく山羊鬚を生やしていて、強硬症《カタレプシー》の症状でも出ているように身体が硬直していた。老女のほうは、老人の妻なのだろう——身体がずんぐりして、顔はパン生地のようで、頭の上で汚れた白い羽根が揺れていた。だぶだぶのシルクの服はいかにも昔風の型のもので、色は王侯貴族にふさわしい紫だが死相が出ているように色褪せていた。ふうんと興味を惹かれて見ていると、スティーヴンズは老女の手に、子供にでもするように、二枚の切符を握らせた。教授はまた歩きだしてそちらに近づいたが、スティーヴンズは気づかなかった。信号手が老夫婦を列車に乗せてやる時、スティーヴンズが最後に言った言葉が聞こえた。「ええ、ええ」とスティーヴンズは優しい声で繰り返していた。「お孫さんは明日の朝、列車に乗せますからね。わたしがちゃんと監督します。あなたがたはお葬式と墓地の用意をしておいてください。お祖父さんを連れて帰って寝かせてあげてくださいね。お孫さんは朝、列車に乗せるようにわたしが監督します」

列車が走りだすと、スティーヴンズが身体の向きを変え、教授に気づいた。自動車で町に帰る途中、スティーヴンズは話をしはじめ、自分の家のベランダに坐っている時に話し終えた。最後にスティーヴンズはこうまとめた。「僕には理由が判る気がする。なぜ最後にハイタワーの家に駆け込んだのかがね。理由はたぶんお祖母さんなんだ。クリスマスがもう一度裁判所へ連れていかれる前、あのお祖母さんが留置場に会いに行った。お祖父さんも一緒にだ。お祖父さんはクリスマスをリンチにかけたがってね。そのためにモッツタウンから出てきたんだ。お祖母さんはジェファソンへ来た時、孫を救えるという希望を持っていなかったと思う。希望と呼べるほどの希望はね。思うに、お祖母さんが望んだのは、孫に〝ちゃんとした〟死に方をさせてやることだけだった。〝ちゃんとした〟というのはお祖母さんが自分で言った言葉なんだ。公権力により、法にのっとって絞首刑になること。火炙りになったり、めった斬りにされたり、地面を引きずられたりして殺されるんじゃなくてね。お祖母さんがこの町へ来たのはお祖父さんを見張るためだろう。お祖父さんがリンチという嵐を呼び寄せないようにしたんだ。眼を離すと危ないからね。お祖母さんはクリスマスが自分の孫だということを疑ったわけじゃないんだよ。ただ希望を持たなくなっただけだ。希望を持つにはどうすればいいか判らなかった。希望を持つための機械は、三〇年ほどとまったままだと、また動きだすのに二四時間以上かかるんだろうね。

でもあのお祖父さんの異常な思い込みが津波みたいに押し寄せて、お祖母さんの身体が動いてしまったということだと思うんだな。なんだか判らないうちに津波に押し流されてたんだ。というわけでふたりはこの町へ来た。夜明け前の列車で着いた。日曜日の午前三時頃だ。お祖母さんはクリスマスに会おうと奔走することはしなかった。お祖父さんを見張っていたのかもしれないが、僕はそうは思わない。希望を持つための機械がまだ動きだしていなかったんだと思う。機械が動きだしたのは、今朝あの赤ん坊が、いわばお祖母さんの眼の前で生まれた時だった。しかもそれは男の子だった。赤ん坊を産んだ母親に会ったのはそれが初めてで、父親には会ったことがないし、自分たちの孫が成人した姿は一度も見たことがなかったから、お祖母さんにとってこの三〇年間がないも同然になった。赤ん坊が産声をあげた時に抹消されて、もう存在しなくなったんだ。

すべてがあまりにも速くお祖母さんの身に押し寄せてきた。手や眼に否定できない事実があまりにもたくさん現われ、手や眼に証明できないまま、ただ実際に起きていると認めるしかないことがあまりにも多く起き、手や眼が証明することなく受け入れて信じるよう突然要求される不可解なことがあまりにも多く生じた。無に等しい三〇年のあとだから、お祖母さんは、不意に知らない人ばかりの部屋にひとりで迷い込んでしまったみたいなものだっただろうね。知らない人たちが一ぺんに喋り立てる中で、お祖母さんは自分の正気を保ってくれるものが何かないかと必死に眼で探し、自分にできる範囲内で何か筋の通った行動を選ぼうとした。何か自分にもできると確信の持てることをしようとしたんだ。そのうちにあの赤ん坊が生まれて、お祖母さんはいわば独立独歩でいく方法を見つけたわけで、それまでのお祖母さんは、機械仕掛けで喋る人形みたいなもので、荷車に乗せられて、あのバンチという男に引き回され、その指図でものを言わされていたんだ。ゆうべ、バンチにハイタワー博士のところへ連れていかれて、事情を話した時もそうだった。

お祖母さんはまだ模索していたんだよ。三〇年間うまく働かなかった自分の頭が信じられるもの、本当の現実だと思えるものを探していた。そしてたぶんハイタワーの家で、初めてそれを見つけたんだと思う。ハイタワーは事情を打ち明けられる相手、話を聞いてくれる相手だった。おそらくお祖母さんは初めてその話をしたんだろう。そしておそらく初めてそのいきさつについて自分でも本当に知って、ハイタワーと一緒に現実を全体として眺めたんだろう。だからお祖母さんがそのあとで赤ん坊を自分の孫と混同し、産んだ女を自分の娘と混同したのも、そんなに変なことじゃないと思うんだ。小屋の中ではあの三〇年という年月は存在していなかったんだから。お祖母さんはその赤ん坊、お祖母さんが一度も見たことのない父親、赤ん坊の時以来見ていない孫、お祖母さんにとっては存在しないも同然だった孫の父親と、全部ごっちゃにしてしまった。お祖母さんは希望が動きはじめていたから、すぐにハイタワーに救いを求めた。ああいう田舎の年寄りは、みずから信仰の奴隷となった聖職者というものに全幅の信頼を寄せるものだからね。

お祖母さんは今日、留置場で、クリスマスにそういうことを話したんだ。お祖父さんのほうは隙を見てお祖母さんから逃げた。お祖母さんはあとを追って、町角でお祖父さんを見つけた。お祖父さんは狂人のようになり、声をからして、あの男をリンチにかけろとみんなに訴えていた。自分は悪魔の子を孫に持った、今日までその悪魔の子を預かってきたんだと言ってね。いやもしかしたらお祖母さんはその時、小屋を出て、クリスマスに会おうと留置場に向かうところだったかもしれない。ともかくお祖父さんの話を聞いている人たちが興味は示しても心を動かされてはいない様子なのを見ると、お祖母さんは保安官のところへ行った。保安官は昼食から帰ってきたところで、最初はお祖母さんが何を言おうとしているのか判らなかった。保安官にはお祖母さんが頭のおかしい人に思えたはずだ。滑稽なほどきちんとしたよそいきの服を着た老女が、囚人を牢から出してくれみたいなことを言うんだからね。だが保安官は保安官補をひとりつけて、お祖母さんを留置場へ行かせてやった。僕が思うに、お祖母さんは監房にいるクリスマスにハイタワーのことを話したんだろう。ハイタワーという人が救ってくれる、救ってくれるはずだとね。

もちろん実際にお祖母さんがクリスマスに何を話したのかは知らない。面会の場面は誰にも再現できないだろう。お祖母さん自身も自分が何を話すかなんて前もって考えていないから、自分でも知らなかっただろう。お祖母さんがクリスマスに話したことは、あのお祖母さんがクリスマスの母親を産んだ夜にもう言葉になっていて、それからの長い年月の間に忘れられないほど深く心に染み込んだが、言葉としては忘れてしまっていた。だからこそクリスマスはお祖母さんの言うことを疑うことなくすぐに信じたのかもしれない。つまり、お祖母さんが何を言おうかなんて悩まなかったからだ。自分の話に信憑性があるだろうかとか、孫が信じてくれるだろうかとか考えなかった。お祖母さんは、あの追放された年寄りの元牧師の姿形だか人柄だかなんだかの中に、人が逃げ込める安全な聖域があると考えたんだな。その聖域は官憲や暴徒にも侵せないし、取り返しのつかない過去でさえそこへ入り込んで人を捕まえることはできない。どんな犯罪がクリスマスという人間を形づくり、鉄格子のはまった監房に閉じこめ、どちらを向いても処刑しようとする者ばかりという境遇に落とし込んだにせよ、その犯罪にさえこの聖域は蹂躙《じゅうりん》できないんだ。

そしてクリスマスはお祖母さんを信じた。そのことがあの男に、勇気というよりも、受身の姿勢で耐える力を与えた。その力のおかげで、クリスマスは人が群れている広場の真ん中で、手錠をかけられたまま走り出す機会を甘受し、認め、受け入れることができたんだ。だがあまりにも多くのものがあの男と一緒に走ったよ。一歩一歩、足をそろえてね。追跡者たちのことじゃない。クリスマス自身のことだ。あの男が生きてきた年月、したこと、しなかったこと、すべてがあの男と足をそろえ、呼吸を合わせ、心拍を合わせ、ひとつの心臓を使って、走った。お祖母さんが知らない三〇年だけじゃなく、それ以前にいくつもつながってきた先祖代々の三〇年が、クリスマスの白い血、あるいは黒い血、まあどっちでもいいが、その血に汚れをつけて、クリスマスを殺してしまったんだ。でもクリスマスは、しばらくの間は信じながら走ったに違いない。逃げきれるという希望を持って走ったに違いない。だがあの男の血は静かにしていなかった。おとなしくあの男自身に救われようとしなかった。クリスマスの血は白くなろうとも、黒くなろうともせず、自分の身体に救われようとしなかった。あの男がミス・バーデンの屋敷の黒人小屋に住むようになったのは黒い血に突き動かされてのことだった。それから白い血があの男を黒人小屋から追い出した。黒い血があの男に拳銃をとらせたが、白い血が撃たせなかった。それから白い血があの男をハイタワーの家へ行かせた。白い血が、あの男の中で最後にもう一度湧きあがり、あらゆる道理と現実に反して、お祖母さんの抱いていた救いについての幻想のほうへ、聖書に書いてあることを闇雲に信じる気持ちのほうへ、あの男を押しやった。それからしばらくの間、たぶん白い血はあの男を見捨てたのだと思う。ほんの一瞬、黒い血が湧きあがり、その結果、あの男は救いの希望を託したはずのハイタワーに襲いかかったんだ。黒い血はあの男自身の欲望に従って、あの男をどんな人間の助けも届かないところへさらっていってしまった。心臓がとまらないうちから命が終わり、死が欲望の対象となり、成就とみなされる黒い密林から、恍惚の世界へとさらっていってしまった。それから黒い血はまたあの男を裏切ったんだ。あの男の人生の危機の時に必ずそうしたようにね。クリスマスはハイタワーを殺さなかった。拳銃で殴っただけで、さらに逃亡を続け、あのテーブルの陰にうずくまって、最後にもう一度、黒い血に反抗した。三〇年間、反抗しつづけてきたように。クリスマスはひっくり返ったテーブルの陰にうずくまり、男たちに射殺されるがままになった。手にした拳銃には弾がこめてあったのに、発砲せずじまいだったんだ」

その日、町にはパーシー・グリムという若い男がいた。年は二五歳くらい、州軍の大尉だった。ジェファソンで生まれて、夏の州軍の野営演習の時を除けば、ずっとこの町で暮らしてきた。欧州戦争[1]の際は、年が若すぎて出征できなかったが、そのことで親を恨むようになったのは、一九二一年か二二年のことだった。金物屋の父親には

1　第一次世界大戦（一九一四～一九一八年）。

この気持ちが判らなかった。戦争に行きたかったなどと言うのは要するに勉強や仕事が嫌いな怠け者で、ろくでもない大人になりそうだと思った。だが実際のところ少年は、自分は生まれるのが遅すぎただけでなく、あの戦争を同時代の出来事として知らずにすんだほど遅くは生まれず、それを大人ではなく子供として指をくわえて見ていたという怖ろしい悲劇に苦しんだのだった。あの戦争が引き起こしたヒステリーが過ぎ去り、そのヒステリーの中で声高に騒ぎ立てた者たちや、出征して戦争の苦しみを味わった者たちまでが、しらけた眼で互いを見るようになってくると、グリムには胸を開いて自分の気持ちを話す相手がいなくなった。それどころか初めて本格的な喧嘩をした相手は退役軍人だった。この退役軍人は、もしまた戦争に行くことになったら、今度はドイツの側についてフランスと戦うつもりだというようなことを言ったのだ。

グリムはすぐさま、「じゃあアメリカとも戦う気か！」と突っかかった。

「アメリカがまたフランスを助けるような馬鹿をやったらな」と退役軍人は言った。

グリムはぱっと殴りかかった。退役軍人より小柄だし、まだ一〇代だったので、結果は見えていた。それはグリム本人にも判っていたはずだ。だがグリムはこっぴどく痛めつけられながらも敢然と立ち向かい、とうとう退役軍人のほうが野次馬連中にこの小僧を取り押さえてくれと頼んだほどだった。グリムはこの時の傷跡をあとあとまで自慢の種にした。それはのちに必死になって身につける資格を手に入れた軍服を誇ったのと同じことだった。

グリムは州軍の機構を整備した新たな国家防衛法に救われたのだった。グリムは長い間、泥沼の暗黒の底に沈んでいたようなものだった。眼の前に道が見えないだけでなく、道がないのが判っているといったふうだった。それが突然、人生の前途がきれいに開けたのだ。それまで無駄に過ごした年月、学校ではなんの能力も示さず、怠惰で、反抗的で、覇気がないとみなされていたが、そんな時代は過去のものとなり忘れ去られた。今は自分の人生が前方に開けているのが見える。それは邪魔なものが何もない廊下のように単純明快で迷いようがなく、もうあれこれ考えたり判断をくだしたりする必要がまったくない。今その身に引き受けている義務は、真鍮の州軍徽章と同じように輝かしく、重圧感がなく、勇壮だ。身を抛《なげう》つ勇気と理屈抜きの服従心を至高の徳とする信念を持ち、白人種は他のすべての人種に勝り、アメリカ人は他のすべての白人種に勝り、アメリカの軍人は他のすべての人間に勝ると信じ、この信念と特権の代償として支払うべきものは自分の命だけであると心得ていた。少しでも軍隊の匂いのする祝日には必ず大尉の軍服に身を包んで街頭に出てきた。その姿を見た者はグリムが退役軍人と喧嘩をした日のことを思い出した。グリムは射撃技能章（彼は射撃がうまかった）と階級章を誇示し、重々しい顔つきで、背筋を伸ばして、民間人の間を歩いたが、全身に漂う雰囲気は、なかばは軍人の好戦的な気迫であり、なかばは子供っぽい自己顕示欲だった。

グリムは欧州戦争終結を機に発足したアメリカ在郷軍人会のメンバーではなかったが、それに入れなかったのは親のせいであって自分が悪いのではなく、引け目など感じなかった。クリスマスが土曜日の午後にモッツタウンから連れ戻された時、グリムはすでに在郷軍人会の支部司令官を訪ねて、簡明直截に考えを述べていた。「われわれは秩序を維持せねばなりません。法の執行を妨げてはならないのです。法、すなわち国家の意志です。民間人には人に死刑を宣告する権限はありません。われわれジェファソンの軍人には秩序を維持する責務があります」

「誰かが法の手続きとは別の何かを計画していることをきみは知っているのかね」と支部司令官は訊いた。「何か噂を聞いたのか」

「いや知りません。何も聞いていません」グリムは嘘をつかなかった。民間人が何を噂しようと、あるいはしまいと、どうでもいいことで、それについて嘘をつく値打ちなどないと考えているかのようだった。「問題はそれではないのです。問題は、ジェファソンの住民が置かれている立場について、われら軍人がまず何か発言するか否かです。今の状況について国家がどういう立場をとっているか、われわれは今すぐ人々に告げるべきです。一般の民間人には意見を言うことすら不要だということを」グリムが考えていることは単純だった。在郷軍人会で一個小隊を編制し、現役の軍人である自分がその指揮をとるというものだった。「わたしが指揮をとるのが不都合なら、それはかまいません。副指揮官をやらせていただきます。軍曹か伍長と同等の扱いでもかまいません」グリムは本気だった。虚栄心からこれを提案しているのではなかった。度が過ぎるほどまじめに考えているのだった。支部司令官は軽口を叩いて一蹴してやろうかとも思ったが、グリムがあまりにもまじめで気持ちに余裕がないようなので、それはやめておいた。

「そんな必要はないと思うな。かりに何かするにしても、われわれは民間人として行動すべきだ。在郷軍人会を軍隊のように使うことは、わたしにはできない。われわれは今はもう軍人じゃないんだからね。かりにできるとしても、わたしはやらない」

グリムは支部司令官を見た。怒ってはいなかったが、虫けらを見るような眼つきだった。「しかしあなたも以前は軍服を着たのです」と苛立ちを抑えるような口調で言った。「あなたは自分の権限を使って、わたしがみんなに話すのをとめようとはしないでしょうね？　個人として話をするのを」

「しない。どのみちそうする権限などないからな。だがあくまで個人として話すだけにしてくれ。わたしの名前は絶対に使ってくれるなよ」

グリムのほうは皮肉っぽい口調で、「わたしはそんなことはしませんよ」と言い、辞去した。これが土曜日の午後四時頃のことだった。そのあとの午後いっぱい、グリムは在郷軍人会のメンバーが働いている店や事務所を回って考えを説き、陽が暮れるまでに一個小隊をつくれるほどの賛同者を集めることに成功した。グリムは粘り強く、自制しながらも力強い弁舌をふるった。何か預言者のような抗いがたいところがあった。もっとも賛同者たちも、ある一点で支部司令官と同じ意見だった。在郷軍人会の名前を出すのはよくないという点だ——ということで、意図したことではないが、グリムは当初の目的を達して、小隊の指揮官になった。夕食の時間の前には全員を集めて、いくつかの分隊に分け、将校や参謀を任命した。欧州戦争に出征しなかった若い者たちはもう火がついたように興奮していた。グリムは短い、冷静な訓示を与えた。

「……秩序を……法の執行を……人々に示すのだ、われわれアメリカ合衆国軍の軍服を着たことのある人間が……それともうひとつ言っておこう」そこでグリムはくだけた調子になった。隊員全員の苗字だけでなくファーストネームも知っている連隊長といった風情だった。「今回の対応は諸君に任せるつもりだ。わたしは諸君の言うとおりにする。わたし個人は、今度の一件が解決するまで、軍服を着ているのがいいだろうと考えた。それによってアメリカ合衆国政府がたんに精神的にだけでなく現実に立ち会っていることを示せるからだ」

「いや、それは違う」とひとりが即座に、ぴしりと言った。この男は在郷軍人会支部司令官と同じ考え方なのだった。ちなみに支部司令官はこの場にはいなかったが。「これはまだ合衆国政府の問題になってない。保安官はいい顔をしないだろう。これはジェファソンの問題であって、ワシントンのじゃないんだから」

「保安官にも認めさせるのだ」とグリムは言った。「諸君の在郷軍人会はなんのために戦う組織だ？　アメリカとアメリカ人を護るのが目的ではないのか」

「駄目だ」と相手は言った。「こういうことでみんなの眼を惹こうとするのはよくない。こんなことをしなくても俺たちはやりたいことがやれる。もっとうまくやれる。そうじゃないか、みんな？」

「いいだろう」とグリムは言った。「諸君の言うとおりにしよう。だがめいめい拳銃は持つべきだ。一時間後にここで銃点検を行なうぞ。全員またここに集合するように」

「銃なんか持ち歩いたら保安官がなんて言うかな」とひとりが言った。

「その問題は任せてくれ」とグリムは言った。「きっかり一時間後にまたここに集合だ。拳銃を持ってな」これでいったん解散した。グリムは静かな広場を横切って保安官事務所におもむいた。保安官は自宅にいると言われた。「自宅?」とグリムは訊き返した。「こんな時に? 自宅で何をしているのだ」

「飯だろうな。ああいうでかい人は一日に三度だけじゃ身がもたない」

「自宅か」とグリムは言った。相手を睨みつけはしなかった。在郷軍人会支部司令官の時と同じく、冷たいよそよそしい眼つきで見ただけだった。「食事中か」そう言って外に出た時には、すでに歩きはじめていた。また人けのない広場を横切っていく。住民は平穏な地方の平穏な町で平穏に夕食のテーブルを囲んでいるので広場には誰もいないのだった。グリムは保安官宅へ行った。保安官は即座に駄目だと言った。

「ズボンのポケットに拳銃を入れた者が一五人だか二〇人だか広場をうろつくだと? 駄目だ駄目だ。それは駄目だ。許すわけにはいかん。それは駄目だ。この件は俺に任せておけ」

グリムはさらに少しだけ保安官を見ていた。それからくるりと背を向けた時には、すでにまた足早に歩きだしていた。「そうですか。それならそれでいい。俺はそちらに口出ししないから、そちらも俺に口出ししないでください」脅しの響きはなかった。

あまりにも平板で、とりつくしまがなく、熱を欠いていた。グリムは足早に歩きつづけた。見ていた保安官が呼びとめた。グリムが振り返った。

「おまえも自分の銃を家に置いておけよ。いいな」と保安官は言った。グリムは返事をしなかった。そのまま歩きつづけた。保安官は視界から消えるまでグリムの後ろ姿を見つめながら、眉をひそめていた。

その夜、夕食のあと、保安官はまた町中に戻った。長年の間、よほど緊急の避けがたい用がなければしなかったことだった。グリムの部下たちが留置場の前と郡役所の前で見張りをし、第三の集団が広場とその周辺の通りを巡察していた。残りの者は交代要員として、グリムの職場である綿繰り工場の事務所で待機しているとのことだった。そこが小隊の本部になっているという。保安官は巡察中のグリムに通りで出食わした。「ちょっと来い、小僧」と保安官は言った。グリムは立ちどまった。だが保安官のところへ行かなかった。保安官が行って、グリムの腰まわりを太った手で軽く叩いた。「こいつは家に置いておけと言っただろう」と保安官は言った。グリムは無言だった。保安官をじっと見ていた。保安官は溜め息をついた。「それが嫌ならおまえを臨時の保安官補にしなきゃならん。しかしその場合でも、俺がそうしろと言うまで銃は出すな。判ったか」

いでしょうからね」

「出しませんよ」とグリムは言った。「俺がその必要を認めてないのに出すのはまず

「いや、俺が言うまで出すなと言ってるんだ」

「出しません」とグリムは言った。熱をこめず、忍耐する口調で、即座に答えた。

「あんたは出すなと言い、俺は出さないと言ってる。心配いらない。俺はちゃんとやりますよ」

夜がふけて町が静まり、映画館が空になり、飲食店が一軒また一軒と閉店するにつれて、グリムの小隊からも帰宅者が出はじめた。グリムは冷ややかに見るだけで非難はしなかった。帰る者は後ろめたそうにした。またしても意図せずして、グリムはうまい札を切ったのだった。帰宅者はグリムのように冷徹な炎を燃やせないことにひけめを感じて、やる気があることをグリムに示すためだけにも翌朝また来るからだった。何人かはあとに残った。どのみち土曜日の夜だから、誰かがよそから椅子をさらに何脚か運んできて、ポーカーを始めた。夜通しのゲームとなったが、時々グリムは（彼自身はゲームに加わらず、残った者の中で自分以外にただひとり将校の位を持つ副指揮官にもそれを許さなかった）数人を広場の巡察に送り出した。この頃には警察官も来ていたが、この男もポーカーはやらなかった。

日曜日は静かだった。ポーカーは一定の時間ごとに巡察で中断されながらも粛々と続いた。教会の鐘が静かに鳴り、信徒たちは明るい夏色の晴れ着で群れをなして集まった。広場の周辺では翌日に大陪審が開かれることがすでに知れ渡っていた。大陪審という言葉には、何か秘密めいた、取り消しのきかないものという響きがあり、隠れた全能の眼が不眠不休でみんなの行動を見張っているという感じを与えるので、グリムの部下たちは何かよからぬことが水面下で起きているという自分たちの思い込みを単なる思い込みではないと考えるのだった。人間というものは知らないうちに、あっという間に、思いもかけない具合に心を動かされるもので、自分がそんなことを考えていると気づかないうちに、町の人たちは突然グリムを受け入れて敬意を払い、おそらくは少しばかり畏れを抱いて、あれは信用できる男だと思ったのだ。まるで町のこの事態を受けて、グリムは自分たちより敏感に、誠実に、愛国心と誇りを示したのだとでもいうように。少なくとも小隊の面々はそれを当然のこととして受け入れていた。ひと晩眠らず、神経をぴりぴりさせ、日曜日も犠牲にして、自分の意志を殉死させてしまった隊員たちは、いざとなったらグリムのために死んでもいいと思うほど、熱狂の頂点にいた。隊員たちはグリムの発する重々しいかすかに畏怖の念を起こさせる光に照らされて歩いていた。その光は、グリムが望みどおりに隊員たちにカーキ色の軍服を着せた場合に、その軍服が感じさせるであろう物としての質感を感じさせた。隊員たちは小隊の本部に戻ってくるたびに、まるでグリムの厳粛で豪華な夢のはぎれを新たに身にまとって出てくるかのようだった。

日曜日の夜の間ずっとこうだった。ポーカーは続いた。初めは用心深く声をひそめてこそこそやっていたが、今はもう用心の布を捨てていた。虚勢を張ってわざと大胆不敵にあっけらかんと振る舞っているようだった。この夜には、警察官が階段を昇ってくる足音が聞こえると、ひとりが「気をつけろ、憲兵だ」と言い、一瞬みんなで不敵にぎらつく険しい眼を見かわした。それから別のひとりが、かなり大きな声で、「あんなくそ野郎は放り出せ」と言い、さらに別のひとりが結んだ唇で放屁の音を出した。こうして翌月曜日、田舎から自動車や馬車が集まりはじめた時、小隊はまた士気を完全に回復していた。隊員たちは今や制服を着ていた。顔つきが制服のようにそろっていたのだ。ほとんどの者が同年輩、同世代で、同じ経験を持っていた。だがそれだけではなかった。隊員たちは今たいそう暗い厳粛な態度を身にまとい、厳かに、重々しく、冷ややかに、雑踏のただなかに立ち、ゆっくりと動く人の群れを、虚ろな暗い眼で眺めていたが、人の群れのほうもそれと意識することなく隊員たちの視線を感じ取り、隊員たちの前をゆっくりと通り過ぎながら、隊員たちを見つめるので、隊員たちは、虚ろに恍惚とした動かない顔に取り巻かれることになり、牛の顔のようなそれらの顔が近づいてきては通り過ぎ、また別の顔に取って代わられるのを見るのだった。そして午前中ずっと、いろいろな声がしては消えた。小声で尋ねる声と、答える声が、交互に起きた。「ほらあの男。あの自動拳銃を持った若い男な。あれが隊長なんだ。知事がよこした特別捜査官さ。あの男が全体を仕切ってる。保安官は今日は何も言えないんだ」

あとで手遅れになってから、グリムは保安官に言ったものだ。「俺の言うことを聞いてればよかったのに。あの男を留置場から出す時、俺たちに護送させればよかったんだ。それを保安官補をひとりつけただけで、手錠を保安官補とつなぎもしないで、広場を歩かせた。広場は人がいっぱいいたから、保安官補のビューフォードは銃を撃てなかった。まあ撃っても家畜小屋の扉にあたるかどうかも怪しいですがね」

「やつが逃げ出すなんてどうして判る？　あの時あそこで逃げ出すなんて判るはずないだろうが」と保安官は言った。「やつは罪を認めて終身刑になるだろうとスティーヴンズは言ったんだ」

だがその時にはもう遅すぎた。すべてが終わっていた。それは広場の真ん中で起きた。留置場前の歩道と裁判所がある郡役所のちょうど中間の地点で、農産物共進会が開かれている日のように大勢の人が群れていた。クリスマスの逃亡を最初に知った時、グリムは裁判所にいた。保安官補が拳銃を空に向けて二度発射した音が聞こえたのだ。グリムはすぐに何が起きたかを悟った。反応は明瞭かつ迅速だった。早くも発砲音のほうに向かって駆けだしながら、顔だけ振り向いて部下に叫んだ。その部下はこの四八時間、副官兼当番兵としてグリムに付き従ってきた男だった。「消防サイレンを鳴らすんだ！」

「消防サイレン？」と副官は言った。「どうして——」

「いいから鳴らせ！」グリムはさらに怒鳴った。「みんなが火事だと思い込んでもい い。とにかく一大事なんだと……」最後まで言わずに行ってしまった。

グリムは走っている人々に交じり、前の者に次々に追いつき、追い抜いた。グリムには目的があるが、ほかの者にはないからだった。みんなはただ走っているだけだった。黒い重厚な大型の自動拳銃が、犂《すき》のように道を切り開いた。グリムの緊張した険しい若い顔を見た者は、顔を青くし、口をぽかんと開けて、歯のある丸い穴をつくった。みんなは溜め息のような声で、「あっちだ……あっちへ行った……」と言った。

だがグリムはすでに保安官補の姿を見つけていた。保安官補は拳銃を高く差しあげて走っていた。グリムはさっと一度周囲を見回すと、また前に飛び出して全速で駆けた。

保安官補と一緒に広場を横切って走ってきたらしい群衆の中に、ウェスタン・ユニオン電信会社の制服を着た若い大柄な男がいやおうなく眼についた。その電報配達員は、おとなしい牛の左右の角《つの》をつかんでいるといった風情で自転車を押して歩いていた。グリムは拳銃をホルスターに差すと、一瞬の停滞もない動きで、配達員を引き剝がし、自転車にまたがった。

自転車には空気ラッパもベルもついていなかったが、みんなは気配で道を開けた。この点からもグリムは、自分の考えは絶対に正しいし行動は間違っていないという迷いのない闇雲な確信に助けられていると言えそうだった。走っている保安官補に追いつくと、グリムは自転車の速度を落とした。保安官補は汗をかいた顔で振り返り、口を開けて、走りながら怒鳴った。「やつはあの路地に入った――」

「判ってる」とグリムは応じた。「手錠はかけてあるのか」

「ああ!」保安官補は叫んだ。

『それならそう速く走れない』なおも自転車を飛ばしながらグリムは思った。『もうすぐ穴に潜り込むだろう。とにかく開けた場所を避けるはずだ』グリムは路地に飛び込んだ。路地は二軒の家の間を通り、片側には板塀が立っていた。その時、消防サイレンが初めて鳴り、徐々に高まって、緩慢に持続する叫びとなり、やがて可聴域を超えて、音のない振動となり、聞こえているはずなのに聞こえないような状態になった。グリムは自転車を漕ぎつづけながら、すばやく、論理的に、激烈だが抑制された喜びとともに、考えた。『やつがまず考えるのは人の眼から隠れることだ』グリムは周囲を見た。路地の片側はすぐ家の敷地になっているが、反対側には高さが二メートル近い板塀が立っていた。板塀のはずれに木の門があり、その向こうは牧草地で、果ては深い窪地だった。窪地と言えば町の住民ならそこと判る場所で、生えている木々のてっぺんだけが斜面の始まる縁の上に見えていた。その窪地なら一個連隊でも隠れて展開できる。「よし」とグリムは声に出して言った。停止も減速もせず自転車を方向転換させ、路地を引き返し、もとの表通りのほうに向かった。消防サイレンのわめき声はまた低くなり、可聴域に戻っていた。ぐっと曲がって通りに出ると、走っている者たちと、こちらに向かってくる一台の自動車がちらりと見えた。必死に自転車を漕いでも、すぐに自動車は追いついてきた。車上の男たちが身を乗り出し、前を見据えているグリムに向かって怒鳴った。「おい乗れ！　乗れよ！」グリムは返事をしなかった。そちらを見もしなかった。自動車は自転車を追い越して速度をゆるめた。グリムがすばやく黙って一定の速度で進んで自動車を追い越すと、また自動車が追い越して、男たちが身を乗り出し、前方を見た。グリムも黙って自転車を疾駆させた。するすると滑るように速いところは幽霊のよう、容赦なく突き進むところは〈不可抗力《ジャガーノート》〉か〈運命〉のようだった。背後でまたサイレンがわめき声の音調を高めはじめた。車の男たちが次に振り返った時、グリムの姿は完全に消えていた。

全速力で別の路地に曲がったのだ。顔は岩のように動かず、穏やかで、依然として充実感と、きまじめで無鉄砲な喜びに顔を輝かせていた。今度の路地は前のよりもわだちの跡が数多く深く刻まれていた。路地が尽きて、草木の生えていない小さな丘に行きあたると、グリムは飛び降り、自転車はそのまましばらく走りつづけたあと倒れた。そこからは市街地の縁に沿った窪地の全貌が見てとれた。視界をさえぎるものは窪地の縁に建つ二、三軒の黒人の小屋だけだった。グリムは微動だにしなかった。運命の命じるままにひとり立つといった風情のその姿は、目印になる記念碑か何かのように見えた。背後ではまたしてもサイレンの音が低くなりはじめた。

その時、グリムはクリスマスを見た。遠い距離のせいで小さく見える男が、両手を前で合わせて、窪地からあがってきた。見ていると、手錠が陽をはねて、日光信号鏡のようにきらりと一度光った。まだ自由の身になっていない男の息を切らした必死の息遣いが、ここからでも聞こえるような気がした。それから小さな人影はまた走りだし、近くの黒人小屋の陰に消えた。

グリムも走った。疾走した。だが急いでいる感じや努力している様子はなかった。執念も、激情も、憤怒も感じさせなかった。クリスマスがそんなグリムに気づいた。一瞬、ほとんど正面から見合うような恰好になった。グリムが小屋の角を回り込もうとした時だった。その瞬間、クリスマスが小屋の裏窓から飛び降りたのだ。まるで魔法のような現われ方だった。高く差しあげた両手の手錠が、燃えあがったように光った。一瞬、ふたりは睨み合った。ひとりは飛び降りた直後のしゃがんだ姿勢で、もうひとりは小屋の角から弾みで走り出てきた姿勢で。その瞬間、グリムはクリスマスが重そうなニッケル仕上げの拳銃を手にしているのを見た。グリムはぱっと身をひるがえして、小屋の角の陰に戻り、自動拳銃を抜いた。

グリムはすばやく、穏やかに、あの静かな喜びとともに、考えていた。『やつにはふたつのことができる。また窪地に戻ろうとするか、家のまわりを逃げまわるか。あとのほうだと、俺たちのどっちかが撃たれるだろう。やつは今、窪地がある側にいる』グリムは即座に反応した。今引っ込んだ角を、また全速力で曲がった。まるで魔法か神意に護られているか、クリスマスが銃を持って待ち構えていないことを知っているかのようだった。足をとめることなく、その次の角も走って回り込んだ。

窪地の縁に来た。走っている姿勢からぴたりととまった。重厚な冷たい自動拳銃を窪地に向けて横に動かすグリムの顔は、教会のステンドグラスに描かれた天使の澄みきったこの世ならぬ輝きを帯びていた。グリムは、立ちどまる前からすでにふたたび走りだしていたと言いたいほど一瞬しか足をとめなかった。ほっそりした身体で、すばやく、盤上で〈指し手〉に動かされるままに突き進んだ。グリムは窪地の縁に向かって駆けた。だが斜面に鬱蒼と繁る藪に飛び降りてすぐ振り返り、手で斜面につかみかかった。小屋の床が地面から六〇センチほど高くなっているのをさっき見たのだが、気が急いていたので、今やっと意識したのだ。グリムはクリスマスにしてやられたことに気づいた。あの男は小屋の下に隠れて、こちらの脚を見ていたのだ。「味なことを」とグリムは言った。

飛び降りた勢いでなお少し斜面を滑ったが、すぐにとまり、上に戻った。グリムは疲れを知らないかのようだった。血と肉からなる普通の人ではなく、彼をポーンとして動かしている〈指し手〉から特別な活力をもらっているかのようだった。窪地の斜面から飛び出た勢いで、一瞬もとまらず、また走っていた。小屋の向こう側に回ると、三〇〇メートルほど先でクリスマスが柵を飛び越えるのが見えた。グリムは撃たなかった。クリスマスが小さな庭を駆け抜けて一軒の家のほうへ向かっていたからだ。グリムは走りながら、クリスマスが裏口の階段をいっきに飛びあがり、家に入るのを見た。「牧師の家だ」とグリムは言った。「ハイタワーの家だ」

グリムは足をゆるめず、向きを変えて家を回り込み、表の通りに出た。グリムを追い越し、見失った自動車が、また戻ってきて、今はしかるべき場所、〈指し手〉が望んだちょうどその場所にいた。グリムが合図をしなくても自動車は停止し、三人の男が降り立った。グリムは無言のまま身をひるがえし、前庭を横切って、名誉を失った元牧師がひとりで住む家に駆け込んだ。三人の男も続いて飛び込み、玄関ホールで足をとめた。男たちが今しがたまで浴びていた夏の荒々しい陽射しの一部が、修道院のような場所の空気の澱んだ暗がりに入り込んだ。

陽射しは男たちの上に注がれていた。その恥知らずな荒々しさは男たちのそれと同じだった。その陽光の中で、男たちの顔は胴体から切り離されて浮かび、まるで後光に包まれているように見えた。男たちは背をかがめてハイタワーを床から抱き起こした。ハイタワーは顔から血を流していた。クリスマスが廊下を駆けてきて、拳銃を持ち、手錠をかけられた両手を振りあげ、その手錠と拳銃を稲妻のように光らせて、まるで死を宣告する復讐心に満ちた怒れる神のようになり、ハイタワーを殴り倒したのだ。男たちはハイタワーを支えて立たせた。

「どの部屋へ行った」グリムはハイタワーを揺さぶりながら訊いた。「どの部屋へ行ったんだ、爺さん」

「まあ待て、きみたち。待て。待つんだ！」とハイタワーは言った。

「どの部屋なんだ、爺さん」

男たちはハイタワーの身体を支えて立たせていた。陽射しに満ちた戸外からこの薄暗い廊下に入り、禿げ頭と青ざめた大きな顔に血を流しているハイタワーを見ると、これまたクリスマスと同じように怖ろしい姿に見えた。「きみたち！」とハイタワーは叫んだ。「聞いてくれ。あの男はあの夜、ここにいた。殺人があった夜、わたしと一緒にいたんだ。神に誓って言うが――」

「なんてことだ！」とグリムは叫んだ。その若々しい声は、少壮の聖職者の声のように澄んだ響きで憤激をほとばしらせた。「ジェファソンの牧師とオールドミスはみんなあの半黒のくそ野郎に姦《や》られたがるのか」グリムはハイタワーを脇へ突き飛ばして走りだした。

グリムはまるで〈指し手〉がまた動かしてくれるのをただ待っていたかのようだった。なぜならあの揺るがない確信とともにまっすぐ台所のほうへ走り、中に入る時にはすでに発砲していたからだ。台所のひとつの隅でテーブルが横倒しになり、その陰にうずくまっているクリスマスの光り輝く両手がテーブルの上縁にかけられていたが、それを眼にしないうちから銃を撃っていたかのようだった。グリムは自動拳銃の弾倉にある弾薬をすべてテーブルに撃ち込んだ。あとで誰かが一枚のハンカチで五つの弾痕を覆えることを示したが、それほど着弾は集中していた。

だが〈指し手〉の仕事は終わっていなかった。台所にやってきたほかの男たちは、テーブルが脇へはね飛ばされ、グリムがクリスマスの上に背をかがめているのを見た。何をしているのかと近づいた時、クリスマスがまだ死んでいないのが判った。グリムがしていることを知ると、ひとりはげっと呻いて、うしろによろめき、壁ぎわで吐きはじめた。次いでグリムもうしろに飛びすさり、背後へ血まみれの肉切りナイフを放り出した。「これで白人の女には手が出せないぞ。地獄へ行ってもな」床に倒れている男は動かなかった。じっと横たわり、眼は開いているが、意識があることが判るだけで、何の表情も浮かんでいなかった。口もとには何か影のようなものがあった。クリスマスはかなり長い間、平穏で、内心の読み取れない、見る者に耐えがたい思いをさせる眼で、男たちを見あげていた。それからクリスマスの顔が、身体が、全存在が、それ自身の中へ崩れ落ちていくように見えた。ズボンの腰と股のあたりの切り裂かれたところから、それまで押しとどめられていた黒い血が吐き出される息のように噴き出してきた。それは空へあがる狼煙《のろし》から迸《ほとばし》る火花のように、クリスマスの白い身体から迸るように思えた。その噴きあがる黒い血に乗って、クリスマスは男たちの記憶の中へいつまでも永遠に昇りつづけていくようだった。男たちも、町の人たちも、この黒い血の噴きあがりを忘れないだろう。平穏な谷間にいる時であれ、穏やかで安泰な老年を過ごしている時であれ、かつての自分たちを映し出す鏡のような子供たちの顔を見る時であれ、昔の惨事に思いをはせ、新たな希望を得たいと願う時にはいつも思い出すだろう。それはいつもみんなの胸に甦るだろう。物思わしげに、静かに、確固として、色褪せようとせず、しかしとりたてて脅威を感じさせることもなく、それ自身においてのみ清々しく、それ自身においてのみ勝ち誇って。またしても町から届くサイレンの叫びが、壁に少し弱められながらも、信じがたいほど音調を高めていき、可聴域を超えていった。

20

午後の最後の銅《あかがね》色の光が今、消えていく。楓《かえで》の低い木立と低い看板とその向こうの通りが今、書斎の窓に四角くかぎられて、まだ俳優は登場していないが芝居の始まる準備はできている舞台のように見える。

ハイタワーは若かった時を思い出すことができる。神学校を出たあと、ジェファソンで暮らしはじめた頃、この消えていく銅色の光を見ると、ほとんど音が聞こえるように思えたものだった。それはラッパの黄色い音だった。その音が小さくなって、沈黙の待機時間の中に消え入り、今度はそこから幽霊たちが現われてきた。小さくなるラッパの黄色い響きが消えてしまう前に、ハイタワーには蹄の轟きが、ひそひそ噂をする囁き声よりも小さな音で、大気の中に聞こえてくるような気がしたものだ。

だがそのことは誰にも話さなかった。妻にさえ話さなかった。ふたりがまだ夜に愛し合う仲で、恥辱も不和も起きていなかった頃でさえ話さなかった。妻はその後、夫がなぜ窓辺に坐り、陽が暮れ、夜が訪れるのを待つのかを知り、それを忘れず、そこから不和が起こり、妻は結婚への後悔と絶望を覚えるようになったが、そんな妻にも、夜の幻影が自分にとってどれだけ大事かを話さなかった。自分の妻にもだ。ハイタワーは女というものを、彼の肉体の種だけではなく精神の種をも受け入れる器として神が創ってくれた受動的な匿名の存在だと信じていたにもかかわらず（その前には神学校をそういう器だと信じたものだが、その後考えを変えたのだ）。

ハイタワーは一人っ子だった。生まれた時、父親は五〇歳になっていた。母親は二〇年来ずっと病弱だった。ハイタワーは大人になってから、母親が病弱だったのは南北戦争の最後の年に耐えなければならなかった食糧難のせいだと信じるようになった。実際それが理由だったのだろう。祖父はその当時奴隷を所有していたが、父親はひとりも持っていなかった。その気になれば持てたし、持つほうが金の節約になる時代と土地に生まれ、育ち、暮らしたにもかかわらず、黒人奴隷が栽培し、料理した食べ物を食べ、黒人奴隷が整えたベッドで寝ることをしようとしなかった。だから戦争が起きて従軍している間、妻は自分ひとりで菜園をつくるしかなく、近所の人にはごくたまに手伝ってもらうだけだったのだ。その近所の人の助けも、本当なら夫は許さなかったに違いない。ちゃんとしたお礼ができないからという理由で。「生きる糧は神が与えてくださる」というのが口癖だった。

「何を与えてくださるの。蒲公英《たんぽぽ》や何かの雑草？」

「もしそうなら、そういうものを消化できる胃袋を与えてくださるだろう」

ハイタワーの父親は一時期、牧師をしていた。まだ若い頃、一年ほどの間、毎週日曜日に朝早く出かけていくということがあった。祖父は（これは父親がまだ結婚する前の話だ）監督派教会[1]の信徒の間で尊敬されていたが、父親の覚えているかぎり教会

1　英国国教派の教会。プロテスタントの中でもカトリックに近くて中道的。

へ行ったことはなかった。その祖父が、父親の出かける先を知ることになった。二一歳になったばかりの父親は、毎週日曜日、二五キロの道のりを馬に乗り、山間部にある長老派の小さな教会へ行って説教をしていたのだった。祖父は笑った。父親は黙ってその笑い声を聞いた。大声で罵られた場合でも同じだっただろうが、冷ややかに敬して遠ざける態度だった。次の日曜日にはまた同じ教会へ出かけていった。

南北戦争が始まった時、父親はいち早くそれに参加した者の中にはいなかった。最後のほうの者でもなかった。軍隊には四年いたが、銃を撃ったことは一度もなかった。そして軍服ではなく陰鬱で謹厳なフロックコートを着ていた。これは結婚した時に買い、説教の時にも着ていたものだった。戦争が終わった一八六五年に家に帰ってきた時にもまだ着ていた。だが馬車が家の前でとまり、ふたりの男におろされ、家の中へ運び込まれ、ベッドに寝かされたその日よりのちは、二度と着なかった。妻がそのフロックコートを脱がし、屋根裏部屋のトランクにしまい込んだ。以来二五年間そこにあったが、ある日、ハイタワーがトランクを開け、フロックコートを取り出してひろげたのだった。それをきれいに畳んだ母親は、その時はもう亡くなっていた。

今、ハイタワーは、静かな書斎の暗い窓辺に坐り、その時のことを思い出しながら、黄昏時が終わり、夜が訪れて、蹄の駆ける音が響くのを待っている。銅色の光はもうもう完全に消えている。世界はステンドグラスを透して射し入る光のような緑の色と質感の中に宙吊りになっている　もうすぐだ。もうすぐだ『わたしは八歳だった』とハイタワーは考える。『雨が降っていた』今でもその雨の匂いがするようだ。一〇月の大地の湿った悲しみの匂い、トランクの蓋を開いた時の黴《かび》臭い匂いが。中にはきちんと畳まれた服。それがなんなのかは判らなかった。最初はその端正な折り目から喚起される死んだ母親の手の幻影に圧倒されていたからだ。ゆっくりと持ちあげると、服はまっすぐに垂れた。八歳の少年にはとんでもなく大きく見えた。それはまるで巨人の服のようであり、巨人がそれを着たと想像するだけで、服が巨人そのものとなり、雷鳴が轟き、煙が立ちこめ、破れた軍旗が風になびく情景を背に立ちあがるように思えて、その幻影が少年の白昼夢と夜の夢を満たすようになったのだった。

フロックコートは継ぎはぎだらけで、ほとんど別の服になっていると言ってもよかった。男の手で不恰好に縫いつけられた革の切れ端。南軍の灰色の軍服から切り取られて今は枯れ葉色になっている継ぎ当て。そして少年に心臓のとまる思いをさせたのは、青の、濃い青の継ぎ当て、北軍の青い軍服の切れ端だった。少年は、両親の人生の秋に生まれて、すでに内臓がスイス時計のようにたえず手入れを必要とするようになっていたが、その物を言わない、誰のものとも知れない布切れを見た時には、黙り込んだまま、勝ち誇りたいような、怖いような気持ちに襲われ、軽く吐き気を催したのだった。

その夜の夕食時、ハイタワーは食べられなかった。当時六〇歳に近かった父親が眼をあげると、少年は恐怖と畏怖と、何か別のものを浮かべた眼でじっと父親を見つめていた。父親は、「今度は何に夢中になっていたんだね」と訊いた。少年は答えられなかった。物を言えなかった。子供らしい顔に地獄を見たような表情を浮かべてじっと父親を見つめるばかりだった。その夜はベッドに入っても眠れなかった。身体をこわばらせ、震えることすらせず、暗いベッドで横になっていた。自分の父親であり、ただひとり残った身内であるにもかかわらず、自分との間に五〇歳の年齢差だけでは説明できない時間の隔たりがあり、顔や身体つきすら似ていない男が、壁をいくつかはさんだところで眠っており、それが気になって眠れないのだ。翌日、少年は時々起こる腹痛に襲われた。だがなぜそれが起きたのかは誰にも話さなかった。家事の切り盛りをし、少年の母親であり子守でもあった黒人の女にも黙っていた。それから徐々に身体の調子は回復した。そんなある日、少年はまた屋根裏部屋へこっそりあがり、トランクを開け、フロックコートを取り出して、あの勝ち誇りたいような怖いような気持ちと吐き気をともなう喜びを覚えながら、青い継ぎ当てに触ってみて、自分の父親はこの青い布切れのもとの持ち主を殺したのだろうかと考え、それを知りたい気持ちと知るのを怖れる気持ちの深く強いことを自覚して、なお一層の恐怖にとらわれるのだった。だが次の日、父親が田舎へ病人の往診に出かけ、おそらく陽があるうちは帰らないと知った時、少年は台所へ行って黒人の女にこう言ったのだった。「またお祖父ちゃんの話をしてよ。お祖父ちゃんは北部人《ヤンキー》を何人殺したの」そしてその話を聞いている時は、怖くはなかった。勝ち誇りたい気持ちすら覚えなかった。感じたのは誇りだった。

この祖父は、ハイタワーの父親にとって、脇腹に刺さった刺のような存在だった。父親自身はそう言わないだけでなく、そう思ってもいなかったし、どちらも互いに、もっと違う息子、違う父親ならよかったのにとは微塵も考えなかった。ふたりの関係はまずまず平穏だった。息子のほうは、冷ややかで、打ち解けず、とにかく父親は父親として立てておき、自分の考えは言わないでおくという態度をとった。父親――ハイタワーの祖父――のほうは無遠慮にずけずけと物を言い不謹慎なほど豪快に冗談を飛ばしたが、その冗談は、悪気はないにしても無神経すぎた。ふたりは町中の二階建ての家にまずまず友好的に暮らしていた。もっとも息子――ハイタワーの父親――はしばらく前から、赤ん坊の頃から世話をしてくれている黒人奴隷の女がつくってくれる料理を食べるのを、穏やかに、しかし断固として、拒否していた。黒人の女が憤慨するのもかまわず、自分の食事は台所で自分でつくり、自分でテーブルに運んで、父親と向き合ってそれを食べた。息子が食卓につくと、父親は絶対に欠かしてはならない儀式のようにいつも必ずバーボン・ウィスキーのグラスを掲げて乾杯の仕草をしたが、息子のほうは酒というものに一度として手をつけて味わったことがなかった。

息子が結婚式を挙げた日に、父親は家を明け渡した。父親が家の鍵を手に玄関のポーチで待っていると、新郎新婦がやってきた。父親は帽子をかぶり、マントを着ていた。まわりには身の回り品の荷物が積みあげられ、背後には所有するふたりの黒人奴隷が控えていた。ひとりは料理をする女、もうひとりは父親が〝小僧《ボーイ》〟と呼んで使っているが年は上で髪の毛が一本も残っていない男で、料理女の夫だった。父親は農園主ではなく、法律を学んで（息子のほうはその後、医学を学んだのだが）弁護士になった男だった。父親自身の言葉によれば、〝奮闘努力と悪魔のご加護で〟身につけた資格だった。父親は三キロほど離れた田舎に、自分が住む小さな家をすでに買っていた。馬車と大きさと色のそろった二頭の馬が玄関の前で待機していた。父親は帽子をあみだにかぶり、両足を大きく開いて立っていた。頑健で、豪快な雰囲気の老人は、赤い鼻の下に山賊の首領もどきの口髭を生やしていた。初めて会う嫁が息子と一緒に門をくぐって小道をやってくると、父親は背をかがめて挨拶をしたが、その時花嫁はウィスキーと葉巻の匂いを嗅ぎ取ったものだった。「あんたで大丈夫そうだ」父親は無遠慮で豪快だが優しさのある眼で言った。「お堅い信心屋が女房に望むのは賛美歌をアルトで歌えることぐらいだからな。もっとも長老派の賛美歌ときたら、神様ですら音楽を入れ込めなかったしろものだが！」

父親は房飾りのついた馬車に衣服、ウィスキーの大瓶、奴隷などの身の回り品を積み込み、走り去った。奴隷の料理女は若い夫婦の最初の食事すら用意しなかった。父親がそうさせようと申し出なかったから、息子が断わるということもなかった。父親は生前、二度とこの家に入ることはなかった。来れば歓迎されたはずだった。ふたりともそのことは判っていたが、口に出して言うことはしなかった。息子の嫁は——両親が無欲な子だくさんの夫婦で、成功とは縁がなく、食卓に足りないもののかわりを教会で見つけるような人たちだったが——義父が好きで、ちょっとびくびくしながらも、黙って、密かに、尊敬していた。威張っていて、無遠慮で、単純な原則を単純に守っているところが好ましかった。老父のしていることはふたりの耳にも入ってきた。なんでも田舎に引っ越したあとの最初の夏、近くの森で一週間ほどの予定で開かれている信仰復興野外集会に入り込んでいき、みんなに競馬をやろうと誘いかけ、素人競馬週間に変えてしまったせいで、瘦せこけた狂信的な顔の説教師は、粗木《あらき》でつくった説教壇から、だんだん少なくなっていく会衆に向かって、あの虚《うつ》けた不信心者の老人には今に神の罰がくだるであろうと呪詛の言葉を吐いたとのことだった。老父は息子夫婦の家に行かない理由を、人が聞いたら率直な考えだと思うに違いない言葉で説明した。「わしらはお互いに退屈な人間だと思うだろうよ。それに信心屋のせがれはわしを堕落させるかもしれん。この年になったわしを堕落させて天国へ行かせるかもしれんよ」だが本当の理由はそれではなかった。息子はそのことを知っていた。誰かが父親を冷淡な親だと謗《そし》ったら、真っ先に口論をしただろう。父親の言動には思いやりがあることを息子は知っていたのだ。

息子は奴隷制度廃止論者だった。奴隷制度は間違っているという感情が明確な廃止論となって北部から浸み込んでくる以前からそうだった。共和党がそれを奴隷制度廃止論と呼んでいることを知った時には自分の信条の呼び方を全然別のものにしたが、原則も行動もまったく変えることはなかった。まだ三〇歳にもならない頃から年に似合わずスパルタ式に厳格だった。賭博や酒がそこそこ好きな父親を持つと息子はこうなることが多いのだ。息子に子供ができたのが戦争が終わったあとだったのはそのせいかもしれなかった。戦争から帰ってきた息子は人が違っていた。信心屋の〝臭みがとれた〟と、死んだ父親なら言っただろう。従軍牧師をしていた四年間に銃は一度も撃たなかったが、仕事は日曜日の朝に祈りをあげたり説教をしたりすることだけではなかった。負傷して故郷に帰り、その傷が癒えたあとは、医者になったが、外科学と薬学は前線で軍医の手伝いをして味方や敵の将兵の身体で練習して覚えたのだった。父親は息子について、このことを一番喜んだかもしれなかった。自分たちの国を侵略し荒廃させた敵の暴虐を逆手にとって職業を身につけたということを。『しかし〝信心屋〟というのは、父さんを表わすのにぴったりな言葉じゃないな』と、書斎の暗い窓辺に坐った息子は考える。外の世界は、ラッパの響きがかすかに聞こえる緑色の中に宙吊りにされている。『そんな言葉を使う者がいたら、お祖父さんが真っ先に文句をつけたはずだ』父親は過ぎ去ってまだ間もなく朧《おぼろ》な昔にはなっていないあの厳しい開拓時代に回帰したかったのだ。開拓時代のこの国の人たちは無駄にできるものも、無駄にできる時間もほとんど持たなかった。乏しい持ち物を自然だけでなくほかの人間たちからも守らなければならなかった。そのためには強い忍耐力が必要だったのであり、生きている間、肉体的な安楽という報酬など望めなかった。だからこそ他人の犠牲の上に安楽をむさぼる奴隷制度が許せなかったのだし、欲望に寛容で不信心な祖父に反発したのだった。父親は自分が反対する奴隷制度を維持しようとした南部連合軍の戦いに積極的に参加し、そのことに矛盾を感じなかったが、それは父親の中に互いに完全に独立したふたりの人間がいたことを示す何よりの証拠だった。そしてそのふたりのうちのひとりは自分の原理原則をすがすがしく守り、理想の開拓時代という実在しない空想の世界に生きていた。

だがもうひとりの、現実の世界に生きている男は、たいていの人より立派に現実を生き通した。自分の原理原則を堅持しつつ平穏に暮らし、南北戦争が起きた時はその原則をたずさえて戦争に行き、それに依拠して行動した。平穏な日曜日に静かな森の中で説教をする時には、自分の意志と信念と人生のその時々に身につけた実際的な知恵だけを材料にそれを行なった。銃弾や砲弾が飛び交う中で傷病兵の手当てをする時にも、体力と勇気とその時々に身につけた実際的な知恵を武器にそれを行なった。そして戦争に負けて故郷に帰ってきたあと、ほかの男たちが古い南部が死んだことを信じようとせず、現実から眼をそむけて頑なに過去だけを見ていた時にも、前を向き、戦争中に身につけたものを実際的に生かすことで、敗北からできるかぎりのものを得た。彼は医者になった。最初に診た患者のひとりは自分の妻だった。妻が生き永らえたのはおそらく彼のおかげだった。少なくとも妻が子供をひとり産めたのは。息子が生まれた時、彼は五〇歳で、妻は四〇歳を過ぎていたが。息子は何人かの幻たちの間で、ひとりの幽霊を身近な存在として、成長した。

幻たちというのは、父親と、母親と、ひとりの黒人の老女だった。父親はもとは教会を持たない牧師であり、敵を殺さない戦争参加者であり、敗戦を迎えると、そのふたつを組み合わせて、医者になった。その冷徹で妥協をしない信念は、父親を支えて、いわば北部のピューリタン精神と、南部の土地と伝統を愛する騎士道精神の中間の位置でまっすぐに立たせていたが、その信念は、敗戦に直面しても、敗北せず、打ちひしがれもせず、むしろ賢くなったかのようだった。その信念が、大砲の硝煙が吹き流れる中で、あたかも啓示を受けたかのように悟ったのは、死んでいく兵士の額に手をあてて神の祝福を祈ることは、文字どおり額に手をあてて祈るだけのことにすぎず、人を救うことではないということだったのかもしれない。もしかしたら、身体はどうもなくて、心の癒やしだけを必要としている人間には、癒やしの業を施してやる値打ちはないというのがキリストの考えだったと、父親は不意にそう信じるようになったのかもしれない。これが第一の幻だった。第二の幻は母親だった。ハイタワーが覚えている母親は、痩せこけた顔に大きなぎょろりとした眼、枕の上にひろがった黒い髪、そしてじっと動かない青白い骨のような手、それに尽きた。母親が死んだ日に、おまえだって病気で寝ていない時のお母さんを見たことがあるんだよ、と誰かに言われたとしても、信じなかっただろう。あとになって違うことも思い出した。確かに母親が家の中を歩いたり、何か家事をしているところも覚えていた。それでも八歳、九歳、一〇歳の頃のハイタワーは、自分の母親というのは脚がなく、顔が痩せていて、ふたつの眼が日ごとに大きくなる人だと思っていたのだ。その眼は、いよいよ母親が死ぬ時が来たら、最後にもう一度、この生きている世界のすべてを、落胆と苦しみと死の予知に満ちた怖ろしいひと睨みで見てとるつもりでいて、そのせいで日々大きくなるのであり、それが本当に起きる時には、そのひと睨みが、叫び声のような音を立てるのが聞こえるだろうと、そんなふうに思われた。母親が死ぬ前からすでにハイタワーは、すべての壁ごしにその眼を感じていたものだ。母親の眼が家だった。彼はその眼の内側で暮らしていた。肉体に背かれて寝ついたあとの母親の、暗い、すべてを見てとる、辛抱強い眼の内側で。彼も母親も、巣穴にいる二匹の小さな弱い動物のように、その眼の中で暮らしていた。時々、その巣穴に父親が入ってきたが、母子にとっては見知らぬよそ者であり、ほとんど脅威ですらあった。父親のように肉体が健康だと、健康でない者とは精神も違ってしまう。母と子にとってこの父親は、ただのよそ者を超えた、敵だった。匂いが違うし、話す声も違う、言葉も違う。まるで父親だけが、違う世界の、違う環境で生きているかのようだった。ベッドの脇でうずくまっている少年には、男ががさつな健康と無意識の侮蔑で部屋を満たすのを感じ取ることができた。もっとも父親もまた母子と同じように無力感と無念さを嚙みしめていたのだが。

第三の幻は、あの奴隷の黒人女だった。ハイタワーの父親が花嫁を連れてきた朝、祖父について馬車で去っていった料理女。去っていった時には奴隷だったが、一八六六年にもとの家に戻ってきた時にも奴隷で、今度は馬車ではなく歩いてやってきたのだった。大柄な女で、怒りっぽいようにも見える落ち着いた顔をしていた。その顔はギリシャ悲劇の幕間《まくあい》に俳優がかぶる黒い仮面のようだった。この女は、主人が死んだあとも、もう主人とも自分の夫とも二度と会えないのだと納得するまでは――彼女の夫である〝小僧《ボーイ》〟は主人に従って戦争に行ったが、主人同様帰らぬ人となった――あの田舎の家を出ることを拒否した。それは主人が馬で出かける際に自分に管理を託した家だった。ハイタワーの父親は、自分の父親が死んだあと、父親の家財道具を処分してその田舎の家を閉めるために出かけていった。黒人の女には老後の面倒をみようと申し出た。だが黒人の女は拒んだ。家を出ていくことも拒絶した。小さな菜園をつくり、その家にひとり住んで、夫の帰りを待った。死んだという噂は信じなかった。それは本当にただの噂で、曖昧なものだった。なんでもヴァン・ドーン将軍率いる騎兵隊がジェファソンにあるグラント将軍の兵站倉庫を破壊しようと襲撃して、それに参加した主人が戦死した時、夫は悲しみに暮れて立ち直れなくなり、ある夜、野営地から姿を消したというのだ。その後さらに噂が伝わってきた。それは頭がおかしくなった黒人の男についての噂だった。その黒人は敵の前線の近くで南軍の哨兵たちに見つかり、取り調べを受けたのに対して、自分の主人が行方不明になったと訴えた。北軍が主人を捕まえ、身代金を要求しているというのだ。哨兵たちがおまえの主人はもう死んでいるかもしれないぞと言っても、まるで受けつけない。「いいや、ゲイルの旦那は殺されねえ。ハイタワー家の人間を殺そうなんてするやつなんていねえ。絶対にいねえよ。やつらは旦那をどこかに閉じこめて、旦那の奥様のコーヒーポットや金の盆をせしめようとしてるんだ。それは旦那とわしが隠してあるんだがね。やつらはそれが欲しいんだ」その黒人は何度か哨戒隊に捕まったが、そのたびに逃げた。そしてある日、北軍の前線から噂が伝わってきた。ひとりの黒人の男が北軍の将校にシャベルで襲いかかったので、将校はわが身を守るためにやむをえず射殺したというのだった。

黒人の女は長い間、この話を信じなかった。「うちの人はそんな馬鹿をやらないってんじゃねえですよ。でもうちの人は、シャベルで殴るったって、相手が北部人《ヤンキー》だかどうだか判るだけの頭がねえですからね」それを一年以上も言っていた。それからある日、主人の息子の家に現われた。一〇年前に出て以来、一度も入ったことのない家だった。大きな布に身の回り品を包んでやってきた。家に入るなりこう言った。「どうも旦那。晩御飯つくる薪は箱にありますかね」

「あんたはもう自由なんだ」と主人の息子は言った。

「自由?」と女は言った。考える顔で、穏やかに、軽く馬鹿にした調子で話した。「自由? 自由が何してくれたんで。ゲイルの旦那を殺して、うちのポンプをとんでもねえ大馬鹿者にしただけじゃねえかね。自由? あたしゃ自由のことなんか聞きたくねえ」

これが第三の幻だった。この幻を相手に、少年時代のハイタワーは(『あの頃はわたし自身が幻のようなものだったが』と今のハイタワーは夕闇に沈んでいく窓辺で思う)あの幽霊のことを話したものだった。ふたりとも話しても話しても飽きなかった。少年は怖いような愉しいような気持ちでうっとりとし、黒人の老女のほうは物思いにふけりながら激しい悲しみと誇らかな気分に浸るのだった。もっとも少年にとっては、そのぞくぞくする気分は穏やかで愉しい興奮にすぎなかった。自分のお祖父さんが実は〝何百人も〟人を殺したのだと穏やかでないことを聞かされ、きっと本当なんだろうと信じた時も、老女の夫のポンプが人を殺そうとして死んだのだと知った時も、怖ろしいとは思わなかった。なぜなら祖父もポンプもただの幽霊であって、生身で見たことがなく、英雄的で、単純で、温かみのある存在だったからだ。それに対して自分が直接知り怖れていた父親のほうは、絶対に死にそうにない幻だった。『だからわたしがひと世代飛ばして祖父と一体感を覚えるのは不思議なことじゃない』とハイタワーは思うのである。『自分には父親がない、自分は生まれる二〇年前の祖父が死んだ夜にすでに死んだのだ、と感じるのも不思議じゃない。自分が救われるためには、始まる前に人生が終わってしまった場所に帰って死ぬしかないと考えたのも不思議じゃないんだ』

神学校に入った当初、ハイタワーは教会の長老たちに——自分が進んで身を委ねようと決めた教会の運命を担っている偉い聖職者たちに——この気持を話そうと考えたものだった。たとえばこんなふうに言ってみようかと。「先生、神はわたしをジェファソンへ呼んでくださるはずなのです。なぜならわたしの命はそこで死んだからです。わたしの命は、生まれる二〇年前のある夜、ジェファソンの通りで速駆けする馬の鞍から撃ち落されたのです」最初はそう話せるつもりでいた。長老たちも理解してくれると信じていた。ハイタワーが牧師を職業に選んで神学校へ行ったのは、それが目的だったのだ。だがハイタワーはそれ以上のことを信じていた。教会を——そこから派生し連想されるすべてのことを――すばらしいと信じていた。この世に避難所《シェルター》となってくれる場所があるとすれば、それは教会だと、真実が裸のままで恥じも怖れもせず歩けるところがあるとすれば、それは神学校だと、静かな喜びとともに信じていた。神の召命の声が聞こえたと思った時、自分の未来が、人生が、見えた気がした。その未来と人生は、古代ギリシャの晴れやかに美しい壺のようにどこから見ても完璧で非の打ち所がない。その未来の人生においては、魂が新たに生まれ、厳しい風から護られて生き、穏やかに死ぬことができる。その間に聞こえるのは防ぎとめられた風の遠い音だけで、死後に残って捨てられる腐った塵はほんのひと握りしかない。神学校という言葉が意味するのはそれだった。すなわち、静かで安全な壁。その中では、魂が、その身を拘束していた衣服を脱ぎ捨て、新たに、晴れ晴れと、怖気をふるうことも不安を覚えることもなく、みずからの裸身を見ることができるのだ。『しかし天と地の間には、真実以外のものも山ほどあるからな』[2]ハイタワーは静かに考え、有名な文句を言い換える。ふざけているのではないが、大真面目でもない。薄

2　シェイクスピア『ハムレット』第一幕第五場、〝なあ、ホレイショー、天と地のあいだには哲学などでは計り知れないことが山ほどあるんだ〟（松岡和子訳）。

れていく夕暮れの光の中で坐っていると、白い包帯を巻いた頭が、普通よりも大きく、幽霊じみて、浮かびあがっている。ハイタワーは、『まったく山ほどあるよ』と考える。人間は器用なもので、危機におちいった時には、真実から自分を護るために、いろいろな形や音を自分に与えることができるのだとハイタワーは思う。ハイタワーには少なくともひとつだけ、後悔せずにすんだことがあった。教会の長老たちにはあの話すつもりだったことを結局話さなかったことだ。神学校で生活しはじめて一年とたたないうちに、もっといいやり方を知ったのだ。いや、もっと悪いやり方と言うべきか。それを知ることで、何かを失うかわりに、何かを得、何かから逃れることができた。その得た何かが、愛の顔と形に色を塗ってくれた。

それは神学校の先生の娘だった。自分と同じでひとりっ子だった。ハイタワーはすぐに、彼女は美人だと信じた。まだ会わないうちに噂を聞いていて、心の中で顔を創り出していたので、実際に会った時には実物の顔が見えなかったのだ。生まれた時から神学校で暮らしてきたのなら美しくないはずがないと思った。実際の顔は三年間見なかったのだった。そのうちのあとのほうの二年間は、木の洞《うろ》を使って手紙のやりとりをした。ハイタワーは、これはどちらからともなくふたりの間で自然に始まったと信じていたが、実際のところは、彼女が思いついたのでも、自分が思いついたのでもなく、ある本で知ったのだった。だが彼女の顔は全然見なかった。卵形の小さな顔は、顎が細く尖り、現実への激しい不満をみなぎらせていたが、それを見なかった（年はひとつか二つか三つ上だったが、それも知らず、最後まで知らずじまいだった）。三年間、彼女の眼は追い詰められた賭博師の死に物狂いで計算する眼で自分を見ていたが、ハイタワーはそれを見なかった。

それからある夜、彼女を見た。彼女にきちんと眼を向けた。彼女がだしぬけに、激しい口調で結婚しようと言ったのだ。なんの前置きも警告もなかった。結婚がふたりの間で話題になったことはそれまで一度もなかった。ハイタワーは承知した。聖職者でもある先生たちのほとんどが結婚していたからだ。だがハイタワーにとって結婚生活とは男と女が教会から認められた上で肉体的に睦み合って生きていくことではなく、ハイタワーの人生の初めから死んでいる状態をそこへ持ち越して、生きている人間たちの間で、鎖の影でつながれたふたつの影のように過ごすことだった。ハイタワーはそういう生き方に慣れていた。祖父の幽霊とともに育ってきたからだ。それからある夜、彼女は突然、激しい口調で、あることを話しだした。今の生活から脱け出したいと言いだした。その意味が判った時、ハイタワーは驚かなかった。そういうことはまったく考えたことがなかったからだ。「脱け出す？　何から脱け出すんだい」

「ここからよ！」と彼女は言った。ハイタワーは、初めて生きた人間の顔として、彼女の顔を見た。仮面に隠された欲望と憎悪を見た。その顔は激情にゆがみ、後先見ずになり、がむしゃらになっていた。「この全部からよ！　この全部から！　全部からよ！」

ハイタワーは驚かなかった。彼女の言うとおりで、自分は判っていなかったとすぐに思った。神学校についての自分の考えは間違っていたのだと。まったくの間違いというのではないが、ごまかしを含んでいて、不正確だったと思った。今まで自覚はしなかったが、おそらく自分でも疑いはじめていたのだという気がした。だからこそ、なぜジェファソンに赴任したいか、しなければならないか、教会の長老たちにまだ話していないのかもしれなかった。一年前、ハイタワーは彼女になぜジェファソンへ行きたいか、行かなければならないかを打ち明けていた。そしてそのことを長老たちに話すつもりだと言うと、彼女は今までハイタワーが見たことのなかった眼でじっと見据えてくるのだった。「じゃあきみは」とハイタワーは言ったものだ。「ジェファソンへは行かせてもらえないと、その手配はしてくれないと言うのかい？　この理由じゃ充分な理由にならないと言うのかい？」

「もちろんならないわ」と彼女は言った。

「どうして？　ほんとのことなんだよ。愚かしいかもしれないが、ほんとのことなんだ。愚かしいけれども真実を求める人間に手を貸すのが教会というものだろう？　なぜ行かせてもらえないんだ」

「わたしが長老で、そんな理由を聞かされたら、やっぱり行かせないわ」

「そうか。判った」とハイタワーは言った。本当には判っていなかったが、自分が間違っていて、彼女の言うことが正しいのかもしれないと思ったのだった。だからその一年後、彼女がだしぬけに、結婚することと、嫌な世界から脱け出すことを、同じこととして持ちかけてきた時、ハイタワーは驚かなかったし、傷つきもしなかった。心静かにこう考えただけだった。『そうか、恋愛というのはこんな現実的なものなのか。なるほどね。このことでもわたしは思い違いをしていたな』以前もそう思ったし、これからもそう思うはずだ。これは誰もが思うことだろう。どんな深遠な書物に書いてあることでも、現実に応用しようとすると、間違いを犯すことになるのだ。

ハイタワーはすっかり変わった。ふたりで結婚の計画を立てはじめた。自分には彼女の必死に計算する眼が初めから見えていたのだということが今では判っていた。『ロマンチックな愛のことが書物に書かれるのはたぶん当然のことなんだ』とハイタワーは静かに思った。『書物以外のところでは生きていけないらしいからな』彼女の眼にはまだ必死の色があったが、結婚の計画がきちんとでき、日取りが決まると、穏やかになり、ほぼ計算する色だけになった。ふたりは聖職叙任のことを話した。どうすればハイタワーがジェファソンに赴任できるかを。「すぐに運動を始めたほうがいいわ」と彼女は言った。ハイタワーは、その運動なら四歳の時からやってきたよと言った。それが冗談で言っているように聞こえたのだろう。彼女はその返事を黙殺し、持ち前の抑制された、ユーモアのない、ほとんど相手のことを眼中に置かない調子で、独りごとを言うように、何人もの有力者の名前を挙げ、誰に媚び、誰に強く迫るべきかを指示し、腰の低い企みに満ちた根回し策のあらましを示してみせた。ハイタワーは謹聴した。その顔からは、小馬鹿にしたような、茶化すような、かすかな笑みが去らなかったが、おそらくはふてくされた気分の表われだった。彼女が話す間、「うん、うん。なるほど。判った」と相槌を打っていたが、それはこう言っているかのようだった　**そうか。なるほど。そういうことか。みなさんそうやって望みのものを手に入れるわけだ。それが普通なんだ。なるほどね**

宣伝戦と、阿諛追従《あゆついしょう》と、ほかのいくつもの小さな嘘と響き合う小さな嘘、そして最終的には教会の長老たちへの脅迫まがいに強引な要請や提案が功を奏して、ジェファソンへの赴任を勝ち取った時、ハイタワーは最初のうち、どうやってそれを手に入れたのかを忘れていた。それを思い出したのは、ジェファソンに落ち着いたあとであって、帰郷の旅が最後の段階に来て、汽車が彼の人生の完成する場所であるジェファソンの町に向かって飛ぶように走っている間は、間違いなく思い出してはいなかった。汽車が横切っていく土地は、自分が生まれた土地に似てはいたが、違ったふうに見えた。もっともその違いが車窓の外ではなく内側にあることは承知していた。ハイタワーは子供のように、窓ガラスに顔を押しつけんばかりにしていたが、隣に坐った妻もまた、激しい飢えのほかに、熱意のようなものを顔に表わしていた。結婚してまだ半年足らず。結婚したのは神学校を卒業した直後だった。それ以来、激しい飢えを妻の顔に見たことは一度もなかった。情熱を見たことも一度もなかったが。またしてもハイタワーは、驚きもせず、おそらくは傷つきもせず、静かに思ったものだ　**なるほど。こういうものか。結婚というのは。そうか。なるほどね**

汽車は驀進《ばくしん》した。窓に顔を寄せ、飛び過ぎる田舎の風景を眺めながら、ハイタワーは子供のような明るい幸福そうな声で話した。「もっと前にジェファソンへ来ることもできたんだ。いつでも来られたんだ。でもそうしなかった。いつだって来られたのに。あれだね、われわれの気まぐれと軍人の気まぐれには違いがあるね。軍人の気まぐれというのは、破れかぶれの気まぐれだ。ほんの何人かの男が（ところでわたしのお祖父さんは将校じゃなかったんだ。祖父の黒人奴隷だったシンシー婆やとわたしの父の考えで一致していたのはそこだけだがね。お祖父さんは剣《ソード》を持ってなかったんだよ。馬に乗って、先頭きって走って、剣を振り回したわけじゃないんだ。サーベルは持っていたけれど)、ほんの何人かの男がね、小学生が悪戯をするみたいにおそろしく気軽に無鉄砲なことをやらかしたんだ。それがあまりにも無鉄砲なことだから、もう四年間も戦ってきた敵軍も、まさかそんなことをやるとは思ってなかったくらいだ。どの森にも村にも北軍の野営地がある田舎を、一〇〇キロ以上馬で突っ走って、北軍の砦がある町に入った――わたしはその男たちが町に入る時と出る時にどの通りを通ったか知ってるんだよ。見たことはないんだが、どんな通りかは正確に知ってるんだ。いずれその通りにある家にわたしたちは住むことになるが、その家がどんな家かもちゃんと知ってるよ。まあ最初はそこに住むわけにはいかないけどね。最初は牧師館に住まなくちゃいけないから。だけどいずれ、できるだけ早い時期に、そこへ移るんだ。その家の窓からは問題の通りが見えるんだ。もしかしたら、蹄の跡や、騎兵たちの宙を駆ける姿も見えるかもしれない。なぜなら、土埃や泥はもうないとしても、同じ空気がそこにあるんだから――腹ぺこの、痩せた騎兵たちが、雄叫《おたけ》びをあげながら、周到に計画した襲撃を仕掛けて、兵站倉庫に火をつけ、また町を出ていく。略奪なんかしないよ。馬をとめて靴や煙草をいただくことすらしない。なぜなら、戦利品だの、手柄の証だのが目的じゃなかったんだ。大冒険の巨大な津波に乗って進む命知らずの若者たちだったんだ。若者たちだったんだよ。だからなんだ。だから美しいんだ。さあ。眼に浮かべてみてくれ。ここには英雄をつくりだす永遠の若さとみずみずしい欲望の美しい形がある。そのおかげで英雄のすることは信じられないような驚異にうんと近づくから、英雄のすることは時に硝煙の立ちこめる中で閃く銃火のような一瞬の判然としない事柄に思えるのも不思議じゃない。通りをただ駆け抜けるだけのことが、英雄がまだ死なないうちから、一〇〇〇通りの伝説を生むのも不思議じゃない。英雄の行為が道理に合わないといって否定されないよう、みんないろいろな解釈をするわけだ。シンシー婆やもひとつの解釈をわたしに話した。わたしはそれを信じている。本当のことだと判るんだ。あまりにも見事な解釈だから疑いようがない。あまりにも見事で、単純だから、白人がでっちあげたものだとは思えないんだ。黒人ならでっちあげられたかもしれないけどね。かりにシンシー婆やがでっちあげたのだとしても、わたしは信じるよ。事実ですら太刀打ちできない真実味があるからね。お祖父さんたちが錯乱したのかどうかは判らない。でもそうじゃなかったと思う。ちゃんと判ってて鶏を盗んだのだと思う。ちょうど喧嘩相手の家の家畜小屋に火をつけた若者たちが、壁のこけら板一枚、ドアの掛け金ひとつ盗まなかったのに、逃げる途中で近所の友達の家に寄って、林檎をいくつか盗むことがありうるのと同じことだ。何しろおなかがすいていたからね。三年間いつも腹ぺこだったんだ。それにはもう慣れていたかもしれない。ともかくお祖父さんたちは何トンもの食糧や衣服や煙草や酒に火をつけたが、何も盗まなかった。略奪を禁止する命令は出てなかったのに。お祖父さんたちは引きあげようと馬首をめぐらした。背景は、大混乱、大火災。まるで空それ自体が燃えあがったみたいだった。ほら、見えるだろう、聞こえるだろう、怒号が、銃声が、勝利と恐怖の叫び声が、連打する蹄の音が。赤い火炎を背に木々も恐怖にすくみあがったように立ちつくす。家々の鋭く尖った屋根の並びは地球が終焉を迎えて今まさに爆発した瞬間のぎざぎざになった縁のようだ。さあ建物が密集している場所に来た。おまえにも感じられるだろう。聞こえるだろう。闇の中で、馬を急にとめ、また突進させるのが、サーベルとサーベルの打ち合う音が、押し殺した鋭い声が、激しい息遣いが、なおも勝ち誇る声が。背後では騎兵たちが召集ラッパの鳴るほうへ馬を駆けさせる。それがおまえにも聞こえ、感じられ、それから、見えるはずだ。あの最後の銃声が鳴り響く前、おまえには見える。不意に赤い光が輝く中、汗の染みた馬が眼と鼻の穴を大きく開き、首を振るのが見える。金属が光るのが見える。男たちの生きた案山子《かかし》のような痩せこけた白い顔が見える。男たちは最後に腹いっぱい食べたのがいつだったかも覚えていない。たぶん何人かはもう馬をおりていただろう。ひとりかふたりは、もう鶏小屋に入っていただろう。おまえにはそういうのが全部見えるはずだ。それから、散弾銃の銃声が弾けた。直後にお祖父さんの世界は真っ暗になった。ただの一発で。『もちろんゲイルの旦那は弾が飛んでくるところにいなすったよ』とシンシー婆やは言った。『鶏を盗もうとしたんだ。結婚した息子さんもいる、大の大人が、戦争に行って、北軍兵《ヤンキー》を殺すのが仕事だってのに、どこかの家の鶏小屋に忍び込んで、手を羽根まみれにして、殺されなすった』お祖父さんは鶏を盗もうとしたんだ」ハイタワーは高揚して、子供のように声を高めた。すでに妻が腕をつかんで　**しーーーっ！　しーーーっ！　みんなが見てるから！**　とたしなめたが、そんな声などまるで聞こえないらしかった。ハイタワーの痩せた病気のような顔と、その眼から、輝きのようなものがにじみ出るように思えた。「それで終わりだった。誰が散弾銃を撃ったのかは、仲間たちの誰にも判らなかった。ついに判らずじまいだった。みんなは突き止めようとしなかった。それは女だったかもしれない。南軍兵士の妻だったということも充分ありうる。わたしはそう考えるのが好きだ。そのほうが話として出来がいい。白熱する戦闘中に敵に殺されるなんてどんな兵士の身にも起こりうることだ。戦争の規則を定めて諸々《もろもろ》の裁定をする者たちによって是認された武器で殺されることはね。あるいは寝室にいる女を犯そうとしてその女に殺されることもよくあるだろう。しかし鶏小屋で、鳥撃ち用の散弾銃で殺されるなんてめったにないことだ。ともかくこの世界にいるのが主に死人たちだというのは不思議でもなんでもないだろう？　もうこれは間違いなく言えるが、死人の後継者であるわたしたちを見回した時、神がご自身の後継者であるイエスや使徒や聖人たちにわたしたちを助けさせるのを厭わないというのは不思議でもなんでもないんだ」

「ね、もう黙って！　しーーーっ！　みんなが見てるから！」

汽車は速度を落として町に入っていった。窓の外をみすぼらしい場末の町並みが滑り過ぎた。ハイタワーはなおも外を見ていた。この痩せた、どことなく身なりのだらしない、しかし天職と定めた牧師職に任命された誇らしさの輝きがまだ消えない男は、高鳴る心臓が飛び出さないよう胸の中にしっかりと囲い込み抱き込んで護りながら、静かに考えた。どこの村であれ、丘であれ、家であれ、これはわたしのものだと、心底思ってそう言う時、その村、丘、家は、色と形において、どこか天国に似ているに違いないと。汽車は停止した。左右の座席にはさまれた通路を、なおも窓の外を眺めながらゆっくり進み、それから降りた。出迎えの人たちは裁判官のような謹厳な顔をしていた。その声、囁き、切れ切れの言葉は、親切そうで、まだこちらに対する判決を保留していて、言い渡しはせず、（駄洒落を言うようだが）裁判官《ジュディシャル》のようではあっても偏見的《プレジュディシャル》ではなかった。『わたしは教会の人たちが偏見を持たなかったことは認めた』と今、ハイタワーは考える。『そのことは受け入れたと思う。けれども、神よ赦したまえ、わたしがしたのはたぶんそれだけだった』大地はもうほとんど見えなくなっている。今はもうほとんど夜だ。包帯を巻いて形のゆがんだ頭は奥行きも、固体感もない感じで、宙に浮かんでいるように見える。その下にある、ふたつの白いぼんやりしたものは手で、開かれた窓の敷居に置かれている。ハイタワーは身を乗り出す。ふたつの瞬間が触れ合おうとしているのがすでに感じられる。ひとつは自分の人生の総体であり、毎日夕暮れと夜明けの間にふたたび新しくなる。もうひとつは宙吊りにされた瞬間であり、そこから　もうすぐだ　とハイタワーが心待ちにしている夢想が始まるのだ。もっと若かった頃は、嗅覚が鋭敏すぎる猟犬のように待ちきれず、まだその時ではないと判っているのに、その前に、そら、蹄の音が聞こえてきたと自分を欺くことがあった。

『たぶんわたしがしたことはそれだけなんだ』とハイタワーは考え、あの顔の群れを思い出す。あの老人たちの顔は、当然のことながらハイタワーの若さを危ぶみ、娘を花婿に引き渡す父親のように、若い牧師に委ねる教会のことを心配していた。あの老人たちの顔には不満と疑いの集積のような皺が刻まれていた。それは実り多い人生を送り、みんなに尊敬されている老人がしばしば持つもうひとつの側面だ。この側面を、その老人は自分で見なければならない。見ずにすませることはできない。『あの老人たちは自分の役割を果たした。規則に従ってそれを果たした』とハイタワーは思う。『失敗したのはわたしだ。規則を破ったのはわたしだ。それは社会的な罪の中でも最大のものかもしれない。たぶん道徳的な罪ですらあるだろう』思考は静かに、穏やかに流れ、流れつづけ、さまざまな形になる。穏やかに、断定的にではなく、非難の調子を帯びることもなく、とくに悔いることもなく。ハイタワーは自分自身を、影たちの間にいる、自己矛盾したひとつの影として見る。彼は一種の誤った楽観主義とエゴイズムによって、教会の中の最も失敗しやすい部分の、闇雲な情熱を燃やして手を差しあげ、声を張りあげる人たちの間で、夢を取り戻すことができるだろうと信じた。この地上で隔離されて神聖視されている〈教会〉には見出せなかったものをそこに見つけることができるだろうと信じた。どうやらハイタワーには最初から見えていたようだ。〈教会〉を破壊しつつあるものは、〈教会〉の内部にいる人たちが外部に向かってする手探りでも、外部にいる人たちが内部に向かってする手探りでもなく、〈教会〉を統制し、尖塔から鐘をはずしてしまった聖職者たちだということが。ハイタワーには、数限りなく、無秩序に、象徴的に、わびしく立つ尖塔が見える気がする。それらは恍惚感や情熱ではなく、懇願と脅迫と運命感をもって、空を指し示している。ハイタワーには、世界のあらゆるキリスト教会が、ひとつの城壁のように見える気がする。それは鋭く尖らせた杭を植え込んだ中世の防柵のようだ。その防柵は、真実と、罪を赦すという人間にとって一番大事な行為を可能にする平和を、排除するために設けられているのだ。

『わたしはそれを受け入れた』とハイタワーは思う。『それにおとなしく従った。いや、もっと悪い。それに奉仕した。自分の欲望を満たすためにそれを利用することで、奉仕したんだ。この町へやってきた時、老人たちの当惑と渇望と熱意に満ちた顔がわたしを待っていた。信じられるようになるのを待っていた。だがそれらの顔はわたしの眼に入らなかった。彼らはわたしがもたらすと信じていたものを求めて手を差し伸べてきた。だがそれらの手はわたしの眼に入らなかった。わたしはひとつの信頼を一緒に連れてきた。それはおよそ男が持つべき信頼の第一のものだろう。それをわたしは神の前で、自分の意志で受け入れたのだ。わたしはその約束と信頼にあまり価値を置いていなかったので、自分がそれを受け入れたことすら自覚していなかった。それが彼女のためにわたしがした唯一のことであるなら、何が期待できただろう。不名誉と、絶望と、恥ずべきことだと神に顔をそむけられること、それら以外に何が期待できただろう。おそらくわたしが妻に、自分の飢えの底深さだけでなく、その飢えを癒やすのに妻が寄与できる余地は絶対にないと明かした瞬間、おそらくその瞬間に、わたしは妻の誘惑者になり、殺害者になり、妻の恥辱と死のきっかけをつくった張本人になったのだ。神にだって、人間から責任を追及される筋合いのないことはあるはずだ。あるはずなんだ』思考の流れが遅くなる。車輪が砂地にめり込みはじめたように遅くなる。だが車輪を前に進める車軸も、車体も、動力も、まだそれに気づいていない。

ハイタワーは自分が多くの顔の間にいるのが見える気がする。いつも顔の間にいて、それらに取り巻かれ、囲い込まれているのが見える気がする。まるで説教壇にいる自分を教会のうしろのほうから見ているかのよう、あるいは、自分が金魚鉢の中の金魚になったかのようだ。それだけではない。まわりの顔が鏡で、そこに自分が映っているのを見ているように思えるのだ。それらの顔は全部知っている。そこに自分のしていることを読み取ることができる。そこに映っているのは、寄席の芸人のような珍妙ないでたちの、いささか狂気じみた男だ。異端説よりもっと悪いことを説くインチキ説教師が、教会の本来の目的を完全に無視して、説教壇を占拠し、キリストの磔刑像《たっけい》が教える慈悲と愛の話のかわりに、清い信仰心を持たない、肩で風を切る勇み肌の男の話をするのだ。人を殺しまくる合間に、のどかな鶏小屋に忍び込み、散弾銃で射殺された祖父の話を。思考の車輪の行き足がにぶる。車軸はそのことにもう気づいているが、車自体はまだ知らない。

まわりの顔は、驚きと、当惑、それから憤慨、それから恐怖を、映し出す。それらの顔はハイタワーの狂気じみた奇態な姿の向こうを見、その背後を見、そしてハイタワーの気づいていない究極至高の〈神の顔〉がハイタワーを見おろしているのを見る。〈神の顔〉は全知であるがゆえに超然としていて、冷たく、怖ろしい。ハイタワーには顔の群れがそれ以上のことを見ているのを知っている。ハイタワーが、託された牧師の使命を果たせなかったことで、懲罰を受けなければならないことを。今、ハイタワーは〈神の顔〉に向かってこう言う。「たぶんわたしは自分にできる以上のことを引き受けてしまったのです。しかしそれは罪でしょうか？　そのために罰を受けなければならないのでしょうか？　自分の手に余ることに責任を負わなければならないのでしょうか？」すると〈神の顔〉は言う。「おまえがあの女を妻にしたのは、その手に余るという任務を果たすためではなかった。おまえは利己的な目的のためにあの女を妻にした。結婚はジェファソンに赴任するための手段だった。わたしの目的ではなく、おまえ自身の目的を遂げるためだったのだ」

『本当だろうか』とハイタワーは思う。『それが本当だったなんてありうるだろうか』あの恥辱に見舞われた時の自分を振り返る。そして思い出す。実際に見舞われる前にも、そういう恥辱を受けるだろうと予感していたにもかかわらず、それを考えないようにしていたことを。目的を果たすため、わたしには不屈の精神と寛容の心と矜持がありますと売り込んだ自分が見える。自分は理不尽な迫害の犠牲となった殉教者として牧師職を辞するのだというそぶりで教会を出て、自分は何も悪くないという否認の表情を誇らしげに顔に浮かべた、まさにその瞬間、聖書を顔の前に掲げているから大丈夫だという安心を裏切られて、カメラマンにシャッターを切られた、あの時の自分が見える。

ハイタワーには自分が見える。自分は慎重に、忍耐強く、巧みにカードを切りながら、文句ひとつ言わず追放されるのだという外見をつくったが、結局は、その時でさえ自分ではそうだと認めてはいなかったけれども実のところ神学校に入る前から望んでいた生活を、実現したのだ。そして豚の群れに腐った果物を投げ与えるように、父親の遺産からメンフィスの女子感化院に寄付をしつづけることで自分は殉教者なのだとなおも売り込み、夜中にベッドから引きずり出され森の中で棒でぶちのめされるといった仕打ちを甘受しつつ、町の人たちの眼や耳のあるところでは、自分は何も恥ずかしくないという顔で　**主よ、いつまでなのですか**[3]　というそぶりをし、行動をとって、殉教者としての甘美な自尊心を辛抱強く守りつづけながらも、自分の家に入って玄関に鍵をかけた時には、仮面をはずして、甘美な勝利の笑みを浮かべ、こう考えるのだった　**さあ終わった。これで終わった。わたしは代償を支払ったんだ**

『でもあの頃のわたしは若かった』とハイタワーは思う。『わたしも自分にできることじゃなく、自分に判ることをするしかなかった』思考は今やあまりにも重い流れとなる。もう判っていい頃だ。気づいていい頃だ。だが車は自分が何に近づいているのかにまだ気づいていない。『とにかくわたしは代償を支払った。わたしの幽霊を買い取ったんだ。自分の人生で支払ったわけだがな。誰がわたしにそれを禁じられるだろう。誰にでも自分を破滅させる権利があるんだから。ほかの人間を傷つけないかぎり、そして自分ひとりで生きていく覚悟があるかぎり――』そこで不意に思考がとまる。じっと動かず、息もしないハイタワーに、狼狽が来て、それが本格的な恐怖になろう

3　旧約聖書『詩篇』第七九篇五節。

とする。ようやくハイタワーは、砂を意識する。意識すると同時に、身体の中で、まるである大変な作業をしようとしているかのように、何かの力が集まってくるのが感じられる。思考は前に進んでいることは進んでいるが、少し前の位置と今の位置の区別がもうつかない。すでに踏み終えた砂が回転する車輪に付着し、乾いた鋭い音を立てて、もっと早く発するべきだった警告のように車輪の前方に降り注ぐ。『……わたしの利己的な願望を妻に明かしたことが……妻の絶望と堕落の原因に……』そしてそんなことはまったく考えていないのに、眼のうしろの、頭蓋骨の中で、言葉がすばやくよぎっていく　**これは考えたくない。考えてはいけない。考えるにたえない**　窓辺に坐り、窓敷居に載せた両手を動かさず、前に身を乗り出していると、汗が流れはじめる。血のように噴き出して、たらたら流れる。この瞬間から、砂にめり込んだ車輪は、中世の車裂きの拷問で使われた車輪のように、ハイタワーのねじられ、関節を打ち砕かれた魂を乗せて、命を乗せて、ゆっくりと、容赦なく回転しつづける。『いやもしそうなら、わたしが妻の絶望と死の原因だったのなら……このわたしは、誰かほかの者の道具にされたということだ。わたしには判っている。この五〇年間、わたしはひとりの普通の人間じゃなかった。あの闇の中を馬で駆け、散弾銃で殺された瞬間の祖父だった。そしてわたしが、死ぬ瞬間の祖父であるなら、わたしの妻は、祖父の孫の妻なのだから……わたしは自分の孫の妻を堕落させて殺したことになる。わたしには自分の孫を生かすことも死なせることもできなかったから……』

思考の車輪は解放され、長い溜め息のような音を立てながら、ぐんぐん進んでいく。ハイタワーはその車輪が残す余韻に浸って、身じろぎもせず坐っている。汗はだらだら流れ出るが、徐々に冷えてくる。車輪は回転しながら進んでいく。今、その回転は速く、滑らかだ。なぜなら今は積荷から、車体から、車軸から、すべてから解放されているからだ。夜の闇があたりをとっぷり浸す前の、八月のやわらかな光が浮遊する中で、車輪は後光のようなかすかな輝きを生み出し、それに包まれていくように思える。後光の中には顔がたくさんある。どれも苦しみの顔ではない。なんの顔でもない。恐怖も、痛みも、非難すらも、浮かべていない。苦しみから脱け出して神格化されたかのような、安らかな顔だ。ハイタワー自身の顔もその中にある。どの顔も全部、少し似ている。というより、ハイタワーが今まで見たことのあるすべての顔を合成したような顔だ。それでいて、それぞれの区別もつく。自分の妻、町の人たち、自分を追放した教会の信徒たち、町へ来た日に熱い期待とともに出迎えてくれた信徒たち。バイロン・バンチの顔。赤ん坊を産んだあの女の顔。あのクリスマスという男の顔。この顔だけがはっきりしない。ほかのどの顔よりも曖昧だ。ほかのものよりも最近になって、もっと錯綜した合成をされた苦しみが、今はもう穏やかなものになっているといったふうだ。それから、それがふたつの顔だと判る。そのふたつの顔は（自分でそうしたいと思っているのではなく、車輪の動きと欲望のせいでそうなることも判っているのだが）お互いから自由の身になろうとし、次いでふたたびぼやけて混じり合うのだ。だが今、ハイタワーは別の顔を眼にする。クリスマスのではない顔を。『ああ、これは……』とハイタワーは思う。『最近見たことがあるぞ……そうだ、これはあの……若い男だ。みんなが自動拳銃と呼ぶあの黒い拳銃を持った男だ。あの……うちの台所へ入って……殺した男だ、銃で撃った男だ――』それからハイタワーの中で堰きとめられていた最後の洪水が、堤防を決壊させ、あふれだすかのようだ。それを眺めるハイタワーは、地面との接触を失い、身体がどんどん軽くなり、空っぽになり、浮かんでいくのを感じる。『わたしはもう死んでいくんだ』と考える。『祈らなければ。祈ろうとしなければ』だがハイタワーは祈らない。祈ろうとしない。『この広い天空に、かつて生きていたすべての人たちの、行き迷った、誰にも顧みられない泣き声が満ちている、その人たちは冷たい怖ろしい星々の間で迷子のように泣きわめいている……わたしはごくわずかなものしか欲しがらなかった。ごくわずかなものしか求めなかった。それはまるで……』思考の車輪は回りつづける。今や少しずつ薄れていきながら、前に進むこともなく、ハイタワーからあふれでた最後の洪水に押されるようにして、回転する。ハイタワーの身体は空っぽになり、枝に一枚だけ忘れられたように残った木の葉よりも軽くなり、水に浮いたゴミよりもつまらないものとなって、疲れ果てたようにぐったりと窓敷居に腹をつけている。ついた両手の下の窓敷居は固い手触りがなく、手には重さがない。となると、いよいよだ、いよいよ幻が現われる。

騎兵隊の幻影はただひとえに、ハイタワーが、今残っている名誉心と自尊心と生命力とともに、あえぎながら熱い思いを向けられるもの、勝利感と欲望をふたたび持てるものを見つけるのを待っていたかのようだ。やがて蹄のおびただしい連打の轟きが、ハイタワー自身の心臓の鼓動よりも大きく聞こえてくる。その轟きは木々の間を吹き抜ける風の長い溜め息のように始まり、やがて騎兵隊が幻の土埃に乗って、視界にさあっと入ってくる。幻の兵士たちは鞍の上で前のめりになり、武器を振りながら突進する。敵を突き刺そうと逸る斜めに構えた槍につけられたリボンが激しくはためく。騒然として、無音の雄叫びをあげながら、津波のように通り過ぎていく。そのぎざぎざの波頭は荒々しい馬の頭と兵士たちの振り回す武器で、それが爆発する地球から迸る土や岩のように見える。騎兵隊はすさまじい速度で通り過ぎていく。巻きあがった土埃は空に吸い込まれ、すでに完全に満ちている夜の闇の中に消えていく。それでも、窓から身を乗り出し、窓敷居についたふたつのぼんやりした染みのような手の上で包帯を巻いた大きな奥行きのない頭を浮かびあがらせているハイタワーの耳には、まだ聞こえているように思える。荒々しい召集ラッパと、打ち合うサーベルの音と、徐々に消えていく蹄の轟きが。

21

ミシシッピ州の東部に、中古の家具を修理して販売する男が住んでいる。この男が最近、手紙で注文した家具を引き取りに、テネシー州へ旅をした。旅の足はトラックだが、そのトラックは（荷台が無蓋ではなく、後部にドアのついた箱になっている）新しく、時速二五キロ以上で走らせるつもりはなかったので、寝具や炊事道具を積み込んでホテル代を節約した。家に帰ったあとで、男は妻に旅の途中で見たことを話した。それは男がとても面白いと思い、いい話の種になると思った出来事だった。男がその出来事をなぜ面白いと思い、いい話の種になると思ったかというと、男も妻もまだ年をとっていないし、（ゆっくり車を走らせるのがいいと男が考えたせいで）一週間以上も家を留守にしていたからだ。その話にはふたりの人間が登場する。男が車に乗せてやった人たちだ。男はテネシー州に入る前にそのふたりと出会った、ミシシッピ州のある町の名前を言う。

「俺はガソリンを入れようと思って、速度を落としてスタンドに入ろうとしたんだよ。そしたら、若い、感じのいい顔をした女が角に立ってるのが見えたんだ。車に乗せてくれる人が来るのを待ってるみたいな感じでな。女は両腕に何か抱えてた。最初は何か判らなかった。女と一緒に男がいて、俺に話しかけてきたんだが、その男がいるのも最初は判らなかったんだ。初め見えなかったのは、その男は女と同じ場所に立ってなかったからだ。それにそいつは、水を抜いたコンクリのプールの底にひとり立っても、最初にひと眼見た時には気づかれないような男なんだ。

男が近づいてきたから、俺は早口で言った。『メンフィスへは行かないから、乗っけてくれったって無駄だぜ。テネシー州ジャクソンのちょいと先まで行くんだ』

『それでいいんです』とそいつは言った。『ちょうどいい。助かりますよ』

『どこへ行きたいんだい』と俺が言うと、そいつは俺を見て、急いで答えようとするんだが、嘘をつき慣れてないから、どうせ信じてもらえないだろうって顔をしやがるんだ。それで俺は、『あちこち旅して見物してるのかい』と訊いた。

『ええ、そうなんです。ただ旅してるだけなんです。だからどこでもいいから連れてってもらえたらすごく助かります』それで俺は乗りなよと言った。『あんたらは強盗にも人殺しにも見えないからな』男は女を連れてきた。その時、女が抱えてるのが赤ん坊だと判ったんだ。まだ一歳になってないおチビだ。女が車のうしろへ乗り込むのを、男が手伝おうとしだしたから、俺が『どっちかひとり前の席に坐ったらどうだ』と言ったら、ふたりはちょっと話し合って、それから女が前に来て坐った。男はガソリンスタンドに戻って、革に見せかけたボール紙の旅行鞄を持ってきて、それを寝場所へ入れて、自分も乗った。俺たちは出発した。女は赤ん坊を抱いて、時々うしろを振り返って、男が落っこちてないかどうか確かめるみたいに様子を見てた。

最初は夫婦だと思ったんだ。とくに何も考えなかった。ああいう若い、いい身体をした女があんな男とくっつくこともあるんだなとは思ったけどね。別に変なやつじゃないんだ。感じのいい男でね。定職について、それを長く続けて、そこで働いてられれば満足で、給料あげろなんてことも言わない。そんな感じに見えたよ。だからまあ働いてる時はいいんだが、そうじゃない時は、なんかその辺に転がってる物みたいな男なんだよな。この男と寝る女がいるかなあってね。いるとしても、寝ましたって証拠を抱っこして歩いてるなんてちょっと信じられなかったな」

ねえ、ちょっといやらしい言い方やめてよ。あたしレディなんだから　ふたりは暗闇の中で話している。

おまえ赤くなってるかどうか、どのみち見えないから判んないや　それから男は話を続ける。「俺は別に何も思わなかったんだけどな。そのうち夜になって寝る時間になったわけだ。女は俺の隣に坐ってた。俺らは普通に世間話をしてたんだ。ふたりはアラバマから来たらしかった。女は『あたしたちはアラバマから来た』って何べんも言ったが、俺は女とうしろに乗ってる男のことだと思ってた。旅に出てもうふた月近くになるっていうんだ。俺が、『その子はふた月前にはまだ生まれてなかったろ。まだまっかっかな顔してるじゃないか』と言ったら、三週間前に、ジェファソンで生まれたと言った。それで俺が、『ああ、あの黒んぼがリンチで殺された町か。あんたらちょうどその時にいたんだろ』と言うと、女は黙っちまった。その話はするなって連れの男に言われてるみたいに。たぶんそうだと思うんだよな。それからもう少し車を走らせて、いよいよ夜になった時、俺は言った。『もうじき町だけど、俺は町で泊まらない。でもあんたら、明日も乗せてほしいんだったら、朝六時頃にホテルまで迎えに行ってやるぜ』女はなんにも言わなかった。まるで連れの男が何か言うのを待ってるみたいだった。しばらくして男が言った。

『この箱形の荷台があるから、あなたはホテルに泊まらなくてもいいんですね』俺は何も言わなかったが、しばらくして町に入ったら、男が言った。『ここは大きい町かなあ』

『さあな』と俺は言った。『でも下宿屋かなんかあるだろうよ』

『旅行者用のキャンプ場があったらなあと思ってたんですよ』と男は言って、俺が何も言わずにいたら、こう続けた。『テントが借りられるところがね。ホテルは高いし、まだ先は長いから』どこへ行くのかはまだ聞いてなかったけど、あのふたりにも判ってなかったと思うな。どこへ行けるか、もうちょっと様子を見てみるつもりだって感じだった。そん時は、こっちはそんなこと知らなかったけどね。男が俺に言わせたがってるのは判ったよ。自分から言い出して俺に頼むってことができないんだ。神様が俺に言わせたがってるなら、俺は言うだろう。ホテルに泊まれとお考えなら、一泊三ドルの宿代も出してくれるだろうってな感じでな。それで俺は言ったんだ。

『ま、今夜はあったかいことだし。荷台で寝てくれてもいいよ。ちょっと蚊に食われるのと、硬い木の床が気にならなきゃな』

そしたら男が言った。『ああ、それはありがたい。この女《ひと》を寝かせてやってもらえたら、ものすごく助かります』って。俺は男が〝この女《ひと》〟と言ったのに気づいた。そこから、この男なんか変だな、ちょっと神経質だぞって気がしてきたんだ。何かやると決めてるんだが、怖くてやれないっていう感じ。自分が何かされそうで怖いってんじゃないんだ。それをやることを考えただけで死にたい気分になるんだよ。だからほかのことを全部試して、それが全部駄目で、もうやけくそだ、とならないうちはやれないようなことなんだ。でもこの時はまだそれがなんだか判らなかった。まるっきり見当もつかなかった。この夜のことがなかったら、結局判らずじまいでジャクソンで別れただろうな」

その人何するつもりだったのよ？　と妻が訊く。

今に話すから待ってろって。おまえにもまたしてやるかもしれないよ　男は話を続ける。「俺は店の前で車をとめた。男はトラックがとまる前に飛び降りた。でないと俺に先を越されるって感じでな。男の子が、ものすごく嬉しそうな顔でさ、早くしないと大人の気が変わってお駄賃がもらえないってな具合に大急ぎで何かするだろ。あんな感じだよ。店に駆け込んで、顔が隠れるほど買い物袋をいくつも抱えて出てきた。俺は、『おいおい、俺のトラックを愉しい我が家にする気じゃないだろうな』と思ったよ。それからまた走りだして、じきによさそうな場所があったから、道路をはずれて林の中に乗り入れた。男は荷台から飛び降りて、前へ走ってきて、女が降りるのを手伝った。まるで女と赤ん坊がガラスの何かか卵みたいにそうっとな。その時もまだ男は、なんだか知らない例のことを絶対にやるんだって必死の顔なんだ。まあ俺かあの女に邪魔をされちゃできないわけだけどな。それと、それがやりたいんだって顔色を女に読まれてもまずいらしかった。何がやりたいんだか、その時でもまだ俺には判らなかったけどな」

ねえそれなんなのよ　と妻が訊く。

さっきおまえにしてやったじゃないか。二回目はまだ無理だろ？

あんたがしたいんならあたしは別にいいけど。でもその話のどこが面白いのかまだ判んない。なんでその男はそんなにぐずぐず手間取ってるわけ？

結婚してないからさ　と夫が言う　赤ん坊もその男の子供じゃないんだ。その時は俺も知らなかったけど。判ったのはその夜、焚き火のそばでふたりが話してるのを聞いた時だ。俺に聞こえてるって知らなかったんだろうな。男はまだ、ええいもうやっちまえってとこまでは来てなかった。相当のとこまで来てたんだが、女に承知するチャンスを与えようとしてたんだ　夫は続ける。「男は野宿の用意をするのにばたばた働きだした。見てるといらいらしてきたよ。あれもこれもいっぺんにやろうとして、どこから手をつけていいか判らねえみたいでさ。だから薪を集めてきなよと言って、俺は自分の毛布をトラックの荷台にひろげた。ちょっと頭に来てたよ。こんなことに関わり合いになっちまってと。おかげで俺は焚き火のそばの地面にじかに寝なきゃいけない。たぶん俺はいろいろ用意する間、不機嫌だったんだろうな。女は木にもたれて坐って、肩掛けで隠して、赤ん坊におっぱいやってたが、ご迷惑かけてすみませんって何度も言うんだよ。自分は一日何もしないで車に乗ってただけだから疲れてない、だから焚き火のそばで坐ってるってな。そのうち男が帰ってきたが、牛一頭丸焼きにできるくらい薪を持ってきやがった。それから女が男に何か言った。男は車の荷台から例の旅行鞄を出してきて、開いて、毛布を出した。それからがひと騒動さ。新聞の漫画に、フランス人がふたり出てくるやつがあったろ。いっつもお辞儀して、どうぞお先に、どうぞお先にって譲り合う、馬鹿に礼儀正しい二人組の漫画[1]。まるであれだよ。俺もその男も、この林の地べたに寝るために遠くからはるばるやってきたんだから、早くここで横になりたい、あんたはトラックでどうぞってな。そのうち俺はいらいらしてきて、『よし、そんなに地べたで寝たいんなら寝ろよ。俺はほんとはご

1　一九〇〇年代初頭のフレデリック・バー・オッパー（Frederick Burr Opper）の『アルフォンスとガストン』（*Alphonse and Gaston*）。

な。というか、俺とあの男がめんなんだ』と言いそうになったが、結局俺が勝ったんだ。というか、俺とあの男がるからそうなるのは、あの男は自分らの毛布をトラックの荷台に敷いた。最初からそうなると三人とも思ってたんだけどな。で、俺とあの男は焚き火のそばの地面に俺の毛布を敷いたんだ。やつも結局そうなるのが判ってたと思うよ。あの女の言うとおり、連中がアラバマ者なら、それくらいずうずうしいのも当たり前さ。だからあの野郎、コーヒーを沸かしたり缶詰をいくつかあっためるだけなのに、山ほど薪を集めてきたんだ。初めから男ふたりが外で寝ると決めてやがったんだよ。それでまあみんなで飯を食った。そのあとだ、判ったのは」

何が判ったの？　その男がしたかったことって何？

すぐに判ったわけじゃない。あの女のほうがおまえより辛抱強いみたいだな　夫は続ける。「食ったあと、俺は毛布の上に横になった。疲れてたから、身体を伸ばすと気持ちよかった。眠ったふりして盗み聞きする気なんてなかったんだ。だけど向こうが乗せてくれって頼んだんで、俺が乗れ乗れって言ったわけじゃないからな。あのふたりが人に聞かれてないか確かめもしないでずっと喋ってるのは、そりゃ俺のせいじゃない。そんなわけで、あのふたりがある男を捜してるっていうか、あとを追っかけてるのが判ったんだ。ふたりがというより、あの女がかな。それでふっと思ったたんだ。『ああ、この女も、お袋さんが日曜日に牧師さんから説明してもらうつもりでいたことを、土曜日の夜に自分で勉強しちまったくちだな』ってな。ふたりともその男の名前は言わなかった。男がどっちへ逃げたかも知らないみたいだった。かりに男がどこへ逃げたかふたりが知ってるとしても、それは逃げた男に落ち度があったからじゃないのが判った。すぐにそれが判ったんだ。だから俺は、あの男が女に、こんなふうにトラックを乗り継いで州から州へ一生かけて旅してもあの男は見つからないかもしれないなんて話す間、女のほうが、倒れた木に腰かけて、赤ん坊を抱いて、石みたいに静かに、石みたいになんの悩みもなさそうに話を聞いていて、全然気持ちが動いたり説得されたりしそうにないのを見て、腹の中で男にこう言ったよ。『なあおい、女が助手席で、あんたはトラックの荷台のうしろに坐って両足を垂らしてきたが、そういうことがなくたって、あんたらの旅じゃ女のほうが先に立っていくらしいな』でも俺は何も言わなかった。ただじっと横になって、ふたりの話を聞いていた。というか男が話すのをな。声は大きくなかった。男は結婚しようとは言わなかった。でも言ってるのはそういうことだった。女は静かに落ち着いて聞いていた。まるで前にも聞いた話で、イエスともノーとも答える必要がないと思ってる感じだった。ちょっと微笑《わら》っていた。でも男にはそれは見えなかった。

そのうち男は諦めた。倒木から腰をあげて、歩いて行っちまった。身体の向きを変えた時、顔が見えたが、本当には諦めちゃいないのが判った。女にイエスと言う最後のチャンスをやって駄目だったんだから、もういよいよ力ずくで行くしかないと思い詰めたんだ。だから初めっから押し倒しゃよかったんだよと俺は言ってやりたかったけどね。まああの男にはあの男なりの考えがあったんだろう。とにかくあの男は暗がりの中に消えちまって、女は倒れた木に坐っていた。ちょっとうつむいて、うっすら微笑ってたよ。男が行っちまう時、そっちを見もしなかった。男がただ度胸を決めにいっただけだと判ってたのかもな。もしかしたら女は最初からそうするように仕向けてきたのかもしれない。言葉ではっきりそう言わずに。だってレディの口からそれ言えるわけないからな。土曜日の夜にあっちのお勉強をしちまうレディでもさ。

でもそれも違うのかもしれないな。女は時と場所が気に入らなかったのかもしれない。俺という邪魔者もいたしな。しばらくして女は立ちあがって俺を見た。俺は動かなかった。女はトラックの荷台にあがって、しばらくすると動く音がしなくなった。もう寝る構えになったらしかった。俺はじっと横になっていた。なんだか眼が冴えて眠れなかった。あの男が近いところにいるのは判ってたよ。焚き火が下火になるか、俺がぐっすり寝込むのを待ってたのかもしれない。そしたらほんとに、焚き火が消えた頃、やつが近づいてくるのが聞こえた。猫みたいに静かな歩き方だった。俺を見おろして、耳を澄ました。俺は音をさせなかった。よく覚えてないが、一、二回、偽の鼾をかいたかもしれない。やつはトラックのほうへ近づいた。卵をぎっしり並べた上を歩くみたいにな。俺は横になったまま考えた。『もし昨夜《ゆうべ》これをやってたら、あんたら今頃はここより一〇〇キロほど南にいただろう。一昨日《おととい》の夜にやってたら、俺はあんたらとは会わなかったろうな』それからちょっと心配になった。いや、男が女の嫌がることをすると心配したんじゃない。あのチビの男の手伝いをしてやりたいくらいだったよ。そうさ。女がきゃっとか言ったらどうしたらいいか腹が決まらなかったんだ。女は絶対きゃっと言うはずだ。それで俺がトラックに駆けつけたら、男は怖がって逃げちまうだろう。もし俺が行かなかったら、男は俺がずっと起きてて様子を見てたことに気づいて、よけいに慌てて逃げ出すに決まってる。でも心配することはなかった。それは最初にあの女とあの男を見た時から判りきったことだったんだ」

　心配することないって判ったのは、その女の人がそういう場合どうするか、あんたが自分で試してもう知ってたからでしょ　と妻がふざける。

　そうさ　と夫が言う　見破られるとは思わなかったな。今回はうまいこと秘密にしておけると思ったのに

続きを話して。どうなったの

どうなったと思うんだよ。女のほうは身体が大きくてたくましいんだ。で、男のほうは身体がちっこくて、今にも赤ん坊みたいに泣きだしそうになっているんだぜ　夫は話を続ける。「女がきゃあってのはなかったよ。見てたら、男はゆっくりそうっと荷台にあがっていって見えなくなった。そのあとゆっくりと一五数えるくらいの間は何もなかった。それから、女が眼を醒ましたんだろう、あっと小さな声がした。びっくりして、ちょっといらついた感じだが、怖がっちゃいなかった。女は小さな声で言った。『バンチさん。駄目でしょ、こんなことしちゃ。赤ちゃんが眼を醒ましてしまうし』それから男はトラックの荷台から出てきた。のろのろと、自分の足で降りたんじゃないみたいだった。女が抱きあげて地面におろしたと思えるくらいだった。あの赤ん坊が六歳ぐらいだったらそんなふうにされたろうよ。女は言った。『さあもう寝てきて。少しでも眠らないと。明日はまた遠くまで行くんだから』

なんだか可哀想であの男を見られなかった。今のことを見てたやつがいるなんて判ったら気の毒だと思ってさ。あの男と一緒に穴を探して入りたくなっただろうよ。いやほんとに。あの男はおろされたところに立ってた。焚き火はもうほとんど消えてて、姿がほとんど見えなかった。でも俺があいつだったらどんな気分だったかはよく判った。うつむいて、裁判官の前に立って、『この男をとっとと連れていって絞首刑にせよ』なんて言われるのを聞いた時の気分だろうよ。俺はこそりとも音を立てなかった。しばらくすると男が歩きだすのが判った。木の枝がぱきぱき折れる音がした。藪の中へどんどん入っていったんだろう。夜が明けてもまだ帰ってきてなかった。

俺は何も言わなかった。何言っていいんだか判らない。でも戻ってくるとは思ってたよ。そのうち藪の中から出てくるってね。情けない顔をしてるんだかどうだか判らないけどな。俺は火を熾《おこ》して朝飯の用意を始めた。しばらくしたら女がトラックから降りてくる音がした。俺は振り返らなかった。女がうしろに立ってあたりを見回してるのは気配で判った。焚き火の火や地面に敷いた毛布の具合から、男がその辺にいるかどうかを確かめようとしてたのかもしれない。でも俺は何も言わなかったし、女も何も言わなかった。俺は荷物を積んで出発したかった。でも女を置いてきぼりにするわけにもいかない。かといって、俺がきれいな若い田舎娘と生まれて三週間の赤ん坊を乗せて田舎を旅してたなんてことが女房の耳に入るのも困るわけだよ。その女が亭主を捜してるんだと言っててもね。まあふたりの亭主をってことになるのかな。だからふたりで飯を食ったあと俺は、『まだ先が長いから、そろそろ出発するよ』と言った。女は何も言わなかった。見ると、今までと変わらない落ち着いた顔をしてるんだ。

まったくこの女は驚くってことがあるのかねと思ったよ。それでこの人をどうしたらいいのかなと思ってたら、女は持ち物を片づけはじめた。トラックの荷台の床をゴムの木の枝で掃いて、ボール紙の旅行鞄を積んで、畳んだ毛布を荷台のうしろのようにクッションみたいに敷いた。俺は思ったよ。『なるほどあんたはなんとかやっていく人なんだね。男が逃げたら、そいつが残していったものを持って旅を続けるわけだ』——『あたし今度はここへ乗ります』と女は言うんだ。

『赤んぼには床が固すぎないかな』

『抱っこしていきますから』

『まあ好きにしたらいいけどね』と俺は言った。車を出して、身体を乗り出してうしろを振り返った。道を曲がってしまう前にあの男が出てきたらいいのになと思ってね。でも出てこなかった。駅で知らない女からちょっとの間だけ赤ん坊を抱っこしててくれと頼まれてって話があるだろ。俺なんか知らない女と赤ん坊を背負《しょ》い込んじまったんだからな。とんだ不義密通の旅さ。うしろから来て追い越していく車が夫婦者の車ばかりなら、こっちが目立たなくていいのにと思ったよ。保安官が乗ってる車はごめんだがね。テネシー州との境に近づいてきた頃には、もうあの新しいトラックを燃しちまうか、どこかでかい町の婦人保護施設に置いてこようかなんて考えてたんだ。

時々うしろを見たよ。あの男が走って追いかけてこないかなんて馬鹿な期待をしてな。荷台で坐ってる女を見たら、教会の中みたいに落ち着いた顔をして、赤ん坊を抱いてた。赤ん坊を床に寝かさないで抱っこしてたのは、そのほうが乳を飲ませやすいのと、道路の穴ぼこで車がはねても大丈夫なようにだ。女には勝てないなと思ったよ」夫はベッドで横になったまま笑う。「いやまったく女には勝てないなあとね」

それで？ その女はどうしたの？

どうもしない。荷台に坐って、田舎を見るのは初めてだみたいな感じで外を眺めてた。道路に、森に、畑に、電柱——そういうものは生まれて初めて見たって感じでね。女があの男を見たのも、男が荷台のほうへ回ってきた時だ。別に気をつけてなんかいなかった。そんなことはしなくてもよかった。女は待ってるだけでよかったんだ。それで大丈夫だと知ってた

あの男だったの？

そうさ。カーブを曲がりきった時、道ばたに立ってた。情けないのとそうでないのとの両方の顔でな。おどおどした顔だけど、同時に腹が決まって落ち着いたみたいな顔でもある。前の晩にこれが最後のチャンスだとやけくそをやったあとで、もうやけくそになんてならなくていいんだと判ったみたいな感じだった 夫は続ける。「やつ

は俺のことなんか見もしなかった。俺が車をとめた時にはもう女の坐ってる荷台のうしろへ走ってた。男が車のうしろへ回って立ちどまった時、女は驚きもしなかった。『もうだいぶつきあったからね。今さらあとへは引けないよ』と男は言った。女は、男が自分で心に決めるよりずっと前から男がそうするだろうと知ってたって顔で男を見たよ。いなくなったのだって本気じゃないのは知ってたって顔でね。『あたしあなたに諦めてなんて言わなかったわ』と女は言ったんだ」夫はベッドに横になったまま笑った。「いやあほんとに。女には勝てないよ。俺の考えを言おうか。俺の考えでは、あの女はただ旅をしてただけなんだ。一応誰かを追っかけてることにはなってても、はなから見つかるとは思ってなかった。見つけるつもりもなかったんだ。ただあの男にはまだそれを打ち明けてなかった。あの女が陽の暮れる前に家に帰れないほど遠いところへ出かけたのはこれが初めてだったに違いない。こんな遠くまでまあまあ無事に来れたのはみんなが助けてくれたからだろう。だからもう少し遠くまで旅をして、できるだけたくさんのものを見ようと決めてたんじゃないかな。次に落ち着くところには、たぶん一生の間いることになると判ってるからさ。俺はそう思うね。トラックの荷台に坐って、今はそばにあの男がいて、乳をうんと飲む赤ん坊がいる。[2]二〇キロ近く走ってる間、あの赤ん坊はずっと朝飯を食いつづけてたようなもんだ。まるで汽車の食堂車に乗ってるみたいにな。女は外の電柱や柵が通り過ぎていくのをサーカスのパレードみたいに眺めていた。しばらくして俺が、『ソールズベリーだ』と言うと、女は、

『え?』と言うから、俺は、

『ソールズベリー、もうテネシー州だ』と言い、振り返って女の顔を見た。女の顔はもう準備をすませて、驚きが来るのを待っていた。そして驚きが来たら、愉しむつもりでいた。そしてほんとに驚きが来た時、女はそれが気に入ったみたいだった。というのも、こう言ったからだ。

『まああ。人間ってほんとにあちこち行けるものなのね。アラバマを出てまだふた月なのに、もうテネシーだなんて』

2 リーナはマリア、赤ん坊はイエス、バイロンはヨセフと、旅をする三人を聖家族に見立てることもできる。

解説

中野学而
（中央大学文学部准教授）

はじめに

本作品『八月の光』の著者ウィリアム・フォークナーは、『響きと怒り』『アブサロム、アブサロム！』『行け、モーセ』など、アメリカ南部ミシシッピに生きる人々のこころの深層をえぐる大作を次々と発表した功績によって一九四九年度のノーベル文学賞を受賞した。本国アメリカのノーベル賞作家トニ・モリソンのみならず、日本の井上光晴、大江健三郎や中上健次、近年では阿部和重や青山真治、あるいは中国の莫言《モー・イエン》などを含めた全世界の作家たち、特にコロンビアのガブリエル・ガルシア＝マルケスやペルーのマリオ・バルガス・リョサなどラテンアメリカの作家たちに多大な影響を及ぼした、名実ともに二〇世紀の世界を代表する作家のひとりである。多くの作品が「ヨクナパトーファ郡」というアメリカ南部の架空の地域を舞台にしているため、その膨大な作品群を「ヨクナパトーファ・サーガ」と呼ぶことも多い。

そのようなフォークナーが気力、体力ともに絶頂に向かう三〇代半ばの一九三二年に出版した傑作が、この『八月の光』である。フォークナーの数ある傑作の中でも屈指のものとされるこの作品は、中心事件が殺人、放火、性倒錯に強姦、局部切断という過度なまでにセンセーショナルで「三面記事的」なものであるのみならず、文体や構造の面でも、きわめて難解かつ実験的な作風で知られるフォークナー作品の中では、シンプルで、総じて最も「大衆受け」しやすい作品と言えよう。アメリカ最大の社会問題としての人種問題に空前絶後の深度で切り込む硬派な社会派小説でもあり、また中心人物の苦悩が作者本人のそれを思わせる形で読者に感情移入しやすいようにフィクショナライズされてもいるゆえ、最も広範な読者に恵まれてきたものでもある。

したがって邦訳もこれまですでに一九六七年の新潮文庫版の加島祥造訳、一九六八年の『全集』版の須山静夫訳など四種存在していたのに加え、ごく最近、ほぼ五〇年の時をへだてた二〇一六年には岩波文庫版の諏訪部浩一による新訳が出てもいる。これに加えて、黒人方言の処理の仕方など、さらに現代的感性に寄り添う今回の黒原敏行訳によって新たな現代の読者が増えることをまず喜びたい。この大部の作品を訳された黒原氏の新たなる貢献に心より感謝申し上げる次第である。

『八月の光』はさまざまな主要登場人物たちが複雑に織りなす群像劇だが、なかでも特に、自分が白人か黒人かわからずにもがき苦しんで三六歳で殺害されるジョー・クリスマスの悲劇であるとされることが多い。その意味では極めてアメリカ南部的な悲劇である。以下に示すように、白人か黒人かの区別がこれほどの大問題となるのは、この小説が出版された一九三二年当時、世界広しといえどもこのアメリカ南部をおいてほかになかったのだから。だがすこし見方を変えれば、このクリスマスの悲劇はアメリカ南部人のみならず、私たち日本人を含めた近代人全体の悲劇でもあるし、「彼は自分をあえて人間であることから締め出したのです」（傍点筆者）と言ったフォークナー自身、やはりそのように意図していたに違いないと思われる。端的に言って、クリスマスの悲劇は、通常考えられているような「自分が白人か黒人かわからないことの悲劇」ではないのである。むしろ、近代化のなかでそのような南部特有の問題などうでもよいことなのではないかと自分自身に思われてきてしまうことにまつわる悲劇である、と考えたほうがおそらく実情に近い。その意味において、人種問題にもキリスト教にもあまりなじみのない大多数の日本人にとっても意義があるような、「近代とは何か」という大問題に正面から取り組む普遍的な作品ともなると思う。

よって、今回の翻訳に寄せるこの解説では、この物語の普遍性に焦点をあてて考えることとし、アメリカの人種差別問題の根幹としてのピューリタニズム的世界観、そのセックス忌避の傾向と人種・階級差別とが混じったアメリカ南部独特の女性崇拝の伝統、あるいはジョー・クリスマスが直面する「ワンドロップ・ルール」の起源などのローカルな重要事項については、他の翻訳の解説、あるいは多数出ている専門書にまかせて基本的に割愛する。

青春の彷徨／故郷への帰還

フォークナーは、一八九七年に世紀転換期のアメリカ南部はミシシッピ州ニュー・オールバニーという小さな田舎町に生まれ、五歳のとき父母とともに祖父の住むオックスフォードという人口二千人ほどの郡庁所在地に移ったあと、外部でのしばしばの短期的滞在を除き基本的には終生そこに住み続けることとなった。

フォークナー家は、オックスフォードの町でも特に名家の誉れ高い家だった。アメリカ南部の人々の間では「家系」「家柄」を重視する傾向が特に強いのだが、フォークナー家は町の中でも抜きん出てその意識が強かったということになろうか。曽祖父のウィリアム・クラーク・フォークナーはいわば叩き上げの典型のような人で、貧困から身を立てて実業家、弁護士、政治家を兼ねながら小説を書いてはベストセラー作家にもなり、また南北戦争の英雄でもあって、最終的にはかつてのビジネスパートナーの恨みを買ってピストルで射殺されるという、まさにロマンスの世界から飛び出してきたような強烈な個性の持ち主だった。没後には故郷の墓地に大理石像が建てられるのみならず、その像もやはり前述の人物の親族によって一部破壊されてしまったというまことしやかな噂が立つほど、見事なまでに派手な人生を謳歌した人物である。祖父もそれより少し見劣りはするものの、やはり実業家兼弁護士として成功した。そのような家の四代目の長男として、貸馬車屋経営の父マリーと母モードのもとに生まれた赤子が、のちの大作家ウィリアムだった。

彼の人生を考えるにあたっては、曽祖父、祖父の華麗さと敗残者そのもののような父マリーの人生との残酷な対比、そしてそこに関わる自らの長男としての自意識がきわめて重要な決定要因のひとつとしてよく挙げられる。父マリーは祖父の鉄道会社を継ぐつもりでいた。だが、実業より法曹の仕事に専念するため、祖父はこの曽祖父から引き継いだ鉄道会社を売却する。人生の目標を失ったマリーは、酒におぼれ職を転々とするようになり、ウィリアムが物心つくころには自動車の登場に沸こうとする時代の流れに逆行するかのように貸馬車屋を経営していた。

当時のウィリアムにとって、大いなる曽祖父、祖父の影に押しつぶされたような形で飲酒癖や夢想癖ばかり募らせ、残された遺産を食いつぶすように生きている父マリーは、栄光のフォークナー家を恥辱に陥れているように見えていたことだろう。ふがいない父に代わって自分こそがフォークナー家を再興する――長子相続の伝統も色濃いアメリカ南部の旧家の長男としての彼が背負った責任感、不甲斐ない父に代表される目の前のみすぼらしい現実を是が非でも否定する必要性、それが青年時代の彼のこころにもたらした葛藤と挫折感は察するに余りある。自らの理想を過去の曽祖父に定め、彼のような偉大な作家になる、というのが彼の定めたビジョンだった。しかし、否定するもなにもマリーは実の父なのだし、何も自らの力を証明することのできるものを勝ち得ていない修業時代の彼と引き比べたとき、そもそも曽祖父はあまりにも巨大に過ぎた。

彼の修業時代は、長く苦しいものとなった。そのプライドの高さ、強烈な野心、夢想癖、文学への情熱は幼いときから顕著で、高校時代には学業を捨て、最新流行の服に身を包んでは世紀末ヨーロッパ風の詩作、地元の大学の演劇部のための劇作に没頭した。文学愛好家の母以外誰にも自らの文学的嗜好を理解してもらえなかった彼は、必然的に周囲の友人たちから孤立していく。地元のエリートである年長のイェール大学法学部生フィル・ストーン（シェイクスピアやギリシア・ラテンの古典文学、ロマン派や象徴派の詩に通じていた）と知り合って指導を受けるようになってからは世界が少しずつ開けるようにも思われ、結局高校は中退。祖父の銀行での勤務を皮切りとする、働きながら詩作や劇作に打ち込む二重生活が始まる。

手痛い失恋事件（幼なじみの許嫁《いいなずけ》エステル・オールダムが、将来のおぼつかないフォークナーを捨てて将来性のある弁護士と結婚してしまう）の痛みを忘れるべく第一次世界大戦へ参戦志願するも、身体的不適格で兵士にさえなれぬまま帰郷を余儀なくされたことは、彼のプライドをいかばかり傷つけたろうか。失意を引きずってニューヨークに一時住んだあと、知人の伝手《つて》で得た故郷のミシシッピ大学郵便局長としての仕事でも、気に入らない客から受け取った郵便物はそのまま机の下のゴミ箱に捨てていたというから、周囲のものにとってのその鼻持ちならなさは想像にかたくない。ついたあだ名も「無能伯爵」だった。

一九二五年はじめから南部の文化的中心ニューオーリンズに滞在、さらにあこがれのヨーロッパへと長い旅をする。パリにも数ケ月滞在、はじめてひりひりするような世界標準の文学の空気に触れる。当時の文学界は第一次世界大戦後のいわゆる「モダニズム」の全盛で、詩壇ではすでにT・S・エリオットが『荒地』（一九二二）を出版、未曽有の大戦争によって荒廃した西欧世界に否を突き付ける全く新しい感性の革命を行っていた（「モダニズム」については後述する）。アメリカにおいても、当時すでにフィッツジェラルドやヘミングウェイといった同年代の若いモダニスト小説家たち（この世代を特に「ロスト・ジェネレーション」と呼ぶ）が偶像破壊的な作風をひっさげ、ヨーロッパを射程に含める世界的水準で華々しくしのぎを削っていた。フォークナーも、このパリ滞在の前後から本格的に長編執筆へと力点をシフトする。

だが彼の長編は、のちの姿を彷彿とさせる文体や雰囲気こそいくらか認められるものの、同年代の作家たちの作品群と比べるとどうしても洒脱な都会の気分に欠けたり、また逆に軽薄に過ぎたり、思うような評価は望むべくもないものだった。彼らの世界的成功を遠目にうらやむアメリカ南部の田舎者が最先端のモダニスト的意匠を苦し紛れに模倣し続けるばかりで、真に自分のものと言える主題は一向に見えてこなかったのである。

こうして、やがて経済的にも芸術的にも幻滅と困窮の極に陥ったフォークナーは、ニューオーリンズ滞在時に知り合って以来師と仰いでいた年長の作家シャーウッド・アンダスンの助言もあって、ついにコペルニクス的転回を経験する。当時アンダスンは、自らの故郷の田舎町を斬新な手法で描いた連作短編集『ワインズバーグ、オハイオ』（一九一九）で文壇に確固たる地位を築いていた。そのような彼の助言を受け、フォークナーはそれまでのような「都会」にあこがれて「田舎」を否定する自分を改め、自分の知っている故郷のことだけを書くことを決断するのである。むろん広い世界を見た彼は、もはやただの田舎の作家に戻ることはできなかったし、戻るつもりもなかった。それでも、ロスト・ジェネレーションの真似事《まねごと》ではとても掬《すく》い取ることができない自らの生の苦悩は、自分を故郷へと呼び戻そうとしているように思えた。

一九二七年、故郷オックスフォードと自らの家系を直接のモデルに「ジェファソン市」という架空の町を舞台とするサートリス一族の衰亡を描いた自信作『土にまみれた旗』をも懇意の出版社から拒絶されると、彼は当時の文壇からの評価への期待をきっぱりと断ち切り、出版の意図を含めすべての外部世界へのドアを閉め切った。異郷ニューヨークのアパートで乾坤一擲《けんこんいってき》、幼き日の故郷での数々の痛切なかなしみの中に深く沈潜していくのである。

一九二八年の秋、分厚い原稿を幼なじみの作家代理人の目の前にぽんと放り投げた彼は言ったという――「読んでみろよ、兄弟。とんでもないシロモノだぜ」。物言えぬ三三歳の精神障害者がかつてのやさしかった姉との別れを呻《うめ》きながら嘆く冒頭から、モダニズムの破壊的実験性と底流にひそむ喪《うしな》われた故郷への愛とが完璧なまでの均衡を保った、驚嘆すべき世界が広がっていた。『響きと怒り』である。故郷を飛び出したあとの長い青春の彷徨の果て、ついに彼は自らの苦しみの真の源を探しあて、円を描くように故郷へと帰還してきたことになる。

だがこの帰還は、まったく新たな苦悩の淵へと彼を陥れた。彼のビジョンは、単なる喪われた幼き日々へのエレジーに収まるようなものではなかった。それは真実を求め、故郷の美しさのみならず、そのあらゆる恥部をも根源的な批判にさらしてやまないモダニストのビジョンであった。以下に示すように、いわば彼は、世界標準の作家を目指すおのれの強烈な野心を遂げるため、愛する故郷を食い物にして着実に自らの地歩を固めていく道を選んでいた。

故郷ミシシッピの風景

フォークナーの故郷ミシシッピ州は、現在アメリカ五〇州の中でも住民一人当たりの年間所得が最も低い州である。文化的にも、過去には豪壮な邸宅に代表される絢爛《けんらん》な貴族文化が花開いた場所として記憶される壮麗なイメージを持つ反面、不穏に視界を遮る土埃《つちぼこり》と激しい人種的偏見の憎悪の炎に象徴される極端にネガティヴなイメージを持たれることも多い、さまざまな意味で大いなる光と影をはらんだ地域と言ってよい。

そのような政治的、経済的、文化的な極端な二面性をもたらした最大の要因は、むろん現在もその負の遺産がアメリカを根本から揺るがし続けている奴隷制の歴史にある。南北戦争が起こる前、現在いわゆる「アメリカ南部」と呼ばれる地域において、大規模な奴隷労働による綿花やたばこの生産が行われていた。その中でも特にこのミシシッピ州は、ミシシッピ川沿岸地域にミシシッピ・デルタと呼ばれる肥沃な土地が広がっていたため綿花の生産性が極めて高く、黒人奴隷の膨大な労働力が集中的に投入されることによって白人農園主のもとに巨額の富が生みだされた。戦争直前期には州人口に占める黒人の割合が最も高く、また人口一人当たりの所得も全米で最も高い州のひとつになっていた。

周知のように、アメリカ南部の奴隷制とは、肌の色の違うアフリカ系の人たちをその故郷から根こそぎ強制連行し、資本主義的農園経営の過酷な労働のもとでその生殺与奪の権を白人が握る、およそ人間に考えうる限り最も過酷で非人道的な制度のひとつである。しかし一方でアメリカは、帝国主義化が進む中でますます中央集権化を強めていくヨーロッパ諸国と違って、「生命、自由、幸福の追求」を個人主義と民主主義の原則のもとに高らかに謳いあげる、まさに近代西欧世界の希望の粋を体現する新興国だった。そのような「近代の最先端」であるアメリカにおいて奴隷制のような恐るべき制度が存在しえたことは、近代最大の盲点のひとつである。近代とはかくも深刻な陥穽《かんせい》をそのうちに抱えたまま存続しうるシステムである、ということを私たちは忘れることができない。

一八六五年の南北戦争の壊滅的な敗戦と奴隷制の崩壊によって、この問題は解決されるどころかさらなる錯綜《さくそう》へと向かう。南部人にとって、南北戦争敗戦はまさに価値観の完全なる反転を意味した。黒人はもはや奴隷などではなく、人間として白人と平等である——しかし一般的に言って、それまで善とされてきたこと全てが一夜にして悪に転ずるような価値の完全な逆転を、人は簡単に受け入れることはできない。まして南部の白人たちは、自由の国アメリカにおいて奴隷の存在にその生活を完全に依存するというはなはだしい矛盾を長く保持しようと、あまりにも苦しい自己正当化の社会システムを堅固に築きあげていた。当然そのなかには、人種問題のみならず、ジェンダーロールの問題や性関係、家族関係など倫理体系の根本問題が複雑に絡《から》みあってもいた。

結果、一九世紀末から二〇世紀初頭にかけ、つまりちょうどフォークナーが物心つき始めたころ、人種差別や女性差別を強烈に含む戦前の「旧南部」の伝統は、その制度自体が崩壊したためにさらに強力なものとなって敗戦後の「新南部」を席巻した。過去の栄華の幻影がますますその存在感を増し、現実のみじめさを覆いかくすように白人たちを慰めたのである。『八月の光』においては、ハイタワー牧師を強烈に過去へと縛り付ける南北戦争時の祖父の幻影のエピソードがちょうどこのあたりの事情を反映している。そのような中、ジョー・クリスマスも直面する有名な「ワンドロップ・ルール」（ある人物の家系をさかのぼり、そこに「一滴」でも黒人の血が混じっていればその人物は黒人とみなす、という南部独特の人種識別法）のもとで、「生意気な」黒人男性に対するリンチ殺人が頻発、テロリズムが跋扈した。

しかし、いかに過誤にまみれていようと、これはフォークナーの生まれ育った故郷に違いなかった。このような場所でフォークナーは、まわりの田舎者とはちがう、という矜持《きょうじ》にうなされながら、また人一倍豊かな感受性から前述のような南部社会のいかがわしさ、罪深さにうっすらと気づかされながらも、基本的には故郷の田園風景を、森を、狩猟を、そしてうやうやしい黒人たちを愛した。父や祖父をはじめとする故郷の多くの白人男性たちと基本的にその差別的イデオロギーを共有しながら、愛に包まれ愛に破れるかけがえのない青春を生きたのである。

第一次世界大戦と〈ふるさと〉の崩壊

いっぽう世界に目を転じてみると、フォークナーの青春時代を決定づける最大の世界史的出来事は、なにより第一次世界大戦とその後の社会の変化だった。第一次世界大戦とは、端的に言って人類史に未曽有の変化をもたらした、まさに空前絶後の激震である。彼の青春は、物心両面において西欧世界全体がそれまでのようなものではなくなった激動の時代とぴったり重なってもいたことになる。

一九世紀半ばの産業革命以来進行していた技術革新が、ここにきて格段にそのスピードを速めた。鉄道や車、飛行機、電話、映画、高層ビル建築などの科学テクノロジーの発達は人々の生活感覚や日常の風景そのものを刻一刻と変化させたし、それに応じてマルクスが、ニーチェが、フロイトが導入した「抑圧」という概念がいっそうの真実味を帯びて世界中に広がり、それまでのキリスト教西欧世界の倫理体系全体の妥当性に関する深刻な異議申し立てを行っていた。このような精神のもと、大戦の戦禍を受けて駆動しはじめた文学・芸術運動をひろく「モダニズム」と呼ぶ。ヘミングウェイやフィッツジェラルドらと同じく、若きフォークナーもこの運動の洗礼をまともに受けていたことは既述のとおりである。

フォークナーが成年に達した一九一八年、四年間にわたって西欧世界をすさまじい破壊力で蹂躙《じゅうりん》しつづけた戦争が終わったとき、アメリカは対照的に物理的な意味では全くの無傷だった。思想的には世界の最先端だったとはいえ、国家としての存在感においてはそれまで西欧諸国中の「ぽっと出」でしかなかったアメリカ人の意識は、フォークナーのような若き文学者たちを含め、いわばここから急激に「世界標準」へとこじ開けられていく。

　金融市場は空前の好景気に見舞われ、停滞を続ける南部の田舎町にも本格的な近代化の波が押し寄せた。フォークナーの故郷は、急速にそれまでの在り方を変えていく。資本主義経済の浸透はそれまでとは異なる価値観を持つ新たな白人階級の台頭を生んだし、女性にも参政権が認められた。それまで経済的成功のチャンスなど望むべくもなかった黒人にも道を開いた。フォークナーが少年時代から愛した森は切り開かれ、大規模な土地の開発が進む。南北戦争敗戦後すでに五〇年、故郷を失った南部白人たちがすがりつくように強化してきた種々の差別的イデオロギーさえ、批評家H・L・メンケンなど様々な北部の進歩的知識人たちの鋭い批判にさらされるようになることで、それを支えてきたキリスト教の信仰そのものをふくめ、ついにその精神的土台が揺らぎ始めたのであった。

　自らの経済的自己実現に神経症的に駆り立てられるばらばらな個々人のこころからは、共同体内の他者への慮《おもんぱか》りはおろか、家族の成員や親族の一員たちへの思いやりさえも奪われていくように思われた。『八月の光』において家族や故郷に縛られるハイタワーやジョー、ジョアナとは対照的な天涯孤独の流れ者たち（バイロン、ルーカス・バーチなど）が登場するのも、そしてジェファソンの町における主要な舞台のひとつが森から伐採した木材を加工して建材を作る「製板所」となっているのも、だから相応の理由がある（これらの主題はのちの『村』（一九四〇）、『町』（一九五七）、『館』（一九五九）の「スノープス三部作」でより本格的に追求される）。

しかも、愛すべき故郷のこのような消失は、特にフォークナー自身にとって、そもそも故郷に関するすべてが実は根も葉もない神話に過ぎなかったのではないか、という恐るべき問いと不可分だった。すでにモダニズムの鋭い批判精神を身につけていた『響きと怒り』脱稿後のフォークナーの爆発する文学的情熱と野心とは、彼にすべての出版をあきらめさせるどころか、『死の床に横たわりて』『サンクチュアリ』や「エミリーに薔薇を」「乾燥の九月」「あの夕陽」など、『響きと怒り』の均衡を突き破り、美しき故郷の裏面に隠された差別と偽善とを暴き出す種々の傑作を次々と発表させ続けていたのである。いわば自らの手と足で瀕死の愛すべき故郷をさらなる谷底に突き落とすかのような、深刻な事態だった。

近代とは、ひとたび駆動を始めたらすべてを覆いつくすまで止まらない自動プロジェクトである。たとえばフォークナー家には（ハイタワー牧師の乳母シンシーや

『響きと怒り』の使用人ディルシーを彷彿とさせるような）キャロライン・バーという年老いた献身的な元奴隷の乳母がいたが、彼の仮借なき近代的認識の刃は、彼女がふんだんに与えてくれた愛と献身と忍耐とを、結局のところ、南北戦争敗戦後にますます強まった反動的状況のもとで彼をはじめとするフォークナー家の成員に強制的に搾取されたに過ぎないもの、と断じ去ることをみずからに突き付けてやまぬものだった。あれが本当は愛ゆえのものではなかったのだとするならば、いったい愛とは何なのか。自分たちが誇りにしてきたことは、いったいどういう意味をもっていたのか――〈ふるさと〉の二重の崩壊は、このように彼のモダニスト作家としての飛躍的な成長と軌を一にするかたちで不可逆的に進んでいった。ここでいう〈ふるさと〉とは、自分のこころを縛ると同時に支えてもくれる内なる故郷、というくらいの意味である。

〈ふるさと〉のない人たち

単に自らの幼年時代を刻んだ風景が目の前から消えていくだけではなく、自らにとって最も大切な〈ふるさと〉を自らの手によって殺さねばならないようなとき、それでも人は人であり続けることができるのか――結局、この『八月の光』以降のフォークナーの壮大な「ヨクナパトーファ・サーガ」の根源にあるのは、この解答不能の問いに対する暫定的な解答の束であると言える。

むろんアメリカのオフィシャルなイデオロギーは、そのようにしてあらゆる抑圧的なくびきから解き放たれてこそ未来への希望と可能性があるのだ、と人を新しい第一歩へ力強く駆り立てることだろう。世界標準を目指すモダニストとしてのフォークナーも、過去に縛られず力強く前を向いて移動を続けるリーナ・グローヴとバイロン・バンチの出立を祝福しながら、そのイデオロギーの行く末をことほいでいる。

しかしそれでも、この小説全体を通して最も痛切に描かれるのがジョー・クリスマスをめぐる故郷喪失の悲劇であることの意味は重い。育ての父を（おそらくは）殴り殺し、かなしみにまみれた故郷を逐電してからの一五年の放浪生活の中で、まさにフォークナー自身を彷彿とさせるように、ジョーはそれまでの自分の経験からは想像すらできなかったことを学んだことだろう。代表的なのは、放浪先の北部のある町で白人の娼婦と寝たときの経験である。セックスのあと、自分が本当は黒人であると告白するジョーに、彼女は返す――

するど女は、「ああ、そう。イタリア系かなんかだと思ったけど」と言ったのだ。女はとくに興味を持つ様子もなくジョーを見た。それから、ジョーの表情に何かを見てとったようだった。「それがどうしたのよ。あんた、まあまあ見られる男じゃない。あんたのすぐ前に来た黒んぼなんかすごかったわよ」(三二二頁)

このひとことで受けた衝撃によって、彼はこの娼婦を半殺しにしたあと、「二年間」(三二二頁)ものあいだ苦しみ続けることになったという。自分が白人か黒人かがわからないことは、メンフィスの孤児院で友達にはやし立てられた頃からずっと、彼の存在を深刻に揺るがす最も深い痛みであり続けた。黒人少女との性の初体験の際に恐怖を感じて少女に暴力をふるってしまったことも、歯を食いしばるように育ての母マッケカーン夫人のやさしさをはねつけたのも、すべてはこの痛みに端を発していた。いわば、このきわめてアメリカ南部的な「アイデンティティーの不安定」に起因する数々の痛みこそ、彼の〈ふるさと〉そのものだったのである。右の北部の娼婦の反応は、ジョーの全存在が賭けられたこのような痛みも結局は南部の中だけでしか意味を持たないものであり、南部の外に出さえすれば「それがどうしたのよ」と言われるようなことに過ぎない、ということを意味する。彼がここで出会っているのは、つまり自らにとって最も大事な痛みさえ根こそぎ無意味化してしまう「虚無」の力、すなわち近代の力である。彼の苦悩は、こうしてそれまでとはまったく別の次元へと移行している。以降の彼の放浪は、この恐るべき近代の力との闘いの軌跡となる。

かなしみと虚無との岐路に立たされたとき、人はどちらの道を行くのか――七年後の『野生の棕櫚《しゅろ》』（一九三九）においても変奏されるこの問いに対し、苦闘のすえ、ここでフォークナーはひとつの解答を与えている。クリスマスは、人種にまつわるかなしみが存在しない北部で生きていくこともできたのに、わざわざその源泉たる故郷ミシシッピに戻り、奴隷制廃止論者の末裔ジョアナ・バーデンとの孤独な愛憎関係に飛び込んでいく。だがそれはむろん、もはや〈ふるさと〉を取りもどしてくれるようなものではありえない。むしろこのように〈ふるさと〉を追い求めなければならないこと自体、かえって〈ふるさと〉はもうそこにはないということを、いや、本当はどこにも存在してさえいなかったのではないかという根源的な疑いを、ますます強く彼に突きつけずにはいないのだから。

それでも、そうして死んでいく彼のまなざしは「平穏」（六六四頁）だった、とフォークナーは書いている。彼は、クリスマスの放浪の軌跡を脱出不可能の「ひとつの円」（四八六頁）として描き出しながら、切り取られた局部から激しく血を噴き出しているクリスマスのまなざしのその「平穏」さの意味を周囲の人々に問いかけ、ある種の希望とともにその記憶に残すことに心血をそそぐのである。たとえそれがもはや二重に喪われ、偽善と差別とを覆いかくすための無根拠なフィクションに過ぎないことが明らかになったとしても、人はみずからの〈ふるさと〉へと帰るやさしい夢を見続ける――人々の記憶にこれからも残り続けるというクリスマスの鮮血は、つまりはこの『八月の光』を含め、作家フォークナー自身が〈ふるさと〉を舞台に紡ぎだす壮大なヨクナパトーファ物語群に込めた絶望のなかの希望そのものと見える。

だからこれは、決してアメリカ南部ミシシッピの悲劇にとどまるものではない。第一次世界大戦前後の西欧を震源とし、全世界にいよいよ抗《あらが》いがたく広がっていった近代の力によって〈ふるさと〉をなくして（殺して）しまったあらゆるもののこころの痛みにまつわる、普遍的な悲劇である。日本に生きる私たち読者もまた、「この黒い血の噴きあがりを忘れないだろう」（六六五頁）。忘れてはならない、ではない。忘れることができないのである。

いま、日本でフォークナーを読むこと

フォークナーは、一九五五年、太平洋戦争敗戦後一〇年を経た日本に来て、「日本の若者たちへ」と題する驚嘆すべき講演を行った。そのなかで彼はアメリカ南部と日本とを比較しながら、二つの「国」のうえに同じような運命を見据えつつ、次のように言っている。

人間はみずからの忍耐と強靭さの記録を必要とするものだということを最も強く人間に思い起こさせるのは、戦争と破壊である、そう私は信じています。私の国「南部」にあっても、まさに破壊のあとにこそ、すぐれた文学がよみがえってきたのですから。それが良質の文学だったことは、別の国の人たちが南部という一地方の文学について語りはじめたり、ついには、私のような田舎者が、日本の人々にとって、アメリカの作家のうちもっとも話をしたり聞いたりしてみたいと思う作家のひとりとして数え上げられるまでになったことに明らかではないでしょうか。

私はこれととてもよく似たことが、ここ数年のうちにこの日本でも起こるだろうと信じます。あなたがたの破壊と絶望のなかから、全世界がその声を待ち望むような、日本だけの真実ではなく普遍的な真実を語るような一群の作家たちが誕生するだろうと信じているのです。

それから六〇年以上が経過した今年二〇一八年は、日本の「近代の夜明け」たる明治維新からちょうど一五〇年という大きな節目にあたっている。巷《ちまた》では、今こそかつて日本の近代化を進めた明治の先人たちの起業家精神を取り戻すべきだ、などと勇ましい掛け声が唱えられることもあれば、逆に明治の日本はあまりにも近代化を急ぎ過ぎた、などという痛烈な反省の声を聞くこともある。日本国憲法改定に関する国民投票や民主主義のあり方に関する議論もかまびすしく、あの大震災と原発事故の余波は解決の糸口さえ見えていない。

フォークナーが右に言う「普遍的な真実」がどのようなものなのか、ここでなにか確定的なことを言うことはできない。様々な所与の条件の違いがあるなか、そもそもこのような比較が妥当なのかどうかも一概には言えないことだろう。しかし日本も、確かにかつて、長く親しんできたものとは全く異なる価値観で動くアメリカ合衆国に圧倒的な武力の差をもって開国を迫られ、〈ふるさと〉を脱ぎ捨てて近代化の荒波に乗り出す決断をした。それから七七年後、同国との全面戦争に完膚《かんぷ》なきまでに敗れ、愛すべき、しかしいまや言語道断の誤りを多く含んでいたことが明白となった〈ふるさと〉の残骸をさらに脱ぎ、同国の指導のもとに近代の粋たる平和主義と民主主義とを手にしてこれまで生きてきた。なによりこの長い歩みは、自国のうちでも外でも、言語を絶する大きな痛みとともにあった。

私たちは、そのような〈ふるさと〉と、今どのような関係を生きることができているのだろうか。それはまだ、生きているのだろうか。そもそも、この場合の「私たち」とは一体誰のことなのだろうか――このような問いは、もしかするとフォークナーが予言したような日本の「一群の作家たち」によってではなく、たとえば日本の微妙なインサイダー的アウトサイダーとして、周到にカムフラージュされたこの国の物語を「喪われた記憶」の主題のもとで紡ぎ続けるイギリスのノーベル賞作家カズオ・イシグロのような人にこそよく答えうるようなものなのかもしれない。

それでもこの二〇一八年は、奇《く》しくもフォークナーの未来を決定づけた第一次世界大戦の終結から一〇〇年の節目でもある。「アメリカの世紀」が終わったとも言われ、世界中でナショナリズム、テロリズムや移民をはじめ難題に次ぐ難題が新たな相貌を見せるなか、近代の力はますますその速度を速めつつ、私たちをはるかに追い越していこうとしているように思える。そうであれば、いま『八月の光』という問題作を素晴らしい新訳で読むことができるこの贅沢と僥倖《ぎょうこう》とに恵まれた私たちには、やはりこのような問いをより普遍的な位相でかみしめつつ、忘れることができない過去の痛みへと帰っていくことが求められているのではないだろうか。その痛みこそ、私たちのほんとうの〈ふるさと〉なのかもしれないのだから。

ウィリアム・フォークナー年譜

★は「ヨクナパトーファ・サーガ」に属する作品を表す。

一八九七年
九月二五日、ミシシッピ州ユニオン郡ニュー・オールバニーに生まれる。曽祖父は地元で鉄道会社を設立し、作家としても活躍した人物で、祖父も弁護士から政治家や銀行家となるなど、フォークナー家は地元の名家であった。父マリーは家族の関係する鉄道会社に勤務し、出世を夢見ていた。母モードは読書家で、絵や写真を嗜んだ。

一八九八年　一歳
父の仕事の関係で、ティパ郡リプリーに移る。

一九〇二年　五歳
祖父が鉄道会社を売却したため、一家はラファイエット郡オックスフォードに移り、父マリーは職を転々とする（のちに祖父のコネでミシシッピ大学事務局員となる）。
ウィリアムはこの地で、ポニーに乗ったり銃の扱いや狩りを学んだりと屋外活動を楽しみ、南部の中流階級の生活を経験した。一方、学校での学業は次第に疎かになっていく。

一九一〇年　一三歳
祖父が銀行を設立。

一九一四年　一七歳
高校を中退する。同郷出身のイェール大生で文学好きのフィル・ストーンと知り合い、本や雑誌を借りたり、詩作の指導を受けたりするなど、文学について深く学ぶ。

一九一五年　一八歳
高校に復学するも、再度中退。幼なじみのエステル・オールダムと親密な仲になる。

一九一六年　一九歳
祖父の銀行に帳簿係助手として勤める。

一九一八年　二一歳
エステル・オールダムとは結婚を考えていたが、双方の家の反対に遭い、ついに四月にはエステルが別の男性と結婚。失意のまま、陸軍航空隊を志願するが体格のせいで不合格となる。フィル・ストーンの招きでコネチカット州ニューヘイブンへ。ライフル製造会社で働く。
七月にはカナダへ行き、イギリス人を騙って英国空軍のパイロット見習いの訓練を受けるが、一一月には終戦となり、戦場に出ることなく退役、帰国。

一九一九年　二二歳
負傷した軍人のふりをして国内を放浪。
八月、雑誌『ニュー・リパブリック』に詩を発表。九月には退役軍人法により、ミシシッピ大学へ入学し、学生新聞に短篇や詩を発表。

一九二〇年　二三歳
一一月、ミシシッピ大学を退学。新聞に書評を発表し始める。

一九二一年　二四歳
ニューヨークの書店で三カ月働いた後、帰郷してミシシッピ大学構内の郵便局に勤める。

一九二四年　二七歳
フィル・ストーンの援助で、第一詩集『大理石の牧神（*The Marble Faun*）』をフォー・シーズ社から刊行。ルイジアナ州ニューオーリンズで、当時の重鎮小説家シャーウッド・アンダスンの知己を得る。

一九二五年　二八歳
ニューオーリンズに滞在、アンダスンをはじめとする文壇の面々と交流しながら、評論、詩、短篇などを発表。七月には渡欧し大半をパリで過ごす。一二月にニューオーリンズに戻る。

一九二六年　二九歳
二月、アンダスンの推薦もあり、渡欧前に完成させていた第一長篇『兵士の報酬（*Soldier's Pay*）』がボニ＆リヴライト社から刊行される。

一九二七年　三〇歳
ニューオーリンズの文壇を揶揄した第二長篇『蚊（*Mosquitoes*）』がボニ＆リヴライト社から刊行される。秋にかけて、架空の町ヨクナパトーファを舞台にした初の小説★『土にまみれた旗（*Flags in the Dust*）』を書き上げる。

一九二八年　三一歳

『土にまみれた旗』の出版社への売り込みに難渋したのち、一〇月には全体の四分の一をカットすることで、出版社ハーコート・ブレイスと妥協。『響きと怒り』の執筆を開始。

一九二九年　三二歳

一月、『土にまみれた旗』は★『サートリス（*Sartoris*）』と改題され出版される。

六月、すでに離婚していたかつての恋人エステル・オールダムと結婚。オックスフォードに戻り、生活のためにさまざまな職につく。

一〇月、★『響きと怒り（*The Sound and the Fury*）』がジョナサン・ケープ&ハリソン・スミス社から出版される。

一九三〇年　三三歳

オックスフォード郊外に、南北戦争前に建てられた邸宅を購入し「ローワン・オーク」と呼ぶ。このときの借金返済のため、雑誌への短篇投稿が増え、結果として短篇作家としても認められるようになる。

一〇月、発電所の夜勤のアルバイトをしながら八週間で書き上げた★『死の床に横たわりて（*As I Lay Dying*）』がケープ&スミス社から出版される。

一九三一年　三四歳

一月、長女アラバマが誕生するも、数

日で死去。
二月に★『サンクチュアリ（*Sanctuary*）』が、九月に第一短篇集『これら十三篇（*These 13*）』がいずれもケープ＆スミス社から出版される。
夏から『八月の光』の執筆開始。

一九三二年　三五歳
三月、モダン・ライブラリー社から廉価版『サンクチュアリ』が刊行され、ベストセラーとなる。
経済難からハリウッドで脚本作家の仕事を始め、ハワード・ホークスと意気投合、終生良好な関係を続ける。
一〇月、★『八月の光（*Light in August*）』がハリソン・スミス＆ロバート・ハース社から刊行される。

一九三三年　三六歳
オックスフォード郊外で曲芸飛行に感銘を受けて飛行訓練を受け、自家用機ウェイコーを購入（のちに『標識塔』の題材となる）。ウェイコーはのちに末弟ディーンに譲られる。
四月、第二詩集『緑の大枝（*A Green Bough*）』をスミス＆ハース社から出版。
六月、次女ジル誕生。

一九三四年　三七歳
第二短篇集『医師マルティーノ ほか（*Doctor Martino and Other Stories*）』がスミス＆ハース社から出版される。

一九三五年　三八歳
三月、長篇『標識塔（*Pylon*）』をスミス＆ハース社から出版。

一一月、末弟ディーンがウェイコーでの曲芸飛行中の事故で死亡。罪悪感と責任感から、翌年生まれる姪の教育費を負担することになる。
一二月、好条件で20世紀フォックス社に脚本家として雇われ、ミシシッピ州出身の秘書兼台本書きミータ・カーペンターと出会う。二人の関係は愛人関係に発展、以降断続的に一五年続く。

一九三六年　三九歳
一〇月、★『アブサロム、アブサロム!(*Absalom, Absalom!*)』が、スミス&ハース社を買収したランダムハウス社から出版される(以後の長篇はランダムハウス社刊)。

一九三八年　四一歳
二月、長篇★『征服されざる人々(*The Unvanquished*)』刊行。自邸に隣接する「ベイリーの森」と農場を購入、後者を「グリーン・フィールド」と名付ける。

一九三九年　四二歳
一月、『野生の棕櫚(*The Wild Palms*)』刊行。
夏、ジャン・ポール・サルトルによる評論「『響きと怒り』について」出版。アメリカでの低評価と比較し、フランスでの理解が飛躍的に進む。

一九四〇年　四三歳
一月、長くフォークナー家に仕えてきた黒人乳母キャロライン・バーが亡くなる。

四月、一九二六年来の構想である、スノープス三部作の第一作となる★『村（*The Hamlet*）』が刊行される。

一九四二年　　四五歳

五月、★『行け、モーセ（*Go Down, Moses*）』刊行。

七月、経済的困窮から、ワーナー・ブラザーズ社と契約を結び、多くの映画の脚本などを手がける。

一九四六年　　四九歳

『サンクチュアリ』以外の作品はすべて絶版となっていたが、四月、詩人で批評家のマルカム・カウリーが編んだアンソロジー『ポータブル・フォークナー（*The Portable Faulkner*）』がヴァイキング・プレス社から刊行され、アメリカでの再評価のきっかけとなる。

一九四七年　　五〇歳

長篇★『墓地への侵入者（*Intruder in the Dust*）』刊行。

一九四九年　　五二歳

夏、作家志望の学生ジョーン・ウィリアムズと知り合い、愛人関係に発展。

一一月、郡検事を主人公とした短篇集★『駒さばき（*Knight's Gambit*）』出版。

一九五〇年　　五三歳

ジョーン・ウィリアムズと共同で『尼僧への鎮魂歌』の執筆を始める。自ら編集した『ウィリアム・フォークナー短篇集（*Collected Stories of William Faulkner*）』出版。一九四九年度のノーベル文学賞を受賞。「人間は滅びない」とする格調高い演説を行う。

一九五一年　五四歳
二月、中篇『馬泥棒についての覚書（*Notes on a Horsethief*）』を限定出版。
三月、『ウィリアム・フォークナー短篇集』が全米図書賞受賞。
九月、長篇★『尼僧への鎮魂歌（*Requiem for a Nun*）』出版。
一〇月、フランス政府からレジオン・ドヌール勲章を授与される。

一九五二年　五五歳
落馬や階段から落ちた怪我で入院が重なる。

一九五三年　五六歳
八月、『寓話（*A Fable*）』が出版される。
年末から翌年にかけてのヨーロッパ旅行中に編集者ジーン・スタインと知り合い、愛人関係となる。

一九五五年　五八歳
二月から四月にかけて、南部の人種隔離政策を違憲とする一九五四年の連邦最高裁判所「ブラウン判決」に対して起こった人種間対立激化に関する一連の文章を発表。南部白人からの脅迫を含めた強烈な批判を受ける。
八月、アメリカ国務省の要請で日本を訪問、長野の善光寺にて「日本の若者たちへ」と題された講演を行う。
一〇月、短篇集★『大森林（*Big Woods*）』が出版される。

一九五六年　五九歳
三月、エッセイ「北部への手紙」を発

表し、北部主導の人種統合運動に対して「*Go Slow*（漸進主義）」政策を主張、北部進歩派や黒人たちからの痛烈な批判にさらされる。

一九五七年　六〇歳

二月、ヴァージニア大学の在住作家《ライター・イン・レジデンス》となり、六月まで滞在。充実したクラス会談を行う。

五月、スノープス三部作の二作目★『町（*The Town*）』が出版される。

一九五九年　六二歳

三月、落馬して鎖骨を折る。

一一月、スノープス三部作の最終巻★『館（*The Mansion*）』が出版される。

一九六〇年　六三歳

オックスフォードと娘夫婦の住むシャーロッツヴィルを往復する。

一〇月、母モード死去。

一九六一年　六四歳

ウィリアム・フォークナー財団を設立し、すべての原稿類を寄贈。

一九六二年

一月、落馬して入院。

六月、長篇★『自動車泥棒（*The Reivers*）』が出版される。

七月六日、ミシシッピ州バイヘイリアの病院で心臓発作にて死去。享年六四。オックスフォードにある一族の墓地に埋葬される。

訳者あとがき

翻訳というのはもちろん原文をそのまま日本語に移すのが理想的だが、この小説の場合、ところどころ抽象的だったり、極端に省略的だったり、おぼめかしかったりして、直訳に近い翻訳だと読む人の頭が靄《もや》に包まれてしまうことがある。まさにそこが魅力的で、曖昧なところは日本語でも曖昧にして、喚起力の高い訳文をつくるのが筋ではある。ただ、それだと、ここは時間のあるときに熟読しようと考えてとりあえず先に進み、しかし結局そのままにしてしまうということもありがちではないだろうか。そういう箇所はいいところなので、もったいないと思うのである。また直訳するといっても、詩的に美しい曖昧さを持つと同時に含意を正しく伝えられる訳文をつくるのは至難のわざだということもある。

そこでこの翻訳では、晦渋《かいじゅう》な箇所は通常よりも意訳の度を強め、注釈を訳文に織り込むような形でなるべくわかりやすくするように努めた。この小説には現在入手しやすいものだけでもほかに加島祥造訳（新潮文庫）と諏訪部浩一訳（岩波文庫）がある。源氏物語に多様な現代語訳があって、読み比べてみると面白いというのと同じように、この小説にも若干方針の異なる翻訳があってもいいのではないかと思うのである。

どの程度の意訳をしたのか、ひとつ例をあげておこう。本書四一頁でヴァーナーという男が、一人旅をしている若い妊婦リーナを見て、よく家族が旅に出したものだと考え、これはきっと母親がいないのだと推測する。原文はこうだ。

She has no mother because fatherblood hates with love and pride, but motherblood with hate loves and cohabits

直訳に近い形で訳すとこんな感じになる。

彼女には母親がいない。なぜなら父親の血は愛と誇りとともに憎むが、母親の血は憎しみとともに愛して同棲するからだまず引っかかるのは「誇り」だ。これはどういう「誇り」なのか。この直訳からだと、たとえば、自分たちは世間から後ろ指をさされることのない一家だという誇りがあるから、父のない子をみごもった娘を憎むのかと思うかもしれない。だが、おそらくちがう。英語ではよく子供に、I'm proud of you.（おまえを誇りに思っているよ）と言って愛情を表現する。また可愛い子供や孫のことを、わたしの pride and joy（誇りと喜び）と呼ぶ。この「誇り」は娘に対する「愛」と同じことを言っているのだ。「愛と誇り」と直訳したうえで、今のことを訳注で説明してもいいが、それをやっていると訳注の数が膨大になる。そこで「誇り」という訳語は使わないことにした。

また「憎む」と「同棲する」という表現は簡潔すぎて意味がわかりにくい。原文は対句表現があざやかで、小気味よいリズムを持ち、まるでシェイクスピア劇の台詞《せりふ》のようで（ついでに言うと、本作品のいわゆる「意識の流れ」はシェイクスピア劇の傍白に似ている気がする）、その味わいを犠牲にするのは惜しいのだが、シェイクスピアの翻訳でも言葉を補って理解しやすくするのが普通だし、前後の文脈を考慮に入れて、全体として本文四一頁のような訳文にした。

もちろん解釈は恣意的であってはいけないので、いろいろな資料をもとにしているが、なかでも注釈書 *Reading Faulkner: Light in August*, Glossary and Commentary by Hugh M. Ruppersburg（University Press of Mississippi, 1994）に負うところが大きい。これは人物・事物・事件等の注釈だけでなく、表現の曖昧な箇所について、こういう意味だろうかという推測を丁寧に述べていて、なるほどアメリカの専門家でもそこはわかりにくいのかと安心できたりする、じつに面白い本だ。

このように、要するに何を言っているのかをつきつめながら読み、フォークナーの言葉を一ぺん自分の身体を通して理解したうえで、自分に納得できる日本語の言葉にしていくという作業をしたつもりである。そうするとわかるのは、フォークナーが書いているのはどこの国のどんな時代の人にも通じるような人間のありようや心の模様だということだ。先の文例から、訳者は『男はつらいよ 知床慕情』を連想した。頑固者の父親（三船敏郎）が、駆け落ちをして東京に出たけれども夢破れて戻ってきた娘（竹下景子）を、本当は優しく迎えてやりたいのに、「何しに帰ってきた！」とはねつける。「父親の血は愛と誇りとともに憎む」というのはそういうことだろう。

さてこういう小説の場合、重要な古典とされているから読むとか、アメリカの黒人差別問題について考えるために読むといった接近のしかたもあるが、ともかく一篇の小説として読むとき、ほかの人はどこをどう面白いと思っているのかということが気になるのではないだろうか（私は気になる）。そこで、きちんとした解説は専門家の方がしてくださっているので、以下には訳者個人の受け止め方を簡単に記しておこうと思う。とくに披露するに値する見解があるわけではないので、たんに読者と compare notes（ノートを比べ合う＝感想を述べ合う）するためだと思って読んでいただきたい。

じつを言うと訳者は、学生時代にこの小説を読んだとき、元牧師のハイタワーがよくわからなかった。

ジョー・クリスマスの苦悩は想像できる気がしたのだ。もちろん訳者はあのような境遇にはないのだが、日本でもたとえば在日韓国・朝鮮人がアイデンティティの問題で苦しむことがあるのを知っていたし、自分は何者かという問いはいつの時代のどこの若者にも多かれ少なかれ切実だとも言える。それにジョーのあの無残な初恋には突き刺さってくるものがあった。

リーナ・グローヴも、苦境にあっても現在の一瞬一瞬を味わいながら新しい未来が開けていくことに驚異の目をみはるその生き方がすなおに心に届いてきた。今なら、漫画／アニメーション映画『この世界の片隅に』の主人公すずを連想させるような女性だ。

それに対してハイタワーはわかりにくかった。解説などを読むと、奴隷制や南北戦争という問題を抱えるアメリカ南部白人の苦悩を体現しているといったことが書かれており、またキリスト教も深く関係しているようだと想像されて、日本人で非キリスト教徒の自分にはピンと来ない人物なのかと思ったものだ。

ところが今回訳してみて、ハイタワーという人物がわかりすぎるほどわかってしまい（いや、わかるような気がして、と言っておくが）驚いたのである。要するに彼は、子供のころから現実から逃避してひたすら書物や幻想の世界で生きていたいと願うような人なのだ。

ハイタワーが牧師として行う説教で南北戦争時代の祖父の行動を熱狂的に語るのも、アメリカ南部の特殊性ももちろんあるだろうが、それ以前に、ハイタワー個人の性格に由来するのではないかと思えるのだ。そもそもハイタワーが所属していた長老派教会はアメリカ南部の精神風土を代表するような教派ではなく（八七頁の注2）、感情に訴える熱狂的な説教は同派とは無縁だ（九一頁の注3）。そして南北戦争中の人物にのめりこんで同一化するというのは、同じく南部人であるジェファソンの人々にとって奇矯なことと受けとめられているのである。

ハイタワーが現実逃避的な人物であることを示している箇所はいろいろある。愛読書がテニスンの詩集であることや（四六一頁の注10）、一時的に行動的になるときに読むのが『ヘンリー四世』であること（五七九頁の注1）などもそうだ。なのでそれがわかるような注の書き方をしておいた。

現実がつまらなかったり、辛《つら》かったりするために、そこを逃れて幻想の世界に浸りたいと願う人はいつの時代のどんな国にもいる。小説や映画やゲームなどが大好きな人は多かれ少なかれその要素があるだろう。訳者などは、「ボヴァリー夫人は私だ」ではないが、「ハイタワーは私だ」とすら思ってしまったくらいだ。フォークナーは、自分はたまたま南部に生まれたから南部について書いただけで、いちばん関心があるのは「人間の状況」だと述べたが、『八月の光』に登場する人物は現代の日本人にも「共感」や「理解」が充分できる人たちではないかと思うのだ。

ハイタワーが孤独な隠者的生活に追い込まれたのは、アメリカ南部の特殊性に由来する町の人々の不寛容のせいというより、結局のところ自身の現実逃避的性格のせいではないのか。牧師というのは苦しみを抱えた人たちを助けるべき人であるのに、自分だけの夢想にかまけて、その結果、身近にいる妻の苦悩に気づかず、老境に入ってもその罪を直視することを怖れて精神的に逃げつづける。現実逃避的な人間にとってはじつに痛い話なのだ。

ハイタワーの現実逃避的性格は、作者の性格を反映している面があるのだろう。フォークナーは軍人・実業家・作家として成功した曽祖父に憧れたが、彼自身は現実世界ではうだつがあがらず、ハイスクールと大学は中退、コネで就職した銀行での勤めも長続きせず、第一次世界大戦で空の英雄になろうとイギリス空軍に入ったものの、ヨーロッパに渡らないうちに戦争が終わってしまった。彼にできたのは、小説という形で、現実を素材としているけれども現実よりもずっと深みのある魅惑的な幻想空間を創りあげることだった。

もちろん『八月の光』が現実逃避的な幻想世界にすぎないとするのは一面的な見方だ。小説自体が現実逃避的態度に対して「否」の声をあげているからだ。

それはリーナ・グローヴの「あたしごっちゃになりたくないんです（I don't like to

get mixed up.)」（五八六頁）という言葉だ。リーナは自分の赤ん坊をジョー・クリスマス（あるいはその子供）と混同したくないと言っているのだが、ここと響き合う箇所がある。ハイタワーは説教壇で、宗教の話と戦争の話を「ごっちゃにして（mixed up）」話すと表現されているのだ（九四頁）。ここでリーナはわれ知らずハイタワーの幻想没入癖を批判していると解釈できるし、さらに言えば、ジョー・クリスマスをキリストになぞらえ（四九頁の注2）、自分と赤ん坊とバイロンを聖家族になぞらえる（七二三頁の注2）という仕掛けをして小説＝幻想世界を創りあげようとする作者フォークナーを、いわばメタフィクション的に批判しているとも言えるのではないだろうか。

リーナとしては、自分が産んだ赤ちゃんは単純に自分の赤ちゃんなので、ジョー・クリスマスやキリストと重ねてほしくない。そんな重ね方をされたら、わが子は三三歳だかで殺される運命にあることになりそうだからやめてほしいわけだ。フォークナーは、完成した作品では「ジョー・クリスマス＝キリスト」の重ね合わせをゆるめたが（三二五頁の注3）、それはリーナの抗議を受けてのことだったと考えてみるのも面白いだろう。

以上はあくまで私個人の、多分に偏った「感想」にすぎないが、この小説について考えるための手がかりのひとつにしていただければと思う。

今、mixed upという言葉を介して、リーナとハイタワーのあいだに不思議な響き合いがあることを紹介したが、この小説にはほかにも離れた箇所どうしで照応が生じている例がいくつもある。たとえばクリスマスが若さの厭わしさを嘆じるのに対して、ハイタワーが若さのすばらしさを寿《ことほ》ぐとか。クリスマスが自分は長い旅をしたが結局ひとつの円の内側だったと振り返るのに対して、リーナが人間は旅をして本当に遠くまで行けると感嘆するとか。一度も出会わないクリスマスとリーナだが、この濃密な幻想空間ではやはりなんらかの意味でつながっているのだ。

この翻訳ではそうした照応がわかりやすくなるよう留意したつもりである。そうしたことも意識して、一度と言わず、二度三度と読み返せば、登場人物どうしの魂が響き合い、アメリカ南部の架空の人物たちと世界中の読者の心が響き合うこの小説の豊かさが一層よくわかってくるはずなので、ぜひ再読をお勧めしたい。

本書では、「黒んぼ《ニガー》」「薄茶色《ハイ・ブラウン》」「半黒」「黄色い娘」など、アフリカ系アメリカ人に対する差別に基づく、今日の観点からすると用いるべきでない不快・不適切な呼称が使われています。また、登場人物が発する言葉には、アフリカ系アメリカ人に対する侮蔑的表現や揶揄も用いられています。さらに、特定の境遇を指して、「父《てて》なし子」「みなしご」「私生児」などの表現もあります。これらは、本作が成立した一九三二年、あるいは物語の舞台である一九二〇年代〜三〇年代のアメリカ合衆国における社会状況と、未成熟な人権意識に基づくものですが、そのような時代とそこに成立した本作を深く理解するためにも、編集部ではこれらの表現についても原文に忠実に翻訳することを心がけました。それが今日にも続く人権侵害や差別問題を考える手がかりになり、ひいては作品の歴史的および文学的価値を尊重することにつながると判断したものです。もとより差別の助長を意図するものではないということをご理解ください。

編集部

kobunsha classics
光文社古典新訳文庫

八月《はちがつ》の光《ひかり》

著者　フォークナー
訳者　黒原敏行《くろはらとしゆき》

2018年5月20日　初版第1刷発行
2025年4月10日　第3刷発行

発行者　三宅貴久
印刷　大日本印刷
製本　大日本印刷

発行所　株式会社光文社
〒112-8011東京都文京区音羽1-16-6
電話　03（5395）8162（編集部）
03（5395）8116（書籍販売部）
03（5395）8125（制作部）
www.kobunsha.com

落丁本・乱丁本は制作部へご連絡くだされば、お取り替えいたします。
ISBN978-4-334-75376-4 Printed in Japan

組版　新藤慶昌堂

いま、息をしている言葉で、もういちど古典を

長い年月をかけて世界中で読み継がれてきたのが古典です。奥の深い味わいある作品ばかりがそろっており、この「古典の森」に分け入ることは人生のもっとも大きな喜びであることに異論のある人はいないはずです。しかしながら、こんなに豊饒で魅力に満ちた古典を、なぜわたしたちはこれほどまで疎んじてきたのでしょうか。

ひとつには古臭い教養主義からの逃走だったのかもしれません。真面目に文学や思想を論じることは、ある種の権威化であるという思いから、その呪縛から逃れるために、教養そのものを否定しすぎてしまったのではないでしょうか。

いま、時代は大きな転換期を迎えています。まれに見るスピードで歴史が動いていくのを多くの人々が実感していると思います。

こんな時わたしたちを支え、導いてくれるものが古典なのです。「いま、息をしている言葉で」——光文社の古典新訳文庫は、さまよえる現代人の心の奥底まで届くような言葉で、古典を現代に蘇らせることを意図して創刊されました。気取らず、自由に、心の赴くままに、気軽に手に取って楽しめる古典作品を、新訳という光のもとに読者に届けていくこと。それがこの文庫の使命だとわたしたちは考えています。

このシリーズについてのご意見、ご感想、ご要望をハガキ、手紙、メール等で翻訳編集部までお寄せください。今後の企画の参考にさせていただきます。
メール　info@kotensinyaku.jp

光文社古典新訳文庫　好評既刊

オリエント急行殺人事件

アガサ・クリスティー／安原《やすはら》和見《かずみ》◉訳

大雪で立ち往生した豪華列車の客室で、富豪の刺殺体が発見される。国籍も階層も異なる乗客たちにはみなアリバイが…。名探偵ポアロによる迫真の推理が幕を開ける！（解説・斎藤兆史）

盗まれた細菌／初めての飛行機

ウェルズ／南條《なんじょう》竹則《たけのり》◉訳

「SFの父」ウェルズの新たな魅力を発見！飛び抜けたユーモア感覚で、文明批判から最新技術、世紀末のデカダンスまで「笑い」で包み込む、傑作ユーモア小説11篇！

不思議屋／ダイヤモンドのレンズ

オブライエン／南條《なんじょう》竹則《たけのり》◉訳

独創的な才能を発揮し、ポーの後継者と呼ばれるオブライエン。奇抜な想像力と変幻自在のストーリーテリング、溢れる情感と絵画的な魅力に富む、幻想、神秘の傑作短篇集。

タイムマシン

ウェルズ／池《いけ》央耿《ひろあき》◉訳

時空を超える〈タイムマシン〉を発明したタイム・トラヴェラーは、八十万年後の世界に飛ぶが、そこで見たものは…。SFの不朽の名作を格調ある決定訳で。（解説・巽 孝之）

木曜日だった男　一つの悪夢

チェスタトン／南條《なんじょう》竹則《たけのり》◉訳

十九世紀ロンドンの一画サフラン・パークに、ある晩、一人の詩人が姿をあらわした。それは幾重にも張りめぐらされた陰謀、壮大な冒険活劇の始まりだった。

モーリス

フォースター／加賀山《かがやま》卓朗《たくろう》◉訳

同性愛が犯罪だった頃の英国で、社会規範と自らの性との狭間に生きる青年たちの、苦悩と選択を描く。著者の死後に発表されて話題となった禁断の恋愛小説。（解説・松本 朗）

光文社古典新訳文庫　好評既刊

ガラスの鍵
ハメット／池田《いけだ》真紀子《まきこ》●訳

ハードボイルド小説を生み出した伝説の作家・ハメットの最高傑作であり、アメリカ文学史に屹立する不滅の名作。賭博師ボーモントが新たな解釈で甦る！（解説・諏訪部浩一）

グレート・ギャッツビー
フィッツジェラルド／小川《おがわ》高義《たかよし》●訳

いまや大金持ちのギャッツビーが富を築き上げてきたのは、かつての恋人を取り戻すためだった。だがその一途な愛は、やがて悲劇を招く。リアルな人物造形を可能にした新訳。

1ドルの価値／賢者の贈り物　他21編
O・ヘンリー／芹澤《せりざわ》恵《めぐみ》●訳

西部・東部・ニューヨークと物語の舞台を移しながら描かれた作品群。二十世紀初頭、アメリカ大衆社会が勃興し急激に変わっていく姿を活写した短編傑作選。（解説・齊藤 昇）

武器よさらば（上・下）
ヘミングウェイ／金原《かねはら》瑞人《みずひと》●訳

第一次世界大戦の北イタリア戦線。負傷兵運搬の任務に志願したアメリカの青年フレデリック・ヘンリーは、看護婦のキャサリン・バークリと出会う。二人は深く愛し合っていくが…。

老人と海
ヘミングウェイ／小川《おがわ》高義《たかよし》●訳

独りで舟を出し、海に釣り糸を垂らす老サンチャゴ。巨大なカジキが食らいつき、壮絶な闘いが始まる…。決意に満ちた男の力強い姿と哀愁を描くヘミングウェイの最高傑作。

すばらしい新世界
オルダス・ハクスリー／黒原《くろはら》敏行《としゆき》●訳

26世紀、人類は不満と無縁の安定社会を築いていたが…。現代社会の行く末に警鐘を鳴らしつつも、その世界を闊歩する魅惑的人物たちの姿を鮮やかに描いた近未来SFの決定版。

光文社古典新訳文庫　好評既刊

アルハンブラ物語
W・アーヴィング／齊藤《さいとう》昇《のぼる》●訳

アルハンブラ宮殿の美しさに魅了された作家アーヴィングが、ムーアの王族の栄光と悲嘆の歴史に彩られた宮殿にまつわる伝承と、スケッチ風の紀行をもとに紡いだ歴史ロマン。

勇気の赤い勲章
スティーヴン・クレイン／藤井《ふじい》光《ひかる》●訳

英雄的活躍に憧れて北軍に志願したヘンリー。待ちに待った戦闘に奮い立つも、敵軍の猛攻を前に恐慌をきたし…。苛烈な戦場の光景と兵士の心理を緻密に描くアメリカ戦争小説の原点。

おれにはアメリカの歌声が聴こえる　草の葉（抄）
ホイットマン／飯野《いいの》友幸《ともゆき》●訳

若きアメリカを代表する偉大な詩人ホイットマン。元気でおおらかで、気宇壮大、自由。時には批判を浴びながらも、アメリカという国家のあるべき姿を力強く謳っている。

若草物語
オルコット／麻生《あそう》九美《くみ》●訳

メグ、ジョー、ベス、エイミー。感性豊かで個性的な四姉妹と南北戦争に従軍中の父に代わり家を守る母親との一年間の物語。刊行以来、今も全世界で愛される不朽の名作。

あしながおじさん
ウェブスター／土屋《つちや》京子《きょうこ》●訳

匿名の人物の援助で大学に進学した孤児のジュディ。学業や日常の報告をする手紙を書くうち、謎の人物への興味は募り…。世界中の少女が愛読した名作を、大人も楽しめる新訳で。

傍迷惑《はためいわく》な人々　サーバー短篇集
サーバー／芹澤《せりざわ》恵《めぐみ》●訳

子どもの頃から不器用で工作すれば傷だらけ、車は毎度エンストの「なんでも壊す男」など、ユーモア短篇の名手が魅せる縦横無尽の妄想力。本邦初訳二篇を含む。（解説・青山　南）